KB165920

ADONIS

아도니스

ADONIS
아도니스 vol.6

초판 1쇄 인쇄일 | 2016년 8월 22일
초판 1쇄 발행일 | 2016년 8월 30일

지은이 | 남혜인
펴낸이 | 박성면
펴낸곳 | (주)동아

출판등록 | 제396-2007-00071호

주소 | 경기도 파주시 문발로 115, 세종출판벤처타운 201-A호
전화 | (031)8071-5201
팩스 | (031)8071-5204
E-mail | bear6370@hanmail.net
홈페이지 | http://blog.naver.com/lion6370

정가 | 11,800원

ISBN 979-11-5511-679-1(04810)
ISBN 979-11-5511-397-4(SET)

ETERNAL BLISS
ADONIS
아도니스

Part 02
vol.06
남혜인 장편소설

동아

21. 전환 편

21. 전환 편

소문은 등굣길에 이아나와 아르하드를 목격한 학생들에 의해 흥분한 말 떼가 되어 학술원 곳곳으로 달려 나갔다. 기말고사가 끝난 후 방학을 코앞에 두고 있는 할 일 없는 청춘들은 유명 인사들의 핑크빛 연애 이야기에 흥미를 보였다.

"결국."

"역시나."

"난 학술제 때 꽃다발 바칠 때부터 알아봤어."

"이아나 님 데뷔식 때 첫 춤도 같이 췄다며?"

"고백, 아르하드 선배가 했겠지?"

"당연하지."

대다수가 그럴 줄 알았다는 반응이었다. 난공불락의 철벽처럼 보이던 이아나가 함락됐다는 것은 놀랍지만, 상대가 아르하드라는 사실에 그럴 만하다고 모두가 납득했다.

누구나 친해지고 싶어 할 정도로 매력적이지만, 선을 긋는 느낌이 강해 다가가기는 어려운 아르하드가 이아나의 앞에서만 주인 말 잘 듣는 사냥개처럼 해사해져서는 쩔쩔매는 탓에, 그가 이아나를 짝사랑하는 것 같다는 소문은 예전부터 유명했다.

이를 증명하듯 등굣길에 목격한 그는 이아나에게 푹 빠져 있다 못해 그녀밖에 보이지 않는 것처럼 굴었다.

그는 당신이 너무 좋다고, 당신을 너무나 사랑하노라고, 둑에 막혀 있던 물이 터져 흐르듯 깊은 애정을 이아나에게 쏟아 내고 있었다.

구애할 때도 저랬을 게 분명하다. 솔직히 말해서 저 잘난 사내가 상사병 앓듯 구애를 하는데 어느 누가 마다할 수 있을 텐가? 그의 유혹에 강철의 요새 같던 이아나도 결국엔 무너지고 만 것이다.

이아나는 강의실에 책을 펴고 앉아 있었다. 강의 시간표에 대해 말한 적도 없는데 아르하드는 물 흐르듯 자연스럽게 그녀를 강의실로 데려다준 후 나중에 보자는 말과 함께 사라졌다.

"처음부터 끝까지 바른대로 고하시죠? 응? 나 어제 파티에서 있었던 일 다 알고 있어. 언제부터 그랬던 거야? 세상에, 그런 낌새는 전혀 없었는데…… 내 눈을 속이다니!"

아르하드 대신, 수업을 같이 듣는 에이지가 얼굴이 잔뜩 상기되어서는 이아나를 귀찮게 했다.

"……."

이아나는 에이지가 쏟아 내는 질문에 대답하지 않았다. 아니, 대답하지 않았다기보다는 해 줄 말이 없었다. 에이지가 이아나를 붙잡고 짤짤 흔들었지만, 그녀는 그저 입을 꾹 다물고만 있었다.

아르하드는 함께 있는 시간이 늘어날 뿐 달라지는 건 없다고 말했다. 그래서 괜찮을 것 같다고 생각했고, 제 실수를 통감하며 이 사기 행각을 수락했다. 거짓된 관계이고 실제로는 변한 게 일절 없으니 체감상 평소와 다르지 않을 거라고 생각하며.

그런데.

'뭔가 이상해…….'

뭐가 이상하냐고 묻는다면 명쾌히 대답할 수 없다. 그냥 기분이 그랬다.

「정말 좋아해, 이아나.」

좋아한다는 말은 시시때때로 들어왔던 것이다. 그 말, 표정, 태도, 어느 하나 빠지는 것 없이 평소와 같았다.

……그런데도 어째서, 어딘가 달라 보였을까.

전날의 술기운이 남아 있을 리가 없는데도.

'내 착각이겠지.'

이아나는 도리질 치고는 어느새 수업을 시작한 교수가 하얗게 채워 가는 칠판을 노려보았다.

'……그런데 계속 그렇게 행동하는 건가?'

착각이라고 생각하면서도 명확히 부정하기 어려운 이질감은 이아나를 심란하게 만들었다.

'그래. 분명 평소와 뭔가 달라.'

기묘한 긴장감을 자아내던 그 분위기를 떠올리자 그녀의 심장이 모래를 가득 넣은 포대처럼 무겁게 떨어져 내렸다.

우습지만 단순히 옆에서 걸었을 뿐인데도 심장이 울렁거렸다. 평소 같았으면 아무런 감정도 들지 않았을 평범한 행동에 이아나는 조금 긴장해 버렸다. 아르하드가 어떻게 나올지 예측해 보는 지금 이 순간마저 긴장하고 있었다. 이 사특한 긴장감의 정체를, 이아나는 종잡을 수 없었다.

'빌어먹을.'

이아나가 속으로 욕을 했다. 이해할 수 없는 제 상태가 마뜩잖았다. 다시 만나면 괜히 사람 마음을 뒤숭숭하게 만드는 아르하드의 이상한 분위기가 사라졌기를 바라며 이아나는 펜을 바로 쥐고 필기를 했다. 그러나 펜촉은 문장 하나를 완성하지 못하고 다시 멈추었다.

정말 오랜만에 이아나는 타의적인 이유로 수업에 집중할 수 없었다.

수업을 듣는 둥 마는 둥 하던 이아나는 수업이 끝나서도 생각에 잠긴 채 우두커니 앉아 있었다.

에이지는 떠벌거리고, 이아나는 대답 없이 책을 내려다보고 있는데, 갑자기 그녀의 머리에 뭔가가 톡 놓였다. 이아나가 정신을 차리고 위를 올려다보자 머리를 쓰다듬고 있는 아르하드가 있었다.

"왜 불러도 대답이 없어."

덜컹!

놀란 이아나가 의자를 뒤로 물렸다.

"언제…… 오셨습니까?"

"좀 됐어. 아까 전부터 계속 불렀는데 대답이 없네."

학술원에서의 그는, 지금은 칼리스토 자작의 양아들이지만 얼마 전만 해도 평민이었다. 귀족과 평민, 그 격차를 허물고 주인이 수하 대하듯 하대를 할 수는 없으므로, 그는 사람들 앞에선 늘 상냥한 선배인 양 말하고 행동했다.

그래서 그의 상냥함은 익숙했다.

다만, 지금은 평소와는 달리 단순한 선후배 사이가 아니라는 것이 이아나의 마음을 껄끄럽게 했다.

"……."

"이리 와."

아르하드가 손을 까딱거렸다. 이아나는 의자에 기댄 채 심란한 기분으로 앉아 있다가, 뭘 어떻게 해야 할지 모르겠어서 일단 일어나 그의 옆에 섰다. 아르하드가 손을 뻗어 그녀의 어깨를 감싸 제게로 당겼다.

이아나는 자기도 모르게 숨을 멈췄다가 어색한 표정을 지으면서 아르하드를 올려다보았다.

"이런 행동까지…… 해야 합니까?"

"이왕 시작한 것, 끝까지 가 보자고."

아르하드가 속닥거렸다. 에이지는 둘이 붙어 있는 모습을 보면서 옆에서 끄악, 하는 이상한 소리를 내며 몸을 꼬았다.

"……."

아르하드가 강의실에 들어올 때부터 그들을 주시하고 있던 학생들은 이아나가 그의 품 안에 얌전히 있자 이상한 기분을 느끼고 있었다.

이아나는 혼자서도 완벽할 수 있다는 듯 고고한 분위기를 풍겨 말 한 마디 걸기도 어렵다. 냉정하기는 또 얼마나 냉정한지, 감정적 교류가 가능한 사람인가, 하는 느낌을 줄 때도 있었다.

그런데 그런 이아나의 붉은 머리카락이 남자의 굵은 팔 안에 갇혀서는 이리저리 튀어나오고, 또 팔에 얌전히 걸쳐져 있다. 그래서 이 순간만큼은, 그녀가 사랑을 할 줄 아는 평범한 여자처럼 보였다.

'대체 어떻게 유혹한 건데?'

'역시 잘난 놈은 뭘 해도 되는구나.'

'빌어먹을 세상.'

점심시간, 식사를 하기 위해 모인 이아나의 친구들은 그녀의 옆을 지키고 있던 아르하드를 자연스럽게 만나게 되었다. 아르하드가 빙긋 웃으며 인사했다.

"안녕하세요. 오늘은 식사를 같이해도 되겠습니까?"

"잘생긴 선배님 아녀요? 안녕하셨지라. 식사는 언제든지 같이해도 되는 거고, 얘기는 아주 잘 들었당께요!"

타로가 갑자기 아르하드의 손을 덥석 붙잡았다.

"저 어여쁜 얼음땡이를 녹인 비결을 어떻게 좀……."

"정공법이지요. 약간의 계략을 곁들인."

옆에서 뾰로통한 표정으로 서 있던 이아나가 능글맞게 거짓말 한번 잘한다고 속으로 구시렁댔다.

"타로 군도 열심히 하면 언젠가는 라랏슈아 왕녀의 마음을 얻을 수 있을 겁니다.”

“헉, 증말 그렇게 되겠슈? 캬, 마음에 드는 선배님이시구먼. 이아나 양, 이 오라버니는 대찬성이여!”

그들은 식사를 하면서 이것저것 얘기를 나누었다. 그리고 마지막에, 이아나의 친구들은 아르하드에게 말을 놔 달라고 했다. 가장 나이가 많은데다 5학년이고, 또 이아나의 연인이니 말을 놔 주는 게 편했다.

“이아나의 친구들이니까…… 나도 너희와 친하게 지내 볼까 한다. 어려운 일 있으면 언제든지 말하고, 앞으로도 이아나를 잘 부탁해.”

“으에에에에에에엑. 저 좋아 죽겠다는 표정 봐.”

에이지가 소름 돋는다는 듯 팔을 문지르며 못생긴 표정을 지었다.

“선배님 완전 범죄자 아닙니까? 아무리 섹시하고, 예쁘고, 귀엽고, 몸매 빵빵하다지만 다섯 살이나 어린 검술학부 공주님을…….”

“죽을래.”

이아나가 살벌하게 중얼거리자 에이지가 입을 다물더니 그도 잠시 다시 입을 나불거렸다.

“봤죠? 잘하다 못해 따까리 신세니까 걱정 말아요.”

“잘됐어요, 사실 저 데뷔식 때부터 정말 잘 어울리는 한 쌍이라고 생각하고 있었거든요.”

“부럽다아.”

헤레이스가 발그스름한 얼굴로 고개를 끄덕거렸고 타로는 눈물을 글썽거리며 부러워했다.

"······."

이아나는 식사를 하는 내내 심각한 얼굴이었다.

'왜 이렇게 당연하다는 듯이 받아들이지?'

동기들은 아르하드가 그녀의 연인이라는 것에 놀라지 않았다. 그럴 줄 알았다며, 잘 어울렸다며 축하를 해 줄 뿐이었다.

사람들은 언제나 그들을 연인으로 오해했고 이아나는 언제나 오해를 무시했다.

그리고 이아나는 드디어 무시하기만 했던 이 오해의 원인들을 진지하게 생각해 보기 시작했다. 아르하드와 제가 여태껏 어떤 행동을 해 왔는지 가만히 돌이켜 보았다.

하지만 아무리 생각해 봐도 친한 선후배 관계, 그 이상도 그 이하도 아니었다.

사랑한다는 말을 주고받은 적 없다.

연인처럼 키스를 한 적도, 몸을 섞은 적도 없다.

포옹? 그런 건 친구끼리도 할 수 있다.

춤? 정적과도 춤을 출 수 있는 게 사교계다.

이아나가 아르하드에게 가진 감정은 그저 인간 대 인간으로서, 절대적인 자기편에 대한 깊은 호감뿐이었다. 또한 뛰어난 경쟁자에 대한 호승심, 그게 다였다. 사람들 앞이라고 해서 이 감정들을 감출 이유는 없으니 숨기지 않았다.

이아나의 입술이 비뚤어졌다.

'이런 감정의 교류를 사랑이라 표현하고 이 관계를 연인이라 칭한다면 이 세상 모든 이들이 사랑을 하는 중이겠군. 오, 놀라워라.'

아무리 생각해도 오해받는 이유는 이것밖에 없다.

친근한 관계의 남녀만 봐도 이어 주고 싶어 안달이 난, 오지랖 넓은 자들의 음란한 망상.

냉소적으로 결론을 내린 이아나의 머리가 차게 식었다.

'이 세상엔 제 일도 아닌 일로 시간낭비를 하는 머저리들이 많아. 그런 주제에 제멋대로 생각하고 판단하지.'

사실이 아닌데도 제 생각이 옳다고 밀어붙여 그것을 사실로 만들려 하는 이기주의자들.

그랬지.

옛날부터 그랬다.

스스로를 깎아내리는 싸구려 행위를 한 적이 없음에도, 사람들은 어미를 닮았다 하여 무작정 창녀 취급했다. 죄 없는 처녀를 마녀로 낙인찍어 광장 한복판에 묶어 두고 돌팔매질을 하는 미개인들처럼.

그래서 이아나는 제가 아니라고 생각하는 부분에 한해서는 남의 말을 절대 듣지 않았다. 귀를 닫고 무시했다. 이번에도 그리해야 마땅했다.

"선배님 완전 도둑놈, 범죄자. 짐승."

에이지가 옆에서 계속 깐족거렸다. 그 깐족거림이 이아나의 싸늘한 심정을 어지럽혔다. 아르하드가 포크로 스파게티 면을 휘젓다가 아무렇지도 않게 피식 웃으며 말했다.

"아직 짐승 짓을 하진 않았는데."

"풉."

이아나가 먹고 있던 음식을 뱉어 낼 뻔했다.

그렇지.

이번 일은 자업자득이다.

결국엔 직접 맛깔 나는 음식을 차리다 못해, 배고프다고 아우성치는 사람들 입에다 떠먹여 주기까지 했다.

……분명 볼품없는 여자가 아르하드의 야망을 방해하는 게 싫었기 때문에 거짓말을 했지만, 거짓말을 이어 가기로 한 가장 큰 이유는 다른 여자가 아르하드의 연인이 되어 그를 독차지하는 걸 용납할 수 없었기 때문이다.

그가 언제나 저를 최고로 중요하게 여겨 줬으면 했다. 그의 마음속 일 순위에서 절대 내려오고 싶지 않았다.

이 마음이 이 미친 사태를 일으켰다.

이 마음이 아니었으면 아르하드와 연인이 되는 일은 거짓으로라도 절대 없었을 것이다.

'……사람들의 망상이 아니라 내 마음이 문제인가.'

내렸던 결론을 뒤엎은 이아나가 심각한 고민에 빠졌다.

'그래서, 뭐야?'

아이 같은 마음이라 생각했지만 그렇다고 해서 아르하드를 부모로 여기는 건 아니었다. 주군을 위하는 부하의 마음도 이렇게 치졸하지는 않을 터였다. 라이벌이 여자에 빠져 검을 소홀히 하는 게 싫은 마음과는 또 미묘하게 달랐고…….

이아나가 기침을 크게 한 번 한 후 식사도 마저 하지 않고 가만히 있자, 심하게 사레들린 것으로 판단한 아르하드가 물을 떠왔다.

가만히 고민하며 접시를 쏘아보고 있던 이아나는 그가 건넨 컵을 낚아채 물을 벌컥벌컥 마셨다. 머리가 복잡해서 터질 것 같았다. 아무 생각도 하고 싶지 않았다. 그녀는 컵이 머리라도 되는 듯 거칠게 비워 갔다.

에이지는 짓궂은 표정으로 아르하드를 놀렸다.

"너무 부담스럽게 구시는 거 아닙니까? 음식을 심하게 꼭꼭 씹어 삼켜서 사례들릴 일이 없는데다 물도 얌전하게 마시는 이아나 양이 저러는 걸 보면, 완전 불편해하는 것 같은데?"

아르하드가 피식 웃으며 말했다.

"신경 꺼. 쑥스러워하는 거니까."

이아나가 물을 마시다 말고 또다시 뱉어 낼 뻔했다.

"우와, 이 사람 좀 보게. 이아나 양, 구해 주지 못해서 미안해. 그래, 이아나 양도 사실 좋으면서 내색하지 않는 거겠지?"

"……에이지, 당신 좀 닥쳐 줬으면 좋겠어."

"싫어싫어. 아, 신난다!"

에이지는 놀려 대면서도 기분이 좋아 보였다. 관자놀이에 핏줄을 세운 이아나가 한 방 먹이자 결국 조용해졌지만.

"이아나, 여행 일정은 잡아 봤나?"

이아나가 계속 답답해하고 어색해하자 아르하드가 화제를 돌렸다.

드디어 따로 생각할 거리가 생긴 이아나는 숨통이 트이는 기분을 느꼈다.

"여행 경로는 정했습니다."

복잡하면서도 애매모호한 생각들을 애써 밀어 둔 이아나는 명확하게 정해져 있어 술술 튀어나오는 말들에 개운함까지 느꼈다.

이아나는 한결 편해진 표정으로 말을 이었다.

"지금은 여행을 하다 들를 지역에 대해 공부 중입니다."

여유를 부릴 틈은 전생에도 없었고, 이번 생에서도 여태까지는 없었다. 전생에 강자를 찾아 세계를 방랑한 적은 있었지만 그건 일종의 무사 수행이었다.

작년 여름에는 남부 대륙에 갔다 왔지만, 그건 첸델프를 고향에 데려다주기 위해서였다.

그래서 여행은 처음이었다.

물론 로베르슈타인의 비밀을 찾는 게 주목적이라 이번에도 순수한 여행이라고는 할 수 없지만, 이번 여정에서는 느긋하게 유적지도 보고 올 생각이니 너그럽게 여행이라는 단어를 붙여 줘도 되지 않을까.

"응? 여행 가는 거야?"

에이지가 눈을 동그랗게 뜨며 물었다.

"그래."

"혼자?"

"당연하다. 내가 누구와 여행을 할까."

"선배님이 보내 준대? 선배님, 아무리 이아나 양이 강하고 우직하다고 해도 혼자 보내다니 너무 무방비한 거 아닙니까? 냉큼 따라가셔야죠."

"그런가? 방학에 해야 할 일이 많은데…… 다 때려치우고 가 버릴까."

아르하드의 중얼거림에 아무 생각 없이 입을 놀리려던 에이지가 갑자기 벼락이라도 맞은 듯 의자에서 튕겨 일어났다. 일행이 왜 저러나 싶어 쳐다보자 그는 입가를 부르르 떨며 다시 자리에 앉았다.

"아, 갑자기 쥐가 나서. 음. 선배님. 물론 따로 할 일이 있으면 그걸 하셔야죠. 중요한 일이면 더더욱. 일보다 사랑을 우선시해서 이아나 양에게 넘치는 사랑을 표현하고 싶은 마음도 이해하지만, 그것도 적당히 해야 여자가 매력을 느낀다고요. 특히 이아나 양이라면……."

뭘 그리 당황했는지 주절주절거리는 에이지 때문에 가라앉혀 놨던 답 없는 고민들이 다시 떠오르려 했다. 이아나가 에이지를 홱 잡아당겨 앉혔다.

"그만하고 내 여행지에 대한 정보나 좀 알려 줘."

"그래! 이아나 양, 어딜 가려고? 이 오라버니가 혼자 가기 좋은 알짜배기 관광지를 싹 다 정리해 줄게!"

"시디얀, 진자이를 차례로 거쳐 토라카까지. 서부를 여행하러 갈 거다."

"사막은 꽤 볼만하지만, 여름이니 고생하겠네."

"얼레? 그럼 나랑 같이 갈텨?"

여행지를 밝혔지만 아르하드의 반대는 없었다. 대신, 타로가 엉뚱한 제안을 해 왔다.

"나 방학마다 고향에 돌아가잖여. 토라카 서쪽이 내 고향이거던? 같이 가면 워떨까 헌디. 아, 물론 따로 계획이 있으면 내 말 무시혀도 돼!"

이아나는 고민했다.

혼자 여행하면서 정령왕을 불러내 신성시대에 대한 이야기도 들고 스스로를 돌아보는 시간도 가져 볼 생각이었기에 옆에 다른 사람이 없는 게 좋았다.

하지만 압실롯의 아들인 타로와 함께하는 것도 유익할 것 같았다. 압실롯이 정령에 대해 많은 걸 알고 있었으니, 아들인 타로도 뭔가를 알고 있을 가능성이 높았다.

또, 친한 동기라지만 타로에 대해서는 라랏슈아를 흠모한다는 사실 말고는 아는 게 거의 없었다. 에이지, 헤레이스와 마찬가지로 타로와도 오랜 인연을 맺게 되리라고, 이아나는 예감하고 있었다. 그러니 이참에 타로와 친분을 나누는 것도 괜찮은 선택이었다.

자아 성찰은 귀환할 때 하기로 마음먹은 이아나가 말했다.

"나쁘지 않겠군. 그렇게 하지. 다만 계획 중에 혼자 하고 싶은 것들도 있어서 귀환은 따로 하는 게 좋겠다."

"오오, 좋아! 그렇게 하자고잉!"

순식간에 결정을 내려 버린 이아나가 아르하드의 눈치를 흘끔 살폈다. 그가 함께 가고 싶다 할 때는 혼자 여행 갈 거라고 그리 강조했으면서 친한 동기와는 냉큼 동행하겠다는 행태에 기분 나빠 할까 싶어서였다.

"……흠."

아르하드가 뜻밖이라는 듯 눈썹을 쓱 움직였지만 그리 불쾌해 보이지는 않아서 이아나는 안심했다. 대신 에이지가 그녀를 타박했다.

"어라. 그럼 안 돼. 이제 홀몸이 아니잖아."

"저질스러운 말 하지 마."

"응? 어떤 포인트에서 저질스럽다는 걸까."

퍽!

모른 척 놀려 대는 에이지에게 한 방 더 먹여 준 후, 이아나는 경로에 대해 타로와 조금 더 대화를 나누었다.

"시디얀에 진자이면 일직선이잖여? 좋아! 질주하면서 몬스터 사냥을 하는 건 위뗘? 못된 도적놈들도 때려잡고! 이아나 양과 콤비로 움직이면 엄청 재밌을 것 같은디, 캬!"

"가다가 마주치면 그리하는 걸로 하지."

"크, 역시 이아나 양……!"

타로의 제안에 이아나는 한 가지를 더 생각해 냈다. 이왕 이렇게 된 것……

"헤레이스, 너도 가자."

"네? 저요?"

이아나와 타로의 대화를 흥미진진하게 듣고 있던 헤레이스가 깜짝 놀라서 저를 가리키자 이아나가 고개를 끄덕거렸다.

헤레이스의 얼굴이 상기되었다. 친구들과의 여행? 생각만으로도 가슴이 뛰었다.

"아버지께 여쭤 봐야 하는데……."

"나와 타로가 함께하는 검술 수행이라고 해. 그리 말하면 보내 주실 거다. 호위기사나 하인은 붙이지 마. 여행이 아니라 말 그대로 수행이니까. 네가 간다면 아주 빡빡하게 움직일 예정이니 각오하고."

"허허헉!"

타로가 가슴을 부여잡았다.

"이아나 양…… 나가 이런 걸 겁나게 좋아하는 걸 어찌 알고 ……. 삶은 생존! 그 속에서 싹트는 우정! 우정과 함께 강해지는 우리!"

두려운 낯을 하면서도 한편으로는 기대감으로 눈을 빛내고 있는 헤레이스의 어깨에 타로가 팔을 걸쳤다.

"가자! 헤레이스! 생존의 세계로!"

"조…… 좋아요! 가요!"

헤레이스가 두 손을 번쩍 들었다.

시시덕거리는 둘은 내버려 두고, 이아나는 식사를 마저 하려고 숟가락을 들었다.

"나는?"

이아나를 놀려 먹는 데 맛이 들렸는지 대화의 주제를 자꾸 아르하드와의 관계 쪽으로 몰아가던 에이지가, 이번에는 그러지 않고 서운하다는 듯 툴툴댔다. 이아나는 저리 가라며 손짓했다.

"어, 나 왕따 시키기야?"

"일하느라 바쁜 것 알아. 갈 수도 없으면서 그런 소리가 진심으로 들릴 리가 없지."

"쳇. 하지만 한번 권해 줄 수는 있잖아."

"갈래?"

"됐어. 내가 얼마나 유능한 사람인지 알아? 내가 없으면 여기저기가 삐걱거린다고. 아무튼 도움이 될 만한 정보들을 정리해서 내일 책자로 만들어서 줄게."

"바쁜데 그럴 것까지야……."

"솔로 탈출 기념 선물이니 그냥 받아 주세용. 아, 이제 이아나 양도 사랑을 알게 된다고 생각하니 기쁘다!"

결국 에이지는 끝까지 놀려 먹었다. 제 일도 아닌데 대체 뭐가 그리 재밌는지, 그는 몇 번이나 이아나의 주먹에 혼쭐이 났으면서도 계속해서 사랑 타령을 했다.

'그놈의 사랑.'

이아나는 역겹다는 듯이 속으로 중얼거렸다. 제 감정은 사랑이 절대 아니다.

'그래서 내 마음은 대체 뭐지?'

하지만 거듭되는 고민은 결국 절대 아니라고 생각해 제일 먼저 제쳐 두었던 가정까지 도달했다.

'분명 내가 아르하드를 사랑하는 건 아닌…….'

타인이 지껄여 대는 말들이 아닌 스스로 제 감정을 사랑과 결부시키는 그 순간, 이아나는 강렬한 의구심을 가졌다.

'사랑이 뭔데?'

그 질문에, 이아나는 쉽사리 답을 내릴 수 없었다. 분명히 평소 사랑에 대해 뚜렷한 주관을 가지고 있었고 방금 전만 해도 역겹다는 감정을 느꼈는데…… 왜일까?

이아나의 머리를 사로잡은 의문은 식사가 끝난 후에야 사라졌다. 어깨를 감싸며 팔 안쪽으로 그녀의 몸을 안아 당긴 아르하드 때문에 강제로 잊혀 버렸다.

제 어깨 뒤를 두른 팔의 굵기라든가, 코를 맴도는 체향이라든가, 그러한 사소한 자극들이 지나치게 생생하게 전해져 왔다. 어깨를 짚은 커다란 손이 이상할 정도로 뜨겁게 느껴졌다.

그건 지금의 계절이 여름이고 아르하드의 체온이 높기 때문이 아니라 스스로가 그렇게 느끼고 있기 때문임을 이아나는 잘 알고 있었다.

그렇다. 그냥, 모든 감각이 곤두서 있었다.

그런 스스로를 깨달은 이아나는 이제 자기를 의심하고 있었다. 아르하드의 이상한 분위기 때문이 아니라, 그는 변한 게 없는데 그가 보이는 거짓된 '연인'의 행동에, '연인'의 관계를 의식한 나머지 저 혼자 긴장하고 있는 게 아닌가 하는.

"자, 이제 둘만의 시간을 갖고 싶거든."

"허억, 너무 노골적이신 거 아닙니까?"

제 이상한 상태에 대해 지금은 더 깊게 생각하고 싶지 않았다. 아침부터 시작된 이상한 생각들이 뒤엉키고 뒤엉켜서 뭐가 뭔지 모르겠는 상태에 이르렀다. 그래서 이아나는 그냥 생각하기를 포기했다.

다음 수업까지 남은 시간에, 아르하드는 이아나를 탑의 제 방으로 데려왔다. 그가 방문을 닫으며 말했다.

"어때, 재밌지?"

거짓의 종결을 선언하는 아르하드의 그 말에, 이아나는 완전히 긴장감이 해소되는 것을 느끼며 쓰러지듯 소파에 털썩 앉았다. 안도감과 동시에 탈력감이 들었다.

"……아뇨. 별로."

이아나가 무성의하게 말을 내뱉었는데도 아르하드는 웃었다. 지금 일어나는 모든 일이 재밌다는 듯한 태도였다.

"정신없습니다. 어제 그 선택을 내린 제 자신을 한 대 패고 싶어요."

"안 그래도 지친 것 같아서 빼 온 거다."

아르하드가 언제나처럼 물을 끓이고 향이 좋은 찻잎을 꺼냈다. 부드러운 차향이 방 안에 차오르기 시작했다.

아르하드가 테이블에 찻잔을 내려 두자 진한 차향이 스멀스멀 피어올라 이아나의 후각을 자극했다. 완전히 지쳐 버려 눈을 감고 있던 이아나가 차의 향을 맡고 천천히 눈을 떴다.

'이건 소화에 도움이 되는 차…….'

안 그래도 음식이 코로 들어가는지 입으로 들어가는지 모를 기분으로 식사를 해서 속이 편치 않았다. 아르하드는 어찌 알고 이 차를 내왔을까.

아르하드는 찻잔을 내려다보고 있는 이아나를 빤히 보았다.

"네 동기들과 함께 여행을 간다고 해서 놀랐어."

흠칫한 이아나가 아르하드의 눈치를 슥 살폈다.

"혼자 가려고 했지만, 타로의 말을 들어 보니 이참에 동기들 간에 친분을 쌓는 것도 나쁘지 않을 것 같아서요. 헤레이스에게도 좋은 기회가 될 것 같고."

"서부는 몬스터와 도적이 남부와는 비교가 안 되게 많으니 전투 경험을 쌓기에는 좋겠지. 그런데 이아나, 네가 동기들을 그리 아꼈었나. 내게 혼자 여행을 하고 싶다고 아주 단호하게 말했었는데, 그 계획을 변경할 정도로?"

아르하드의 의미심장한 질문에 이아나는 오전 내내 받은 피곤함도 떨쳐 버리고 긴장했다. 이때까지 하고 있던 고민마저 잊을 정도였다.

그는 그녀가 피치 못할 상황에서 시아이외의 옷을 빌려 입은 것조차 마음에 안 들어 했었다. 전적을 생각하면, 아르하드가 여태껏 별 관심을 두지 않았던 동기들에게 적대감을 가질 수도 있다는 생각이 들었다.

그건 싫었다.

전생과 이번 생 통틀어 유일하다고 할 수 있는 친우들이었다. 아르하드도 그들에게 호의적으로 대해 주길 바랐다.

하지만 아르하드에게도 마음이 있다. 절대적인 제 편이라고 해도, 제가 좋아하는 사람들을 아르하드도 따라서 좋아하는 게 당연하지 않다는 걸 안다. 심지어 이번엔 그의 동행은 거부했으면서 그들과는 함께 가기로 했으니…… 마음에 안 들어 하지 않을까.

이아나는 상황을 바꿔 생각해 보았다. 아르하드가 저를 뒷전으로 하고 다른 이를 아낀다면 싫은 기분이 들 것 같았다.

그래서 아르하드가 친구들을 싫어한다고 해도 그러지 말라고 따질 자격이 없음을 이아나는 인식했다. 하지만 아르하드가 그런다면 조금 슬플 것 같았다.

이아나는 동행을 너무 쉽게 결정했나, 그리 스스로를 탓하면서 찻잔을 만지작거렸다.

"……좋은 친구들이라고 생각합니다. 몇 없는."

"그럼 좋겠지. 잘 다녀와."

아르하드의 산뜻한 대답에 이아나는 눈을 깜빡거렸다. 다행이라고 생각하면서도 의구심을 느꼈다. 그래서 참지 않고 물었다.

"헤레이스와 타로는 괜찮습니까? 에이지도?"

"괜찮아."

뒤가 심하게 생략된 말임에도 아르하드는 그녀가 그런 질문을 한 이유를 바로 알아챈 듯했다. 그는 느릿하게 말을 이었다.

"오해하는 것 같은데, 나는 너의 인생 그 자체를 가지고 싶은 거지, 네가 아끼는 것들을 없애고 싶은 게 아니야. 너를 구속하는 관계만 아니면 괜찮아. 나는 네가 좀 더 많은 경험을 해 봤으면 해. 더 많은 종류의 감정을 마주하고 관계를 겪길 바라. 그런 의미에서 친구는 아주 좋지."

그래서 아르하드는 슈나이더를 적대할지언정 제 곁에 있는 사람들은 내버려 뒀나 보다.

하긴, 만약 아르하드가 제 인생이 아닌 저 하나만을 독점하고자 했다면 일찌감치 친구들을 떼어 놓으려고 수를 썼을 터였다.

"다만, 혹시라도 그들이 먼저 나의 적이 되었을 때…… 네가 그들을 선택하지 않으면 한다."

"그건 당연합니다."

그녀의 주인은 아르하드고, 그녀의 인생은 그의 것이다.

친구들이 아르하드를 적대할 리가 없지만, 만일 먼저 그의 적을 자처한다면 그녀도 그들의 적이 될 것이다.

우습게도…… 아르하드가 그들을 먼저 미워한다면 그냥 슬플 것 같다는 생각이 들었을 뿐이지만, 그들이 먼저 아르하드를 미워한다면 도리어 그들이 아주 미워질 것 같다는 느낌을 받았다.

우선순위가 너무 확실해서, 이아나는 친구들에게 조금 미안해졌다.

"다행이다. 차 마셔. 적당히 식었을 테니 마시기 딱 좋을 거다."

아르하드가 권유하자 이아나는 찻잔을 들었다. 아르하드의 말대로였다. 손바닥으로 전해지는 온기는 뜨거워서 피하고 싶지도, 차가워서 꺼리고 싶지 않을 정도로 적절했다.

이아나는 찻잔에 입술을 댔다. 살짝 벌린 입술로 흘러 들어오는 차는 역시나 산뜻하면서도 맛있었다.

소화를 돕는 부드러운 차향.

몸을 따사로이 덥히는 온기.

차는 그녀를 편안하게 하고 심장을 비롯해 온몸을 데웠다.

그리고 이 차 한 잔처럼, 아르하드는 언제나 그녀를 배려해 주고 있다. 언제나 그녀를 이해하려 노력했고, 언제나 그녀의 사정을 봐주려 했으며, 언제나 그녀의 감정을 우선시해 주었다. 오늘도 그녀가 너무 피곤해하자 적당한 선에서 그만둬 주었다.

그런 그가 배려를 그만둘 때는, 오직 그녀가 그를 거부할 때뿐이었다. 그것만은 절대 용납하지 않았다.

그리고 이아나는 바뀌어 간다. 아르하드와 함께 지내는 시간이 길어질수록, 거부는커녕 아르하드가 뭘 하든 괜찮을 것 같다는 마음가짐으로.

자기 주관이 사라진 건 아니나, 그에게만 너그러워져서는 모든 행태를 용납하는 방향으로 변해 가고 있었다. 그리고 이아나는 그런 스스로의 변화를 느끼고 있었다.

"출발일이 종업식을 하는 열흘 후인가?"

"네."

"자, 그럼 이번 주 주밀에 데이트하자."

"네?"

이아나가 움찔하자, 찻잔의 액체가 이리저리 요동쳤다.

아직, 다 괜찮지는 않을지도.

"……데……이트요?"

아르하드가 당당하게 내뱉은 낯선 단어에 이아나가 의미 파악을 하려고 되묻는데, 아르하드가 뭘 놀라냐는 듯 말했다.

"연인들의 필수 이벤트 아닌가?"

"아니, 그건."

필수인가?

그런데 데이트가 뭐 하는 거지?

이아나의 머리는 그쪽으로는 아예 생각하지 않게 굳어 있었다. 연인과 놀러 다니는 거라고, 의미는 알고 있는데 왜 데이트라고 부르는지, 친구들과 놀러 다니는 것과 뭐가 다른지 아무것도 몰랐다.

더욱이 친우들과도 술만 퍼마시러 갔지 누군가와 딱히 놀러 다닌 적이 없어서 이아나의 머리가 텅 비었다.

"저는 데이트가 뭔지 모릅니다. 아니, 그보다는 그걸 꼭 해야 하는 겁니까? 사람들 앞에서만 연인인 양 행동하기로 했잖습니까?"

"그렇게 하기로는 했지만, 그럼 재미없잖아? 이성의 귀찮은 접근을 차단하는 게 주목적이지만, 내겐 재미도 이 관계를 시작하게 된 큰 목적이다. 어차피 이때 아니면 평생 못할 것, 해 보는 게 어때?"

아르하드가 다른 의도가 전혀 없는 사람처럼 선량하게 웃었다.

"네가 여행을 갔다 오면 할 일이 산더미같이 쌓여 바하무트를 공략할 때까지 틈이 없을 거다. 유희는 즐길 수 있을 때 즐겨야지."

“…….”

그리 말했는데도 이아나의 안색이 또다시 굳어 가자 아르하드가 그녀의 눈앞에서 손가락을 튕겨 주의를 환기시켰다.

“이아나, 너무 어렵게 생각하지 마. 평소처럼 행동하면 돼.”

“평소처럼요……?”

“그래. 이 방에서처럼 편하게 있으면 되는 거다. 오늘 하루 널 지켜보고 있자니, 난 재밌었지만…… 넌 너무 부담스러워하는 것 같더군. 체하기까지 했잖아.”

이아나는 찻잔을 내려다보았다. 아르하드는 전부 알고 있었다. 소화를 돕는 차를 내올 수 있었던 건, 연인인 양 말하고 행동하는 것을 즐기면서도 그녀를 관찰하고 있었기 때문일 것이다.

저는 정신이 없었는데 아르하드는 그럴 여유도 있었나. 이아나는 갑자기 한심한 기분이 들었다. 그는 아무렇지도 않은데 저 혼자 그 관계를 의식해서 어색하게 행동하는 것이 바보 같아 보였다.

그래, 이 관계가 대체 뭐라고.

저도 그처럼 아무렇지도 않게 행동하면 되는데.

제 성정이라면, 충분히 그리할 수 있을 텐데.

왜…….

“사실 네 마음을 편하게 해 주려고 데이트를 계획한 거다. 하고 나면 훨씬 나을 거야.”

“왜 데이트를 하면 제 마음이 편해진다는 거죠?”

“해 보면 알아.”

이아나가 입술을 꾹 다물고 있자, 그녀를 지켜보고 있던 아르하드가 조용히 말했다.

"이아나, 목적도 목적이고 재미도 재미지만 난 너를 괴롭히려고 이 관계를 고집한 게 아냐. 아까도 말했지. 네가 많은 종류의 감정과 관계를 겪어 보길 바란다고. 왜 그러기를 바라는 것 같아?"

"……모르겠습니다."

"넌 네 스스로에 대한 건 너무 잘 알지만, 네가 다른 사람에게 느끼는 감정에 대해서는 너무 어려워해. 좋은 유의 감정에 대해서는 더더욱……. 어제, 너는 나에 대한 감정조차 정의 내리지 못했어."

그건 사실이다. 왜냐하면 전생 내내 부모의 애정도, 친구와의 우애도, 스승의 자애도, 하급자의 외애도…… 모두 겪어 보지 못했으니까. 어렸을 적에는 겪을 수 없었다. 성장하여 포기한 후로는 마음을 닫고 그녀의 의지로 겪지 않았다. 그리하여 이아나와는 아주 거리가 먼 단어들이었다.

"저도 제가 감정에 무딘 것을 알고 있습니다. 특히 호감은 제가 정말 어색해하는 종류의 감정입니다. 차라리 쳐 내는 게 편해요. 좋은 감정으로 사람과 교류한 적이 얼마 없어서 그렇겠죠."

"하지만 이젠 주변에 널 좋아하는 사람이 많잖아. 그리고 네가 곁에 둔 사람들이 너를 아끼고 좋아하는 마음을, 쳐 내기만 하는 게 아니라 수용할 수도 있잖아?"

"……."

"넌 천천히, 감정을 배워가고 있어."

사실이다. 아직도 가끔 여러 사람과 어울리는 지금의 제 상황이 어색하게 느껴질 때가 있지만, 그래도 싫지만은 않은…… 아니, 이 말은 옳지 않다. 싫지 않다는 말은 제 심정과 어울리지 않았다.

이아나는 좋다는 감정을 잘 표현하지 않으며, 잘 느끼지도 않는다. 항상 싫지 않다는 말로 거리와 여지를 둘 뿐이었다. 누구라도, 언제든 제 곁을 떠날 미래를 확신하며 좋은 감정을 느끼지 않기 위한 마지막 마음의 벽이었다.

하지만 최근, 이아나는 그 벽을 조금 허물 수 있었다. 제 곁을 절대로 떠나지 않을 아르하드를 알고 있기에, 그녀가 상처를 받고 받아 쓰러져도 받쳐 줄 아르하드가 있음을 알고 있기에 용기가 생긴 걸지도 몰랐다.

그래서 이제는 긍정적으로 표현할 수 있다.

좋은 감정들이 삶을 풍부하게 채우고 있었다. 그리고 그 감정들을 자신도 서서히 배워 가고 있었다.

"네, 제가 생각하기에도 그런 것 같습니다."

"하지만 넌 아직 멀었어. 호감을 어색해하며 쳐 내기만 했던 것처럼, 마찬가지로 너는 연인 간의 사랑도 부정적으로만 생각하지. 겪어 본 적도 없으면서."

그 말에 이아나는 뒤통수를 맞은 듯한 기분이 들었다.

"물론, '진짜' 연인이 아니기에 내가 진짜로 다 해 줄 수는 없겠지만, 네가 이 관계를 경험해 봤으면 좋겠다."

어딘가 억지스럽게 느껴지는 말인데도, 그래도…… 지금의 이아나에게 아주 제대로 먹힌 말이었다.

"무엇보다 이아나, 나는 내가 질리기 전까지는 절대로 이 관계를 청산할 생각이 없어. 오늘 다 집어치우고 도망가고 싶어 하는 것 같던데, 데이트가 그런 네게 정말 도움이 될 거야. 속는 셈 치고 내 말을 따라 보는 게 낫지 않겠나?"

"무슨…… 제가 도망을 치고 싶어 한다고요?"

깨달음을 얻고 가만히 생각을 정리하던 이아나가 반응했다. 도망이라니? 은근히 자존심 상하는 말이다. 도망은 제 인생에 있을 수 없는 단어였다. 이아나가 기 싸움을 하듯 아르하드와 눈을 마주하고 있는데 그가 말했다.

"그럼 아냐?"

"……."

사실, 그 자리에서 벗어나고 싶다는 생각을 몇 번이고 하긴 했다.

하지만 그건 그거고.

거짓된 일에 동요하는 스스로를 한심하게 여기던 도중에 설득과 깨달음, 그리고 이 모든 것과 어우러진 도발은 이아나의 자존심과 호승심을 쿡 쑤셨다.

어쩐지 지는 기분.

오기가 생긴 이아나는 아르하드의 제안을 승낙했다.

"내가 그럴 줄 알았지이이이! 이아나 양, 축하해요!"

하루 종일 주변의 시선에 시달리다가, 수업이 모두 끝나 돌아간 기숙사에서는 프리실라가 몸을 배배 꼬고 있었다. 침대에 털 퍽 누운 이아나가 이제는 체념한 목소리로 말했다.

"……그렇게 됐습니다."

"역시 아르하드 군이 언젠가는 한 방 먹일 줄 알았어! 어떻게 고백했어요? 막 사랑한대? 쭙쭙거렸어? 벽치기? 아니면 넘어뜨렸어? 꺄아아악."

이아나는 프리실라의 머릿속에서 저와 아르하드의 관계가 얼마나 전개됐을지 상상하기 싫었다. 그가 넘어뜨린다고?

"그런 짓 안 했어요."

"으응? 알려 줘요. 절대로 말 안 하고 다닐게요."

사실대로 말하고 싶은 마음이 굴뚝같았지만, 아르하드의 멀쩡한 낯빛을 떠올린 이아나의 마음에 또다시 오기가 샘솟았다. 이아나가 입을 열었다.

"그냥, 좋아…한다고…….."

하지만 말을 하다 보니 몸에 소름이 오소소 돋아 말을 다 이을 수가 없었다.

"아르하드 군이 평범하게 고백하진 않았을 텐데. 고백 멘트가 그게 다가 아닐 텐데! 아앙, 알려 주면 안 돼요?"

하지도 않았는데 어떻게 알겠는가.

"……신경 끄세요."

"쳇, 둘만의 추억이다 이거죠? 알았어요. 하지만!"

프리실라가 주먹을 꽉 쥐었다.

"나, 이래 봬도 나이 엄청 많은 연애 고수랍니다. 모르는 거 있으면 언제든지 물어보세요. 우리 이아나 양, 숙맥이라 너무 걱정이라니까. 난 지금 이아나 양이 아르하드 군의 고백을 받아들인 것도 기적이라고 생각하거든요."

그 말을 하고 프리실라가 조용해지자, 이아나는 드디어 생각에 잠길 수 있었다. 그녀는 베개에 머리를 파묻었다.

'사랑……'

이아나는 연인 간의 사랑을 몹시 부정적으로 인식하고 있었다.

집착과 파괴.

자아의 상실.

마음의 고통.

모두 어미가 몸소 보여 준 것들이다.

그래서 사랑 따위 하고 싶지도, 받고 싶지도 않다고 생각했다.

물론 르보니가 보여 준 사랑은 짝사랑이고, 엘로냐의 낙원 부부나 르보니가 끼지 않은 로베르슈타인 부부처럼 서로 통하기만 한다면 사랑이 나쁘기만 한 감정은 아니라는 것을 알고 있었지만 이아나는 사랑을 하고 싶지 않았다.

사람의 감정은 유동적이기에 언제 변할지 모른다. 상대가 떠났는데도 홀로 사랑을 품어 르보니처럼 추하게 변할 자신을 생각하기만 해도 끔찍했다. 그리될지도 모르는 위험을 감당하면서 사랑이라는 감정에 스스로를 맡기기엔, 이아나는 자기 자신에 대한 애정이 너무나 컸다.

무엇보다 더 이상 타인에 의해 상처받고 싶지 않았다. 그게 이아나의 솔직한 심정이었다.

그렇다.

여태껏 이렇게 부정적으로 생각하기만 했을 뿐 사랑은 아르하드의 말대로 겪어 본 적 없는 감정이었다.

그녀는 사랑에 대해 몰랐고, 사랑이 어떤 감정이냐는 의문에 대답할 수 없었다.

아는 척하며 무작정 거부했지만, 받아 본 적도 없고 느껴 본 적도 없는 이가 사랑이 뭔지 알 리가 없었다. 겉으로 드러난 결과물을 보고 그럴 것이다, 판단 내린 게 다였다.

그러니 연인 관계인 남녀가 평소에 뭘 하는지도 모르고, 둘 사이에 어떤 감정이 오가는지도 모른다. 그런 주제에 저와 아르하드를 연인으로 착각하는 사람들을 경멸하는 것은 옳지 않았다.

그럼 사람들은 왜 아르하드와 저를 사랑하는 사이라고 착각할까? 이아나가 알기로, 연인 관계가 평범한 친분 관계와 다른 점이라곤 아주 깊은 호감이 둘 사이에 존재하고 키스와 성애 등 짙은 성적 행동이 동반된다는 것뿐이었다.

'난 아르하드와 자고 싶다고 생각한 적 없어.'

살면서 그런 충동을 느껴 본 적이 없기에 그게 무슨 기분인지도 모르겠지만.

그러나 이제 와서 생각하건대, 사랑에는 그 외에도 뭔가 있을지도 몰랐다.

그리고 호감. 호감의 종류는 너무나 많고 안 그래도 호감에 서툰 이아나는 사랑의 토대를 이루는 '깊은 호감'이 어떤 것인지 몰라서 찜찜했다. 왜냐하면 제 안에도, 아르하드를 향한 미지의 깊은 호감이 존재하고 있었으니까.

'……사랑은 뭘까?'

이아나는 고개를 살짝 돌려 침대에 엎드린 채 즐겁게 일기를 쓰고 있는 프리실라를 보았다.

'궁금한 게 있으면 물어보라고?'

살다 살다 프리실라와 상담을 할 날이 올 줄은 몰랐지만……

이아나는 속으로 끙끙 앓는 것보다는 차라리 시원하게 죄다 물어보는 게 낫겠다고 생각했다.

"프리실라, 사랑이 뭡니까?"

"네? 사랑? 핫!"

이아나의 폭탄 질문에, 바로 알아듣지 못한 프리실라가 반문하다가 쓰고 있던 일기를 홱 던져 버리고 벌떡 일어났다. 그녀가 믿을 수 없다는 듯 저를 보고 있자, 이아나는 약간 민망한 기분이 들어 시선을 살짝 피한 채 작게 중얼거렸다.

"……연인은 무얼 하죠? 데이트는 어떻게 하는 건가요."

"꺄앗, 이아나 양! 그런 귀여운 질문을 하다니! 깜찍하긴!"

프리실라가 비명을 지르며 발을 동동 구르고 있자 이아나의 표정이 이상해졌다.

귀여운 질문…… 깜찍…… 이 여자의 머릿속 제 이미지가 궁금해지는 순간이었다. 프리실라가 두 손을 모은 채 눈을 반짝거렸다.

"사랑은 너무너무 좋아서 미치는 거예요."

"너무 두루뭉술해서 이해하기 어렵군요. 전 사랑을 할 때, 사람이 어떤 감정을 느끼는지 알고 싶습니다."

프리실라가 으음, 하고 고개를 갸우뚱했다.

"그렇게 확실하게 설명되는 감정이 아닌데요. 일단 제 경험을 말씀드리자면 에헴, 상대가 너무 좋아서 함께 있으면 정말 정말 행복하고 달콤한 기분이 든답니다. 몇 분 전에 헤어졌는데도 또 보고 싶어져요. 뭐든 함께하고 싶어지죠."

"……."

"상대에게 깜짝 선물을 줘서 기뻐하는 모습을 보고 싶고, 상대가 바라는 거라면 뭐든 해 주고 싶어져요. 또!"

프리실라가 꺄악, 하고 작게 비명을 내지르곤 베개를 끌어안았다.

"너무너무 사랑하면 꼭 끌어안고 싶어져요. 만지고 싶고 키스하고 싶고 함께 침대를 뒹굴고 싶어질 수도 있죠. 스킨십, 기분 엄청 좋아요. 흐흐."

프리실라가 흠, 하고 한숨을 쉬더니 베개를 놓고 팔짱을 꼈다.

"하지만 막 다 좋기만 한 건 아니에요. 사람이 쪼잔해지거든."

프리실라가 고개를 끄덕끄덕거렸다.

"중요한 일이 있어도 나를 제일 우선시해 줬으면 하는 철없는 마음이 들고, 다른 년이랑 놀아나는 걸 보고 있으면 열불 나고, 내 마음을 몰라주면 서운하고, 나를 좀 덜 챙긴다 싶으면 화가 나고……."

프리실라가 싱긋 웃었다.

"그래도 그 사람이 좋은 게 사랑이라고, 저는 생각한답니다."

이아나는 미간을 좁히며 말했다.

"친구에게도 그런 기분을 느낄 수 있지 않나요?"

"물론 우정으로도 그런 기분을 느낄 수 있죠. 거기서 사랑한다고 고백을 해서 친구가 그것을 받아들이면 연인이 되는 거고요."

"이해하기 어렵습니다. 우정과 사랑은 다른 범주의 감정입니다."

"어머, 이아나 양. 사랑이 우정과 동떨어진 감정은 아니랍니다. 어떤 종류의 호감이든, 모든 호감의 연장선! 종착점! 최종형! …… 이 사랑이라고 해야 할까요. 호감이 발전하고 발전해서 끝에 이르면 사랑이 되는 거예요. 그래서 사람들마다 사랑에 대한 인식이 달라요. 상대를 정말 좋아한다는 것만 공통점이죠."

"……."

"결론은, 서로를 사랑한다는 건 서로를 이 세상에서 가장 좋아한다는 뜻이나 마찬가지예요. 그리고 사랑으로 얽힌 연인이 된다는 건, 서로를 독점하는 거예요. 서로에게 유일한 존재가 되어, 서로를 가장 우선시할 것을 약속하는 거죠. 어때요, 도움이 되었어요?"

"……일단은, 대충."

체감하기는 어려웠지만, 아무튼 사랑이 뭐다, 라는 것 정도는 알 것 같았다. 그리고 프리실라가 말한 사랑이 제가 아르하드에게 품은 감정과 어느 정도 겹친다는 것도 인식했다.

사랑은 호감의 최종형…….

그 말이 진짜라면, 제가 아르하드에게 품은 감정은 호감이니 사랑과 어느 정도 겹칠 수밖에 없다.

이 호감이 사랑이라고는 생각되지 않는다.

하지만 어쩌면, 이 호감이 더 깊어지면 사랑이 될 수도 있다는 점을 이아나는 인식했다.

그래서 아직은 사랑이 아니다, 라고 하는 게 옳다.

"연애도, 제가 예전부터 계속 말했잖아요! 별것 아니에요. 그냥 어떤 일을 하더라도 좋아하는 사람과 같이하는 거예요. 그게 다라니까? 데이트도 그냥 놀러 다니는 거예요."

프리실라가 제 침대에서 폴짝 뛰어내렸다. 생각에 잠겨 있는 이아나의 옆에 풀썩 앉은 그녀가 음흉하게 웃으며 두 손으로 앙

탈을 부리듯 이아나의 등을 토닥거렸다.

"이아나 양, 데이트에 대해 물었다는 건 아르하드 군이 데이트를 신청했다는 거겠죠? 언제 해요? 응? 내가 예쁘게 꾸며 줄게요! 옷도 최고로 예쁜 걸로 골라 줄게!"

시간은 빠르게 흘렀다. 일주일이라는 시간은 의외로 이 새로운 관계에 충분히 적응할 만한 시간이었다. 물론 완벽하게 적응한 건 아니지만 이아나도 어느 정도 익숙해졌다.

이성의 접근을 차단한다는 본래의 목적은 놀라울 정도로 완벽하게 달성되었다. 하루에 두 통 이상은 오던 러브레터가 뚝 끊긴 것이다.

그리고 오늘은 아르하드와 약속한 날이었다.

사실 아직도 데이트가 뭔지 감을 못 잡은 이아나는 평소와 같이 편한 옷을 입고 일찌감치 나가려 했다. 그런데 항상 늦잠을 자던 프리실라가 발소리를 듣고 깨어났고, 이아나의 상태를 발견하자마자 기함했다. 침대에서 뛰어내려 옷장을 미친 듯이 뒤지더니 옷 몇 벌을 꺼내 이아나의 앞에 휙 내밀었다.

이아나는 당황했지만 프리실라가 그래도 경험이 많은데다 그녀의 상담에 빚진 기분을 느끼고 있었기도 해서 그녀가 강력하게 추천한 옷을 입었다.

옷은 이아나가 거부감을 느끼지 않을 정도로만 여성스러웠다. 여름옷이라 그런지 소매가 팔뚝 위로 성큼 올라온 흰 블라우스는 소매 끝과 칼라 부분만 심플한 레이스로 장식되어 단정했다.

무릎 밑까지 살짝 내려오는 짙은 녹색의 패턴 치마는 이아나의 붉은 이미지와 어우러져 싱그러운 여름 장미를 떠올리게 했다.

이아나의 맨얼굴에 예쁘게 화장까지 해 준 프리실라가 딸을 시집보내는 엄마처럼 촉촉하게 젖은 눈을 한 채 말했다.

"걱정 말아요. 아르하드 군이 다 알아서 할 거예요. 재밌게 놀다 와요. 앗, 그 허리띠는 뭐예요! 검도 두고 가요!"

허리띠를 매서 장검을 차고 나가려던 이아나는 프리실라의 만류로 실패했다. 어쩔 수 없는 상황이 아니면 항상 제 곁에 두던 검을 두고 가는 게 찝찝했지만, 검 대신 제 옆에 붙어 있을 아르하드를 생각하니 그 찝찝함이 사라졌다.

'……우습네.'

어떤 사태가 일어나도 그가 알아서 해결해 줄 거라는 믿음이 어느새 생겨나 있었음을, 이아나는 깨달았다. 불과 1년 6개월 전 라오스의 신전에 들렀을 때 검을 잠시 맡기는 것만으로도 불안해했던 자신은 어디로 갔을까?

이아나는 프리실라의 배웅을 받으며 방을 나섰다. 복도에는 주말이라 사복을 입고 외출하려던 여학생들이 많았다.

"우와."

이아나를 발견한 이들의 눈이 확 커졌다. 의상대회 때 아주 예뻤다고는 하나 평소에 전혀 꾸미지 않는 탓에 그녀의 외모에 대한 관심도는 극히 낮아져 있는 상태였다.

그런데 오늘, 이아나는 눈에 확 띄었다. 수련복에 검 한 자루를 맨, 맹수 같은 검술학부생이 아닌 예쁘장한 외모에 장미처럼 꾸미고 나온 17세 소녀는 무척 사랑스러웠다.

'예쁘잖아. 흐흑.'

'역시 다 끼리끼리 어울리는 거지······.'

'저 옷 어디 거지?'

'아르하드 님과 데이트를 하러 가는 건가. 분명해.'

'저분도 여자였어. 데이트라고 꾸미신 것 봐.'

다른 사람들이 그런 생각을 하는 줄은 꿈에도 모르고 이아나는 하인리히의 마탑으로 향했다.

사실 약속 시간은 아직 멀었고 마탑이 약속 장소도 아니었지만, 아침에 할 것도 없고 아르하드가 준비를 마칠 때까지 옆에서 책이나 읽을 생각이었다.

"헉."

"야, 저기 봐."

가는 내내 끊이질 않는 시선이 지겨웠던 이아나는 빠르게 걸어서 마탑에 도착했다.

"으아아, 누님. 놔주세요. 어지러워요!"

마탑 꼭대기 근처에 있는 아르하드의 방으로 가기 위해 계단을 오르는데, 어디선가 익숙한 목소리들이 들려왔다.

"다시 말해 보렴, 헤레이스. 뭐? 이아나 양과 누가 사귀어?"

"진짜라니까요. 누님만 몰라요. 으악! 저 떨어뜨리시면 절대 안 돼요! 힉!"

하인리히의 탑 내에서 시끄럽게 구는 그들은 헤레이스와 라랏슈아였다. 라랏슈아는 헤레이스를 나선계단 정중앙의 허공에 띄운 채 그를 빙글빙글 돌리고 있었다.

"어쩜, 내가 실험실에 들어가 있는 사이 어디서 그런 헛소문을 듣고 와...... 어머, 이아나 양."

이아나를 발견하고 반가운 표정을 지었던 것도 잠시, 그녀는 이해할 수 없다는 듯 물었다.

"저기, 아르하드 군과 교제한다는 게 사실이야? 헤레이스가 헛소리를 해서."

이아나는 더 이상 이 질문에 부정할 수 없었다. 그렇다고 해서 적극적으로 긍정하고 싶지도 않았기에 그냥, 무언으로 긍정을 표했다.

"어머......"

라랏슈아가 하아 하고 길게 한숨을 쉬더니, 곧장 이아나의 어깨를 붙잡고 정말 정말 안타깝다는 어조로 설득을 하기 시작했다.

"능력 있는 그대가 그런 가치 없는 짓을 하다니? 이건 검술계의 재앙이야. 시간 낭비라고. 당장 헤어지는 게 이아나 양의 인생에 이로워. 그 남자는 얼굴과 돈 말고는 볼 게 없는데 왜 여자들은 환장을 하는 걸까? 아니, 아니지. 특별한 그대가 그런 머리 빈 것들과 같을 리가 없잖아? 뭘 보고 사귀는 거야? 혹시 그 남자가 협박했어? 그치? 그 남자는 무서운 괴......"

"쓸데없는 말 하지 마."

이아나가 탑에 왔음을 알아채고 방에서 나오던 아르하드가 라랏슈아의 말을 끊어 냈다.

이아나가 고개를 들어 아르하드를 보았다. 그는 옷만 제대로 입고 머리는 아직 정리하지 못해 흐트러진 상태였다. 아르하드는 처음부터 이아나를 빤히 바라보고 있다가 고개를 든 이아나와 눈이 마주치자 살짝 웃고는 올라오라고 천천히 손짓했다.

라랏슈아가 눈에 띄게 인상을 찌푸린 채 빈정거렸다.

"어머머, 웬일로 반말?"

"왕녀로 대우해 주고 있지만 자꾸 기어오르면 어릴 때처럼 머리카락을 모조리 태워 버릴 테니 그 입 다물어."

교수조차 함부로 건드리지 못하는 라랏슈아에게 아르하드가 거친 언사를 퍼붓자 어느새 공중에서 내려와 라랏슈아의 뒤에서 어정쩡하게 서 있던 헤레이스가 놀랐다. 곧 그녀의 얼음덩이가 아르하드의 잘생긴 얼굴에 멍을 만들어 놓을 것이라 예상한 헤레이스가 윽, 하고 눈을 찔끔 감았다.

"……."

그러나 아무 소리도 들리지 않는다. 의구심을 가진 헤레이스가 눈을 살짝 떠서 상황을 살폈다가 깜짝 놀랐다. 평소 같았으면 반격을 하고도 남았을 라랏슈아가 수치스럽다는 듯 아르하드를 쏘아보고만 있었다.

결국 라랏슈아는 그를 응징하지 못했다. 대신 그녀의 옆을 지나가려던 이아나를 붙잡고 팔짱을 끼더니 고자질을 하는 아이처럼 아르하드를 손가락질했다.

"이아나 양, 저것 봐! 저렇게 못된 남자라고! 감히 숙녀의 머리카락을……."

"이 세상 모든 여자들 머리카락이 불타도 이아나 머리카락만 멀쩡하면 돼."

아르하드가 무심하게 내뱉은 말에 라랏슈아가 뜨악하고 입술을 벌렸다.

"다, 다, 다, 당신 그런 남자였어?"

"그런 남자라는 게 뭔데? 남자는 제 여자만 제대로 지키면 돼. 그리고 왕녀는 내게 전혀 필요 없지."

"내 참! 누가 필요로 해 달랬나? 연애 시작하더니 버터를 백만 개는 드셨나 보네. 흥!"

라랏슈아는 그리 말하고 고개를 팩 돌렸다. 아르하드가 입술을 비틀었다.

"버터를 백만 개를 먹든 천만 개를 먹든 왕녀와는 관계없지, 안 그래? 학장님을 봐서 이때까지 뭘 해도 참아 줬고, 앞으로도 참아 줄 생각이다. 하지만 이아나에게 쓸데없는 말들을 지껄여서 지금의 관계에 영향을 주면 가만두지 않을 테니…… 명심해."

"……."

'우와아……'

고래 싸움에 낀 새우처럼, 입을 손으로 막은 채 상황만 지켜보고 있던 헤레이스는 라랏슈아가 아르하드에게 형편없이 당하는 모습을 목격하고 충격을 받았다.

라랏슈아는 언제나 사람들의 머리 꼭대기에 눌러앉은 듯 거만했으며, 무법자처럼 제멋대로 사람들을 들쑤시고 다녔다. 그리고 헤레이스는 어렸을 때부터 그녀의 장난감이었다. 다른 사람들도 감당하지 못하는 라랏슈아에게, 심약한 헤레이스가 반항할 수 있을 리가 없었다.

그런 헤레이스의 눈에, 라랏슈아를 꼼짝도 못하게 만드는 아르하드는 무척 대단한 사람처럼 보였다.

얼마 전 하인리히에게 아르하드가 라랏슈아와 유년 시절을 함께 보낸 소꿉친구라는 얘기는 들었지만, 그 관계가 라랏슈아보다 한 수 위에 있게 해 주지는 않았을 터였다. 유년 시절을 공유한 건 저도 마찬가지지만 그녀에게 꼼짝도 못하는 게 현실이었다.

결론은 아르하드의 성격이 만만찮다는 것이다.

평소의 어른스러운 언행과 이아나와 매번 무승부를 내는 대단한 실력을 보면서 멋진 선배라고 생각은 하고 있었지만, 라랏슈아와 대립하는 것을 보고 가슴속에 존경심까지 생겼다. 그만큼 라랏슈아는 무서운 여자였다.

"……흥!"

라랏슈아가 이아나의 팔에 팔짱을 낀 손에 힘을 주었다.

"안 되겠네. 저런 남자를 이 세상에 그냥 풀어 놓으면 안 돼. 그래, 이아나 양! 내가 말실수했어. 저 남자의 목줄, 잘 잡고 있어야 해. 저 남자는 그대의 말만 아주아주 잘 듣는 사나운 개니까. 저 괴물이 설설 기는 사람이 나타날 줄이야? 사랑의 힘은 정말 대단하다 싶어."

한편 정신을 살짝 놓고 있던 이아나는 라랏슈아의 말을 들으면서도 말과 의미를 연결시키지 못하는 상태에 이르렀다.

왜 아르하드가 제 말을 잘 들어주는 것이 사랑으로 연결되는 건지, 그 알고리즘을 당최 이해할 수가 없었다.

사랑이 대체 뭐라고, 호감에 의해 비롯된 행동들이 그 단어 하나로 설명된단 말인가?

……아, 사랑이 호감의 최종형이라고 했던가.

아무렇지도 않게 생각했던 아르하드의 언행조차, 누군가에게는 사랑으로 여겨지고 있었다.

"그렇지. 앞으로 이아나 양에게 잘 보이면 되겠어. 그럼 저 남자도 나를 어찌하지 못할 테니 말야? 후후."

"당연히 잘 보여야지. 혹시라도 나에 대한 악감정으로 이아나에게 해코지를 가하면 뒷일을 생각하지 않는 게 좋을 거다. 그리고 지금 당장 이아나를 놔. 셋 센다. 셋, 둘……."

"알았어! 알았다고! 그놈의 사랑, 정말 대단하네!"

아르하드는 라랏슈아를 그 이상으로 쾌치지 않았다.

"가자."

그는 이아나가 제 옆으로 오자 그녀를 데리고 다시 올라가기 시작했다. 이아나는 아르하드를 뒤따라가면서 표정을 살짝 굳혔다.

분명 이 관계에 익숙해지긴 했다.

사람들의 시선도 많이 줄었고 일상생활에 불편함도 없다.

그렇지만 아르하드가 라랏슈아에게 했던 것처럼 연인이라는 관계하에 벌이는 언행들에 이아나는 안 그러려고 하는데도 자꾸만 긴장했다.

처음에는 이 긴장감이, 연인 관계를 의식한 제가 아르하드는 똑같은데도 혼자 어설프게 구는 데서 비롯된 줄 알았다.

하지만 이젠 아니다.

아르하드에게도 문제가 있다는 걸 이제는 아주 잘 알았다.

"자, 들어가."

아르하드가 문을 열어 주며 말했다.

이아나는 라랏슈아를 상대할 때의 냉랭한 낯과는 비교도 안 되게 화사하게 핀 아르하드의 얼굴을 흘끔 쳐다보고는 말없이 들어.

갔다. 아르하드는 이아나를 소파에 앉힌 후 그녀가 좋아하는 차를 타 주고 과자를 내왔다.

"왜 여기에 왔지? 약속 시간도 아닌데. 금방 올 테니 여기서 기다리고 있어."

"수련을 하기에는 시간이 애매하고, 무의미하게 시간을 보내기엔 한심하다 싶어서요. 어차피 만날 예정이니 당신 방에서 책을 읽다가 같이 나가는 게 나을 것 같아서 왔는데 폐가 되었습니까?"

이아나는 아르하드를 올려다보며 그리 물었다. 그는 이아나를 빤히 내려다보더니 프리실라의 솜씨로 예쁘게 정리되어 있는 그녀의 머리카락을 살짝 쓰다듬었다.

"절대 아니야. 남는 시간에 나와 함께 있어야겠다고 생각해 준 게 기쁘다. 처리해야 할 일이 조금 남았는데, 금방 끝나니까 기다려."

기다리라고 하면서도 아르하드의 손은 그녀의 머리에서 떠날 줄을 몰랐다. 곧장 갈 줄 알고 책장으로 시선을 돌렸던 이아나는 문질거리는 손길이 끊이질 않고 이어지자 의아함을 느꼈다.

그러다 천천히, 천천히…… 뺨과 귀 쪽으로 내려오는 손을 느끼고 다시 그를 보았다. 왜인지 살짝 초점이 흐릿한 눈과 마주쳤다.

"아."

그제야 아르하드는 손을 떼었다. 그는 두 손을 들며 한 발자국 물러서더니 쓴 초콜릿을 삼킨 듯한 표정을 지으며 말했다.

"예뻐서 그만. 기다리고 있어."

아르하드가 방에서 나가고, 이아나는 이제는 지정석이 되어 버린 소파에 몸을 파묻었다.

"……."

그의 언행에 변화는 조금밖에 없었다. 예를 들면 방금 전 문을 열어 주고, 차를 타 주고, 머리를 쓰다듬는 행동.

예전에도 그는 언제나 그녀를 배려했으며 이렇게 호감을 숨기지 않는 언행들을 했다. 종종 머리를 쓰다듬어 주고 제 감정을 못 이길 땐 끌어안았었다.

지금도 똑같았다. 그런데도…… 지금의 그는 달라 보인다.

어떻게 다르냐고?

똑같은 행동을 하는데도 그는 정말 사랑하는 연인을 대하듯 행동했다. 네가 너무 좋아서 어쩔 줄을 모르겠다는 듯, 둔한 이아나가 느끼기에도 심각한 호감을 숨기지 않으며.

늘 너무나 멀리서 관찰하기만 했을 뿐 제게는 해당되지 않는다고 생각했던 어색한 감정을 담아서.

좋아한다, 그런 노골적인 말은 첫날 기숙사 앞에서만 했을 뿐 그날 이후론 하지 않았다. 하지만 말을 하지 않아도 느껴지는 분위기가 있지 않은가.

"……후."

사실, 이아나는 아르하드와 눈을 마주친 순간 숨을 멈췄다. 아주 귀중한 보석을 보는 듯한 그 표정에, 넘치기 직전의 애정이 담겨 있었기에 숨을 쉴 수가 없었다. 멈추었던 숨이 돌아오자 그녀의 뺨과 귀가 달아올랐다.

'연기하는 데 얼마나 폭 빠졌으면 남들 앞이 아니라 평소에도…….'

아르하드는 쓸데없는 일에 열심이고, 또 연기력이 대단했다. 그냥 연인이라고 말만 해 두고 평소처럼 지내면 되는 건데 정말로 태도를 손바닥 뒤집듯 바꿔 버렸다.

……똑같은 행동을 하는데도 그리 달라 보이는 건, 아마도 그의 행동이 애정과 호감의 경계선에 놓여 있었기 때문일 것이다. 조금의 변화만으로도 손바닥과 손등처럼 다르게 느껴지는.

이아나는 사태가 이렇게 되고 나서야 사람들이 그들의 관계를 오해했던 이유를 깨달을 수 있었다. 그들의 사정을 잘 모르는 사람들은 그리 오해할 수도 있겠다 싶었다.

거짓인 걸 알고 있는 저조차도 그의 언행을 통해 전해지는 애정이 진짜처럼 느껴졌다. 그리고 그 애정이 저를 향하고 있음에 이아나는 숨이 막혔다.

파괴적이면서도 뜨거운 그 감정이 제게 향할 일은 없다고 생각하며 살아왔다. 있어도 거부하리라고 다짐하며 스스로만 드높이면서 앞만 보고 달려갔다.

그런데 사상 최고의 맞수이자 주인이 될, 그녀를 절대 버리지 않을 아르하드에게서 거짓일지언정, '사랑'을 받게 되었다.

주군과 기사도, 인간 대 인간도 아닌…… 남자 대 여자, 한 대상에 특정된 애정이 담뿍 담긴 시선을, 마음의 벽 없이 받아 보는 건 이번이 처음이었다.

변하지 않는 관계, 변하지 않는 감정, 그가 제게 쏟이부어 주던 호감이 애정으로 둔갑해서 쏟아지자 이아나의 심장이 전례 없이 쿵쾅대며 뛰어 대기 시작했다.

이아나는 이 변화가 사랑에 대한 거부감과 관계의 새로운 국면에 대한 불안감 때문이라고 생각했다. 그러나 그것 외에도, 이아나로서는 이해할 수도, 설명할 수도 없는 뭔가가 더 있었다.

전자의 감정만 존재했다면 안 맞는 옷을 입은 것처럼 답답하고 끔찍하기만 했을 텐데 감정의 이면에는…… 분명 정체 모를 긍정적인 뭔가도 있었다.

'이런 내가 당황스러워.'

그녀는 두 손에 얼굴을 묻었다. 제 상태를 종잡을 수 없었다.

이아나가 복잡한 심정에 책도 안 읽고 우두커니 앉아 있는데 아르하드가 정말로 금방 돌아왔다. 방금 전 정리가 안 되어 있던 머리카락이 아주 멀끔하게 다듬어져 있었다.

"가자."

아르하드가 손을 내밀었다. 이아나는 잠자코 그의 손을 쳐다보다가 제 손을 그의 손바닥 위에 얹었다. 일주일 동안 이 행동이 손을 달라는 행동이라는 걸 반복적으로 학습했기 때문이다.

여태껏 꽤 많이 잡혀 봐서 그런지, 어깨를 끌어안겨질 때보다 어색하거나 어렵지는 않았다.

아르하드가 힘을 줘서 당기자 보통 여자보다는 무거운 이아나임에도 아주 가벼운 아이처럼 일으켜 세워졌다. 그의 손에 이끌려, 그녀는 이제는 제 방처럼 익숙한 그의 방을 나섰다.

학생들의 시선을 한 몸에 받으며 학술원까지 나선 이아나는 아르하드에게 붙잡혀 있는 손에 힘을 주었다.

"전 정말 아무것도 모릅니다. 앞으로 뭘 하는 겁니까?"

"그냥 돌아다니는 거다. 내가 계획을 짜 봤는데 별것 없어. 그냥 학술제나 건국제 때처럼 시내를 돌아다니며 구경하거나 산책을 할 때처럼 경치를 즐기는 거야."

"정말 그냥 돌아다니는 거라고요?"

"그래. 일단 점심부터 먹자."

아르하드는 이아나를 데리고 수도에서도 유명한 해산물 레스토랑으로 데려갔다. 손님이 너무 많아서 거의 한 달 전부터 예약을 해야 할 정도로 소문난 맛집이었다.

일층은 평민과 귀족 모두 사용할 수 있는 층이고 이층은 귀족 전용 층이었다. 그리고 삼층은 돈을 아주 많이 줘야만 예약할 수 있는 개별 룸으로 이루어져 있었다.

의외로 그들은 일층의 구석 자리에 앉았다. 이아나가 궁금증을 표현하기 전에 아르하드가 먼저 설명했다.

"네가 내 돈 씀씀이에 너무 부담스러워하는 것 같아서. 여기에 앉아도 충분히 비싼 음식을 시키는 게 가능하니까 실망하지 말고 마음껏 시켜."

전혀 실망하지 않았다. 의외긴 해도 이아나는 그의 돈을 펑펑 쓰고 다니며 사치하는 것보다는 이런 곳에서 적당한 가격으로 식사를 하는 게 좋았다.

또 지금 심정으로는 둘만 있는 룸보다는 이렇게 시끌벅적하고 사람 많은 곳이 편했다.

"아니면 지금이라노 삼층에 가면 돼."

"아뇨, 일층이 좋습니다. 그런데 여기, 오래전부터 예약해야 하는 식당으로 알고 있는데요."

"돈이면 안 되는 게 없지. 앞으로 호강시켜 줄게."

"됐습니다. 여기서 더 호강할 것도 없어요."

앉은 지 얼마 되지도 않았는데 애피타이저가 나왔다. 칵테일 새우 샐러드와 게살수프였는데 신선한 야채와 차가운 새우는 새콤한 드레싱과 몹시 잘 어울렸고, 수프는 고소한 크림 맛과 함께 씹히는 하얀 게살 맛이 일품이었다.

"식사 후에는 먼저 네 여행에 필요한 물건들을 사러 갈 생각인데 어때?"

어차피 조만간 한번 나가서 물건을 살 생각이었으니 좋은 계획이었다.

하지만 이아나는 의구심이 들었다. 데이트인데 그런 걸 하는 건가? 아무것도 모르니 아르하드가 하자는 대로 할 생각으로 나왔지만, 살짝 긴장하고 있던 중이었다. 그러나 생각보다 평범한 일정이라 팽팽했던 신경 줄이 조금은 느슨해졌다.

"사막은 볼 게 많지. 하지만 준비해야 할 것들도 많아. 불의 기운이 지배적인 지역이기 때문에 물이 극도로 모자라다는 건 너도 알고 있겠지. 다른 아티팩트는 몰라도 물을 공급할 수 있는 아티팩트는 하나 가져가는 게 좋다. 이 아티팩트는 내가 준비해 줄 테니 신경 쓰지 말고, 다른 것들은 전부 가게에서 사자."

"그 아티팩트, 꼭 챙겨야 합니까? 타로의 말로는 물통 하나만 가져가서 오아시스에 들를 때마다 물을 뜨면 충분하다고 했습니다."

"타로는 사막 출신이고, 물을 잘 마시지 않아도 거뜬할 정도로 더위에 단련되어 있을 거다. 타로의 기준에서 말한 것일 테니 충분하다고 생각하면 안 돼. 아마 오아시스의 간격이 네 생각보다 훨씬 클 거야. 더위도 상상 이상일 거고. 물 없이 버틸 수 있다 하더라도 만일의 사태를 대비해야 해."

"하지만 아티팩트로 생성된 물은 금방 사라지지 않습니까?"

"영구적인 물을 공급하는 아티팩트도 제작 가능해. 내 수중에 하나 있기도 하고."

이때까지 얻은 지식으론, 마법으론 영구적인 자연물을 만들 수 없고 오로지 정령이 권능으로 만들어 낸 자연물만이 이 세상에 영구히 존재할 수 있는 걸로 알고 있다.

"신력을 이용하는 거지요?"

"맞아. 엘프들이 신력과 정령술로 제작한 물건이지. 샤우부 대 삼림에 있는 아주 귀한 묘목들에 물을 주기 위해 제작했다는데, 아티팩트지만 열 번을 사용하면 다시 신력을 채워 줘야 해. 혹시 라도 물 모자라다고 정령을 막 부를 생각 하지 말라고 주는 거 야."

아르하드가 저리 말하는데 괜찮다고 거절하기도 뭐하고 양심에 찔리는 부분도 있어서 이아나는 그냥 고개를 끄덕거렸다.

"좋아. 이제 여행지 얘기를 좀 해 볼까. 서부로 가려면 도적들 의 왕국, 시디얀을 거칠 수밖에 없지. 조심해. 블랙폭시의 본거지 인데다, 왕부터 시작해서 국민 전체가 범죄자라고 생각하면 되니 까."

"왕족이 블랙폭시지요?"

"그래. 이건 블랙폭시 내에서도 보스와 그 아래의 최고 간부들 만 알고 있는 극비라서 카마트로스에서도 션과 힐, 나만 알고 있는데, 블랙폭시의 실질적인 보스인 페인이 시디얀의 왕이다. 흑여우 수인족이고, 그 핏줄이 대대로 시디얀의 왕과 블랙폭시의 보스를 겸하고 있지."

아르하드에게 블랙폭시의 역사에 대해 들었다.

블랙폭시의 초대 보스는 바하무트 초대 황제의 애완 여우로, 머리가 아주 좋았다고 한다. 바하무트의 황제는 남부 평정을 도모하기 위해 정보 수집과 자금 확보를 목적으로 여우를 내려보냈다고 했다.

여우는 남부 진출의 발판으로 시디얀을 선택했고 바하무트의 기사들과 함께 반란을 일으켜 왕이 되었다.

이아나는 이런 이야기를 이렇게 개방적인 공간에서 해도 되나 싶어 둘러보았지만 걱정이 무색하게 신경 쓰는 사람이 전혀 없었다. 왜인가 했더니 주변에 밖으로 나가는 소리를 차단하는 방음마법이 시전되어 있었다.

"그러니 시디얀에서는 문제 일으킬 생각하지 말고 최대한 빨리 지나가."

"알겠습니다. 그런데 마법, 함부로 쓰시면 안 되잖아요. 언제 마법을 거셨습니까?"

"마법스크롤을 썼으니 괜찮아."

메인 요리를 가져오는 직원이 보이자 아르하드가 손을 살짝 흔들었다. 그러자 마법이 해제되었다. 메인은 바닷가재의 속살에 버터를 발라 구운 요리였다.

이아나가 나이프를 잡기도 전에 아르하드가 나이프를 빼앗아 껍데기를 발라 주었다. 그는 껍데기를 벗겨 내는 번거로운 일을 하고 있음에도 무척 즐거워 보였다.

그를 지켜보던 이아나는 어쩐지, 남부를 여행할 때 스테이크를 썰어 주던 그가 떠올랐다. 그때도 이렇게 즐거워했었다.

그때와 지금, 이아나의 감상은 달랐다.

과거에는 스테이크를 써는 걸 좋아하나 싶었는데, 사실은…….

'내게 뭔가를 해 주는 게 즐거운 게 아닌가.'

"자, 먹어."

사실일 것이다. 그녀의 것을 썰어서 내밀 때는 즐거워 보이던 그가 제 것을 썰 때는 아주 무심했으니까.

이아나는 살짝 간질거리는 심장을 무시하고 포크를 들었다. 바닷가재의 상태는 구워진 빛깔만 봐도 싱싱한 걸 알 수 있었다. 괜히 손님으로 가게가 터져 나가는 게 아니었다.

"해산물을 좋아하시나 봅니다."

아르하드와 식사를 하러 나갈 때는 해물밖에 안 먹는다. 그녀도 해산물을 매우 좋아했기에, 비슷한 취향이 기꺼웠다. 이아나가 발라진 바닷가재 살을 곁들여진 샐러드와 함께 입에 넣는데, 아르하드가 말했다.

"네가 좋아하잖아."

"……?"

맛을 음미하다 말고, 의구심을 느낀 이아나가 그녀가 먹는 것을 즐거운 표정으로 지켜보고 있던 아르하드를 응시했나.

"좋아하긴 하는데…… 제가 언제 말씀드렸습니까?"

"학술제 때, 경매에서."

언제 그랬지. 이아나는 기억을 더듬다가, 소개를 빨리 끝내려고 대충대충 대답하고 말았던 질문을 기억해 냈다.

[좋아하는 음식은 어떤 건가요?]
"특별히 좋아하는 거라면 내륙에 위치한 로안느에서 잘 먹을
수 없는 해산물과 술 정도군요."

'아, 설마 그래서 계속 해산물을……'
이아나는 조금 멋쩍은 기분이 들어 말없이 먹기만 했다. 아무
렇지도 않게 이아나의 심장을 술렁거리게 만든 아르하드가 계속
말을 이었다.
"진자이는 시디얀의 잦은 침입 때문에 시디얀을 몹시 싫어하지.
폐쇄적인 라오스 신교 국가라, 잡다한 민간신앙이 많은 시디얀을
이교도 국가라 여기는 것도 혐오하는 이유 중 하나다. 시디얀에
서 진자이의 국경으로 넘어가려면 엄청난 통행료와 신분패가 필
요하고 또 국경이 봉쇄될 때가 잦아서 통행자들이 낭패를 볼 때
가 많지. 그래서 로안느에서 진자이로 가려는 이들은 대부분이
시디얀의 북부 롯소산맥을 거쳐 바로 진자이로 진입한다. 다만
롯소산맥에 그런 통행자들을 노리는 도적들과 몬스터가 많이 출
현하기 때문에…… 잘 생각해 보고 경로를 선택하길 바라."
"시디얀과 진자이를 일직선으로 통과해서 토라카로 갈 생각입
니다. 타로가 지름길을 알고 있어서 늘 그쪽으로 간다고 하더군
요."
"그래? 그럼 블랙폭시를 조심해야겠군."
블랙폭시에 대해 이런저런 이야기를 나누다 보니 어느새 메인

요리는 동이 났고 토마토와 치즈를 슬라이스한 예쁜 디저트가 앞에 놓였다.

"토라카는 온건한 왕국이지. 유적지 관광은 토라카만 하는 걸 추천한다. 시디얀과 진자이는 외부인을 달가워하는 분위기가 아니라서…… 그리고 잘하면 이종족 중 그나마 가장 개방적인 수인족을 볼 수도 있을 테지."

"수인족은 토리카에도 거주합니까?"

"대부분은 기로하이 사막에 거주하지만, 인간과의 교류를 하는 소수만. 그리고 네가 서부로 간다고 해서 오늘 준비해 본 건데."

아르하드가 품에서 뭔가를 꺼냈다. 단단하게 밀봉된 봉투였다.

"사실 블랙폭시가 시디얀에서 더 이상 영역 확장을 못하는 건 로안느가 동부와 남부로 통하는 길을 막고, 토라카와 시디얀 남서쪽의 수우가 진자이에 힘을 보태서 서부 확장을 저지하고 있기 때문이다. 거기에 막대한 영향력을 미치고 있는 게 압실롯이다. 그래서 압실롯에게 협력 요청을 할 생각이야."

"협력 요청이요?"

이아나는 아르하드가 내민 봉투를 조심스럽게 받았다.

"블랙폭시는 현재 그럭저럭 만족하고 있어. 시디얀과 로안느의 남동부가 사실상 블랙폭시의 수중에 있으니, 대륙 침공의 발판이 될 전초기지는 이미 완벽하게 갖춘 셈이거든."

"로안느의 남동부는 왜?"

"블랙폭시가 그쪽 유통망을 모두 휘어잡는 바람에, 남동부 쪽 왕국들은 블랙폭시에 대한 의존도가 아주 높아. 그리고 블랙폭시가 오래전부터 암중으로 작업해 놔서 지배층의 부패 정도도 심하고, 조금만 건드려도 무너질 만큼 국력이 빈약해. 남부 왕국 중에, 쥬르가는 이미 완벽하게 그들의 수중에 들어갔다."

"로안느를 서부와 남부에서 압박하는 형국이군요."

일 얘기를 하다 보니 시간이 잘 갔고, 이아나도 마음이 많이 편해졌다. 식사를 다 하고 여행에 대해 이야기를 나누면서 물품을 쇼핑하다 보니, 그녀의 마음은 완전히 평온을 되찾았다. 아르하드가 계산하겠다는 걸 만류하고 제가 모두 계산해서 배달까지 맡긴 이아나가 편하게 물었다.

"이젠 뭘 하지요?"

아직 해가 떠 있어서 시간은 많이 남아 있었다. 아르하드가 품에서 시계를 꺼내 시간을 보더니 말했다.

"강가의 야생화 단지에 가서 산책을 좀 한 다음에 유람선을 타서 야경을 구경할 생각인데, 어때?"

"괜찮네요."

"그전에 이걸 써."

아르하드가 이아나의 머리 위에 뭔가를 푹 씌워 주었다. 빨간 리본이 달려 있는 흰색 챙 모자였다. 살짝 따갑게 느껴지던 햇볕이 사라지고 그림자가 드리워졌다. 이아나가 모자를 들어 올리며 말했다.

"이건 또 언제……."

"네가 배송 처리를 하고 있을 때 사 왔다."

등 뒤에 뒷짐을 지고 있다 싶었는데 이걸 숨기느라 그랬나 보다. 이 남자는 정말 모든 것을 다 챙기고 있었다.

빨갛게 익어 가던 살이 시원해졌다.

그길로 강변으로 가서 여름 야생화들을 구경했다. 강변이라 그런지 여름인데도 시원한 바람이 솔솔 불어왔다. 파란 물과 푸른 풀, 알록달록한 꽃. 가슴까지 시원해지는 멋진 풍경이었다.

"예쁘네요."

이아나는 갖가지 야생화가 흐드러지게 피어 있는 곳에 쭈그리고 앉아 꽃을 구경했다. 이렇게 여유롭게 산책하고 있자니, 그녀는 기분이 꽤 좋았다.

"이런 식으로 누군가와 다닌 건 처음입니다."

가끔 친구들과 함께 외출하긴 했지만 술자리를 가지거나 식사를 하러 간 거였다. 다른 것들을 할 때는 죄다 혼자 했다. 물건을 살 때도 혼자 샀고, 서점에 가서 책을 볼 때도 혼자 봤으며, 산책할 때도 괜찮은 코스를 골라 혼자 다녔다.

그녀는 혼자 행동하는 것에 익숙해져 있었으며, 이렇게 누군가와 함께 일상을 보낸 적은 없었다.

꽤 즐거웠다. 혼자일 때와는 다른 종류의 즐거움이었다. 맛있는 음식, 좋은 물건, 멋진 경치를 호감 있는 사람과 함께 공유하고 즐기는 데서 오는, 색다른 흐뭇함이었다.

하지만 역시, 다른 사람과 함께라면 별로일 것 같았다.

상대가 아르하드이기 때문에 괜찮았다.

계속 강변을 돌아다니며 산책하다가 날이 어둑해지자 유람선을 탔다. 주변을 둘러보니 승객들은 죄다 쌍을 이룬 남녀였다. 아마 전부 연인일 것이라고 생각하던 이아나는, 드디어 사람들의 오해를 완전히 이해했다.

저들 중에 연인이 아닌 사람들이 있을 수도 있는데 친밀하게 붙어 있다는 이유만으로 자신은 연인이라고 판단했다. 아르하드와 저도 평소에 분명 그리 보였을 터였다.

그들은 와인글라스를 한 잔씩 든 채 잔잔한 강의 흐름을 구경했다. 이아나는 평화로움을 느꼈다. 데이트라고 했지만 일상과 전혀 다를 게 없어 부담스럽지 않았다.

아니, 단조로운 일상에 호감을 느끼는 대상이 더해진 데이트는 즐겁기까지 했다.

'데이트, 해 보면 마음이 편해질 거라더니 진짜군.'

이아나는 난간에 기댄 채 다른 남녀를 살폈다. 다른 연인들도 유람선을 타고 풍경을 즐기고 있는 걸 보면, 저와 아르하드가 하고 있는 것도 남들이 말하는 데이트가 맞나 보다.

연인이라는 이유 하나만으로 이런 일상적인 시간을 함께 보내는 것에도 데이트라는 새로운 단어가 붙다니, 세상 참 유별나다 싶었다.

하지만 아르하드가 이런 곳부터 데려왔다면 긴장감을 풀지 못했을 수도 있다. 왜냐하면 서로에게 밀착한 채 사랑을 속삭이는 연인들에게 정신이 팔려 데이트의 진짜 가치를 알지 못했을 테니까.

아르하드는 제일 먼저 여행 얘기를 꺼냈고 자연스럽게 일상으로 이끌었다. 덕분에 긴장이 완전히 풀렸고 이 시간을 온전히 즐길 수 있었다.

혹시 아르하드가 배려해 준 것일까?

이아나의 표정이 사르르 풀렸다.

밤의 어둠에 휩싸여 있을 때면 마음이 차분해지곤 한다. 그리고 아르하드는 마치 밤과 같은 사람이었다.

이아나가 편안하게 풍경을 즐기고 있는데 아르하드가 물었다.

"네가 사랑에 그렇게 부정적인 이유가 뭐야?"

"……어릴 적."

이아나는 순순히 입을 열었다. 아르하드에게라면 뭐든 말해 줄 수 있었다.

"어머니는 추하도록 사랑을 구걸했습니다. 추잡한 성애에만 미치도록 매달렸지요. 어머니가 품었던 사랑 때문에 화목했던 가정이 파괴됐고, 자식인 저는 울지 않는 날이 없었습니다."

이아나는 그녀를 물끄러미 쳐다보고 있는 아르하드를 보지 않고, 반짝거리는 강변을 보며 계속해서 말했다.

"주변도 망가졌지만, 어머니 본인도 보답받지 못하는 사랑에 늘 괴로워했습니다. 자신의 인생을 망치다 못해 결국엔 버렸습니다. 이게 모두 그녀의 사랑이 일방적이었기에 발생한 일이었죠."

이아나는 그녀를 물끄러미 쳐다보고 있는 아르하드를 보지 않고, 반짝거리는 강변을 보며 계속해서 말했다.

"짝사랑을 하는 사람들, 괜찮은 척해도 사실 괜찮지 않을 거예요. 그런데 우습죠. 사랑은 영원하지 않고, 서로 사랑을 했더라도 한쪽의 사랑이 사라지면 나머지의 사랑은 짝사랑이 되어 버립니다."

이아나는 몸을 돌려 아르하드를 직시했다.

"저는 그렇게, 누군가 함께해 주지 않으면 고통받는 관계가 싫습니다. 제가 일방적으로 감정을 줄 수도 있는 가능성 자체를 피하고 싶습니다. 끝이 날 가능성이 조금이라도 있다면 시작도 하지 않는 게 차라리 낫다고 생각합니다. 그래서 사랑에 부정적입니다.”

이아나는 입술을 깨물었다가, 제 마음에 대해 모두 털어놨다.

“사랑뿐만이 아니라, 호감도 마찬가지입니다. 제가 누군가에게 먼저 호감을 가지고 다가가 인연을 맺는 일은 없습니다. 누군가가 제게 먼저 호감을 준다면 저 또한 적당한 호감으로 보답하겠지만, 그 사람이 저를 떠나면 바로 끊어 내 버릴 겁니다.”

아르하드는 가라앉은 눈빛으로 이아나를 내려다보았다. 이아나도 가만히 그를 마주 보다가 말을 이었다.

“저는 더 이상 상처를 받고 싶지 않습니다. 그래서 사람을 진심을 다해 좋아하기가 어렵습니다. 상대가 저를 먼저 떠나지 않는 한 제가 배신할 일은 없겠지만…… 그저 그뿐이겠지요.”

밤을 닮은 그의 검은 머리카락이 바람에 흔들렸다. 그녀의 붉은 머리카락도 공기의 결을 따라 부드럽게 살랑거렸다. 여름인데도 날이 완전히 저문 탓인지 바람은 시원하게 느껴진다.

시원한 바람은 피부뿐만 아니라 답답하던 마음조차 훑고 연거푸 지나치며 엉망진창으로 엉켜 있던 가슴속 실뭉당이를 한 올 한 올 풀어 주었다.

“이아나.”

잠시 말이 없던 아르하드가 그녀를 불렀다.

“넌 모든 일에 자신감이 넘치는 듯하면서도 정작 네 스스로에게는 자신이 없어. 사랑을 떠나서, 인간관계에서 왜 부정적인 미래만 그려? 네 자신에게 그렇게 자신이 없어?”

아르하드가 이아나를 똑바로 내려다보며 쓴소리를 했다. 맞는 말이지만 대답하고 싶지 않았기에 이아나는 입을 다물었다. 그런 이아나를 가만히 내려다보던 아르하드가 내뱉었다.

"이아나. 잘 들어. 내게 있어 너는 아주 가치 있는 사람이다."

이아나의 눈동자가 흔들렸다.

"검이 없더라도, 실수를 좀 하더라도, 네가 내게 못되게 굴더라도, 그래, 생각하기도 싫지만 나를 밀어내고 미워하는 일이 생기더라도…… 넌 변함없이 내게 없어선 안 될 사람이다."

아르하드가 침착하게 말을 이어 갔다.

"그러니 유년시절, 돼먹지 못한 사람들에게 받은 상처 때문에 너를 낮추지 마. 무조건 안 좋게 끝날 거라고도 생각하지 마. 나 같은 놈도 있잖아? 네가 날 버리지만 않는다면, 우리의 인연은 계속해서 멋지게 이어지겠지. 절대 나쁘게 끝나지 않을 거다."

아르하드가 난간에 기대며 장난스럽게 말했다.

"그러니까 난 마음껏 좋아해도 돼. 그런데 너, 얼마 전에 내가 좋다며? 널 제일 중요하게 여겨 달라며? 그거 진심이 아니었나?"

이아나가 고개를 저었다.

"……당신이 이런 사람이라는 걸 알고 있으니까 그런 말들을 한 겁니다."

그녀의 말을 들은 아르하드가 옅은 미소를 입가에 그려 냈다.

"그렇지? 그런데 짜증나지만 나 말고도 널 좋아하는 사람은 많잖아. 네가 진심이 되더라도 계속해서 좋게, 아니 더 좋게 이어져 나갈 인연이 아주 많을 거다. 그리고 넌, 이미 이 사실을 알고 있잖아?"

정답이다. 그녀의 곁에는 좋은 사람들이 많았고, 그들을 진심으로 좋아해도 괜찮다고 생각한 지 오래였다.

그리고 그건, 전에도 생각했듯 아르하드가 있기 때문에 가능했다. 설령 그들 모두가 저를 배반하더라도, 아르하드는 제 곁에 남아 있을 테니까.

이아나가 고개를 끄덕거리는데, 아르하드가 시선을 돌려 풍경을 보았다.

"또, 상처 좀 받으면 어때? 넌 상처를 받더라도 무너지지 않을 만큼 강해졌어. 좀 아플 순 있어도, 깨지지는 않을 거야. 그러니까 두려워하지 말고 다가가 봐. 힘들 땐 내가 네 뒤에 있다는 걸 생각해. 난 어떤 형태로든 네 곁에 남을 거다. 떠나지 않을 거야."

이 남자, 제 생각을 읽은 걸까?

"그러니 계속 날 좋아해 줘. 알겠지?"

이아나는 대답하지 않고 몸을 돌려 함께 경치를 보았다.

실뭉당이를 모두 풀었다. 풀었더니 남은 것은 결국 실 한 가닥뿐이었다. 부정할 수 없는 진실, 딱 한 가지 결론만이 심장에 남아 이아나를 차분하게 만들었다.

시간이 얼마나 흘렀을까, 이아나가 입술을 열었다.

"오늘 한 것들을 데이트라고 하는 거지요? 단지 연인이라는 이유로?"

"그렇다더군."

"그냥 같이 돌아다니는 것과 별다를 게 없네요."

"그치?"

"이것도 연애의 일종입니까?"

"그래."

"사랑하는 연인이 하는 행동은 보잘것없었군요."

"그렇지. 단지 그런 보잘것없는 일들이라도 함께하는 거야. 같이 좋은 걸 보고, 느끼고…… 무엇보다 같이 있는 것만으로도 편안함과 즐거움을 느끼는 거지."

아르하드가 하는 말은 이상했다. 왜냐하면 그가 말하는 것들은 친구들 사이에서도 느낄 수 있는 감정이었으니까. 연인이 아니더라도 충분히 할 수 있다는 말이다. 그런데 아르하드는 왜 굳이 연인이라는 관계를 이어 가려고 하는 걸까?

"그래서, 재밌습니까?"

"재밌잖아."

"그럼 이 관계는 언제 끝이 날까요? 학술원 졸업?"

"……."

아르하드가 쥐고 있던 유리잔을 천천히 입가에 가져갔다. 와인을 한 모금 머금는 그의 입술이 달싹여졌다.

"내가 질릴 때까지 안 끝나."

"그런가요."

나쁘진 않겠지.

이아나의 머리가 완전히 말끔해졌다.

이아나는 긍정적으로 생각하기로 했다. 이미 다 결정된 바이고, 머리 터지도록 고민을 해 봤자 달라질 건 없었다.

거짓말을 시작한 이유를 상기했다. 치근덕대는 남자들이 귀찮고, 제멋대로 연인이라 확신하여 던지는 질문들이 짜증나고, 아르하드에게 어울리지 않는 여자를 막고 싶고, 그의 우선순위에서 머무르고 싶고, 조금 더 그의 가까이에 있고 싶고. 이런 점들을 생각하면 그와 그녀는 거짓으로라도 연인관계에 있는 게 좋았다.

무엇보다 오늘 데이트라는 걸 해 본 결과 싫진 않았다. 그러니 이왕 이렇게 된 것, 될 대로 되어라였다.

끝은 아르하드가 알아서 내 줄 테니, 그녀는 더 이상 고민하지 않기로 했다.

연애라.

"저는 사랑이나 연애에 대해 알지 못합니다. 하지만 이런 게 연애라면, 나름 나쁘지 않아요."

"무슨……?"

난간에 잔을 올려 둔 이아나가 팔을 살짝 벌려 아르하드에게 안겨 들었다. 아르하드가 매번 먼저 끌어안았지 그녀가 먼저 안긴 건 처음이었다. 살짝 굳은 그의 몸을 알지 못한 채, 이아나는 제가 느끼는 감정에만 집중했다.

역시나 편안했다.

가끔 먼저 안기는 것도 괜찮을 것 같다는 생각이 들었다.

"……."

익숙한 팔들이 바로 등 뒤로 둘러졌다. 몸을 완전히 옭아맨 두 팔에는 강한 힘이 가해졌다. 아르하드의 표정을 볼 수는 없었지만, 절대 거부감을 느끼지 않는다는 걸 알 수 있었다.

아르하드라면 분명 싫어하지 않을 거라는 생각은 했지만 완전히 허락받은 기분이라서, 이아나는 안심하고 주인에게 안긴 고양이처럼 눈을 감았다.

"……뭐야?"

낮게 깔린 질문에 이아나가 중얼거렸다.

"어머니는 백작님을 사랑했지만 백작님은 그녀를 사랑하지 않았습니다. 어머니는 백작님과 이런 일들을 해 볼 기회가 없었고 저도 이런 일을 하는 어머니를 볼 기회가 없는 건 마찬가지였습니다. 그래서 무작정 사랑을 부정적으로 생각했었습니다. 그녀가 왜 계속 사랑을 하는 건지 이해할 수 없었어요. ……그런데 그녀는 이런 작은 평온을 원했던 걸까요."

"……."

"프리실라가 사랑은 호감의 연장선이고 최종점이라고 했습니다. 그러니 솔직하게 말하겠습니다. 제가 당신에게 품은 감정은 사랑에 가깝고……."

이아나는 심호흡을 한 후에, 그대로 제 마음을 뱉어 냈다.

"……전 언젠가 당신을 사랑하게 될지도 모릅니다."

일주일 동안 고뇌하고 고뇌하다가 내린 제 마음의 진실이었다. 사랑이 호감의 종착점이라면 아직은 사랑이 아니지만, 언젠가는 그를 사랑할지도 모른다. 함께하면 함께할수록 더 좋아지는 이 남자에게 사랑을 느낄 가능성은 농후했다.

사랑이 뭔지, 아직은 아리송하지만.

진심을 토해 내고 생각을 정리하다, 이아나는 숨이 막혀서 정신을 차렸다. 아르하드의 팔에 힘이 세게 들어가 있었다. 이아나는 아프다고 생각하면서도 거부하지 않고 그 품에 얌전히 안긴 채 생각했다.

이 남자는 제 말을 듣고 무슨 생각을 하고 있을까? 재밌어할까? 신기해할까?

우습게도 부담스러워하거나 싫어할 거라는 생각은 들지 않는다. 아르하드의 머릿속을 들여다볼 수 없으니 그의 감정이 무언지 알 수 없지만, 그가 제게 보이는 호감은 비정상이었다. 끝이 보이지 않는 구덩이처럼 깊디깊어 제 모든 감정으로 채운다 해도 다 채울 수 없을 듯했다.

제 감정이, 사랑이더라도.

"……그래서?"

얼마나 지났을까, 아르하드의 말이 들려왔다. 어쩌고 싶으냐고 묻는 건가 싶었다. 그 의문은 타당했다. 이아나는 마음을 다잡았다. 제 마음을 모조리 아르하드에게 내보인 이유가 있었다.

이제부터가 진짜였다.

"하지만 전 사랑을 하기 싫습니다. 거짓된 연인인 지금만 이렇게 대해 주십시오. 전 당신을 사랑하지 않을 거예요. 그러니 당신도 저를 사랑하지 말아요."

일주일간 그와 제 관계를 생각해 봤다. 그리고 방금 결론을 내린 결과, 조금 간당간당한 것 같았다. 아르하드도. 저도.

사랑.

이젠 나쁘지 않다는 것을 안다.

그러나 스스로를 그 감정에 대입하기 싫었다. 제게는 사랑이 여전히 정체불명의 감정이다. 사랑에 빠지는 순간 제가 어떻게 변할지 알 수 없었다.

이때까지 쌓아올린 제 모든 게 무너질 수도 있었다.

아르하드만 바라보는 나약한 계집이 될 수도 있었다.

지금도, 제 곁에는 검이 없었다.

검은 제 모든 것이자 저를 방어하는 방패와 동일했다. 그러나 아르하드가 옆에 있다는 이유만으로 놓고 와 버렸다.

사랑이 아닌 지금도 이럴진대 사랑을 한다면?

상상하기 싫었다.

이아나는 제가 진심으로 말했으니 아르하드가 그 말을 들어줄 거라고 생각했다. 지금의 관계도 충분히 만족스럽지 않은가.

"……사랑이 호감의 연장선이자 끝이라고?"

그리고 제 의견은 하나도 말하지 않고 이아나의 말을 듣고만 있던 아르하드가 드디어 입을 열었다.

"네 룸메이트의 말, 반은 맞고 반은 틀렸어. 사랑과 호감은 어떤 면에서는 완전히 달라."

"……?"

이아나를 끌어안고 있던 아르하드의 팔이 풀리더니 이아나의 어깨를 붙잡아 제 품에서 떼어 냈다. 이아나는 아르하드를 올려다보았다가 흠칫했다.

깊고, 깊어, 끝이 보이지 않는 무저갱의 일면을 본 듯했다. 상냥했던 금안에, 너무나 짙어 광적으로까지 느껴지는 호감이 엿보였다. 그 눈에 비치는 제 몸이, 어둑해서 더 환해 보이는 저 달 속에 갇혀 버리는 것 같았다.

그 순간 의문이 들었다.

호감의 끝이 사랑이라면, 아르하드에게 있어 사랑은 어느 순간일까? 그가 제게 보이는 호감의 끝을 볼 수 있을까?

지금도 아르하드가 제게 보이는 호감이 사랑과의 경계선에 도달해 있다는 느낌을 받았기에 제 생각을 말하고 단호하게 자른 거였다.

하지만 언제나, 그의 호감에 끝이 보이지 않는다 생각하지 않왔던가. 무한에 가깝게 파인 구덩이에 떨어져 내리는 것처럼 말이다. 모순적인 느낌을 받은 이아나의 표정이 어색해졌다.

"사랑이 가벼운 호감처럼 편하기만 했다면 누구나 사랑을 했겠지. 룸메이트의 말 중 옳은 부분은, 모든 호감의 최종점에 사랑이 위치한다는 거야. 하지만."

이아나의 어깨를 붙잡은 손에 강한 힘이 들어갔다.

"사랑이 시작된 순간 한계는 없어져 버려. 그리고 그 앞에는 오로지 끝없이 펼쳐진 낭떠러지 길 하나뿐이지. 사랑은 파멸과 환희가 종이 한 장 차이인, 극에 몰린 감정이다."

이아나의 안에서 긍정적으로 변했던 사랑의 정의가 또다시 모호해지기 시작했다. 모호해진 정의는 순식간에 하나가 되었다. 그럴싸한 사랑의 정의와 함께 사고가 완전히 전환되었다.

그러자 아르하드에게서 받은 모순적인 느낌은 사라지고 한 가지 의심만이 남았다.

설마……

정말 한 번도 해 본 적이 없는 가정을 떠올려 버렸다. 아르하드와 눈을 마주하고 있던 이아나는 귓가부터 열이 오르는 것을 느꼈다.

이제는 익숙해졌다 싶으면서도 절대 익숙해질 수가 없는 아르하드의 분위기에, 이아나는 저도 모르게 조바심을 느꼈다. 손바닥과 힘으로부터 전해지는 열기에 평화롭고 시원했던 그 기분은 온데간데없고, 물들어 버린 듯 순식간에 더워졌다.

"하지만 알고 싶지 않아? 파괴적이면서도 애틋한 그 감정을. 난 궁금해. 사랑이 사람을 어디까지 미치게 하는지."

아르하드의 얼굴이 점점 가까워졌다. 어떻게 회피할 방향이 없어서, 살짝 하얗게 질린 낯으로 있던 이아나는 눈을 질끈 감았다.

눈을 감은 지 얼마나 지났을까, 아무런 결과도 나타나지 않아 이아나가 눈을 뜨려는 순간 이마에 뜨거운 열기가 닿았다. 붙잡힌 어깨가 아파 온다 싶더니, 농밀하게 닿았던 입술이 천천히 떨어지며 속삭였다.

"……그냥 내 생각이 그렇다는 거다."

이아나가 그의 입술이 닿았던 이마를 저도 모르게 짚었다. 아르하드가 이아나의 어깨를 풀어 주며 한 발자국 물러섰다. 이아나도 한 발자국 뒤로 물러났다.

"여행, 잘 다녀와."

……그냥 생각이 그렇다고?

이아나는 입술을 깨물었다.

아니.

아니잖아.

그런, 어딘가 꾹꾹 눌린 듯한 얼굴과 광적인 눈빛으로 지껄이는 말들이 진실일 리가 없다.

이 괴상한 관계를 시작하면서부터 아르하드가 아주 쉽게 보이기 시작한 연기라기엔 너무 무거웠던 그 열기, 그 애정. 예전부터 끝이 보이지 않던 아르하드의 비상식적인 호감이 어렴풋하게 한 형태를 갖추었다.

혹시 당신,

이미 선을 넘어 버린 거 아냐?

의심이 머리를 장악한 순간, 아르하드가 가끔 이해하기 어려운 모습을 보이던 순간들이 떠올랐다.

어딘가 억눌린 듯한, 그러나 감히 마주하기 어려웠던⋯⋯ 열기가 담겨 있던 그 모습들이 현재와 겹쳐졌다.

그 수상쩍은 모습들이 차마 숨기지 못한 애정이 새어 나왔기 때문임을, 이아나는 짐작해 버렸다.

"⋯⋯."

이아나는 말을 잇지 못했다. 그녀가 아무 말도 못 하고 어쩔 줄 몰라 하고 있는데 조금 떨어진 곳에서 그와 눈이 마주쳤다. 이아나를 빤히 들여다보는 그의 낮은 목소리가 들려왔다.

"싫어?"

뭐가 싫으냐고 묻는 걸까 멍하니 생각하는 그 순간, 이마에 닿았던 뜨거운 감촉이 도드라진다. 이아나는 그제야 이마에 올라가 있는 제 손을 인식했다. 그리고 아르하드가 방금 무슨 짓을 했는지까지도. 이아나의 얼굴이 확 달아올랐다.

"⋯⋯나쁘지⋯⋯ 않습니다."

그저 생소한 기분에 도망치고 싶다는 생각이 들었다.

그것은 사랑받지 못한 어린 시절의 보상심리. 불변의 애정이 제게 향한다는 야릇한 만족감.

그리고 처음으로 받아 보는 감정에 대한 설렘.

－전환 편 終

22. 시디얀 편

22. 시디얀 편

헤레이스는 현재 18세. 유서 깊은 무가인 벤덤은 성인이 된 가문의 일원이 원하기만 하면 얼마든지 수행을 보내 주곤 했다. 자작은 헤레이스가 동기들과 수행을 보내 달라 요청하자 고심했다. 특수한 병 탓에 헤레이스가 골골거리는 모습을 많이 봐 온지라, 아무리 못나도 아들이라고 내심 걱정이 되었다.

게다가 첫 여행지부터 최악의 치안, 무법 지대, 범죄자의 천국으로 유명한 시디얀이라니.

그러나 아들은 몹시 가고 싶어 하는 눈치였다. 여태 주눅이 들어 제 의사를 제대로 표현하지 못하던 아들이 뚜렷하게 제 마음을 보이자, 자작은 헤레이스의 수행을 허락하고 싶어졌다. 또 헤레이스에게 기대를 버린 그였으나, 여전히 노력하고 있는 아들이 기특하게 여겨지기도 했다.

그는 어찌해야 할지 고민하다가 장인에게서 조언을 구하고 마음을 정했다.

「이아나 양과 타로 군이 동행하니 괜찮네. 그 학생들은 아주 대단한 실력자들이거든.」

벤덤 자작은 타로와 이아나가 동행하는 그의 첫 번째 수행을 기꺼이 허락했다. 로안느는커녕 테오도르조차 벗어나 본 적이 없었던 헤레이스는 가방을 메고 가문을 나설 때부터 기대감에 부풀어 있었다.

물론, 처음에만.

"으아아아아아악!"

헤레이스는 비명을 질러 댔다. 난데없이 웬 비명인가 하니, 눈앞에서 눈에 핏발이 선 채 공격하는 무법자들 때문이었다. 그는 죽일 듯이 제게 달려드는 도적들을 보며 아찔해졌다.

이게 벌써 몇 번째인지.

시디얀의 악명은 들어 알고 있었지만 이건 너무 심하지 않은가. 습격한 도적들을 처리하고 조금만 걸었다 하면 또 새로운 도적들이 덤벼들었다. 마치 시디얀의 국가적 지명수배자가 된 것 같았다.

"케헤헤헤!"

스무 명은 족히 되는 도적들이 각양각색의 무기를 든 채 경박한 웃음을 터뜨렸다. 흥분한 낙타의 허리를 발뒤꿈치로 걷어차며 그대로 돌진하는 도적도 있었다.

"가진 것 다 내놔라, 로안느의 돼지들아!"

한 도적이 탐욕스럽게 외치며 타로에게 달려들었다. 눈과 코밖에 보이지 않는 검은 망토 안에서 타로가 입술을 삐죽였다.

"이 새끼가 눈이 삐었나? 내가 어딜 봐서 돼지여!"

타로가 주먹을 꽉 움켜쥐더니 도적을 향해 내질렀다. 그러나 타로의 주먹이 닿기 전에, 도적의 단도가 먼저 그의 팔을 파고들었다.

팅!

강철을 친 것처럼 칼이 팅겨 나왔다. 경악한 도적의 눈이 크게 뜨였다. 타로가 그의 코앞에서 이를 드러내며 웃었다.

"그 쓸모없는 눈, 버리는 게 워때?"

뻐어어억!

도적은 시원한 타격음과 함께 허공을 날았다.

털썩.

눈 쪽의 안면이 완전히 함몰된 도적이 땅바닥에 널브러진 채 꿈틀거렸다. 그리고 찰나의 시간 끝에 미동은 완전히 멎었다.

'시, 시체!'

그 근처에서 정신없이 한 도적의 공격을 막고 있던 헤레이스가 히익, 하고 주춤주춤 뒤로 물러섰다.

퍼억! 퍼억!

시체가 날아온 곳을 보았더니 도적들 사이를 휘젓고 있는 타로가 있었다. 언제나 순박한 얼굴로 히히 웃던 타로가 사나운 눈빛을 한 채 습격자들을 단죄하고 있는 모습은 역시 무척이나 낯설었다. 습격당할 때마다 보는 모습인데도 영 익숙해지질 않았다.

물컹.

뒷걸음질 치다 발에 뭔가가 밟혀 저도 모르게 밑을 본 헤레이스는 정신이 혼미해졌다. 잘린 손가락 세 개가 나뒹굴고 있었던 탓이다.

그 앞으로 펼쳐진 땅에는 원래는 인간의 형체를 이루고 있었을 끔찍한 물체들이 쭉 깔려 있었는데, 그 중심에는 검에서 핏물을 후둑 털어 내고 있는 이아나가 있었다. 이 참상이 저와 일절 관계없다는 듯 태연한 눈빛이었다.

헤레이스의 안색이 파랗게 질렸다. 이아나고, 타로고, 달라도 너무 다르다. 학술원에서 보던 친근한 동기들은 어디 가고, 피에 전 노련한 실력자들이 이곳에 있었다.

고개를 들던 이아나의 눈과 헤레이스의 눈이 마주쳤다. 헤레이스를 담은 붉은 눈에는 적의가 없음에도, 당사자는 무척 섬뜩해졌다.

"뒤."

베일 뒤로 가려진 그녀의 입술이 달싹여지는 듯했다. 그 단순한 말을 알아들은 즉시 헤레이스는 뒤를 돌며 검을 휘둘렀다. 그를 기습한 도적의 사슬낫이 헤레이스의 검과 뒤엉켰다.

"죽어!"

동료들이 괴물 같은 남녀에게 하나둘 제거당하는 것을 보며, 도적은 이 잔악한 어린놈들의 손아귀에서 벗어날 방법이 없다는 것을 깨달았다. 놈들은 지금이라도 물러나면 살려 주겠다는 자비로운 말 한 마디 없이 죽음을 선사했다.

그가 속한 도적단은 상대가 강하다 싶으면 두말없이 바닥에 넙

죽 엎드리는, 즉 약자에게는 강하고 강자에게는 약한 전형적인 성향을 띠고 있었다. 그렇게 목숨을 건진 게 수십 번은 더 되었다.

그렇다. 보통은 인간으로서 자비 한 번 베푸는 게 정상이다.

그런데 이 인간 같지도 않은 새끼들은 목숨을 구걸할 틈도 안 준다. 정신을 차리고 나니, 눈앞의 하수를 공격하고 있던 저만 두 발로 서 있었다.

도적은 삶에 대한 의지를 버렸다. 그 순간 제일 약한 한 놈이라도 데려가자는 악의가 도적의 온몸에 차올랐다.

"죽어, 이 개새끼야!"

"으악!"

헤레이스가 비명을 질렀다. 치안이 훌륭한 로안느의 수도 내, 강한 기사들이 포진한 벤덤가의 저택에서 곱게 자란 헤레이스가 살의를 느껴 봤을 리가 없었다.

츠레비스도 그를 싫어하긴 했지만 날 선 혐오감만 내비쳤을 뿐 살의를 보이진 않았다. 학술원에서도 검술학부생들과 많은 승부를 겨뤘지만 목숨을 걸지는 않았으므로 수련의 연장선이라는 느낌이 강했다.

그리하여 생생한 살의들을 이번 여행에서 처음으로 느껴 본 헤레이스는 겁에 질릴 틈도 없이 삶과 죽음 사이에 놓여 검을 휘둘러 댔다.

"이아나 양, 엄청 강하구먼? 우리 아부지가 마음에 들어 한 이유가 있으. 나도 강한 이아나 양이 좋고!"

어느새 도적을 모두 처리한 타로가 옷에 묻은 피를 털어 내며 이아나에게 다가왔다. 그의 한 손에는 주인을 잃은 낙타의 고삐가 쥐여 있었다. 이아나가 불안해 보이는 낙타를 훑어보자 타로가 흐흐 웃었다.

"낙타 고기 맛있는디, 저녁 식사로 워뗘? 소금 간을 해서 구워 먹으면 끝내줘브러!"

"나쁘지 않지."

이아나가 타로의 뒤편을 흘끔 보았다. 도적들은 하나같이 어딘가 함몰된 상태로 여기저기 처박혀 있었다. 그녀의 눈이 타로의 등을 향했다. 타로의 대검은 여행을 시작한 이후 몇 번이나 거듭되는 습격에도 얌전히 그의 등에 매달려 있었다.

"당신, 예전부터 생각했는데 검을 잘 쓰지 않는군."

타로가 머리를 긁적였다.

"음, 사실 내 주된 무기는 이 몸뚱이구먼. 아부지가 우리 형제들에게 체술을 제외한 특기 하나씩을 익히라고 혀서 난 검을 선택한겨. 그러니까…… 체술은 숨 쉬듯 당연하게 펼칠 수 있는 거고 검은 재밌어서 배우는 단계여서, 흥분하면 나도 모르게 몸을 쓴당께. 앗, 이거 검술학부 놈들한테 말하지 말어. 이아나 양도 기분 나빠하지 말고."

"기분 나쁠 리가. 둘 다 열심히 하는 모습이 보기 좋아. 그런데 일족 대대로 체술을 익히는 건가?"

타로가 고개를 절레절레 저었다.

"그런 건 아닌디 우리 일족은 육식계라, 몸 자체가 무기거덩. 본능처럼 몸 쓰는 방법을 알어."

"육식계……?"

"어? 아."

타로가 헙, 하더니 두꺼운 손으로 제 입을 토닥거렸다.

이아나가 호기심을 숨기지 않고 빤히 쳐다보고 있자, 타로가 고민하는 기색을 살짝 보이더니 이내 마음을 정한 듯 입에서 손을 뗐다. 허험, 하고 헛기침을 크게 한 타로가 말을 이었다.

"우리 일족은 조상님 덕을 봤는지 날 때부터 싸움을 잘혀. 사람을 초식동물과 육식동물로 나누자면, 사냥에 특화된 후자라 이거여."

"앗!"

외마디 비명이 들려오자, 그들은 대화를 접었다. 헤레이스가 검을 놓친 모습이 눈에 들어왔다.

헤레이스가 입술을 꽉 깨물었다.

'실수했다!'

순식간에 사슬에 칭칭 얽힌 검은, 도적이 사슬을 잡아당기자 손쉽게 헤레이스의 손에서 이탈했다.

헤레이스의 검술은 범상치 않았지만, 실전을 겪지 못한 검술은 제대로 발휘되지 못했고 노련한 경험을 이기지 못했다. 적의 무기인 사슬낫을 처음으로 겪어 보기 때문이기도 했지만, 제일 큰 원인은 그의 미숙함이었다.

"엇, 저거……."

헤레이스의 위험을 직감한 타로가 도약하려고 무릎을 굽히는 순간 이아나의 검집에서 섬광이 뿜어져 나왔다. 동체시력이 뛰어난 타로조차 보지 못할 정도로 빠르게 튀어나왔다가 제자리로 돌아간 검신의 날이 만들어 낸 빛이었다.

푸확!

터져 나온 번개는 순식간에 도적에게 도달했다. 검기는 도적의 목과 손목을 찢어 저 멀리 날려 버렸다. 헤레이스의 눈이 사람의 목과 몸이 분리되는 충격적인 광경을 그대로 담았다. 폭발하듯 터져 나온 피는 헤레이스의 얼굴에 처덕처덕 묻었다.

푸욱! 푹!

도적의 머리와 사슬낫을 쥔 손이 저 멀리 모래 더미에 처박혔다. 머리를 잃은 몸도 헤레이스의 앞에서 천천히 허물어졌다.

"손아귀가 찢어지는 한이 있어도 검을 놓지 말라고 했잖아. 학술원에서 그리 연습했……."

털썩.

어느새 헤레이스의 옆에 선 이아나가 훈계를 늘어놓고 있는데 헤레이스의 몸이 균형을 잃더니 바닥에 쓰러졌다.

"어라, 이 녀석 기절했나."

타로가 헤레이스의 뺨을 찰싹찰싹 때리고 수통의 물을 얼굴에 부었지만 창백한 낯의 그는 깨어나지 못했다. 죽었나 싶어 기겁한 타로가 헤레이스의 맥에 손가락을 댔다. 미약하지만 맥박이 뛰고 있었다. 타로가 혀를 쯧쯧 걸어찼다.

"확실히…… 우리 헤레이스가 도련님이긴 했네. 어째 갈수록 말이 없어진다 했더니 스트레스를 엄청 받았나 벼."

타로가 기절한 헤레이스를 둘러메며 말했다.

"이 수행의 최대 수혜자는 아무래도 헤레이스인 것 같은디? 얻는 기 많겠어. 이아나 양이 군이 이놈을 데려가려 한 이유를 알겠구먼. 국경 통과 전에 우릴 공격하는 도적들을 봐주지 말자고

했던 거, 헤레이스에게 실전을 겪게 해 주려고 그랬던 거쟈? 이
놈, 너무 순둥이잖여. 난 시디얀을 지나갈 때마다 싸우는 게 일상
이어서 별생각 없이 승낙했지만, 이제 보니 그런 생각이 드네잉."

"도와줄 수 있을 때 도와줘야지. 지금은 함께하는 시간이 많지
만 학술원을 졸업한 후엔 그럴 수 없을 테니까."

타로가 눈을 떼구룩 굴리며 물었다.

"그건 맞는디, 어째 이아나 양, 어디 멀리 가는 것처럼 얘기허
네? 자주 못 볼 사람처럼."

타로의 감은 뛰어났다. 앞으로 1년 반 후…… 이렇게 함께할 수
는 없다고 생각하고 있었다.

이아나는 다음 해까지 모든 학기를 마치고 바하무트를 공략하
기 위해 북부의 우드럽 왕국으로 떠날 예정이었다. 모든 인적 사
항을 지우고 바하무트를 공략하는 데 성공할 때까지 잠적할 계획
을 세우고 있었다.

아르하드의 현재 나이 스물두 살. 1년 반 뒤에는 스물네 살.
회귀 전 그가 황제가 된 나이는 스물아홉 살. 대략 5년은 이들과
보지 못하게 될 것이다.

그래서 이렇게 함께 시간을 보내며 인연을 좀 더 촘촘하게 얽
으려는 것이다. 보지 못할 그 긴 시간 동안 그들과의 인연이 끊
어지길 바라지 않았다.

"학술원이라는 공통분모가 사라지면, 각자 꿈꾸는 미래밖에 남
지 않아. 그 미래를 찾아가기 위해 모두 뿔뿔이 흩어질 테니 당
연한 얘기야."

그러니 그전까지는 헤레이스의 문제도 해결되었으면 좋겠는데.

이아나는 그리 생각하며 헤레이스의 머리에서 손을 떼었다. 비릿한 혈향이 자욱한 땅을 뒤로하며 이아나가 걷기 시작하자 타로도 그녀의 걸음에 맞춰 걷기 시작했다.

"아무래도 그렇겠지……."

한동안 말이 없던 타로가 축 처진 기색을 보였다.

"나도 토라카로 돌아갈 예정이니께."

"라랏슈아 왕녀는?"

타로를 생각하면 자동으로 라랏슈아가 연상되는 게 당연했다. 타로는 그를 처음 만난 입학시험 때부터 라랏슈아에게 한눈에 반한 상태였다. 라랏슈아를 쫓아다니지 않는 타로의 모습을 상상하기 어려웠기에, 이는 당연한 의문이었다.

"음……."

'색시로 맞아서 데리고 갈 것이여!' 와 같은 자신감 넘치는 말을 예상했던 이아나는 타로가 푸욱 한숨을 내쉬며 우물쭈물거리자 의아함을 느꼈다.

"사실, 겉으로는 막 코뿔소처럼 들이대는 것처럼 보여도 나도 나름대로 생각이 좀 많거든. 솔직하게 말해 나, 라랏슈아 님헌티 하인밖에 안 되잖여?"

"……."

라랏슈아에게 홀딱 빠져 정신 못 차리는 줄 알았던 타로는 제 처지를 똑바로 인식하고 있었다.

"라랏슈아 님을 엄청 좋아허고 여기에 남고 싶은 맘도 있으. 하지만 1년 반 동안 따라댕기면서 생각한 건데 내가 마법을 평생 이기지는 못할 것 같어. 라랏슈아 님의 반쪽은 마법이여."

이아나는 저도 모르게 고개를 끄덕였다. 언제부턴가 희미해져 잘 떠올리지도 않게 된 회귀 전, 라랏슈아는 매드 매지션이라 불릴 정도로 마법과 실험에 미쳐 있었다.

"음, 난 말이여. 스물다섯 살에는 일족 전통의 의식을 치러야 해서 무조건 일족의 품에 돌아가야 혀. 그게 1년이 걸리는구면. 그리구 그 1년간 라랏슈아 님은 마법에만 몰두하시겠지. 귀찮게 구는 내가 사라진 게 좋으실 테고. 나를 까맣게 잊으실 것이여. 그런 생각을 했더니 서글퍼지더구면. 뭘 바란 건 아닌데, 몇 년을 구애해서 내게 남은 게 뭔가 싶기도 허고. 허무하기도 허고. 그래서 스물다섯이 되기 전까지 여신님의 마음을 얻지 못하면 포기할 생각이여. 내가 힘들면 그전에라도."

"글쎄……."

타로가 하는 말과는 다르게, 그는 지금으로부터 몇 년 후에도 여전히 라랏슈아를 따라다니고 있었다. 과거에 애완 호랑이라 칭하며 타로를 데리고 다니던 걸 보면, 라랏슈아도 나름 타로를 아꼈던 걸로 보인다.

왜냐하면, 잘 생각해 보면…… 그 시절 그녀의 곁에는 타로밖에 없었다.

그녀가 타로와 무슨 감정을 나누고 있었는지는 모르겠지만 타로는 제멋대로에 자기중심적인 라랏슈아가 만들어 낸 마음의 장벽 안으로 들어갔던 게 분명했다. 어쩌면, 그때는 잘 몰랐지만 타로와 사랑을 주고받는 중이었을 수도 있었다.

"난 라랏슈아 왕녀가 당신을 나름대로 아끼고 있다고 보는데. 그렇게 체념적으로 굴기엔 이르다는 생각이 들어. 정말 포기하고 싶다는 생각이 들기 전까지는 전력을 다해 부딪쳐 보지 그래."

"어라?"

이아나의 말에 타로가 눈을 크게 뜨더니 싱글벙글 웃었다.

"이열, 웬일이여? 1년 전만 해도 이아나 양, 나보고 내 모든 걸 바쳐 구애하지는 말라고 하지 않았남?"

그러고 보니 저학년 검술대회가 열렸을 때, 타로와 지금과 비슷하면서도 어딘가 다른 대화를 나눈 적이 있었던 게 기억난다.

"상황이 바뀌었잖여?"

그랬다. 그날, 타로는 라랏슈아에게 사랑을 받을 수 있다면 제 모든 것을 바칠 수 있다고 했었고 이아나는 그러지 않는 게 좋다고 말했다.

「불확실한 미래일 뿐이군. 상대방이 자신을 좋아해 줄 거라고 확신할 수도 없는데 그것을 위해 노력한다는 건 어리석다.」

분명 그런 말을 했었던 것 같기도 하다.

이아나는 제가 변했음을 느끼며 생각에 잠겼다. 인간관계에 대한 노력이 부질없다고 생각했었지만 지금은 아니었다. 아르하드의 선례가 있었다.

"역시 사랑의 힘인겨?"

저도 모르게 아르하드를 떠올리고 있던 이아나가, 타로의 농담기 가득한 발언에 정곡을 찔리는 순간 발을 헛디뎌 삐끗했다. 평소에는 보기 힘든 그녀의 엉성한 모습에 타로가 껄껄거리며 웃었다.

"이아나 양이 응원해 주니 막 자신감이 치솟는디? 그려, 평생 외길을 걸을 것 같던 이아나 양도 아르하드 선배님헌티 넘어갔잖여? 나한테도 희망이 있다는 말이재!"

이아나는 말이 없었다. 그저 질끈 묶은 머리카락에서 삐져나온 머리카락을 답지 않게 만지작거릴 뿐이었다.

······덕분에 오늘 하루, 잦은 습격으로 간신히 잊고 있던 아르하드를 다시 떠올리고 말았다.

로안느의 서부 끝자락부터는 황토색 모래가 넘실거리는 사막 지대가 군데군데 보이기 시작한다. 과거에, 사대 오지를 제외한 대륙은 마치 오지와 경계선을 긋기라도 한 것처럼 땅 전체가 생명체가 살기 좋은 환경으로 조성되어 있었다.

그리하여 사막이었던 곳도 과거에는 푸른 식물들이 넘실거리던 땅이었다. 그 땅이 사람이 살기 어려운 사막으로 변이한 까닭은 건조한 기후와 적은 강수량도 원인이겠으나, 인간의 과도한 욕심 탓이 컸다.

인간은 키우는 가축이 어서 살이 찌길 바라 분별없이 풀을 뜯어먹는 걸 방치하고, 집을 짓든, 땔감으로 쓰든, 종이를 만들든, 세상 어딜 가든 볼 수 있는 나무를 아까운 줄 모르고 빠르게 베어 낸다.

초목은 세상의 근간이자 토대이다. 닥치는 대로 초목을 제거하니 초목의 뿌리가 저장할 수 있는 물의 양이 줄어들고, 인근의 연못과 호수도 말라 버린다.

물이 없으니 식물도 자랄 수 없는 악순환이 반복되어 초목이 죄다 사라진 땅은 따가운 햇살에 노출된다. 따가운 햇살을 막아 주는 잎사귀들이 사라지니 땅은 점점 뜨거워지고, 그 안에 살던 생물들은 참지 못하고 도망가 버린다. 생명이 사라진 흙은 모래가 되어 버리고 결국 아름답고 경이로우나 생명체가 살기 어려운 죽음의 땅이 되고 만다.

결론은, 사막은 인간의 욕심에서 비롯된 지역이다.

대륙에서도 중앙 근처에 있는 사막의 수는 인간의 욕심을 수치화하는 데도 쓰였다. 그리고 로안느의 서쪽에 위치한 시디얀은 사막 지대의 비율이 반이 넘었다. 하나둘 생기기 시작한 사막은 점점 넓어져 시디얀을 집어삼키고 있는 중이었다.

이아나는 길을 지나가면서 풍경을 눈에 담았다. 사막의 탄생 배경은 좋지 않지만, 그 고유의 풍경은 꽤 그럴싸하다. 저 멀리 보이는 것처럼, 낙타들이 길게 그림자를 늘어뜨린 채 걸어가는 모습은 사막에서만 볼 수 있는 절경이었다.

주변을 살피던 이아나는 걸음을 멈추었다. 선인장의 군집과 모래바람에 풍화된 나무판이 삐걱거리며 걸려 있는 이정표가 눈에 띄었다.

"마을이다. 타로, 오늘은 여기까지 할까."

"그려! 배도 고프고, 가자. 낙타는 헤레이스를 두고 잡아먹기 뭐하니까, 마을에서 팔고 다른 식량을 사는 게 좋겠구먼."

기절한 헤레이스는 깨어날 기미가 안 보이고, 또 날도 저물어 가는지라 결국 숙소를 잡기로 했다. 사막은 낮과 밤의 기온차가 몹시 커서 노숙을 하기가 편치 않은 지역이었다.

물론 타로와 이아나는 괜찮았지만 한 번도 노숙을 해 본 적 없는데다 좋은 환경에서만 자란 헤레이스가 처음부터 찬 땅에 노숙을 하면 골골거릴 게 분명했다.

"어서 옵쇼."

범죄의 온상지인 시디얀에도 여관은 있다. 주인이 엄청난 바가지를 씌우는 데다, 여관의 손님 대부분이 범죄자라 자다가도 강도가 들 가능성이 높다는 게 문제였지만.

그래서 차라리 사막에 노숙하는 게 낫다는 이들도 있었다. 그럼에도 여관을 택하는 이들은 사막을 지나가면서 주야장천 먹어 댄 건조 식량과 딱딱한 잠자리에 넌더리가 난 자들이었다.

"하룻밤에 5골드요."

여관 주인이 창고에 가까운 방을 보여 주고 제시한 숙박료는 어이가 없을 정도로 엄청난 거금이었다.

이때 타로가 시비를 걸고 나섰다. 주인은 타로와 실랑이를 벌이다가, 셋을 묻어 버리라며 한 덩치 큰 사내를 불렀다. 그리고 타로는 그들을 두드려 팬 후 훨씬 괜찮은 방을 헐값에 빌렸다.

타로의 깡패 같은 짓에 이아나가 황당해서 무슨 짓이냐 물었더니, 타로는 어깨를 으쓱이곤 시디얀에서 싸움 한 번 안 하고 방을 잡는 건 돈지랄이나 마찬가지라고 했다.

여관 주인이 처음에는 무작정 높은 가격을 부르고, 손님이 항의를 하면 아주 조금 깎아 주다가 자꾸 귀찮게 하면 땅에 파묻으려 한단다. 그리고 싸우다가 상대가 강자다 싶으면 목숨을 건지는 값으로 헐값에 방을 빌려 준다는 것이었다.

시디얀은 이런 나라였다. 무법지대이므로 제 능력만 있으면 어떤 날강도 같은 짓을 벌여도 괜찮았다. 마약 거래, 노예 매매……
이 모든 게 자유로이 이루어졌으며 심지어는 살인이더라도 문제
가 없다는 게 핵심이었다. 시디얀의 특성상 주변인이 갑자기 연
락두절이 되어 실종되어도, 사람들은 그러려니 하며 그를 잊는다.

이곳은 철저한 약육강식의 세계이며 부도덕이 극치에 달한 땅
이었다.

사정이 이렇다 보니 전 세계의 범죄자들이 각지에서 모여들었
고, 시디얀에 귀화하는 사람의 수는 날이 갈수록 많아지면 많아
졌지 떨어지지는 않았다.

그리고 치안에는 관심도 없는 시디얀의 왕실 병사들이 무기를
들고 나설 때는, 정식으로 귀화하지 않고 그냥 눌러앉은 무국적
자나 세금을 내지 않은 탈세자들을 처리하기 위해서였다. 시디얀
에서 살려면 반드시 귀화해야 했으며, 왕실에 세금을 내야 했다.
왕실 병사들은 무척 강했기에 시디얀 국민은 국가로부터 받은 게
없음에도 그 땅에 살아가는 대가로 거액의 세금을 냈다.

풍요롭고 살기 좋은 로안느를 떠나 이런 시디얀으로 온 지는 1
일, 여행을 시작한 지는 4일이 지났다.

이아나는 침대에 누워 있다가 뒤척거렸다. 가방에서 작은 수첩
을 꺼내 오늘 했던 일들을 기록하던 이아나가 멈칫하더니, 가방
을 다시 뒤적거려 자그마한 뭔가를 꺼냈다.

'이게 통신 아티팩트라고…….'

「무슨 일 있으면 바로 연락해. 별일 없더라도 연락해 주면 기쁠
거다.」

출발 직전에 아르하드가 물 생성 아티팩트와 함께 툭 던져 준 물건이었다. 이아나는 베개에 뒤통수를 대고 누운 채, 아리송한 표정으로 그것을 이리저리 돌려 가며 살폈다.

'통신마법을 새긴 강아지 인형……인 건가.'

그것의 정체는 솜을 빵빵하게 채워 넣은 귀여운 강아지 인형이었다. 새끼손가락 길이만 한 크기라 호주머니에 넣고 다니기에도 좋았다. 이아나는 아르하드가 왜 이런 인형을 아티팩트로 만들었을지 고민했다. 오래 지나지 않아 한 유사한 사례를 떠올렸다.

'내가 해산물을 좋아한다는 한마디에, 식사를 할 때마다 해산물 요리점에 갔었지.'

그렇다면 이 강아지 인형 아티팩트는 아마도 제가 이런 걸 좋아한다는 판단하에 제작한 것일 거다.

'내가 좋아한다는 티를 낸 적 있나?'

이아나는 강아지 인형에 관련된 일들을 떠올려 보았다. 아르하드는 건국제에서 제 눈길이 길게 향했다는 이유 하나만으로 강아지 인형을 경품으로 타 낸 전적이 있었다.

'단순히 그 일 때문에?'

이아나는 고심하다가 마침내 그로부터 얼마 지나지 않은 어느 날, 아무 생각 없이 그 인형을 아끼고 있으며 침대 옆에 놔뒀다는 말을 아르하드에게 한 걸 기억해 냈다. 그는 즉시 인형으로 방을 채워 주겠다고 했지만 저는 그 인형만으로도 충분하다고 거절했었다.

과연, 강아지 인형을 몹시 좋아한다고 판단할 법했다.

'정말로 작동하는 건가…….'

이아나는 궁금해서 아무 생각 없이 마나를 주입해 보려다, 마나가 아티팩트에 공급되는 즉시 아르하드에게 연락이 될 것이라는 사실을 깨달았다. 이에 지레 놀란 이아나가 강아지 인형을 놓쳤다.

뽁.

인형이 이아나의 얼굴 위에 귀여운 소리와 함께 떨어졌다.

"……."

이아나는 얼굴에서 인형을 치우지 않고 가만히 있었다. 인형은 눈을 가려 주었지만 당황한 듯 살짝 상기된 뺨까지는 가려 주지는 못했다. 얼마 지나지 않아 인형은 얼굴의 곡선을 타고 데구루룩 굴러 그녀의 머리 옆에 안착했다.

이아나는 몸을 일으키고 앉아 지끈거리는 이마를 짚었다. 여행을 미리 계획해서 정말 다행이라고 생각했다. 충격적인 깨달음을 얻고 난 이후부터 아르하드와 눈을 마주치고 있는 게 상당히 어색해졌기 때문이다.

여행이라는 탈출구가 있었기에 멀쩡한 척 버틸 수 있었다. 만약 여행 계획이 없었다면 멀쩡한 척은 어림도 없다. 거짓말을 못하는 성격답게 복잡한 심정이 다 드러났을 테고, 눈치 빠른 아르하드는 이상함을 느꼈을 것이다.

"……."

이아나는 그날 이후, 몇 번이고 제 깨달음을 의심했다.

'내가 잘못 생각한 거겠지.'

'착각이 분명하다. 꼴사나워.'

이아나는 여태까지 의심을 지우지 못했으며 오늘 밤도 역시 의

심했고 부정하려 했다.

'아닐 수도 있어. 속단하기엔 일러.'

그리고 의심 후에는 늘 그래 왔듯, 이아나는 이번에도 아르하드가 저를 대하는 태도를 하나하나 신중하게 짚어 보았다.

아르하드는 저를 심각하게 좋아했다. 자의식을 죽이고 몇 번이고 객관적으로 생각하려 했지만 이 사실은 제게 있어 진리에 가까웠다. 또 저와 함께하는 모든 일을 즐거워했으며, 뭐든 해 주고 싶어 안달이 났고, 제게 가장 중요한 사람이 되고 싶어 했다.

그에게 의지하지 않는 걸 싫어했고, 단순한 거부에도 광인처럼 돌변해 분노하며 그녀를 붙잡았다. 그런 행동을 보이면서도 깊은 상처를 입은 양 슬퍼했다.

그러면서도 호감을 살짝 담아 말 한 마디를 건네면 화를 풀고 기쁨을 숨기지 않았다.

"……후."

거기까지 생각한 이아나가 머리를 푹 숙였다.

의심하려 했지만, 그의 언행을 되짚으면 되짚을수록 깨달음은 그녀의 가슴속에서 사실에 가까워진다. 가슴속에서 단순명료하게 정의된 사랑이란, 아르하드의 지독할 정도로 깊은 호감에 당위성을 만들어 주었다. 그가 여태 보였던 행동들은 사랑이라는 단순한 단어하에 모순 한 점 없이 기막히게 연결되었다.

'당신이 정의해 준 사랑은, 당신이 내게 보이는 감정들과 다른 게 없어. 아무리 생각해도 똑같아.'

이처럼 그가 품은 감정이 사랑이다, 라는 깨달음에는 이미 수많은 심증들이 존재했다. 이 깨달음을 부정하기 위해서는 그의 감정이 사랑이 아니라는 명제를 증명해야 한다. 그러나 이아나는 도저히 논증할 수 없었다.

잠시 우두커니 허공을 노려보던 이아나는 침대 옆에 세워 뒀던 검을 잡았다. 오늘도 피를 많이 먹은 검을 닦아 주며 마음을 다스렸다.

평소 같았으면 이렇게 고민할 시간에 통신 아티팩트로 다짜고짜 연락해서 나를 사랑하느냐고 물었을 터였다. 아니, 그전에 그런 생각이 든 순간 바로 물었을 것이다.

하지만 이아나는 그녀의 의문을 그에게 언급하지 않았다. 그에게서 확인받으면 돌이킬 수 없기 때문이다. 본인에게 묻기 전에 생각을 정리할 시간이 필요했다.

사실 그녀는 이미 확신하고 있었다. 계속 부정하고 의심했지만…… 그건 정말 만에 하나라도 아닐 가능성을 찾기 위해서였다.

이아나는 깨끗하게 닦인 검면을 보았다. 그녀가 열심히 닦아 준 검에는 얼룩 한 점 남아 있지 않았다. 서늘한 빛을 뿜어내는 검의 뚜렷한 자태는, 여태 의심하고 의심하며 얼룩을 지워 나간 이아나가 내린 결론과도 같았다.

이아나는 검을 검집에 집어넣고 창가로 다가갔다. 그녀는 창틀에 걸터앉아 팔짱을 낀 채 창밖을 내다보았다.

외양이 같아서 그런지, 분위기가 비슷해서 그런지, 밤하늘을 보면 이제 아르하드가 자동으로 떠오른다. 깊은 어둠이 자리 잡은 하늘에는 아르하드의 황금빛 눈처럼 노란 달이 떠 있다, 암흑 속에서 빛나는 저 달은 저 홀로 솔직하게 모습을 보였다.

이아나는 이제야 모두 이해했으며, 깨달음을 인정하기로 했다.

그리하여 드디어 제대로 된 한 문장을 완성했다.

아르하드는, 이아나를 사랑하고 있다.

이때까지는 사랑을 몰랐으니 아르하드가 제게 쏟아붓는 감정의 정체를 알지 못했다.

그러나 사랑을 정의한 순간, 아르하드가 저를 사랑하고 있음을 바로 알았다.

의심의 여지는 없었다. 언제부터인진 몰라도 꽤 오래전부터, 아니 어쩌면 처음 만난 순간부터 저를 사랑하고 있었음이 분명했다.

그러니 이렇게 의심하고만 있는 건 시간 낭비다.

'아르하드가 나를 사랑한다, 라…….'

이 결론은, 아르하드의 곁을 지킬 예정인 삶의 전환점이 될 정도로 매우 중요하다. 그가 원하는 게 뭔지 알 수 있는 실마리이므로, 잘 생각해 보고 그에 근거하여 앞으로의 제 태도를 결정해야 했다. 이아나는 냉정하게 생각했다.

「사랑과 호감은 어떤 면에서는 완전히 달라.」

'내가 잘못 알고 있는 점을 굳이 정정해 준 이유는?'

「하지만 알고 싶지 않아? 파괴적이면서도 애틋한 그 감정을. 난 궁금해. 사랑이 사람을 어디까지 미치게 하는지.」

'알고 싶지 않냐고. 궁금하지 않느냐고. 그렇게 말한 건 내가 당신의 사랑을 알아주길 바란 건가? 나와의 관계를 변화시키고

싶다는 거야? 그래서, 내가 받아들이면 나랑 뭘 하고 싶은 건데? 자고 싶기라도 한 건가?'

그럴 수도 있다. 하지만 그렇게 천박하게만 깎아내리기엔, 아르하드가 제게 품었다고 생각되는 사랑은 깊고 길었다. 또 어딘가 심장을 덥히는 온기가 존재했다. 비뚤게만 생각하는 건 옳지 않았다.

오히려 그는 숨겨 버렸다.

「……그냥 내 생각이 그렇다는 거다.」

언제나처럼 어딘가 꾹 눌린 표정을 지으면서.

"……."

이아나는 세워 안은 한쪽 무릎에 뺨을 묻으면서 달을 물끄러미 쳐다보았다.

'그러고 보니, 이미 나를 사랑하느냐고 물은 적이 있었군.'

작년 말, 자꾸 아르하드와 엮어 대는 사람들에게 둘 사이에 존재하는 감정이 사랑이 아님을 증명하기 위해서였다. 그때 아르하드는 차를 뱉고 책을 떨어뜨리는 등의 그답지 않은 행동을 보였다.

황당해서 그런 줄 알았는데 아르하드가 황당함을 표현하는 방식치곤 너무 과했다. 지금 생각해 보니 그게 아닌 것 같았다.

'……황당이 아니라 당황이었나.'

그리고 아르하드의 대답은 어떠했더라.

「곁에서 지켜보고 싶은, 곁에 두고 싶은······ 대단한 검사일까.」

'즉, 아니라고 부정하지는 않았어.'

아르하드는 교묘하게 부정을 피했지만 사랑이라고도 말하지 않았다. 이처럼 여태 제 감정을 아주 잘 숨겨 왔으며 한 번도 드러내려 하지 않았다.

늘 "지금의 우리가 마음에 든다.", "네가 변하지 않기를 바란다." 라는 말을 일삼던 아르하드는, 이아나처럼 관계의 변화를 원치 않았던 것처럼 보였다.

······사랑했으면서, 왜 그랬을까?

보통은 고백하고, 연인이 되고 싶어 하지 않나? 그녀에 대한 찬사와 사랑에 대한 미사여구를 담은 러브레터를 무수히 보내 왔던 뭇 사내들처럼.

러브레터에 쓰인 문장들은 하나같이 관계의 발전을 바라고 있었다. 하지만 아르하드는 그녀와 함께하는 시간 내내 한 번도 그런 기색을 내비친 적이 없었다.

이아나는 알쏭달쏭한 기분으로 곰곰이 되짚어 보다가, 고려할 가치도 없다 싶어 무시했던 프리실라의 말을 떠올렸다.

「식은 빵 덩어리인 이아나 양이라면 엄청 불만 있는 얼굴로 물어봤을 게 분명해. 나한테 그랬던 것처럼 싫어 죽겠다는 표정으로 물어봤겠죠.」

「그런 이아나 양을 앞두고 아르하드 군이 사실대로 말할 수 있겠어요?」

프리실라의 말대로 제가 처음부터 너무 싫어하는 티를 내서 그랬을 가능성이 높다는 생각이 문득 들었다.

그녀는 그들의 안정적인 관계가 어떤 식으로든 변하지 않기를 바랐기에, 사람들이 자꾸 들이대는 사랑에 대한 부정적인 인식을 그의 앞에서 감추지 않았다. 그가 사랑할 리도 없거니와…… 사랑하지도 않기를 바랐기 때문이다.

그래서 아르하드는 제 감정을 죽이고 현재의 좋은 관계에 안주하기로 했을지도 모른다.

즉, 그는 그녀의 태도를 보고 사랑을 숨겼다. 그러다 거짓으로 연인 선언을 해 버린 그녀의 자폭으로, 기회를 잡아 버렸다. 감춰 놓았던 애정을 연기라는 핑계로 아낌없이 내보일 기회를, 이아나가 놓아 달라 해도 그는 우악스레 움켜쥐었다. 거짓이니 괜찮지 않냐는 핑계를 댔다. 거짓인 양 굴며 제 감정을 숨기지 않고 마음껏 표현했다.

최근 똑같은 호의적인 행동인데도 자꾸 분위기가 다르다 느꼈던 까닭은 거기서 찾을 수 있다. 새로운 관계가 시작되기 전, 아르하드는 사랑을 억지로 안으로 꾹꾹 밀어 넣어 호감으로 가장했었다.

그러나 그 이후부터는 어떤 제약도 없이 제 감정을 완전히 드러내고 있다.

사랑은 호감의 연장선, 호감이 심해지면 사랑이 된다고 말할 수 있을 것이다. 그렇게 호감과 사랑은 동떨어져 있지 않으나, 그 사이에 존재하는 경계선을 기점으로 완벽하게 달라지는 감정들이기도 하다. 사랑은 한 차원 더 높아진, 더욱 심각한 호감인 것이다. 그러니 달라 보일 수밖에 없었다.

……그렇게라도 표현하고 싶었나. 숨기고, 아닌 척했지만 사실은 미치도록 알리고 싶었던 걸까. 가끔 보았던 꾹 억눌린 표정의 의미는 그런 뜻이었을까.

이아나는 입술을 일자로 다물었다.

'멍청한 남자…….'

늘 생각하는 거지만 도대체 제가 뭐라고 이렇게까지 저를 원할까. 스스로가 생각해도 심각하게 자기중심적이고 여러 방면에서 서툴고 까다로운 여자, 어디가 그리 좋다고…….

그래서?

나는 어찌해야 하나?

사랑을 하지 말라 하였건만, 이미 나를 사랑하고 있는 아르하드의 애정을 거부하고 쳐 내야 하나?

이아나는 이런 고민을 하고 있는 스스로가 우스웠다. 그럴 수 없음을 이미 알고 있기 때문이다.

뭘 어떡하겠는가. 그는 선을 넘어 버린 지 오래인 것처럼 보인다. 그리고 아르하드가 이제껏 보인 모든 언행이 숨겨 뒀던 사랑에서 비롯되었다면, 이아나는 절대 거부할 수 없었다.

「앞으로 이보다 심하면 심했지 덜하진 않을 텐데 다행이다.」

아르하드는 마르가리타의 저주가 펼쳐진 날, 그러니까 그들의 거짓된 관계가 시작된 밤에 이아나가 그가 챙겨 주는 행동들을 좋아한다고 고백하자 그리 말했었다.

이아나의 심장이 술렁거렸다.

'지금까지도 충분히 과했는데……. 이 어색함을 어찌해야 할지.'

너무 커서 헐렁거리는 옷을 입은 채 거울을 본 듯한 기분이다. 치수가 커서 어울리는지 안 어울리는지 판단할 수 없는, 그러나 단숨에 벗어서 쓰레기통에 처박아 버리기는 싫은, 그런 버거운 옷.

사랑이라는 감정 자체가 어색한 거지, 그의 사랑이 꺼려진다는 뜻은 결단코 아니다. 호감을 가진 누군가에게 소중하게 여겨지고 있으되 절절하게 원해지는 기분은 뺨 언저리를 슬쩍 붉힐 정도로 어딘가 민망스러운 부분이 있으나 나름 기뻤다.

무엇보다 그녀의 심장 한편에는 수상한 설렘이 도사리고 있다. 그의 감정이 사랑이라는 깨달음을 얻는 순간 몸에 열이 오름과 동시에 이상한 기대감이 심장에 자리 잡았음을, 이아나는 외면하지 않았다.

……사랑을 그토록 거부한 주제에 이런 기분을 느끼고 있는 스스로가 우스꽝스러웠다. 상대가 아르하드라는 사실 하나만으로, 거부감을 느끼지 않는 자신이 어이없으면서도 나쁜 기분을 느끼지 않는 게 또 웃겼다.

'곧 괜찮아지겠지.'

호감도 처음에는 받는 게 어색했지만 시간이 흐르자 익숙해졌다. 사랑도 마찬가지리라.

밤이 점점 더 깊어진다. 지금 자지 않으면 내일 무척 피곤할 것이다. 이아나는 창가에서 일어나며 찬바람이 들어오지 않게 창문을 닫았다. 낯선 모래 냄새가 나는 이국의 침대에 쓰러지듯 털썩 누웠다.

"……."

이아나는 슬쩍 눈을 떠서 땡글땡글한 까만 눈이 귀여운 강아지 인형을 보았다. 손을 뻗어 손가락으로 작은 머리를 톡 찔렀다.

그 커다란 남자가 저를 위해 준비한 이 조막만 한 인형을 손에 쥐고 있던 모습을 떠올렸더니, 저도 모르게 웃음이 나왔다.

아르하드가 하는 걸 보고 있으면 제가 이 세상 최고로 귀한 사람이 된 듯한 기분이 든다. 과거에 받았던 모든 미움은, 제 모든 것을 받아 주는 그의 사랑이 존재하기 위한 대가였을지도 모른다는 생각이 들 정도로 과하다.

과하고 부족하고를 떠나, 솔직히 말해 기쁘다. 사랑을 받는 사람은 전부 이런 기분을 느끼는 걸까?

기분이 좋아진 이아나의 심장에서 아주 조금은 잔재하던 기피감마저 사라졌다.

'……그래. 될 대로 되라지. 싫은 것도 아니고, 일단 모른 척하고 하자는 대로 맞춰 줘 볼까.'

애초에 고민은 그녀의 취향이 아니었다. 이아나는 물이 높은 곳에서 낮은 곳으로 흐르는 것처럼, 이 상황을 자연스러운 흐름에 맡겨 두기로 했다.

뭐가 뭔지 모르겠으니 그냥 가만히 있을 예정이다. 아르하드가 그녀를 원한다면 먼저 어떻게든 할 것이다. 나서서 어떻게 할 필요도 없이 그의 행동에 맞춰 마음 가는 대로 행동하고 답하면 될 것이다.

어찌 알겠는가. 이러다가 그녀도 그를 사랑하게 될지. 지금은 맞지 않는 옷처럼 여겨지는 이 사랑을, 그 어떤 것보다 아끼게 될지.

두려워했던 변화조차 도외시하고 사랑을 하고 싶게 될지.

그런 걸 생각하면 이기적이지만 그가 먼저 그녀를 사랑하는 게 다행이었다.

이아나는 강아지 인형을 꼭 움켜쥐었다. 연락을 하지 않으면, 걱정되어서라도 먼저 연락을 하려나. 연락해서 무슨 말을 하려나.

이아나는 지금부터 아르하드가 제게 무슨 말을 하고 어떤 행동을 할지 은근히 궁금해하고 기대하고 있는 스스로를 발견했다.

또 제가 회귀하여 새로운 삶을 살고 있음을, 전혀 생각지도 못한 새로운 노선이 그들의 관계 앞에 펼쳐져 있는 지금 이 순간 다시 한 번 생생하게 자각했다.

깜깜해서 앞날이 전혀 예측되지 않지만, 아르하드를 닮은 어둠은 그녀가 어디로 걷든 옳은 길로 인도할 것이기에 그저 설레었다.

이아나는 드디어 마음을 죄다 정리하고 제가 취해야 할 태도를 정했다. 다 인정하고 받아들였다. 그러나 한 가지 명심해야 할 게 있음을 잊지 않았다. 설령 사랑을 하여 약간의 변화를 겪더라도, 당당한 스스로를 절대 잃지 않을 것. 이아나는 저라면 가능할 거라 믿으며 눈을 감았다.

다음 날도, 그다음 날도, 이아나와 친구들은 시디얀을 가로지르며 달렸다. 검은 차도르를 뒤집어쓴 삼인조가 습격자들을 학살하거나 불구로 만들어 놓는다는 소문이 알음알음 퍼지자 자잘한 도적들은 자취를 감췄다. 그리고 제거당한 도적들이 속해 있던 거대 도적단은 괘씸한 그들을 주시하기 시작했다.

"나 이렇게 막장으로 여길 지나가는 건 첨이여. 이래도 되는지 모르겠네?"

"당신이 그러자고 했잖아. 다 쓸어버리고 지나가자며? 믿는 구석이 있는 것 아니었나?"

"시디얀은 뭘 혀도 되는 나라니께 무슨 짓을 혀도 상관없긴 허지. 그냥 이렇게 사고를 많이 친 건 첨이라 괜히 찔린 것이여. 그려, 괜찮지 않을 게 뭐가 있겄어? 글고 사람은 뭐든 새로운 걸 도전해야 하는 법이제! 핫하, 이 타로, 형님들헌티 자랑할 거리가 생겼다, 이 말이랑께!"

이를 아는지 모르는지 이아나와 타로는 태평하기만 했다. 헤레이스만 다크서클이 눈 아래로 잔뜩 내려앉은 낯으로 불안한 듯 주변을 살피며 걷고 있었다.

이아나가 어깨를 으쓱거렸다.

"괜찮다곤 하지만 위험 수준인 건 맞아. 도적들의 습격이 줄어들었다는 건 우리의 존재를 인식했다는 뜻이겠지. 어쩌면 정보를 캐고 있는 놈들도 있을 수 있어. 물론 헛된 일이겠지만……."

이아나의 생각대로였다. 그들을 조사해 본 도적단들도 있었지만 영양가 있는 정보를 얻을 수는 없었다. 눈에 띄게 큰 덩치의 남자 하나, 그리고 검을 쓰는 여자와 남자 하나씩으로 이루어진 삼인조, 이게 정보의 전부였다. 이렇게까지 정체가 감춰질 수 있었던 건 그들의 행색 덕분이었다.

서부로 가면 갈수록 태양이 쏟아 내는 볕은 따가워진다. 검은 차도르를 머리부터 발끝까지 뒤집어쓴 사람들은 수도 없이 많았다. 검은 꿍꿍이속이 있어 그보다 더 외양을 감춘 이들도 부지기수였다.

이런 이유로, 시디얀 내에서는 외양이 아니라 신분패나 인장으로 본인임을 증명하여 믿을 만한 이들끼리만 소통하는 문화까지 형성되어 있을 정도였다.

이런 국가에서 일을 벌이고 다니면서 이아나, 타로, 헤레이스는 검은 차도르를 꼭꼭 싸매 입어 외양의 노출을 차단했다.

문화적 특색에 맞는 행색인데다, 눈만 드러낸 그들의 정체를 적들이 알 수 있는 방법은 없었다. 지금의 행색으로는 누구와 적대관계를 형성해도 괜찮았다.

이에 더해 이아나의 일행은 자칫하여 정보를 줄 수 있는 일반인과도 거의 접촉하지 않았다. 여관에서 숙식을 해결한 것도 초반뿐이다. 헤레이스가 사막의 기후에 적응했다 싶을 즈음부터, 나머지 밤은 짐승을 잡아 식사를 해결하고 노숙을 하며 그들끼리 지냈다. 정보를 줄 여지가 없었다.

적들은 이런 삼인조의 꽁무니를 몰래 쫓아가며 정보를 얻어 보려고 했으나, 뒤가 캥긴 이아나와 타로가 미행자들까지 척살하여 그조차도 불가능했다.

"하지만 여관에서 들었듯, 시디얀 국민들은 로안느 출신들에게 이를 갈고 있지. 우리의 정체가 노출될 일은 없지만…… 우리가 지나온 길까지 감춰지진 않기 때문에 동쪽, 로안느에서 왔다는 사실은 들킬 수도 있어. 만에 하나라도 걸리면 좋지 않으니 최대한 빨리 지나가는 게 좋겠다."

현재 시디얀의 실질적 지배자인 블랙폭시는 로안느와 엄청난 적대관계를 형성하고 있다.

시디얀 왕국민들은 그들의 왕까지 블랙폭시의 보스일 거라고는 생각도 못 하고 있었지만, 블랙폭시에 호감과 지지를 보내고 있었다. 블랙폭시가 시디얀 경제의 뿌리 그 자체라는 것을 인식하고 있었다.

그래서 시디얀을 통과하는 로안느의 여행자들은 물론이고 로안느 출신의 귀화자들까지 숨죽이고 있는 실정이었다. 시디얀 왕국민들이 그들에게 대놓고 적대감을 표출하기 때문이었다.

아르하드도 이 때문에 이아나에게 시디얀을 최대한 조용히 지나가라 충고했었다.

벌써 시디얀의 반을 지났다. 도적의 습격이 줄어들어서 초반보다 훨씬 더 빠른 속도로 시디얀을 통과하고 있기 때문에 이대로라면 사오 일 내로 진자이의 국경을 넘을 수 있을 터였다.

이아나의 말에 불안감을 느낀 헤레이스가 조심스레 말했다.

"저기, 이아나 양, 타로 형님. 시디얀요, 빨리 지나갈 거면 습격하는 도적들도 그냥 무시하면 안 될까요."

불안감도 불안감이거니와, 헤레이스는 짙은 혈향에 지쳐 있었다. 이아나가 걸음을 멈추고 그를 빤히 쳐다보았다.

그의 핼쑥한 모습에서 불안감을 핑계로 감춰진 거부감을 읽어낸 이아나가 한숨을 내쉬었다.

"헤레이스, 우리가 무작정 전투를 벌이는 건, 네게 실전 경험을 쌓을 기회를 주기 위해서다."

테오도르 내에서는 목숨을 위협당할 일이 거의 없어 살기가 오가는 실전을 겪는 게 어렵다. 검술학부의 고학년 커리큘럼에 변방으로 실습을 나가는 과정이 있는 것도 이런 문제 때문이었다.

그리고 무법 지대이자 도적들의 나라인 시디얀은 실전을 겪기에 전쟁터 다음으로 최상인 장소였다. 이아나가 헤레이스를 데리고 온 건 이 때문이었다.

"타로와 난 그들을 피해도 상관없어."

타로는 과거에 어떻게 살았는지 모르겠으나 전투 경험이 풍부했고, 이아나는 두말할 것 없다. 이 두 사람이 굳이 시디얀을 시끄럽게 통과할 이유가 없었다.

"다 널 위해서 이러고 있는 건데 넌……."

그런데 우습게도 수많은 전투 내내 헤레이스는 단 한 번도 적을 죽이지 못했다. 적의 피부에 얕은 상처만 낼 뿐, 신체 한 부분을 베어 내지도 못했다.

헤레이스가 울상을 지었다.

"저는…… 저는 도저히 못하겠어요."

검이 상대의 몸에 닿는 순간마다, 상대가 죽거나 불구가 되는 결과물에 대한 상상이 헤레이스의 뇌를 차지했다. 제 인간성이 말살되는 듯한 기분에 검을 멈출 때마다 적은 어김없이 그의 목숨을 노렸다. 적에게 나 잡수쇼 하고 제 목숨을 내주는 꼴이었다.

헤레이스도 자신의 부끄러운 꼴을 인식하고는 있었지만 사람의 몸에 날을 대는 게 심각하게 꺼려졌다. 한 사람의 인생을 끊어 낸다는 건 생각했던 것보다 훨씬 더 무서운 일이었다. 양심의 마비를 요구하는 행위였다.

"이아나 양, 제발……."

혜레이스가 벌벌 떨며 말하자 이아나가 고개를 저었다.

"안 돼. 내가 말했지. 검은 기본적으로 살상 무기다. 네가 검을 쥐는 이유가 귀족들의 공놀이처럼 시간을 때우기 위해서라거나, 평화로운 시골 마을에서 애들 검술 선생 노릇을 하기 위해서는 아니잖아."

"그건 그렇지만 그래도……."

혜레이스가 미적거리며 대답을 회피하자 이쯤에서 한번 그의 정신 상태를 잡아야겠다고 생각한 이아나가 팔짱을 낀 채 그를 노려보았다.

"이도 저도 아니게 행동하지 마. 계속 네 꼴불견인 행동을 넘어가 주니까 이젠 이렇게 여유롭게 굴기까지 하는군. 그래, 어디 한 번 말해 볼까? 이때까지 너무 자비롭기만 하셔서 정말로 감탄했다, 혜레이스 도련님."

이아나의 비꼬는 말에 혜레이스의 몸이 빳빳해졌다.

"적들이 너를 죽이려고 하는데 어정쩡하게 검을 휘두르는 것도 한두 번이지. 타로와 내가 구해 준 게 대체 몇 번이지? 넌 이미 수십 번은 죽었어."

"……."

"다음에 너 혼자 다니다 습격을 당하면, 그렇게 어이없게 싸우다 아까운 목숨 버리지 말고 적의 가랑이 사이를 기며 삶을 구걸해라. 돈이고 가족이고 네가 가진 걸 다 바치는 건 덤이고 말이지."

"어이, 어이, 이아나 양. 말이 심혀."

헤레이스에게 시비를 거는 듯한 말투의 이아나의 어깨를, 타로가 붙잡으며 말렸다. 헤레이스가 자기도 할 말이 있다는 듯 주먹을 꼭 쥔 채 이때까지 속에 쌓아 뒀던 말을 내뱉었다.

"하지만 사람이잖아요. 저는 사람을 다치게 하고 싶지 않아요. 몬스터도 아니고, 제압해서 경고만 하고 살려서 보낼 수도 있는데……."

"그래서, 네가 그들을 제압할 수 있을 정도로 강해? 몇 번이고 도적의 날붙이가 몸에 닿는 걸 허용한 주제에."

말문이 막힌 헤레이스가 입을 다물자 냉정한 낯의 이아나가 그를 회초리로 종아리를 치듯 쏘아붙였다.

"죽이고 살리고는 강자의 몫이다. 그리고 놈들을 죽인 건 나와 타로야. 넌 아니지. 아직 실력이 부족한 넌 악착같이, 죽일 기세로 적을 상대해야만 했어. 사람을 다치게 하고 싶지 않다고? 상대를 제압하는 건 죽이는 것보다 더 힘든 일이다. 이게 무슨 승패만 가리면 끝인 대련인 줄 알아?"

"……."

"몬스터만 적인 것 같나? 도적들을 봐. 사람도 얼마든지 너를 죽이려는 적이 될 수 있다. 그래, 네가 그렇게 여유를 부리는 건 죽이지 않아도 타로와 내가 처리해 주기 때문인가? 너 혼자 착한 척 깨끗한 척하니까 좋아?"

대놓고 심장을 푹푹 쑤셔 대는 이아나의 신랄한 말에 헤레이스의 눈에 눈물이 고였다. 이아나의 말에는 틀린 부분 하나 없었기에 할 말이 없었다.

여행은 무척 고되었다. 검술학부에서 죽을 동 말 동 수련을 한

지 오래라 몸이 힘든 건 익숙해져 있었으므로 며칠 내내 강행군을 하는 건 참을 만했다. 하지만 마음이 너무 힘들었다. 이아나의 심기를 건드리는 것도 싫고, 이런 잔인한 여행은 그만두고 집으로 돌아가고 싶은 마음이 굴뚝같았다.

그런 헤레이스의 생각을 읽은 이아나가 다시 한 번 그를 쫴쳤다.

"돌아가고 싶어? 말리지 않아. 하지만 너 혼자 돌아가. 그리고 난 두 번 다시 너와 함께 수련하지 않겠다."

헤레이스의 안색이 창백해졌다.

"난 최선을 다하지 않는 사람을 도울 마음 따위 전혀 없어. 한계를 뛰어넘는 것도 그 이상으로 가고자 노력하는 사람에게 해당하는 일이지, 한계 안에서 안주하려는 사람은 절대로 불가능해."

"……."

"네 생명을 뜯어먹고자 아귀 떼처럼 몰려드는 마나를 제어하고 싶다면서 너를 죽이려 하는 도적 떼는 하나도 처리하지 못하는 마음 약한 너. 헤레이스, 다음번이 마지막 기회다. 죽이는 것까진 바라지 않아. 단, 배를 쑤시든 팔을 끊어 놓든 적의 신체 부위 하나를 못 쓰게 만들어. 이번에 못하면 난 네가 무슨 말을 하든 가망이 없다고 판단하고 너를 포기하겠다."

롤모델로 삼았던 이에게 자존심과 자존감을 난도질당하고 다음이 마지막 기회라고 못 박혔다.

이에, 저를 도와주고자 이때까지 노력해 줬던 이아나가 저를 포기할 수도 있다는 끔찍한 상황에 헤레이스는 파들파들 떨었다.

마지막 기회라고 생각했던 이아나의 도움. 이아나가 저를 포기한다면 그것은 제게 있어 검사로서의 사형선고나 다름없었다.

이아나의 포기와 도적의 목숨.

둘 중 버려야 할 것을 선택하라면 당연히 도적의 목숨이다. 언제나 유약했던 헤레이스였지만, 막다른 곳에 몰리자 정수리부터 발끝까지 꼬챙이에 꿰뚫린 것처럼 단단한 독기가 한 줄기 심겼다. 헤레이스가 꼿꼿하게 허리를 폈다.

"알겠어요. 다음엔 벨게요."

시디얀의 중앙에서 이아나에게 한 소리를 들은 지 얼마 지나지 않아 발생한 전투에서 헤레이스는 분발했다. 머뭇대던 모습은 사라지고 여전히 사람의 목숨을 끊어 놓진 못했지만 도적의 손목을 베어 낸 것이다. 사람의 육신을 처음으로 완전히 분리시킨 헤레이스의 눈은 썩은 고등어 눈깔인 양 죽었다.

헤레이스가 불구로 만든 도적이 줄행랑을 쳤지만 이아나는 내버려 뒀다. 헤레이스는 전투가 끝나자마자 엎드리더니 웩웩거리며 토했다. 이아나는 속을 게워 내는 헤레이스의 어깨를 토닥거렸다.

"잘했어."

"이아나 양……."

이아나의 칭찬을 들었지만 헤레이스는 기쁘지 않았다. 벼랑 끝까지 몰린 기분으로 도적의 손목을 베었지만, 그는 여전히 왜 이렇게까지 해야 하는가, 하는 의문을 가슴속에 품고 있었다.

검의 본질이 무언가를 베는 데에 있음을 이해하고 있다.

이아나는 진정한 검사가 되기 위해서는, 이 잔인한 행위를 기꺼이 행할 수 있을 만큼 강한 야망이 있어야 한다고 했다. 누군가를 베지 못하면 검사가 아니되 검을 든 사람일 뿐이며, 그저 베기만 하면 길을 잃은 쭉정이 검사밖에 되지 못한다고도 말했다.

헤레이스는 창백한 낯으로 생각했다.

'난 검을 휘두르는 게 즐거워. 내 인생엔 검밖에 없었고, 앞으로도 그러길 바라. 그리고 검으로 다른 사람에게 인정받고 싶어.'

그러나 이 목적을 위해서, 다른 사람의 삶을 기꺼이 끊어 낼 수 있는가? 헤레이스는 답할 수 없었다.

이날 밤, 이아나는 타로와 함께 술통째로 사서 복잡한 생각으로 머리가 터질 것 같은 헤레이스에게 먹였다.

음주를 즐기지 않는 헤레이스였지만 이 밤만큼은 잔뜩 마셨다. 목구멍을 통해 술이 꿀꺽꿀꺽 넘어갈 때마다 머리가 마비되어서 괴로운 기분이 조금은 사라지는 것 같았다.

하지만 사라지는 건 사라지는 거고, 주정은 주정이었다.

"무서워요……. 너무 무서워. 전 다른 사람을 다치게 하기 싫은데……. 이아나 양, 꼭 그래야만 하나요? 응?"

헤레이스가 이아나를 붙잡고 엉엉 울었다. 괜찮다, 괜찮다 해주던 타로는 저 혼자 술 한 통을 시원하게 비운 후 나가떨어진 지 오래였고, 그의 말을 들어줄 사람은 낮에 무섭도록 혼을 냈던 이아나뿐이었다.

이아나에게 말도 못 걸고 울적하게 있을 때는 언제고 그녀에게 들러붙은 채 헤레이스는 펑펑 울었다.

이아나는 떨떠름한 표정을 지었다. 정면에서 마주 보고 있기 힘들 정도로 못생긴 얼굴이었다.

낮에는 심하게 나무랐지만, 헤레이스의 상냥한 심성을 알고 있기에 누군가를 상처 입히는 행위에 힘들어하는 그를 이해하고 있었다. 재능과는 별개로 검사와 어울리지 않는 성격이었다.

"물론 상대를 다치게 하기 싫으면, 평소에는 방어와 제압만 하고 벨 수밖에 없는 상황에 처했을 때만 멍청하게 굴지 않고 망설임 없이 벨 수 있으면 돼."

검사는 선호하는 스타일에 따라 크게 공격형과 방어형, 두 가지 유형으로 나뉜다. 헤레이스의 성향을 생각한다면 그는 극도로 방어형에 치우쳐 있었다. 방금 이아나가 언급한 게 방어형이 주로 검을 사용하는 방식이었다.

하지만 헤레이스의 미래를 생각한다면 그런 것까지 하나하나 정해 줄 순 없었다. 헤레이스 스스로 고민하고 고뇌하다가 저만의 길을 찾아야만 했다. 그녀는 그저 옆에서 조언을 해 줄 뿐이었다.

"하지만 그러려면 상대방과 큰 실력 차가 있어야 하지. 그리고 실력을 키우려면 실전을 많이 겪어야 한다."

"응, 응, 그렇겠죠."

이아나의 칼 같은 말에, 헤레이스가 멍한 머리로도 그 뜻을 이해하며 고개를 끄덕거렸다. 부은 눈에서는 눈물이 뚝뚝 떨어지고 있었다.

"그 과정에서 누군가를 다치게 하는 건, 미숙한 검사에겐 필수 불가결인 과정이다. 넌 미숙해서 아직 한참은 더 베어야 해."

"으헝. 아는데, 근데, 다치게 하기 싫은데. 으아악. 저기 손목 없는 귀신이!"

이아나는 한숨을 내쉬었다. 지금 상태로는 무슨 말을 해도 못 알아들을 것이다. 일단 술을 퍼먹여서 자괴감에 몸부림칠 틈을 없애고 땅굴을 파고 들어가는 건 막았으니 되었다.

　내일부터는 더 혹독하게 몰아붙여 생각할 틈을 주지 않고 베는 것을 익숙하게 만들어야겠다는 계획을 세우며, 이아나는 헤레이스를 제 곁에서 떼어 냈다.

　퍽.

　시끄럽게 구는 헤레이스의 목을 쳐서 기절시킨 후 타로 옆에 눕힌 이아나는 두 동기의 몸 위로 담요를 덮어 주고 모닥불 앞에 앉았다. 깊은 잠에 빠진 그들 대신 불침번을 서야 했다.

　이아나는 손바닥에 턱을 괸 채 곯아떨어진 두 친구를 쳐다보았다. 황토색 모래가 넘실거리는 사막 위, 태양에서 내리쬐는 따가운 볕과 황홀하게 빛나는 달을 공유하며 학술원에서 함께할 때와는 또 다른 유대감이 이아나와 그들 사이에 쌓여 가고 있다.

　그녀는 또다시 스스로의 변화를 느꼈다. 예전 같았으면 이렇게 누군가와 함께 여행을 할 일은 결단코 없었을 것이다. 누군가에게 등을 맡기고, 누군가를 돕고 지켜 주는 일도, 불침번을 서는 누군가를 믿어 경계심 없이 편히 자는 일은 꿈도 꾸지 못했을 것이다.

　상처받지 않고자 모든 이의 접근을 막았던 가시철갑을, 친인들 앞에서는 벗고 심장을 내보이고 있는 스스로가 이곳에 있다. 그들이 배신하지 않으리라 믿고 있었다.

　설령 제가 바하무트로 향하더라도 신뢰하는 친인들은 그저 이해하고 격려해 줄 것이다.

　이렇게 변할 수 있었던 건, 설령 믿던 이에게 찔려 쓰러지더라도 늘 뒤에 서 있다가 받아 줄 그가 있기 때문이리라.

……요즘, 무슨 생각을 하더라도 최종적으로는 그에 대한 생각으로 끝나 버린다.

어처구니없어서 고개를 절레절레 저은 이아나가 잠시 모닥불을 쳐다보다가, 주변에 널브러져 있던 가방을 끌어와 뒤적거렸다. 그녀의 손에는 강아지 인형이 쥐여 있었다.

'연락이 오지 않는군.'

제가 먼저 연락하기를 기다리고 있는 걸까? 분명 연락을 하고 싶을 텐데 말이다.

정말이지, 이런 상상을 당연하다는 듯이 하는 스스로가 늘 심각하게 오만하다 느끼지만, 상상이 현실일 확률이 십 할에 가깝다는 것이 또 우습다.

툭. 투욱.

이아나는 인형을 공중으로 던졌다가 받았다가를 반복하며 고민했다.

고민은 짧았다. 솔직히 말해서, 그녀도 그의 연락을 기다리고 있었다. 그와 그녀의 관계와 감정을 다 떠나서 그가 어떻게 지내는지 궁금했고 제가 어떻게 지내고 있는지 알려 주고 싶었다.

그리고 이렇게 얌전히 기다리고 있는 것보다는 먼저 행동하는 게 성미에 맞았다. 그래서 이아나는 마침내 인형에 마나를 주입했다.

[이아나?]

결심만 했다 하면 다른 생각이 끼어들 틈도 없이 바로 행동으로 옮기는 성격 탓인가, 속에 들이부은 술기운이 머리까지 침범한 탓인가. 이아나가 지금이 몹시 늦은 시간임을 깨달은 건 살짝 잠긴 듯한 목소리가 들려왔을 때였다.

연결이 된 건 좋으나 제 무례함에 당황한 이아나가 할 말을 잊고 잠시 가만히 있던 도중, 이번엔 살짝 선명해진 목소리가 울려 퍼졌다.

[기다렸어.]

아르하드는 그녀의 무례를 전혀 탓하지 않고 기쁘다는 듯이 말했다.

[언제 연락이 올지 몰라서 계속 아티팩트를 옆에 두고 있었는데 잘했다 싶다.]

"……."

술 때문에 홧홧하던 얼굴에 열기가 살짝 더해졌다. 그가 연락을 기다리고 있을 것이라는 생각과 사실의 일치는 이아나의 심장에 기묘한 간질거림과 따뜻함을 만들어 냈다.

[이아나. 이봐.]

이아나는 천천히 무릎을 세워서 모으고, 위에 턱을 괴었다. 눈을 내리뜬 채 말없이 움켜쥔 인형을 만지작거리는데 아르하드가 계속해서 그녀의 이름을 불렀다.

[이아나!]

실물을 앞에 두지 않은 채 그의 목소리만 듣는 건 정말 생소한 경험이었다.

아르하드의 목소리에 특별히 집중해 본 적은 없다는 사실을 깨달은 이아나는 잠시, 대답하지 않고 그녀의 이름을 반복해서 부르는 그의 목소리를 듣고만 있었다.

낮게 퍼지는 목소리는 인상적이었다. 밤이라 그런지 평소보다 살짝 거칠었지만, 아주 듣기 좋은 근사한 음색이었다. 계집애들이 그의 목소리만 들어도 좋아서 자지러진다더니, 조금 이해할 수 있을 것 같기도 했다.

그리고…… 그의 목소리가 옆에서 들린다는 이유 하나만으로 불침번을 서지 않고 자도 될 것 같은 기분이 들었다. 마음이 편안해지고 몸이 나른해지는 이상한 효과도 있었다.

당신은 이상하지.

정말로, 이상하지…….

이아나는 어쩐지 잠이 오기 시작했다.

[왜 대답이 없지?]

열 번 넘게 불러도 이아나가 대답을 하지 않자, 아르하드가 그녀의 이름을 더 부르지 않고 의문을 표했다.

[……아티팩트가 고장 난 건가? 그럴 리가 없는데.]

그리고 혼잣말로 중얼거리기 시작했다.

[마나석을 근처에 뒀나? 졸다가 자기도 모르게 마나를 주입하기라도 한 건지. 좋았는데 힘 빠지는군. 너무하잖아.]

"흡."

아르하드의 혼잣말을 숨 죽인 채 듣고 있던 이아나가 터져 나오려는 웃음을 손으로 막아 참았다.

[……이아나?]

이를 들었는지 아르하드가 다시 이아나를 불렀다. 그런데 목소리가 심상찮았다.

[이아나. 너 당장 좌표 불러. 아니, 아니지. 좌표가 아니라 주변에 어떤 지역인지, 근처에 어떤 지형물이 있는지라도 간단하게 말해. 말도 할 수 없

는 상황인가?]

목제 가구가 삐걱거리는 소리가 목소리와 섞여 들렸다. 침대에 누워 있다가 다급하게 일어나기라도 한 모양이다. 웃음을 참는 소리 때문에, 숨을 삼켜 소리를 죽여야 하는 상황으로 오해했나 보다.

이아나는 퍼질러 자고 있는 타로와 헤레이스를 슥 둘러보고 깰까 봐 작은 목소리로 말했다.

"죄송합니다. 주무시다 깨셨습니까?"

[됐고, 지금 상황.]

아르하드가 경직된 게 적나라하게 느껴졌다. 그 유능한 아르하드가 얼굴을 보지 못한다는 이유로 상황을 착각하고 있는 게 웃겼다. 이아나는 천연덕스럽게 말했다.

"노숙을 하고 있는데, 옆에서 타로와 헤레이스가 자고 있습니다."

그가 오해하고 있음을 알면서도 웃음을 참고 모르는 척. 그녀는 아르하드를 놀려 주고 싶었다. 장난을 치고 싶은 애 같은 기분이 들었다.

[……너 뭐야.]

아르하드의 대답이 살짝 늦었다. 어처구니없는 대답에 맥이 풀린 듯 목소리가 느릿하고 어정쩡했다.

[처음에 왜 대답을 안 했어.]

이번에는 목소리에서 분노가 묻어났다. 이아나는 다른 변명을 할 필요를 느끼지 못했기에, 솔직하게 해명하기로 했다.

"목소리, 듣기 좋아서요."

[……]

잠시 말이 없다 싶더니, 아르하드가 곧 조심스레 물었다.

[……술 마셨어?]

"마시긴 했는데, 취하진 않았습니다."

[아냐. 넌 취한 거야.]

"생각을 거짓으로 말할 정도로 인사불성은 아니에요."

[그래? 그런데도 내 목소리가 좋다고……. 음…… 뭐, 좋아. 앞으로도 옆에서 많이 들어. 대답하지 않아 날 불안하게 한 건 기특한 말을 했으니 용서해 주지.]

화를 낼 때는 언제고 목소리에서 금세 기쁨이 묻어난다. 그 돌변을 느낀 이아나는 머리를 무릎에 살짝 파묻었다.

사랑이라는 건, 얼마나 강력한 무구이기에 이 대단한 남자가 칼이 목에 겨눠진 인질처럼 안달복달하는 걸까. 저도 아르하드가 느끼는 저 감정을 느낄 수 있는 걸까. 저 감정을 느끼고도 스스로를 잃지 않을 수 있는 걸까.

아르하드만 봐도 제게 이리저리 휘둘리는 게 보이는데.

그런데 웃기다. 아르하드에게 조금은 휘둘려 줘도 나쁘지 않을 것 같다는 생각이 든다. 휘둘리는 아르하드를 보고 제가 재밌어하고 기뻐하는 것처럼, 아르하드도 기뻐할 테니까.

[그래서 연락은 왜 한 건데? 사고 친 건 아니지?]

무슨 일이 있어야만 연락을 하는 줄 아는 건가.

무슨 용건이 있어야 그가 머무는 탑에 오는 줄 아는 것처럼.

"별일은 없고, 그냥 당신이 잘 지내고 있는지 궁금했습니다. 그리고 제가 뭘 하고 있을지 궁금해할 것 같아서. 아닙니까?"

[놀랐어. 독심술이라도 익힌 건가?]

"평범한 유추입니다."

[맞아. 궁금해 죽는 줄 알았지. 하지만 난 사실 네가 별일 없으면 연락하지 않을 줄 알았어. 최근 들어 나와 같이 있는 걸 힘들어했잖아. 연락 한 번 없이 개강일에 돌아올 거라는 비관적인 상상도 했다.]

"그럴 리가 없잖습니까. 저도 중간 중간 연락할 거고, 당신도 제게 연락하고 싶으면 먼저 연락하세요."

[정말로?]

의심스런 목소리였지만, 그는 아, 하고 잠시 숨을 삼키더니 낮게 소리 내어 웃었다.

[그렇게 말해 줘서 기쁜걸.]

눈앞에서 그가 웃는 모습이 그려지는 것 같았다.

[하지만 네 상황이 궁금할 때마다 연락하면 네가 무척 곤란할 것 같다. 난 언제나 네 일거수일투족에 관심이 많거든. 나를 만족시키려거든 한 달 내내 아티팩트에 마나를 주입하고 있어야 할 거야.]

심하게 직설적인 그 말이 농담인지 진담인지 습관적으로 판별해 보려 했지만 곧장 부질없음을 깨달았다. 아르하드에게 있어 저런 종류의 말은 진담일 수밖에 없었다.

[그래도, 정말로 내가 먼저 연락을 해도 된다면…….]

그리 말하고 아르하드는 또다시 말이 없었다.

연락을 하면 하는 거지 뭐가 더 필요하단 말인가? 그 뒷말이 궁금했던 이아나가 재촉했다.

"된다면?"

[이따금 견딜 수 없을 때만.]

"무엇을요?"

[너의 부재를.]

이아나가 그의 목소리에 가만히 귀를 기울였다.

[네가 안 보이니 요새 기분이 극과 극을 왔다 갔다거려. 일을 제대로 못 하겠…… 아.]

우울하게 말을 이어 가던 아르하드가, 이아나의 침묵을 어찌 판단했는지 짧게 신음을 흘리고는 제 속내의 한탄을 멈추었다.

[부담을 주는 소리가 아니다. 말했지. 이아나, 이 여행은 네게 주는 마지막 휴가다. 돌아오면 평생 내 옆을 지켜야 할 테니 나는 신경 쓰지 말고 자유를 만끽하도록 해. 나중에 후회하지 않을 만큼 즐기고 와.]

글쎄……. 이아나가 인상을 찡그려 웃었다.

이 남자는 그렇게 말해 줬는데도 아직도 제가 그의 곁을 벗어나기를 바라는 야생 짐승처럼 보이나 보다.

"괜찮습니다. 그런 것 신경 쓰지 말고 연락하세요."

[장난 아니다. 완전히 잡히기 전에 자유를 준다니까?]

"솔직하게 말해도 됩니까?"

[뭘? 해 봐.]

"전 여태껏 당신의 연락을 기다리고 있었습니다. 강아지 인형, 밤에 늘 옆에 두고 있었어요."

얼굴이 보이지 않으니 말이 툭툭 쉽게 내뱉어졌다. 어쩌면 마음 정리를 완전히 하고 난 이후라 이런 말들이 더 쉬운 걸지도 몰랐다.

"며칠밖에 떨어져 있지 않았는데도 저는 당신의 소식이 궁금했습니다. 당신과 대화를 하지 못해 허전했어요."

그랬다. 그녀는 이미 곁에 있는 아르하드의 존재가 당연해져 버렸고, 이미 그와 함께하는 시간들에 길들여져 있었다. 주군 관계를 가장한 그의 구속을 거부하지 않고 즐거이 받아들인 이상…… 그로부터의 해방은 자유가 아닌 강탈이었다.

이아나는 여행 도중, 그런 기분을 느끼는 스스로에게 놀랐지만 대상이 아르하드이기에 납득했다. 저를 얽어매고 있는 구속의 쇠사슬이 풀리지 않기를 바라기에, 그녀는 그의 집착에 몹시 관대했다.

[……가끔, 네가 정말 너무한다는 생각이 든다.]

"제가 왜요?"

좋아할 줄 알았는데 너무하단다. 이아나가 고개를 갸우뚱했다.

[그렇게 묻는 게 또 너무해.]

"당신에 대한 호감을 표현하는 것뿐입니다. 당신이 제게 그러는 것처럼요. 그런데 제가 왜 너무하죠?"

[문제는 그 부분이 아니야. 그런 말을 여행을 시작한 지 얼마 안 돼서 했다는 게 문제야. 내 결심을 뒤엎고 당장 가서 잡아 오고 싶어졌어. 그럴 수 없으니까 환장하겠고.]

"하하!"

그의 말에 이아나가 웃었다. 늘 작게, 혹은 입가만 끌어 올려 웃는 그녀가 소리까지 내서 웃는 건 정말로 기분이 좋다는 뜻이었다.

이아나는 한참 웃다가 숨을 고르며 앞으로 흘러내린 머리카락을 쓸어 넘겼다.

우스운 남자다. 그의 행실이 우스꽝스러워서가 아니라, 저를 웃게 해 주므로 우스운 남자였다.

[웃지 마.]

아르하드가 불퉁하게 말했다.

"마음대로 웃지도 못합니까?"

[방금 아주 마음에 들게 웃은 것 같은데 목소리만 들려서 싫었어. 일부러 음성 통신 아티팩트로 제작했는데 그냥 화상 쪽으로 제작할 걸 그랬군.]

왜 하필 음성 통신일까? 묻지 않아도 그 대답을 알 것 같았다. 얼굴 보기를 껄끄러워했던 저를 배려해 준 것이거나, 그리움을 조금이나마 줄이려던 목적이었을 것이다.

그러나 그런 목적들과는 별개로 이아나는 이 아티팩트가 정말로 마음에 들었다. 목소리에만 집중할 수 있다는 점에서 색다른 묘미가 있었다.

[그나저나 여행 중 무슨 일이 있었는지 궁금해. 이야기해 주겠어?]

이아나는 여태 무엇을 해 왔는지, 어떤 상황인지, 어디쯤인지 등등 제 상황을 꼼꼼하게 말해 주었으며 아르하드는 그녀의 태도에 만족했다.

[시디얀은 그래도 되는 나라지. 유약한 헤레이스 벤덤이 사람을 베었다는 것은 축하할 만한 일이다. 하지만 그의 수련 때문이라고 해도 정도를 조절하는 게 좋겠다. 시디얀에 블랙폭시 조직원도 많은 것, 인지하고 있지? 잘못 건들면 블랙폭시 쪽에서 나설 거다. 아무리 외양을 감췄다지만 사람 일에 절대적이라는 말은 없으니까 연관되지 않도록 조심해.]

이아나는 수긍하곤, 하늘을 올려다보았다. 이야기를 별로 한 것 같지도 않은데 달과 별의 위치가 상당히 달라져 있었다.

"죄송합니다. 시간이 늦었는데 제가 생각 없이…… 주무시다가 저 때문에 깨셨지요?"

[아냐. 잠이 안 와서 책을 읽고 있었다. 연락이 오자마자 덮었고. 시간은 절대 신경 쓰지 말고 연락해.]

아르하드는 거듭 강조했다. 그녀는 슬쩍 웃었다.

[아쉽지만 이만하자. 내가 여행에 지장을 줘서는 안 되지. 피곤할 텐데, 너도 조금은 눈 좀 붙여 둬.]

"네. 주무세요."

그리 말하고 이아나는 아티팩트로 흐르는 마나의 유입을 끊었다. 인형을 제 옆자리에 뒀는데, 언제든 그와 연락할 수 있는 수단이라 그런지 아르하드가 곁에 있는 기분이 들어 신기했다. 또 의지가 되었다.

……의지라니. 어쩐지 약해져 가는 기분이다.

과거에는, 아니, 얼마 전까지만 해도 의지하는 삶에 역겨운 느낌을 가지고 있었는데, 지금은 아르하드 한정으로 이 단어를 아무렇게나 남발하고 있었다.

아르하드는 그녀를 변화시켜 버렸다. 그 변화가 싫지 않음에도, 어디까지 변할지 알 수 없기에 이아나는 여전히 두려웠다.

'경각심을 가지도록 하자.'

스스로를 반성한 이아나는 검을 품에 안은 채, 주변에 대한 경계심을 풀지 않으며 눈을 감았다.

"이번엔 손목이 아니라 어깻죽지부터 모두 베어라."

숙취가 완전히 해소되지 않은 그다음 날에도, 이아나는 쉴 틈을 주지 않고 헤레이스를 정신적인 벼랑의 끝으로 몰아붙였다. 다음 날에도, 그다음 날에도.

헤레이스는 몇 번이고 토악질을 했다. 검술학부 토쟁이의 전설이 사막에서 재현된다 싶었지만, 헤레이스가 토를 하는 횟수는 날이 갈수록 줄어 갔다.

며칠간 심각하게 우울한 모습을 보이던 그는 언제부턴가 마치 제 손이 제 것이 아니라는 것처럼, 제 앞에 있는 것이 같은 사람이 아니라는 것처럼 검을 휘두르기 시작했다. 귀신에 홀린 듯한 모양새였다.

그런 헤레이스를 본 타로가 걱정했다.

"저거, 저거, 위험한 거 아녀? 그냥 넋 빼놓고 뭘 베는지도 모르고 휘두르는 것 같은데. 좀 쉬게 냅둬야 허는 거 아닌지……."

"아니, 손에 익을 때까지 베어야 한다. 실제 생물을 베는 행위에 익숙해지기 전까지는 딴생각을 할 여유를 주면 안 돼."

"하기 싫은 걸 억지로 혀서 트라우마가 생기면 워떡혀."

"억지로? 처음부터 기꺼이 사람을 베는 놈이 어디 있나? 다 처한 상황 때문에 타의 반, 자의 반으로 어쩔 수 없이 저지르는 거지. 전자와 같은 놈이 있다면, 그야말로 인간으로서 어딘가 결여된 미친놈이다. 그리고 정신적 후유증은 누구에게든지 남아. 살생을 거듭하면서 희석될 뿐."

"그건 그렇지만서도…… 이아나 양, 정말 가차 없구먼."

가차 없다니, 헤레이스는 약과였다.

전생의 후반부 내내, 이아나는 피와 광기가 넘쳐흐르는 전장에서 찔찔대는 병사들을 후려치면서 사지로 몰아갔다.

전장에서는 죽이지 않으면 죽는다. 생존이 우선인 절체절명의 순간에서 감상에 잠기는 건 사치였다. 헤레이스처럼 죄책감에 도취되어 여유 부릴 시간은 없는 것이다.

이아나는 전장을 휘젓고 다니다가 그런 아군 병사들이 보이면 뒤통수를 세게 후려쳐 윽박지르거나, 주변에서 주춤대는 아군 병사들의 본보기로 목을 베어 버렸다. 하지만 이곳은 전장이 아니고, 헤레이스를 그런 식으로 취급할 수는 없었다.

"물론 쉬면서 참회하는 것도 중요하지. 목숨의 가치에 자기만의 기준을 세우게 되는 과정이니까."

살해의 경험은 무기와 함께 살아가고자 하는 이들이 반드시 넘어야 하는 벽이다.

살해, 즉 인간으로서의 도덕심과 타인의 삶을 존중하는 이타심을 오로지 제 이기적인 야망만을 위해 배제할 수 있는가, 이 주제에 대해 참회해 보는 건 단순한 도살자가 되지 않기 위해 반드시 거쳐야 하는 과정이었다.

"하지만 아까도 말했듯 익숙해지는 게 우선이다. 고민하고 저지르는 건 귀한 도련님 방식이고 효율이 별로야. 돌이킬 수 없을 정도로 심하게 저지른 후에 고민하는 실전형 방식이 더 가성비가 좋다. 그리고 곧 시디얀과 진자이의 국경에 도착할 텐데, 진자이부터는 자유로운 전투가 불가능하지. 그전에 최대한 굴려야 해."

"다 맞는 말이라 반박할 수가 없네. 근디, 헤레이스가 못했으면…… 정말로 같이 수련허는 거 그만두려 했어?"

"당연하지. 난 빈말을 하지 않아. 그렇게까지 몰아붙였는데도 못하면 현재로선 가망이 없다는 거다.”

그리하여 헤레이스의 불완전한 각성을 성취한 후에도, 이아나 일행은 시디얀과 진자이의 국경을 향해 강행군을 했다. 전투와 휴식이 쳇바퀴 돌아가듯 반복되는 무자비한 수행이었다.

덕분에 헤레이스는 초반에 쩔쩔매던 모습이 무색하게, 놀랍도록 폭력적인 행위에 익숙해져 아무렇지도 않게 사람을 베는 수준에 이를 수 있었다. 여전히 살생을 주저하는 모습을 보였으나 이 정도면 장족의 발전이었다. 물론 문드러진 마음과 별개였다.

“으악!”

반복되던 시간이 깨진 것은, 헤레이스가 기이한 형태의 시신을 목격하고 비명을 질렀을 때였다.

“저, 저, 저게 뭐죠?”

헤레이스의 부들거리는 손가락이 가리키는 곳을 본 이아나와 타로의 미간이 찌푸려졌다. 그들이 걷는 길 옆쪽의 거대 암석에 쓰레기처럼 버려져 있는 인간의 사체가 하나 있었다.

시디얀은 평범한 사람도 비인간적으로 만들어 주는 섬뜩한 국가. 범죄자들의 천국이라 불리는 나라니 살인은 빈번하게 일어났고, 모래 속에 파묻힌 사체는 평범한 길을 걷는 도중에도 종종 보였다.

그리고 그렇게 아무렇게나 방치된 사체에 관심을 가져 봤자 시간 낭비와 심력 소모에 불과했으므로 다들 무시하고 지나가곤 했다.

이아나 일행도 평소 같았으면 꺼려했을 잔인한 보복을 시디얀에서는 서슴지 않았으며 무슨 범죄행위를 봐도 그냥 지나쳤다.

그런 그들의 발길을, 모래 위를 굴러다니고 있는 한 사체가 멈추게 했다. 그것은 어딘가 이상한 구석이 있었다. 잠을 자다 편히 간 게 아닌 이상 곱기만 한 사체가 어디 있겠냐마는, 이제 피와 뼈와 살이 난무하는 광경과 널브러진 사체에 어느 정도 익숙해진 헤레이스는 물론이고 이아나에게도 낯설었다.

"……사람이었던 거, 맞겠죠?"

"그래."

뼈와 근육의 형태가 명확하게 남아 있는 것을 보아 사람이었음에 틀림없다.

그러나 지나치게 기묘하다.

이아나는 가까이 다가가서 시신을 살폈다.

시신의 피부는 마치 나무껍질 같았다. 물은 물론이요 피조차 단 한 방울도 남아 있지 않았다.

물 한 방울 머금지 못한 듯 바삭하게 말라 있는 시신은 세게 치면 먼지로 화해 메마른 모래사막의 일부가 될 듯했다. 피부에 말라붙어 있는 피가 이자에게도 뜨겁게 흐르는 피가 있었음을 증명하는 유일한 증거였다.

사막을 통과하며 종종 목격한 사체들은 덥고 건조한 사막의 특성 탓에 수분이 모두 증발해 미라처럼 말라비틀어져 있는 것이 많았다. 그러나 그 점을 감안하더라도 사체는 거친 흙으로 빚어진 기괴한 인형 같아 보이는 구석이 있었다.

또 온몸의 핏줄, 세밀한 모세혈관까지 모조리 팽창하여 피부 위로 곤두선 채 굳어 있는 형상은 납득하기 어려웠다. 터지기 직전까지 부푼 듯한 혈관들은 징그러웠다.

마지막으로, 사체에는 특이한 점이 존재했다. 심장이 있어야 할 왼쪽 가슴이 뻥 뚫려 있었다.

'주요 사인은 심장 파괴인가. 그런데 혈관은 왜?'

이아나가 조심스레 손을 뻗어 튀어나와 있는 혈관을 툭 건드리자, 파스스하고 각질인지 흙인지 모를 것이 떨어져 내렸다. 이아나는 묘한 얼굴로 손을 떼었다.

'……기시감이 드는걸.'

먼지, 혈관, 심장.

이 세 가지가 한데 모이니 이물질이 낀 것처럼 신경에 거슬렸다.

"으악!"

뒤로 주춤주춤 걸으며 사체에서 멀어지던 헤레이스가 암석 뒤편을 보더니 비명을 지르며 엉덩방아를 찧었다. 이아나가 사체에서 눈을 떼고 뒤돌아보았다.

"뭐야?"

"이, 이, 이아나 양. 저런 시체가 한두 구가 아니에요. 여기 와 보세요. 우우욱."

헤레이스가 입을 두 손으로 막더니 어딘가로 후다다닥 뛰어갔다. 그가 속에 있는 것을 게워 내는 소리를 들으며, 살짝 긴장한 채 암석 뒤편으로 걸어간 이아나의 몸이 딱 굳었다. 똑같은 형상의 사체들이 수십 구 널려 있었다. 삭막한 모래바람이 불어오는 참혹한 현장에는 어떤 생물의 기척도 느껴지지 않았다.

"으음……. 국경이 막혔을지도."

이아나의 뒤에서 그 광경을 본 타로가 애매하게 신음을 흘리며 말했다.

"왜?"

"이 현상, 몰러?"

"몰라. 당신은 아는 눈치인데, 뭐지? 국경은 또 왜 막힌다는 거고."

"서부 사막지대에서 가장 유명한 괴담인디…… 하긴, 서부에 관심이 없으면 모를 수도 있것다. '고스트의 식사'라고 하는 현상이여."

타로가 시체를 가리키며 말했다.

"혈관이 모조리 돌출된 데다 심장이 없고, 곧 바스러질 흙 같쟈? 이런 시체, 이쪽 사막에서는 그리 대단한 게 아녀. 이따금씩 나타나거던. 유령처럼 흔적이 없다고 해서 범인을 '고스트'라고 부른당게. 그리고 이런 시체들이 늘어진 곳은 '고스트의 식탁'이라고 부르지."

타로가 팔짱을 끼며 인상을 찌푸렸다.

"처음에는 인간의 피를 즐기는 몬스터 집단의 소행이라고 추측혔는디 그건 옛날 일이여. 요즘은 불리는 이름처럼 정말로 유령이 저지른 짓이라고 믿는 사람들이 많어."

"정말 유령이라고 생각하는 건가? 딱 봐도 누군가 모종의 이유로 납치를 해서 피를 죄다 뽑고 특수 처리를 한 후에 갖다 버린 것 같은데."

옛이야기 중에는 젊음을 위해 수많은 처녀의 피로 목욕을 했다는 백작 부인도 있다.

그런 기괴한 짓을 하는 인간들이 살아가는 세상에서 발생하지 못할 일이 과연 존재할까?

"고스트의 식사는 거의 이백 년 전부터 있었던 현상이라고 혀. 범상한 몬스터였으믄 그 오랜 세월 도중 흔적을 한 번은 남겼을 것이구먼. 근디 거의 몇십 년 동안 조사했는디도 나오는 결과가 없어. 그리고 한 존재가 벌인 일이라기엔 너무 오랜 기간 동안 발생했스. 그게 인간이든, 그 몇 배를 살아가는 이종족이든."

"정말로 유령이거나, 유령이라는 믿음을 줄 정도로 기가 막히게 철저한 놈, 혹은 놈들이라는 소리군."

이아나는 사체들을 하나하나 뜯어보다가 또 한 가지 특징을 찾아냈다. 그들은 하나같이 몹시 괴로운 표정이었다. 공포, 증오, 고통, 절망과 같은 끔찍한 감정들이 죽어 있는 지금도 묻어났다.

이아나는 이런 표정들을 본 적 있었다. 고문실이든 전장이든 인간의 고통이 극대화되는 장소에서 자주 보였었다.

"이젠 거의 괴담에 가까운 현상이니 신경 쓰지 말어. 그보다는 빨리 벗어나는 게 좋겠구먼. 이런 걸 본 날은 꿈자리가 뒤숭숭혀. 그리고 진자이가 고스트의 소식을 들으면 국경을 닫을지도 모르니께 빨리 가야 혀."

타로가 진저리를 치며 이아나를 잡아끌었다. 찝찝한 눈으로 시체의 산을 보던 이아나가 시선을 거두었다. 그나저나 타로의 말에는 이상한 구석이 있었다.

"이 현상과 진자이가 무슨 상관인데?"

"진자이는 라오스 신 광신도들의 국가잖여. 고스트의 식사가 악마의 소행이라고 철석같이 믿고 있구먼. 식사가 발생했다 허면 부정 탄다고 국경을 봉쇄해브러."

"그건 좀 곤란한걸."

중앙 대륙의 로안느에서 한 대륙의 끝까지 다녀오려면, 강행군을 해도 일정이 빠듯하다. 지금 국경에 거의 다 왔는데, 이제 와서 롯소 산맥 루트로 방향을 틀면 불필요한 시간을 소비한 것이나 마찬가지였다.

이아나는 토하는 모습을 보이지 않으려고 멀리 가 버린 헤레이스를 찾으러 갔다.

그런데 어떤 수상한 자가 헤레이스의 등을 두드려 주고 있었다.

그 장면을 보는 즉시 이아나의 형상이 그 자리에서 사라졌다. 그녀는 어느새 그들의 지척에 도달하여 검을 수상한 자의 목에 겨누고 있었다.

이아나가 놈의 목을 검날로 꾸욱 눌렀다.

"물러서."

"헛!"

차가운 금속을 목으로 느끼고 나서야 검의 존재를 깨달은 놈이 소스라치게 놀라 손을 떼었다. 이아나는 날을 더 들이밀었다.

"시디얀에서 불필요한 친절은 범죄 예고나 다름없지. 목적을 한 문장으로 요약해라. 오 초 주겠다. 오…….

"우리 일행 앞에서 이 친구가 너무 심하게 토하기에 토닥여 준 것뿐입니다. 진정하세요!"

"일행?"

"사키 님!"

"이놈, 떨어져라!"

이아나가 고개를 들었다. 멀찍이서 한 무리가 무기를 하나씩

든 채 고함을 지르며 달려오고 있었다. 이아나는 빨개진 얼굴로 입가를 닦아 내고 있는 헤레이스를 보았다.

"이자가 네게 무슨 짓을 하진 않았나?"

"그, 정신 차리고 보니 등을 두들겨 주고 있던데요."

헤레이스는 민망해서 쥐구멍으로 들어가고 싶었다.

이아나는 사키를 살폈다. 사키라고 불린 여자는 이아나 일행과 마찬가지로 외양을 철저하게 감췄다.

그러나 노출된 눈빛과 목소리는 낯선 이의 경계심을 한 번에 풀어 버릴 정도로 선량한 구석이 있었다. 선한 눈매를 가만히 들여다보던 이아나가 검을 거두었다.

"실례했다."

이아나는 어쩔 줄 몰라 하는 헤레이스를 일으켜 세웠다. 그사이 셋을 둘러싼 사키의 일행이 금방이라도 이아나에게 무기를 찔러 넣을 듯 사나운 기세를 풍겼다.

그중에서도 한 남자가 유독 심한 살기를 뿜어내며 한 발자국 다가섰다.

"이 자식, 감히!"

"기엘, 그만둬! 시디얀에서 이런 행동을 한 내가 잘못한 거야."

"하지만……."

기엘이 이아나에게 적개심을 보이며 시근덕거렸다.

"네가 상대할 수 있는 사람이 아니야. 물러서."

"가자."

그들이 그러든 말든 이아나는 헤레이스를 데리고 자리를 뜨려고 했다. 헤레이스는 제 토악질이 만들어 낸 대치 상황에 자괴감을 느끼다가 이상할 정도로 몸이 개운해서 고개를 갸웃했다.

"어라……?"

최근 들어 온몸에 힘이 없고 속이 메스꺼워 발이 질질 끌렸다. 겨우겨우 견디면서 타로와 이아나를 쫓아가고 있었는데 지금은 발걸음이 꽤 가벼웠다.

그런 헤레이스에게 사키가 말했다.

"거기 청년, 등을 두드리면서 몇 가지 조치를 취했어요. 계속 속이 거북했을 텐데, 이젠 한결 편할 겁니다."

"복 받은 줄 알아라! 이분이 어떤 분인 줄 알고……."

"그만하지 못해? 기엘, 내가 똑같은 말을 세 번 했어. 한 번만 더 하면 어찌 될지 알고 있겠지?"

기엘이 입을 다물었다. 사키가 이번엔 저를 물끄러미 쳐다보고 있는 이아나에게 말했다.

"검사님. 그 친구, 몸이 상당히 축난 상태더군요. 얼마나 여행을 오래한 건지는 몰라도 몸이 한계를 넘어선 지 오래됐어요. 거기서 더 심하게 무리하면 쓰러져서 앓아누울 겁니다. 이건 충고가 아니라 경고예요."

"의사인가? 주의하지."

헤레이스의 얼굴이 시뻘겋게 달아올랐다. 아직 계획한 여행의 반의반밖에 안 됐는데.

"아, 아니에요, 전부 제가 약해서……."

"친구. 자신을 탓하지 말아요. 일행에게 문제가 생기면, 그건 일행을 이끄는 리더에게도 문제가 있다는 거예요."

사키가 단호하게 말했다. 헤레이스는 미안해서 죽을 것 같았다.

타로와 이아나는 멀쩡했다. 제 심신이 약한 게 잘못인데 사키는 이아나를 탓하고 있었다.

"마지막으로 한마디만 더 할게요. 검사님. 누군가와 함께 걸을 때는 가장 강한 자가 아닌, 가장 약한 자의 발걸음에 맞춰야 하는 법입니다."

"……좋은 말이군요. 기억해 두겠습니다."

이아나는 조금 반성했다. 여행이 아닌 수련이라는 사정이 있지만 변명할 필요는 없다. 목적을 감안하더라도 시간이 없어서 헤레이스의 몸 상태를 고려하지 않고 심하게 몰아붙인 건 사실이었다.

이아나는 사키가 적이 아니라고 결론짓고 무례한 어투를 거두었다.

"이 친구를 치료해 주셔서 감사합니다. 가자."

"잘 가요. 당신들에게 라오스 신의 축복이 함께하길 바랄게요."

고개를 숙여 인사한 이아나가 헤레이스를 데리고 그 자리를 떴다. 사키는 그들의 앞날을 축복해 주며 손을 흔들었다.

이아나와 헤레이스가 멀어지자 사키가 손을 내렸다. 의미심장한 시선이 이아나의 뒷모습을 따라갔다.

헤레이스는 어깨를 축 늘어뜨린 채 터덜터덜 걸으면서, 계속 이아나의 눈치를 봤다.

"그런 말을 듣게 해 드려서 죄송해요……."

"음?"

별생각 없이 걷고 있던 이아나가 의아함을 느끼고 고개를 옆으로 돌렸다. 이아나의 시선이 향하자 주눅이 든 헤레이스가 초조한 기색으로 손가락을 꿈지럭거렸다.

"전부 제 수련 때문인데, 저분이 오해를 해서 이아나 양한테 안좋은 소리를 했잖아요. 제가 못나서인데…… 저, 노력할게요. 그리고 다음번엔 꼭, 반드시, 적을 주, 죽이겠어요."

헤레이스는 이 말을 벌써 열 번은 넘게 했다. 하지만 여태 단한 번도 실행으로 옮기지 못했다. 더듬더듬 말하던 그가 스스로가 창피한 나머지 얼굴을 확 붉혔다.

"전 거짓말쟁이가 아닌데, 그게 정말 쉽지가 않아서요. 하지만 노력 중이니까 이아나 양이 저를 한심하다고 생각하지만 말아 주셨으면……."

"헤레이스."

이아나가 몸을 돌려세웠다. 헤레이스가 깜짝 놀라서 걸음을 멈추자 그녀가 성큼 다가서서 그의 팔을 붙잡았다.

"내가 계속 너를 몰아붙이고 있지만, 못한다고 해서 노력하는 사람을 한심하게 생각하지는 않아."

어릴 적부터 동정을 받고, 츠레비스의 악담을 듣고 살아서인지 헤레이스가 타인에게 인정받고 싶어 하는 욕구는 강했다.

오죽하면 검을 수련하는 이유가 무엇이냐 물었을 때 인정받는 것이라 했을까.

그리고 이아나는 헤레이스가 제게 의지하고 있다는 점을 인지하고 있었다. 상대를 죽이지는 못했지만, 이때까지 동물 한 번 다치게 한 적 없었을 그가 사람을 벤 것도 제가 생각할 틈도 주지 않고 숨통을 조이듯 압박했기 때문이다.

"정말요? 다행이에요. 저 정말로 열심히 할 거예요."

이아나는 안심한 듯 휴, 하고 한숨을 쉬는 헤레이스의 수척한 안색을 살폈다.

여기서 조금만 더 무리하면 앓아누울 것이라는 사키의 말이 빈 말이 아님을 증명이라도 하듯, 뽀얗던 피부는 심하게 거칠어져 있었고 살은 눈에 띌 정도로 빠진 상태였으며 눈은 퀭해서 어전 의 죽은 물고기 눈깔 같았다.

헤레이스의 피곤한 상태를 당연하다고 생각했기에 무심코 넘겨 왔지만 곰곰이 생각해 보니 이상하다.

'이제 익숙해져서 죽여 볼 만도 한데.'

사람은 적응의 동물이다. 처음에는 작은 언덕 하나 올라가는 것조차 벅차하던 사람이라도, 꾸준히 등산을 하며 몸을 단련한다 면 점차 적응이 되어서 훗날 처음에는 꿈도 꾸지 못했을 롯소산 맥의 정상에도 오를 수 있다는 얘기다.

헤레이스도 마찬가지다.

온종일 전투를 치르면서 생물을 베는 법을 배웠을 뿐만 아니라 타로와 제가 저지르는 살행을 내내 봐 왔고, 시체가 널브러진 땅 을 몇 번이고 넘어왔기에 정신 단련이 되었을 터였다. 그런데도 실행에 옮기지 못한다.

이건 간이 작은 게 아니라 사람을 죽이지 않겠다는 의지의 수 준이다. 고집인지 도덕관념인지 모를 쓸데없는 의지는 몇백 년 묵은 나무처럼 꺾이지 않고 헤레이스를 괴롭혔다. 예전부터 온순한 성정과는 다르게 은근히 고집이 세고 끈질기다는 것을 알고 있었으나, 이제는 내심 감탄하는 지경에 이르렀다.

혜레이스가 이렇게 나오자 이아나는 절대 진리라고 생각했던 제 교육 방침 어딘가에 문제가 있는 게 아닌지 고민했다.

혜레이스 한정으로는 맞지 않는 부분이 있다든지.

하지만 지금으로서는 문제를 찾을 수 없었다. 이번 수행에서 얻은 경험은 검사로 살아갈 혜레이스에게 득이 될 것임에 틀림없었다.

'일단은 지켜봐야겠어.'

이아나가 말했다.

"솔직히 말해서, 난 네가 사람을 베는 경험을 얻었다는 것만으로도 널 이번 수행에 데려온 목적을 달성했다고 봐. 의사로 보이는 저 여자의 말을 무시하긴 어려우니 지금부터는 쉬엄쉬엄하도록 하자."

"아, 네!"

혜레이스의 표정이 확 밝아졌다. 그렇게 좋은가 싶었다. 이아나는 웃긴 녀석이라고 생각하며 다시 앞을 보았다.

타로는 암석에 기댄 채 육포를 씹어 먹고 있었다. 별일이 아니라고 생각한 그는 이아나가 알아서 잘 해결할 거라고 생각했다. 그래서 소동이 일어난 현장에 접근하지 않고 멀찍이서 친구들이 돌아오기만을 기다리고 있었다.

"뭔 일이여?"

이아나와 혜레이스가 돌아오자, 타로가 손바닥을 탁탁 털어 내며 암석에서 몸을 떼었다.

"별건 아니고……."

이아나는 타로에게 사정을 설명해 주면서 흘끔 뒤를 돌아보았다. 그녀의 공격으로 한데 모였던 그들은 어느새 흩어진 채 고스트의 식탁 현장을 살피고 있었다. 그러고 보니 아주 멀찍이 텐트 몇 개가 쳐져 있었다. 이아나의 표정이 미묘해졌다.

'저들의 존재를 알아채지 못했어.'

아무리 시체에 신경이 완전히 쏠려 있었다 해도 저 많은 사람들의 기척을 느끼지 못한 것은 뭔가 이상하다. 이아나는 눈을 좁힌 채 그들을 관찰했다.

'기묘한 자들이다.'

그들은 공기처럼 있는 듯 없는 듯하면서도, 존재하는 게 당연하다는 식의 이상한 느낌을 풍기고 있었다. 풀숲 한복판에 서서 나무와 풀들을 지켜보고 있는 듯한 기분이 들었다.

타로가 히야, 하고 감탄했다.

"간 큰 놈들이네."

"왜? 저런 시체들을 만지고 있어서?"

"그건 아니고, 다른 이유가 있지. 저놈들은 아마 고스트를 조사하는 무리 중 하나일 것이여. 고스트의 식사는 인간이 저질렀다고 생각하기 어려운 이상한 현상이니께, 심령학 연구자, 몬스터 학자, 사제…… 혹은 괴질이라 판단한 의사들이 식탁을 가끔 조사하러 오는디, 그중에 행방불명된 놈들이 엄청 많아브러. 몇 년 전에 진자이 대신전의 고위 성직자 하나도 악마의 흔적을 정화한답시고 왔다가 흔적도 없이 사라졌다는구먼."

이아나는 타로의 말을 들으며 사체를 다시 한 번 살폈다. 기분이 또다시 찝찝해졌다.

"고스트의 희생자 때문에 국가적 문제로 커진 적도 꽤 많아 서…… 시디얀 왕정 쪽에서도 골치 아픈지 고스트 조사는 하지 말라고 권고해 둔 상태여. 해도 안 말리겠지만 책임은 지지 않겠다고 경고한 게 벌써 몇십 년 전이라고 허더라고."

이아나는 이 찝찝함이 어디서 기인하는지 곰곰이 생각해 보다가, 최종적으로 어떤 한 사람을 떠올리고 입술을 일자로 굳혔다.

"하여튼 고스트 조사단까지 왔을 정도면 진자이 국경 봉쇄, 불안해지는디…… 어여 가자. 기분 나쁘니께."

타로가 이아나와 헤레이스의 손목을 잡아끌었다. 이아나가 고스트의 희생자를 스쳐 지나가는데, 고스트의 식탁 쪽에서 불어온 바람이 후각을 따갑게 자극했다.

지근에 사체가 널려 있는데도 바람에는 태양이 뿜어내는 볕의 냄새만 났다. 순리를 따르지 않는 건조한 사막 바람은 어딘가 기분 나쁜 구석이 있었다.

'섬뜩하군.'

죽은 생물이 악취를 풍기며 썩고 허물어져 대지에 섞여 드는 현상은 인간이든 동물이든 몬스터든…… 모든 생물에 해당되는 진리다.

그런데 이곳에서는 썩은 내가 전혀 나지 않는다. 마치 저들이 살아 있는 생물이었다는 진실마저 박탈당한 것처럼.

이아나는 모래바람에 휩쓸려 제 몸의 일부를 사각사각 떨쳐 내고 있는 사체를 흘끔 보았다.

아르하드.

요즘 어떤 생각을 하든 끝은 언제나 그 남자로 맺어진다. 하지만 이 현상의 원인에 대한 고찰의 끝이 그 남자에게 이른 것에는 이유가 있었다.

'심장.'

이아나에게 있어, 심장은 이제 인체의 장기 중 하나라는 단순한 개념이 아니게 되었다.

심장은 신력과 영혼을 담는 요체였다.

그래서 오크의 가슴을 꿰뚫고 심장을 터뜨려 신력을 갈취하던 아르하드가 떠올랐다.

그에게 영혼을 앗기며 혈관이 모조리 튀어나왔던, 순식간에 말라 버려 검은 연기와 같은 먼지로 화해 바람에 흩어졌던 케이거스도 떠올랐다.

고스트는 이백 년 넘게 발생한 현상이라고 하니 아르하드가 저지른 짓은 아닐 것이다. 하지만 그가 그런 행동을 한 이유와 연관시킬 수는 있었다.

어쩌면, 아르하드처럼…… 다른 생명체의 신력이나 영혼을 갈취하는 자들이 있을지도 모른다.

이아나는 그런 행동을 아르하드를 통해 처음 보았지만, 어쩌면 암암리에 방법이 알려져 있을 수도 있었다.

만일 그렇다면, 아르하드처럼 살기 위해 빼앗는 걸까, 아니면 다른 이유가 있는 걸까.

'내 망상일지도 모르지. 음모론은 취향이 아니다.'

그 이유를 신력의 성질과 연관시켜 더 깊게 생각하려니 언짢은 기분이 들어서 이아나는 고찰을 그만두었다.

아르하드에게 연락해서 물어볼까, 라는 생각도 했으나 그 주제가 대화의 도마 위에 오를 때마다 그녀가 이해한다고 말해도 늘 거북해하며 안색을 굳히던 그를 떠올리고 포기했다.

타로의 불안은 그대로 현실이 되었다.

하루 뒤에 진자이와 맞붙어 있는 시디얀의 국경 도시, 람피니온에 도착했을 때, 몇 개월간 개방되었다는 진자이의 국경은 국경 전체를 두르는 높은 성벽과 굳게 닫힌 무쇠 문으로 완전히 봉쇄되어 있었다.

성벽 위에서 무기를 든 병사들이 왔다 갔다 하며 만들어 내는 분위기는 삼엄했다. 개미 한 마리도 통과시키지 않을 것이라는 진자이의 의지가 보일 정도로 배타적인 형상이었다.

진자이는 툭하면 국경 개방과 봉쇄를 반복하며 입국자를 애타게 만들었지만, 최근 들어서는 시디얀 왕정 쪽에서 진자이를 자극하는 일이 드물어서 그런지 1년 넘게 봉쇄 한 번 한 적이 없었다.

그런데 이번엔 또 무슨 일이란 말인가? 안심하고 시디얀을 경유하여 진자이로 넘어가려던 사람들은 마른하늘에서 떨어진 날벼락을 맞은 꼴이 되었다.

"큰일 났네. 납품일을 맞춰야 하는데……."

"짜증나게 왜 또 닫힌 건데?"

사흘 전부터 닫혀 열릴 기미가 전혀 보이지 않는다는 성문 앞에서는, 오늘 도착한 사람들이 모여 웅성거리고 있었다.

"듣기로는 이 주변에서 고스트의 식사가 발생했다고 하더군요. 역대급 규모라고 들었소만."

"아, 그거 나도 봤소. 끔찍해서 서둘러 지나쳐 왔지."

"이번엔 고스트 때문인 모양이군. 하아. 롯소산맥 쪽으로 갔어야 했는데."

이아나 일행은 멀찍이서 국경을 멀거니 쳐다보다가 동시에 한숨을 내쉬었다.

"사흘 전…… 아쉽게 됐군. 이렇게 된 이상 롯소 쪽으로 갈 수밖에 없겠다."

타로가 귀찮다는 듯 머리를 벅벅 긁었다.

"아, 한쪽 길이 막히면 다른 길에 사람이 엄청 몰리는디. 도착일이 예상보다 훨씬 늦어지겠어. 돌아서 가는 것도 돌아서 가는 거지만 롯소산맥이면 사람에 치여서 속도를 내기 어려울 테니께."

이아나가 어깨를 으쓱이며 말했다.

"사람들이 잘 다니는 통행로 말고 다른 루트로 가면 되잖아. 롯소산맥은 아주 넓으니까."

"롯소산맥에서 통행로란, 인간의 발로 오랜 시간 다져져 인간의 구역이 된 좁은 길이제. 통행로를 벗어나면 독충도 많고 나무나 수풀이 우거져서 걷기가 쉽지 않아. 뭣보다 사람들이 도적들의 행패를 감수하면서도 롯소산맥이 아닌 시디안을 경유해서 가는 이유가 뭐여? 몬스터 때문이잖여."

좁은 통행로를 조금만 벗어나도 몬스터들의 영역으로 변한다. 통행로를 침범해서 공격하는 몬스터들도 없진 않지만 대부분은 인간의 영역을 인정하고 지나가는 이들을 지켜보기만 한다. 그들이 스스로 영역을 벗어나 먹잇감이 되어 주기를 고대하며.

"통행로가 엄청 좁아서 속도가 더딘 것도 문제인디…… 이따금씩 나타나는 중앙 지역의 최상급 몬스터가 제일 문제여. 대참사인 것이여. 저급 몬스터가 습격하면, 희생이 좀 있더라도 처리할 만헌디 그놈들은 천재지변이나 마찬가지랑께. 아이고오."

그의 말대로, 롯소산맥 중앙에 서식하는 최상급 몬스터라면 문제가 될 수 있다.

그것들은 몬스터로 분류하기가 미안할 정도로 기상천외한 괴물들이었다. 몇백 년 동안 지속적으로 목격되며, 대체 얼마나 살아온 건지 모를 최상급 몬스터 몇 개체에게는 고대인들이 붙여 지금까지 불리는 고유의 이름도 있었다.

놈들은 자신이 최상위 포식자임을 인식하고 있다. 인간뿐만 아니라 모든 몬스터들의 영역을 무시하고 제멋대로 사냥하는 행태를 보이는 그것들이 나타나면 그야말로 재앙이다.

하지만 이아나는 놈들을 몇 번 사냥한 적 있었다. 롯소산맥에 직접 들어가서 잡은 건 아니고 아르하드가 로안느로 보낸 몬스터 군단과 강제로 싸우면서 사냥한 거지만, 몇 놈이나 대지의 품으로 돌려보내 줬다. 그리고 놈들은 정말 끝내주는 전투 상대였다.

이아나는 오랜만에 아르하드가 아닌 다른 강적을 상대해 보고 싶다는 호승심이 들었다. 그러나 이번엔 혼자가 아니라서 막 나갈 수도 없고, 생각해야 할 변수들도 많았으므로, 그녀는 근질거리는 승부욕을 포기하기로 했다.

"좋아. 일정이 한참이나 늦어질 테니 이제는 수행보다 토라카 도착을 우선시하자. 롯소에 다른 사람들보다 더 빨리 도착해서 통행로에서 속도를 내자고.”

“찬성이여.”

이아나는 하늘을 보았다. 해는 저문 지 오래였다. 람피니온으로 진입하는 정반대쪽의 성문은 6시만 되면 닫히는 터라 일단 오늘은 도시 내에서 머물러야 했다. 이아나가 거리 쪽으로 고갯짓을 했다.

“그럼 오늘 일정은 여기서 끝내고, 일단 식사부터 한 후에 숙소를 알아보자.”

하지만 이 또한 쉬운 일이 아니었다.

예기치 못한 국경 봉쇄로 람피니온에 머무르는 사람의 수는 늘어나기만 했지 줄어들 낌새가 안 보였다. 사흘 전부터 도착하기 시작한 여행객들이 죄다 여관에서 방을 잡고 망친 일정을 점검하고 다시 계획하는 탓이었다.

따라서 여관은 많은데도 남아 있는 방이 없었다. 카운터에는 방을 구하고자 주인에게 웃돈을 찔러 주는 사람들로 발 디딜 틈이 없었다. 헛간에서 하루 묵어가는 숙박료가 금값보다 비쌈에도 사람들은 기꺼이 돈을 지불했으며, 우습게도 헛간조차 물량이 부족해서 문제였다.

식사 후 이곳저곳을 돌아다니던 이아나 일행은 도시 내에서 노숙할 수밖에 없는 현실을 절감했다.

그러나 심각하게도 다리 밑은 물론이요 길거리에도 노숙할 자리가 없었다. 한참이나 돌아다녀도 마땅한 자리가 안 보였다. 헤레이스는 아픈 허벅지를 두들기면서 질렸다는 듯 말했다.

“진자이로 가려던 사람이 정말 많았나 봐요. 휴가철이라서 그런가?"

"휴가도 휴가인디 여름은 사막에서 물장사 대목이라 상인들이 끝장나게 많아브러. 물값이 금값이거덩."

타로의 말대로 상인들 소유의 짐마차들이 길가에 줄줄이 주차되어 있고 긴장한 무인들이 눈을 부릅뜨고 그것들을 지키고 있는 모습들이 자주 보였다.

"이 정도면 도시 밖에서라도 노숙할 수 있게 성문을 열어 줄 만한데요."

타로가 고개를 갸웃거렸다.

"그러게? 아니, 원래 진자이가 국경을 봉쇄하고 며칠간은 예외적으로 성문을 열어 놓거덩. 근데 왜 안 열어 주지? 한번 물어볼까나."

지나가던 사람에게 물었더니 대답해 주기를, 도시 밖에서 돌발적인 모래 폭풍이 발생했기 때문에 어제와 그저께는 열었지만 오늘만 닫았단다.

어쩔 수 없이 건물 벽과 벽 사이의 뒷골목 쪽도 기웃거렸지만 그곳은 잠시 머무르기도 싫을 정도로 더러웠다.

벽과 흙바닥에 너저분하게 튀어 있는 오물은 둘째 치고 살색 알몸으로 엉킨 채 신음을 흘리는 남녀부터, 약을 했는지 침을 질질 흘리며 동공을 텅 비운 자들까지…… 그들만의 영역이라고 외치기라도 하듯 함께 있기 꺼려지는 분위기를 풍기는 탓인지 밖이 아무리 붐벼도 이곳으로 들어오는 외부인은 없었다.

"앗, 저기!"

이리저리 돌아다니던 이아나 일행은 겨우 자리 하나를 찾았다.

앉아서 자야 할 듯한 좁은 넓이인데다 주변에 자리를 잡은 사람들이 씻질 않았는지 고약한 냄새가 나는 자리였으나 이 정도도 감지덕지였다. 이아나가 가방을 벽에 툭 던졌다.

"어쩌면 오늘 밤은 못 잘 수도 있겠어."

"왜요? 평소보다는 나은 것 같은데."

헤레이스가 익숙하게 담요를 펼치면서 말했다. 여행을 시작한 지 약 이 주일. 곱게 자란 도련님이었던 헤레이스는 이제 노숙에 완전히 적응하고 있었다. 그는 의외로 살생만 제외하면 적응력이 뛰어난 편이었다.

"악!"

휴식에 즐거워하던 헤레이스의 귀를 꼬집어 당긴 이아나가 말했다.

"어딜 다닐 때는, 넋을 놓고 있지 마. 특히 시디얀처럼 흉흉한 곳에서 허술하게 굴다간 칼 맞는다."

"무슨 일 있어요?"

아파서 눈가에 눈물 한 방울을 단 채 그제야 주변을 경계하는 헤레이스를 뒤로하고, 이아나는 몸을 풀고 있는 타로에게 말했다.

"알고 있나? 도시에 들어올 때부터 느꼈던 거지만…… 계속 시선이 따라다니고 있다."

"그치? 이유를 모르겠네."

이번에 함께 다니면서, 이아나는 타로가 정말 그 나이 대에서는 찾아볼 수 없을 정도로 대단한 실력을 지녔다는 것을 알게 되었다. 마나 제어야 얼마 전부터 시작 단계에 들어섰지만, 감은 확실히 뛰어난 편이었다.

비교하자면 야생동물보다도 좋은 수준이었다.

'역시 용병왕의 아들이라는 건가.'

타로가 흠, 하고 고민스런 한숨을 내쉬더니 옷으로 제 몸을 더 싸매고는 털푸덕 앉았다.

"덤비는 것도 아니고. 눈이 여기저기 흩어져 있어서 잡으러 가기도 뭐허고. 일단 놈들이 먼저 뭘 하지 않는 이상 내버려 두는 게 좋겠구면. 혹시 모르니께 우리 얼굴은 더 감추자고."

"지금부턴 이름으로 서로를 부르지도 말지."

그의 말에 수긍한 이아나가 옷차림을 정돈하고는 가방에서 제 몫의 담요를 꺼내고 있는 타로의 옆에 앉았다.

"어떤 사람들이 우리를 지켜보고 있다고요? 아니, 그런데 형님이랑 이…… 대장님은 그런 게 느껴져요?"

마땅한 호칭을 찾지 못한 헤레이스가 이아나를 대장님이라고 칭했지만, 전혀 어색하지 않았다. 그리고 헤레이스는 그들을 인간이 아닌 이상한 존재들을 보듯 쳐다봤다. 타로가 씩 웃으며 말했다.

"감이라는 게 있지. 이것도 어찌 보면 재능이긴 혀도 단련하다 보면 꽤 괜찮아지니께 열심히 하드라고."

헤레이스는 시선이라는 것을 느껴 보려 했으나 실패했다. 접근하는 기척이면 몰라도 시선이라니. 상상하기 어려운 경지다.

저보다 훨씬 앞서가는 둘을 번갈아 보던 그는 더 노력해야겠다고 다짐하며 주먹을 꼭 쥐었다.

"그럼 이젠 앞으로 어떻게 할지 얘기나 좀 해 볼까?"

이아나가 얘기를 꺼내자 헤레이스가 가방에서 지도를 꺼내 펼쳤다. 타로가 현재 위치를 손가락으로 짚더니, 가지 않을 것이라는 뜻에서 엑스 표시를 해 두었던 롯소산맥의 입구까지 일직선을 쭉 그렸다.

"우선 내일 성문이 개방되자마자 람피니온을 나가서 최대한 빠른 속도로 여그까지 가드라고. 거기까진 문제가 없으니께. 근디 롯소에서는 통행로로 가는 거지?"

"사람의 수를 보고 결정하는 게 어때. 일정이 너무 많이 지체되면 곤란해. 중소 몬스터 정도는 나 혼자서도 처리할 수 있으니 정 안 되겠으면 통행로를 벗어나자."

"최상급 몬스터가 나타나면?"

"내가 미끼가 되어서라도 둘은 책임지고 살려 보내 줄 테니 걱정 마."

"으아……. 그런 말 하지 말아요."

"뭐. 최상급 몬스터가 그렇게 쉽게 나타나는 놈들은 아니니 괜찮것지! 좋아! 이번엔 몬스터 사냥이드아!"

"모, 모, 몬스터……."

타로는 즐거워했고, 헤레이스는 살면서 한 번도 본 적이 없는 몬스터들을 마주한다는 사실에 살짝 떨었다. 그는 가방에서 허겁지겁 책 한 권을 꺼내 들더니 시험 하루 전날 벼락치기를 하는 학생처럼 열심히 읽기 시작했다.

책의 표지에는 '몬스터 도감'이라는 제목이 촌스러운 글씨체로 쓰여 있었다. 레이스의 옆에서 몬스터의 그림과 그에 대한 설명이 쓰인 책장을 가만히 들여다보던 이아나가 문득 든 생각을 입 밖으로 냈다.

"그리고 보니 여기서는 몬스터를 한 번도 못 봤군. 시디얀에 대한 자료를 읽을 때도 몬스터에 대한 주의 사항은 보지 못했어. 몬스터의 서식지가 별로 없는 건가? 사막에 서식하는 몬스터도 많은데 말이야."

"시디얀은 몬스터가 거의 없는 국가로도 나름 알려져 있당께. 신기하쟈? 나도 한 번도 본 적이 없어. 씨가 말라 브린 것 같어."

"로안느처럼 주기적으로 토벌을 하는 걸까요?"

"따로 토벌을 했다는 애기는 못 들었는디."

이런저런 이야기를 나누다 보니 시간은 아주 잘 갔고, 밤의 어둠은 점점 깊어졌다. 시끌벅적하던 도시는 적막에 잠겨 갔고 사람들의 움직임도 잠에 빠져들면서 서서히 둔해져 간다.

헤레이스와 타로는 자리를 대충 정리하자마자 잠들었고 이아나도 선잠에 들었다.

그러나 개중에는 느린 듯하면서도 날이 서 있는 사람들이 밤과 이질적인 분위기를 풍기며 움직이고 있었다.

"……."

검을 품에 안은 채 눈을 감고 있던 이아나의 손이 검 손잡이로 향했다. 천천히 눈을 뜨자 사방에서 포위하듯 접근하고 있는 사람들이 보였다. 여기저기서 피워 둔 모닥불 때문에 음영 진 얼굴들은 험악했다.

"이 돼지 같은 것들아, 비켜, 비켜!"

"지금부터 찍소리도 내지 마라. 뒈진다."

그들은 이아나 일행에게 다가오면서 주변에 자고 있던 사람들을 발로 걷어차고 밟는 등 무례하기 짝이 없는 행태를 보이고 있었다. 딱 봐도 질이 좋지 않은 놈들이었다.

"이봐."

"으음……."

이아나가 흔들어서 둘을 깨우자, 잠자리가 편치 않아 선잠에 들었던 둘은 금방 일어났다. 그리고 그들의 지척까지 도달한 험상궂은 인상의 사람들을 보며 완전히 정신 차렸다.

십여 명의 남자들이 성공적으로 이아나 일행의 자리를 둘러쌌다. 그들 중에서 검에 베인 듯 뺨에 길쭉한 흉터가 있는 한 남자가 앞으로 나섰다.

남자가 품에서 담배를 한 개비 꺼내 물었다. 가까이에 있던 다른 한 남자가 화살처럼 튀어나와 비굴한 표정으로 불을 붙여 주었다.

"후우."

남자는 담배 연기를 뿜어내며 타로, 헤레이스, 이아나를 순서대로 쳐다보았다. 이아나를 스쳐 갈 때는 그 눈빛이 유난히 음흉했다. 폼 잡듯 담배를 검지와 중지 사이에 끼워 빼낸 남자가 카악, 하고 타로의 발치에 가래를 뱉었다.

"야, 너희 요즘 유명한 삼인조 맞지? 예, 아니요로 대답해라."

"그게 누군디요, 잉? 아닌디요? 사람 잘못 봤는디요? 왜 뜬금없이 행패신지……."

타로가 눈을 비비면서 천연덕스럽게 대답했다.

"새끼야! 형님께서 예, 아니요로 대답하라고 하셨다! 말쿤 형님, 이 건방진 새끼 배때지를 따 버리죠. 제게 맡겨 주십쇼!"

담배에 불을 붙여 준 놈이 단검을 꺼내더니 명령만 내려오면 타로를 쑤실 것처럼 꽉 움켜쥐었다.

"됐어, 인마."

그의 뒤통수를 토닥거려 준 남자, 말쿤이 능청스러운 표정을 짓는 타로를 거만하게 내려다보았다.

"잘못 봤다고? 으응, 그래, 잘못 봤나 보네."

말쿤이 누런 이를 드러내며 실실 쪼갰다.

"아무튼 너희한테 볼일이 좀 있거든? 여기서 공개적으로 뒤지기 싫으면 얌전히 따라와라."

람피니온 밖에서 대대적인 학살을 벌인 삼인조라는 걸 확신하고 시비를 걸러 온 모양이었다. 전부 다 살벌한 연장을 하나씩 챙겨 들고 있는 걸 보니 보복하러 온 것 같기도 했다.

'우리를 관찰하던 시선도 이놈들이었나.'

이아나가 타로, 헤레이스와 눈을 한 번 맞추었다. 그들은 이아나의 의사에 맡긴다는 듯 그저 눈을 깜빡거리고 있었다.

이아나는 주변을 슬쩍 둘러보았다. 난데없는 무뢰배들의 시비에 사람들의 이목이 이곳에 집중되어 있었다. 왕실군 차림을 한 병사들도 지루하게 순찰을 돌다 재밌는 볼거리가 생겼다 싶었는지 히죽거리면서 구경하고 있었다.

이렇게 사람이 많은 곳에서 일을 치기는 좀 그렇다. 이아나는 귀찮다는 듯 손을 대충 휘저었다.

"봐줄 테니 귀찮게 하지 말고 가라."

"오호, 네년이 결정권자냐?"

대화의 상대가 이아나로 바뀌자 말쿤의 말이 몹시 상스러워졌다. 누가 보나 그녀를 매우 무시하는 태도였다.

말쿤이 이아나의 눈부터 가려진 이목구비, 차도르 밑에서도 살짝 드러나는 몸매를 뱀처럼 훑더니 혀로 입술을 핥았다.

"귀족이거나 좋은 집안 아가씨인가 보지? 크크크…… 외모도 곱상한 것 같고, 오랜만에 향 좋은 피부 맛 좀 보겠군."

말쿤은 대놓고 음심을 드러냈다. 심기가 불편해진 타로와 헤레이스가 그를 노려보자 주변에서 뭘 꼬나보냐며 거친 욕설이 날아왔다. 말쿤이 여전히 미동 없이 앉아 있는 이아나에게 가르치듯 말했다.

"이보셔, 상황이 이해가 안 가는 모양인데 니들한테는 결정권이 없어요. 람피니온에서는 우리가 왕이거든. 어여 일어나라?"

"네놈들이 누군데?"

"……이년이 따라오라면 얌전히 따라올 것이지 어디서 건방지게 질문질이야!"

말쿤이 성큼성큼 다가오더니 이아나의 뺨을 한 대 치려고 손을 치켜들었다. 그가 사정거리에 근접한 순간, 그녀의 손에 쥐여 있던 검집이 빛살처럼 움직였다.

퍼어어어억!

"크헉!"

검집은 말쿤의 명치에 제대로 찔러 넣어졌고, 그는 엄청난 고통과 호흡곤란을 느끼며 허리를 굽혔다. 이아나가 명치에서 떼어낸 검집으로, 이번에는 그의 정강이를 세게 후려쳤다.

"크윽!"

말쿤은 위풍당당했던 기세를 잃고 볼품없이 그녀의 앞에 쓰러졌다. 그가 너무 어이없게 당하자 남자들이 놀라 펄쩍 뛰었다.

"형님!"

"이 계집애가 감히!"

놈들이 연장을 치켜들고 달려들려는데 어느새 검집에서 검을 뽑아 든 이아나가 이 무리의 대장일 게 분명한 말쿤의 목에 날을 들이댔다. 그 모습을 본 놈들이 앞으로 쏠린 몸을 곧장 정지시키고 주춤거리며 뒤로 물러났다.

"내가 하는 질문들에 딴소리하지 말고 바로 대답해라. 내가 원하는 형태의 대답이 아닐 경우 이놈의 목을 즉시 따 주겠다. 자, 다시 한 번 묻겠다. 네놈들은 뭐냐?"

아까 담배에 불을 붙여 주며 아첨을 떨던 놈이, 이아나가 검을 안쪽으로 당겨 넣기 시작하자 질겁하며 소리 질렀다.

"화, 황금 질풍단이다! 네가 잡은 분은 단주님의 동생이시라고! 이 미친년아, 빨리 안 놔?"

그 이름을 들었으니 눈앞의 겁대가리 없는 여자가 바로 말쿤을 놓아줄 것이라고, 놈은 확신했다. 하지만 여자는 미동 없이 계속해서 묻기만 하는 미친 행태를 보였다.

"너희들이 오늘 우리에게 시비를 건 이유는?"

"너희 삼인조가 단원들을 너무 많이 죽여서 우리 단의 수입이 심각하게 줄었단 말이다. 다 알아보고 왔으니까 저 덩치가 거짓말을 해도 소용없어!"

여태 죽인 도적들 중에 황금 질풍단이라는 도적단 소속이 많았던 모양이다. 이아나는 이미 확신하고 있는 놈들 앞에서 더 거짓말을 해 우스운 꼴이 될 필요가 없다고 판단했다.

"그래서? 어떻게 우리가 여기 있다는 걸 알았지?"

"네놈들이 만행을 저지른 루트를 추적한 결과 반드시 람피니온에 도달할 걸 알고 있었다. 그래서 우리는 며칠 전부터 성문에서 삼인조인 놈들을 체크하고 있어야 했다고! 네놈들이 진자이의 국경 봉쇄 때문에 방향을 바꿀까 봐 얼마나 스트레스 받았는지 알아!"

"알 바 아냐. 이제 마지막 질문, 이 많은 사람들 중에 삼인조가 우리만은 아니었을 텐데, 우리로 특정한 이유는?"

"단서는 차도르로 온몸을 싸매고 있는 삼인조. 대검을 등에 맨 큰 덩치, 비리비리한 애송이, 검을 허리에 찬 여자! 딱 너희잖아! 됐냐? 돌이킬 수 없게 되기 전에 그분을 놔라!"

남자의 말을 다 들은 후, 이아나는 잠시 고민했다. 거침없이 유세를 떠는 걸 보니 규모가 아주 큰 도적단인 듯했다.

물론 이 점은 이아나의 고려 대상이 아니었다. 돌이킬 수 있니 없니는 개뿔, 이미 완전히 척을 진 상태기에 대답만 듣고 이놈들을 처리할 생각이었다. 람피니온이 정말로 놈들의 영역이라면, 꼼짝없이 이곳에 머물러야 하는 오늘 밤, 이놈들을 죽이든 살리든 귀찮아지는 건 똑같기에 이아나는 처리하기로 결심했다.

"이…… 어이."

저도 모르게 이름을 언급할 뻔한 타로가 황급히 입을 닫고 애매하게 이아나를 불렀다. 이아나가 타로를 흘깃 보자 머리 아픈 기색이 역력한 그가 설레설레 고개를 저었다.

"황금 질풍단, 죽이면 좀 곤란해질지도."

무슨 사정이 있나 보다.

이아나는 제게 붙잡힌 채 분한 듯 씩씩거리고 있는 말쿤을 잠시 쳐다보다가 목에서 검을 천천히 떼어 냈다.

"우린 너희 단원 놈들이 먼저 시비를 걸기에 처리를 했을 뿐이다. 일정이 바빠 오늘 이후로는 도적을 건드릴 생각이 없으니 자극하지 마라."

제압이 풀리자마자 말쿤이 후다닥 제 편이 있는 곳으로 가더니 고래고래 소리를 질렀다.

"비겁하게 기습을 해? 그리고 우리의 이름을 듣고 날 풀어 준 주제에 어디서 허세냐!"

말쿤은 목에서 따끔한 통증을 느꼈다. 갖다 댄 손에 피가 묻어 나는 걸 본 그의 얼굴이 험악하게 일그러졌다.

"이 건방진 년, 이젠 빌어도 소용없다. 다리를 분질러 놓은 다음 평생을 사창가에서 걸레처럼 굴려 주겠다!"

"형님, 저한테 맡겨 주십쇼. 저년이 형님의 발을 핥게 만들어 놓겠습니다!"

"아닙니다, 제게!"

놈들이 난리를 치는 사이 타로, 헤레이스와 잠시 속닥거린 이아나가 기세를 일으키기 시작했다. 그녀의 주변에 있던 흙과 자갈들이 덜덜 진동하더니 이리저리 굴러다녔다.

쿠우우웅!

이아나가 살심을 갖는 순간, 남자들의 몸에 거대한 거인이 발로 밟은 것과 같은 압박이 가해졌다. 넓은 공간에 있던 마나가 일시에 빨려들 듯 몰려들어 남자들을 짓누른 것이다.

"크윽!"

예기치 못한 생소한 충격을 받은 놈들이 거의 동시에 한꺼번에 주저앉았다. 그들에게만 범위를 한정했으나 바로 주변에 있던 구경꾼들도 영향을 받고 안색이 창백해졌다.

"이게 무슨……!"

꼴에 리더라고 아까는 정말 방심한 거고 나름 실력은 있다는 건지, 말쿤은 저 혼자 부들거리는 다리로 버티고 있었다. 이아나가 당황한 기색이 역력한 그를 서늘하게 응시했다.

"버러지들, 마지막 기회를 주마. 꺼져라. 대답은 예, 아니요."

그들은 옴짝달싹할 수 없었다. 아니, 움직일 수는 있지만 날카로운 실에 온몸이 칭칭 얽매여 움직이는 순간 온몸이 조각 날 것 같은 섬뜩한 기분이 들어 움찔거리는 것도 꺼려졌다.

그게 단순히 살기 때문임을 이해할 수 없었던 말쿤이 외쳤다.

"마, 마법사였나!"

"그게 대답이냐?"

이아나가 성큼성큼 다가가자 그는 기겁을 했다.

"우린 황금 질풍단이다! 난 행동대장이고, 내 형님은 단주라고!"

그녀가 무시하고 거의 지척까지 도달했다.

왜일까? 아까는 그냥 평범한 여자에 불과했는데 지금은 제 목을 도려 낼 거대한 낫을 든 사신처럼 보였다.

말쿤이 무릎을 털썩 꿇었다.

"알았다, 꺼져 줄 테니 보내 줘!"

보고서에 삼인조 중 계집이 실력이 뛰어난 검사라고 언급은 되어 있었으나 계집이 실력이 좋으면 얼마나 좋겠는가, 하고 가볍게 넘겼다.

삼인조 중 가장 강해 보이는 덩치에게 계속 시비를 건 것도 그래서였다.

결정권자가 계집이라는 것을 알았을 때도 나머지 둘을 부리는 귀족이겠거니 했다. 그리고 아까는 계집이 기습으로 운 좋게 저를 제압한 줄 알았다.

평생을 칼밥 먹고 살아왔는데 겨우 계집에게 그렇게 쉽게 당했다는 사실을 인정할 수 없었다. 지만 이렇게 실제로 무형의 무언가에 당하고 있다 보니 이거 보통 년이 아니다 싶었다.

또 황금 질풍단의 이름을 듣고도 이렇게 세게 나오는 걸 보니 굉장한 뒷배경이 있거나 다른 도적단에서 그들을 엿 먹이려고 보낸 실력자일지도 모른다는 생각이 퍼뜩 들었다.

'일단 아지트로 돌아가서 계획을 수정한다. 단순히 오라고 한다고 따라올 수준의 놈들이 아니야. 놈들은 이미 그물에 걸려 있으니 나중을 도모해야 해.'

단주에게 냉큼 가서 잡아 오겠다고 호언장담을 했는데 면목이 없지만 지금은 일단 사는 게 우선이다. 머리를 굴려 대던 말쿤은 이아나가 가까이서 저를 물끄러미 내려다보고 있자 화들짝 놀랐다.

"가라."

그 말과 동시에 압박이 풀렸다. 위풍당당하게 이아나 일행을 찾아왔던 남자들은 나 살려라 줄행랑을 쳤다.

"우리도 가자고."

그들이 모습을 감추자 미리 짐을 싸 둔 타로는 헤레이스를 어깨에 멨다. 무릎을 굽히며 허벅지와 장딴지에 힘을 강하게 준 다음, 쭉 펴며 하늘로 도약했다.

탁!

타로는 오로지 육신의 힘으로 건물의 이층 창틀까지 올라섰다.

대체 저 몸은 어찌 되어 있는 걸까?

그를 지켜보고 있던 이아나는 속으로 감탄하며 마나로 제 다리를 강화했다.

건물의 꼭대기까지 올라간 타로가 무서운 속도로 달리기 시작하자, 이아나도 건물 벽을 타고 올라 타로를 따라 달리기 시작했다. 주변의 시선이 그들에게 쏠려 있었지만, 지금은 그것을 신경 쓰고 있을 때가 아니었다.

금방 타로를 따라잡은 이아나가 그의 옆으로 왔다.

"간단하군."

이아나가 놈들을 위협해서 주의를 끌고 있는 사이, 나머지 둘은 짐을 싼다. 그 후 놈들이 협박에 응하든 응하지 않든 일단 뛴 다음 어찌할지 정한다.

몹시 간단한 계획이었다. 그리고 놈들이 알아서 물러나 줘서 체면도 살았고 일도 더 쉬워졌다.

"······여행하면서 여러 번 놀라는 중이여. 우리 아부지가 이······ 흠, 대장의 노래를 부르는 이유를 알 것 같았어."

그녀의 호칭은 대장으로 정해진 모양이다.

"나도 뒤에서 찌릿찌릿했지 뭐여? 여기 쫄따구는 막 벌벌 떨던디····· 지렸을지도?"

"네? 저요? 아니거든요! 그냥 놀랐던 거고 실례 안 했어요!"

타로에게 짐짝처럼 실려 가던 헤레이스가 항의했다.

"그만해. 아무튼 그놈들을 처리하면 안 되는 이유가 뭔데?"

헤레이스를 놀려 먹으려는 타로를 저지한 이아나가 물었다.

"황금 질풍단. 시디얀의 십대 도적단 중 하나인디…… 도시 밖에서는 상대해도 괜찮아도, 도시 내부에서는 문제가 좀 있어브러."

시디얀의 대형 도적단은 저마다 주요 거점으로 하는 도시가 있는데, 각 도시에는 왕실군이 주둔한다.

왕실군은 그 권세가 대단했다. 일단 시디얀이 저를 극도로 혐오하는 주변 적대 국가들에 맞서서 존립할 수 있는 이유가 왕실군일 정도로, 왕실군 병사 하나하나가 일당백이었다.

하지만 단순히 강하기만 한 것이 그들이 누리는 권세의 뿌리가 될 수는 없을 터였다.

"그렇다면 무엇 때문이냐? 척살령 때문이여."

누가 어떤 범죄를 저질러도 침묵을 지키는 왕실이 나서는 경우가 세금, 전쟁, 반역이다.

그리고 왕은 도시 내에서 왕실군을 건드리면 반역으로 간주해서 척살령을 내리겠노라고 오래전부터 선포했다.

왕실 병사가 척살을 요청하면 소속된 도시의 영주에게는 왕의 명예를 위해 상대를 지옥까지 쫓아가는 한이 있더라도 반드시 척살해야 하는 임무가 자동으로 주어진다.

영주는 평상시에는 왕실군을 강제할 수 없으나, 이때만큼은 이들을 지휘할 수 있는 권한이 주어지며 동시에 다른 도시나 수도에 주둔하는 왕실군의 지원을 요청할 수도 있었다.

이런 끔찍한 일을 당하고 살아남을 사람이 어디 있겠는가? 그래서 시디얀의 모두가 왕실군 앞에서는 설설 기었다.

문제는, 왕실군 대부분이 도시의 최대 유권자이자 항상 뇌물을 바치고 환상적인 접대를 해 주는 대형 도적단의 편이라는 것이다.

왕실군은 국왕의 충실한 종이기에 거짓으로 보고를 올릴 수 없다. 그러나 평범한 복장을 하고 원하는 상대에게 시비를 걸어 한 대 맞아 주는 꼼수를 부릴 수는 있었다. 어찌 됐건 맞은 건 맞은 것이니 이는 반역에 해당되었다.

타로는 그런 경우가 종종 있었다고 말했다.

그리고 람피니온의 영주는 황금 질풍단의 단주란다.

"……납득했다. 그래서 말린 거였군."

"아, 마지막에서 똥 됐네! 하여간 이놈의 고스트, 재수 없으!"

타로가 고함을 꽥 질렀다. 이아나가 고개를 갸웃했다.

"시디얀의 도적들은, 자잘한 피해는 일상이라 크게 신경 쓰지 않는다고 들었는데…… 우리가 황금 질풍단 놈들한테 피해를 많이 입히긴 한 모양이다."

"……음, 잘 생각해 보니 말여. 우리가 로안느부터 여그까지 거의 일직선으로 왔잖여?"

"그렇지. 최단거리니까."

"그 길이 도적단에겐 실크로드라 불릴 정도로 통행 인구가 많어서, 자기 영역으로 삼으려는 쟁탈전이 진짜 심하게 일어나거덩? 그래서 주인이 엄청 자주 바뀌는디…… 최근에는 황금 질풍단이 득세하고 있지 않았나, 그런 생각이 드는구먼. 수도에 처박혀 있는 블랙폭시를 빼면 일이 위를 다투는 도적단이긴 허니까 그럴 만도 헌데."

"그게 사실이라면, 우리 때문에 엄청난 피해를 입었겠군."

"아오, 골 아퍼! 오늘 진자이로 빠져나갔으면 아무 문제없는 거였는디! 모래 폭풍이 불고 있다고 하니 지금 바로 도시를 빠져나갈 수도 없고!"

"일단 도시의 성문 근처에서 숨어 있다가 모래 폭풍이 그치면 탈출하자."

"그려. 그럼 그쪽으로 후딱 가서 어디든 처박혀 있자고."

"저어. 모래 폭풍은 진짜일까요?"

말이 없던 헤레이스가 조심스레 말을 꺼냈다.

"아까 말쿤의 부하가 며칠 전부터 성문 위에서 우리가 오는지 보고 있었다고 했잖아요. 람피니온의 영주가 황금 질풍단의 단주라면, 우리를 도시에 가두려고 모래 폭풍을 핑계로 성문을 닫았을 수도 있지 않을까요? 사실 우리가 성문에 들어오기 직전까지도 모래 폭풍의 낌새는 전혀 없었잖아요."

이아나와 타로가 멈춰 서서 시선을 교환했다.

"……그럴싸한데?"

"인마, 왜 이렇게 똘똘해졌냐? 뇌가 거꾸로 서니 뭔가 달러?"

"으악!"

타로가 헤레이스의 엉덩이를 기특하다는 듯 퍽퍽 쳐 줬다. 헤레이스가 하지 말라며 발버둥을 치다가 축 처졌다.

"근데 아닐 수도……."

"아니, 가능성 있어. 확인해 보자."

"제발 단주가 구라를 쳤길 비나이다. 가자!"

"제기랄."

빠르게 달려 성문에 도착했지만, 성문 밖의 날씨를 확인하는 건 어려워 보였다.

그들의 탈주를 염려했기 때문인지 진자이의 국경 봉쇄 때문인지는 몰라도 경계가 심각하게 삼엄했다. 왕실군인지 영주군인지 모를 병사들이 따닥따닥 붙어 있었는데, 한 명이라도 기절시켰다간 금세 들통날 터였다.

헤레이스가 조용히 물었다.

"시디안에서 우리 얼굴 아는 사람 없잖아요. 그냥 기절시키고 탈출해서 모래 폭풍을 빠르게 뚫고 지나가면 안 될까요? 전 모래 폭풍보다 이 도시에 있는 게 더 무서워요."

타로가 진지하게 속삭였다.

"뒤지고 싶으면 강력 추천헌다."

"……."

이아나 일행은 어쩔 수 없이 성문이 열릴 때까지 기다리기로 했다. 그리고 역시나, 어딜 가든 사람이 많아서 앉을 자리도 없다. 지나다니는 길마저도 여의치 않았는데, 다들 자고 있었기에 잠시 비켜 달라는 말도 할 수 없었다.

그들의 발걸음은 자연스럽게 인적이 드문 뒷골목으로 향했다. 낮이나 밤이나 항상 어둠이 내려앉아 있는 이곳에서는 사람들도 낮과 똑같은 행동을 하고 있었다.

타로가 제일 앞에서, 여자인 이이니가 중간에서, 헤레이스가 마지막에서 걸었다.

"으윽, 우으윽."

헤레이스는 겁에 질린 눈으로 이상한 소리들이 들려오는 사방을 경계했다. 낮에도 생각했던 거지만, 정말 끔찍한 곳이었다. 로안느에서도 좋은 것만 봐 왔던 헤레이스는 인간의 타락이 적나라하게 드러나는 이곳을 감당하기 어려웠다.

"오빠……."

"힉!"

헤레이스는 옆에서 기어오르듯 더듬는 손길에 기절할 것처럼 놀라 펄쩍 뛰었다. 타로와 이아나가 뒤를 돌아보았다. 깡마른 소녀 하나가 초점이 흐린 눈으로 헤레이스의 몸을 더듬고 있었다.

"잘생긴 오빠네……? 내 하룻밤, 사 줘요. 싸게 해 줄게. 응?"

"피, 필요 없어요!"

"그럼 돈이라도 주고 가. 제발."

소녀가 헤레이스를 덥석 붙잡더니 그의 호주머니며 품이며 마구 뒤지기 시작했다. 그 손길이 너무 절박해서 헤레이스는 가만히 굳어 있었다.

소녀는 아주 어려 보이는데도 마약에 심각하게 찌든 것처럼 보였다.

이때까지 쌓여 있던 스트레스가 일시에 와르르 무너지기라도 한 것처럼 현기증이 났다.

'시디얀…… 너무 싫어…….'

살인이 너무나 당연하게 정당화되는 것도, 이런 어린 여자애까지 마약중독자로 만드는 것도.

헤레이스는 시디얀에 엄청난 혐오감을 느꼈다. 순간적으로 소녀 자체가 시디얀으로 느껴진 헤레이스가 끔찍해서 밀어 버리자 소녀는 바닥에 볼품없이 나뒹굴었다.

"아……."

정신을 차린 혜레이스가 죄책감에 어쩔 줄 몰라 하는데, 으으 하고 신음을 흘리며 바닥을 기던 소녀의 얼굴이 악귀의 형상으로 돌변했다.

"희멀건 샌님 새끼가 감히 날 밀어? 거시기도 작은 게 날 더럽다는 듯이 봐? 두고 봐, 우리 오빠한테 다 말할 거야!"

고함 속에 담긴 말에 혜레이스가 또 다른 충격을 받고 딱 굳어 있는 사이, 소녀를 향해 찌를 듯한 살기가 몰아쳤다. 소녀가 말을 다 잇지 못하고 입에 거품을 물며 기절했다.

타로가 혜레이스의 어깨를 토닥였다.

"괜찮어, 나가 봤을 디는 평범한 크기여."

"농담하고 있을 시간 없어. 저 계집애 때문에 관심을 받기 시작했다."

그녀의 말대로 건물에 달려 있는 창문마다 불쾌한 시선들이 느껴졌다. 얼굴에 음영이 잔뜩 진 사람들이 이아나 일행을 음산하게 관찰하고 있었다.

"빨리 이 자리를 뜨자."

타로와 이아나가 멀어지고 있었지만, 혜레이스는 떨리는 손으로 가방을 뒤졌다.

"미안해요……."

그는 몇 닢이나 되는 골드를 소녀의 호주머니에 넣어 주었다. 그 돈이 그가 저지른 잘못에 대한 면죄부라도 되듯이. 그리고 소녀에게서 도망치듯 이아나와 타로를 빠르게 따라갔다.

"아까 그놈들 중에 우리를 알고 있는 놈들이 있을 수도 있어. 어쩌지?"

"가택 침입할까? 주인놈을 두들겨 패서 기절시킨 다음에 해가 뜰 때까지 기다리는 거여!"

"그거 좋군."

헤레이스가 헐레벌떡 친구들에게 오자마자 들은 얘기가 범죄 모의였다.

저 혼자 깨끗한 것처럼 이런 대화에 끼고 싶지 않은, 그리고 끼지도 못하는 스스로가 싫고 실망스러워서 헤레이스는 풀이 죽은 채 그저 뒤따르기만 했다.

"저쪽이다!"

"비켜, 비켜, 이 쓰레기들아. 아니지. 야, 차도르 삼인조 어디로 갔어?"

어느 순간, 그들을 찾는 고함 소리와 발소리가 시끄럽게 들려오기 시작했다.

"이놈들, 대체 언제 성문까지 온 거야?"

"겨우 람피니온 안으로 끌어들였는데 놓치기라도 해 봐. 단주님, 혈압 올라서 뒤로 넘어가실 거야."

이리저리 흩어져서 뛰어다니는 듯, 어지럽게 뒤섞이는 발소리가 사방에서 거미줄처럼 엉켜들었다.

뒷골목은 미로와 같아 어디로 가야 놈들과 마주치지 않을지 알 수 없었다.

"건물의 지붕으로 가자."

또다시 건물 위로 뛰어다니고자 타로가 헤레이스를 들쳐 메려

할 때였다.

"이봐, 당신들 무슨 짓을 한 거야?"

한 남자가 불쑥 나타나 말을 걸었다.

"으악!"

놀란 타로가 자기도 모르게 주먹을 날렸다. 남자는 가볍게 얼굴을 젖혀 피했다.

"네놈은 뭐여!"

"무식하긴. 다짜고짜 주먹부터 날리냐? 아무튼 노란 방귀 자식들이 설쳐 대는 걸 보면 꽤 큰 피해를 준 것 같은데, 잘했어."

"노란 방귀?"

"황금 질풍단 말이야."

"풉."

타로가 터져 나오는 웃음을 참느라 입을 막았다. 전의를 상실한 타로를 옆으로 제쳐 놓고 이아나가 눈을 치떴다.

"넌 뭐…… 아. 혹시 당신……."

이아나는 낯익은 목소리와 눈빛에 말을 흐렸다. 남자가 어깨를 으쓱거렸다.

"사키 님이 당신들을 보고 싶어 하셔서 데리러 왔다."

그는 얼마 전 고스트의 식탁에서 만났던 기엘이라는 남자였다.

"가까이 붙어서 조용히 따라와."

기엘이 입에 검지를 가져다 대더니 앞으로 빠르게 걷기 시작했다. 며칠 전 사키를 적이 아니라고 판단했기에 이아나 일행은 일단 그를 뒤따르기로 결정했다.

'이상해.'

이아나는 그에게서 전해지는 기묘한 느낌에 눈을 좁혔다.

아니, 전해진다는 말은 옳지 않다.

놀랍도록 기척이 느껴지지 않는다.

처음 만났을 때도 생각했던 바지만, 특별히 감추는 것 같지도 않은데 존재감이 없었다. 마치 공기의 일부를 시각으로 보고 있는 것 같았다.

얼마 걷지 않아서 기엘이 한 건물 앞에 멈춰 섰다. 그는 어둠에 녹아드는 그림자처럼 건물 벽을 기어오르더니 이층 창문을 통해 안으로 들어갔다. 이아나 일행도 서로 한 번 마주 보고는 그를 뒤따랐다.

"어서 와요."

들어가자마자 사키로 추정되는 여자를 마주했다. 그녀는 외양을 감추는 답답한 겉옷을 입은 상태가 아니었다. 제 얼굴을 그대로 드러내는 편한 자태로 원탁 앞에 앉아 있었다.

사키는 아주 특이한 용모를 지니고 있었다.

새하얀 백발과 영롱하게 빛나는 호박색 눈, 사막을 쏘다녔으면서도 전혀 타지 않은 흰 피부 탓에 어두운 방에서도 저 홀로 은은하게 빛이 나는 것 같은 착시 현상을 유발했다. 작은 촛불이 발산하는 어렴풋한 빛을 보는 듯했다.

그밖에 특이한 점이 있다면 젊은 여자라는 것이다. 이십 대 중후반쯤으로 보이지만 초반이라고 해도 믿을 수 있을 것 같았다.

"쫓기는 중이셨죠? 이곳에서 원하시는 만큼 편히 쉬세요. 황금질풍단은 이곳을 수색하지 못합니다."

사키는 이아나 일행을 반갑게 맞이했다. 그녀의 특이한 생김새에 살짝 넋을 놓고 있던 이아나가 퍼뜩 정신을 차렸다.

"……호의는 감사하지만 왜죠?"

이아나가 아직도 넋을 빼고 있던 타로와 헤레이스를 흔들어 제정신으로 만들어 놓은 후 성큼 앞으로 나섰다. 그녀의 주변을 지키고 있던 남자들이 저마다 무기를 빼 들며 이아나를 경계했다.

"우리를 보고자 하셨다고 들었습니다. 이 도시의 지배자인 황금질풍단의 반감을 살 수 있는 위험을 무릅쓰면서까지 도움을 베푸는 이유를 알고 싶군요. 그리고."

이아나가 저를 유심히 들여다보는 사키에게 기엘을 봤을 때부터 생긴 의문을 풀어 놓았다.

"우리는 당신들을 만난 이후 최단 거리로 쉬지 않고 걸어 이곳의 문이 닫히기 전에 간신히 도착했습니다. 그런데 어째서 당신들이 여기에 있을 수 있지요?"

기엘이 이아나를 막아서며 으르렁댔다.

"이 계집이, 구해 줬음에도 무례하기 짝이 없구나."

"감사와는 별개로 당연한 답을 요구하고 있을 뿐이다."

이아나가 기엘을 쏘아보았다. 기엘도 물러서지 않고 이아나를 마주 노려보았다.

"검사님의 의문은 타당해요."

사키가 부드럽게 웃으며 기엘을 뒤로 물렸다. 사키가 이아나를 한 번 보고, 타로와 헤레이스도 한 번 보더니 손으로 원탁 앞자리를 가리켰다.

"휴식부터 권하고 싶으나 의문이 해결되기 전엔 편히 쉴 수 없으시겠지요. 이야기가 길어질 것 같은데, 앉아 주세요."

이아나는 사양하지 않고 앉으려다 사키의 옆에 조용히 앉아 있는 한 사람을 발견하고 흠칫 놀랐다. 로브를 뒤집어쓴 장신의 남자는 처음부터 존재하고 있었는데도 그 존재를 전혀 눈치 채지 못했다.

경계심을 한층 더해도 모자랄 상황이다. 그런데 어째서인지 그러기가 쉽지 않다. 이아나가 얼굴을 싸하게 굳혔다.

'감각을 이상하게 만드는 자들이다. 이자들은 대체 뭐지?'

이아나가 사키 옆에 앉아 있는 남자를 경계하며 타로, 헤레이스와 함께 자리에 앉자, 사키가 고개를 숙여 인사했다.

"소개가 늦었습니다. 저는 사키 셀츠스 시젠모어입니다. 의사로 활동하고 있지요."

사키, 셀츠스. 그녀의 완전한 이름은 생소한데도 낯설지 않은 울림을 자아냈다. 이아나뿐만 아니라 타로와 헤레이스도 그리 느꼈다.

무심결에 들어 봤을 정도로 유명한 의사였나?

이아나가 그리 생각하고 있을 때 헤레이스가 뭔가를 퍼뜩 떠올리고 믿을 수 없다는 듯 말했다.

"사키 셀츠스라면…… 치유 마법 계열의 대마법사잖아요?"

"예, 그것 또한 저를 칭합니다."

사키가 아무렇지도 않게 인정했다.

하인리히, 마이마예, 엔슈이라, 도르시아니, 위프헤이머…… 이들처럼 이 시대 최고로 손꼽히는 열 명의 대마법사 중 한 명.

생체 마법 계열 중에서도 극소수만 시전할 수 있다는 치유 마법의 스페셜리스트.

그것 외에 사키에 대해 알려진 정보는 없었다.

수많은 병자들이 그녀를 찾아 헤매지만 모래사장에서 사금 알갱이 하나 찾는 것보다 더 어려울 정도로 그녀를 만나는 일은 요원했다. 그녀는 정체를 감춘 채 세계를 방랑하다가 인연이 닿는 병자에게 도움을 주는 걸로 유명했다.

"……."

극도의 신비주의로 유명한 사키 셀츠스가 아무렇지도 않게 바로 눈앞에 있다는 것에 셋은 할 말을 잃었다.

이아나가 중얼거렸다.

"사키 셀츠스…… 뒤의 시젠모어는 뭡니까?"

"시젠모어는 세례명입니다. 저는 진자이 왕국 대신전의 추기경이기도 합니다. 이분들은 신전의 성기사분들이시죠."

추기경이라면 엄청난 위치다. 왕국으로 따지자면 공작과 동급이었다. 하물며 광신도들의 국가인 진자이에서 추기경이라면 라오스 신에 대한 믿음이 최고 수준일 것이다.

"그밖에도, 제가 가진 세속의 신분은 많습니다. 그러나 저의 근본은 의사입니다. 도움을 필요로 하는 병자들을 구도하고자 여러 신분을 가지고 있을 뿐입니다."

사키의 얼굴을 멍하니 쳐다보던 헤레이스가 불쑥 내뱉었다.

"……저, 사키 셀츠스 님은 몇십 년 전부터 대마법사의 반열에 올라 있었는데요?"

젊은 얼굴의 사키가 부드럽게 웃었다.

"얼굴은 이래도 여든 살이 넘은 할머니랍니다."

타로가 놀라서 물었다.

"이종족?"

"순수한 인간입니다. 라오스 신의 은총을 받았는지 젊게 살고 있지요."

주름이 자글자글해야 할 나이임에도 이십 대의 외모를 유지하는 여자.

그녀의 말을 듣고 자연스럽게 라오스 신의 총애를 받아 그가 사라지기 전까지 젊고 아름다운 외모로 살았다는 로안느 데 로안느 여왕의 전설이 떠오르는 건 당연한 수순이었다.

'무슨 연관이 있지? 신력인가? 신력이라면 젊은 외모를 유지하는 게 가능하긴 한데.'

이아나가 사키를 빤히 쳐다보며 골똘히 생각하다가 의심의 빛을 시선에 덧씌웠다.

"당신이 사키 셀츠스라는 증거는?"

"감히 사키 님의 말씀을 의심하는 거냐!"

기엘은 사키의 엄청난 추종자인 듯 이아나가 사키에게 조금이라도 안 좋은 말을 하면 곧장 검을 뽑아 덤빌 것처럼 굴었다. 저 혼자 데리러 왔을 때는 농담을 좋아하는 일반인 같더니 사키의 곁에서는 송곳니를 드러낸 개 같았다.

계속 말에 꼬투리를 잡는 기엘이 이아나의 심사를 뒤틀리게 한 것은 당연하다.

"당연한 의문에 사사건건 시비를 걸지 마라. 우연히 만난 젊은 여자가 사키 셀츠스라는 말을 곧장 신뢰하는 게 멍청한 거지. 그리고 입조심해. 아까부터 감히, 따위의 불쾌한 단어를 쓰는데 우리는 너희의 아랫것들이 아니다."

이아나가 살기를 은근하게 기엘에게 쏘아 보내기 시작했다. 살기를 느낀 기엘이 멈칫하더니 눈을 사납게 치떴다.

"우린 너희에게 전혀 관심이 없다. 그런 우리를 보고 싶어 한 사람은 네 주인이야. 안 그래? 한 번 만난 우리를 이곳에 데려온 이유가 있다면, 그 이유를 해결하기 전에 우리의 의심부터 완전히 풀어 줘야 한다."

"이게……!"

이아나가 기엘을 무시하고 사키를 보았다.

"사키 셀츠스, 내 질문에 만족스러운 답을 내놓지 못한다면, 꿍꿍이속이 있는 잠정적인 적으로 간주하겠습니다."

"철저한 분이군요. 어떻게 증명하면 될까요?"

사키가 흥미롭다는 듯 묻자, 이아나가 품에서 단도를 꺼내 들었다. 주변에 있던 기사들이 놀라 달려들려는데 사키가 손을 들어 막았다.

피슉!

이아나가 소매를 걷더니 제 팔뚝을 단도로 그었다. 매끈하던 피부에 깊진 않지만 얕지도 않은 상처가 나 피가 흐르기 시작했다. 옆에 있던 타로가 기겁해서 이아나의 단도를 빼앗아 들었다. 이아나는 왜 그러냐고 힐난하는 타로를 손을 흔들어 진정시킨 다음 사키에게 팔을 불쑥 내밀었다.

"당신의 장기라는 치료 마법으로 치유하십시오."

"과연! 가장 효율적인 증명법이군요."

"사키 님! 이런 보잘것없는 일에……."

사키가 호호 웃으며 승낙의 뜻을 내비치자 기엘이 경악하더니 그녀를 만류하려 했다.

"기엘, 입 다물고 뒤로 물러나 있어. 도가 지나치구나."

웃음을 지운 사키가 냉랭하게 꾸짖자 기엘은 깨갱 하는 개처럼 뒤로 물러나 고개를 숙였다. 확실한 상명하복의 관계였다.

사키가 내밀어진 이아나의 손을 붙잡았다.

"시작할게요."

이아나는 사키와 제 상처를 번갈아 보았다. 그들의 태도로 보아, 이 여자는 진짜 사키 셀츠스인 듯하다. 그러면 그녀가 지금 시전하려는 치료 마법도 진짜일 터.

치료 마법은 신전에서 연구되고 있다고 듣기만 했지 직접 눈으로 보는 건 처음이다. 이아나는 사키의 주변 마나의 유동에 집중했다.

하지만 마나는 움찔거리기만 할 뿐 어떤 특정한 배열을 이루려 하지는 않았다. 변화는 외부가 아닌, 사키의 내부에서 느껴졌다.

사키와 마주 쥔 이아나의 손에 힘이 세게 들어갔다.

화악!

사키의 손에서 신성하리만치 하얀 빛이 뿜어지기 시작했다. 이는 만물을 따스하게 어루만지는 태양의 백광과도 같았다. 이아나는 눈이 멀 것 같은 기분으로 그 기운을 샅샅이 느꼈다.

'이건…….'

신력. 그것도 아주 순수한…….

신성한 기운은 이아나의 상처로 흘러 들어갔다. 깊게 벌어졌던 상처가 도로 닫히기 시작했다. 새로 돋아난 피부가 기존의 피부와 어우러지며 깨끗하게 자리 잡았다.

사아아아…….

백광이 사라지고 사키가 천천히 눈을 떴다. 그곳에 있던 모두가 멍한 눈으로 그녀의 기적을 되새기고 있는데 사키가 물었다.

"어때요?"

이아나는 상처를 만져 보았다. 통증도 없고 흉터도 없었다.

"훌륭하군요. 하지만."

"하지만?"

"마법이라고는 할 수 없군요. 이건 희생이니까."

사키가 눈을 크게 뜨더니 의미심장하게 웃었다.

"역시 알고 계신 건가요? 치료 보조 마법이라면 모를까, 치료 마법은 현실적으로 불가능하죠. 그건 '신의 영역'이에요. 방금 그 힘을 우리는 '신성력'이라고 부릅니다."

"신성력……."

"기적을 이해하지 못하는 이들은 이를 마법으로 착각하고 저를 우상시하더군요. 대마법사라는 자리가 가끔 부끄러울 때가 있답니다."

이아나가 사키의 손에서 손을 빼냈다.

"대마법사라는 명예를 아무나 거머쥘 수 있는 건 아니죠. 사키 셀츠스는 치료 마법뿐만 아니라 생체 마법 쪽에서 아주 대단한 권위자라고 들었습니다. 겸손하게 구실 필요 없습니다."

"호호. 이제 저를 믿으시겠다는 건가요?"

"물론."

이 여자는 사키 셀츠스가 맞거니와, 이런 순수한 기운을 사용할 줄 아는 자가 악할 리도 없다. 이아나가 가라앉은 기분으로 부드럽게 웃고 있는 사키 셀츠스를 보았다.

사키는 신성력이라고 말했지만 그건 분명 신력이다. 그리고 사키 셀츠스는 신력 제어자다.

그런데 의문이 든다.

어떻게 정령의 도움도 없이 신력만으로 상처를 순식간에 치유할 수 있는가.

신력이 생명의 성질을 가지고 있다는 점을 근거로, 신력이 상처에 집중되면 어찌 될지 실험을 해 본 적이 있었다.

하지만 신력을 아무리 퍼부어도 상처가 바로 치유되지는 못했다. 자가 치유 능력만 어느 정도 높였는지 일반인보다는 빠르게 나았을 뿐이다.

이아나는 차이점이 발생한 원인이 신력의 색에 있으리라 짐작했다.

신력 제어자는 아주 드물고, 또 이런 비밀스런 주제로 대화를 나누기엔 서로에 대한 신뢰가 부족하다. 그래서 호의적인 태도를 보이는 데다 범상치 않은 지식을 지닌 듯한 사키와 대화를 나눠 보고 싶었다.

하지만 현재 당면한 문제와는 관계없는 개인적 호기심이므로 일단 접어 두기로 했다.

"제 의문을 이어서 해결해 주십시오."

"여러분과 만난 그날, 저는 기사 몇 명만 추려 내 곧장 고스트의 식탁을 떠났습니다. 당신들을 따라서 우리도 성문이 닫히기 전에 도시에 들어왔죠."

"……따라왔다고요? 아주 잠시 만났을 뿐인데도 저희에게 지나치게 관심이 많군요."

사키가 이아나 일행에게 부드럽게 웃었다.

"이야기를 시작하기 전에, 잠시 저와 이분이 여러분의 손을 한 번씩 만져 봐도 될까요?"

"……?"

뜬금없는 요청이다. 이아나 일행은 서로를 한 번 쳐다본 다음, 거리낄 이유가 없다 싶어 손을 내밀었다. 이아나는 어느 정도 알 것 같은 사키가 아닌 정체불명의 남자를 관찰했다.

진자이 신전의 교인들은 모두 이러한가?

장신이라는 식상한 특징만 여실히 드러내는 이 남자는 숲 속의 고목 한 그루처럼 존재감 없이 사키의 옆자리를 지키고 있었다.

누구일까? 보통 사람은 아닐 터.

사키와 남자는 이아나, 타로, 헤레이스의 손을 붙잡아 가며 신중하게 무언가를 가늠했다.

그때 남자가 이아나의 손을 꽉 붙들었다.

"사키, 이 사람이야."

"그렇지?"

그의 목소리는 몹시 깨끗했다. 목소리만으로 어두운 방을 푸른 숲처럼, 퀴퀴한 공기를 청량한 바람처럼 느끼게 해 주는 마법 같은 효과를 발휘했다. 그의 속삭임은 주문을 외는 새의 지저귐과 같았다.

이아나는 이런 신비로운 울림을 언젠가 들어 본 적이 있었다.

설마 하면서도 확신하다시피 남자의 정체, 정확히는 종족을 유추해 낸 이아나가 흠칫해서 손을 빼려 했지만, 마른 손은 의외로 힘이 세서 그녀를 놓아주지 않았다.

"가능할까?"

"내 생각엔 가능해."

"비타, 당신이 그렇게 생각한다면 가능할 거야."

이아나의 손을 붙잡은 채 영문 모를 말을 주고받던 사키와 남자가 이아나를 동시에 쳐다보았다. 사키가 다소곳하게 물었다.

"검사님의 이름과 신분을 여쭈어도 되겠습니까?"

"……거절하겠습니다. 당신의 정체를 안 상태에서 이러기는 미안하지만, 당신과는 다르게 정체를 밝히기엔 우리의 위험부담이 너무 커요. 당신은 신출귀몰한 대마법사 사키 셀츠스지만, 우리는 아닙니다."

"이해했습니다. 하지만 검사님, 말씀해 주실 생각이 드시거든 언제든 말씀해 주세요. 기다리고 있겠습니다."

사키의 말에서 이아나와 인연을 오래 이어 가고자 하는 의지가 느껴졌다.

처음에도 상냥했지만 갑자기 훨씬 더 사근사근해진 사키의 태도에 이아나가 얼떨떨한 기분으로 붙잡혀 있는 제 손을 보았다.

'뭔가 했나?'

딱히 거슬리는 느낌은 없었다. 그냥 잡혀 있었을 뿐이다. 계속 이렇게 있기가 뭐해 놓아달라고 말하자 남자는 그녀의 손을 한 번 세게 움켜쥐는가 싶더니 천천히 떨어져 나갔다.

이아나가 손을 문지르며 물었다.

"왜 손을 잡았죠?"

"느낌을 되새겼어요. 제가 느낀 바가 맞는지 확신하기 위해서.

그 느낌 때문에 검사님들을 쫓아왔답니다. 그건 이야기를 하면서 말씀드릴게요."

몸을 바로 한 사키가 고개를 숙였다.

"저는 여러분께 협조를 부탁드리고 싶습니다."

"……협조요?"

시디얀에서 되는 대로 학살을 저지른 데다 황금 질풍단과는 완전히 척을 져 추적당하는 처지인 그들에게 무슨 도움을 달라는 건지 의문스러웠지만, 일단 계속 들어 보기로 했다.

"저와 여러분이 만난 곳은 고스트의 식탁에서였지요. 저는 몇 년 전부터 고스트를 조사하고 있었습니다. 관심 있던 현상이긴 했지만 본격적으로 조사하기 시작한 계기는 저에게 치료를 받은 왕에게서 보답으로 받은 약이었어요."

사키가 한 기사에게 손짓하자 그가 뒤쪽의 서랍을 뒤져 상자 하나를 가져왔다. 사키는 그 상자를 받아 테이블 위에 올려 두었다.

"언제부턴가 고위층 인사들의 비밀 모임에서만 유통되기 시작한, 그 효과가 입증된 불로장생의 약."

사키가 상자의 뚜껑을 열었다. 그 안에 있는 물건을 본 이아나가 안색을 굳혔다.

"'라이프'예요."

불쾌한 까만색이다.

색도 색이거니와, 약에서는 어쩐지 시궁창의 하수구 물보다 더 역한 느낌이 났다. 단순한 액체에서 이런 기분을 느끼는 게 우습지만, 어쨌든 저런 걸 마신다는 생각만 해도 구역질이 났다.

그러나 그런 문제 때문에 얼굴이 경직될 만큼 이아나의 비위가 약하지는 않았다.

'저 유리병…….'

눈에 익은 형태다.

미노타우루스 때문에 다쳤을 때 아르하드가 분명할 로브의 사내가 전해 주고 간 그 약병, 생각날 때마다 꺼내서 만지작거렸기에 이제 눈을 감고도 그 형태를 그릴 수 있다. 그런데 사키가 보여 준 병은 제 머릿속에서 끄집어낸 듯 똑같이 생겨서 흠칫 놀라 버렸다.

또 신력을 제어할 수 있게 된 지금, 약에서는 신력이 느껴졌다. 신력과 각종 약초들로 만들어졌다는 아르하드의 약과 비슷한 성능을 발휘할 것 같았다.

'하지만 아르하드의 약은 아니야.'

액체의 상태가 달랐다.

확신하는 이유라기엔 지나치게 주관적이지만 느낌이 그랬다. 그의 약에서는 저렇게 끔찍한 느낌이 나지 않았다.

'그런데 어째서 같은 병이지?'

이아나가 풀리지 않는 수수께끼에 머리를 굴리고 있는 사이 사키가 병을 꺼내 들었다. 사키의 손가락은 오물 취급하듯 약을 쥐어 허공에 띄웠다.

"제게 이걸 선물한 왕은 저의 변하지 않는 외모가 제가 라이프를 복용하기 때문이라고 판단했습니다. 이 약의 수요자는 무척 많고 공급량은 한정되어 있기 때문에 억만금을 주고도 구매하기 어려워요. 그래서 그는 제 환심을 사고자 라이프를 선물했죠. 여러분은 이 약에서 무엇이 느껴지시나요?”

“음, 좀 싫은 느낌이……”

“먹으면 토할 것 같은디.”

“거부감이 듭니다.”

셋이 차례로 대답하자, 사키가 고개를 끄덕였다.

“그래요. 처음에는 모두가 라이프에 거부감을 느끼죠. 저는 이 약을 마주하자마자 끔찍한 혐오감을 느꼈어요. 그리고 이 약이 여러 의미에서 비정상이라고 판단하고, 몇 개를 더 구해서 연구를 하기 시작했습니다. 결론만 간단하게 말하자면, 라이프는 고도의 약초 배합 지식에 근거해 조제된 환각성 마약 물질과 체질 유도 물질, 타락한 신성력을 극도로 농축해서 특수 마법 처리가 된 병에 가둔 약이에요.”

“저어, 신성력이라는 게 정확히 뭔가요?”

헤레이스가 조심스레 묻자 사키가 상냥하게 대답했다.

“생명의 근원이에요. 모든 생물은 태어날 때 라오스 신의 신성력을 심장에 품어요. 순수한 백색 기운은 시간이 흐를수록 생물의 독자적인 색을 덧입고, 생물이 살아가기 위한 생명으로서 소모되죠. 지금 친구의 심장에도 존재해요.”

“그거, 신력 말씀하시는 거죠?”

“어머! 신력을 알고 계시나요?”

사키가 놀란 듯 헤레이스에게 되묻자, 그는 저뿐만 아니라 다들 신력에 대해 대강 알고 있다고 대답했다.

“말씀대로라면, 신성력은 신력과 근본적으로 같지만, 신력의 기본이 되는 힘이라고 보면 되겠네요. 신력은 사람마다 색이 다르니까."

"정확해요. 이쪽 검사님은 알고 계실 거라고 생각했는데 다른 분들도……. 생각보다 훨씬 더 대단한 분들이군요. 설명이 쉬워지겠어요. 그러니까, 라이프는 마나석과 비슷한 거예요. 마나석이 돌이지만 마나를 품고 있는 것처럼, 라이프는 약초 즙이 신력을 품고 있어요. 병은 외부와 내부를 완전히 분리해서 마나와의 접촉을 막아 신력을 온전히 보존하고요."

사키가 한숨을 쉬었다.

"신력이 생명으로써 이용되는 경로는 다양하죠. 신체 유지, 수명…… 각 경로에서 신력이 소모되는 비율은 날 때부터 체질로 정해져 있고 후천적으로 조금 변할 수는 있어요. 그런데 라이프를 마시면 신체 유지 쪽의 소모 비중이 일정 기간 동안 월등히 높아져요. 또 고밀도로 들어 있는 신력은 그 비중을 충족하고도 남아 수명을 연장하죠. 말 그대로 '불로장생'의 약이에요."

"말만 들으면 좋은 약이군요. 그런데 아까 타락한 신력이라는 건?"

"그게 문제예요. 약의 재료와 제조되는 방법. 라이프에 필요한 신력이 어디서 나겠어요?"

"설마……."

"인간으로 치면 최소 다섯 명이 이 약을 위해 희생되었어요."

헤레이스의 안색이 창백해졌다. 타로와 이아나도 그리 좋은 낯은 아니었다.

"신력에는 인간의 감정이 담길 수도 있어요. 그런데 이 약에는, 끔찍한 감정이 녹아 있어요. 저는 신력을 생물에게서 뽑아내는 기술을 알지 못하지만, 그 기술이 얼마나 잔인한 감각을 동반하는지는 알 것 같더군요. 고스트에게 당한 희생자들의 낮에 떠올라 있는 표정만 봐도 알 수 있어요. 여러분이 이 약을 불쾌하게 느끼는 이유를 아시겠어요?"

"그러니까……. 당신의 말은 고스트의 식사가 라이프 제조를 위해 인위적으로 발생한 일이라는 거군요. 하지만 고스트는 이백 년 넘게 전설로 여겨져 왔다고 들었습니다. 세상에 발생하는 별의별 일 중에 고스트의 식사를 라이프 제조과정으로 특정한 이유라도?"

"라이프 분석 결과, 시디얀에서만 구할 수 있는 고급 마약들이 다량 검출되었어요. 그런 와중에 고스트 현상이 눈에 들어오더군요. 전설은 범인들이 그렇게 여론을 조성한 것일 겁니다. 시디얀의 특성과 지리적 조건, 신도의 국가인 진자이의 입소문이 섞인 복합적인 결과물이죠."

무법국가인 시디얀에서는 버려지는 시체에 관심을 가지는 이가 없다. 악질적인 마법사가 사람으로 실험을 한 후 사체를 대량으로 유기해도 그러려니 하는 나라니 말 다 했다.

또 신력을 모두 앗긴 사체가 이 주도 안 되어 완전히 모래로 흩어지는 특성 탓에 사막은 최고의 시체 유기지라고 할 수 있는데, 시디얀에는 사막도 많았다.

인간의 비거주지인 드넓은 사막, 사람들이 잘 다니는 통행로에서 주로 발견되는 사체들은 빙산의 일각에 불과하다. 사막 곳곳에 수많은 시체가 버려져도 사회적 문제가 아닌 전설로 치부될 정도로만 발견되는 것이다.

"발견되지 않고 사라진 시체만 해도 헤아릴 수 없이 많을 거예요. 그들은 먼지로 흩어져 사막의 일부가 되었겠죠."

고스트 조사자들은 행방불명되기 일쑤고, 시디얀은 손을 놨다. 거기에 진자이는 악마의 소행이라고 거품을 물기까지.

일반인들이 꺼려하며 전설로 치부하는 데에는 다 이유가 있었다.

"왜 이 사실을 공식적으로 밝히고 고스트를 잡지 않죠? 사키 셀츠스라면 그럴 만한 힘이 있을 텐데."

"일단 고스트가 라이프의 제조자라는 물증이 없는데다…… 라이프 수요자들이 판매자의 정체에 대해 캐는 걸 꺼려요. 라이프의 판매자는 자기 신상이 노출되는 걸 극도로 싫어해서 정체가 삼중, 사중으로 감춰져 있어요. 수요자들에게는 제 정체가 밝혀지면 라이프를 판매 중지하겠다고 엄포까지 놓은 상태죠. 수요자들이 워낙 막강한 권력자들이라, 밝히면 오히려 제가 역으로 당할걸요……."

결국 진정한 고스트는 불로장생을 바라는 권력자들이라는 얘기다. 사키의 고스트 이야기가 대충 마무리되자, 이아나가 물었다.

"그래서, 우리에게 무슨 도움을 요청하겠다는 겁니까?"

"우리는 몇 년간의 추적과 수많은 희생자를 낸 끝에, 몇 개월 전 고스트의 '공장' 중 하나를 발견했어요."

몇백 년간 전설로만 내려오던 현상의 원인이 몇 분 만에 인간의 탐욕이었다는 것으로 밝혀진 지 얼마 되지도 않아 더욱 구체화됐다.

사키가 눈빛을 진중하게 가라앉혔다.

"이곳, 람피니온에서 얼마 떨어지지 않은 곳에 있습니다. 공장으로 침투하는 일에 여러분이 도움을 주길 바라요. 도적들을 거리낌 없이 잡고 다니던 여러분이, 아주 대단한 실력자라는 걸 알고 있습니다. 대의를 위해 부탁드려요."

셋에게 머리를 숙인 사키가 이제 이아나에게 완전히 집중하기 시작했다.

"특히 검사님, 당신의 도움은 반드시 필요합니다. 당신을 만난 것은 라오스 신이 안배하신 운명이에요. 어쩌면 라오스 신께서 보낸 사도일지도 모른다는 생각이 들었어요. 얼마 걸리지는 않을 테니 부디 시간을 내어 주세요."

이아나는 떨떠름한 기색을 감추지 못했다.

"왜 제게 이렇게까지 하십니까?"

"그곳을 방어하는 마법들을 뚫을 수 있는 사람이 당신뿐이기 때문이에요. 비타, 그것을 꺼내."

사키 옆의 남자, 비타가 주머니를 품에서 꺼내 테이블에 내려놓았다. 사키가 끈을 풀어 안에 든 것을 툭툭 털어 내자, 흔하디흔해 보이는 모래 한 줌이 나왔다.

"뭐죠?"

"이건 검사님이 고스트의 식탁에서 만졌던 사체가 무너져 내리며 만들어진 모래입니다."

이아나는 사체를 살핀다고 살짝 건드렸던 것을 떠올렸다. 그것이 뭐라고 사키와의 인연을 맺어 주었을까? 이아나가 계속 말하라는 듯 고개를 살짝 기울이자 사키가 눈을 내리떴다.

"원래, 희생자들의 사체는 이 주쯤 지나면 죽음의 흙으로 변해요. 태양이 쏟아 내는 생명의 기운을 거부하며 땅을 풀 한 포기 자라지 못하는 불모지로 만들어 버리죠. 그래서 고스트의 희생자들이 버려진 땅에서는 아무것도 태어날 수 없어요. 혹시 시디얀의 사막에서 몬스터를 만난 적 있으신가요? 없죠?"

……설마 그 특이한 현상도 고스트와 관련이 있었나.

이아나가 질린 표정을 짓자 사키가 계속해서 말을 했다.

"고스트의 사체를 부수면 저주를 받으니 자연스럽게 풍화될 때까지 방치해야 한다는 속설이 있어요. 미신으로 치부되긴 하지만, 전혀 틀린 말은 아니에요."

"……."

"신학에서 영혼에 대해 공부하다 보면, 사념이라는 개념이 나와요. 사념이란 강한 생각과 의지, 감정을 뜻하는데…… 아주 강한 사념은 주체가 되는 개체가 사망하더라도 사체에 남아요. 대부분 완전히 해소되거나 아주 오랜 시간이 지나 희미해지기 전까지는 사라지지 않죠. 사념이 남은 사체를 부수면 옮겨 붙어 저주처럼 작용할 확률이 높아요."

사키는 주의 깊게 듣고 있는 이아나를 물끄러미 바라보았다.

"고스트의 희생자들이 죽기 직전 온갖 부정적 감정으로 범벅이 되어 저주를 퍼부었는지, 그들의 사체와, 사체로 생성된 흙에는 잔인한 사념들이 남아 있어요. 그런데…… 검사님이 건드렸던 사체가, 떠나신 지 얼마 되지 않아 완전히 무너졌습니다."

이아나가 움찔했다.

"세게 건들지 않았는데요. 제가 저주를 받은 겁니까?"

"저주라니, 가당치 않습니다. 검사님은 그 사람을 구원했어요."

사키가 흙을 매만졌다.

"이 흙에는 사념이 전혀 남아 있지 않아요. 태양의 기운을 받아들여 평범한 흙이 되었죠. 검사님이 만졌던 사체는 안식을 취하듯 자연으로 되돌아갔습니다."

사키가 다시 주머니로 흙을 쓸어 담으며 말을 이어 갔다.

"수많은 인과와 인연의 실이 엉키고 엉켜 있는 세상. 인연의 실은 스쳐 지나가기만 해도 이어지는 단순한 것. 희생자의 사념은 검사님과 인연의 실 하나가 이어진 것만으로도 여한이 없다는 듯 사라졌어요. 그런 일은 제 원한을 해결해 줄 수 있을 정도로 강인하고 믿음직스러운 이에게만 가능하죠."

사키가 기도하며 손을 맞잡았다.

"인연의 실이 많아지면 라오스 신께서 운명으로 인도하십니다. 그리고 라오스 신께서는 고스트의 공장에 침투할 방법을 찾고 있던 제게 검사님을 보내 주셨어요. 검사님에게는 이미 수많은 인연의 실이 닿아 있었을 겁니다."

사키는 조용히 미소 지었다.

"그래서일까요? 저는 검사님을 보는 순간, 놓치고 싶지 않다는 기묘한 느낌을 받았습니다. 그리고 여전히, 검사님께는 그런 느낌을 받고 있어요."

이지적인 의사라고 해도 신관은 신관이라는 건지 사키는 운명론적인 말들을 이어 갔다.

"검사님은 아주 강합니다. 마법을 파훼하실 수도 있어요. 그렇지요?"

이아나가 딱히 부인하지 않자, 사키가 웃었다.

"며칠 뒤에 이 근방의 사막에 있는 지하 건물, 공장에 침투할 거예요. 그런데 건물의 경비가 너무 삼엄해요. 그리고 진짜 문제는 그게 아니라, 공장 외부가 온갖 마법들로 감싸여 있다는 겁니다. 아주 대단한 마법사가 시전한 듯, 마법에 나름 일가견이 있다고 생각했던 저조차도 그 마법들을 뚫을 수가 없어요. 일차원적인 배리어조차도요. 그곳을 뚫을 방법이 요원해 식탁 근처에서만 서성이던 도중 검사님을 만났습니다."

사키가 얼떨떨한 기색의 이아나와 눈을 한 번 마주치고는 고개를 깊숙이 숙였다.

"공장의 방어 마법을 뚫는 시도를 한 번만이라도 해 주시길 부탁드립니다. 저, 사키 셀츠스 시젠모어는 은혜를 잊지 않아요."

이아나는 무조건적인 믿음을 보이는 사키 때문에 살짝 당황스러웠다.

사실 못할 것도 없다.

얼마나 대단한 마법사가 시전해 놓은 마법인지는 몰라도, 이아나는 제가 그 마법을 파훼할 수 있을 가능성이 높다고 봤다.

마나는 그녀를 사랑하고 있다. 악마의 파편 수혜자인 마르가리타는 로안느 왕궁의 막강한 배리어를 뚫었지만, 이아나는 그런 그녀의 마법까지 파훼한 경험이 있었다.

그래서 절대 못하겠다는 빈말은 하지 않았다.

그러나 이런 사실을 알 리가 없는데도, 사키 셀츠스 시젠모어라는 거물은 고개를 숙여 가며 부탁했다. 운명이라는 추상적인 기적을 확신하며.

'……추기경 정도 되면 감부터 뭔가 다른 건가?'

잠시 고민한 이아나가 타로와 헤레이스를 돌아보았다.

"어떻게 생각해."

"마음 내키는 대로 하드라고. 난 쫓아 댕기면서 도와줄 수 있는 만큼 도와줄 텡게."

타로가 히죽 웃으며 뒤통수 뒤로 손깍지를 꼈다.

"아~ 난 요즘 재밌는 일이 심허게 많아서 허벌나게 즐겁구먼. 대장님과 함께허니 지루할 틈이 없어브러. 고스트로 문제가 생길 줄은 진짜 생각도 못했는디 말여."

타로는 내심 이 문제가 퍽 흥미로웠다. 수백 년간 전설로 여겨져 왔고 그조차도 전설로 믿어 온 고스트의 식사가 어떤 파렴치한 놈들의 짓이었다니, 세상 말세다 싶으면서도 수많은 사람들을 기만한 그놈들이 대단하게 여겨졌다.

그 기만을 직접 눈으로 확인해 보고 싶다는 비뚤어진 호기심이 들었지만 결정권은 이아나에게 있다.

타로는 이아나를 곁눈질했다.

그저 대단한 검술 실력을 지닌, 믿음직스러운 동기인 줄 알았더니, 함께 여행하며 가장 가까운 곳에서 지켜보니 알겠다.

그 나이 대답지 않은 실력, 성격, 노련함을 떠나 이아나에게는 평범한 인간과는 다른 뭔가가 있다.

'흐음……. 역시 아부지가 관심을 가질 정도면…….'

타로가 고개를 끄덕거리고 있는 와중에 헤레이스가 고스트의 희생자를 떠올리며 두려운 표정을 지으면서도 유순히 대답했다.

"저는 처음부터 대장님을 따라다닐 생각으로 온 걸요. 저분들은 대장님을 필요로 하니 뜻대로 하세요. 부디 제가 짐이 되지 않았으면 좋겠는데…… 아니, 그러도록 노력할게요."

결국 그들은 이아나에게 선택권을 일임했다.

어차피 이아나가 리더로서의 능력이 탁월하다는 걸 알고, 여행을 시작하면서부터 여행의 방향을 거의 일임하다시피 했으니 그들은 아무래도 상관없었다.

이아나가 헤레이스를 보며 괜찮을지 가늠해 보다가, 이것도 세상 경험인데다, 타로와 제가 옆에서 지켜보면 위험할 건 없다 판단했다.

"얼마나 걸리죠? 저희는 일정이 바빕니다."

"곳곳에 흩어져 있는 수하들을 모으면서 그곳까지 가는 데에 최소 사흘이 필요해요. 일을 치는 데는 하룻밤이면 충분하고요. 침투가 많이 꺼려지신다면 마법만 파괴해 주셔도 좋아요."

"그러고 보니 침입 목적이 무엇입니까? 공장이 여러 개라면 하나를 파괴한다고 해서 심한 타격을 주진 못합니다."

"라이프의 샘플, 제조 과정, 증거물의 획득입니다. 그리고 가능하다면 붙잡혀 있는 사람들까지 구출하는 것입니다. 말씀처럼 고스트는 단기적으로 활동한다고 해서 해결될 문제가 아니에요. 다만 저의 사명은 고스트의 제거와 대지 정화. 이번 계획을 통해 얻은 것은 제 사명을 완수하기 위한 토대가 될 것입니다."

"좋습니다. 당신의 목적을 달성하고 탈출하는 데까지 함께하겠습니다."

"아! 감사드려요."

결국 승낙했다. 이아나는 고스트에 흥미가 있었다.

이아나가 황금 질풍단의 문제를 언급하자, 사키는 책임지고 람피니온에서 나가게 해 주겠다며 호언장담했다.

사키는 이아나의 일행을 데리고 방을 나갔다.

"쉽지 않은 결정이었을 텐데, 다시 한 번 감사드립니다. 이곳은 진자이 왕국 차원에서 매입해 둔 거처 중 하나라 시디얀 측에서 손대지 못합니다. 성문이 열리는 날 람피니온을 나갈 예정이니 그동안 편히 쉬어 주세요."

사키는 타로와 헤레이스를 방으로 안내해 준 후, 이아나에게도 깨끗한 방 한 칸을 내주었다.

이아나가 고개를 숙이고 방문을 닫으려는데 사키가 말을 덧붙였다.

"혹시 한 시간쯤 뒤에, 따로 이야기를 조금 더 나눠도 될까요? 아까 보셨던 비타와 함께요. 비타도 이번 계획에 없어서는 안 될 제 친구예요. 비타의 신분은 제가 보장하겠습니다."

환영이다.

사키와 비타는 흥미로운 존재들이라 이아나도 대화를 좀 더 나눠 보고 싶었던 데다, 사키에게 따로 부탁할 것도 있었기에 먼저 제안을 해 온 그녀가 기꺼웠다.

"그러죠."

사키가 기분 좋게 웃었다.

"감사해요. 그럼 조금 있다 찾아뵙겠습니다. 쉬고 계세요."

탁.

방문을 닫고 주변에 시선이 없음을 확인한 다음 이아나가 답답한 차도르를 벗었다.

찝찝하고 지저분한 기분에 깨끗하게 씻고 싶은 마음이 굴뚝같았지만 낙후된 시디얀은 수도관 같은 공공시설이 잘 정비되어 있지 않아 씻으려면 인적이 드문 강변이나 호수를 찾아야 한다. 새삼 학술원의 생활환경이 얼마나 좋았는지 느낄 수 있었다.

시설은 둘째 치고 밖을 나돌아 다닐 처지부터가 못 된다.

신성시대 이야기를 들으면서 겸사겸사 씻을 물을 만들어 달라고 물의 정령왕을 부를 수도 있지만 보는 눈이 많으니 그럴 상황도 아니다. 아르하드가 선물해 준 엘프들의 물뿌리개가 있지만 그건 비상용이다.

'그냥 참자.'

이아나는 침대에 벌러덩 누웠다가 금세 벌떡 일어났다. 침대 옆에 던져 둔 가방에서 꺼낸 강아지 인형을 제 앞에 앉혀 두고 팔짱을 낀 채 고민했다.

'이 상황에 대해 말해야 하나, 말아야 하나.'

솔직히 말해 이번 건은 아르하드가 앓고 있는 심장병과 약에 대해 더 자세한 정보를 얻고 싶어서 맡았다.

고스트의 식사는 어쩐지 아르하드가 오크를 상대로 벌였던 파괴 행위와 비슷한 구석이 있었다. 이번에 사키를 돕는다는 핑계로 고스트의 공장을 살피면 뭐든 얻는 게 있을 터였다.

문제는 아르하드다.

아르하드는 제가 심장병에 대해 물을 때마다 대답은 나름 잘해 줘도 꺼리는 기색을 풍기며 뭔가를 숨기는 듯 어물쩍거렸다. 켕기는 구석이 있다는 거다.

그러니 이번 일에 대해 알게 되면 잔소리가 폭발할 거라는 예감이 들었다.

못하게 막을지도 모른다. 싸우고 감정만 상할 가능성이 컸다.

그리고 이 건에 대해 다 까고 싸우다 보면 학술원 입학 전, 로브를 쓴 아르하드와 겪었던 사건까지 고구마 줄기처럼 줄줄이 튀어나올 텐데. 그것도 골치 아팠다.

언젠가는 해결해야 할 문제고 내킨다면 지금 바로 통신을 연결해서 물을 수도 있지만…… 어쩐지 묻고 싶은 기분이 안 들었다.

복잡한 얼굴을 한 채 가만히 있던 이아나가 고개를 홱홱 저었다. 그녀는 여행을 하고자 마음먹은 계기를 되새겼다.

신성시대에 대해 더 알기 위해서. 악마와 로베르슈타인의 일처럼 아르하드와 제 사이에 있는 갈등 요소들을 해결하고 완벽한 동반자로서 그의 옆에 서기 위해서.

아르하드에게는 이 목적을 숨겼다.

이번 일도 목적의 일환이나 마찬가지다.

'일단 저지르고 보자.'

고민을 끝낸 이아나가 누워서 눈을 감고 간만의 휴식을 즐기고 있는데 문을 두드리는 소리가 들렸다.

이아나는 침대에서 일어나 차도르를 다시 뒤집어쓰고 문을 열었다. 사키가 비타를 대동하고 서 있었다.

"지금 시간 괜찮으신가요?"

"들어오세요."

이아나가 문에 비켜서자 사키와 비타가 천천히 방 안으로 들어왔다. 방에 마련되어 있는 탁자에는 의자가 두 개만 있었기에, 이아나는 둘에게 그 자리를 양보하고 저는 침대에 걸터앉았다. 사키가 흐트러진 머리를 질끈 묶어 올리며 한숨을 쉬었다.

"후우. 그 녀석들, 지켜 주는 건 고마운데 가끔씩은 숨이 막힌 다니까."

사키는 한결 편한 안색이었다. 아까보다 훨씬 격의 없는 느슨한 분위기라 이아나의 마음도 조금 풀어졌다.

"그래서, 하고 싶다는 얘기가?"

제 의문을 해소하고 싶다는 욕구보다, 사키와 비타의 용건에 대한 호기심이 앞섰다.

사키가 그녀의 옆에 앉아 방에 들어설 때부터 이아나를 쳐다보고 있던 비타를 불렀다.

"비타."

"그래."

비타가 가느다란 손으로 얼굴을 완전히 가리고 있던 로브를 뒤로 완전히 젖혔다. 이아나는 비타의 아름다운 얼굴에서 시선을 떼어 내지 못했다.

햇살에서 뽑아낸 듯 아릿하게 빛나는 금발과 희디흰 피부. 하늘을 담은 듯 푸른 눈동자. 세상과 저의 경계선을 허물듯 곱고 가느다란 얼굴선.

마치 자연의 한 장면 같은 외모였다.

이아나는 비타의 귀를 살폈다.

'역시…….'

길쭉했다.

비타가 이아나에게 얌전히 인사했다.

"제 이름은 비스토만다. 동쪽 숲에서 온 엘프입니다. 비타라고 불러 주십시오. 당황스러우시겠지만 부담 가질 필요 없이 사키와 똑같이 대해 주시면 됩니다.”

엘프는 마른 몸에 아주 신비로운 미모를 가졌다는 것을 제외하면 인간과 다를 바 없었다. 아닌 척해도 살짝 긴장하고 있던 이아나는 마음을 편히 했다.

‘드워프도, 수인족도, 엘프도, 인간과 다를 바 없지. 이종족이긴 해도 아인종이니까.’

“반갑습니다, 비타.”

이아나가 표정을 추스르고 멀쩡하게 인사하자 사키와 비타가 의외라는 듯 눈을 크게 떴다.

“크게 놀라지 않으시는군요.”

“짐작하고 있던 바라서.”

“어머, 혹시 어디서 엘프를 본 적 있으신가요?”

“처음이지만, 간접적인 인연은 있습니다.”

핀도 하프지만 엘프라고 할 수 있다. 하지만 위험이 전혀 없는 상황이면 모를까, 제 정체까지 숨기고 있는 처지에 핀을 언급하고 싶지 않았다.

‘인간을 싫어한다는 순수 엘프에게 인간과 피가 섞인 하프 엘프가 어떤 의미인지도 모르겠고……’

침대에 손을 짚으며 몸을 바로 하던 도중, 이아나는 비타의 잔잔하면서도 집요한 시선을 느꼈다. 이아나도 대놓고 비타를 훑어보며 생각했다.

‘이 엘프, 처음부터 나를 저렇게 쳐다보고 있었지. 왜일까?’

차도르로 몸을 완전히 감싼 상태라 노출되는 건 눈밖에 없는데도 마치 피부 밑까지 꿰뚫리는 듯한 시선이다.

"수수께끼 같은 말을 하시네요. 비타보다 검사님의 정체가 더 놀랍고 대단할 것 같은 느낌이 들어요."

"민망해서 계속 감추고 있어야겠군요. 저의 신분은 정말 보잘것 없으니까."

"신분은 껍질 같은 거예요. 제가 말하는 정체는 본질이랄까…….. 검사님과 모두 터놓고 애기할 수 있는 날이 빨리 왔으면 좋겠네요."

사키가 소녀처럼 까르르 웃으며 이아나에 대한 호감을 물씬 드러냈다. 그녀는 나무 한 그루처럼 미동 없이 앉아 있는 비타를 손짓했다.

"비타가 공장의 마법에 대해 얘기해 줄 거예요. 사실 비타는 공장의 마법을 파훼해 주려고 이곳에 온 건데, 불가능했어요. 정말 놀랐죠. 비타는 뛰어난 술사(術士)거든요."

이아나가 처음 들어 보는 단어에 의문을 표했다.

"술사라는 것은……?"

"아, 모르시나요? 신력을 이용해서 마법과는 다른 이능, 신술(神術)을 발휘하는 존재들입니다. 제가 처음에 보여 드렸던 힐링 같은 생명과 관련된 이능은 대부분 신술이에요. 신력을 이용한 마법 파훼도 신술이죠. 극소수의 사제들이 저처럼 신술을 사용할 줄 알아요."

"흐음."

사키의 말을 들으면서, 이아나는 전생의 자신이 정말로 고지식 했다는 사실을 절감했다.

대마법사, 고위 사제, 이종족, 바하무트의 기사…….

이만큼 신력을 아는 사람들이 많은데 이인자로 추앙받았던 그녀는 몰랐다.

후회하는 건 아니지만, 자신의 세계에 갇혀 검에만 집중하느라 다른 유용한 지식들을 받아들일 여지조차 만들지 않았음을 인정했다.

이아나는 조금 부끄러워졌다.

"이해했습니다. 그래서 공장 주변에 무슨 마법들이 깔려 있다는 거죠?"

"방어 마법으로는 일루전, 배리어, 알람이 있어요. 일루전으로 공장을 숨기고, 배리어로 허가받지 않은 방문자를 막으며, 알람으로 침입자를 알리죠. 이것 외에도 각종 함정과 공격 마법이 깔려 있습니다."

사키가 말을 하고 한숨을 쉬자, 비타가 계속 말을 이어 갔다.

"시전자가 누군지는 몰라도 보통이 아닙니다. 마법의 경지도 경지지만…… 마법의 토대는 마나의 배열. 마법은 배열이 조금이라도 흐트러지면 허상처럼 사라지는 신기루 같은 것. 보통, 제가 파훼술을 시도하면 십에 십은 마법이 파훼됩니다. 그런데 공장의 마법은 바위처럼 느껴졌어요. 파훼를 시도한 제가 반탄력에 내상을 입을 정도였지요."

"참고로 비타의 파훼술은 제 마법도 파훼 가능해요."

대마법사인 사키의 마법까지 파훼한다는 비타가 파훼할 수 없는 마법이라…… 이런 말을 듣고 있자니, 할 수 있으리라는 확신이 조금 희미해졌다.

아르하드에게 자세한 이야기를 듣는 걸 깜빡했지만, 엘프의 정화 스크롤이라는 신비로운 물건이 지금 떠올랐다. 이것은 종이에 불과함에도 파편 공유자인 마르가리타의 마법을 파훼했었다.

엘프의 이능은 그만큼 대단하리라 생각되었다.

그런데 사키가 대단한 술사라고 칭한 엘프 비타가 파훼할 수 없는 마법이라면, 어쩌면…… 악마의 파편이 연관되어 있을지도 모른다. 공유자가 아니라 소유자가 시전한 마법일 수도 있었다.

'악마의 파편이라면…….'

여러 가지로 마음에 걸리는 게 생긴 이아나가 입을 열었다.

"일단, 저는 파훼법을 알고 있고 시도해 본 적도 있습니다. 운명인지는 모르겠지만, 저도 이 현상에 관심이 있는데다 여러 가지로 당신들의 조건에 맞다고 생각해서 승낙한 건데…… 말씀들을 들어 보니 제가 정말로 할 수 있을지 의문이 드는군요."

"물론 가능해요."

"가능합니다. 하지만 검사님이 걱정되신다면 한 번쯤은 확인해 두는 것도 괜찮겠군요. 실례가 되지 않는다면 신력을 보여 주실 수 있습니까?"

"이런, 비타. 핑계 대지 마. 그냥 네가 검사님의 신력을 보고 싶은 거잖아."

"부정하지 못하겠네. 하지만 사키, 너도 마찬가지면서."

"당연하지. 말을 꺼내기 어려웠는데 네가 대신 말해 줘서 다행이야."

이아나는 파훼의 성공을 당연하다는 듯 전제하는 사키와 비타에게 또 한 번 신기한 기분을 느꼈지만, 또 운명이거니 느낌이거니 뜬구름 잡는 소리를 할 것 같아 말없이 손가락 끝에 신력을 피워 올렸다.

우웅.

불꽃이 튀는 것처럼 신력이 발산되었다.

마나가 걸귀처럼 미친 듯이 달려들려 했으나, 이아나가 얌전히 있어 달라는, 부탁에 가까운 의지를 갖자 마르가리타 때처럼 멈칫하더니 다소곳하게 신력의 주변을 맴돌기 시작했다.

"마음에 걸리는 부분이 있으면 가감 없이 말씀해 주세요."

걱정스레 말을 덧붙였는데 사키와 비타는 넋이 나간 표정으로 타오르는 붉은 신력을 바라보기만 할 뿐 가타부타 말이 없었다.

"아……. 세상에."

한참 후 이아나가 조금 민망함을 느낄 즈음, 사키가 신음을 흘리며 입을 열었다.

"검사님, 혹시 라오스 신과 관련이 있으신지요?"

"네? 아니요. 전혀 없습니다. 라오스 신이 모습을 감춘 지 오래되어 이제는 라오스 신의 존재가 허구라고 생각하는 사람들도 있을 정도인데…… 제게 어찌 그런 걸 물으십니까?"

"그렇습니까. 그렇겠지요. 그런데 어째서 이런 기분이 들까요. 그래요. 사실, 아까 사람이 많을 때는 말씀드리지 못했지만……."

사키의 이지적인 눈망울이 흐릿해졌다.

"검사님을 보면 이상한 기분이 듭니다. 검사님의 신력을 눈에 담으니 느낌이 더욱 강렬해지는군요."

사키와 비타가 이이나의 방에 찾은 주된 목적이 바로 이 느낌을 제대로 확인하는 것이었다.

사키가 두 손을 맞잡더니 눈을 감고 심호흡했다.

"지쳐 돌아왔을 때 전부 괜찮다고 안아 줄 것 같은, 마음 놓고 의지해도 될 것 같은 든든하고 따뜻한 기분. 라오스 신의 곁으로 떠나도 될 만큼 많은 세월을 살았음에도 아이가 되어 버리는 것 같습니다. 비타, 혹시 당신도 그러니?"

비타가 무겁게 고개를 끄덕이며 콧잔등을 찡그렸다.

"그래…… 처음 봤을 때부터 나는 울고 싶어졌어. 아주 그리워하던 이를 만난 것처럼."

이아나는 이 말들을 어디선가 들어 본 적이 있었다.

하프 엘프인 핀에게도, 드워프인 첸델프에게도, 그리고 바로 지금, 라오스 신교의 추기경인 사키와 순수한 엘프인 비타에게.

그들에게는 공통점이 있다.

태어나면서부터 라오스의 신력을 많이 받았을 이종족과 라오스를 모시는 사제, 즉 라오스와 깊은 관련이 있는 이들이라는 것이다.

이쯤 됐는데도 이상함을 느끼지 못하면 바보다.

이제껏 악마와 로베르슈타인의 관계에만 신경을 써 왔지만, 어쩌면 이 세계의 창조주라는 라오스와 로베르슈타인도 어떤 깊은 관계를 형성하고 있었을 가능성이 높다.

'그런데 어디서 또 들어 본 적이 있는 것 같은데…… 어디서지?'

이아나가 고민에 빠져 있는데 사키가 손수건을 꺼내 눈물을 닦았다.

"이런, 실례했습니다. 라오스 신과 연관이 없으신데도 이런 느낌을 받을 수 있다니 아무리 생각해도 아주 신기하네요. 신전의 성물을 볼 때와 같은 기분이라니…… 마치 라오스 신께서 앞에 계신 것만 같습니다."

이아나의 생각이 멈췄다.

"성물요?"

"네. 진자이 라오스 신교의 대사제이자 국왕이 즉위할 때 상징적인 의미로 사용되는 나무 지팡이랍니다. 평상시에는 보관되어 있죠. 성스러운 신력이 서려 있답니다."

"아……."

사키의 말에서, 어디서 그 말을 들었는지 떠올려 냈다.

학술원의 비앙카 사제가 로안느의 대신전에 보관되어 있는 비석을 봤을 때 느꼈다는 바가, 사키가 저를 보고 느꼈다는 바와 같았다.

성물은 신교에 몸과 마음을 바치는 사제들조차 고위급이 아니면 보기 힘든 물건인데다, 남부 대륙의 검 조각과는 달리 저와 직접적인 연관은 없는 듯하여 일단은 잊고 있던 사항이다.

그러나 지금, 이아나는 뒤통수를 한 대 얻어맞은 듯한 기분이 들었다.

'성물에서 느낀 바들이 내게서 느낀 바와 같다……. 단순히 라오스의 신력이 서려 있는 신성시대의 유물 중 하나라고 생각했지만, 성물은 사실 로베르슈타인과 연관이 있는 거다.'

라오스 신전의 성물이 왜 로베르슈타인과 관련 있을까?

이아나의 혼란스러운 기분을 알지 못한 채 사키가 빙긋 웃었다.

"마나의 움직임도 그렇고, 공장의 마법 정도는 가뿐히 뚫을 수 있을 것 같습니다. 라오스 신이시여, 감사합니다. 검사님, 잘 부탁드려요."

"저야말로. 그리고 부탁드리고 싶은 게 있는데."

"뭔가요? 말씀하세요."

진자이의 성물은 로안느의 대신전에 보관되어 있는 비석과 같은 기능을 하는 게 분명하다. 그리고 라오스 신교에 닿아 있는 연줄이 전혀 없었던 이때까지와는 달리, 바로 지금, 제게 극도의 호감을 품은 사키 셀츠스 시젠모어라는 진자이 대신전의 추기경이 있다.

"혹시, 제가 성물을 볼 수 있겠습니까?"

"음……?"

사키가 뜻밖이라는 표정으로 눈을 깜빡거렸다.

"아주 귀하지만, 진자이의 평범한 국민들도 즉위식에서 한 번씩은 눈에 담아 본 물건이라 제 권한으로 못 보여 드릴 것도 없으나 이유를 여쭤어도 될까요?"

사키의 긍정적인 반응에 기뻐하면서도 이유를 어찌 설명해야 할지 몰랐던 이아나가 입을 다무는데, 사키가 그녀의 곤란한 기색을 눈치 채고 고개를 저었다.

"답하기 어려우면 말씀 안 하셔도 괜찮아요. 일정을 잡아 주시면 이번 건이 끝나고 자리를 마련하겠습니다."

"감사합니다."

이아나는 고개를 깊숙이 숙였다. 숙인 채 가만히 고민하던 이아나가 제 차도르를 붙잡아서 끌어내렸다.

상대가 이렇게까지 해 주는데 계속 혼자 정체를 감추고 있는 건 예의가 아니다. 이 두 사람만 알고 있으면 괜찮을 것이다.

검은 차도르에 감춰져 있던 눈동자가 빛을 발하고, 머리카락이 파도처럼 흘러나와 선명한 붉음이 방 안에 가득 찼다.

"제 이름은 이아나. 현재 로안느에 국적을 두고 있습니다."

"아······."

사키와 비타는 이번에도 넋을 잃었다.

비타가 속눈썹을 파르르 떨더니, 꿰뚫을 듯 집요하게 쳐다볼 때는 언제고 눈이 부시다는 것처럼 눈을 내리뜨며 말했다.

"······마치 태양 같은 분이시군요. 이종족이셨습니까?"

사키를 처음 봤을 때 이아나 일행이 가졌던 의문이 이아나에게도 향했다.

질문을 던진 자가 엘프라는 사실이 어쩐지 우스워서, 이아나가 픽 웃으며 대답했다.

"순수한 인간입니다. 열일곱 살이고요."

"네? 열일곱 살요? 전 목소리를 변조했거나 목소리만 어리다고 생각했어요. 세상에. 난 저 나이 때 뭘 했지?"

한동안 놀라움을 감추지 못하고 호들갑을 떨던 사키가, 가리는 것 하나 없이 깨끗하게 드러난 이아나의 얼굴을 보고 환하게 웃었다.

"이아나 님, 차도르를 벗으셨다는 건 저를 믿어 주신다는 거겠지요. 한층 더 가까워진 것 같아 기쁩니다. 아, 그런데 외부에서는 성함을 부르면 안 될 텐데요."

"여기서는 안······나라고 불러 주십시오."

무심결에 카마트로스로서의 조직명을 말할 뻔했다가 혀를 깨물고 한 음절을 더 덧붙였다.

제 이름과 외양을 밝혔다지만, 카마트로스와 연관되는 일은 절대로 없어야 한다.

"알겠습니다. 안나 님, 다시 한 번 잘 부탁드립니다."

"저야말로. 그런데 사키, 이렇게 터놓게 된 김에 제 궁금증 몇 가지를 해소하고 싶은데……."

"뭐든 물어보세요."

"라오스의 신력이 백색이라고 알고 있습니다. 사키, 당신이 말했던 신성력 말입니다."

백색은 예로부터 라오스 신의 특징적인 색이었다. 순수의 극치, 창조의 근원으로 칭송받는 색이 바로 백색이었다.

"그런데 당신은 그런 색을 띠는 신력을 사용했습니다. 그것은…… 어떤 특수한 방법으로 라오스 신의 신력을 사용하는 것입니까, 아니면 당신의 신력인 것입니까?"

"라오스 신의 신력을 감히 인간이 사용할 수 있겠습니까. 당연히 후자입니다. 신실한 교인의 영혼의 색은 라오스 신의 색을 닮습니다. 그의 사상과 뜻을 좇으며 몸가짐을 바로 하니 닮는 것은 어찌 보면 당연한 것이지요."

"그렇군요. 그리고 보통, 신력을 상처에 부여하더라도 치유 속도가 조금 나아질 뿐 당신이 했던 것처럼 바로 낫지는 못합니다. 어찌 그런지 알려 주실 수 있겠습니까?"

"공개적으로 말하고 다닐 사항은 아닙니다만, 검사님께는 딱히 숨길 이유가 없군요. 신력의 색이 백색에 이를수록 신력을 이용한 치유력은 강대해집니다. 만물은 라오스 신의 신성력으로 말미암아 태어나고, 그 육체 또한 신성력을 이용한 정령들의 힘으로 만들어졌습니다. 그렇기에 만물이 라오스 신의 창조물이라 해도 틀린 말이 아니며, 다른 색보다 백색에 가까운 신력이 생체 능력 활성에 훨씬 적합한 것입니다. 제 외모가 젊은 것도 아마 이 탓일 거예요."

이아나는 그 말을 듣고 첸델프를 떠올렸다.

그는 이아나의 신력으로 만들어진 손을 가지고 있었으며, 다른 이들은 손을 댈 수 없는 로베르슈타인의 금속을 만질 수 있었다. 그것과 비슷한 경우인 듯했다.

'그렇게 따지면 첸델프의 손은 내 신력으로 치유해야 더 빨리 낫겠군.'

이아나가 이해했다는 듯 고개를 끄덕거리는 걸 가만히 보고 있던 사키가 볼을 살짝 붉히며 웃었다.

"하지만 진자이의 사제들 앞에서는 제가 했던 이야기를 하지 말아 주시길 부탁드릴게요. 제 곁에 있는 사람들은 저의 추종자고 입이 무거워서 괜찮지만, 거의 모든 사제가 신력은 신의 영역이라고 알고 있습니다. 제 회복술도 마법으로 알려져 있고요. 신력 제어가 가능한 극소수만 신력이라는 걸 알고 있답니다."

사키는 추기경이면서도 마법사에 의사라서 그런지 아주 이지적이며 논리적이었다.

신력에 대해서도 아주 오랜 시간 연구했음에 틀림없다.

"어째서 당신의 지식을 세상에 알리지 않습니까? 그러면 라오스 신에 대한 믿음이 더욱 커질 텐데요."

"신력은 함부로 다뤄서는 안 될 생명의 힘이니까요. 제어할 수 있는 경지에 도달해서 스스로 깨달아야 합니다. 그리고 여러 사제들에게 박탈감을 줄 수도 있고, 고스트처럼 나쁜 쪽으로 쓰일 수도 있어서."

이아나는 동의했다.

"그리고 사키…… 요청드리고 싶은 게 하나 더 있습니다만."

"뭐든 말씀하시라니까요."

이아나는 고민하다가 말했다.

"라이프 말입니다, 만일 그 건물에 여분의 약들이 많을 시에 저도 한 병만 가져갔으면 합니다."

사키가 입술을 다물더니 이아나를 물끄러미 바라보았다.

"다른 이의 희생을 바탕으로 제조된 정말 악질적인 약이에요. 사용하실 거라곤 생각하지 않고, 이유를 물어도 될까요?"

"개인적인 흥미가 있습니다. 이에 대해선 말씀드릴 수 없고요."

"……라이프는 여러 가지 의미에서 아주 위험한 약입니다. 불쾌하게 여기실까 봐 미처 말씀 못 드렸던 게 있어요."

사키가 한숨을 한 번 내쉰 후 말했다.

"이걸 장기적으로 복용하는 사람은, 자의식이 아주 강하지 않을 경우 점점 성향이 부정적으로 변하고, 심하면 미쳐 버려요. 온갖 감정으로 오염된 약을 마시는데 제정신일 리가 없죠. 그냥 곁에만 둬도 영향을 받는답니다. 그래도 괜찮으신가요?"

"괜찮다는 걸 이미 당신이 가져왔던 흙으로 증명했을 텐데요."

"그랬죠. 그럼 이아나 님 뜻대로 하세요. 하지만 라이프가 다섯 개 이하일 경우, 모두 제게 양도해 주시고 약을 봐야 할 일이 있으실 때 저를 찾아와 주셨으면 합니다. 저는 복용자들을 치료할 방법 또한 찾고 있어서 샘플이 꽤 많이 필요하거든요."

이아나가 이해할 수 없다는 표정으로 그녀를 보았다.

"왜……? 자업자득입니다. 그들 모두가 고스트라고 해도 과언이 아닙니다. 실체 없는 범죄자들이 바로 그들입니다. 왜 그들을 도우려 하십니까?"

"저는 의사니까요. 세계 의사 조직, 샬리노의 장이 '병'을 보고도 지나치는 건 있을 수 없는 일이에요."

대마법사에, 추기경에, 이제는 의사 조직의 장까지…… 사키는 정말 대단한 사람이다.

"그리고 지도층인 그들이 제정신이 아니면 아랫사람들이 더 힘들어요. 그들을 위해서라도 되돌려 놔야죠."

이아나는 납득하여 고개를 끄덕거렸다.

"이아나 님."

얌전히 사키와 이아나의 대화를 듣고 있던 비타가 그녀를 불렀다. 이아나가 네, 라고 대답하며 비타를 마주 보자 그는 결연한 표정으로 말했다.

"나중에 시간이 되시면 저의 마을에 들러 주시겠습니까?"

"비타?"

사키가 놀라서 그를 불렀다.

이종족의 마을은 기본적으로 인간이 절대로 출입이 불가능한 곳이다. 또 무구와 생필품을 거래하느라 인간들과 가끔 접촉하는 드워프들과 비교했을 때, 자급자족을 하는 엘프는 특히나 폐쇄적이라 마을 밖에서도 그들을 보는 건 불가능했다.

이아나도 놀랐다.

"왜죠?"

비타의 귀가 긴장한 듯 쫑긋거렸다.

"당신의 도움이 필요합니다. 당신이 봐 주셨으면 하는 것도 있습니다."

"……제 도움이요?"

엘프가 오늘 처음 본 제게 도움을 필요로 하는 게 뭐가 있단 말인가? 감도 안 잡혔다.

사키도 놀란 듯 비타를 멍하니 쳐다보고 있었다.

"그게 뭡니까?"

"자세한 것을 언급할 권한이 제게 없어서…… 하지만 이아나 님께 해가 되는 것은 절대 아닐 겁니다. 부디 들러 주세요."

"그러죠."

이아나는 이게 웬 굴러 들어온 호박인가 싶어 냉큼 수락했다.

엘프의 마을에도 신성시대의 비밀이 숨겨져 있을 가능성이 높은데, 엘프들과 인연을 맺어 하프 엘프인 핀에게 도움이 될 것을 얻어 올 수도 있다. 뭔지는 몰라도 엘프에게 도움을 주는 건 제게도 득이 되면 득이 되었지 실은 절대 아니었다.

"아, 감사합니다."

비타가 뺨을 살짝 붉히며 활짝 웃었다. 그가 벌떡 일어나서 품을 뒤적거리더니 이아나의 앞으로 와서 새 조각을 하나 내밀었다.

"호루라기입니다. 샤우부 대삼림의 깊숙한 곳까지 오셔서 불어 주시면 제가 언제든 모시러 가겠습니다."

"세상에, 비타. 난 당신과 인연을 맺는 데만 몇십 년이 걸렸는데. 마을에 초대를? 역시 이아나 님은 뭔가 다른가 봐."

"나는 사키 네가 좋지만, 다른 녀석들은 인간이라고 하면 치를 떠니까. 하지만 이아나 님과 함께라면 너도 와도 좋아. 이분과 함께 있으면 인간이라고 무작정 밀어내진 않을 테니까, 마을 녀석들, 네가 어떤 사람인지 알게 되면 반갑게 받아들여 줄 거야."

"정말?"

비타를 흘기던 사키가 눈을 동그랗게 떴다.

"이아나 님······."

그러더니 이아나를 애처로운 눈으로 보기 시작했다. 그런 사키가 짐이 될 것 같진 않아서, 이아나는 언제가 될지 모르겠지만 엘프의 숲으로 갈 때 사키를 부르겠다고 약속했다.

사키는 기뻐하며 헤어지기 전 제게 직통으로 연락할 수 있는 아티팩트를 반드시 선물해 주겠다고 말했다.

"후······."

말을 많이 했더니 갈증이 느껴졌다. 이참에 사키에게 물을 요청해야 할 것 같았다.

"사키, 혹시 이곳에 구비되어 있는 물은 없습니까? 씻을 수 있게 꽤 많은 양이 있으면 좋겠지만, 마실 물이라도 있으면 충분합니다. 물값은 지불하겠습니다."

"여기 엘프가 있는데 무슨 소리세요. 물이야 만들면 되죠. 비타."

"샤피."

이아나가 뭐라고 할 틈도 안 주고 비타가 냉큼 물의 정령을 불러냈다. 주변에서 물거품이 보글보글 모이더니 불가사리의 형태가 만들어졌다. 비타가 부른 물의 정령은 핀이 부른 물 덩어리와는 달리 확실히 정밀했다.

불가사리 정령, 샤피는 비타의 앞에서 빙글빙글 돌았다. 비타가 웃으면서 그녀를 돌아보았다.

"이아나 님, 물이 얼마나……."

그때, 돌발 상황이 발생했다.

퍼억!

샤피가 엄청난 속도로 표창처럼 날아와 이아나의 심장에 퍽 하고 꽂힌 것이다.

불의의 습격에 비타와 사키의 몸이 경악으로 딱딱하게 굳고 이아나가 신력을 통제할 틈을 놓친 사이, 정령은 그녀의 심장에서 신력을 쪽 하고 살짝 빨아먹었다.

퐁!

이아나의 심장에서 빠져나온 정령은 이미 샤피가 아니었다.

이니스가 미친 듯이 펄떡거리며 외쳤다.

[이아나이아나이아나아아아아아아!]

"……."

"……."

[으흐흐흐흐흑, 내가 얼마나 보고 싶었는데, 왜 안 불러 주는 거야. 응? 느림보만 부르고. 내가 이렇게, 요렇게, 너를 즐겁게 해 줄 수 있는데!]

이니스가 묘기를 부리듯 이리 펄떡 저리 펄떡거리자, 이아나가 생선 잡듯 이니스를 빛의 속도로 낚아챘다. 이니스는 물이 되어 빠져나가지 않고 얌전히 이아나의 손에 잡혔다. 이아나는 이니스를 눈높이까지 들어 올려 눈을 마주쳤다.

"이니스, 이렇게 마음대로 하면 곤란해."

[화났어? 너무 보고 싶어서 그랬어. 널 보자마자 뛰어들고 싶었단 말이야. 하지만 다음부턴 안 그렇게. 화내지 마, 응? 이젠 마음대로 굴지 않도

록 다른 녀석들에게도 전해 놓을게!]

이니스가 귀엽게 꼬리를 살랑살랑거렸다.

이아나가 한숨을 내쉬고는 이니스를 놓아주자, 이니스가 참방, 꼬리를 세차게 한 번 튕기고는 그녀의 주변을 뱅글뱅글 맴돌기 시작했다.

[좋아, 좋아! 완전 좋아!]

이아나는 즐거워 미치겠다는 이니스를 내버려 두고 사키와 비타를 보았다.

"……."

"……."

"……저기, 이아나 님, 그 정령 말인데요. 설마."

사키와 비타는 이아나의 주변에서 재롱을 부리는 정령이, 작고 귀여운 용모와는 달리 방 전체를 짓누르는 압박감을 행사하고 있어 범상치 않은 정령임을 이미 느끼고 있었다. 이니스의 이름을 듣고 나서는 설마설마하며 한 존재를 떠올렸지만, 진짜라고 받아들이기엔 그들의 상식과 심하게 어긋나 계속 설마라고만 생각했다.

"물의 정령왕, 이니스입니다."

그들에게 더 숨길 게 뭐가 있나 해서 이아나는 솔직하게 말했다.

그들이 멍하니 눈으로 이니스의 궤적을 좇는데 드디어 그들이 시야에 들어온 이니스가 헤엄을 쳐서 다가갔다.

[으음, 넌 이 몸을 자주 불러내 놀아 주는 하이엘프, 비스토만다! 넌 가끔 필요할 때만 부르는 라오스의 종, 사키구나!]

"세상에."

모든 물의 정령들의 두뇌이자 본체, 정령왕을 마주한 비타는 벙어리가 된 듯 입을 뻐끔거릴 뿐 할 말을 찾지 못했고, 사키는 사색이 되어 의자를 뒤로 물렸다.

이니스가 위협하듯 작은 꼬리를 휘저었다.

[너희, 이아나한테 잘해! 내가 지켜볼 테니까, 허튼수작 부리면 가만 안, 웁, 웁웁.]

이아나가 두 손으로 이니스의 머리를 붙잡아 주둥이를 틀어막았다. 정령들의 목소리는 청각이 아닌, 머리를 울리는 방식으로 전달되었지만, 의지를 입으로 표현하는 이니스는 입이 막히자 더 말을 하지 못했다. 그래도 좋다는 듯, 이아나의 손 안에서 비비적거렸다.

비타보다 사키가 먼저 정신을 차리고 얼떨떨한 목소리로 말했다.

"과연…… 이아나 님쯤 되니 정령왕도 소환하시는 건가요. 그런데 그게 가능한 일인가? 정령왕은 신력을…… 이아나 님은 인간……."

어떤 상황에서든 명민하게 또박또박 전해지던 사키의 목소리가 엉성해졌다.

사키의 두뇌 속에서 온갖 지식들이 뒤엉킨 탓이었다. 사키가 두 손을 들었다.

"으음, 이젠 뭐가 뭔지 모르겠습니다. 제 지식으로는 이해가 안 되는 지경에 도달했어요. 역시 이아나 님의 정체는 엘프보다 대단했군요. 한 번쯤 연구를 해 보고 싶은 대상이세요. 비타, 정신 차려."

사키가 흔들고 나서야 정신을 차린 비타가 벌떡 일어나더니 이아나의 앞에, 정확히는 이니스의 앞에 무릎을 꿇었다.

"물의 정령왕을 뵙습니다."

[이것 봐, 이아나. 내가 이런 애야!]

으쓱거린 이니스가 이아나의 손에서 물이 되어 빠져나가더니 얼굴이 새빨개진 비타의 머리를 콕콕 찔러 댔다. 그 모습이 몹시 친근해 보였다.

[음, 근데 비타, 그렇게 격식 차릴 필요 없어. 난 샤피이기도 하니까. 샤피보다 더 똑똑할 뿐이지! 평소처럼 편하게 대해도 좋아.]

이니스의 형태가 허물어져 물 덩어리가 되더니 금세 샤피의 모습이 되었다.

[비타가 날 부른 거지? 이아나를 만나게 해 준 건 고마운데, 날 왜 불렀어?]

"이아나 님이 물이 필요하다고 하셔서……."

여전히 어찌해야 할지 갈피를 잡지 못한 비타가 어물거리며 말했다.

[이아나가 물이 필요하다고!]

이니스가 기뻐서 미치겠다는 듯, 흥분한 게 딱 봐도 보일 정도로 엄청난 속도로 회전했다.

[좋아, 이 방 전체를 물로 꽉꽉꽉꽉 채워 줄게!]

"안 돼!"

이니스가 일을 벌이기 전에, 이아나가 재빨리 낚아채서 필요한 물의 양을 명확하게 전달했다.

"내가 마실 물과, 씻을 물만 만들어 주면 충분해."

[웅? 그래? 알았어. 그런데 마실 물은 저기 있는 주전자에 만들면 되지만, 씻을 물을 만들 데는 없는데? 그러지 말고, 이아나, 내가 씻겨 줄게.]

"……그런 것도 가능해?"

[당연하지. 순식간이야!]

이니스의 형태가 뭉개지더니, 크기가 불어나기 시작했다. 물 덩어리는 어느 정도 커졌다 싶을 때, 이아나의 머리에서부터 거침없이 퍼부어졌다.

어떤 방식으로 씻겨 주는지 물으려 했는데, 그냥 옷을 다 차려 입은 상태에서 무작정 쏟아지는 거였다.

'폭포수를 맞는 것 같아.'

이렇게 해서 제대로 씻어지는 걸까, 생각했던 게 무색하게 이아나는 극도의 청량감을 느꼈다. 물과 함께 활력이 퍼부어지며 모든 피로감이 떨어져 나가는 것 같았다.

일 분도 되지 않아 물세례는 끝났다. 이니스가 물과 함께 쏙 분리되자, 이아나는 말 그대로 뽀송뽀송해졌다.

이니스가 칭찬해 달라는 듯 이아나에게 비비적거렸다.

[몸 밖 말고도 몸 안의 안 좋은 것들까지 싹 걷어 냈어. 옷도 깨끗하게 빨아 줬어. 잘했지?]

"최고네. 정말 좋아."

이아나는 진심을 담아 칭찬했다. 찝찝했던 건 다른 세상 얘기라는 것처럼 뼛속까지 개운했다. 오랜 시간 꼼꼼하게 씻은 것보다 훨씬 좋았다.

[칭찬받았다! 좋아, 좋다구! 저기, 이아나, 필요한 게 있으면 뭐든 말해

줘!]

이아나는 이니스를 만지작거리면서 생각했다.

'……정령이란, 정말 너무 헌신적이구나. 미안할 정도로 편해. 그러면서도 자기들이 더 좋아하고…….'

애정을 갈구하고 헌신하는 모습이 가련하면서도 애틋하다.

이아나는 이참에 빈 물통에 물을 채워야겠다 싶어 가방에서 물통들을 꺼내 들었다. 이니스는 깨끗한 물을 푸짐하게 만들어 주었다.

오랜만에 완전체로 불려 나와 신이 난 듯 사키와 비타도 씻겨 주고 장식용 화분에 물도 주면서 방을 싸돌아다니던 이니스가 이아나의 가방 앞에서 멈칫했다.

[어라! 이게 뭐야! 내 힘을 담을 그릇이 느껴지는데?]

이니스가 호기심을 보이며 가방을 콕콕 찌르자, 이아나는 가방을 뒤적거려 그가 지정한 물건을 꺼내 들었다.

아르하드가 준 물뿌리개 형태의 물 생성 아티팩트였다.

"이아나 님, 그건?"

비타가 이 물건을 알아본 듯 놀란 표정을 지었다.

"아는 분께 선물로 받았습니다. 신력과 정령술로 제작한 특수한 물품이라던데요."

"정확합니다. 그 물뿌리개…… 귀한 물건인데 엘프는 제가 처음이라고 했으니 지인분이 엘프는 아닐 테고. 혹시 무르시라는 사내입니까?"

물뿌리개를 살피는 이니스를 보고 있던 이아나가 고개를 번쩍 들었다.

"무르시 씨는 아니지만…… 비타, 무르시 씨를 아는 겁니까?"

"엘프들 사이에선 유명한 인간입니다. 잠시지만 우리와 교류를 한 몇 안 되는 인간이었던 데다가, 저는 다른 마을의 엘프였지만, 엘프를 꼬여 낸 대단한 놈이라고 마을 전체가 한동안 떠들썩했습니다. 무르시를 따라갔다는 엘프 파엘라는 잘 살고 있는지 모르겠군요. 아이도 낳았으려나요."

비타가 생각보다 무덤덤한 기색으로 말을 이어 가자 이아나가 떠보았다.

"엘프와 인간의 자식이면 하프엘프인데…… 엘프들은 보통 그를 어떻게 생각합니까?"

"별로 좋아하진 않죠. 과거에 인간들은 우리를 성노예로 삼았고 수많은 하프엘프가 강제로 탄생했습니다. 엘프들에게 수치의 역사나 다름없는 겁니다. 하지만 태어난 아이를 미워하지는 않는다는 입장입니다. 진정한 사랑에서 태어난 아이라면 두말할 것도 없고요. 라오스 신의 가르침이 그러하니……."

의외로 온건한 태도다. 엘프들이 이런 생각을 하고 있다면 엘프들의 마을로 갈 때 핀을 데려가는 것도 괜찮을 듯하다.

핀은 자의적으로나 타의적으로나 인간들 사이에서 소외당하고 있었다. 아닌 척해도 꼬마는 외로울 것이다. 핀은 이아나가 종종 찾아갈 때마다 너무 좋아서 방방 뛰었고, 헤어질 때는 몹시 우울해했다.

'인간들 앞에선 몸을 사려야 하지만 엘프라면 괜찮지 않을까?'

그사이 물뿌리개를 전부 살핀 이니스가 지느러미와 꼬리를 살랑거렸다.

[이거, 내 힘이 아주 조금만 남아 있어서 물을 만들고 싶어도 얼마 못 만들겠는데? 내가 여기에 내 힘을 꽉꽉 넣어 줄게! 언제든 목이 마르면 이걸 사용해!]

이니스가 물뿌리개 안으로 쏙 들어갔다. 안에서 참방참방 헤엄치는 듯 물뿌리개가 이리저리 흔들리는가 싶더니 이니스가 쏙 빠져나왔다.

[충전 완료!]

이니스가 신이 난 듯 빙글빙글 돌더니 이아나의 어깨 위에 제 몸을 척 얹었다. 젤리 같은 게 하나 얹어져 있는 모양새였다.

이아나가 이니스를 쓰다듬었다. 물컹물컹하고 탄력 있는 느낌이 묘하게 기분 좋았다.

"이니스, 이제 신력 제어가 가능해서 언제든 부를 수 있으니까, 내가 시간이 나면 부를게. 일단 정령계로 돌아가 있어."

[웅? 알았어!]

아쉬워하거나 슬퍼하면 어쩌나 싶었는데, 이니스는 아주 흔쾌하게, 미련 없이 말했다.

[오늘 오랜만에 너를 도와줄 수 있어서 너무 좋았어. 그럼 다시 볼 날을 기다리고 있을게!]

그 말을 마치고 이니스는 역소환되었다. 이아나는 저도 모르게 한숨을 내쉬었다.

'이니스가 나왔다 가면 정신이 없어.'

하지만 기분은 확실히 전환된다. 주인을 오랜만에 본 강아지처럼 좋아하는 모습을 보고 있자면, 저도 기분이 좋아지기 때문이다.

"저희도 이만 가 보겠습니다."

"오늘은 정말 놀라움의 연속이었어요."

이니스가 사라지자, 사키와 비타도 이아나에게 인사했다.

그들은 여전히 어리둥절한 것처럼 보였지만, 이아나라는 이유만으로 납득한 듯 더 이상 혼란스러워하진 않았다. 그녀는 정령왕이 아니더라도 충분히 불가해한 존재였기 때문이다.

이아나는 저에 대한 정보를 이 방 밖에서는 절대 누설하지 않을 것을 당부했고, 그들은 당연하다는 듯 결연히 고개를 끄덕거렸다.

"휴."

사키와 비타를 내보낸 이아나가 편한 마음으로 침대에 드러누웠다.

아주 많은 일이 있었던 하루였다. 피곤하긴 하지만 아주 알차게 시간을 보낸 듯하다.

'개운하기도 하고.'

이아나는 기분 좋게 눈을 감았다.

이틀이 지났다.

사키는 황금 질풍단 영주가 이틀 동안 길길이 날뛰며 부하들을 쥐 잡듯 잡았다는 소식을 전해 주었다. 또 졸지에 성안에 갇힌 처지가 된 사람들의 항의가 빗발치고 밖에서도 람피니온에 들어오고 싶어 하는 사람들의 불만이 폭주해서 결국 성문도 열렸단다.

"이번에 람피니온에 유입된 사람들의 말에 의하면 모래 폭풍은 무슨, 하늘은 맑고 바람도 거의 안 불어서 순풍을 탄 배 수준으로 빠르게 이곳에 도착했다고 하네. 결국 당신들을 잡기 위해 거짓말을 한 거야."

거리를 돌아다니며 정보 수집을 해 온 기엘이 시큰둥하게 말했다. 그는 사키가 관련되어 있지 않으면 농담도 잘하고 나름대로 친절하게 잘 대해 주는 평범한 사람이었다.

"사키 님께 무례하게 굴지만 않으면 내가 성질낼 이유도 없어. 난 그분을 위해서라면 목숨까지 내던질 각오가 된 놈이거든."

그리고 사흘째. 이른바 고스트 결사단은 건물을 나설 준비를 했다. 타로는 걱정을 숨기지 못했다.

"제 덩치가 덩치라스. 눈에 확실히 띨 틴디."

"그러네요. 하지만 괜찮아요. 저기 짐수레에 누워 있으세요."

타로가 사키의 말을 따라서 얌전히 빈 수레에 드러눕자 다른 사람들이 그 주변에 다른 짐들을 쌓아 올리고 커다란 천으로 덮어 끈으로 고정시켰다. 그리고 비타가 수레 앞에서 알 수 없는 말들을 중얼거리기 시작했다.

그에게서 신력이 은은하게 흘러나와 수레를 덮자, 수레는 놀랍도록 존재감이 없어졌다. 처음 만났을 때부터 이 점이 신기했던 이아나가 사키에게 왜 그런 거냐고 묻자 그녀가 웃으며 대답했다.

"희미하면서도 존재하는 게 당연한 느낌이라……. 이 세상은 라오스 신께서 창조하셨습니다. 즉 세상은 라오스 그 자체인 것으로, 우리 생명체는 언제나 라오스 신의 품에 있으며 그분을 느끼고 있다고 해도 과언이 아닙니다. 그러니 라오스 신을 닮고자 하는 저희에게서 그런 느낌을 받으시는 것이 아닐는지요."

성문에는 황금 질풍단의 단원들로 보이는 도적들과 왕실군들이 빼곡하게 깔려 있었다.

넓은 도시를 뛰어다니며 수많은 사람들의 얼굴을 하나하나 확인하고 다니느니, 차라리 성문을 지켜보며 잡겠다는 의도가 빤히 보였다.

그 탓인지 성문에서는 유례없이 검문을 하고 있었다. 시디얀에서는 잘 발생하지 않는 일이고, 또 항의를 할 수도 있는 일이었으나 왕실군들이 눈알을 번뜩이며 질서를 흩트리는 자들을 잡아내고 있었기에 통행자들은 불만스러워하면서도 어쩔 수 없이 검문에 응했다.

검문 때문에 성문을 빠져나가는 시간이 길어졌다. 기다리고 있는 사람들이 만들어 낸 줄만 해도 몇십 미터는 될 것 같았다.

처음으로 성문이 열렸던 어제는 인파가 지금보다 훨씬 더 심했다고 하니 얼마나 혼잡했는지는 상상하기도 싫은 일이다.

그들의 순서가 다 되어 갔다. 진자이 사제복으로 차려입은 이아나와 헤레이스는 사키를 따르는 충실한 종처럼 고개를 푹 숙인 채 따라 걸었다.

"멈춰라! 짐 검사와 얼굴 확인을 하겠다!"

윽박지르는 듯한 말이 성문을 지키는 이들의 입에서 튀어나옴과 동시에 기엘이 앞으로 나섰다. 기엘이 못마땅한 기색을 숨기지 않으며 큰소리쳤다.

"지금 진자이 사제들의 앞길을 막는 것입니까?"

"아이고, 사제님. 푹 쉬셨습니까."

진자이의 사제들이라는 것을 알게 된 이들이 쩔쩔매기 시작했다. 시디얀은 도적의 나라고, 온갖 민간신앙이 우후죽순으로 퍼져 있는 나라지만 주변국의 영향으로 라오스 신을 믿고 있는 경우가 많으므로 사제를 몹시 귀히 여겼다. 진자이의 국경이 봉쇄당한 마당에 진자이의 사제들이 안 좋은 소리를 해서 봉쇄가 길어지면 람피니온도 잃는 게 많았기에 황금 질풍단조차도 굽실거렸다.

기엘의 뾰족한 화살이 쏟아지기 시작했다.

"우리는 라오스 신의 신실한 종이며 손이요, 우리의 발을 묶는다는 것은 신의 의지에 반한다는 것입니다. 의지를 실현하는 분께서 다른 지역의 불쌍한 이들을 구원하고자 하시는데, 이들이나 성문을 닫아 시간을 지체함도 모자라 얼굴과 짐까지 내보이라니. 이는 시디얀에서 진자이를 우습게 본다는 뜻이 아닙니까."

진자이의 사제들은 얼굴 노출을 꺼리는 비밀스런 성향이 있다. 게다가 의지를 실현하는 자는 고위급 사제를 의미한다.

다른 지역이면 몰라도 진자이와 맞붙어 있는 람피니온에서 그 사실들을 모르는 이는 거의 없었기에 현장에 긴장감이 흐르기 시작했다.

"형제님, 그만하세요. 우리의 처지에 대한 배려를 강요해서는 안 됩니다. 이분들은 마땅히 해야 할 일을 하시는 것입니다."

사키의 듣기 좋은 목소리가 차분하게 울려 퍼졌다.

그녀의 부드러운 목소리는 사람들의 흥분을 가라앉히고, 또 잘못을 반성하게 만드는 신기한 효과가 있었다.

"형제자매님들, 더운 날 너무나 고생이 많으십니다. 저희는 라오스 신의 의지를 행하기 위해 하루바삐 걸음을 옮겨야 하는 몸."

사키가 품에서 패를 하나 꺼내 들었다. 그 패를 알아본 이들이 흠칫거렸다.

진자이를 상징하는 태양을 닮은 문양이 황금으로 새겨진 그 패는, 소유자가 진자이에서도 아주 귀한 귀인임을 뜻했다. 이 패를 지닌 이에게 해를 가하면 광기에 가까운 진자이의 분노가 향한다.

국경도시라 사제들의 출입이 잦은 람피니온의 사람들은 상식으로 알아 둬야 할 사항이었다.

사키가 느긋하게 말을 이었다.

"짐수레에는 공기에 노출되면 상하는 귀한 물건들이 있는지라…… 자비로운 형제자매님들, 부디 저희를 배려하시어 통과시켜 주시길 부탁드립니다."

"지, 지나가십시오."

"감사합니다. 라오스의 축복이 여러분과 함께하기를. 오늘 하루 귀한 여러분께 행운이 함께하기를 기도합니다."

도적들이, 빈말로도 착하다고 말 못하는 자신들조차 귀하다는 듯 축복을 내려 주는 사키에게 감동한 듯 기도했다.

"……."

이아나는 빠져나온 성문을 흘끗 뒤돌아보았다.

"검문하겠다! 거기, 후딱 짐 풀어 놓지 못해!"

이건 뭐, 탈출이 차려진 식탁에서 숟가락만 쥐면 되는 수준으로 쉬웠다.

람피니온의 영향권에서 완전히 빠져나온 사키가 일행을 이끌었

다. 낮 내내 간헐적으로 서너 명씩 조용히 일행에 합류하는가 싶더니 몇 시간이 지나 다섯 시쯤 된 지금은 사람이 삼십 명 정도 되었다.

교인인 듯 사키처럼 존재감이 모호한 사람들도 있었지만, 그보다는 평범한 느낌의 사람들이 꽤 많았다.

대부분이 머리부터 발끝까지 철저하게 무장한 무인들이었는데, 싸움을 꺼리는 교인이라기엔 지나치게 전투에 능숙한 실력자의 낌새를 풍겼다.

"전부 교단의 사람들입니까?"

"아니요. 진자이의 사람은 저를 맹신하고 추종하는 소수뿐이고, 그 외에는 전부 샬리노 소속의 사람들입니다."

의사 조직 샬리노.

공식적으로는 실력 좋은 의사들이 모여 봉사 목적으로 창단했다고 알려져 있지만, 사실은 의사가 아닌 무인들도 참여한 비밀 결사 조직에 가깝다.

사키는 이를 신의 섭리를 위배하는 죽음을 해결하는 모임이라고 소개했다.

"진자이의 라오스 신교는 공식적으로는 고스트를 조사하지 못해요. 개인으로 움직여야 하죠."

"고스트의 식사가 발생할 때마다 진자이가 부정을 탈까 봐 국경을 봉쇄한다는 얘기가 있던데, 신교가 고스트를 기피하는 건가요?"

"그 반대예요. 안나 님이 말씀하신 이유로 알고 있는 사람들이 많지만, 사실 국경 봉쇄는 진자이의 조사단 파견을 거부하는 시디얀 왕실에 대한 외교적 항의입니다. 고스트가 생명을 탐하는 악마의 소행이라는 믿음 때문에 혐오감을 가지고 있던 와중에, 고위 사제의 사체가 식탁에 오른 것을 확인하자마자 진자이는 신교 최강을 자랑하는 대(對) 악마 기사단을 파견하려 했었어요. 하지만 고스트만 조사하겠노라고 맹세했음에도, 시디얀은 신교의 모든 국가적인 행동을 군사적 침략으로 간주하겠다며 거부했습니다. 진자이는 세계 평화를 위한 일을 돕지는 못할망정 방해한다며 비난했지만, 시디얀의 입장에선 타 국가의 무인들이 고스트든 뭐든 군사적 목적을 가지고 국토를 쏘다니는 것이 부담스러웠겠죠."

사키가 고개를 절레절레 저었다.

"그래서 진자이의 이름으로 국가적 활동을 하는 건 불가합니다. 하지만 소수로 움직이는 건 가능해요. 신교에서 비밀리에 지원을 받은 꽤 많은 조사단들이 고스트를 조사하고 있죠. 그래서 저는 제가 믿을 수 있는 교인들로 조사단을 꾸렸고, 거기에 샬리노의 조직원들도 동참했어요."

"그 사람들 전부 공장에 진입하는 건가요? 공장 안에 뭐가 있을지 모르는데, 소수의 실력자만 가고 나머지는 남는 것이 좋을 수도 있습니다. 괜한 희생자가 나올 수도 있고, 만일 인질이라도 잡히면 정보가 유출될 수 있으니까."

"안 그래도 실력이 출중한 사람들만 골라서 진입하기로 했어요. 다른 사람들은 일이 잘못될 경우를 대비해 이미 시디얀을 나가서 탈출 루트를 준비하는 중이고요."

이아나는 사키와 간간이 이야기를 나누며 걷고 또 걸었다. 그렇게 꽤 오랜 시간을 걸었음에도 희뿌연 모래는 계속해서 당연하다는 듯 이아나의 망막에 맺혔다.

시디얀에 사막 지형만 있는 건 아니건만, 람피니온을 빠져나왔을 때부터 오로지 모래만이 발밑에 놓여 발걸음을 지체하고 있었다.

그러다 태양이 지평선을 넘어가며 뿜어내는 마지막 빛에 벌겋게 물든 순간, 이아나는 저도 모르게 멈칫하고 말았다.

어째 피가 처덕처덕 묻은 사체를 밟고 지나가는 듯한 괴이쩍은 기분이 들어서다.

고스트의 희생자는 모래로 화해 그 일대를 죽음의 땅으로 만든다고 했다.

그런 인식이 생기고 나니, 이때까지는 평범한 자연물에 불과했던 모래가 다른 의미로 다가왔다.

그리고 그저 모래만 있는 이 길이 고스트의 공장으로 향하는 길답다고 생각했다.

"정지."

마침내 모래가 덕지덕지 묻은 흰 깃발 하나가 꽂힌 최종 집합 장소에 도착했다. 평소였으면 휑한 허허벌판이었을 이곳에는, 다른 루트로 일찍 도착한 사람들이 임시로 천막을 설치해 두고 사키를 기다리고 있었다.

"전부 모였네요."

모인 사람들은 약 오십 명이었다. 잠시 휴식을 취한 후, 사키가 일행을 앞에 두고 계획에 대해 간단하게 브리핑을 했다.

공장의 본 건물 내부는 수수께끼이기 때문에 라이프를 탈취하고 고스트의 희생자들과 함께 탈출한다는 아주 단순한 계획밖에 없었다.

결행 시간은 새벽 두 시.

그때까지 자유 시간이 주어져서, 이아나는 먼저 타로와 헤레이스와 이야기를 나누었다.

"타로, 당신이 헤레이스를 챙겨. 그리고 혹시라도 갈라지는 일이 생기면 시디얀을 벗어나서 토라카의 북쪽 국경에서 만나자. 국경에서 이틀을 기다려 보고 다른 사람이 오지 않으면 따로 행동하는 걸로."

"알겠어. 헤레이스, 정신 똑바로 차려야 헌다."

"네! 절대 짐이 되지 않을게요!"

그들은 돌발 상황이 발생했을 때의 행동 지침을 모두 정했다. 사키가 제공하는 저녁 식사를 한 다음에는 아직 많이 남은 휴식 시간을 각자 하고 싶은 일을 하며 보내기로 했다.

이아나는 사람들에게서 멀찍이 떨어진 곳의 바위 뒤에 등을 대고 앉았다.

아르하드의 약에 대한 호기심이 생겨 이 일을 승낙한 것도 있지만 사실…… 내심으로는…… '다른 목적'도 있었다.

거기서 파생되는 문제가 한두 가지가 아니었기에 미리 생각해 보고 대비책을 마련하기로 했다.

이아나는 가방을 어깨에서 끌러 내려 뒤적거리다 반지 하나를 꺼냈다. 성대를 조작하고 외양의 색을 바꿔 주는 카마트로스의 반지였다. 정체를 들키지 않는 게 가장 중요하기 때문에, 혹시나 해서 가져왔던 이 반지를 활용하기로 마음먹었다.

그리고 수첩과 볼펜을 꺼내 지하 건물에서 발생할 수 있는 일들을 정리하면서 그 해결책을 찾는 데 집중했다.

사키는 비상사태 시, 시디얀 외부와 연결된 텔레포트로 모두를 탈출시키겠다고 했지만 그것만으로는 모자랐기에 그 부분에 대해서도 생각해 봤다.

한참이나 수첩에 이를 써 내려가던 이아나가 고민하다가 땅을 짚었다. 잠시 대화만 나누면 되었기에, 아주 미량의 신력만 땅에 불어넣으며 속삭였다.

"토우."

신력 제어가 어느 정도 익숙해졌기에, 신력은 자연스럽게 땅으로 흘러들어 가 한 존재를 불러냈다.

파스스스.

이아나의 손 아래에서 솟아난 작은 흙더미가 꿈틀거리며 한 형상을 이루었다. 그 형상이 익숙한 형태로 완성되자마자, 작은 두 팔이 그녀의 손가락을 덥석 붙잡았다.

[이아나!]

"토우, 오랜만이야."

[그래. 내가 살아온 시간을 생각하면 찰나임에도, 그대와 함께 있지 못해 아주 긴 시간이었다. 불러 줘서 고맙다! ……응?]

토우가 움찔하더니 갑자기 두리번거리기 시작했다. 그다음으로는 바닥을 쿵쿵 쳤다.

[아주 기분 나쁜 곳이다. 생명이 모두 빠져나간 흙만 가득한 곳이라니…… 마치 악마의 신체를 보는 것 같군. 모두 없애고 싶은데, 아주 강력한 원한들이 붙어 있어서 손을 대기가 꺼림칙하다. 여기는 어디지? 위치로

보면 기로하이 사막에 가까운 것 같은데…….]

토우도 고스트의 흔적을 느끼는 모양이다.

이아나는 토우에게 고스트에 대해 간략하게 설명해 주었다. 그 말을 모두 들은 토우가 잠시 말이 없더니 불편한 어조로 말했다.

[라오스가 만들어 낸 규칙을 어기고 신성시대와 같은 짓을 하는 놈들이 있구나. 약으로 만들어서 팔기까지 한다니, 한술 더 뜨는군. 악마와 같은 놈들이다.]

분개하여 땅을 퍽퍽 걷어차던 토우가 한숨을 쉬었다. 한숨이라고 해 봤자 흙 알갱이들이 주르륵 쏟아져 나왔을 뿐이지만 토우의 복잡한 심정이 그대로 드러나고 있었다.

토우가 고개를 들어 이아나를 빤히 쳐다보았다.

[그런데 이니스를 얼마 전에 불렀던 것 같은데, 이번엔 내가 흙에 관련해서 도울 일이 있나? 그대가 바란다면 여기를 뒤엎고 신선한 땅으로 만들어 줄 수도 있다. 아니면 신성시대의 이야기를 듣고 싶은 건가?]

이아나가 토우에게 이것저것, 수첩에 적어 놓은 것들을 읊으며 해 줄 수 있냐고 묻자 토우가 한 치의 망설임도 없이 전부 긍정했다.

[흙은 곧 나다. 흙과 관련되어 있는 일이라면, 내게 불가능한 일은 없어. 다른 녀석들도 마찬가지다. 하지만 이렇게 작은 몸으로는 권능 발휘에 한계가 있다. 권능을 제대로 부리려면 '본체'로 돌아가야 해.]

본체. 드워프의 마을에서 보았던 동상과 같은 모습을 말하는 건가 보다.

잠시 그 모습을 떠올려 보던 이아나가 고개를 끄덕였다.

"필요하다면 불러야지."

순간 아르하드의 잔소리가 떠올랐다.

하지만 아무리 생각해 봐도 맘껏 정령을 불러내도 괜찮을 것이라는 생각만 들었다.

아르하드의 지시를 따라 수련하면서 평상시 초당 소모되는 신력량을 잰 적 있다.

현재 심장의 투명한 벽 내부에서 흘러나와 심장 외부에 고여 있는 신력량을 이 소모량으로 대충 나눠서 수명을 계산해 봤더니 심장만 괜찮다면 엘프만큼은 아니더라도 인간이라고는 할 수 없을 정도로 긴 세월을 살아갈 수 있었다.

그리고 외부에 고여 있는 것도 고여 있는 것이지만, 심장의 벽 안에 있는 신력이 얼마나 많을지 도저히 짐작할 수 없다.

심장 안의 신력을 외부로 꺼내는 수련을 꾸준히 해 오고 있지만 그 끝이 보이지 않았다.

이쯤 되면 끝이지 않겠나 싶어 대량의 신력을 다뤄 본 후에는, 언제나 심장에서 해일처럼 쏟아져 나오는 신력의 후폭풍에 헤매었다.

이미 너무 많은 신력이 외부에 쌓여 있음에도 끝이 보이질 않으니 제 심장 안에 신력을 생산하는 혼돈의 조각 같은 게 있는 게 아닌가 하는 상상까지 했을 정도였다.

아무튼 아르하드와 계속 정령 문제 때문에 충돌하면서 평소에 고민하고 또 고민하다가 내린 결론은, 정령의 힘은 생명을 깎아 먹는다지만 그것을 감수할 수만 있다면 신력과 함께 반드시 숙지해 둬야 할 위대한 힘이라는 것이다. 검술, 신력과 마찬가지로, 제게 주어진 엄청난 재능 중 하나였다.

'분명, 언젠가는 아르하드에게 도움이 될 거다.'

아르하드는 저 없이도 성공적으로 황제가 되었다.

제 도움은 필요 없을뿐더러, 이번 생에서 그가 몇 번이고 세뇌하듯 내뱉던 말처럼 그의 곁에 있으며 기쁘게 해 주는 것만으로도 그녀는 충분히 가치 있을지도 모른다.

하지만 이아나는 그런 생을 바라지 않았다.

강해지고, 또 강해져 궁극에 이르고 싶었다.

아르하드에게서 완벽한 승리를 거두고 싶었다.

그리고 그에게 아주 유용한 사람이 되고 싶었다. 검술이든, 신력이든, 정령술이든 제 힘으로 그의 길을 더 편하게 닦을 수 있다면 정말로 기쁠 것이다.

어찌 알겠는가? 인간의 힘만으로는 극복이 어려운 문제가 발생해 곤란했던 적이 있었을지.

이아나는 그런 일이 발생했을 때 그의 힘이 되어 주고 싶었다. 정령들은 기적에 가까운 존재들이고, 잘려 나간 팔을 재생하는 것처럼 세상에 불가능하다고 낙인찍힌 일들을 해결해 줄 수 있는 힘을 가지고 있었다.

그러니 정령왕의 본체도 한번 경험해 볼 필요가 있었다.

[정말로? 아, 전에 그대에게 가능하다고는 말했지만, 신성시대 이후로는 영원히 물질계에 본체로 현신할 수 없다고 생각했는데…….]

토우는 기쁨을 감추지 못하고 몸을 폭삭 허물어뜨렸다. 이아나는 부슬거리는 흙을 쓰다듬어 주었다.

[힘이 필요하다면 언제든 말해. 최선을 다해 돕겠다. 웬만하면 본체까지는 필요 없겠지만…… 아, 상상만 해도 꿈만 같은 일이다!]

토우가 이렇게 좋아하기도 하고, 아주 위험한 요소들이 도사린 이번 일에서 만에 하나라도 아무도 예상치 못한 돌발 상황이 발생하면 경험해 보는 것으로 마음먹은 이아나가, 딱 하나 마음에 걸리는 사항에 대해 물었다.

"토우, 또 궁금한 게 있는데…… 내가 준 신력으로 네가 권능을 발휘할 수 있는 거잖아. 사람의 신력에는 '맛'이라는 고유의 느낌들이 있다고 네가 예전에 말했지?"

[그랬지.]

"그럼 네가 권능을 발휘할 때도, 혹시 내 느낌이 나는 거야?"

[흠. 내가 굳이 지배력을 행사해서 내 것으로 만들지 않는다면 그대의 느낌이 날 수밖에 없지. 라오스의 신력을 빌려 빚어낸 생물의 몸에서는 라오스의 느낌이, 그대의 신력을 빌려 빚어낸 첸델프의 팔에서는 그대의 느낌이 묻어나는 것처럼.]

"완전히 네 것으로 만들면?"

[완벽하게 흙일 뿐이겠지. 상당한 정신력을 소비하는 일이라 굳이 그렇게 할 필요를 느끼지 못하지만.]

정체가 드러나면 절대 안 되는 이아나에게는 반드시 필요한 일이었다.

파편 공유자의 마법은 엘프의 스크롤만으로도 파훼되었다. 여기서 주목해야 할 건, 물체에 담아 두기만 한 이능은 그 위력이 시전자가 직접 시전한 이능에 훨씬 못 미친다는 점이다.

그런데 엘프가 직접 파훼하지 못하는 강력한 마법을 시전할 수 있는 존재라면.

'악마의 파편 소유자일 가능성이 크다.'

사키의 이야기를 듣자마자 바로 악마의 파편을 떠올렸다.

그리고 시디얀과 블랙폭시.

'케이거스 드미트리처럼 블랙폭시나 바하무트와 관련된 마법사일지도.'

여러 가지로 저를 곤란하게 만든 케이거스 드미트리를 떠올리자, 이아나의 마음 깊숙한 곳에 겹겹이 쌓여 있던 짙은 분노가 표면으로 드러나기 시작했다.

'케이거스 드미트리……'

당시에 이성을 잃었던 데다가 마나 제어로도 상대가 안 되어서 아르하드가 놈을 처리했지만 그게 두고두고 한으로 남아 있었다.

그 후, 정말 죽도록 반성했다.

모든 적에게 최선을 다하지 않은 나태함과 허술한 뒤처리를. 나약한 정신력과 부족한 실력을.

최선을 다했다면 머리카락에 놈의 피가 묻지 않았을 것이다. 철저했다면 피 묻은 머리카락을 발견하고 잘라 냈을 것이다. 강인한 정신력을 갖추고 있었다면 실수했다는 사실에 자괴감에 잡아먹힌 채 멍청하게 행동하지 않았을 것이다. 강했다면 놈이 악마의 파편을 가지고 있든 안 가지고 있든 마주친 즉시 죽일 수 있었을 것이다.

검술만 극에 달해 있었어도 마나를 제어하지 않고 놈의 목을 딸 수 있었다.

'이건 아르하드를 믿고 의지하는 것과는 별개의 일이다.'

수치스러워서 내색은 안 했지만, 이 일은 이아나에게 정말 엄청난 영향을 주었다.

악마의 파편을 소유한 마법사, 케이거스 드미트리는 죽어서도 이아나의 머릿속에서 수백 번 더 죽었다. 이후 이아나가 더 열심히 수련해서 검술이 일취월장하고 신력과 마나 제어의 경지가 대단해질수록 케이거스 드미트리를 죽이는 방법은 더욱 다양해졌다.

그리고 이제는 검만 있어도 죽이는 게 가능하다는 결론을 내린 지 오래였다.

매번 다짐했다.

적으로 악마의 파편을 소유한 마법사가 나타난다면 반드시 목을 쳐서 설욕하겠노라고.

그래야만 케이거스 드미트리의 굴레에서 벗어나 앞으로 한 발자국 더 나아갈 수 있을 터였다.

'하지만 아르하드는 악마의 파편을 모아야 한다고 말했고, 상의 없이 내 멋대로 바하무트의 인물을 죽이는 건 안 될 일이다. 또 악마의 파편과는 관련 없는 사람일 수도 있어. 어쩌면 못 만날 수도 있지.'

이아나는 이성을 가다듬었다.

그러자 차가운 이성에 이미 활활 타오르고 있던 분노가 섞여 한 가지 결론을 만들어 냈다.

공장에 마법을 건 당사자가 악마의 파편을 소유한 마법사고, 블랙폭시의 사람이고, 눈앞에 나타난다면······.

검술로, 반드시 몸 한 군데는 끊어 놓을 것이다.

"토우, 앞으로는 반드시 네 색으로 물들인 상태로 권능을 사용해 줬으면 좋겠어."

이아나의 단호한 요청에 토우가 음, 하고 앓는 소리를 냈다.

[다른 존재였다면 모를까, 그대의 신력이라면 조금 어렵다. 신력에 묻어 있는 색이 너무 진해서 잘 지워지지 않아. 내 색으로 물들이더라도 그대의 흔적이 조금은 남는다.]

"찜찜한데. 방법이 없을까?"

[간단하면서도 아주 어려운 방법이 딱 하나 있다. 신력에 대한 지배력을 거두면 된다.]

"무슨 뜻이지?"

[색의 농도는 곧 자의식의 강약. 자의식이란 자신이 존재하고자 하는 의지. 스스로 색을 지운다는 건 즉, 생명을 포기한다는 거다. 색을 지우려면 그런 마음을 가져야 한다.]

"······."

[절대 쉽지 않지.]

이아나는 납득하여 심각한 표정으로 고개를 끄덕였다.

그러다 문득 의아함을 느꼈다. 스스로 신력을 소모해 가며 정령을 부른다는 건 이미 생명을 포기한다는 뜻이 아닌가. 이 점을 잘 생각해 보면······.

"할 수 있을 것 같기도 한데."

이아나는 눈을 감고 심장의 박동에 집중했다. 심장에 어른거리던 신력이 이아나의 의지를 따라 밖으로 나왔다. 미량의 신력은 붉은 색이었다.

이아나가 한 가지 생각을 강하게 되뇌었다.

'나는 이만큼의 생명을 포기하고 싶다.'

그러나 단순히 생각을 하는 것만으로는 색이 아주 조금 엷어졌을 뿐이다. 자살을 희망하거나 희생정신이 투철하지 않은 이상,

잠재의식 속에 있는 생물체로서의 본능이 이를 허락할 리가 없었다.

이런데도 정령들에게는 신력을 줄 수 있는 이유는 무얼까?

답은 명확하다. 타인이 아닌 스스로를 위해서였다. 그러자 손끝에 모인 신력에 변화가 일어나기 시작했다. 흐릿해졌다가 진해졌다가, 갈피를 잡지 못하고 갈팡질팡하는 모양새였다.

'나는 포기해야만 해.'

"왜?"라는 의문이 영혼을 울렸다.

'토우의 온전한 힘이 필요하기 때문이다. 이 생명의 소유를 포기하고 토우에게 줘야 해.'

뚜렷한 목적을 가지는 순간 불이 꺼지는 것처럼 신력에서 색이 사라졌다. 그리고 투명해진 신력이 마지막으로 가해진 의지에 따라 토우에게 흘러들어 갔다. 신력은 토우에게 닿자마자 흙빛으로 물들어 가더니 완전히 흡수되었다.

[허…….]

토우가 정말 오랜만에 맛보는 자신의 뚜렷한 존재감에 신음을 흘렸다. 눈을 반짝 뜨고 저를 관찰하는 이아나의 손가락을 슬며시 붙잡으며 말했다.

[완벽하다. 괜한 걱정을 했군.]

"이젠 내 정체를 완전히 감출 수 있을까?"

[내가 힘을 쓸 때는 가능하다. 그대에게서 직접 뿜어지는 느낌은 어찌하지 못하겠지만.]

한참 동안 신력을 밖으로 배출하지 않고도 원하는 양만큼 토우에게 양도하는 연습을 했다. 처음에는 헤맸지만, 아르하드와의 수련으로 신력 제어가 능숙해져서 그런지 금세 성공했다.

"토우, 잘 봐."

이아나는 제게서 자연스레 흘러나온다는 느낌이 조금 마음에 걸렸다. 잘 생각해 보면 핀과 첸델프, 사키와 비타, 그리고 케이거스는 제게서 뭔가를 느끼는 듯했다. 아마도 그 느낌이라는 것일 가능성이 높았다.

"지금은 어때?"

그래서 미행할 때처럼 기척을 약간 감추고 토우에게 묻자, 토우가 느낌이 조금 흐려졌다고 말했다. 아무래도 무생물과 같은 느낌을 주는 게 목적이다 보니 유효한 듯했다.

이번 고스트의 공장이 아니라 앞으로를 위해서라도 이 문제는 반드시 해결해야만 했다. 적에게 혼선을 주기 위해 카마트로스보스의 대역으로 가끔 나설 계획인데, 느낌이라는 게 존재한다면 적이 '안'과 '이아나'가 동일인물인 것을 눈치 챌 수도 있었다.

아르하드의 계획에 의하면 학술원을 졸업할 때까지는 카마트로스의 '안'으로 활동해야 한다. 다시 말해 실력을 완전히 발휘해야 하는 안이 아닐 때는 그녀의 느낌을 완전히 죽여야 한다는 뜻이다.

그건 별로 문제가 안 된다. 그러나 지금처럼 실력 발휘가 필요할 때는…….

'검술뿐이다.'

그렇다. 유령처럼 기척을 죽여 정체를 감춘 채 공격할 수 있는 방법은 검술밖에 없었다.

결국 제자리로 왔다.

마나와 신력은 대단한 힘이지만, 한계도 존재했다. 마나는 악마의 힘이라 제 것이 될 수 없다는 점, 신력은 생명이기에 함부로 막 쓰면 안 된다는 점, 그리고 정체를 감추고자 할 때는 둘 다 사용할 수 없다는 점이다.

즉 언제나, 어디서든, 어떤 상황이든, 제 모든 것을 쏟아부을 수 있는 존재는 검뿐이라는 소리다.

이아나는 옆에 놔두었던 검을 끌어안았다. 새삼스레 검이 무척 소중하게 느껴졌다.

'요즘 신력 제어의 요령을 배우느라 검에 소홀했었던 것 같아.'

신력의 요령은 2학년 1학기에 이미 다 배웠으니 돌아가면 검술 수련에 매진해야겠다고 다짐하며, 동시에 물적으로나 심적으로나 얻는 게 많은 고스트의 공장 건을 맡아서 다행이라고 생각했다.

[그럼 다른 녀석들에게도 이 사항을 언급해 두지. 다시 불러 주기를 기다리고 있겠다.]

부여한 신력을 모두 소모한 토우가 역소환되었다.

그리고 새벽 두 시가 다 되어 간다.

"이십 분 뒤, 작전을 시행합니다!"

이아나는 가방을 뒤적거려 강아지 인형을 꺼내 두 손에 쥐었다.

언제나 너는 훌륭하다, 대단하다고 말해 주는 그의 물건을 쥐고 있자니 잘할 수 있다는 자신감이 샘솟았다. 일말의 불안감마저 사라져 차분한 기분이 들었다.

별들이 하늘에 그리는 길을 따라 도착한 곳은 허허벌판이었다.

대부분은 멀찍이 떨어진 암석 뒤에 몸을 숨기고 있었고, 사키와 이아나를 포함한 실력이 출중한 몇 명만 지나가는 행인인 척 계속 걸었다.

하늘을 주시하던 사키가 시선을 내리더니 정확하게 한 곳을 가리켰다. 그녀가 가리킨 곳을 넘는 순간 일루전 마법이 발동될 것이다.

마법은 세 겹.

외곽부터 순서대로 일루전, 알람, 배리어다.

일루전은 공장의 모습을 숨김과 동시에, 이 구역에 들어온 사람의 방향 감각을 마비시켜 자연스럽게 돌아 나가게 한다.

일루전에 저항하여 공장이 있는 중심으로 향하면 어느 순간 침입자의 존재를 알리는 알람의 구역에 들어서게 되며, 이 구역에 상주하며 공장을 지키는 놈들의 공격을 받는다.

마지막으로 배리어는 외부인의 침입을 막는 최종 방어 마법이다.

벽돌로 촘촘하게 쌓은 듯 굳건한 세 마법에 그나마 저항할 수 있는 것은 신술이다. 신력을 다룰 줄 알았던 수많은 고위 성기사들이 죽음을 도외시하고 이곳에 뛰어들어 정보를 얻어 냈고, 정보는 사키에게 모였다.

이아나는 앞으로 나서서 마나의 흐름을 살폈다. 마법사가 마나의 유동을 숨기는 마법을 썼는지 특정한 마나의 배열이 거의 느껴지지 않았다. 하지만 계속 집중했더니, 아주 견고한 마나의 배열이 그녀의 앞에 놓여 있음을 알 수 있었다.

이아나는 손가락에 감겨 오는 마나를 느끼며 생각에 잠겼다.

'신력을 쓰지 않고도 가능할까.'

가능할 것 같기도 하다.

이아나는 마나가 저를 사랑하고 있고, 간절히 바라면 말을 들어줄 수밖에 없다는 아르하드의 말을 떠올리며 되뇌었다.

'흩어져.'

견고한 마나의 배열이 움찔거리는 게 느껴졌다. 하지만 그녀의 의지에 응하지는 않았다.

'흩어져 줘.'

명이 아닌 바람에 마나가 동요한 듯 흔들거렸지만 그래도 자리를 이탈하지는 않았다.

마나가 사람이었다면, 이아나는 현재 물끄러미 쳐다보고 있었을 것이다. 하지만 눈에 보이지 않는 기운이기에 투정하듯 생각을 이어 갔다.

'내 말을 들어주지 않을 거야?'

그다음으로는 살짝 애정을 담아 의지를 전했다.

'나를 사랑한다고 했으면서.'

화아아아아악!

한순간, 마나가 경직된다 싶더니 이루고 있던 배열들이 모조리 풀어졌다.

중심에서 바람이 강하게 불어온 것처럼 밖으로 터져 나가며 오랜 세월 이곳의 일루전을 도맡았던 마나들이 자유를 되찾았다.

이아나는 그런 마나의 행동에 왠지 모를 충족감을 느끼며 앞을 보았다. 중앙에는 허름한 건물이 하나 덩그러니 세워져 있었는데, 그 건물의 문은 수레나 마차가 들어가고도 남을 정도로 컸다.

지하에 위치한 공장의 입구였다.

"침입자다!"

입구 주변을 경비하고 있던 무사 열댓 명이 고함을 질러 대며 일부는 건물 안으로 들어가고 일부는 이아나 쪽으로 무기를 빼 들고 뛰어왔다.

일루전 마법의 안쪽에 있는 사람들은 외부의 움직임을 훤히 볼 수 있었는데, 평상시 경비병들은 일루전에 당한 사람들이 이리저리 돌아다니다가 다시 되돌아 나가는 머저리 같은 모습들을 보며 농담 따먹기를 하곤 했었다.

그러나 지금, 이백 년 가까이 굳건했다는 일루전의 마나 배열이 완전히 사라지는 걸 보고 보통 일이 아님을 직감했다.

이아나가 사키에게 말했다.

"이제부터는 최단 거리로 달립니다."

"파훼하는 데 오랜 시간이 걸리지 않나 보군요. 저들은 우리가 처리할 테니 안나 님은 파훼에 집중해 주세요."

사키가 뒤에 숨어 있는 사람들에게 수신호를 보낸 후 이아나를 보며 고개를 끄덕였다.

탁!

이아나가 땅을 박차고 달리기 시작하자 함께 있던 사람들이 그 뒤를 따르고, 숨어 있던 이들도 나와서 빠르게 달려왔다.

경비병들이 눈에 핏발을 세운 채 정면에서 달려오며 고함을 내질렀다.

"감히 여기가 어디라고 발을 들여!"

"죽어랏!"

두 집단이 충돌하기 직전, 선두에 선 이아나에게 공격이 집중적으로 쏟아졌다.

이아나의 신형이 흐릿해지며 그 모든 공격을 피한 후 그들의 뒤쪽에 나타났다. 목표물이 증발하듯 사라져서 놀란 그들이 멈칫하는 사이 그녀는 이미 멀리서 달리고 있는 중이었다.

그리고 그들은 이아나의 뒤를 따라온 사키 쪽과 제대로 충돌했다.

우우웅.

이아나는 고함 소리와 비명 소리, 쇳소리들을 뒤로하고 달리면서 손바닥에 신력을 둘렀다.

신력을 사용하지 않고 마법을 파훼하는 데 성공했고, 이 방법이 가장 좋겠지만, 마나를 설득하려면 꽤 많은 시간이 걸린다. 알람 마법은 일루전 마법보다 더더욱 단단한 배열을 이루고 있어 아주 오래 걸릴 것 같았다.

마법의 배열 사이사이에 신력을 끼워 넣을 필요는 없다. 마법은 강력하지만, 한쪽만 구멍이 뚫려도 허깨비처럼 사라지는 불완전한 이능이다. 신력은 의지 전달의 매개체일 뿐이었다.

이아나는 알람 마법의 경계에 도달하는 순간 두 손을 벌렸다.

'흩어져라!'

짜악!

화아아아악!

박수와 동시에 손바닥에 둘러져 있던 신력이 충격파를 발생시키며 주변에 의지를 전달하고, 일루전 마법이 흩어질 때처럼 알람 마법이 터져 나갔다.

"빨리 움직여!"

"제길, 웬 놈들이야?"

이제 남은 것은 배리어 하나뿐인데, 공장의 입구에서 인파가 쏟아져 나왔다.

절대 공격당할 일이 없다고 여겼던 데다가 야밤에 습격을 당해서 그런지, 놈들의 얼굴에서는 하나같이 당황감과 얼떨떨한 기분이 엿보였다. 그중 대장으로 보이는 한 놈은 침착한 얼굴로 손바닥에 침을 탁 뱉고 검을 꼬나 쥐었다.

"죽을 자리를 알아서 찾는 놈들이군. 여기가 어떤 곳인지 알고 침투한 것이냐?"

평민의 옷을 입고 있긴 해도 단순한 도적들은 아닌 것처럼 보인다. 잘 훈련받은 티가 났다.

또 이때까지 꽤 많은 도적들과 싸웠고 그중에는 이아나가 제법이라고 생각하는 놈들도 있었다. 하지만 그중 제일 강했던 놈이 저기서 제일 약해 보이는 놈에게 뼈도 못 추릴 것 같았다.

"저희가 맡겠습니다."

계속 이아나와 함께 달리고 있던 사키와 비타가 나섰다.

위이이잉!

사키의 앞에 빛나는 마법진 하나가 떠올랐다. 마법진이 그려지는 과정이 전혀 없었다.

피융! 피잉! 퍽! 퍽퍽!

"마법사가 있다!"

마법진에서 작지만 무시하지 못할 위력을 담은 매직미사일들이 튀어나와 적을 때렸다. 놈들은 멈춰 서서 매직미사일들을 쳐 내거나 맞고 뒤로 튕겨 나가는 바람에 더 앞으로 나오지 못했다.

위이잉!

그들의 좌측에서 마법진이 하나 더 생기더니 거기서도 매직미사일이 쏟아져 나왔다. 매직미사일들은 자연스럽게 놈들을 오른쪽 방향으로 몰아넣었고, 입구에서 나오던 놈들도 하나같이 매직미사일을 피해 오른쪽으로 향했다.

이 틈을 타 이아나가 건물의 좌측으로 접근하며 놈들과 떨어지자, 사키의 옆으로 마법진이 한 개 더 떠올랐다.

마법진이 빛을 뿜어내며 천천히 회전하기 시작하자, 이리저리 흩어져 있던 놈들의 중심에 커다란 검은 구체가 생겨났다. 검은 구체는 어마어마한 중력을 발휘하며 적들을 잡아당겼고, 적들은 어, 어, 하며 끌려가다가 검은 구체 주변에 다닥다닥 붙었다.

휘익!

비타가 긴 밧줄 하나를 던졌다. 날개가 달린 요정 형상의 바람의 정령이 밧줄을 붙잡더니 블랙홀에 잡혀 있던 놈들 중, 대장 행세를 하던 놈을 포함해 몇몇을 묶어서 끌어냈다.

"크윽!"

"아아악! 살려 줘!"

바람의 정령은 놈들을 공중으로 띄우더니, 음속과 같은 속도로 날아가 버렸다. 비타가 미리 지정해 두었던 아지트로 간 것이었다.

정보를 얻어 내야 하는 놈들을 제외하고는 다 필요 없다. 검은 구체의 중심에 거대한 마법진이 하나 더 펼쳐졌다. 무려 쿼드라 캐스팅, 사키의 비상한 머리를 알 수 있는 부분이었다.

쿠구구구구구……

사키가 펼친 마법들은 각각 블랙홀과 그래비티라고 이름 붙여진 공간형 고위 마법들로, 중첩되면 웜홀이라는 눈에 보이지 않는 길을 만들어 낸다.

블랙홀이 그래비티 마법이 만들어 내는 중력을 세차게 빨아들이기 시작하자, 구체 주변에 다닥다닥 붙어 있던 놈들도 그 안으로 빨려 들어가며 모습을 감췄다.

그들은 웜홀을 통해 어딘가에 무작위로 생성된 화이트홀로 빠져나올 것이다. 운이 좋다면 살 것이나, 그럴 확률은 희박하다. 보통은 지저, 우주, 바다 한가운데에 떨어져 버리니까.

사키와 비타가 놈들을 처리하는 사이, 이아나는 배리어를 살폈다. 이미 한 번 파훼를 시도했지만, 파훼되는 건 잠시였고 배리어는 다시 재생되었다. 즉, 마법사가 마법을 걸어 놓고 유지하는 게 아니라 새겨진 마법진이 마나석의 마나를 빨아들여 형성하는 마법일 가능성이 높았다.

마나의 흐름을 따라가던 이아나는 마나의 기류가 생성되고 있는 한 지점을 발견했다. 이아나가 손을 뻗었다. 손에서 터져 나간 마나의 바람이 그 지점을 정확히 때렸다.

타악!

펼친 책처럼 두 갈래로 갈라진 모래의 중심에는 거대한 석판이 있었다. 사람 몸만 한 거대한 마나석 6개가 누운 채 원을 그리고, 원의 안에는 아주 복잡한 무늬의 마법진이 커다랗게 그려져 있었다.

마법진은 거대 마나석의 마나를 빨아들이며 강력한 배리어를 형성한다. 마나석만 깨면 무용지물이라는 뜻이다.

마나석은 내부에서 마나가 요동치는 돌이다. 마나가 깃들어 아주 단단하지만, 한편으로는 마법처럼 불안정하기도 하다. 대류하는 마나가 불균형을 이룰 때, 마나가 적게 쏠린 부분은 아주 취약했다.

신력을 사용할 필요도 없다.

스릉.

이아나는 검을 빼 들었다. 그리고 휘둘렀다.

검날은 마나가 만들어 내는 거대한 바람의 틈을 가르고 마나석의 가장 취약한 부분에 닿았다.

쩌억!

마나석이 쪼개져 그 성능을 잃었다.

다른 마나석들도 하나하나 파괴되며 쓰레기가 되어 갔고 배리어는 점점 옅어지다가 마침내 완전히 사라졌다.

마나의 바람이 사라지자, 이아나는 석판의 마법진에 검을 휘둘러 무수히 많은 검흔을 남겨 못 쓰게 만들었다.

깔끔하게 망가진 마법진을 만족스럽게 보던 이아나가 사키 쪽으로 돌아갔다.

마침내 일루전, 알람, 배리어가 모조리 파훼되어 공장에 침투할 수 있는 길이 만들어졌다.

그리고 그 파훼의 여파들을, 여섯 사람이 느꼈다.

마법이 파훼되자 외부가 정리되는 건 순식간이었다.

몇몇은 뒤처리와 경계를 하기 위해 남았고, 나머지는 모두 텅 빈 공장의 문에 들어섰다.

공장의 입구.

들어서자마자 경사진 내리막길이 나타났다.

예상했듯 수레나 마차가 들어가고도 남을 만큼 높고 넓은 통로였는데, 중간에 레일이 깔려 있고 위와 아래를 왔다 갔다 하는 레버가 달린 큰 수레가 하나 놓여 있었다. 잔인한 핏자국이 적나라하게 남아 있는 수레는 희생자가 될 이들을 운반하는 용도인 듯했다.

고오오오…….

통로 안을 들여다본 몇몇이 침을 꿀꺽 삼켰다.

벽에 달린 조명이 하나도 없어서 그런지 앞이 전혀 보이지 않았다. 그저 새까맸다.

비린 피 냄새와 시체가 부패하는 냄새까지 올라오다 보니, 마치 괴물이 먹잇감을 삼키려고 쩍 벌린 아가리 속 목구멍을 보는 듯한 착각이 들었다.

사키가 일행 중 발이 느린 마법사와 사제들을 챙겨 수레에 훌쩍 올라타더니 레버를 조작했다. 수레가 기긱, 기긱 쇠가 갈리는 소리를 내며 움직이기 시작하자 사키가 손을 들었다.

"돌파합니다. 비타!"

휘이익!

사키의 옆에 있던 비타가 아주 가볍게 발을 놀려 아무것도 보이지 않는 어둠 속으로 빠르게 달려 나갔다. 두려움과 망설임을 느끼지 못하는 양 긴 다리를 쭉쭉 뻗어 앞장서는 비타에게서 용기를 얻은 이들도 달리기 시작했다.

레일을 달리는 수레의 속도는 몹시 빨랐다. 이아나는 수레 옆에 딱 붙어 달리면서 사키의 말을 들었다.

"안나 님, 도와주셔서 정말 감사합니다. 계획대로 앞으로의 적들은 저희가 처리하겠습니다. 위험할 것 같을 때만 한 손 거들어 주세요."

이아나가 고개를 끄덕였다. 그녀의 관심사는 악마의 파편과 관련된 마법사뿐이다. 괜히 잔챙이로 힘을 뺄 필요가 없었다.

찌리리릿!

푹신한 풀을 밟듯 소리 없이 바람처럼 움직이는 비타를 따라 뛰어 내려가는데, 갑자기 앞에서 벼락 맞은 나무가 내는 소리와 함께 거대한 번갯불이 날아오며 통로를 창백하게 밝혔다.

우웅―

비타가 짙푸른 신력을 두른 손을 휘둘렀다.

파앙!

강력해 보이던 공격 마법이 한순간에 흩어졌다. 그 직후 코를 찡긋거린 비타가 독수리형의 바람의 정령을 불러내더니 말했다.

"독극물이 날아오고 있으니 호흡하지 마십시오."

바람의 정령이 날개를 퍼덕거려 만들어 낸 회오리바람이 앞에서 잠시 휘몰아치더니, 입구 쪽으로 한순간에 뿜어져 나갔다.

파앙! 파아앙!

그 후로도 계속 온갖 마법과 독극물이 어둠 속에서 뿜어져 나왔지만 비타는 아주 간단하게 모두 차단했다.

과연 사키가 믿고 데려올 만한 실력이다.

뒤에서 그의 모습을 지켜보고 있던 이아나가 속으로 감탄함과 동시에 조용히 투지를 불태우기 시작했다.

'저런 실력자가 파훼하지 못하는 마법이라면…… 확실하다.'

비타가 앞에서 위험 요소를 제거한 덕분에 빠르게 달려 거대한 문으로 막혀 있는 통로의 끝에 도착할 수 있었다. 문 앞에서는 다섯 명의 마법사가 숨을 몰아쉬며 그들을 노려보고 있는 중이었다.

"작정을 한 놈들이다. 지원이 올 때까지 버텨!"

마법사가 낯선 북방의 언어가 섞인 말투로 지껄여 댔다. 수레가 멈춰 서자, 비타가 사키에게 속삭였다.

"여기에 공장 외부에 마법을 건 마법사는 없어."

"그럼 우리의 상대가 아니지."

마법사 중 하나가 허옇게 질린 낯으로 소리를 질렀다.

"네놈들이 여길 어떻게 알았는지는 몰라도 제 무덤을 판 거다. 돌이킬 수 없게 되기 전에 꺼져라!"

그를 제외한 나머지 마법사들은 웅얼웅얼 마법의 술식을 계산했다. 마법사가 소리를 지른 찰나의 시간이 마법사들에게 부여된 결과, 아군의 몸에 이상이 발생하기 시작했다.

"아악!"

몸이 경직되어 움직여지지 않는 사람도 있고, 어깨나 다리뼈가 빠져 고통으로 주저앉는 사람도 있고, 붉은 반점이 피부 위로 두둑두둑 부풀어 올라 미칠 듯한 간지러움을 느끼는 사람도 있는 등 아군이 육체적 고통을 호소하자 사키가 코웃음 쳤다.

"생체를 연구하는 마법사들인가? 내 앞에서 생체 마법으로 잔재주를 부리다니."

사키가 집중을 하며 두 손의 손가락 끝을 모았다. 그녀의 앞에 뼈와 근육이 얽힌 듯한 문양의 거대한 마법진이 생겨났다.

사키의 호박색 눈이 번뜩거림과 동시에 마법사들의 두 눈이 녹아내리는 얼음처럼 액체로 흘러내렸다.

"으아아아악……!"

그들이 눈을 부여잡은 사이 사키의 마법진의 모양이 조금 변화했다.

주륵, 주르륵.

이번에는 눈뿐만 아니라 온몸이 녹아내려 바닥에 젤리처럼 쏟아졌다. 내장과 뼈가 이리저리 흩어지고 팔과 다리가 아무렇게나 꽂힌 상태에서 사키가 마법진을 거두자 인간의 형태를 잃은 그 모습이 그들의 외양으로 고정되었다.

가엾게도, 마법사들은 그런 그로테스크한 꼴이 되어서도 죽지 못한 채 그르륵거리는 소리를 냈다.

그들을 가만히 내려다보던 사키가 혀를 걷어차더니 두 손을 모았다.

"과거의 내가 문득문득 튀어나오는 걸 보니 아직 수행이 덜 됐나 봐. 라오스 님, 당신의 아름다운 창조물들을 파괴한 저를 용서해 주세요."

사키가 마법사들을 처리하는 사이 아군에게 걸린 생체 마법을 모조리 파괴하여 정상 상태로 되돌려 놓은 비타는 굳게 닫혀 있는 문 앞에 서 있었다.

힘을 주어 문을 열려고 했지만, 뒤에서 조치를 해 놓은 듯 미동도 없어 고민을 하던 그가 다시 한 번 바람의 정령을 불러냈다.

콰아아아아아아앙!

굉음과 함께 문이 앞으로 날아갔다. 날아간 문에 얻어맞은 놈들이 비명을 질러 댔다. 그리고 안쪽 공간에서 통로로 훅, 하고 온갖 냄새와 소리들이 섞여 나왔다.

오물 냄새, 썩는 냄새, 피 냄새.

비명 소리, 앓는 소리, 흐느끼는 소리.

안으로 들어서자마자 사태를 파악한 사키가 손을 들었다.

"……구출조!"

그들이 들어온 길, 다른 곳으로 통하는 여섯 길, 그리고 앞으로 뻗어진 넓은 통로의 끝에 위치한 문, 총 여덟 갈래로 뻗어진 원형의 넓은 공산은 길을 제외한 벽 전체가 녹슨 창살이 촘촘하게 선 감옥이었다.

그 안의 좁은 공간에서는 처참한 꼴의 사람들이 물건처럼 욱여넣어져 있었다. 그들은 놀란 듯 사키 쪽을 보고 있었지만, 한편으로는 체념한 듯 여전히 굳건히 닫혀 있는 통로 끝의 문과 열댓 명의 무인들을 쳐다보고 있었다.

저곳이 최종 지점이다. 감옥의 출입구마다 저 문으로 억지로 질질 끌려간 흔적들이 가득했다.

"광범위 텔레포트를 준비하고, 진입조는 저들을 상대하고 안으로 들어간다!"

사키의 명령에 따라 사람들이 일사불란하게 움직이기 시작하자, 앞에서 문을 지키는 무인 중 하나가 그녀를 노려보았다.

"어디서 기어들어 온 벌레들인지는 모르겠으나, 죽고 싶어 환장했다는 건 알겠다. 하지만 침입을 허용하는 건 여기까지다. 나가라."

그 말을 들은 사키가 앞으로 성큼 나섰다.

"얼마나 대단하신 분들인지는 몰라도, 쓰레기라는 사실은 알겠군요. 비키세요."

"불가."

채애앵!

문 앞의 무인들이 일제히 무기를 빼 들었다. 사키의 사람들은 이미 무기를 꺼내 그들을 향해 겨누고 있는 상태였다. 무인은 이를 빠드득 갈았다.

"너희는 어차피 죽을 놈들이지. 하지만 우리까지 죽을 수는 없다."

어차피, 라는 말에서 죽는 미래가 고정되어 있다는 듯한 광오한 자신감이 묻어났다. 그런데 그 자신감이 저들 자신으로부터 비롯된 건 아닌 듯했다. 죽이는 주체가 이곳에 없는 제삼자를 일컫는 것처럼 들리는 건 착각일까? 약간의 괴리감이 느껴졌다.

사키가 중얼거렸다.

"……공장에 마법을 건 마법사인가."

뒤로 물러나 있던 이아나도 그리 확신했다.

"죽여!"

그 사이, 무인이 득달같이 달려들었다. 사키 측과 무인 측이 격렬하게 맞붙었다.

놈들은 입구로 쏟아져 나온 놈들과는 또 다른 경지의 실력자들이었다. 정예만 데려왔다는 사키 측 사람들과 비등할 정도였다.

이아나도 합세할까 하여 검 손잡이에 손을 얹는데 누군가 옷깃을 붙잡았다.

"대, 대장님……."

타로와 함께 나름 안전한 구출조에 속해 있던 헤레이스가 어느새 이아나의 옆에 와 있었다. 그가 떨리는 목소리로 말하며 어딘가를 가리켰다.

"저기…… 뒷골목의……."

헤레이스가 가리킨 곳에는 우울한 표정의 소녀가 우두커니 창살 너머에 앉아 있었다.

눈썰미가 좋은 이아나는 보자마자 알았다. 슬럼에 가까운 뒷골목에서 헤레이스에게 악을 써 댔던 약물중독자 계집이었다.

'엮이면 곤란해.'

침입자 중 람피니온의 삼인조가 끼어 있다는 사실이 새어 나가면 고스트 제조자 측에서 입에 거품을 물고 행적을 쫓을 것이다. 추측이지만 제조자일 확률이 높은 블랙폭시에게 쫓기게 되면 그보다 악수가 없다.

"잘 들어. 저 계집과 람피니온에서 만났다는 사실을 들키면 절대 안 돼. 너는 저쪽 감옥과 멀리 떨어진 쪽에서 구출을 도와."

"아, 알겠어요. 다른 쪽에 있을게요."

헤레이스와 대화를 나누는 사이, 문으로 향하는 길이 거의 다 뚫렸다.

"이…… 버러지들이!"

그것을 확인한 고스트 측 무인 중 하나가 눈을 벌겋게 물들이

더니 기세를 일으켰다.

"안 돼, 새끼야! 넌 아직 제어 못하잖아!"

"닥쳐! 이렇게 죽으나 저렇게 죽으나 똑같아! 죽더라도 이 개새끼들 하나라도 더 죽이고 갈 거야!"

그의 주변에 있던 동료가 낌새를 알아차리고 말렸지만 이미 늦었다. 그를 중심으로 마나가 휘몰아쳤다. 검으로 마나가 아닌 이질적인 기운이 위로 뻗쳐올랐다.

신력이다. 신력은 신력인데, 이것저것 뒤섞인 더러운 색깔을 띠고 있었다. 그리고 이아나는 저와 비슷한 색을 어디선가 본 적 있었다.

'포르미도.'

바하무트 황궁 12기사단.

지금은 죽고 없는 그룬데왈스의 단장.

신력이 둘러진 검이 그를 상대하고 있던 사람의 가슴에 닿았다. 깊게 베여서 가슴이 쩍 갈라지기 직전, 비타가 중간에 끼어들어 검을 강하게 쳐 냈다.

"다 죽었어…… 이판사판이다, 이거야."

비타는 시근덕거리며 욕설을 지껄이는 남자 대신, 그의 검을 뒤덮은 신력을 노려보았다.

"……라이프를 강기의 용도로 복용한 인간이구나."

비타는 강한 분노를 느꼈다.

착한 인간도 있다는 것을 알고 있다. 그러나 극소수를 제외한 대부분의 인간들은 끔찍하다.

아주아주 짧은 생을 살다 가는 하루살이 같은 존재들.

욕심 많고, 어리석은…… 악마와 다를 바 없는 악한 존재들.

'라오스 신은 어째서 이런 인간들을 창조했고, 누구보다 아꼈던 걸까.'

분노는 비타에게서 보기 드문 살의를 이끌어 냈다.

철컹!

비타가 허리춤에서 단도를 꺼내 들었다. 무인의 것과 다르게 깨끗하고 맑은 신력이 어렸다. 까만 검을 쳐 낸 비타가, 망설임 없이 무인의 손을 끊어 냈다.

"……!"

그리고 고통으로 비명을 지르는 성대와 경동맥을 한 번에 잘라 냈다. 허물어지는 남자를 짓밟고 넘어선 비타의 옆에 독수리형의 바람의 정령이 소환되었다. 정령은 칼바람을 일으켜 적들을 베어 내고, 닫혀 있는 문을 돌풍으로 두들겼다.

콰아아아아아아아앙!

이곳에 들어설 때와 마찬가지로 문이 부서지며 날아갔다. 비타가 강한 피해를 입힌 덕에 적들은 치명적인 틈을 보였고, 비등했던 전투의 승패는 한쪽으로 확 기울었다.

비타의 전투를 지켜보며 생각에 잠겨 있던 이아나는 공간이 개방되자마자 땅을 박차 안쪽으로 뛰어 들어갔다. 그리고 그 안의 모습을 눈에 담자마자 눈살을 확 찌푸렸다.

문이 나가떨어지는 순간 터져 나온 짙은 피 냄새에 예상은 했지만, 정말이지 끔찍하다는 말도 모자랄 정도의 광경이었다. 먼저 안쪽을 봤던 비타는 저도 모르게 제 시야를 손으로 가린 상태였다.

"으...... 으으......."

밀폐된 공간 구석에는 고스트의 식탁에서 봤던 사체들이 짐 상자처럼 수레에 쌓여 있었고, 공간 곳곳에 놓여 있는 이상한 의자에는 사체가 되어 가는 이들이 앉혀져 신음을 흘리고 있었다.

의자의 다리와 팔걸이에는 안쪽에 철가시가 박힌 족쇄가 달려 있어 이에 구속된 이들은 전혀 움직이지 못했다. 의자 옆에는 이상한 장치가 달려 있었는데 이 장치에서 줄줄이 나온 호스들이 앉혀진 사람의 심장에 가득 꽂혀 있었다.

호스는 심장에서 피를 뽑았다. 피는 마나의 흐름이 느껴지는 장치를 거쳤고, 대부분의 피는 쓰레기처럼 양동이에 버려졌다. 그러나 장치 안에서 만들어진 듯한 어떤 액체는 익숙한 형태의 병으로 똑, 똑, 떨어졌다.

그리고 그 옆의 상자에는 귀하디귀하다던 라이프가 산더미처럼 쌓여 있었다.

그것을 보고 이아나는 비타의 말을 듣고 떠올린 가정이 사실일지도 모르겠다는 생각이 들었다.

'바하무트에 보내는 약들일지도. 포르미도처럼 신력을 제어하는 병사를 키우는…….'

"네, 네, 네놈들은 이제 다 죽었다!"

"주인님들이 가만두지 않을 거야!"

장치 자체에 관심을 두느라 장치마다 뒤쪽에 하나씩 붙어 있는 인간들은 무시하고 있었는데, 겁먹은 목소리를 듣고 무심코 시선을 두었다가 그 특이한 생김새에 고정되고 말았다.

그들은 인간과 비슷하게 생겼지만, 여우의 것처럼 보이는 동물

258 ADONIS
아도니스

의 귀와 꼬리를 가져 인간과는 달랐다.

수인족이었다.

"히, 히히……. 하찮은 인간들……. 이제 빌어도 늦었어."

그들 중 하나가 시시덕거리며 피 양동이 옆에 쌓여 있던 심장을 주워 들었다. 그리고 입을 벌려 뾰족한 이빨로 간식처럼 질겅질겅 씹어 먹더니 피 묻은 입술을 벌려 씩 웃었다.

"그분들이 오시면 너흰 다 죽을 거야……. 너희들이 죽으면 심장은 우리가 맛있게 먹어 줄게……."

제정신이 아닌 것 같다.

이놈들 때문에 수인족에 대한 안 좋은 편견이 생길 것 같아 싹 무시하고 성큼성큼 걸어간 이아나가 라이프가 들어 있는 상자를 들어 올렸다.

그 근처에서 서성거리고 있던 수인 한 명이 달려들었다.

"건방진 인간, 내려놔!"

팔을 물어뜯으려는 듯 입을 벌리는 놈의 얼굴 옆으로 이아나의 주먹이 날았다.

퍼어어억!

쿠당탕탕!

얼굴뼈에 금이 갈 정도로 세게 얻어맞은 놈이 바닥을 굴러 건너편의 장치에 처박혔다.

"쓰레기가."

이아나는 싸늘한 얼굴로 손목을 털었다.

"어디서 더러운 입을 갖다 대나."

비틀비틀 일어선 놈이 흐릿한 눈을 한 채 중얼거렸다.

"인간 주제에……."

"주둥이를 부수기 전에 닥쳐."

수인의 입을 다물게 만들어 놓고, 이아나는 메고 있던 가방을 풀어서 약병을 탈탈 털어 넣었다. 상자 안의 라이프는 가방을 꽉 채우고도 남았다. 심지어 이아나가 들고 있는 상자 외에도 라이프가 담긴 상자는 지천에 깔려 있었다.

"이건 또 예상 밖의 상황이군요."

따라 들어와서 라이프의 수량을 대충 확인한 사키가 질린 듯 말했다. 사람을 시켜 라이프를 챙기게 하고, 사키는 돌아다니면서 장치를 분리시켜 죽어 가는 이들을 편하게 해 주었다.

자신의 생명이 뽑혀 나가는 걸 생생하게 지켜봐야만 했던 공포심과 절망감이 얼마나 심했을지 상상하기도 어려웠다.

눈물로 젖어든 얼굴은 말할 여력도 남아 있지 않아 새하얬고, 가느다란 숨결에서는 죽음이 느껴져 가망이 없었다.

그사이 이아나는 어느새 장치 조작을 멈추고 한쪽에 몰려 있는 수인족을 관찰하고 있었다.

여우의 귀와 꼬리는 흑색이다. 말로만 듣던 수인족 중에서도 흑색 여우종인 듯했다.

흑여우족의 수장은 블랙폭시의 보스 페인이다. 그렇기에 완벽하게 확실해졌다. 고스트는 블랙폭시의 소행이다.

추측일 뿐이지만, 고위급 인사들에게 팔아먹는 라이프는 돈벌이 겸 위장용이고, 대부분은 강력한 병사 육성을 위해 바하무트로 보내지고 있을 것이다.

그도 그럴 것이 이렇게 많은 양의 라이프가 제조되어 온 세월

이 하루 이틀도 아닌데, 죄다 어디로 갔겠는가?

사키는 의자에 묶인 사람들을 모두 편안하게 보내 준 후, 라이프 제조 장치 하나를 밖으로 가져가도록 부하들에게 지시했다. 그리고 수인족들에게 다가가 물었다.

"공장은 여기 하나뿐인가요?"

"공장? 이런 곳을 말하는 거야? 그럴 리가."

수인족들은 사키의 질문에 단순하게나마 순순히 대답해 주었다. 침입자들에게 겁을 먹어서라기보다는, 곧 죽을 게 확실한 놈들에게 말을 아낄 필요를 느끼지 못해서였다.

"라이프 하나를 만드는 데 몇 명의 목숨이 들어갔지요?"

"하급은 다섯 명?"

"쓰레기 같은 장치로군!"

"야, 그거 엄청 귀한 거야! 우리가 그걸 주인님을 도와 만드느라 얼마나 힘들었는데!"

진입조 중 하나가 분을 참지 못하고 장치를 걷어차자 수인족이 못마땅한 얼굴로 빽빽 소리를 질러 댔다.

"고스트 제조자가 수인족이라니."

눈을 덮고 있던 손을 내린 비타가 차가운 낯으로 말했다.

"내가 아는 수인족들은 이런 악한 짓을 할 이들이 아니다. 그런데 너희는 대체 뭘 목적으로 이 지하에서 인간들을 해치고 있는 거냐?"

수인족 중 하나가 고개를 갸웃했다.

"목적? 악해? 우린 그런 거 몰라. 주인님을 위해서라면 뭐든 할 수 있을 뿐이지."

그 옆에 있던 다른 수인족이 손에 쥐고 있던 심장을 베어 먹으며 말했다.

"우리가 악하다고? 글쎄. 먹고 먹히는 게 당연한 세상에서 선악이라는 걸 나눌 수 있어? 강함만이 중요하지 않나?"

"맞아, 맞아. 주인님은 강하고 자비로우셔. 약한 우리를 지켜 주시지. 일을 하면서 나오는 맛있는 심장과 피는 우리가 먹게 해주셨어. 밖에서 착한 척하면서 살면 이렇게 많은 심장을 먹을 수 있을까? 아니, 항상 모자란 기분으로 굶주린 배를 움켜쥔 채 다른 강자들에게 짓눌릴 뿐이야."

"우리는 그게 지긋지긋하거든. 아, 오랜만에 주인님 뵙고 싶다."

주인님.

그들이 맹목적인 충성을 보이는 주인님이란 누구일까?

이아나는 불길한 예감이 들었다.

"저쪽은 거의 다 정리했습니다. 텔레포트도 완성 단계고요."

진입조도 라이프를 대충 다 챙겨 갈 때쯤, 밖에서 피납치자들을 구출하고 있던 사람들 중 하나가 방으로 들어와 사키에게 보고했다. 사키가 이아나를 보았다.

"우리도 빨리 탈출하는 게 좋겠어요. 저놈들의 말에 의하면 공장 외부에 마법을 건 당사자가 이곳에 올 것 같은데 예감이 좋지 않네요."

이아나는 그 좋지 않은 예감에 동감했다.

"비타, 저놈들 몇만 묶어서 나와."

몇만 잡아가고 나머지는 그냥 두기로 했다. 비타는 별 대답 없이 밧줄을 꺼내어 수인 몇을 묶었다. 그들은 전혀 반항하지 않았다. 그런 그들의 느긋한 태도가 더욱 불길했다.

수인들을 뒤로하고 진입조가 빠른 속도로 방을 나가기 시작하는데, 구석에서 진입조가 뭘 하든 관망하고만 있던 그들이 인상을 일그러뜨린 채 따라 나왔다.

"뭐야? 도망치는 거야?"

"이제 와서 겁먹었어?"

"가지 마. 너희는 주인님한테 혼나야 해!"

이아나에게 한 대 맞았던 수인족이, 입구 쪽에 도달한 그녀에게 달려들려고 했다.

"인간, 놓치지 않겠다!"

"어이, 대……."

그때 입구 쪽에서 대기하고 있었던 듯, 타로가 불쑥 튀어나왔다. 그는 이아나를 덮치려는 수인족을 목격했다.

그 순간, 수인족이 얼음이 되었다.

"……."

"……."

그뿐만이 아니라 그 뒤에 서 있던 수인족들 모두 멈춰 섰다. 귀와 꼬리를 쭈뼛 곤두세운 그들은 웬일인지, 타로만 죽어라 노려보고 있었다.

타로가 중얼거렸다.

"설마 이놈들은……."

이게 무슨 상황인지 이해하기 어려웠던 이아나가 타로와 수인족을 번갈아 보았다. 얼굴이 가려져 짐작하기 어려웠지만, 타로도 그들을 노려보고 있는 듯했다.

"맞네, 맞어. 야."

타로가 눈을 부라리자 로브 안에서 퍼런 불꽃이 확 튀었다.

"이 배신자 새끼들이 어딜 야려?"

이상한 뉘앙스의 말과 느껴지는 흉악한 기세에 이아나의 시선이 타로에게 고정되었다.

그가 풍기는 적대감과 살기는 장난이 아니었다.

학술원에서 처음 만난 날부터 이때까지, 언제나 유유자적 놀러 나온 듯 주먹을 휘두르고 검을 휘둘러 대던 타로와 지금의 타로는 다른 사람 같았다. 이렇게 심한 적대감을 품은 타로는 처음 보았다. 시선만으로도 죽여 버릴 것 같았다.

"나가 날 때부터 니들에 대해선 귀가 멍멍해지도록 들었거던? 근디 싹 다 북쪽에 처박혀 있다고 들었는디 말여? 여그 모여 있었네? 앙?"

이아나에게도 전혀 겁먹지 않았던 흑여우들이 흠칫하더니 몸을 움츠렸다.

"매, 매, 맹수다······."

"맹수야······."

'수인들이 말하는 맹수라는 것은······.'

이아나의 관찰하는 듯한 시선이 타로를 훑고 지나갔다. 수인족들을 노려보고 있던 타로가 짓씹듯이 말했다.

"다 물어뜯어 버리기 전에 닥치고 찌그러져 있어라?"

"······."

"······."

건방지기 짝이 없던 여우들의 입이 일시에 다물렸다. 타로가 이아나의 등을 툭툭 쳤다.

"자, 자. 대장, 어서 가자."

"당신 혹시……."

우두커니 서 있는 수인들을 뒤로하고 방을 나오면서 이아나가 말을 다 잇지 못하고 말끝을 흐리는데, 타로가 어색하게 웃었다.

"으음. 눈치 빠른 우리 대장…… 아마 생각하는 게 맞을 것이구 면. 대화는 나중에 하는 게 워뗘?"

그를 빤히 쳐다보던 이아나가 고개를 끄덕거렸다.

방 바깥에서는 텔레포트를 위한 준비가 한창이었다. 창살 안에 있던 이들은 모두 구출되어 사키 들이 들어왔던 입구 쪽으로 빠 져나가고 있는 중이었다.

입구 밖에서는 사키가 공장으로 들어오기 전 남겨 둔 다른 사 람들이 탈출 준비를 하고 있을 예정이었다.

워낙 많은 인원이라 속도가 느렸지만 다른 통로들로 나갈 수는 없었다. 어디와 연결되어 있는지 알 수 없기 때문이다.

출구 앞에서 사키의 부하들의 지시를 따라 순차적으로 빠져나 가는 사람들은 마냥 기뻐 보이지만은 않았다. 그들은 여전히 희 망이 아닌, 불안감을 적나라하게 드러내고 있었다.

그 이유는 바로 밝혀졌다.

"생존자들이 말하길, 여기에 왕실군으로 보이는 자들이 자주 돌 아다녔다고 합니다. 아까 수인족의 방을 지키던 자들도 왕실군이 라고 하더군요."

왕실군. 시디얀에서는 왕과 같은 존재들이었다.

손을 대서는 절대 안 될 존재들이 죽어 나가자, 이곳에서 나가

봤자 반역자로 몰려 척살당하리라는 공포감이 생존자들을 집어삼
킨 것이었다.

"시디얀 왕실이 고스트에 개입하고 있었군요."

"정말 약은 놈들이 아닙니까. 이때까지 자국에서 벌어지는 모든
일에 침묵한 것처럼 고스트를 방치하는 척해 놓고는, 뒤에서 여
론을 조장하고 호박씨를 까고 있었던 겁니다."

"과연 시디얀의 왕입니다. 얌전히 수도에 처박혀서 제 품위만
유지하는 자인 줄 알았더니, 가장 악랄한 짓을 하고 있었습니다."

부하들이 왕실을 성토하자, 사키가 이에 동의하며 혀를 찼다.

"증거도 얻었겠다, 시디얀을 적대하는 사람들의 지원을 얻을 수
도 있겠어요."

이아나가 멀찍이서 사키의 대화가 끝나기를 기다리던 중, 타로
가 주변을 서성거리던 헤레이스를 데려왔다. 헤레이스는 생존자
대열의 후미를 비틀거리며 뒤따라가는 약물중독자 소녀에게서 시
선을 못 떼고 있었다. 이아나가 물었다.

"접촉하진 않았지?"

"당연하죠."

"그런데 왜 그렇게 처다보고 있어?"

"……신경 쓰여서요. 혹시 저 여자애가, 우리가 기절시켰을 때
잡혀 온 게 아닌가 해서."

"시기상 그럴 수도 있겠네."

내색하지 않았지만, 헤레이스는 죄책감을 느꼈다.

"저 애가 꼭 살았으면 좋겠어요."

이아나는 타로와 헤레이스를 데리고 사키에게 갔다.

"텔레포트는 멀었습니까?"

사키가 준비한 텔레포트는 토라카 쪽 롯소산맥에 마련해 둔 그녀의 거처와 연결되어 있어 이아나 일행도 그것을 이용하기로 했다. 시디얀에서 엄청난 사고를 치고 다닌 터라 어서 빠져나가고 싶었다.

"거의 다 됐어요. 아, 맞다. 시간이 날 때 드려야겠네요."

사키가 품을 뒤지더니 패를 두 개 꺼내 이아나에게 건네었다. 하나는 람피니온의 성문에서 꺼내 들었던 태양의 패였다.

"이건…… 진자이의 귀인을 뜻하는 패잖습니까."

자세히 보니 시젠모어라는 이름도 새겨져 있었다.

"저의 귀인이 곧 진자이의 귀인입니다. 이 패와 함께 제 이름을 대시면 진자이에서 융숭한 대접을 받으실 수 있을 거예요. 저는 얼마든지 더 받을 수 있으니 안나 님이 받아 주세요. 그리고 다른 패는 샬리노의 패입니다."

샬리노의 패에는 똑바로 선 삼각형과 거꾸로 된 삼각형이 겹쳐진 별이 그려져 있었다.

"저와 직통으로 연결되는 통신 아티팩트예요. 언제든 연락 주세요. 그리고 웬만한 실력 좋은 의사라면 모두 샬리노의 문양을 알고 있거든요. 샬리노가 의학계에 미치는 영향이 크기 때문에, 이 패를 보이면 좋은 대접을 받으실 수 있을 겁니다."

아주 좋은 물건들이다. 패들을 감사히 받은 이아나가 뒤로 물러나서 텔레포트가 완성되기만을 기다렸다.

바하무트의 마법사를 만나지 못한 건 정말 아쉽지만, 불길한 예감 탓에 개인적인 원한은 뒤로 미뤄 둬야 할 것 같았다.

물론, 만난다면 결심했던 바를 시행할 테지만.

드디어 텔레포트 마법진이 완성되었다. 마법진은 1회성 텔레포트 마법을 담아 마법이 발현되고 나면 파괴되어 흔적을 남기지 않는 구조였다.

이제 끝이라는 생각에 사키의 낯이 무척 편해졌다.

"우리도 이제 나갑니다. 어서 가동합시다."

사키 측 마법사들이 텔레포트 마법진에 마나를 주입하고, 사키도 한 손 거들었다.

그때였다.

쿠와아아아아아아아아아앙!

갑자기 수인족이 있던 방에서 공기를 찢는 굉음과 함께 엄청난 마나의 바람이 뿜어져 나왔다. 동시에 텔레포트 마법진에 유입되던 마나가 길을 잃고 흔들렸다.

고오오오오오…….

그 직후, 마나가 한쪽으로 빨려 들어가기 시작했다. 마나의 밀도가 급격히 낮아져 마법진이 파괴되려 하자, 사키와 비타가 황급히 마나 대신 신력을 주입하기 시작했다.

"……"

"뭐, 뭐지……?"

거대한 존재감이 느껴졌다.

뒤를 돌아본 모두의 앞에 아주 기묘한 장면이 펼쳐졌다.

어두운 방 안에서 수인족들이 신을 숭배하듯 무릎을 꿇고 머리를 조아리고 있었다.

그리고 그들의 중심에는 비단처럼 매끄럽고, 뱀의 비늘처럼 미끈거리는 흑발을 가진 여자가 뒷모습을 보이며 서 있었다.

"······!"

그리고 그 여자를 눈에 담는 순간, 오싹해졌다.

저 여자가 케이거스와 같은 반열에 있는 악마의 파편 소유자란 말인가?

그럴 리가 없다. 여자는 놈과 차원이 다른 존재였다.

이아나의 피부가 긴장감으로 팽팽하게 당겨졌다.

이아나는 그녀를 보자마자 기척을 완전히 감추었다. 저 여자에게 제 기운을 들켜서는 절대 안 되었다.

"사키, 서둘러야 합니다."

이아나가 여전히 뒷모습을 보인 채 흑여우 수인들에게 보고를 듣고 있는 여자를 노려보며 사키를 재촉했다.

사키와 비타도 긴장으로 빳빳하게 얼어붙은 채 텔레포트에 신력을 퍼부었다. 갑자기 나타난 여자가 텔레포트를 방해하기 전에 이 자리를 떠야 한다는 생각으로 조급해졌다. 아주 불길하고 사악한 기운이 여자가 있는 방에서 흘러나오고 있었다.

저벅, 저벅.

하지만 텔레포트가 완성되기 전에, 여자가 천천히 뒤를 돌아서 방에서 걸어 나왔다.

"허어······."

몇몇 이들은 상황도 잊고 탄성을 흘리고 말았다.

어둠이 서서히 걷히면서 적나라하게 드러나는 여자의 외양은 가히 천하절색이라 일러도 손색이 없을 만큼 대단히 아름다웠다.

발자국 하나 찍히지 않은 순백의 설원처럼 깨끗하고 희디흰 피부와, 그 위에 피어난 붉은 꽃 한 송이처럼 새빨간 입술. 미려한 얼굴선과 색스러운 눈망울.

로안느 최고의 미색으로 순수한 천사라 찬사받는 안젤리나와는 달리, 위험한 마력을 뿜어내는 요사스러운 아름다움이었다.

여자의 봉긋한 가슴과 요요한 허리선이 만들어 내는 굴곡은 평생토록 금욕을 해 온 신자들을 뒤흔들었다.

하지만 이아나는 다른 부분을 주목했다.

피가 묻은 것처럼 붉은 손톱, 전신에서 뿜어져 나오는 기세, 검은 머리카락과 검은 눈…… 여자의 새까만 눈동자가 요사스럽게 번뜩였다.

"놀라워."

여자의 고운 입술이 달싹여지는 순간, 모두가 꿈에서 깨어났다. 머리에서 경종이 울리고 등줄기가 싸늘해졌다.

"감히 어떤 쥐새끼가 우리의 마법을 파훼하였느냐?"

콰아아아아아아아앙!

퍼억!

퍼어어억!

여자를 중심으로 거대한 마나의 기류로 인한 풍압이 발생했다. 몇몇 사람들이 거대한 망치에 얻어맞은 듯 뒤로 날아가 벽에서 그대로 으깨졌다.

마나의 압력만으로 사람을 진흙처럼 뭉개 버린 여자가 재미있다는 듯 샐쭉하게 웃었다.

"여기 있는 모두의 사지를 찢어 놓기 전에 어서 나오렴."

악독한 기운이 몰아쳤다. 사람들은 마나를 제어하여 스스로를 보호하려 했다.

"부질없는 짓."

여자가 손을 휙 휘젓자 사람들의 몸을 감싸고 있던 마나가 칼 날처럼 변했다.

촤아악! 서걱!

"아악!"

그 찰나의 순간, 운명은 둘로 나뉘었다. 위험을 느끼고 마나를 해방한 사람들은 살았으나 그러지 못한 이들은 마나에 의해 찢어 발겨지며 피분수를 뿜어냈다.

그 기가 막힌 역공을 간신히 피해 낸 사람들도 안전하지는 않았다. 이곳에서 휘몰아치는 마나는 완벽하게 여자의 지배하에 있었고, 그들을 공격하는 무형의 칼이나 다름없었다.

"이, 이럴 수가……."

사람들은 충격을 받았다. 공장에 침투한 이들은 하나같이 평소 스스로의 실력을 자부하던 실력자들이다. 누군가와 싸우면서 까마 득한 실력 차를 느끼는 일도 거의 없었다.

그런데 그런 그들이 여자를 마주하며 엄청난 무력감을 느끼고 있었다. 온갖 무구로 무장한 괴수 앞에서 맨몸으로 서 있는 양 몸이 공포심으로 벌벌 떨렸다.

마도시대를 살아가는 사람들은 마나에 익숙해져 있다. 또한 어 떤 실력자와 싸우더라도 마나 제어의 주도권을 일방적으로 빼앗 기는 일은 없다. 그런데 아름다운 여자는 그리하고 있었다.

마치 빌려줬던 힘을 회수하는 것처럼. 마나가 제 것인 양, 당연 하다는 것처럼.

마나는 창조주가 베푼 은혜로운 기운이라고 믿어지고 있었다.

그러나 이 순간, 공장에 모인 사람들은 마나가 창조주가 아닌 어떤 특정한 존재의 소유라는 진실을 깨달았다.

마나는 눈앞에 있는 여자처럼, 어떤 사이하면서도 강력한 존재의 것이었으며 마도시대의 인간들은 이를 빌려 쓰고 있었을 뿐이었음을, 마나는 언제든 검을 거꾸로 쥘 수 있음을 깨달았다.

그러자 신기한 일이 발생했다. 극도의 위험에 처한 사람이 잠재력을 뿜어내듯, 몇몇 이들의 심장에 자리 잡고 있던 본연의 기운이 마나의 배신을 인식한 순간 본능적으로 흘러나와 스스로를 보호하기 시작한 것이었다.

그리고 이 변화를 알아챈 사람은 얼마 없었다.

여자가 머리카락을 쓸어 넘기며 히죽 웃었다.

"흐응. 제법 쓸 만한 놈들이네. 범인은 살아있는 놈들 중 하나인가?"

여자가 위험한 미소를 입가에 그려 낸 채 제 가슴 어림을 짚으며 앞으로 한 발자국 나섰다.

"아아, 기분 나쁘면서도 기분 좋아. 끈적거리고 달콤해. 이상하게 피가 날뛰고 가슴이 울렁거려. 감히 내게 이런 느낌을 주다니…… 끝내주는데? 오랜만에 즐겁겠어."

어느새 여자의 손에는 채찍이 쥐여 있었다.

"처분을 결정했다. 반항하지 못하게 사지를 잘라 놓고 새장에 가둬 놓아야겠어. 산 채로 박제를 한 후 오래도록 즐겨야지. 오라버니와 어머니도 즐기실 수 있도록."

여자는 아리따운 목소리로 노래를 부르듯 섬뜩한 말들을 내뱉었다.

"숨어 있지 말고 나오렴. 응?"

이아나는 로브를 꾹 움켜쥐며 여자를 노려보았다.

검은 머리카락, 검은 눈……

설마, 설마, 아니겠지 했지만 그 외양이 어쩐지 익숙했다. 여자가 지껄이는 언어는 북방의 것이었다.

이아나는 여자에게 검을 겨누고는 있되, 나서지는 않으며 기척을 감췄다.

이 여자, 생각하고 있는 그들 중 하나가 맞다면 여기서 손을 써서는 절대 안 된다. 정체를 짐작할 빌미 하나도 줘서는 안 된다. 그건 정말 최악의 수다. 그저 여기서 빠르게 탈출하는 게 유일한 답이었다.

"사키, 멀었습니까?"

이아나가 속삭이자 사키가 진땀을 흘리며 거의 다 되었다고 대답했다. 이아나의 머리가 기민하게 굴러가다가 비타에게 닿았다. 비타의 뒤에 달라붙은 이아나가 속삭였다.

"비타, 제자리에 서서 저를 뒤에 숨긴 채로 여자의 시선을 끌어주실 수 있겠습니까?"

이아나가 제 정체가 드러나는 것을 극도로 꺼린다는 걸 알고 있었기에, 비타가 고개를 끄덕거렸다.

"문제없습니다. 그런데 왜……?"

"제가 저 여자를 상대로 시간을 끌겠습니다. 그런데 저 여자에게 제 힘을 들켜서는 안 됩니다. 무슨 일이 일어나든 당신이 하는 것처럼 시늉해 주세요."

여자가 그들 쪽을 흘끗 쳐다보더니 느긋하게 어깨를 으쓱거렸다.

"거기, 신력으로 운용하는 텔레포트만 믿고 뻗대는 거라면 후회할 거야. 좌표를 뒤흔들고 방해해서 우주 한복판에 처박아 버릴 테니까."

"그렇게 둘 것 같으냐!"

비타가 이아나를 뒤로 둔 채 고함을 질렀다.

비타는 장신이었고 로브를 입고 있었기에, 이아나의 모습은 성공적으로 감춰졌다.

그리고 그의 주변에는 어느새 물과 바람의 정령들이 불려 나와 빙글빙글 돌고 있었다. 이때까지 한 번도 선보이지 않았던, 강력한 기운을 뿜어내는 정령들이었다.

우우우우…….

정령들이 제 몸을 부풀리고 주변의 환경을 뒤흔드는 둥 힘을 뿜어내며 마법진을 보호하고 여자를 견제했다. 비타가 따로 명을 하지 않았는데도 제게 적대감을 물씬 풍기는 정령들을 본 여자가 눈을 가느다랗게 떴다.

"어머, 기분 나쁜 놈들이 나타났네. 엘프인 걸까? 마법을 파훼한 게 너야?"

비타가 긴장한 목소리로 말했다.

"그렇다. 너는…… '악마'인가?"

"흐응. 그런 것도 알고 있어?"

여자가 경직된 주변을 스윽 훑어보며 말했다.

"어쩐지. 파편이 느껴지지 않는다 싶더니 하이엘프 중 윗대가리가 온 모양이구나. 하지만…….”

여자가 어쩜, 하며 입가에 손을 짚었다.

“하찮은 정령 따위가 내 적수가 될 것 같으냐?”

콰아아아아아아앙!

그 말과 동시에 정령의 힘과 마나가 거세게 맞부딪쳤다. 물의 정령이 여자에게 거대한 폭포수처럼 물을 쏟아 냈다. 하지만 여자는 마법으로 불을 일으켜 물을 증발시켜 버렸다.

정령이 일으킨 강력한 돌풍이 공간을 세게 뒤흔들며 여자에게 쏘아졌지만 여자가 손짓 몇 번 하자 바람은 맥없이 흩어져 버렸다.

“꺄아아악!”

강력한 힘들이 충돌한 여파로 균열이 일어난 천장에서는 돌 부스러기들이 떨어져 내리고, 모래가 사락사락 흘렀다. 그리고 출구 쪽에 문제가 생겼는지, 탈출하는 사람들이 앞으로 나가지 못하고 있었다.

아니, 오히려 다시 밀려 내려오고 있었다.

“와, 왕실군이다!”

“살려 주세요, 아악!”

소리만 들어도 위의 상황이 짐작되었다. 언제 도착했는지, 시디안의 왕실군이 출구를 봉쇄하고 사람들을 지하로 밀어 넣고 있었던 것이다.

결사단이 들어온 입구뿐만 아니라, 다른 출구 쪽에서도 다급한 발소리와 고함 소리가 들려왔다.

얼마 지나지 않아 출구 쪽에서 시디안 왕실의 문장이 왼쪽 가슴에 새겨진 옷을 입은 놈들이 하나둘 모습을 드러내기 시작했다.

"막아!"

"마법진을 부숴!"

그들 중 일부는 비타와 여자의 싸움에 끼어들지 않고 출구를 막아서며 탈출하려던 사람들을 죽였고, 나머지는 텔레포트 마법진을 지키는 사키의 부하들에게 무기를 휘두르며 달려갔다.

"허억…… 헉……."

계속되는 힘겨운 공방에 비타의 안색은 점점 창백해져 갔지만 여자는 시종일관 평온한 얼굴이었다.

"너, 우리의 마법을 파훼한 게 맞아? 너무 약한데."

여자는 하품을 하며 주변을 훑어보았다.

이 엘프가 여기서 제일 강한 건 맞지만, 그들의 마법을 파괴할 정도로 강하진 않았다.

그럼 직접이 아닌 다른 특수한 방법으로 마법을 부순 걸까? 아니면 마법진이 세월의 흐름 때문에 약해져 있었다든가.

어쨌든 대표로 몸에 무리가 가는 텔레포트를 몇 번이나 해 가며 여기까지 온 보람이 없었다. 여자의 얼굴에 지루한 기색이 떠올랐다.

여자가 가공할 만한 마나 제어력으로 비타와 놀아 주는 사이, 사키의 텔레포트가 완성되었다. 사키가 쥐어짜듯 외쳤다.

"가동합니다!"

우우우우우우웅!

텔레포트 마법진에서 빛이 뿜어져 나오고 모두가 앞다투어 텔레포트 마법진으로 몰려들었다.

"가긴 어딜 가?"

이를 본 여자가 픽 웃으며 채찍을 쥐고 있던 손에 힘을 주었다. 그러자 여자를 휘감고 있던 마나가 순식간에 까맣게 물들었다.

"질렸다. 다 죽여 주마."

여자가 채찍을 세게 휘둘렀다.

퍼엉! 퍼버버벙! 콰아아아앙!

채찍이 원호를 그리며 정령의 힘을 파괴한 후 바닥을 날카롭게 쳤다. 흙바닥과 채찍이 맞부딪친 소리라는 게 믿기지 않을 정도로 엄청난 굉음이 지축을 울렸다. 단 일 수에 뒤집힌 바닥이 흙의 파도를 만들어 내며 주변을 집어삼켰다. 여자가 한 번 더 채찍을 휘둘렀다.

찌이이이익!

공기와 부딪친 벽, 그리고 미처 피하지 못한 사람들 모두를 종잇장처럼 찢어 낸 채찍이 비타와 텔레포트 위까지 삼키려 할 때, 여전히 비타의 뒤에서 텔레포트가 완성되기만을 기다리고 있던 이아나가 비타의 옷을 움켜쥔 채 중얼거렸다. 그녀의 심장에서 뿜어져 나온 신력이 위대한 존재에게 부여되는 데에는 눈 깜빡할 시간도 걸리지 않았다.

포옹.

정령계에서, 이미 비타의 정령들로 사태를 읽고 있었던 토우는 비타의 앞에 소환되자마자 힘을 일으켰다.

콰아아아아앙!

"응?"

토우가 일으킨 거대한 금속 덩어리에 제 채찍이 막히자, 여자의 여유롭던 안색이 처음으로 경직되었다. 여자의 시선이 토우의 작은 몸뚱어리와 비타를 믿을 수 없다는 듯 번갈아 쳐다보았다. 토우도 그녀를 노려보았다.

[더러운 느낌이 난다.]

토우는 정령계의 존재, 이아나가 입으로 말하지 않아도 영계에서 그녀의 영혼이 원하는 바를 읽어 낼 수 있었다.

[저것을 붙잡고 있으려면 본체가 필요하다. 허가하겠는가?]

당연한 소리다.

이아나는 비타의 뒤에서 작게 고개를 끄덕거렸을 뿐이지만 토우는 그 모습을 보지 않고도 그녀의 뜻을 읽을 수 있었다.

그리고 허가한 순간, 이아나는 정신이 나갈 뻔했다.

막대한 신력이 소모되고 다시 신력이 차오르면서 이아나의 몸에 과부하가 걸리기 시작했다. 속에서 비릿한 액체가 목구멍을 타고 올라오며 머리가 떵하고 아찔해졌다.

쿠구구구궁!

토우가 바닥에 퍼져 사라진다 싶더니 땅이 들썩거리기 시작했다. 그리고 갑자기 천장이 창문을 열어젖힌 것처럼 열렸다.

어느새 새벽을 맞이한 하늘에서 어슴푸레한 빛이 지하로 쏟아져 내렸다. 사람들이 그 빛을 인식하기도 전에, 지하 건물을 이루고 있던 모든 흙들이 무너져 내려 어떤 모습으로 변형되어 지하에서 솟아났다.

그것은 거대한 두 손이었다.

콰아아악!

"크윽!"

두 손은 잠시 멈춰 서 있던 여자를 잡아챘고, 여자가 반항을 하기도 전에 질척질척한 늪처럼 녹아내려 지하에 끌고 내려가 버렸다. 그리고 흙에서 암석들이 솟아나며 적아를 구별하여 적들을 후려쳐서 쓸어버렸다.

[이······.]

콰앙! 콰아아앙!

파묻혀서도 죽지 않은 여자가 저항하여 흙이 거세게 들썩거렸다. 토우에게 부여된 신력은 거의 다 지저에 파묻힌 여자의 저항을 막는 데 소요되었다. 두 손으로 여자를 움켜쥐고 있는 데만 온 힘을 쏟아부어야 할 정도로 여자의 힘은 막강했다.

과거 신성시대의 악마처럼 몹시 더러운 느낌이 나는 여자다. 이 시대에 이런 느낌을 풍기는 인간이 존재하는 것도 놀라운데, 그 무력은 경악스럽다.

이건 신성시대의 신 중에서도 상급 수준이다. 인간 중에 신의 수준에 도달한 놈들이 있다니.

토우의 혼란스러운 마음을 대변하여 지진이 일었다.

[어서 가라, 얼마 버티지 못해!]

콰앙! 콰아아앙!

여자의 저항도 저항이지만, 처음으로 토우의 본체 소환을 시도했던 이아나의 정신이 흔들리면서 토우도 이에 영향을 받아 제대로 된 힘을 못 쓰고 있었다.

"안나 님, 정신 차리세요!"

비타가 이아나를 부축하여 텔레포트에 몸을 들이려 했다. 하지만 이아나는 텔레포트에 몸을 실을 수 없었다.

퍼어어억!

진흙 속에서 튀어나온 하얀 손이 이아나의 발목을 덥석 붙잡은 것이었다.

뿌드드득…….

절대 놓치지 않겠다는 듯, 여자의 붉은 손톱이 뿌득거리며 움켜쥔 이아나의 발목에 파고들었다.

발목이 덫에 걸린 것처럼 욱신거린다.

'정신 차려야 해.'

이아나는 고통을 느끼자마자 초인적인 정신력으로 비틀거리던 몸을 바로 했다.

"빨리!"

사키의 비명과 함께 시야가 밝아져 현재의 상황이 눈에 들어왔다. 제일 먼저, 제 발목을 붙잡고 있는 손 하나가 보였다.

카앙! 카아앙!

그다음으로는 비타가 여자의 손에 단검을 연거푸 찔러 넣고 있는 모습이 보였다. 마나로 강화를 했는지, 검과 충돌하는 여자의 손은 단단한 금속이 맞부딪치는 소리를 내기만 할 뿐 뚫리지는 않았다.

"안 돼!"

주변의 공간이 왜곡되는 느낌이 감각을 강타했다.

단말마처럼 옅게 늘어지는 사키의 목소리에, 이아나는 지금 이 순간 텔레포트에 들어가지 않으면 이동이 불가함을 직감했다.

판단은 빨랐다.

"오지 마!"

이아나는 저를 돕기 위해 마법진에서 빠져나오려는 타로, 헤레이스와 사키를 포함한 몇몇을 고함으로 저지하고, 손을 뻗어 비타의 먹살을 쥐었다.

"……!"

비타가 강한 힘으로 일으켜 세워짐과 동시에 그녀에게 오려던 사람들 위로 내동댕이쳐졌다.

우우우우우웅!

이아나가 텔레포트 마법진에 비타를 던져 넣자마자 텔레포트에서 뿜어져 나온 빛이 그 위에 있던 모두를 집어삼켰다.

그리고 빛이 사라진 곳에는 아무것도 없었다.

이아나가 숨을 몰아쉬며 주변을 훑었다. 여자가 가로로 채찍을 휘두른 범위 내에, 살아남은 일반인은 전무했다. 두 동강 난 시체들을 밟고 서 있는 것은 꽤 실력 있는 왕실군뿐이다.

즉 적들만 그녀를 견제하고 있었다.

"……."

이아나는 시선을 내렸다. 여자의 손은 여전히 이아나의 발목을 부러뜨릴 기세로 붙잡고 있었다.

이 여자는 분명, 이 시기에 조우하리라곤 전혀 예상치 못했던 거물일 것이다.

하지만 아무리 대단한 존재라 한들, 악마의 파편 소유자 중 하나에게 또다시 발목을 잡히고 말아야 한단 말인가?

아니!

이아나가 눈을 사납게 치켜떴다.

카아아앙!

이아나는 검을 빼어 들어 발목을 붙잡은 여자의 손목을 강하게 찍었다. 그러나 검극은 강화된 여자의 손목과 둔탁하게 충돌했을 뿐이었다.

비켜!

하지만 이아나의 적의와 살의가 마나를 향하자, 믿을 수 없게도 여자의 손을 보호하고 있던 응축된 마나가 서서히 흩어져 나왔다. 이아나가 다시 검을 세게 내리찍었다.

퍼억!

아무 기운도 실리지 않은 검인데도 여자의 손은 작살에 꿰인 물고기처럼 꿰뚫려 퍼득거렸다.

검을 뽑아내자, 피가 분수처럼 튀어 올랐다.

퍼어억!

한 번 더 내리찍자 손에 경련이 일며 힘이 풀리는 게 느껴졌다.

퍼어어억!

손은 발목에서 떨어져 나갔지만 이아나는 한 번 더 검을 손목에 박아 넣어 하얀 손을 여자의 몸에서 완전히 끊어 냈다.

투둑!

튕겨져 나간 손이 흙바닥을 구르자마자, 이아나는 터질 것 같은 심장을 무시하고 발을 굴려 위로 뛰쳐 올랐다. 벽을 차 가며 뚫려 있는 천장을 향해 위로 도약하고 도약했다.

바람이 이아나의 몸을 휘감았다. 팔과 다리를 스쳐 지나가는 공기의 흐름을 느끼며 이아나가 신력을 흘렸다. 안 그러면 죽을 것 같았다. 신력이 고갈되어서가 아니라 신력이 너무 많아서 몸이 터질 것 같았다.

하지만 그저 버리기엔 미치도록 아깝지 않은가. 그래서 이아나는 한 가닥 남은 이성으로 한 존재를 불렀다.

'시웨아.'

그렇게 몸 안의 신력을 내보낸 지 얼마 되지 않아 몸이 가벼워지기 시작했다. 마치 바람이 무거운 몸을 아래에서 밀어주는 듯한 느낌이었다. 또 비린 피 냄새도, 매캐한 흙냄새도 아닌, 그저 산뜻하기만 한 공기가 코끝을 맴돌았다.

바로 옆에서 새침한 목소리가 들려왔다.

[흥. 드디어 날 불러 줬구나?]

이아나가 흐린 눈으로 옆을 보았다. 작고 귀여운 새 한 마리가 이아나의 옆에서 따라 날고 있었다.

[엄청 기다렸어. 삐쳐서 한동안 못되게 굴려고 했는데 상황이 여의치가 않네.]

시웨아가 등장했을 때는 이아나가 이미 천장을 통해 대지로 빠져나온 후였다.

털썩!

"으윽......"

이아나가 콜록거리며 건물 밖에 엎어졌다.

쿠구구구구구구......

그 직후, 지진이 일어난 것처럼 땅이 진동하기 시작했다. 그러자 시웨아가 날개를 펼쳐 이아나를 감싼 후 하늘 위로 날아올랐다. 이아나의 몸이 바람에 안긴 것처럼 허공으로 떠올랐다.

몸을 축 늘어뜨린 이아나가 멍하니 아래를 내려다보았다. 저 멀리서 모래로 이루어진 황색 파도가 몰려오고 있었다.

콰아아아앙!

해일처럼 덮쳐 온 거대한 파도는 뚫린 천장을 통해 지하 공장으로 쏟아져 들어갔다.

망자가 누운 묏자리에 흙을 덮듯, 고스트의 공장이 있었던 구멍은 순식간에 흙으로 메워져 커다란 무덤이 되었다. 조금 전만 해도 요란스럽게 새벽을 어지럽히던 소음이 한순간에 사라졌다.

휘이이이이…….

바람과 함께 찾아온 고요가 새벽빛이 내려앉은 대지의 위에서 묵념했다.

[붙잡고 있을 테니 어서 가!]

토우가 그답지 않게 다급하게 의지를 전해 왔다. 아직도 여자를 붙잡고 있느라 진땀을 빼고 있는 듯했다.

시웨아가 물었다.

[어디로 가고 싶니?]

이아나가 뭐라 대답을 하진 않았지만, 영혼의 교감을 통해 대답을 읽은 시웨아가 이아나의 어깨 옆에서 날개를 퍼덕거렸다.

이아나의 몸이 물에 뜬 배처럼 두둥실 흘러가기 시작하더니, 얼마 지나지 않아 쏘아진 화살과도 같은 속도로 직선을 그리며 어딘가를 향해 날아갔다.

"우욱!"

이아나를 싣고 불어 가던 바람이 멈칫했을 때는 이아나가 한계에 도달해 참지 못하고 피를 토했을 때였다. 시웨아는 인적이 드문 곳을 찾아 천천히 속도를 줄이다가 완전히 멈춰 섰다. 그곳은 작고 큰 바위산들이 밀집되어 있어 시디얀에서도 불모지라 불리는 땅이었다.

[여기서 조금만 쉬자.]

털썩!

이아나는 땅에 발이 닿자마자 심장을 움켜쥔 채 바닥을 굴렀다. 옷자락을 마구 쥐어뜯었다. 쿵쾅쿵쾅 뛰어 대는 심장이 아팠다. 조금이라도 숨을 잘못 쉬면 터질 것 같았다.

"으읏, 흐윽……"

괴로워하는 이아나의 어깨에 내려앉은 바람의 정령왕, 시웨아가 조심스럽게 날개를 파닥거리며 이아나의 호흡을 도왔다.

[아직 우리의 본체를 소환하기는 무리인 걸까? 느림보는 괜찮을 것 같다고 했는데 그 녀석이 틀렸나 봐.]

이아나는 시웨아의 도움을 받아 심호흡을 거듭했다.

정령왕의 본체를 소환하느라 신력이 모조리 소모되는 극렬한 탈력감 직후, 심장 안쪽에서 신력이 폭발적으로 뿜어져 나왔다. 그 느낌은 이아나가 신력 제어를 수련하면서 겪었던 과부하 중 최악의 수준으로 몸에 부담을 주었다.

신력이 지금 혈관을 맴돌며 몸에 서서히 활력을 북돋우고 있었지만, 한 번 한계를 넘어섰던 팔다리는 뜻대로 움직여 주지 않았다.

[음, 느림보가 엄청 미안해하고 있네. 그 여자의 힘이 상상 이상이라서 신력을 무지막지하게 가져다 썼대.]

그 여자.

도려내진 손목에서 피를 뿜어내고 땅에 생매장당하고도 당연하다는 듯 살아 있는 그 여자를 떠올린 순간 이아나가 정신을 다잡았다. 이러고 있을 때가 아니다.

이아나가 비척거리며 일어났다.

"빨, 리 시디얀을 벗어나야……."

[안 돼. 롯소산맥으로 간댔지? 롯소산맥부터는 우리가 힘을 쓸 수가 없어서 너 혼자 가야 하는데 이 상태로 가면 너, 몬스터들에게 잡아먹힐 거야.]

"……."

[그러니 그 전에 몸부터 추슬러. 토우는 힘이 다해서 곧 역소환될 테지만, 나는 내가 받은 신력이 모두 소모될 때까지 물질계에 현신해 있을 수 있으니까 쉬는 동안 너를 지켜 줄게. 약속.]

시웨아의 말이 귓가로 살살 흘러들어 가며 정신의 끈을 팽팽하게 당기고 있던 이아나의 이성을 어루만졌다. 무리하고 있던 이성에 휴식이라는 공격이 가해지자, 이성은 끈을 한 번에 놓아 버렸다.

까무룩 기절해 버린 이아나를, 시웨아가 부드러운 바람으로 덮었다. 그리고 얼마 지나지 않아, 여자를 붙잡고 있던 토우가 역소환되고 말았다.

제3공장은 모조리 무너지다 못해 완전히 폐쇄되었다. 살아남은 자는 없다. 공장 안에 있던 모두가 흙에 생매장되었다.

"흐음……."

하지만 여자만은 무사했다. 온몸이 흙에 휩싸여 있었지만 호흡 따위, 별로 구애받지 않는다. 다만 거대한 자연의 힘에 구속되어 그 힘이 사라질 때까지 이곳에 있어야 할 뿐이다.

'완벽하게 당했어.'

여자는 끊어진 손목을 움켜쥐고 있었는데 분노한 기색은 아니었다. 저항을 그만둔 지금, 그저 소름 끼치도록 상기된 얼굴로 손목을 끊은 자에 대한 생각을 거듭하고 있었다.

뭘까, 그 엘프?

'정령왕이라고? 대체 어찌? 그리고 내 손은 어떻게?'

찌릿…….

심장이 기분 나쁘게 뛴다. 살면서 한 번도 겪어 보지 못한 격통이 놈이 본래 실력을 드러낸 이후부터 심장에 자리 잡고 있었다.

그 즈음, 여자는 몸을 구속하고 있던 거대한 자연의 힘이 사라지는 것을 느꼈다.

퍼어어어엉!

고요하던 대지가 폭발했다. 여자는 뚫린 천장 위로 가볍게 뛰어올랐다.

푸스스스스…….

먼지가 내려앉는 땅에서 여자가 걸어 나왔다. 뿌연 먼지 속에서 검은 눈동자가 기묘하게 빛났다.

정령왕을 불러내던 그 찰나의 순간 흐트러진 기척에서 적나라하게 드러난, 뭐라 형용할 수 없을 정도로 오묘했던 존재감. 느낌을 따라 손을 뻗어 손톱을 놈의 발목에 박는 순간과 놈이 공격하느라 기적을 완전히 드러내는 순간 느꼈던 극도의 흥분감.

심장이 뛰었다. 설명할 수 없는 자신의 변화가 기분 나빴지만, 동시에 불쾌감을 잊을 정도로 달콤하고 짜릿했다.

여자가 혓바닥으로 붉은 입술을 음란하게 핥았다.

'······탐나.'

내게 무슨 짓을 한 거야? 발칙한 놈 같으니.

여자가 새끼손가락에 끼고 있던 반지의 마법을 가동시켰다.

[넷째 주인님을 뵙습니다.]

한 남자의 비굴한 목소리가 울려 퍼졌다.

[주인님께서 이곳까지 강림하시다니······ 그런 빌미를 만든 저의 부족함에 송구하여 고개를 들지 못하겠습니다. 그곳에 있는 왕실군에게 놈들을 넘겨주시면 제가 모든 정보를 얻어 보고를 올리겠습니다.]

남자가 범인들의 인도를 요청하자, 여자의 입술이 씰룩거렸다.

"페인, 너는 지금 어디에 있느냐?"

[시디얀 왕궁의 약제실입니다.]

"당장 나와. 범인들을 포획하는 데 실패했다. 마법을 쓰든 봉화를 띄우든 해서 세 번째 공장에서 탈주한 일단의 무리를 반역자로 전국에 선포해라. 그들에게 최고의 현상금을 걸어. 놈들의 정체를 추측할 수 있는 단서를 가져오는 자들에게도 포상금을 내려라. 무슨 수단을 써서라도 놈들을 잡아!"

[······명을 받듭니다.]

페인의 대답이 늦었다. 그의 주인이 실패했다는 사실에 경악하여 순간 말문을 잊은 것이었다. 의문이 많았으나, 페인은 일단 그녀의 명에 복종했다.

여자는 페인과의 연결을 끊은 후 반지로 다른 시동어를 외었다.
그러자 반지에서 걸걸한 목소리가 튀어나왔다.

[오, 황녀 전하. 잘 해결되었습니까? 어떤 놈들이었습니까?]

"위프헤이머, 당장 이곳으로 와."

[……무슨. 제가 직접 말입니까?]

"그래!"

여자의 눈에서 음산하면서도 기묘한 집착욕이 세차게 불타올랐다.

"반드시 잡아야 할 놈이 있어."

그녀의 일족이 수백 년간 모아 온 악마의 파편에 비견되는 힘.
그리고 그 힘을 넘어서서, 그녀의 심장을 뛰게 하는 '무엇'.

뭘까?

대체 뭘까?

놈이 여자든 남자든 관계없다.

몬스터든 이종족이든 인간이든, 뭐라고 해도 상관없다.

'너무 가지고 싶어…….'

여자가 황홀한 표정을 지었다가, 이내 극도로 초조한 표정을
지었다.

어서 잡아야 할 텐데.

꽁꽁 감추고 숨어 버리기 전에 이 손안에 움켜쥐어야 할 텐데.

쇠사슬로 묶어 놓든 가시 채찍으로 내리쳐서든 이 손안에 길들
여야 할 텐데.

벗어나지 못하게 해야 할 텐데.

두 손과 두 발을 꺾고, 검은 진흙탕에 집어 던져 더럽혀서,

뺨을 치고, 상처 입히고, 목을 졸라서라도,

아등바등거리는 몸체 위에 올라타 평생을 짓누르고 있는 한이 있더라도……,

곁에 두어야 할 텐데. 제게서 벗어나지 못하게…….

이 주체할 수 없는 미친 소유욕은 대체 어디서 솟아났단 말인가?

그것은 그녀도 알 수 없는, 뿌리 깊은, 아주, 아주, 깊은 근원에서부터…….

"이곳으로 와, 지금 당장!"

바하무트 제국의 유일무이한 황녀, 이사벨라가 명했다.

눈을 떴을 때는 이미 아침이었다.

"으으."

이아나는 정신을 차리자마자 몸을 벌떡 일으켰다. 온몸이 찌릿거리고 쑤셔 댔지만 그게 문제가 아니었다. 땀으로 흠뻑 젖어 축축한 이마를 손등으로 닦아 내며 비몽사몽 한 상태에서 주변을 훑었다.

"여긴……."

대지는 말라 있었지만 시디얀을 통과하는 내내 보기 어려웠던 넓은 호수가 있었고, 나무 몇 그루가 따가운 햇살을 가리며 호수 주변에 늘어서 있었다. 이아나는 나뭇잎들이 만들어 낸 그늘 아래에서 기절해 있다가 지금 일어난 것이었다.

'내가 대체 얼마나 잔 거지……? 그리고 여긴 또 어디야.'

이아나는 잠시 멍하니 있다가 머리를 뒤흔든 후 처한 상황을 정확히 파악하기로 했다. 그러려면 일단 제일 마지막까지 함께 있었던 시웨아를 불러야 했다.

이아나는 호흡을 고르며 눈을 감았다.

언제 어디서나 존재하는 공기. 부드러운 산들바람이 될 수도 있고, 모든 것을 파괴하는 거센 태풍이 될 수도 있는 근원의 존재. 저 푸른 하늘의 끝까지 도달할 수 있는, 모든 바람의 위대한 왕.

휘오오오…….

이아나 앞의 한 지점으로 공기가 빨려 들어가기 시작했다. 주변 공기의 밀도가 현저히 낮아지며 호흡이 어려워지는 것도 잠시, 아침 공기를 마실 때보다 훨씬 상쾌한 기분을 느끼며 이아나는 눈을 떴다.

[안녕.]

투명한 연녹색 빛깔의 작은 새, 시웨아가 날개를 파닥거리며 나타났다. 시웨아는 푸드득 날아서 이아나의 허벅지에 내려앉더니 날개를 가다듬으며 새침하게 물었다.

[몸은 좀 괜찮아?]

"좋다고는 말 못하겠지만 기절하기 전보다는 낫습니다."

두 번째 소환이지만 정식으로 대화를 나누는 건 처음이기도 하고, 시웨아는 다른 정령들과는 다르게 살짝 거리를 두는 것처럼 보여서 이아나가 말을 올렸다. 그러자 시웨아가 새침하게 굴던 것도 잊고 성이 나서 날개를 푸닥거렸다.

[왜 격식을 차리는 거야! 나도 다른 녀석들처럼 편하게 대해 줘! 응? 날

이렇게 늦게 소환해 준 것도 서운한데 다른 애들이랑 차별까지 하는 건 너무하지 않아?]

오해였다. 다른 녀석들과 똑같았다.

"알았어, 미안해."

[흥. 미안할 것까지는 없고…… 아니, 미안하면 나 자주 불러 줘. 나, 엄청 능력 있단 말이야.]

시웨아는 다시 도도한 태도로 말을 이어 갔다.

[제대로 소개할게. 난 시웨아, 바람의 정령왕이야. 너에 대한 이야기는 다른 녀석들에게 들어서 전부 알고 있어.]

"그래, 시웨아. 내 이름은 이아나고, 앞으로 잘 부탁해."

[으응.]

시웨아는 기쁨을 감추며 제 깃털을 골랐다.

"그런데 혹시 내가 얼마나 잤는지 알고 있어?"

[널 두 시간 가까이 데리고 다니다가 역소환된 지 한 시간 되었으니까…… 거의 세 시간?]

기절한 지 얼마 되지 않았다. 기절하기 전의 몸 상태가 정말 최악이었기 때문에, 눈을 떴을 때 아침인 걸 보고 하루 넘게 기절해 있었을까 봐 걱정했으나 그건 아니라서 다행이었다.

이아나는 삐거덕거리는 손길로, 메고 있던 가방을 뒤졌다. 가방에는 라이프 공장에서 가져온 약들이 수북하게 쌓여 있었다. 사키의 말에 의하면 천금으로도 사기 어려운 귀한 약들이지만, 지금 이아나에게 제일 중요한 건 가방 구석에 처박혀 있는 접힌 지도였다.

이아나는 지도를 꺼내 펼쳤다.

"시웨아, 혹시 지도를 볼 수 있니?"

[지도?]

시웨아가 지도를 살펴더니 고개를 갸웃거렸다.

[세계를 축소한 그림 말하는 거지?]

"맞아. 지금 내 위치를 좀 알고 싶은데, 가능할까?"

[물론이지. 난 하늘을 자유롭게 날아다닐 수 있으니까. 잠시만 기다려.]

그렇게 말한 시웨아의 신형이 위로 떠오르더니, 질풍처럼 하늘로 쏘아졌다.

시웨아와 대화를 나누면서 완전히 정신을 차린 이아나는 갈증을 느꼈다. 가방에 이니스가 힘을 채워 준 물뿌리개가 있었지만, 바로 옆에 호수가 있는데도 정령의 힘을 쓰기는 아까워서 호수의 물을 마셨다. 이참에 지저분한 손과 얼굴도 씻고 있는데, 시웨아가 돌아왔다.

[여기쯤이야.]

시웨아가 부리로 지도 한 곳을 쪼았다.

고스트의 공장이 정확히 어디에 위치했는지는 알 수 없지만, 지금 있는 곳은 람피니온의 북동부로, 롯소산맥과 가까웠다.

기절하기 전, 시웨아가 어디로 가고 싶냐고 물었을 때 무의식적으로 롯소산맥을 떠올렸었다. 추적당하는 경우를 생각했을 때, 로안느 쪽은 빌미도 주지 않기 위해 생각 자체를 차단했고 진자이 쪽은 사키에게 피해를 줄 것 같아서 거부감을 느꼈다.

결국 향할 곳은 무주공산인 롯소산맥뿐이었다.

[그보다 문제가 있어.]

이아나가 멈칫했다.

“……무슨 문제?”

[추적이 붙었어.]

역시나였다.

[아마 네 발목에 박혀 있는 부러진 손톱 조각들을 추적하고 있는 걸 거야.]

“……!”

[내가 역소환되기 몇 분 전부터 추적당하기 시작했는데, 내가 외부에서 보이는 몇 개는 빼내서 여기저기 뿌려 놓았거든? 그런데 난 라오스가 세계를 형성할 때 생물의 육체가 자연과 조화를 이루게 하는 역할을 맡았지, 육체 자체와는 별로 연관이 없어서 깊숙한 부위에 박힌 건 못 빼냈어. 시간도 없었고. 돌아가기 전에 널 깨우려고 노력했는데 정말 안 일어나더라. 그래서 네 주변에 바람의 결계를 만들어 두고 떠났는데 시간이 많이 지나서 옅어졌어. 그래서 추적당했나 봐.]

정말 지쳤던 모양이다. 확실히 기절하기 전보다는 몸 상태가 훨씬 낫긴 한데, 또 다른 심각한 문제가 생겼다.

“그럼 지금은…….”

[위에서 보니 포위망이 형성되어 있더라.]

이아나가 앓는 소리를 내며 머리를 부여잡았다. 부러진 손톱을 추적한다니. 상식적으로 어떻게 그게 가능한가 싶었지만, 마법의 잠재력은 무궁무진하고 세상에 수많은 마법들이 존재한다는 점을 생각하면 꼭 불가능하다고만 할 수는 없었다. 케이거스 드미트리가 키메라의 피를 추적했던 전적도 있지 않은가.

그리고 바하무트의 황녀, ‘이사벨라 바하무트’로 추정되는 여자는 케이거스 드미트리보다 훨씬 윗선이었다. 방심한 황녀가 제 실력을 발휘하지 못해서 그렇지, 황녀 본인이든 황녀가 부리는 마법사들이든, 기상천외한 마법들을 사용할 수 있는 사람들은 바하무트 측에 많을 것이다.

이아나는 심각한 표정으로 턱을 짚었다.

"그런데 아직 날 잡지 않았다는 것은 정확한 위치는 알지 못한다는 건가?"

[그런 것 같아. 방향만 추정할 수 있는 듯해.]

그 점은 다행이었다.

[아무튼 손톱을 완전히 제거하고 치료하려면 육체 연성에 관여하는 토우와 이니스의 도움을 받아야 할 거야.]

일단, 제일 먼저 해야 할 일은 치료였다.

[이아나!]

[히잉, 무사했구나!]

토우와 이니스는 불려 나오자마자 이아나에게 안겨 들었다. 정령왕 셋, 조금 힘들긴 했지만 문제없었다. 이번 일로, 신력의 양도 많이 늘어나고 몸의 내구성도 부쩍 높아진 듯한 느낌이 들었다.

이참에 카고마인도 불러내 볼까 싶었다.

[아앗, 나도 불러 줬구나! 너무 기뻐!]

결국 카고마인도 소환되어 꼬리를 살랑거리며 이아나에게 안겨 들었다. 네 정령이 이아나의 품에서 서로 투닥거리며 쳐 대며 기쁨을 만끽했다.

[우리가 물질계에서 이렇게 한꺼번에 모인 게 얼마 만이지?]

[얼마 만이긴, 신성시대일 때도 거의 없었는데.]

그러더니 한꺼번에 이아나를 보았다. 이아나는 위급한 상황임에도 웃음이 나왔다. 순수한 정령들을 보고 있으면 기분이 좋아졌다.

토우와 이니스가 이아나의 발목에 손목을 얹더니 스며들었다. 상처가 났던 발목이 아물면서 간질거렸다. 토우와 이니스가 부러진 손톱 몇 조각을 발목 밖으로 던지자 손톱 조각들을 부리로 문 시웨아가 하늘로 날아올랐다.

[또 뿌려 두고 올게.]

시웨아가 사라진 사이, 이니스가 이아나의 머리 위에서 깨끗한 물을 퍼부어 피로를 씻겨 내고 개운하게 해 주었다.

[나도 소환된 김에 뭔가를 해 주고 싶은데. 앗!]

안절부절못하던 카고마인이 갑자기 눈을 빛내더니 펄쩍 뛰어올라 이아나의 가방에 코를 콱 박았다. 가방이 옆으로 쓰러지고 약병들이 산더미처럼 쏟아져 나왔다.

뭘 하나 싶어 가만히 쳐다보고 있던 이아나를 향해 카고마인이 꼬리를 빠르게 살랑거렸다.

[이아나, 이거 정화해 줄까?]

"정화?"

[순수한 열기로 사념을 태워 없애는 거야. 엄청 독하긴 한데, 크기도 크지 않고 내 의지보다 사념이 약해서 가능해! 이건 나만 할 수 있는 일이라고!]

고민하던 이아나는 한 개만 남기고 카고마인에게 맡겼다. 병을 제단처럼 쌓아 둔 카고마인이 꼬리를 일자로 세우며 몸을 낮게 눕혔다.

그러자 쌓여 있던 약병에 불이 붙었다. 아주 순수한 느낌의 불은 유리병을 녹이지 않고 액체만 달궜다.

사아아아아······.

약병에서 검은 기운이 스멀스멀 흘러나왔다. 하지만 불에 닿은 기운은 언제 까맸냐는 듯 빛으로 화하며 햇살과 함께 부서졌다. 아름다우면서도 슬픈 느낌이 드는 장면이었다.

카고마인의 불이 사라진 병들에는 투명한 액체만이 남았다. 카고마인은 이아나에게 도움이 되었다는 생각에 신이 나서 가방에 병들을 다시 밀어 넣었다. 그사이에 시웨아가 돌아왔다.

[무리가 나눠졌어. 반 이상은 내가 손톱을 뿌린 곳들로 향했지만 여전히 여기가 제일 많아. 그 기분 나쁜 여자도 이쪽에 있어. 이아나, 어쩔 거야?]

[그 여자를 조심해라. 내가 그 여자를 쉽게 붙잡은 건, 순전히 그쪽이 방심했기 때문이다.]

이아나는 어찌해야 할지 고민했다. 순간 아르하드가 떠올랐지만, 곧장 고개를 세게 저었다. 아르하드에게도 별다른 수가 없을 것이다. 설령 있다 해도 올 수 없을 것이다. 아르하드가 오자마자 파편의 공명으로, 이사벨라가 아르하드의 존재를 알아차릴 수 있었다.

이번 일은 아르하드와 전혀 관계되지 않아야만 한다.

"시웨아, 나를 붙잡고 높은 상공을 날아서 탈출할 수도 있어?"

[시도해 볼 만은 해. 그 여자의 감각이 어디까지 뻗어 있는지와 마법이 관건이겠지. 그 여자 옆에 비슷한 느낌을 풍기는 노인도 같이 있던데, 잘못하면 격추당할 수도 있어.]

"지상보다는 나아."

[네가 원한다면 최선을 다해 볼게.]

"좋아. 그럼 그렇게 롯소산맥 입구까지만 데려다 줘. 롯소산맥부터는 내가 알아서 할게. 너희 롯소산맥에서는 힘을 못 쓴다고 얼핏 들은 것 같은데…… 맞지?"

[응, 응. 롯소산맥은 왜인지는 모르겠는데, 악마의 기운이랄지, 사념이랄지…… 독한 느낌이 너무 강해서 악마와 천적인 우리는 좀 많이 힘들어. 끝까지 도와주지 못해서 미안해.]

정령들은 이아나를 걱정스럽게 올려다보았다. 그들과 눈을 마주하고 있던 이아나는 심장이 살짝 옥죄어 오는 것을 느꼈다.

"……지금까지 도와준 것만으로도 충분히 고마워. 언제나 느끼고 있는 바지만, 너희가 있어서 나는 아주 많은 일들을 할 수 있었고 또 많은 것들을 얻었어."

그리고 정령들에게서 받은 선물 중 가장 소중한 것은, 기적적인 힘도 아니고 신화적인 지식도 아니다. 따스한 애정이다.

이아나는 이들이 정말로 좋았다.

대가 없이 그녀만을 보고 좋아해 주는 이들을 어찌 애정하지 않을 수 있단 말인가?

이아나는 정령들을 꼭 끌어안았다.

"난 너희가…… 정말 좋아."

그래서 그 감정을 솔직하게 표현했다. 누군가에게 호불호를 잘 표현하지 않는 이아나지만, 정령들에게는 거절당할 리가 없기에 용기를 낼 수 있었다.

[으으으음.]

[이아나가 우리가 좋대! 이게 꿈이야 생시야?]

[내가 더 좋아! 내가 이아나를 더 좋아해!]

[후훗. 흐흥. 좋아. 나 분발할게!]

정령들이 저마다 기쁨을 표하며 이아나의 품을 파고들었다. 이아나는 웃었다. 기대를 저버리지 않는 반응이었다.

충분히 휴식도 취했겠다, 이제 떠날 시간이 되었다. 시웨아가 출발하자며 어깨에 앉으려 할 때, 이아나는 잠시 기다려 달라고 부탁한 후 가방을 탁탁 털었다.

카고마인의 이적을 보면서 결심한 바가 있었다.

주르르륵.

이아나는 망설이지 않고 병들의 뚜껑을 모두 열어 액체를 땅에 부었다.

호인이든 악인이든 관계없이, 망자는 대지로 돌아가 휴식을 취해야 한다. 그게 세상의 섭리였다. 그리고 고스트의 공장에서 죽어 간 사람들은 그러지 못했다.

모두를 편하게 해 주진 못한다.

그러나 이렇게 제 손안에 들어온 망자들만큼은 섭리 속으로 돌려보내 줘야 하지 않겠는가.

그 장면을 보고 있던 토우가 땅에 부어진 신력으로 비옥한 흙을 만들었다. 시웨아가 사라졌다가 다시 나타나서 가져온 꽃씨를 뿌렸다. 이니스는 깨끗한 물을 부었다. 카고마인은 따스한 빛을 만들어 내 흙에 쬐어 주었다.

그렇게 이아나의 앞에서부터 변화는 시작되었다.

씨앗에서 자라난 푸른 새싹들이 땅을 뒤덮었다. 싱싱한 줄기가 솟아나고 잎들이 풍성하게 자리 잡았다. 줄기 끝에서 영근 봉오리에는, 꽃이 한 송이 피어났다. 두 송이, 세 송이…… 수없이 피어나 황량했던 대지에 아름답게 색을 입혔다.

그 모든 광경을, 이아나와 정령들은 가만히 바라보고 있었다.

시웨아가 조용히 말했다.

[이 땅은 축복받았네.]

"너희들 덕분이지. 너희가 내 곁에 있어서 다행이야."

그렇게 망자들을 섭리로 돌려보낸 후, 이아나는 등을 돌렸다. 이제 제 상황에 집중할 때였다.

"아아⋯⋯."

높은 바위 위에 선 이사벨라가 기지개를 쭉 켰다.

"대체 어디에 있는 거야? 어서 내 손에 들어왔으면 좋겠는데."

그녀는 기감의 영역을 최대로 확장한 채 주변을 탐색했다.

기감이란, 오감과 마나의 진동으로 생명체를 탐지하는 고급 기술이다. 숨을 쉬는 생물이라면 보통 이 기감을 피해 갈 수 없지만, 실력자라면 존재감을 감출 수도 있다.

하지만 그것은 일반적인 존재가 기감을 펼칠 때 해당하는 일이다.

바하무트.

까마득히 오래전 바하무트의 아침을 연 시조가 이 마도시대에서 가장 먼저 파편을 모으기 시작한 순간부터, 바하무트 일족은 최강이 아닌 적이 없었다. 그들의 기감을 피해 가는 자는 아주 드물었다.

그러나 이사벨라 바하무트는 그녀의 손목을 끊은 건방진 적을 기감으로 찾아낼 수 없었다. 얼마나 대단한 실력자인지는 모르겠으나 기척이 벌레 수준으로 미미해서 감지가 잘 되지 않았다.

추적이 불가능한 실력자기에, 만약 몇 시간 전 놈의 발목에 필사적으로 손톱을 박아 넣지 않았다면 십에 구는 놓쳤을 것이다. 생각만 해도 아찔했다.

놈에게서 받은 흥분감은 둘째 치고, 그녀의 감각에서 벗어나 잠적할 수 있는 실력자가 이 세상에서 활개를 치고 다닌다는 사실에 이사벨라는 전율했다.

'반드시 잡아야 한다. 드래곤이나 평범한 이종족처럼 오지에 기거하며 세상에 등지고 살아간다면 모를까, 라이프 제조에 개입할 정도로 정의감이 투철한 놈이라면 우리의 계획에 분명 방해가 될 거야.'

초조해진 이사벨라가 그녀의 뒤에서 생각에 잠겨 있는 노인을 흘겼다.

"이쪽에도 없는 거 아냐? 벌써 몇 번째 허탕이니? 최선을 다하고 있긴 한 거야?"

만약 이 노인이 아닌 다른 자가 추적 책임자였다면, 지체한 시간을 죄목으로 벌써 목을 찢어 놓았을 것이다. 노인이 미간을 좁혔다.

"두어 시간 전 뿌려진 손톱 조각들은 다 허탕이었고, 진짜는 정령이 보호하며 숨기고 있었던 것 같다는 말씀은 아까 드렸을 겁니다. 한 시간 전쯤 정령이 역소환되었는지, 아주 많은 손톱 조각이 있는 곳의 위치가 조금씩 추적되기 시작했다고도요."

"그랬지."

"그런데 거기서 정령이 다시 개입한 듯합니다. 손톱 조각이 다시 잘게 나뉘고 예상되던 위치에서는 손톱이 사라졌습니다. 발목을 정령의 힘으로 치료하여 손톱을 완전히 제거했거나, 우리에게 혼동을 주기 위해 손톱 조각 중 하나를 가지고 움직이기 시작했을 텐데…… 예측할 수 없으니 이제 위치를 특정하기는 어렵게 되었습니다. 지금부터는 마법에 의지할 게 아니라, 손수 찾아야겠지요."

"아, 짜증나네. 정말이지, 정령이라는 것들은 처음부터 끝까지 마음에 드는 부분이 하나도 없어."

"그나저나."

노인이 불만스러운 표정을 지었다. 매서운 그의 인상이 더욱 사나워졌다.

"이렇게 시간을 들여 놈을 추적할 가치가 있는 겁니까? 저는 아주 바쁜 사람입니다만……."

노인은 공대를 하고 있었으나 이사벨라를 그다지 어려워하지 않는 모습을 보였다. 이사벨라도 그의 불만에 콧방귀만 뀌고 말았다.

세상에 무서운 게 없는 오만한 이사벨라가 건방을 용납하고 나름 존중해 주는 인물 중 하나인 노괴물, 수많은 마법사들을 제자로 둔 대마법사.

황실과 협력하여 세계를 지배하는 꿈을 꾸는 그는, 바하무트의 황실수석마법사장이자 자타 공인 최강의 마법사인 위프헤이머 포테스타스였다.

"누군 안 바쁜 줄 알아? 위프헤이머, 놈에게선 특별한 느낌이 났어. 아주, 아주, 기묘하고 소름 끼치면서도 흥분되는 그런 느낌

말이야. 나, 그런 느낌 살면서 처음 받아 봤어. 당신도 직접 마주하면 내게 고마워할 거야. 당신 최고의 제자를 믿으라고."

더불어 그는 이사벨라의 마법 스승이기도 했다.

"흠……."

황홀한 표정을 짓고 있는 이사벨라를 이해할 수 없다는 듯 쳐다보던 위프헤이머가 짧게 기른 수염을 쓰다듬었다.

"저는 전하와 달라서 그런 느낌을 느낄지……. 하지만."

위프헤이머가 쥐고 있던 지팡이를 바닥에 쿵 찍었다.

"악마의 파편을 지니지도 않은 주제에 저와 황실이 함께 유지하고 있던 마법을 깨고 전하의 손목을 자르다니, 그 점은 몹시 흥미롭습니다. 이왕 이렇게 된 것, 반드시 잡도록 합시다. 전하께서 받으셨다는 그 기묘한 느낌으로 놈을 추적할 수는 없습니까? 공명이 일어나는 파편처럼요."

이사벨라는 짜증스럽게 고개를 저었다.

"불가."

몇 시간 동안 추적하며 생각을 정리한 결과, 정보 몇 가지를 얻을 수 있었는데 일단 놈에게서 느꼈던 수상한 느낌은 놈이 지척에 있어야만 감지가 되는 듯하고, 놈이 기척을 숨기려 하면 아주 흐릿해져 버린다는 거다.

그래서 지하 공장에서도 그 느낌을 빨리 받지 못해 죽여 버릴 뻔하지 않았던가.

"악마의 파편은 근처에만 있다면 확실하게 추적이 가능하지. 하지만 이놈은 파편과는 달라. 그런데도 나를 이렇게 미치게 한다고."

이사벨라가 입술을 비틀었다.

"아이참, 정령왕을 불러냈을 정도면 몸이 정상이 아닐 텐데 정말 끈질기네. 잡히기만 해 봐. 바로 내 궁으로 끌고 갈 거야. 거기서 손발을 잘라 놓고 어디 못 가게 가둬 놓을 거…… 잠시."

이사벨라가 말을 끊고 한 방향으로 달리기 시작했다.

콰콰콰쾅!

그녀의 발이 닿은 곳마다 흙이 강하게 파이며 폭풍을 만들어 냈다. 그녀의 신형은 빛살처럼 앞으로 쏘아지고 있었다. 위프헤이머도 짧게 블링크 마법을 시전하면서 그녀를 뒤따랐다.

"하늘을 빠르게 돌파하는 무언가가 있군요. 공중에서 수색하던 마법사들을 따돌리고 움직이고 있습니다."

[스승님, 놈인 것 같습니다. 로브를 뒤집어쓴 일인이 바람의 정령의 힘으로 상공을 돌파 중입니다.]

위프헤이머의 반지가 번뜩거리며 다급한 목소리가 울려 퍼졌다. 위프헤이머가 눈을 감으며 기감을 일직선으로 확장했다.

"놈의 좌표는 -14978, -14132…… 목표 예상지는 롯소산맥으로 들어가는 입구입니다. 경로는 일직선이군요. 전하, 앞으로 삼 분 후, 놈들의 속도와 텔레포트 준비 시간을 감안해서 좌표 -7241, -321, 697로 텔레포트하십시오."

빠르게 분석을 마친 위프헤이머가 이사벨라에게 보고하자 그녀가 반지의 통신 마법을 가동했다.

"페인, 놈이 롯소산맥의 상공을 통해 시디얀을 빠져나갈 예정이다. 롯소산맥과의 경계에 전 병력을 움직여 1차 방어선을 준비해라. 놈이 어디로 향하든 알아볼 수 있도록 국경 전체를 봉쇄하고 상공을 주시해라. 놈이 나타나는 즉시 나에게 보고하도록."

[이미 국경 모두를 틀어막았습니다만 병사를 더 보충하겠습니다. 이후 명령하신 대로 상공을 살피고 있겠습니다.]

"좋다. 위프헤이머, 난 저놈을 쫓을 테니 당신은 롯소산맥에 가서 덫을 놓고 있어."

위프헤이머의 아래에서 텔레포트 마법진이 그려졌다.

"말씀대로 하지요. 그 전에 전하가 잡아 주시면 소용없는 짓이겠습니다만……."

위프헤이머가 고밀도로 압축된 마나의 기운이 물씬 풍기는 이사벨라의 손을 훑었다.

"손은 어떻습니까? 아쉽진 않습니까?"

"전혀."

"잘린 손을 붙일 수도 있었을 텐데 굳이 연성하시다니……."

"마나로 연성한 손이라 더 마음에 들어. 마음대로 변형할 수도 있고. 잘려 나가더라도 금방 복구될 거고."

이사벨라의 손톱이 길어졌다가 짧아졌다. 새 손을 지켜보던 이사벨라가 주먹을 꽉 쥐었다.

"대화는 이제 됐다. 놈의 포획에 집중한다."

"알겠습니다. 그 전에 페인과 시디얀 왕실군의 지휘권을 제게 공유해 주십시오."

"페인, 지금부터 위프헤이머의 지휘도 따라라."

[알겠습니다.]

얼마 지나지 않아 마법진과 함께 위프헤이머가 사라졌다.

우-우-우-웅…….

이사벨라의 앞에도 커다란 마법진이 하나 생겨나 마나를 빨아들이기 시작했다. 이사벨라가 뿌득거리며 몸을 풀었다.

"이번에는 절대로 놓치지 않겠다."

텔레포트가 빛을 발했다. 이사벨라가 그 거대한 빛 속으로 빨려 들어갔다.

질풍의 품에 안긴 채 롯소산맥을 향해 날아가고 있는데, 시웨아가 무거운 목소리로 말했다.

[그 여자가 쫓아오고 있어.]

"따라잡힐까?"

[따라잡히진 않아. 텔레포트를 하지 않는 이상.]

"그럼 텔레포트를 하겠네. 좀 더 빠른 속도로 날아갈 순 없어?"

[너의 신력이 많이 필요한데.]

"많이 가져가도 되니까 최대한 빨리 롯소산맥에 데려다줘. 텔레포트를 대비해서 방향을 일직선이 아니라 이리저리 바꾸고."

[괜찮겠어? 어지러울 수도 있어.]

"잡히는 것보단 낫지."

[알았어.]

허락을 받은 시웨아가 신력을 받아먹고 이아나의 부탁을 이행하기 시작했다. 시웨아가 바람의 방어막으로 보호해 주고 있었지만, 코와 입을 가리는 천까지 더해진 바람에 이아나는 약간의 호흡곤란과 추위를 느끼고 몸을 살짝 웅크렸다.

그때 옷 안자락이 잘게 진동했다. 뭔가 싶어 꺼내 보니 사키의 아티팩트였다. 그냥 호주머니에 박아 넣었었던 아티팩트가 지금 활성화되어 있었다.

이아나가 마나를 마주 주입하자, 공간을 뛰어넘어 사키의 울먹이는 목소리가 들려왔다.

[안나 님!]

"사키."

[무사하셨군요. 정말 다행입니다……. 계속 연락을 시도했는데 받지 않으셔서…… 지금 어떤 상황이십니까?]

"쫓기는 중입니다."

이아나가 침착하게 말하자, 사키가 빠르게 대답했다.

[돕겠습니다. 어디신가요?]

"정령의 힘으로 시디얀에서 롯소산맥 쪽으로 가고 있어요. 놈들과 충돌은 불가피할 것 같습니다. 그런데……."

이아나가 호흡을 고르다가 단호하게 잘랐다.

"당신들이 상대할 수 있는 적이 아닙니다. 몇십, 몇백이 와도 마찬가지예요. 당신들이 오면 오히려 방해됩니다. 그러니 지원은 거절합니다. 제가 알아서 빠져나오겠습니다. 그럼."

[안……!]

이아나는 일방적으로 연락을 끊었다.

바하무트 황실, 아주 오래전부터 전설처럼 전해지던 그들의 엄청난 무용을 생각했을 때 사키 들은 필패다. 필패다 못해 몰살이다. 와 봤자 희생만 늘어날 뿐이니 올 필요가 없다.

그리고 그로부터 얼마 지나지 않았을 때였다.

멀찍이 떨어진 곳에서 마나의 유동이 강하게 발생했다. 우산을 펼친 듯 마법진이 한 지점에서 면으로 펼쳐지더니 거기서 익숙한 외양의 여자가 튀어나왔다.

이사벨라가 상기된 얼굴로 외쳤다.

"찾았다!"

이아나는 이사벨라를 돌아보았다. 이사벨라가 텔레포트로 이동해 온 장소에서 블링크를 하며 따라오고 있었다.

이아나는 다시 앞을 주시했다. 롯소산맥에 거의 다 왔는데 잘못하면 블링크를 해 온 이사벨라에게 잡힐 수도 있을 것 같았다.

"시웨아, 마나의 유동을 피해서 움직여 줘."

[알았어. 그런데 나, 벌써 힘이 빠지기 시작하는데……. 저 여자가 공격하면 막지 못할 거야. 그리고 가는 데까지 가 보겠지만 갑자기 역소환될 수도 있어. 이제 거의 다 왔으니까 조금씩 아래로 내려갈게.]

시웨아의 경고를 숙지하면서 이아나는 아래를 보았다. 왕실군의 복장을 한 놈들이 개미처럼 와글와글 모여 있었다.

"너, 그 엘프가 아니었구나? 다른 엘프니?"

유혹하듯 간드러지는 목소리가 지척까지 들렸다. 공기를 찢는 파공성과 함께 질긴 가죽이 매섭게 날아오는 게 느껴졌다. 이아나는 바로 검을 뽑아내 그것을 막았다.

채찍과 검은 충돌하지 않았다. 휘둘러진 채찍은 검을 휘감아 구속했을 뿐이었다.

이사벨라가 아름답게 웃으며 말했다.

"잡았다."

이아나는 침착한 얼굴 그대로 검을 팩 잡아당겼다. 이사벨라는 앞으로 당겨지는 힘을 느끼며 눈을 동그랗게 떴다.

"어머?"

자진해서 잡히겠다는 건가?

그리 말을 잇기도 전에, 이아나의 몸이 빙글 돌며 원심력을 만들어 냈다. 이사벨라가 균형을 잃은 순간, 이아나가 채찍의 한 부분을 장갑 낀 손으로 세게 붙잡았다. 채찍은 팽팽하게 당겨졌다.

후우웅!

이아나가 뒤를 돌며 팔뚝에 힘을 주어 업어치기를 하듯 채찍을 잡아당겼다. 채찍을 붙잡고 있던 이사벨라가 균형을 잃은 상태에서 원호를 그리며 허공에 떴다.

채찍을 붙잡은 이아나의 손이 위에서 아래로 힘껏 휘둘러지자 채찍과 이사벨라도 엄청난 속도로 아래로 떨어졌다. 어떻게 몸을 바로 해 보려 해도, 바람의 거대한 힘이 가해졌기에 이사벨라는 속수무책이었다.

이아나는 자신의 몸도 채찍과 함께 떨어져 내리기 전에 채찍의 '결'을 잘라 냈다. 채찍은 거대 몬스터의 질긴 피부로 만들어진 데다 마나로 강화까지 되어 있었지만, 그 부분을 베어 버리자 그 모든 게 소용없었다.

이사벨라가 병사들 위로 유성처럼 떨어져 내렸다.

쿠과아아아아앙!

한차례의 폭음과 함께 폭탄이 터진 것처럼 먼지구름이 일었다. 이사벨라와 땅의 충돌에 크레이터가 만들어지며 주변에 있던 병사들이 모조리 휘말렸다.

후둑, 후두둑…….

"뭐야!"

"아아아악!"

병사들의 시선이 고통에 겨운 비명이 들려오는 이사벨라 쪽을 향한 사이, 병사들의 두터운 벽을 뛰어넘은 이아나가 시웨아에게 땅에 내려 달라고 했다.

[행운을 빌어.]

시웨아는 바로 이아나를 내려 주었고, 그녀의 이마에 축복의 키스를 한 후 역소환되어 사라졌다.

이아나는 곧장 나무가 빽빽하게 우거진 롯소산맥에 유령처럼 진입했다.

"이 자식……!"

충돌로 피떡이 된 병사들 위에서 온몸에 피와 살점으로 칠갑을 한 채 이사벨라가 벌떡 일어났다. 롯소산맥으로 뛰어 들어간 이아나의 뒷모습을 좇는 이사벨라의 눈에 핏줄이 섰다.

"뭐, 뭐야?"

"이 계집, 정체를 밝혀라!"

국경에는 반역자를 잡는다는 이유로 왕실군뿐만 아니라 각 도시 영주들의 개인 병사들까지 모조리 끌려 나와 있었다.

영주군들은 갑자기 거대한 크레이터를 만들어 내며 나타난 아름다운 여자를 경계했다.

하지만 왕실군들은 그녀의 앞에서 정 자세를 하며 빳빳하게 굳었다. 시디얀의 왕실군은 모두 바하무트에서 훈련을 받고 파견된 바하무트의 병사들이다. 그들은 멀리서나마 아름다운 황녀를 본 적 있었고, 여기서도 그녀를 알아보았다.

산발이 된 머리는 아랑곳 않고 눈을 번들거리고 있는 이사벨라는 아무리 봐도 미친 여자라 놀랐지만, 내색하지는 않았다.

"전군, 저놈을 쫓아라! 저놈을 생포해 오는 병사에게는 천만 골드를 포상금으로 내리겠다!"

반지에 대고 그리 외친 이사벨라는 번개처럼 움직여 이아나를 쫓아가 버렸다. 남겨진 병사들의 입이 벌어졌다.

"처, 처, 처, 천만?"

"실버도 아니고 골드?"

"잘못 들었겠지…… 천 골드 아니냐? 천 골드도 많은데?"

"그전에 저 여자가 누군데? 왕의 애첩이라도 되나?"

동시에 곳곳에서 반지로 국왕의 명을 하달받은 백인장 등 군사를 이끄는 대장들이 고함을 고래고래 질러 대며 병사들을 움직이기 시작했다.

"진짜다!"

"정말로 천만 골드야!"

"한 놈만 잡으면 천만 골드라고!"

"이거 진짜야? 젠장, 죽이네. 빨리 가자!"

전군이 전의를 불태우며 엎어진 자루에서 쏟아지는 쌀알처럼 롯소산맥으로 뛰어들고 있을 때, 이아나는 뒤에서 빠르게 쫓아오는 이사벨라를 의식하며 다리에 마나를 최대로 가했다.

이아나는 롯소산맥의 통행로로 진입했다.

람피니온에서 진자이로 향하는 국경이 막힌 터라 롯소산맥의 통행로는 사람으로 꽉꽉 들어차 있었다. 몇 시간 전부터 이아나를 잡는다고 롯소산맥의 출입구가 봉쇄당했는데도 많았다.

이아나는 가방에 손을 쑥 집어넣었다. 가방에는 정말, 혹시나

해서 챙겨 온 평범한 가면 하나가 있었다. 그녀는 가면을 얼굴에 덮으며 땅을 박차 올랐다.

타다다닥!

"우왓!"

"윽!"

나무줄기, 짐마차, 말, 나뭇가지, 사람의 머리를 가볍게 밟으며 앞으로 질주하던 중이었다.

콰과아아아앙!

뒤쪽에서 굉음이 터지며 끔찍한 비명들이 쏟아졌다.

뒤돌아보자, 채찍이 거대한 검은 뱀의 몸처럼 휘둘러지고 있었다. 채찍에 얻어맞은 사람들은 몸이 터져 나가거나, 찢어발겨지거나, 몬스터의 영역으로 세게 튕겨 나가는 중이었다. 통행로를 주시하고 있던 몬스터들은 이게 웬 굴러 들어온 호박이냐 싶어 그런 인간들을 받아먹었다.

이사벨라는 그런 학살을 아무렇지도 않게 저지르며 고함을 질러 댔다.

"멈춰! 멈추지 않으면, 여기 있는 놈들을 다 죽여 버리겠다!"

이아나가 혀를 찼다.

'눈에 뵈는 게 없군.'

최상급 몬스터를 피하기 위해서기도 하지만, 사람이 많으니까 나름 자제를 할 거라고 생각해서 이쪽으로 왔는데 실책이었다. 하긴, 막대한 부, 권력, 무력까지 모두 갖춘 바하무트 황실이 누구의 눈치를 보겠는가? 저렇게 죽인다고 누가 그들에게 뭐라고 할 텐가?

'그런데 다른 사람도 아니고 황녀 본인이 이렇게 악착같이 쫓아오는 걸 보면 고스트의 공장이 중요하긴 했던 모양이야. 그래, 상위 기사를 육성하는 약이면 중요하지.'

이사벨라의 기묘한 집착을 아직 알아차리지 못한 이아나는 날아온 번개 한 줄기를 피해 숲 쪽으로 몸을 날렸다.

지금은 다른 생각을 할 때가 아니다. 이 자리를 무사히 벗어나는 방법에만 집중해야 했다.

이아나는 추적을 따돌리지 못할 경우, 최종적으로 어떤 '극단적인' 방법을 강행하리라고 결심했다. 신력을 노출하는 방법이 아니라 이왕 이렇게 된 것, 목적지인 토라카에서 몸을 돌려 세상의 끝이 아닌 세상의 중심까지 도망쳐 보자 싶었다.

어차피 언젠가는 가야 할 곳.

롯소산맥의 중앙, 혼돈의 드래곤 '칸데메이온'의 영역까지.

드래곤은 미지의 생물이다. 그건 다른 이들, 바하무트의 황녀에게도 마찬가지일 터였다. 그 여자도 롯소산맥의 제왕, 칸데메이온의 앞에서 패악을 부리지는 못할 것이다.

여태 모든 방문자들을 브레스로 죽여 버린 드래곤의 무엇을 믿고 그런 미친 방법을 쓰느냐고?

드래곤에게 개죽음을 당할 가능성도 없진 않지만, 이아나는 드래곤이 자신을 죽이지 않을 거라고 거의 확신하고 있었다.

그들은 이종족을 수호하고 신의 비밀을 지키는 파수꾼들이었다. 로베르슈타인이라는 신이었을 저와 대화 한 번 나누어 보지 않고 죽일 리는 없다.

이아나는 결국 통행로에서 벗어나 몬스터의 영역에 진입했다.

나무가 우거진 숲에 들어서자마자 무성한 나뭇잎들이 이아나의 피부를 할퀴고 지나갔다.

"카아아아아악!"

더불어 몬스터들도 먹음직스러운 생명의 냄새를 맡고 사방에서 달려들었다.

가장 먼저 땅을 박차고 이빨을 들이민 놈들은 개 머리로 이족 보행을 하는 롯소산맥의 최하급 몬스터 크라드였다. 개의 머리지만 입 사이로 내비친 날카로운 이빨은 맹수 못지않았다. 심지어 도끼처럼 흉악한 무기들을 휘두르는 터라, 크라드는 롯소산맥이 아닌 다른 지역에서는 산의 무법자라 불릴 정도로 꺼려졌다.

떼거리로 달려드는 놈들 사이의 틈을 본 이아나는 잠시 몸을 낮췄다가 벼락처럼 도약하며 그 틈을 파고들었다. 그리고 놈들 중 하나의 등을 밟아 밀듯이 차 냈다.

파앙!

"컹!"

단순한 동작이었지만 힘을 받은 크라드의 몸은 배부터 앞으로 튀어 나갔고, 이아나는 그 반동력으로 앞으로 더욱 빠르게 뛰어 나갔다.

촤아아아악!

이아나를 따라 숲으로 발을 돌려 바짝 뒤쫓아 오던 이사벨라가 채찍을 휘둘러 날아온 크라드를 두 동강 냈다.

우뚝.

"끼이잉……."

새롭게 나타난 적에게 달려들려던 크라드들은 이사벨라를 눈에 담자마자 입을 헤벌렸다. 그러더니 배를 걷어차인 개처럼 앓는 소리를 내며 발작하듯 덜덜 떨기 시작했다. 동시에 놈들의 가랑이가 축축하게 젖어 들며 시큼한 냄새가 퍼졌다.

이사벨라는 달려들던 힘을 잃고 땅바닥에 처박혀 버리는 크라드들을 무시하고 이아나만을 뒤쫓아 달렸다.

그다음에는 돼지 머리를 한 오크들이 나타났다. 적색 피부에 등과 어깨에 날카로운 뿔들이 솟아 있는 그들은 하이 오크, 상위 단계로 진화한 오크로 평범한 하급 오크와는 차원이 달랐다. 개중에는 심지어 마법까지 사용하는 오크 주술사도 있었다.

"꾸웨엑……!"

하지만 놈들도 크라드와 똑같았다. 놈들은 이아나를 보고 입맛을 다시며 다가왔지만, 이사벨라를 마주하자마자 새빨간 피부가 무색하게 창백하게 질려 도망쳤다.

"끼익!"

그런 현상은 계속해서 반복되었다. 이아나를 공격하려던 몬스터들은, 이사벨라를 마주하고 공포에 질린 채 온몸을 경직시키거나 줄행랑을 쳤다. 소형 몬스터든, 중형 몬스터든…… 얼마나 강하든 관계없었다.

그런 현상들을 마주하며, 이아나는 남부 대륙에서의 아르하드를 떠올렸다. 그러면서 한 가지 결과를 도출해 낼 수 있었다. 몬스터가 겁을 먹는 것은 '악마의 파편' 때문이다. 몬스터들은 악마의 기운을 쬐어 탄생했다고 알려져 있는데, 이것의 영향을 받나 싶었다.

파아아앙!

이아나는 날아온 마법을 세게 쳐 냈다.

극한의 한기를 품은 수십 개의 빙정들은 나무에 부딪힐 때마다 쩡, 하는 소리와 함께 순식간에 나무들을 얼어붙게 만들었다.

뒤에서 그 모습을 보고 있던 이사벨라의 눈이 이채를 발했다.

'보통 마법이 아닌데 저렇게 쉽게 쳐 낸다?'

이사벨라가 입술을 핥았다.

마법도 마법이거니와, 아까부터 놈의 다리에 깃들어 있는 마나를 흩어 놓으려는 시도를 몇 번이나 하고 있는데 마나가 말을 듣지 않는다. 놈이 딱히 붙잡으려고 하는 것 같지도 않은데 마나가 자의적으로 떨어지기 싫다고 떼를 쓰는 것 같았다.

악마의 파편을 가지고 있지도 않은 주제에 어떻게 저렇게 마나 친화도가 뛰어날까?

정령왕을 소환하는 것도 그렇고…….

신기하고 재미있는 놈이다.

"지쳐서 나가떨어질 때까지 쫓아가 주마!"

이사벨라는 롯소산맥 초입부에서 분노했던 것도 잊고 이아나의 꽁무니를 즐겁게 쫓아갔다. 포획이 쉽지 않지만 시간을 들일 가치가 있는 멋진 사냥감을 뒤쫓는 사냥꾼이 된 기분이라 흥분되었다.

이런 기분을 내는 일은 흔치 않았다. 그녀는 세상만사가 쉬웠고, 그렇기에 언제나 따분함을 느낄 뿐 자극적인 감정들에 몸을 맡기는 경우는 거의 없다시피 했다.

그래서 이사벨라는 이아나를 빨리 잡고 싶은 마음을 뒤로하고 추적을 즐겼다. 어차피 위프헤이머가 덫을 준비한 곳까지는 얼마 남지 않았고, 이아나는 순조롭게 그곳으로 향하고 있었으니 초조해할 필요가 없었다.

그리고 마침내 도달했다. 눈앞에 펼쳐진 광경의 황당함에 이아나의 발이 처음으로 멈추었다.

찌릿찌릿한 살기가 피부를 자극한다. 이아나는 놈들을 훑어보며 몸을 긴장시키기 시작했다.

'이건…….'

"크르르르르."

크기와 느껴지는 기세로 보아 최상급 몬스터다.

각각 사슴, 딱정벌레, 뱀을 조금씩 닮았지만 진화에 진화를 거듭한 듯 괴이한 생김새를 가진 놈들을 더 이상 그 생물들이라고 말할 수는 없었다.

'어떻게 한자리에 모여 있지?'

상급 이상의 몬스터들은 만나면 박 터지게 싸운다고 했다. 그래서 각자의 영역을 정하고 되도록이면 제 영역 안에서만 돌아다닌다고 알려져 있는데 지금, 이 한 장소에 세 마리가 넘게 모여 있었다. 그리고 놈들은 싸우기는커녕 사이좋게 이아나 하나만 노려보고 있었다. 일방적으로 적대감을 보이면서.

이아나는 놈들의 발끝을 내려다보았다. 거대한 상급 몬스터 말고도 산더미처럼 깔려 있는 중소형 몬스터들이 거친 숨을 씨익씩 내뱉으며 이아나를 주시하고 있었다.

"네가 정령왕을 불러내고 귀한 분의 손목을 잘랐다는 그 대단한 놈이냐?"

이아나는 걸걸한 목소리가 들려온 쪽으로 목을 홱 꺾었다.

그곳에서는 뱀을 닮은 최상급 몬스터, 그 악명으로 개별적인 이름까지 붙은 몬스터 바실리스크가 머리를 꼿꼿하게 세운 채 이아나를 쏘아보고 있었다. 그리고 바실리스크는 이아나도 알고 있는 유명한 몬스터였다.

"샤아아아."

바실리스크는 침을 뚜욱뚝 흘려 댔다. 맹독이 깃든 침에 풀과 흙이 녹아내리며 검게 죽은 늪이 되었다.

이아나를 담은 바실리스크의 노란 눈은 벌건 빛이 돌고 있었다. 로브를 착용한 데다 외양의 색을 갈색으로 변화시킨 상태였기에 이아나의 외양 때문은 아니었다. 충혈된 데다 마법적 효과가 가해진 탓이었다.

바실리스크뿐만 아니라 다른 몬스터들도 그런 눈을 하고 있었다. 그리고 이아나는 이런 눈을 아주 먼 옛날에 본 적이 있었다.

'롯소산맥에서 쏟아져 나온 몬스터들.'

바하무트와 로안느의 전쟁이 발발했을 때, 갑자기 우르르 쏟아져 나와 로안느의 국토를 유린한 몬스터들이 꼭 이와 같은 눈을 하고 있었다. 그리고 이아나는 멀찍이서 목격했다. 몬스터들이 아르하드의 통솔에 따르던 것을.

"과연. 말씀대로 이상한 기분이 들긴 하는군요."

걸걸한 목소리가 한 번 더 들려왔다. 이아나는 시선을 더 올려서 하늘과 맞닿을 듯 높게 솟아 있는 바실리스크의 머리 위를 보았다. 그곳에는 한 노인이 오연한 모습으로 서 있었다. 이아나를 내려다보는 노인의 눈이 가느다랬다.

"실험해 보고 싶은 대상입니다."

"그건 안 돼. 당신 실험을 겪고 살아남은 실험체는 거의 없다시

피 하니까.”

이사벨라가 머리를 정리하며 이아나의 뒤에서 아주 여유롭게 걸어왔다. 몬스터들은 이사벨라에게 관심을 두지 않았다. 게다가 지금까지와는 달리 겁을 집어먹지도 않고 있었다.

과거에 몬스터들이 아르하드의 휘하 마법사들의 정신 마법에 당해서 통솔을 따른다고 생각했는데 많은 것들을 알고 나니 다른 가정도 할 수 있게 되었다.

‘악마에게 공포를 느끼는 것뿐만 아니라, 통솔에도 따르는 걸지도. 저 바실리스크조차 악마의 힘을 거역할 수 없는 건가.’

이아나가 답을 찾고 있는 사이 노인이 손을 들었다. 그 즉시 위협적인 기운이 제게 몰아쳐 오자 이아나는 바로 그 자리를 피했다.

카가가각!

마나로 형성된 사슬이 땅을 후려쳤다. 노인이 중얼거렸다.

“디지니스, 슬라이드, 쇼크, 바인드.”

노인이 간단한 단어를 읊을 때마다 이아나에게 아주 단단한 마나의 배열들이 쇄도했다. 그 속도가 몹시 빨라 보통 사람이었다면 쥐도 새도 모르게 마법에 당했겠지만, 이아나는 가까스로 피할 수 있었다.

이아나는 이대로라면 정말로 저들에게 잡힐지도 모른다는 위기감이 들었다. 그래서 시도를 하나 해 보기로 했다. 정말 이럴 거냐는 의도를 담아 마나를 노려본 것이다.

그러자 마나가 움찔하더니 복잡하게 뭉쳐 있던 실이 한 올 한 올 풀리듯 해체되었다.

"……!"

노인, 위프헤이머의 동공이 확장되었다가 기묘한 빛을 띠었다.

놈이 마법을 쳐다보면서 무슨 짓을 했는지 가슴에 찌릿거리는 격통이 느껴졌고, 그 직후 마법이 풀려 버렸다.

그는 제가 시전한 마법이 형편없이 사라지는 이 현상이 무척 놀라웠다. 아주 어린 나이에 악마의 파편을 얻은 후 한 번도 이런 일을 겪어 본 적이 없었던 터라 위프헤이머는 이 수상한 사냥감에게 짙은 호기심을 느꼈다.

"흐음……."

이사벨라에게 억지로 끌려와 불퉁했던 감정은 순식간에 모습을 감추었다. 그를 최고의 마법사로 만들어 주고 악마의 파편을 불러와 준 광기에 가까운 탐구욕의 불길이, 누구도 거역할 수 없는 절대자가 된 이후 심드렁하기만 했던 노인의 심장에서 서서히 타오르기 시작했다.

그리고 마침내 불길이 최고조에 이른 순간, 위프헤이머는 웃었다.

인지한 탐구욕의 크기는 여태 살면서 느껴 본 욕망 중 손에 꼽을 정도로 거대했다.

이 기이할 정도로 큰 탐구욕은 과연 놈이 단순히 제 마법을 파훼했기 때문에 생겨난 걸까? 매사에 권태로운 이사벨라가 흥분하고 집착하는 것이, 냉철한 이성의 소유자인 제가 놈의 행동에 동요하고 열렬한 탐구욕을 느끼는 것이…… 과연 정상인 걸까?

아니다.

그럼 무엇 때문일까?

놈은 대체 누구일까?

위프헤이머는 이 기묘한 현상의 원인을 파악하고 싶었다. 당장 놈을 실험대 위에 눕히고 해부해서 놈의 정체를 알고 싶었다.

"이봐, 진정하시지? 그 눈, 용납 못하겠는데."

희번덕거리는 노인의 눈을 본 이사벨라가 쯧 하고 혀를 찼다.

"내가 먼저 찾은 수집품이라고. 나 혼자 독점하고 싶은 마음이 굴뚝같은데도 상황이 여의치 않아서 당신을 부른 거야. 당신 멋대로 손을 대는 건 허락하지 않겠어."

"그럼 먼저 허가를 받도록 하지요. 전하께서도 궁금하실 것 아닙니까? 왜 우리가 저놈에게 이상한 기분을 느끼고 있는지. 제 생각에, 이건 우리의 의지와 관계없는 감정입니다. 전하와 제 안에 존재하는 파편이 만들어 내는 감정이지요."

"흐음?"

이사벨라가 그럴듯하다고 생각하며 고개를 기울였다. 마법사의 말을 듣고 있던 이아나는 그의 말 속에서 '전하'라는 단어를 알아듣고 여자의 신분을 확신했다.

"저자, 파편을 가지고 있진 않더라도 악마와 어떤 식으로든 관련 있을 겁니다. 저는 그것을 알고 싶은 겁니다. 저도 놈을 죽이고 싶은 생각은 전혀 없으니 조절할 겁니다. 심려 마십시오."

"그 이유는 나도 알고 싶네. 하지만 위프헤이머 당신에게 맡기는 건 어머니와 오라버니께도 보여 드리고 난 후야."

"독점하고 싶으시다면서요?"

"그분들은 당신과 다르지. 나와 같은 파편을 공유 중이니까."

이아나를 이미 잡힌 물고기라고 생각한 둘은 그녀를 내버려 두고 처우를 결정했다. 다 잡은 놈 앞에서 자신들의 정체를 숨길 생각이 전혀 없기에 대화는 적나라했고 듣고 있던 이아나는 어이가 없었지만, 덕분에 마법사의 정체도 알아냈다. 노인은 바하무트 마법사들의 우두머리, 위프헤이머 포테스타스였다.

최종 보스 격 인물들이 둘이나 한꺼번에 나타나다니. 이아나는 이 엄청난 사건을 뒷수습할 생각에 골치가 아파 왔지만 그건 나중 일이고 일단 여기서 벗어나야 했다.

기세를 숨기려 애썼지만 놈들은 이미 케이거스 드미트리와 같은 기분을 느껴 버린 듯하다. 그 부분이 정말 아쉽지만 어쩌겠는가. 이미 일어난 상황인 것을.

앞으로의 행동에 제한이 있는 건 있는 거고, 여기서는 이제 실력을 숨기고 있을 필요가 없다. 마나를 붉게 물들이거나 붉은 신력을 쓰지만 않으면 되었다. 그것만으로도, 이아나는 해방된 야수와 같은 기분을 느꼈다.

이사벨라와 위프헤이머가 대화를 하고 있는 사이 서서히 뒤로 물러나던 이아나는, 몬스터가 가장 덜 밀집되어 있는 부분으로 벼락처럼 튀어 나갔다.

"어딜!"

그것을 놓칠 이사벨라와 위프헤이머가 아니었다. 그들은 놀라운 반사 신경과 마법 캐스팅 속도로 이아나에게 온갖 포박 마법과 저주 계열 마법들을 쏟아 냈다.

마법들이 제게 직격하기 전에 몬스터의 앞에 도달한 이아나가 고블린 한 마리의 팔을 움켜쥐어 뒤로 집어 던졌다.

퍼어엉! 펑!

"끼에엑!"

온갖 마법에 격중당한 고블린이 침을 질질 흘리며 부들부들 떨더니 바닥에 털썩 쓰러졌다.

그리고 이아나의 본 실력이 발휘되기 시작했다.

끼이이이이이잉—!

검집을 양껏 긁으며 뽑혀져 나온 검이 날카롭게 울었다. 섬뜩한 검명이 이 공간 일대를 울리는 순간, 이아나의 앞의 공간도 베어졌다. 상처가 난 공간의 틈 사이로 시간마저 빨려 들어간 듯 몬스터들의 호흡도 일순, 멈추었다.

쐐애애애애애액!

그리고 그 간극으로 검기가 파고들었다.

검기는 뇌가 굳어 버린 수많은 몬스터들의 상하체를 분리시켜 버렸고, 붉은 피가 퍼벅거리며 사방으로 튀었다.

촤아아아악!

이아나는 바람처럼 그들의 틈을 파고들며 피를 뒤집어썼다. 앞을 가로막은 장애물들을 베어 가르기 시작했다.

"쿠워어어어!"

몽둥이를 휘두르며 달려드는 오우거는 이아나의 세 배쯤 되는 덩치를 가지고 있었다. 이아나의 앞에 도달한 오우거는 몽둥이를 위에서 아래로 휘둘렀다. 쐐애액, 하고 바람이 일었다. 이아나는 바람과 몽둥이, 그리고 오우거가 만들어 내는 하나의 틈을 보았다.

이아나는 검을 두 손으로 쥐고 오우거의 몽둥이에 맞서 검을 위에서 아래로 휘둘렀다. 검은 몽둥이를 반으로 쩍 갈랐고, 더불어 오우거의 팔까지 반으로 쪼갰다.

"카아아악!"

오우거가 고통스런 괴성을 질렀다. 그 음파와 피부의 떨림, 팔을 움켜쥐고 쿵쿵 뛰어 대며 몸부림치는 오우거의 행동은 또다시 하나의 틈을 만들어 냈다.

퍼걱!

가로로 눕혀진 검이 오우거의 무릎을 훑었다. 다리가 잘리면서 피가 폭포수처럼 쏟아져 내렸고, 동시에 오우거의 거대한 몸도 무너졌다. 그리고 오우거가 쓰러지기도 전부터, 이아나는 다른 몬스터를 베고 있었다.

전쟁터에서 사방이 적인 적진의 중심에 뚝 떨어져 내려, 반은 정신을 놓은 채 베고, 베고, 또 베었던 기억들이 새록새록 떠오른다. 죽이지 않으면 죽는 전투는 그녀를 최고의 상태로 끌어올린다.

푸욱! 서걱!

살을 발라내고, 뼈를 도려내며 앞으로 나아간다.

"하아아……."

이아나는 호흡을 가다듬었다.

집중하고 또 집중한다. 오감이 극에 이르러 육감이 깨어나고, 결이 느껴지기 시작한다.

결이란, 움직임, 체온, 호흡, 혈류와 같은 대상의 상태와 바람, 햇살, 마나의 밀집 정도 등 외적 환경을 이루는 모든 것이 복합적으로 얽히면서 생겨난 치명적인 '틈'이다.

이 틈은 아주 좁고 너무 빠르게 이동해서 느끼더라도 닿기 어렵지만, 닿기만 하면 적이 무엇이든 분쇄해 버린다. 숲에 들어서기 전, 마나로 감싸인 이사벨라의 채찍을 잘라 버렸듯이.

결 베기는 회귀 전, 이아나를 세계의 이인자로 만들었던 전투 감각이자 전투 기술이었다. 아르하드는 끝내 베지 못했으나, 그를 제외하곤 세상에 그녀가 베지 못할 건 없었던 것이다.

결 베기는 엄청난 감각과 뛰어난 신체 조건이 필요했다. 리키젠과 외출했던 날 아이를 구하기 위해 마차에 뛰어들 때 느꼈던 요소들도 결을 보기 위한 준비 단계에 불과했다.

이 감각을 단련하기 위해 안 그래도 뛰어난 오감을 얼마나 혹사시켰던가. 검술학부의 수련장에서 목검으로 허수아비의 한곳만 정확하게 집중적으로 치는 수련도, 최종적으로는 이 기술을 연마하기 위해서였다.

회귀 전에는 서른 초반에야 이르렀던 경지였다. 하지만 이번 생에서는 어려서부터 꾸준히 해 온 수련에 더불어 신력 제어를 익히면서 훨씬 더 빨리 도달했다.

그래서 파편 수혜자를 검술로만 상대하는 데 자신이 있었던 건데, 설마 바하무트의 황녀와 마법사장이 나타날 줄이야…….

쐐애애액!

등 뒤에서 몬스터의 공격과는 차원이 다른 기세가 담긴 채찍이 날아왔다.

꽈아아아아앙!

이아나는 앞으로 뛰어오르며 채찍을 피했다. 채찍은 대지와 맞부딪쳤고, 폭탄을 터뜨린 것처럼 땅을 뒤엎었다.

퍼엉!

하지만 채찍은 태풍에 흩날리는 깃발처럼 휘어 오르며 이아나를 재차 공격했다. 채찍과 함께 온갖 종류의 방해 마법도 가해졌다.

이아나는 방심하지 않고 흙먼지 속에서 채찍과 마법을 모조리 쳐 냈다. 채찍은 검과 더불어 이아나를 휘감을 의도로 움직이고 있었지만, 철벽처럼 굳건한 방어에 그러지 못했다. 이아나가 쳐 낸 마법과 채찍은 주변의 몬스터를 가격하며 피해를 입혔다.

그리고 채찍이 수십 번 정도 휘둘러졌을 무렵 이아나는 채찍의 결을 발견했다. 틈을 노리고 있던 검은 곧장 그곳을 갈라 버렸다.

쩌저저저적!

채찍의 끝이 뱀의 혀처럼 쪼개졌다. 그건 시작이었을 뿐, 쪼개지는 현상은 채찍의 손잡이까지 순식간에 이어졌다.

"호호호!"

결국 그 기세가 이사벨라에게까지 닿아 그녀의 손바닥에도 상흔을 만들어내기 직전, 이사벨라가 웃음을 터뜨렸다.

그녀는 쓸모가 없어진 채찍을 내동댕이쳤다. 그녀의 음산한 시선이 흙먼지 속에서 기민하게 움직이는 이아나를 좇았다.

"검은 호신용으로 차고 다니는 줄 알았더니, 정령사가 아니라 검사였어? 이런……."

이사벨라의 시야가 몽롱하게 젖어 들었다.

몽유병 환자처럼 흐물거리며 손을 들어 올린 이사벨라가 앞에 뭐가 있는 것처럼 주먹을 내질렀다. 접혀 있던 팔꿈치가 반쯤 펴질 때쯤, 그녀의 주먹이 사라지기 시작했다. 팔꿈치가 모두 펼쳐졌을 때는 팔의 반이 어떤 공간에 들어간 것처럼 없어졌다.

그리고 얼마 지나지 않아 이사벨라가 팔을 뽑아냈다. 그녀의 손에는 날 자체만으로도 흉성을 줄줄 뿜어내는 대거 두 자루가 쥐어 있었다.

"채찍은 하등한 놈들의 피를 내 손에 묻히기 싫어서 쓴 무기일 뿐이지."

내가 진짜 애용하는 무기는 검이거든? 그런데 너도 검을 쓴단 말이지?

사이한 웃음을 흘린 이사벨라의 주변이 새까맣게 변하기 시작했다. 마나가 완전히 그녀의 지배하에 들어간 것이었다.

이사벨라의 마나는 차가웠다. 수많은 죽음과 악을 삼킨 양 질척거렸다. 마나가 만들어 내는 기류는 음울한 귀곡성을 노래하며 희생자를 찾았다. 그런 마나는 흙먼지 속에서 날뛰고 있는 이아나를 향하고 있었다.

"……점점 더 갖고 싶어져. 절대 놓치지 않을 테야."

그녀의 기운에 영향을 받은 몬스터들도 울부짖었다.

"위프헤이머, 놀이는 끝났어. 바실리스크의 지휘권을 넘기고, 다른 두 놈으로는 놈의 퇴로를 막아라. 그리고 당신은 한 번에 황궁으로 이동할 텔레포트를 준비해."

"알겠습니다."

위프헤이머가 순순히 수락하곤 바실리스크의 머리 위에서 뛰어내렸다. 땅에 가뿐히 내려선 위프헤이머가 손에 쥐고 있던 지팡이를 바닥에 쿵 내리찍었다.

위이이잉…….

마나가 나선을 그리며 지팡이로 빨려들어 갔다. 지팡이의 끝이 닿은 곳부터, 담쟁이덩굴들이 서로를 얽으며 벽 위에 자라나듯, 마나로 기하학적인 문양들이 그려지기 시작했다.

텔레포트는 어려운 공간 마법 중에서도 최상급에 속하는 마법,

가까운 거리를 이동하더라도 구성해야 할 마나의 배열이 몹시 복잡한데다 몸에 가해지는 부담감도 심했다.

머나먼 바하무트의 황궁까지 텔레포트로 가려면, 황궁에서 이곳에 올 때 그랬던 것처럼 텔레포트를 여러 번 하며 배열을 간소화하고 부담을 줄이는 게 일반적이다.

그런데 그 중간 과정을 없애고 한 번에 가는 텔레포트라면 몸에 가해지는 충격을 최소화할 마법도 중첩해야 하기에 그 아무리 대단한 위프헤이머라도 준비할 시간이 필요했다.

이사벨라가 바실리스크의 몸통 위로 훌쩍 올라탔다.

"샤아아아아아!"

멈춰 서서 상황을 주시하고 있던 바실리스크가 드디어 몸을 움직였다. 거대한 주제에 속도는 뇌전과 같았다. 흙먼지 너머에서 태산이 몰려드는 듯한 아찔함에 이아나는 본능적으로 위로 뛰어올랐다.

콰과과과과!

바실리스크의 머리가 이아나의 발아래를 순식간에 스쳐 지나갔다. 놈의 커다란 몸뚱이는 깊은 운하를 만들어 내며 앞으로 쏘아져 나갔다. 바실리스크의 몸통에 깔린 몬스터 중에는 성한 놈이 없었다.

이아나는 바실리스크의 몸 위에 올라서자마자 이사벨라의 공격을 받아야만 했다.

채애앵! 카앙!

이사벨라의 기습은 두 번이었다. 이아나는 검으로 첫 번째 공격을 막고, 옆구리 쪽을 쑤셔 오던 단검을 검집으로 가까스로 막아 냈다.

쉬이이익!

이사벨라의 검이 이아나의 목을 그어 버릴 듯 다가왔다. 그녀의 검은 눈과 입가에 맺힌 미소에서는 짙은 소유욕과 광기가 뚝뚝 떨어져 내리고 있었다.

결국 이 순간의 전투는 불가피하다. 이사벨라를 마주 보는 이아나의 눈에 사나운 결의가 서렸다.

콰아아아아앙!

꿈틀거리는 바실리스크의 위에서 두 거대한 힘이 격돌했다. 휘몰아치는 이사벨라의 공격을 이아나가 방어하다가 허를 찌르는 식의 공방이었다.

이사벨라의 검을 받아 내며 이아나는 이를 악물었다. 보통 양손에 검을 들면 힘과 집중력이 분산되다 보니 위력이 약해지기 마련인데 이사벨라의 공격은 그렇지 않았다. 양쪽 다 힘이 어마어마해서, 마치 두 사람을 상대하는 것만 같았다.

또 몬스터에게서는 무척 잘 보이던 결이, 이사벨라에게서는 잘 보이지 않았다. 결이 없는 건 아니지만 정신없이 위치가 바뀌고 있어 위치를 정확하게 인지하기가 어려웠다.

무엇보다 이사벨라가 결을 노릴 시간을 주지 않았다. 마치 회귀 전의 아르하드를 보는 것 같았다.

'아르하드와 비슷하나? 아니야. 그가 조금…… 밀릴지도.'

아르하드는 늘 때가 아니라고 했다. 바하무트의 황실을 상대하기엔 아직 스스로가 부족하다고 했다.

지금 제가 마나와 신력은 제대로 쓰지 못하고 있지만, 검술은 진짜다. 그런데 이사벨라는 저와 맞먹는 실력을 보이고 있었다. 게다가 이 여자가 지금 저를 생포하기 위해 힘을 덜 쓰고 있다는 걸 생각한다면…….

채앵!

검들이 얽히면서, 이아나와 이사벨라가 숨결이 얽힐 만큼 가까운 코앞에서 대치하는 상황이 벌어졌다. 이사벨라가 아찔한 표정을 지었다.

"이렇게 가까이에 있으니까 더 좋네? 너 정말 뭐니?"

이아나는 이사벨라를 가만히 내려다보았다. 아무래도 황녀가 저를 열심히 쫓아온 건 공장 때문이 아닌 것 같다.

이 여자는 아까부터 왜 이렇게 제게 집착하는 걸까.

위프헤이머도, 케이거스도…… 왜일까.

아까 위프헤이머가 말한 것처럼, 악마의 파편 때문에?

악마의 파편이 저를 향한 집착스러운 감정을 만들어 낸다면, 정말로 그런 거라면.

아르하드는……?

'그만 생각하자.'

이아나는 쓸데없는 생각을 관두었다.

퍼어어어억!

"크윽!"

그리고 갑자기 다리를 들어 올려 검에 집중하고 있던 이사벨라의 무릎 옆쪽을 있는 힘껏 걷어찼다. 예상치 못한 일격에 이사벨라가 휘청거리며 균형을 잃은 그 잠깐의 순간, 이아나의 신형이 사라졌다.

그녀가 나타난 곳은 경계를 서고 있던 두 최상급 몬스터의 중앙이었다. 그리고 두 몬스터가 이아나의 존재를 인지하고 쳐다보기도 전에 이아나의 모습이 또다시 사라졌다.

가공할 만한 속도였다.

"……."

이사벨라는 이아나가 엄청난 속도로 달아나는 루트를 일렁거리는 눈으로 주시했다. 그녀에게 마나가 몰려들어 블링크의 배열을 이루었다. 이사벨라가 사라졌다.

"……!"

쿠당탕!

이사벨라가 이아나의 앞에 불쑥 나타나며 그녀를 꽉 붙잡고 땅에 뒹굴었다. 그리고 곧장 다시 블링크를 시전하여 마법을 준비하고 있는 위프헤이머의 근처로 이동했다.

"넌 나와 함께 가는 거야. 가서 맘껏 귀여…… 응? 이런 젠장!"

헐떡거리며 즐겁게 말을 이어 가던 이사벨라가 갑자기 노성을 터뜨렸다. 그녀의 품에는 로브밖에 없었다. 이아나는 그 짧은 시간 사이에 몸을 비틀어 이사벨라의 품을 빠져나갔던 것이다.

"후우, 후우!"

이아나는 이사벨라에게 잡히기 직전 반사적으로 멀리 집어 던져 둔 가방을 다시 들고, 토라카 왕국 쪽이 아닌 롯소산맥의 중앙 쪽으로 달려가고 있었다. 손을 빠르게 놀려 여분의 로브를 두른 이아나가 속도에 박차를 가했다.

자존심은 상하지만 이사벨라와의 충돌에서 느꼈던 실력 차를 생각했을 때 놈들의 추적을 따돌리는 건 무리였다.

그러면 남은 수단은 칸데메이온의 영역으로 가는 것뿐이다.

"이 쥐새끼 같은 게!"

저 멀리서 비명에 가까운 고함 소리가 울려 퍼졌다. 그리고 또다시 꼬리가 붙었다. 정말로 열 받은 듯, 쫓아오는 속도가 처음의 배는 되는 것 같았다.

이아나는 이를 악물고 최고 속도로 달렸다. 이사벨라와의 속도는 동등했다. 그렇게 길고 긴 추격전이 시작되려던 순간이었다.

불현듯이 하늘 위에 검은 점이 생겼다.

창공을 빙빙 거닐던 새까만 점이 태양을 가리는 순간, 이아나가 있는 곳뿐만 아니라 롯소산맥 일대에 어둠이 내려앉았다.

갑작스럽게 찾아온 밤이 이상하여 이아나도, 이사벨라도, 위프헤이머도, 몬스터들도, 시디얀 병사들도, 통행로를 지나던 일반인들도…… 롯소산맥에 있던 이들 모두가 자연스럽게 하늘을 보았다. 그들은 기이한 흑점을 목격했다.

"저게 뭐지?"

점으로 보이던 뭔가가 서서히 커지기 시작했다. 종이 위에 콕 찍힌 잉크처럼 보이던 점에, 그림이 그려지듯 세밀한 부분이 더해지기 시작했다.

그것은 점이 아니라 어떤 한 생물이었다. 그리고 그것은 엄청난 속도로 강하하고 있었다.

그것을 눈에 담은 모두의 몸이 덜컥 경직되었다.

"아……."

멀리서 보이는 그것은 전설에서 말하는 존재와 똑 닮아 있었다. 거대한 두 날개, 미스릴보다 단단해 보이는 비늘들, 최상급 거대 몬스터도 꼬마 취급할 만큼 산만 한 몸집, 입안에 넣는 모든 것을 분쇄해 버릴 수 있을 듯한 날카로운 이빨들.

누군가 부들부들 떨며 외쳤다.

"드래곤이다!"

이아나도, 그녀를 쫓던 이사벨라와 몬스터들도, 걸음을 멈추고 점점 커지고 있는 그것, 드래곤을 황망하게 쳐다보았다.

쿠우웅.

드래곤이 굉음을 내며 내려앉았다. 드래곤이 온갖 나무와 바위를 부수며 자리 잡은 장소는 우연인 건지 의도한 건지는 모르겠으나, 공교롭게도 이아나와 이사벨라의 사이였다.

"……."

이아나는 숨을 몰아쉬며 드래곤의 거대한 꼬리와 날개를 쳐다보았다. 드래곤은 그녀에게서 등을 지고 앉아 있었다. 즉 이사벨라를 마주 보고 있다는 얘기다.

크르르르르르…….

드래곤이 낮게 울었다. 그 위협적인 소리를 들은 모두가 흠칫 떨었다.

드래곤의 존재는 생물로서 가질 수밖에 없는 본능적인 공포심을 자극하고 있었다.

그것은 너무나 거대하고 강력해서 인간의 힘으로는 어찌할 수 없는 자연재해였다. 롯소산맥의 최상급 몬스터가 대지를 휩쓰는 태풍이라면, 드래곤은 멸망을 예고하는 대형 운석이었다.

모든 이들에게 심장을 넘어서서 근원까지 후벼 파는 느낌을 준 드래곤의 거대한 한 쌍의 눈에서 살의가 번들거렸다. 발로 한 번

밟으면 죽을 미물들을 보는 듯한 오연한 시선이 이사벨라와 몬스터들, 그리고 얼마 떨어져 있지 않은 곳에서 텔레포트를 준비하고 있던 위프헤이머에게까지 닿았다.

드래곤이 일순 숨을 크게 후읍 들이마셨다. 그곳에 있던 생명체들 모두가 호흡곤란과 함께 박탈감을 느꼈다. 주변에 떠다니던 모든 마나가 드래곤의 입속으로 빨려 들어가고 있었다.

콰아아아아아아아!

드래곤의 입에서 엄청난 양의 검은 마나가 뿜어져 나왔다. 그것은 순수한 마나의 열풍이었다.

초고밀도의 마나 에너지에 압살당한 존재들은 그 흔적까지 깨끗하게 지워져 버렸다. 몬스터고, 바위고, 나무고 상관없이 브레스를 맞은 모든 존재들에게 해당되는 현상이었다. '드래곤 브레스'라고 이름 붙여진 전설이었다.

후우우우…….

숨결이 잦아들었다.

"꾸이익!"

"시익! 시이이익!"

운 좋게 브레스를 피한 몬스터들은 잔뜩 겁에 질려서는 반 미친 상태로 괴성을 지르며 주변으로 흩어졌다. 최상급 몬스터들도 예외는 아니었다.

"치이이이."

바실리스크의 뾰족한 동공은 공포로 동그랗게 확장된 채 풍랑을 만난 배처럼 뒤흔들렸다. 바실리스크는 정신을 차리자마자 뒤도 안 돌아보고 빠르게 그 자리를 벗어났다. 사슴형의 몬스터는 이족 보행을 하고 있었으나 엎드려 네 발로 서더니 빠르게 줄행랑을 쳤고 딱정벌레형의 몬스터는 날개를 펼쳐 하늘로 달아나 버렸다.

"으윽."

이사벨라가 비틀거렸다.

그녀는 드래곤 브레스를 바로 앞에서 정통으로 맞았다. 본능적으로 있는 힘을 다해 몸을 방어하여 살아남았지만 온몸이 욱신거리고 화끈거렸다.

백옥 같았던 이사벨라의 피부는 화상을 입어 울긋불긋했고 얼굴을 가로막았던 두 팔은 껍질이 까져 피가 줄줄 흘렀다. 매끈했던 머리카락은 여기저기 타서 검은 볏짚처럼 변해 있었다.

옷은 몸을 제대로 가리지도 못할 정도로 너덜너덜해졌다. 그녀가 너무 놀라 떨어뜨린 이아나의 로브는 먼지 하나 남기지 않고 사라진 것이 당연했다.

"제기랄! 미친 거 아냐! 드래곤이 여기 왜……!"

퍼뜩 정신을 차린 이사벨라가 욕설을 내뱉고는 옷이라고 하기에도 민망한 옷자락들을 부여잡고 뒤돌아서서 달렸다.

대체 왜 드래곤이 여기에 나타났을까?

도무지 이해할 수가 없다. 혼돈의 드래곤 칸데메이온의 영역, 롯소산맥의 중앙은 이곳과 많이 떨어져 있었다. 드래곤이 침입자를 제거하러 올 만큼 가까운 거리가 아닌 것이다.

"위프헤이머!"

이사벨라는 멀찍이 보이는 창백한 낯의 위프헤이머를 불렀다.

"빨리! 빨리 텔레포트를 발동시켜! 빨리!"

그를 재촉한 후, 이사벨라는 입술을 앙 깨물었다. 드래곤을 보자마자 심장이 벌렁거리며 뛰어 댔다. 자신은 드래곤을 처음 보지만 선황들이 후손들에게 남긴 경고는 기억하고 있었다.

'세상에 흩어진 모든 악마의 파편을 모아 완전해지기 전에는 드래곤을 상대하지 마라. 드래곤은 악마의 파편을 갖지는 않았으나 악마와 같은 수준으로 마나를 제 것처럼 제어할 수 있는 괴물이다.'

그 말이 이제야 완벽하게 이해되었다. 지금 이사벨라는 자신의 존재감까지 모조리 씹어 먹힐 것 같은 두려움에 잠식당해 머리가 멍해진 상태였다.

이사벨라는 드래곤을 본 느낌 그대로 정의했다. 그것은 악마의 파편을 모아 악마의 힘을 빌려 쓰는 황실과는 달리, 힘의 근원 그 자체였다.

쿵! 쿵!

악마의 파편을 마주했을 때처럼 심장의 파편이 공명하여 심장이 둥둥 고동치고 있었지만, 그것은 저 생물이 '드래곤'이기 때문일 게 분명했다. 드래곤은 악마와 동급의 존재이니, 제 심장을 미친 듯이 박동시키는 어떤 알고리즘이 있을 법도 했다.

이사벨라는 헐떡거리며 달리면서도 드래곤을 경계했다. 그러다 안개가 잔뜩 낀 것 같은 정신세계에서, 드래곤을 마주치기 직전까지 그 심상을 꽉 채우고 있던 한 인영이 불현듯 떠올랐다.

이사벨라는 멈칫하며 뒤를 돌아보았다.

당장 달려가서 놈을 잡아 오고 싶다. 하지만 저 번뜩거리는 눈깔을 보고 있자니 저것을 넘어설 엄두가 안 난다.

대체 왜! 하필이면 저곳에 자리를 잡아 철벽처럼 놈과 제 사이를 가로막고 서 있단 말인가?

우연일까, 고의일까?

절대 비켜 줄 생각이 없어 보이는 드래곤을 보고 있자니 그런 생각도 들었다. 몇천 년 된 고목처럼 제자리만 지킨다던 드래곤이 영역을 벗어나 이곳까지 온 건, 마찬가지로 권태를 느끼던 제 심장에 집착과 욕망을 불어넣은 그 이상한 놈 때문이 아닐까 하고!

그놈이 대체 뭔데!

미칠 것 같은 호기심과 소유욕에 당장에라도 드래곤을 지나쳐 놈을 잡아끌어 오고 싶었다.

'제길…… 제길!'

하지만 이사벨라는 속으로 욕설을 양껏 지껄이며 다시 앞으로 뛰어가기 시작했다. 위프헤이머가 본격적으로 시전하기 시작한 텔레포트에 도달한 이사벨라가 반지의 통신 마법을 켰다.

"페인, 드래곤이 출현했다."

[보고가 올라와 알고 있습니다. 이게 어찌 된 일인지…….]

"위프헤이머, 이곳의 좌표는?"

"-1123, -322, 217."

"이 좌표를 기억해 두고 드래곤이 사라지는 즉시 병사들이 일대를 포위하고 수색하게 해라. 통행로를 벗어난 곳이지만, 드래곤의 출현으로 몬스터들이 모조리 도망갔으니 수색은 가능하다. 놈은 검붉은 로브를 입고 있지만, 통행로가 아닌 곳에서 발견한 수상한 놈들은 모조리 잡아들여라. 천만 골드를 포상금으로 준다는 말은 유효하다!"

[알겠습니다. 주인님께서는 귀궁하십니까?]

"……."

이사벨라가 드래곤을 노려보았다. 드래곤은 여전히 그들 쪽을 바라보고 있었다. 위프헤이머가 지친 목소리로 말했다.

"전하, 방어해 주십시오. 거의 다 되었는데 놈이 텔레포트의 마나를 뒤흔들고 있어 힘에 부칩니다."

위프헤이머의 꼴도 정상은 아니었다.

이사벨라가 위프헤이머를 향하는 드래곤의 시선을 가로막으며 섰다. 안정감을 되찾은 위프헤이머가 두뇌를 최고조로 혹사시켜 마나의 배열을 순식간에 완성했다.

이사벨라는 흥분하여 거칠어진 호흡을 고르며 드래곤의 너머를 시야에 담았다.

바하무트 황실이 몇백 년이 넘는 세월 동안 파편을 수집한 결과, 세상에 흩어져 있는 악마의 파편은 얼마 없다. 파편이 완성되는 날이 얼마 남지 않았다는 소리다. 황실은 이사벨라와 테일런의 세대를 완성의 세대로 예측하고 있었다.

'놈, 이 세계에 존재하는 한 반드시 찾아내 내 궁 지하의 창살 안에 가둬 놓고 말겠다.'

지금 당장 갖지 못한다고 생각하니 집착은 더더욱 심해져서 가슴에 켜켜이 쌓였다. 머리가 아플 정도로 화가 났다. 하지만 간신히 감정을 갈무리한 이사벨라는 이번엔 복수심을 불태우며 드래곤을 보았다.

'빌어먹을 도마뱀 새끼. 넌 악마가 완성되자마자 오라버니와 함께 와서 죽여 주마.'

그래서 뇌에 새기듯 노골적으로 드래곤을 훑었다.

놈은 롯소산맥의 드래곤, 칸데메이온이다.

까만 날개와 몸통, 칠흑처럼 어두운 검은 눈…….

검은 눈이 아닌데?

이사벨라가 의문을 가진 순간, 드래곤이 다시 한 번 숨을 들이켰다. 마나의 밀도가 급격하게 낮아지는 것을 느낀 이사벨라가 생각을 끊으며 위프헤이머를 재촉했고, 위프헤이머는 텔레포트를 발동했다.

콰아아아아아아아!

이사벨라와 위프헤이머가 있었던 곳에 또 한 번 드래곤 브레스가 덮쳤다. 브레스는 엄청난 범위의 땅을 뒤덮으며 대지를 황폐화시킨 후에 멎었다. 한껏 숨을 내뱉은 드래곤이 입을 다물었을 때, 그 앞에 생명체의 움직임은 더 이상 없었다.

"…….."

이아나는 드래곤의 뒤쪽에서 서성거리고 있었다.

산만 한 드래곤의 앞에서 무슨 일이 일어났는지 정확히 눈으로 보지는 못했지만, 마나의 거대한 유동으로 드래곤이 브레스를 뿜어냈고 앞쪽이 폐허가 되었으리라고는 짐작하고 있었다.

그보다 이아나는 드래곤의 출현 자체만으로도 얼이 빠져 있었다. 저 검은 몸집을 보자마자 쿵쾅대며 뛰어 대기 시작한 심장은 진정할 줄을 몰랐다. 이아나가 땀으로 축축해진 손을 꽉 움켜쥐었다.

드래곤이다. 뭔지는 모르겠지만 정말로 드래곤이 앞에 있다.

뭘 해야 하지? 뭘 물어봐야 하나? 날 죽이지는 않나? 이사벨라는 어떻게 되었지?

"크르르……."

드래곤의 그르렁거림이 천지를 울림과 동시에 드래곤의 몸집이 가늘게 떨린다. 이곳에 자리를 잡으면서 접혔던 날개가 다시 펴졌다.

"저기."

이아나가 퍼뜩 정신을 차리고 말을 걸려고 하는 사이, 날개가 위아래로 저어짐과 동시에 드래곤의 몸이 하늘로 떠올랐다.

"잠깐만요!"

이아나는 황급히 드래곤에게 달려갔다. 그 꼬리든, 발톱이든 붙잡을 생각으로 손을 뻗었는데 엄청난 풍압이 발생하여 이아나를 쳐 냈고 방심했던 이아나는 엉덩방아를 찧었다. 그녀는 넘어지자마자 오뚝이처럼 벌떡 일어났다.

드래곤이 그런 이아나에게 말했다.

[가려던 곳으로 가라.]

"잠깐, 칸데메이온 님 맞으시죠? 잠깐만이라도 대화를 좀……!"

[……]

이아나의 다급한 부름에 드래곤이 흘끗, 뒤돌아보았다.

"……!"

드래곤을 애타게 불렀던 이아나지만, 그녀는 드래곤과 눈을 마주치자마자 석상처럼 굳어 버렸다.

이아나를 주시하던 것도 잠시, 드래곤은 다시 머리를 돌렸다. 드래곤의 날개가 요동치며 앞으로 쏘아져 나가자, 이아나가 정신을 차리고 드래곤을 뒤쫓았다.

드래곤을 붙잡을 수는 없었다. 드래곤의 비행 속도는 광속과도 같아, 잠깐 사이에 점으로 화하더니 사라져 버렸다.

"하아, 하아."

이아나는 죽어라 쫓아가다가 결국 포기하고 숨을 몰아쉬며 멈춰 섰다. 그러더니 바로 땅 위에 엎어졌다. 잠깐 사이에 많은 일들이 벌어지는 바람에 상황 파악이 어려웠기에 잠시 쉬면서 생각을 정리할 필요가 있었다.

이아나는 혼란스러운 마음으로 얼굴에 맺힌 땀을 닦아 냈다.

갑자기 나타난 드래곤이 도망치는 저와 추격하는 이사벨라의 사이에 내려앉았다. 드래곤은 저를 지키듯 등을 보이면서 이사벨라 쪽으로 드래곤 브레스를 두 번이나 쏘아 냈다.

그 결과, 이사벨라뿐만 아니라 위프헤이머와 우글거리던 몬스터들까지 싹 사라졌다. 그녀를 위협하던 적이 한꺼번에 치워진 것이다. 그러더니 드래곤은 제게 가려던 곳으로 가라는 한마디만 뱉어 놓고 떠나 버렸다.

이런 드래곤의 행동으로 한 가지 결론을 명백하게 추론해 낼 수 있었다.

'드래곤은 나를 도와주기 위해 나타난 거야.'

그리 생각하자 떠오르는 의문은 하나뿐이었다.

'왜?'

이유를 추적하자, 아까 전 마주쳤던 드래곤의 눈동자가 자동으로 떠올랐다. 이아나의 동공이 흔들거렸다.

그 눈.

그 빛.

그 익숙한 색…….

'혼돈의 드래곤 칸데메이온의 눈이 황금색이었나?'

책에서는 머리부터 발끝까지 까맣지 않은 곳이 없다고 했는데 직접 본 칸데메이온의 눈은 분명 찬란하게 빛나는 황금색이었다.

그래서 아르하드가 떠올랐다.

이아나가 알고 있는 황금의 눈은 아르하드밖에 없었으므로 그가 떠오르는 건 당연한 수순이었다. 게다가 새까만 몸까지 가지고 있으니 그녀의 인생에서 검은색과 황금색의 조합을 대표하는 아르하드가 생각나는 건 어쩔 수 없었다.

이아나는 고개를 휘저었다.

'진짜 어이없군. 무슨, 그런 색 조합이면 아르하드를 당연하다는 듯 떠올리는 내가 우스워. 아니, 그런데 드래곤이 왜 자기 영역을 벗어나 날아오면서까지 날 도와주느냐고. 역시 내 전생이 로베르슈타인이기 때문인가?'

그렇게 생각하자 드래곤이 지키고 있을 신의 비밀이 더더욱 궁금해진다. 이왕 이렇게 된 것, 이대로 직진해서 칸데메이온을 찾아가 볼까 했지만 롯소산맥 중앙은 아직 그녀가 정복하기 일렀다. 바실리스크와 같은 괴물들이 산더미처럼 득실거리는 곳이었던 것이다.

황녀의 추적을 따돌리는 방법이 드래곤을 찾아가는 방법밖에 없었기에 막무가내로 향했지만, 차분하게 판단했을 때 아직은 무리다. 그리고 지금 이아나에게는 그녀의 무사귀환을 기원하고 있는 일행도 있었다.

웅성웅성.

이아나는 산 아래쪽이 시끄러워지기 시작하자 몸을 일으켰다. 귀를 기울이자 "저쪽이다!", "1조는 왼쪽, 2조는 오른쪽!"과 같은 말들이 들려왔다. 십중팔구 시디얀의 병사였다.

이아나는 다시 발을 움직이기 시작했다. 그녀의 정면은 이제 다시 토라카 왕국 쪽을 향하고 있었다.

하지만 정체를 알 수 없는 기묘한 미련은 이아나의 등과 다리에 처덕처덕 진득하게 달라붙었다. 마치, 예전에 저를 뒤에서 끌어안은 로브의 남자가 사라진 뒷골목을 볼 때와 같은 기분이었다.

그때 그 남자는 아르하드인 게 거의 확실한데…….

힐끗.

이아나는 뒤를 슬쩍슬쩍 훔쳐보며 계속 걸었다. 그렇게 드래곤이 사라진 방향과 점점 멀어져 갔다.

탁! 타닥!

이아나는 시디얀 병사들을 쉽게 따돌렸다.

이아나가 육체를 단련한 지 회귀 전 약 20년, 이번 생 약 10년이다. 그 전에 그녀가 현재 이룩한 경지는, 시디얀 병사가 아무리 잘 먹고 잘 훈련받았다고 해도 감히 넘볼 수 있는 경지가 아니었다. 바하무트 일가가 비상식적으로 강해 애를 먹었던 것뿐, 도망치고자 마음먹은 그녀를 따라잡을 수 있는 이는 이 세상에 몇 명 없었다.

삭! 사삭!

드래곤이 죄다 쫓아 버린 탓에 길을 막는 몬스터도 없겠다, 이아나는 나무 위를 유령처럼 뛰어다니며 질주했다. 나뭇가지에 발을 디뎌 발돋움을 한 번 할 때마다 저 앞으로 유성처럼 쏘아져 나갔다. 바람이 나뭇잎을 훑고 지나갈 때처럼, 푸른 나뭇잎이 사각거리는 소리만 그녀의 흔적으로 남았다.

이아나는 아티팩트로 사키에게 연락을 시도했다. 일방적으로 연락을 끊은 이후 계속해서 연락이 오는 것을 무시했지만, 이제는 합류해도 괜찮다고 판단했기 때문이다.

'안 받네.'

하지만 사키는 받지 않았다. 무슨 일이 있는 걸까?

'그럼 토라카의 국경으로.'

피치 못할 사정이 생겨 떨어질 경우, 친구들과 다시 만날 장소로 롯소산맥과 맞닿아 있는 토라카의 국경을 정해 뒀었다. 목적지가 정해지자 이아나의 속도가 한층 더 빨라졌다.

그렇게 달린 지 몇 시간.

아주 많은 거리를 달려왔기에 이아나도 지쳤다. 처음엔 눈을 즐겁게 해 주던 녹색 풍경들도 이제는 지겨웠다. 달리다가 잠시 바위에 걸터앉아 취하는 짧은 휴식이 아닌, 바닥이든 침대든 어딘가에 편하게 누워 깊은 잠을 자고 싶다는 마음이 굴뚝같았다.

하지만 롯소산맥의 고도가 조금씩 낮아지고 있었다. 진자이를 거쳐 토라카에 다 오지 않았을까, 라는 생각에 이아나는 조금 더 힘을 내기로 했다.

채챙! 채앵!

으아아악!

아아, 으으윽…….

그런데 어디선가 비릿한 피 냄새가 나기 시작했다. 병기들이 부딪치는 수백 종류의 쇳소리들과 험악한 고함, 악에 받친 기합,

고통에 전 신음도 청각에 잡혔다. 소란의 정도로 보아 근처에서 대규모 전투가 벌어지고 있는 것 같았다.

'누가 싸우고 있는 거지?'

타악!

호기심을 느낀 이아나는 소란이 일어나고 있는 곳으로 방향을 꺾었다. 몇 분 정도 뛰자, 전투의 현장이 눈앞에 펼쳐지기 시작했다.

"꺼져, 이 사이비들아!"

"아악!"

적어도 수백 명은 되는 사람들이 엉켜서 싸우고 있다. 생각보다 훨씬 커다란 규모의 전투였다. 싸우는 사람들의 차림새 대부분이 두 복장으로 나뉘어 있어 전투는 전쟁과 같은 양상을 띠고 있었다.

"우린 반역자를 찾는 것뿐이라고! 좀 들어 처먹어라!"

"이 개새끼들이, 침범 안 한대도 이 지랄이야!"

한쪽은 시디얀 병사의 옷을 입고 있었다. 그리고 다른 쪽은 보자마자 관리하기 어렵겠다는 생각부터 들 정도로 새하얀 복장을 하고 있었다.

"악마의 종들!"

"네놈들은 라오스 신의 품으로 돌아갈 자격이 없다. 악마가 잠든 땅에 뼈를 묻어라!"

'설마 진자이인가?'

설마가 아니라 확실한 것 같다. 병적으로 하얀 복장은 라오스 신자들의 특색이었고, 그것을 군복에까지 적용시키는 근방의 국가는 진자이뿐이기 때문이다.

이아나는 왜 뜬금없이 진자이와 시디얀이 롯소산맥에서 싸우고 있는지 고민했다. 생각나는 이유는 두 가지였다. 시디얀의 병사들이 저 때문에 롯소산맥으로 쏟아져 들어왔으니 그것을 침략으로 판단하여 진자이가 공격했거나, 진자이의 상위 계급인 사키가 저를 구하기 위해 손을 썼거나.

"그렇게 라오스가 좋으면 닥치고 뒈졋! 저세상에 있는 라오스 발가락이나 빨라고!"

이아나는 단단한 나뭇가지 위에 서서 현장 전체를 훑어보았다. 전투에 낄 생각은 없지만 혹시나 사키나 친구들이 있을까 해서였다. 하지만 사키를 발견하지 못한 이아나는 곧장 자리를 떴다.

그런데 전투는 한 곳에서만 벌어지고 있는 게 아니었다. 이아나가 뛰면서 확인한 전투 현장만 해도 벌써 네 곳이었다.

그리고 이번이 다섯 번째.

롯소산맥의 고도로 보아 토라카에 근접한 곳에서도 전투가 벌어지고 있었다. 그리고 이번 전투의 규모가 가장 컸다. 이번에는 진자이 병사뿐만 아니라 토라카 왕국의 군복을 입은 병사들도 적지 않았고, 개인 복장을 한 용병들도 눈에 많이 띄었다.

이아나는 황당함을 느꼈다.

'정말로 나 하나 때문에 이렇게 많은 시디얀 병사들이 동원되었나? 왕실군뿐만 아니라 영주군도 많은 것 같은데…… 의외로 시디얀 국민들이 왕실에 바치는 충성심이 강한 모양이야.'

제가 시디얀에서 사상 최악의 반역자가 되었다는 사실과 제게 걸린 천만 골드의 현상금을 알지 못하는 이아나가 혀를 내둘렀다. 그녀는 이때까지 그래 왔던 것처럼 현장을 훑었다.

그런데 얼마 지나지 않아 몹시 신경 쓰이는 장면을 발견했다.

촤악! 퍼억!

적을 파죽지세로 베어 넘기고 있는 이가 있었다.

시뻘건 피를 온몸에 뒤집어쓴 청년이 검을 휘두를 때마다 적의 신체 한 부분이 토막 나서 바닥을 나뒹굴었다. 검을 내지를 때마다 적의 몸에 스펀지처럼 구멍이 났다.

겨우 몇 번의 칼질만으로 사람을 죽이는 청년은 적들에게 사신처럼 보였다. 이미 주변을 온통 시산혈해로 만들어 놓았음에도 만족하지 못한 듯, 청년은 미친놈처럼 검을 휘둘러 댔다. 적들은 그에게 접근할 엄두를 내지 못했다.

'대체…….'

그를 복잡한 심정으로 지켜보고 있던 이아나가 나무에서 뛰어내렸다. 그녀의 신형이 증발했다. 다시 나타난 곳은 그의 뒤였다.

덥석!

이아나가 그의 뒤에서 팔을 잡아 제 쪽을 보게 했다. 이아나의 기척을 알아채지 못한 채 앞에 있던 적의 목을 날리고 있던 청년이 파드득 놀라 검을 쐐액 휘둘렀다.

퍼억!

이아나는 손목을 가볍게 쳐서 검의 경로를 벗어나게 했다. 공격이 막히자 박치기를 하려는 듯 돌진해 오는 그의 얼굴을, 이아나가 붙잡았다.

"헤레이스, 네가 왜 여기에 있어?"

"……아."

이아나의 걱정스러운 목소리를 들은 청년, 헤레이스의 눈에 초점이 돌아왔다. 헤레이스가 덜컥 멈추자 이아나가 가면을 벗었다. 지친 기색이 역력하지만, 그래도 멀쩡해 보이는 이아나를 보며 헤레이스가 다리에 힘이 풀린 듯 비틀거렸다.

"이아나 양?"

"그래."

"정말로 이, 이아나 양이에요?"

"그래."

탱강!

헤레이스가 검을 바닥에 떨어뜨렸다. 손을 파르르 떨었다. 그의 눈이 금세 눈물로 흥건하게 젖어 들었다.

"무, 무사하셨군요."

이아나는 고개를 내려 헤레이스의 주변에 벌어진 지옥을 훑었다. 순둥이였던 헤레이스의 극단적인 변화가 무척 당황스러웠다.

"너……."

이아나는 말을 다 잇지 못했다. 헤레이스가 갑자기 그녀를 와락 끌어안은 것이다.

"다행이에요. 정말로. 정말!"

이아나의 어깨가 눈물로 축축하게 젖어 들었다. 뜬금없던 포옹에 멈칫했던 이아나는 헤레이스의 낌새가 이상하자 그의 등을 토닥거려 주었다.

"무슨 일 있었어? 네가 어떻게 이런 짓을?"

"이아나 양은 제 우상이고 희망이에요. 소중한 친구고, 스승님이에요."

헤레이스가 덜덜 떨면서 두서없이 말을 내뱉었다.

"이아나 양이 위험에 처해 있다고 생각하니까, 참을 수 없었어요. 언제나 강했던 이아나 양이 비틀거리는 걸 봤을 때, 위협하는 적들이 끔찍하게 미워졌어요. 용서할 수가 없었어요. 정말로 죽이고 싶어졌어요. 우리만 텔레포트가 돼서, 적들 한복판에 남겨졌을 지친 이아나 양을 생각하니 무서웠어요. 미칠 것 같았어요. 이아나 양만 구할 수 있다면 적의 목숨은 아무래도 상관없었어요."

헤레이스는 거의 공황 상태였다. 헤레이스가 제 품에서 이아나를 풀어냈다. 저를 물끄러미 쳐다보는 진짜 이아나를 보고, 또다시 눈물을 주르륵 흘리며 안겨 들었다.

"정, 홀쩍, 정말로 다행이에요. 흐엉."

"어이!"

헤레이스와 멀리 떨어지지 않은 곳에서 적을 박살 내고 있던 타로가 이아나를 발견하고 뛰어왔다.

"다행이여! 월매나 걱정했는디!"

타로는 오자마자 헤레이스에게 안겨 있는 이아나를 덥석 끌어안았다. 그도 반가운 기색이 역력했다.

"아부지! 왔어!"

타로가 갑자기 크게 고함을 질렀다. 그러자 한쪽에서 누군가가 벼락처럼 달려왔다.

"처자! 내가 처자라면 무사했을 줄 알았으!"

그는 압실롯이었다.

압실롯은 오자마자 타로의 부친 아니랄까 봐, 한데 엉켜 있는 타로, 헤레이스, 이아나를 꽉 끌어안았다. 이아나는 놀라움을 감추지 못했다.

"압실롯 님이 여긴 어떻게……."

"처자가 온다길래 국경 쪽에 마중 나와 있었는디, 진자이가 시디얀과 맞닿아 있는 국경을 봉쇄했다지 뭐여? 그래서 롯소산맥 근처에서 어슬렁거리고 있었는디 타로 녀석을 만나 브렀지! 근디 처자가 엄청 위험허다고 하길래 구하러 가고 있던 중이었고! 자, 이제 처자도 만났겠다, 빠르게 정리해 볼까나."

그는 무척 즐거운 기색이었다.

"날뛰기 좋은 산속이라 더 좋아브러……. 이것들, 잘 걸렸다."

그리 말한 압실롯이 이상한 행동을 하기 시작했다. 두 손을 바닥에 짚고 엎드리더니 무릎을 살짝 굽힌 것이다.

"크르르르."

그는 짐승 같은 소리를 내며 뾰족한 이를 드러냈다.

밝은 눈동자가 빛을 발하고, 점차 그의 몸에서 털이 자라나기 시작했다. 인간의 것이었던 몸이 뼈가 뒤틀리고 털로 뒤덮이며 그대로 짐승의 것으로 변이했다. 그 섬뜩한 모습에 모골이 송연했다.

크와아아앙!

울긋불긋한 주황빛 털의 호랑이가 이를 드러내며 산속이 떠나가라 울부짖었다. 쩌렁쩌렁한 고함에 정신력이 부족한 이들은 패닉 상태에 이르렀다.

그것을 본 이아나가 말했다.

"타로 당신도 수인족인 거지?"

"엉, 근디 수인의 피를 반만 물려받아서 호랭이로 변하지는 못혀. 허지만 호랭이만큼의 힘과 체력은 타고났지?"

호랑이는 육식계 동물 중에서도 최상위 계급에 속한다. 그제야 한 대 가볍게 치면 사람이 공중에 날아다니던 타로의 괴물 같은 힘을 이해할 수 있을 것 같았다.

촤아악! 촤악!

"살려 줘!"

"아악!"

어느새 전장 한복판에 뛰어든 압실롯은 무아지경으로 발톱을 휘두르고 있었다. 강력한 주황빛 신력을 덧씌운 발톱에 무기, 방어구 할 것 없이 그대로 잘려 나가고 사람까지 통째로 박살났다. 웬만한 몬스터보다 더 거대한 덩치와 흉악한 외모 탓에, 마치 최상급 몬스터 한 마리가 전장을 휘젓고 다니는 것 같았다.

상황은 압실롯에 의해 순식간에 정리되었다. 시디얀 군복을 입은 생존자는 한 명도 없었다.

"크르르릉."

살점을 질겅질겅 씹다가 퉷 하고 뱉어 낸 호랑이가 푸르르 몸을 털어 내자 풀숲에 피의 비가 내렸다. 살아남은 아군은 호랑이가 이번 전투 최고의 공적을 세웠음에도 히익, 하며 두려움에 떨었다.

"크릉."

호랑이가 이아나 쪽을 바라보았다. 호랑이, 압실롯이 천천히 다가오더니 이아나의 앞에 엎드렸다.

[처자, 타!]

"아부지, 나랑 헤레이스는?"

[내 등에 사내새끼 안 태운다. 헤레이스는 니가 업어, 인마! 처자, 지쳤을 텡께 어서 타!]

잠시 머뭇거리던 이아나가 결국 훌쩍 올라탔다. 압실롯이 신이
난 듯 포효하더니 말했다.

[꽉 잡아!]

그리 말한 압실롯이 쏜살처럼 튀어 나갔다.

질풍처럼 달려 나가는 호랑이의 털을 꽉 붙잡은 이아나는 뒤를
돌아보았다. 얼굴이 앞으로 돌아올 낌새가 보이지 않자 헤레이스
를 업고 옆에서 달리고 있던 타로가 고개를 갸웃하며 물었다.

"뭐 냅두고 온 거 있는겨?"

타로가 묻고 나서야 이아나는 정신을 차리고 다시 앞을 보았다.

"아니. 아무것도."

압실롯이 화한 호랑이를 타고 벼락처럼 내달리기를 몇 분, 압
실롯이 천천히 속도를 늦추더니 이윽고 멈춰 섰다. 이아나가 뛰
어내리자 헤레이스도 타로의 등에서 내렸다.

우득. 뿌드드드득.

압실롯의 몸이 다시 인간으로 변이하기 시작했다. 꼬리는 짧아
지고 다리는 길어졌다. 앞다리가 팔로, 발가락이 긴 손가락으로
변하면서 호랑이는 두 다리로 섰다. 털들은 섬유의 격자처럼 층
층이 엉켜들어 단단한 피부가 되었다.

"아부지! 옷!"

타로가 냉큼 망토를 던지자 아직 짐승의 것에 가까운 팔이 그
것을 붙잡아 바람개비가 돌듯 몸을 돌리며 몸에 휘리릭 감았다.

"흐흐."

잠시 후, 압실롯이 이아나를 향해 돌아섰다. 그곳에는 호랑이가
아닌 당당한 얼굴로 망토를 두르고 있는 인간 압실롯이 서 있었

다. 이아나가 담담하게 말했다.

"인간이 아니라 수인족이셨군요."

"그려."

압실롯이 이를 드러내며 웃었다.

"정식으로 내 소개를 해야겠구먼. 이름의 뒤에는 종족의 이름이 붙는다. 나는 수인족 중에서도 호랭이 족의 족장, 압실롯 타이거. 타이거 용병단의 단장이자 용병왕이고……"

이것저것 거창하게 저를 수식하는 명칭들이 많다고 생각한 압실롯이 머리를 긁적이며 민망해했다.

"수인족 전체의 지도자이기도 허다. 그리고 화염의 드래곤 테라 노우딘의 가디언으로 있지!"

'가디언?'

드래곤의 가디언이라니. 처음 들어 보는 데다 생각지도 못한 드래곤이라는 단어의 출현이라 어안이 벙벙해 있는데 압실롯이 세 사람의 등을 툭툭 치며 밀었다.

"자, 자!"

압실롯에게 떠밀려 비탈길을 조금 내려가니 길 양옆에 늘어졌던 나무들이 사라졌다. 나무들이 가리고 있던 햇살이 쨍하고 내리쬐었다. 모두가 손으로 눈을 가렸다.

"토라카에 온 걸 환영헌다!"

화르르륵!

롯소산맥에서도 깊디깊은 구역, 최상급 몬스터들조차 얼씬도 하지 않는 그곳에서 거대한 불길이 일었다.

화르르르륵. 화륵.

몇 시간 전 황녀와 군사들을 상대로 위용을 발휘했던 검은 드래곤이 죽은 듯 누워 있었고, 그 몸은 불타오르고 있었다. 그 몸을 태우는 것은 보통 사람들이 말하는 붉고 푸른 일반적인 불이 아닌 초고밀도로 압축된 마나의 불꽃이었다.

엄청난 양의 마나의 아지랑이가 수증기처럼 하늘 위로 치솟았다. 드래곤이 불타는 지상에서는, 이 구역에 발을 들이는 존재를 단숨에 압사시킬 만큼 농밀하게 모인 마나가 아주 아주 천천히 흐르고 있었다. 마나로 이루어진 심해 같았다.

"……."

그런 마나의 불길을 헤치며 한 남자가 천천히 걸어 나왔다. 입을 손으로 막고 있는 그의 안색은 아주 창백했다.

남자가 근처에 꿋꿋하게 서 있던 나무 한 그루를 손으로 짚으며 쓰러지듯 기댔다. 입을 막은 손가락 사이사이로 피가 줄줄 흘러나오고 있었다.

'정말이지, 눈만 떼면 사고를 치는군. 뭘 해도 예쁘다지만 이번 건은 좀 심했어.'

남자의 몸이 순간 들썩거렸다. 참지 못하고 막고 있던 손을 떼어 내자 피가 왈칵 쏟아져 나왔다.

남자의 다리가 서 있을 힘을 잃고 서서히 아래로 가라앉았다. 완전히 쓰러지지 않기 위해 나무를 붙잡은 남자는 무릎을 꿇은 채 구역질을 하는 것처럼 한동안 피를 토해 낸 후, 지쳐 버려서는 등을 나무에 기댔다.

'대충 짐작이 간다. 적을 따돌리기 위해 칸데메이온의 영역으로 가려던 거였겠지. 무모하지만 현명한 판단이었다. 내버려 뒀어도 황녀의 손에 잡히는 일은 없었겠지만……'

그는 제 행동을 되짚어 보았다. 다시 생각해 봐도 잘한 것 같았다.

'칸데메이온에게 보일 순 없지. 분명 쓸데없는 소리들을 지껄여 댔을 테니까.'

남자가 이것저것 생각하고 있을 때였다.

[아무리 판데모니엄의 심장과 연결되어 있다지만, 인간의 작은 심장으로 본체를 만들어 움직이다니. 미쳤군.]

한 목소리가 공간 전체를 진동시키며 울려 퍼졌다.

[네가 죽으면 곤란하다. 그건 라오스가 바라는 게 아니니까. 몸을 좀 아끼는 게 어떻겠나?]

목소리를 잠자코 듣고 있던 남자가 피를 거칠게 닦아 내며 입술을 비뚜름하게 틀어 올렸다.

"내 복제품 주제에 조언하는 거냐? 라오스가 무슨 생각으로 너희들을 만든 건지는 모르겠지만, 건방 떨지 마라. 몸만 추스르고 갈 테니 신경 쓰지도 말고."

[복제품이라…… 글쎄? 아무튼 여기까지 와서 본래 신체로 강림한 이유가 뭐지? 모두 파괴하고 자살하고 싶기라도 했었나?]

"안 죽어."

남자가 숨을 거칠게 내뱉으며 머리를 푹 숙였다.

"이제 좀 숨통이 트이기 시작했으니까, 절대 죽을 수 없지."

목소리는 잠시 침묵하다가 물었다.

[다시 사랑하게 된 건가?]

"……."

[수천 년간 쌓아 온 증오를 뛰어넘을 만큼?]

"다시라는 말은 옳지 않다."

남자가 조용히 말했다.

"그 여자는 로베르슈타인이 아니다. 나도 로이긴이 아니고."

스스로에게 되새기듯.

"전생은 이용할 수 있는 수단일 뿐이지."

그리 말한 후, 힘이 다한 남자는 얼마 지나지 않아 기절했다. 그러다 다시 깨어났을 때는, 시간이 얼마나 지났는지 알 수 없는 상태였다. 그리고 남자의 품 안에서는 야옹거리는 고양이의 울음소리가 나고 있었다.

"음……."

남자는 앓는 소리를 내며 품을 뒤졌다. 조그만 고양이 인형이 그의 손에 잡힌 채 튀어나왔다.

고양이 인형이 야옹 야옹 울어 대며 마나를 뿜어내면서 진동했다.

"……."

남자는 고양이 인형을 물끄러미 쳐다보았다. 마나의 흔적이 아주 짙게 남아 있는 걸 보니 아주 오랫동안, 몇 번이나 울었나 보다.

야옹…….

꺼낸 지 얼마 되지도 않았는데 힘이 빠진 듯 울음소리가 서서히 잦아든다.

남자는 정신을 차리고 황급히 마나를 주입하려 했다. 그런데 소리가 약해지던 것도 잠시, 왜 제 말을 들어주지 않느냐는 듯 다시 요란하게 운다.

"······후우."

남자의 심장이 뜨겁게 끓어오른다. 참을 수 없는 사랑스러움을 느낀 남자가, 인형의 코끝에 짧게 키스했다. 그 얼굴에는 아주 사랑스러운 이를 마주하고 있는 것처럼 상기된 미소가 그려져 있었다.

인형에 마나를 주입한 남자가, 먼저 연락해 놓고 말이 없는 여자를 불렀다.

"이아나."

그리고 그녀가 그의 이름을 불렀다.

[아르하드.]

－시디얀 편 終

23. 드래곤 편

23. 드래곤 편

일행은 토라카에 입국하자마자, 토라카와 롯소산맥의 경계 부근에 위치한 압실롯 개인 소유의 저택으로 향했다. 이아나가 무척 피곤해했기에 최종 목적지에 도달하기 전에 일단 휴식부터 취하기 위해서였다.

이아나는 대충 씻고 침대에 드러눕자마자 기절하듯 잠들어 버렸다. 그리고 비몽사몽하며 깨어났을 때는, 하늘에서 해가 뉘엇뉘엿 저물어 가고 있었다.

대충 정오쯤에 도착했으니 대여섯 시간 정도 잤다. 아주 피곤했던 것치고는 양호한 수면 시간이었다.

일어나자마자 제일 먼저 해야겠다고 생각한 일은 씻는 것도, 식사를 하는 것도, 친구들과 압실롯을 찾아가는 것도 아닌, 저 멀리 테오도르에 있을 아르하드에게 연락을 하는 것이었다. 만약 인사불성이 된 사이에 그가 연락을 했었다면 걱정하고 있을 가능성도 있었기 때문이다.

무엇보다 제 발이 저렸다. 바하무트의 황녀가 그들의 마법을 파훼한 걸 느끼고 왔다고 했으니, 그들과 피가 이어지는 아르하드도 뭔가를 느꼈을 가능성이 없지 않았다.

'하지만 그랬다면 그가 먼저 연락을 해 왔을 텐데. 아티팩트가 감감무소식인 걸 보면 아닐 수도 있겠어. 아르하드는 빼고 바하무트 황실 저들끼리만 통하는 마법 수단이 있을지도.'

워낙 큰 사안이라 의도 몇 가지만 숨기고 이실직고할 생각으로 사건을 정리한 다음 아르하드에게 연락을 시도했다. 그러나 한참을 마나를 주입했음에도 그는 받지 않았다.

바쁜 일을 처리하고 있는 걸까? 아니면 난리를 치면서 아티팩트의 마법에 이상이 생긴 걸까?

일단 상황부터 제대로 파악한 다음 다시 연락할 생각으로 일어났다. 하지만 그가 먼저 연락해 온다면 언제든 받기 위해 인형을 주머니에 넣은 후에 방 밖으로 나갔다.

이곳은 압실롯이 토라카를 나갈 때 준비를 하면서 잠시 머물렀다 가는 임시 거처다. 나름 좋은 목재로 지어진 이 층 저택으로, 일층에는 테이블과 의자가 놓여 있는 거실과 욕실이, 일층의 반만 한 넓이의 이층에는 좁은 방 두 칸이 있었다.

이아나가 머문 곳은 이층의 방 중 하나였다. 거실의 테이블에 앉아서 육포를 먹고 있던 압실롯과 타로가 오랜만에 모습을 드러낸 그녀를 동시에 올려다보며 소리를 질렀다.

"앗!"

"드디어!"

똑같이 생긴 부자가 우렁차게 외치자 흠칫 놀란 이아나가 약간 민망스러운 기분으로 계단을 내려왔다.

"대여섯 시간이면 많이 잔 건 아닌 것 같은데요."

타로와 압실롯이 서로를 쳐다보았다.

"뭔 소리여?"

"착각하고 있는 것 같은디?"

"이아나 양, 거시기, 거기다 더하기 하루를 자서."

이아나는 당황했다.

"제가 하루 반나절을 잤다고요?"

"그려!"

워낙 많은 일을 겪은 탓에 지치긴 했던 모양이다. 하루가 통째로 날아가 버리자 아까운 기분이 들었다. 이아나가 한숨을 내쉬며 테이블의 한 자리를 차지하며 앉자, 압실롯이 물통 하나를 건네주며 말했다.

"너무 안 일어나서 이아나 양도 의사헌티 맡겨야 하나 고민하고 있었당께. 다행이지 뭐여."

"도?"

이아나의 눈썹이 쓱 올라갔다.

"그러고 보니 헤레이스는 어디에 갔습니까?"

"그 녀석은 열이 펄펄 끓어서 어제 의원에 입원했구먼. 막 헛소리하고 난리 났어서. 근디 방금 가 보니까 좀 많이 나아졌어라. 내일이나 모레에 출발하자고."

이아나는 전투 현장에서 검을 거리낌 없이 휘두르던 헤레이스의 이상한 상태를 떠올려 냈다.

"타로, 헤레이스에게 무슨 일이 있었나?"

"으음."

타로가 머리를 긁적거렸다.

"그 여자애 있잖여."

"여자애?"

"람피니온, 뒷골목에서 만났던 그 여자애."

"아."

지하 공장의 감옥에 갇혀 있던 약쟁이 계집. 자신들 때문에 잡혀 온 거라고 생각한 듯, 헤레이스는 계속해서 그 여자애를 쳐다보고 있었다.

"시디얀 병사 놈들이 위에서 밀고 내려올 때, 헤레이스가 냉큼 데려왔거던. 그래서 사키 님의 은신처로 텔레포트는 같이 했는디 그전에 치명상을 입은 상태였다지 뭐여? 난 텔레포트되자마자 아부지 찾으러 뛰쳐나가서 몰랐는디, 온 지 얼마 안 돼 죽어 브럿대. 사키 님이 살리려고 혔는디 이미 많이 늦은 상태였다는구먼."

타로가 그때 상황을 떠올리며 한숨을 푹푹 내쉬었다.

"이아나 양이 처해 있던 상황도 상황이고 그 여자애도 죽어서 그른지, 울 아부지 데려왔을 땐 애 상태가 시체 수준이드라고. 그래서 이아나 양 구하러 갈 때 띠어 놓고 가려 했는디, 꼬옥 가겠다고 악착같이 따라붙지 뭐여? 그리고 시디얀 놈들이랑 싸우자마자…… 뭐, 그렇게 돼 브럿지. 나도 자세한 건 모르겄어. 나중에 본인한테 직접 물어보자고."

이아나는 생각에 잠겼다. 심하게 윽박지르고 전투에 억지로 밀어 넣어도 상대의 목숨만은 절대 끊어 내지 못하던 헤레이스였다. 그랬던 그가 악귀처럼 검을 휘둘러 댈 수 있게 된 계기는, 분명 저와 그 여자애에게 있다.

'헤레이스의 말에 의하면 내 위기가 그 앨 각성시킨 것 같긴 하지만, 여자애의 죽음도 어떤 영향을 줬을 거야.'

궁금했지만 헤레이스가 입원을 했다니, 나중을 기약하고 앞의 두 사람에게 집중하기로 했다. 이아나가 물통의 뚜껑을 열며 둘을 번갈아 쳐다보자, 압실롯이 타로에게 손짓했다.

"아들아, 먹을 것 좀 사 와라잉. 엄청 맛있는 걸로."

"예이."

타로는 군말하지 않고 밖으로 나갔다.

이아나는 물을 마시면서 맞은편에 있는 압실롯의 사나운 인상을 살폈다.

과연 호랑이……. 수인족이라 생각하고 생김새를 추정해 보니, 정말 호랑이를 닮았다. 호랑이의 털처럼 약간 탁한 주황빛 머리라든가, 형형한 눈이라든가, 두꺼운 근육과 몸집이라든가.

"궁금한 게 많을 것이여?"

"네."

"근디 나도 궁금한 게 많어. 그리고 처자 얘기부터 들어야 대화의 순서가 맞을 것 같거던? 나가 먼저 물어도 되겠는가?"

"그러시죠."

"애들헌티 대충 얘기는 들었는디 말여."

압실롯이 목소리를 낮추어서 말했다.

"마지막에 나타났다는 여자, 내가 얘기를 듣고 있자니 생각나는 인간이 하나 있어브러."

형형한 눈이 가늘어졌다.

"바하무트 황실의 계집 같은디, 워뗘? 처자는 모르려나?"

정답이었다. 압실롯은 뭘 알고 있기에 그 여자를 보지도 않고 바하무트 황실 소속으로 추정할 수 있는 걸까?

이아나는 순순히 고개를 끄덕거렸다.

"바하무트의 황녀, 이사벨라가 맞을 겁니다. 나중에 마법사 노인이 합류했는데, 여자가 그를 위프헤이머라고 불렀습니다. 아시다시피 위프헤이머는 바하무트의 황실 마법사장이죠. 그런데 그자가 여자를 전하라고 불렀습니다."

"캬, 딱이네."

"그런데 어떻게 아셨습니까?"

압실롯이 팔짱을 끼더니 고개를 끄덕거렸다.

"지하 건물에 있었다는 흑여우족. 놈들은 수인족의 뒤통수를 제대로 때리고 북국으로 간 배신자들이여. 옛날에 그놈들 땜시 엄청나게 많은 동족들이 죽었고 금전상의 피해도 막심했었지라. 그리고 수인족은 블랙폭시라는 조직이 흑여우족과 관련이 있다는 걸 알고 있고, 수인족의 지도자층은 더 나아가 블랙폭시가 바하무트의 아래에 있다는 걸 알어."

압실롯의 입술이 비뚜름하게 틀어졌다.

"블랙폭시가 통제하고 있는 시디얀에 숨겨진 공장, 동쪽 숲에서 온 하이 엘프가 파훼하지 못하는 마법을 그곳에 시전한 흑발 흑안의 초강자……. 바하무트 황실뿐이구먼."

이아나는 의외라는 표정으로 그를 보았다. 압실롯은 블랙폭시의 정체를 제대로 꿰뚫고 있었다.

"아, 담배 좀 피워두 될까?"

"그러십시오."

압실롯은 테이블 한쪽에 놓여 있던 재떨이와 담뱃갑을 끌어왔다. 잘 말려 있는 담배들이 담뱃갑에 가지런하게 놓여 있었다. 그는 담배 한 개비를 꺼내 들어 입에 물더니, 검지 끝에 작은 불을 피워 담배를 태웠다.

"황녀와 위프헤이머? 이아나 양이 그 두 연놈헌티 안 잡히고 무사히 도망친 게 용허구먼. 보통 놈들이 아닌디 말여."

이아나의 표정이 묘해졌다.

"그들을 만나 본 적 있으신가요?"

"으음, 용병으로 한창 활동할 때? 황녀는 그때 애기였응게 못 봤고, 그 외 황족과 위프헤이머는 바하무트가 전쟁을 무차별적으로 벌일 당시에 전장에서 몇 번 봤구먼."

압실롯이 담배를 습, 하고 빨더니 연기를 훅 하고 뿜어냈다. 언제나 여유만만하던 그의 얼굴은 잔뜩 찌푸려져 있었다.

"나이가 있는 황제와 황후, 마법사는 둘째 치고, 어린 황태자가 아주 가관이었지. 그 미친 꼬마는 정말 다시는 안 보고 싶어. 지금은 얼마나 더 미쳤을지……. 아, 증말 그놈들만 생각하면 담배가 땡겨브러서."

굵은 손가락이 재떨이에 담배를 툭툭 두들기자 재가 후드득 떨어졌다. 압실롯이 이해할 수 없다는 표정으로 담배를 다시 물었다.

"자존심 상하지만 말여. 바하무트는 증말 내가 왕년에 다 엎어 부릴라다가 힘들어서 서부만 온전히 지키기로 타협하게 만든 놈들이여. 근디 처자는 그놈들 손아귀를 어떻게 벗어났지? 대단한 건 알지만, 지금으로선 놈들을 못 이길 것 같은디?"

"예. 위프헤이머는 제대로 맞붙어 보지 않아서 모르겠지만 황녀를 상대하기엔 제 실력이 역부족이더군요. 그리고 놈들 외에도 바실리스크를 포함한 최상급 몬스터 세 마리와 몬스터들이 떼거리로 모여 있어서 더 힘들었습니다."

"조종당하는 몬스터들이구먼. 그 정도 규모로 처자를 잡으려고 한 거여? 듣기로는 처자헌티 막대한 현상금까지 걸었다던데 말여. 라이프라는 약 제조 공장이 아주 중요한가 부네."

그것보다는 다른 이유 탓이 큰 것 같지만, 설명하기가 난해해서 일단 이아나는 침묵했다.

"아니 근디 그 상황에서 어떻게 빠져나온 겨?"

"도망쳤지요."

이아나가 솔직하게 말하자 압실롯의 표정이 진중해졌다.

"도망, 그놈들헌테서 도망이라."

연기가 풀풀 나는 담배를 손가락 사이에 끼워 내린 채, 압실롯은 한동안 말이 없었다. 담배가 반쯤 타들어 갔을 때, 그가 말했다.

"혹시 롯소산맥에 출몰했던 검은 드래곤이 도와줬나?"

"그렇습니다. 드래곤은 브레스를 뿜어서 놈들을 모두 쫓아냈고, 저에게 가던 곳으로 가라는 말을 남기고 사라졌어요."

이아나는 다시 한 번 솔직하게 대답했다. 압실롯은 하, 하고 헛

웃음을 내뱉곤 재떨이에 담배를 비벼 껐다. 담배를 재떨이에 버린 후 새 담배를 꺼내 들어 씹듯이 입에 물었다.

"그것참! 아무리 생각혀도 이해할 수 없는 일이구먼. 어떻게 드래곤이 영역을 벗어나서 돌아다니나? 아주 오래전부터 롯소산맥을 쥐 잡듯 싸돌아다니던 바하무트 놈들이 이번에 드래곤 코털을 잘못 건드렸나, 아니면……."

압실롯이 황당하다는 듯 정자세로 꼿꼿하게 앉아 있는 이아나를 위아래로 훑었다.

"처자 때문인가? 정령왕도 소환할 줄 알고 말여. 어이, 그대는 대체 누구쇼?"

"그러게요."

압실롯은 두 번째 담배에 불을 붙였다. 그 후로는 별다른 말이 없었다. 테이블을 내려다보며 생각에 잠겨 있을 뿐이었다.

이아나는 이제 제가 하고 싶은 말을 할 때라고 생각했다. 압실롯에게 로베르슈타인에 대한 것만 빼고 모두 솔직하게 말한 이유가 있었다.

"압실롯 님. 드래곤의 가디언이 뭡니까?"

그가 서부 사막을 주름잡는 이종족, 수인족의 통솔자인데다 드래곤과 어떤 관계가 있어 보였기 때문이다.

"용아병과는 다른 겁니까?"

"엉? 아."

압실롯이 신기한 생물 보듯 이아나를 훑었다.

"용아병에 대한 얘기는 어디서 들은 거래? 드워프?"

"네. 남부 대륙에 드워프 한 명을 데려다주면서 드래곤을 한번 만나 보고 싶어서 이것저것 물었었거든요."

"흠, 간단하게 말하자면 용아병은 드래곤이 제 신체와 영혼 일부를 떼어 낸 후에 신력을 부여해서 만든 병사들이여. 혹시 정령의 존재 원리라든가, 판데모니엄에 대해 알고 있나?"

"네. 대부분은 알고 있습니다. 편히 말씀하세요. 잘 모르겠는 부분은 질문하겠습니다."

"오오. 역시 평범한 인간이 아니랑께. 흠흠. 용아병은 정령이랑 비슷혀. 용아병은 드래곤의 일부이고, 드래곤은 용아병들의 전체인 거지. 용아병들은 이종족을 수호하고 판데모니엄의 균열을 찾아내 드래곤의 힘으로 막는 일을 혀. 그리고 가디언은 드래곤의 계약자다."

"계약이라면?"

"드래곤이 유지하고 있는 '결계'를 지키는 데 평생의 시간을 바치는 대가로, 드래곤이 무슨 소원이든 하나 들어주는 계약. 아주 강한 힘을 소유한 자들에게만 해당돼 불지."

결계와 소원.

그 의미심장한 말들에 흥미가 돋는다.

드래곤이 유지하고 있다는 결계는 무엇을 위한 걸까? 얼마나 중요하기에 소원을 들어주면서까지 지키려 하는 것일까? 드래곤은 대체 어떤 존재이기에, 소원을 이루어 줄 수 있는 걸까?

그리고 대륙을 질타했던 용병왕 압실롯이, 제 인생을 바쳐서라도 이루고자 했던 소원은 무엇이었을까?

압실롯이 계속해서 말을 이어 갔다.

"나는 화염의 드래곤 테라노우딘과 계약을 한 가디언. 드래곤과는 수면기만 아니라면 언제든 만날 수 있다. 그리고 테라 님은 지금 수면기가 아니지 말여."

압실롯이 손가락을 튕기자 담배가 재를 흩뿌리며 재떨이에 골인했다. 그가 손에 깍지를 끼며 눈을 빛냈다.

"이아나 양, 드래곤을 만나고 싶나?"

이 제안만 기다리고 있었다.

이아나가 곧장 고개를 끄덕였다.

"네. 꼭이요."

"좋아! 그럼 기로하이 사막에 있는 수인족 마을에 들렀다가, 곧장 드래곤에게 가자고."

압실롯이 입술 끝을 씰룩거리면서 웃었다.

"처자랑 한판 붙어 보고 싶어서 목을 빼고 기다렸던 건디, 처자의 정체가 더 궁금해서 안 되겄어. 드래곤이라면 뭘 알고 있지 않을까나? 그리고 드래곤에 대해 궁금한 게 있으믄 이번 기회에 당사자헌티 다 물어봐!"

이야기를 마무리하며, 압실롯이 담뱃갑과 재떨이를 한쪽으로 밀어 치웠다. 압실롯은 화염의 드래곤 테라노우딘과 수인족에 대해 이것저것 말해 주었고, 이아나는 그 이야기들을 몹시 흥미롭게 들었다. 책에서는 얻을 수 없는 생생한 지식이었다.

"아, 입 아퍼. 역시 설명은 취향이 아니랑께."

이야기를 할 만큼 했다 싶을 때, 압실롯이 배를 두드리며 투덜거렸다.

"아니, 근디 이 자식은 음식 사러 사막 끝까지 갔나. 왜 안 와? 배고파 뒈지겄구먼."

얼마 지나지 않아 타로가 천으로 덮인 커다란 접시 하나를 손바닥 위에 올린 채 돌아왔다.

"짜잔!"

접시 위에 놓여 있는 건 아주 거대한 붉은 전갈 요리였다. 전갈은 껍데기가 살짝 까진 상태로 노릇노릇하게 구워져 있었는데, 냄새가 기가 막혔다.

"캬. 맛있겠다."

압실롯과 타로는 헤벌쭉 웃으며 손가락 힘만으로 단단해 보이는 전갈의 껍데기를 우드득우드득 뜯어냈다.

접시 위에 놓인 전갈의 거대한 형체를 유심히 관찰하던 이아나가 조용히 말했다.

"이거 혹시 몬스터?"

"어어. 맞어. 레드스콜피온이라고, 포악해서 잡기 어렵긴 헌디 맛이 죽여줘서 물량이 엄청 딸리는 놈들이여. 육지의 로브스터라고 불리는 놈들이랑께. 야, 타로. 이거 어떻게 구했냐?"

"식당 가서 타이거 용병단 패 보여 주니께 바로 주던디?"

"크흐흐. 내 용병단 아직 안 죽었구먼."

그들의 말대로, 레드스콜피온은 그냥 소금만 뿌리고 구운 듯 간만 되어 있는데도 아주 맛있었다. 오동통하고 차진 속살은 씹으면 씹을수록 더 깊은 맛이 나는 게, 그야말로 일품 식재료라 해도 과언이 아니었다. 타로 말로는 몸보신에도 좋단다.

제대로 된 식사는 오랜만인데다, 하루 넘게 비워진 속이 허해서 이아나는 폭식해 버렸다. 압실롯 부자는 이아나가 먹은 양의 두 배 이상을 먹어 치웠다. 그러고도 위에 기별도 안 간다고 했다. 이 정도는 간식 축에 속한다며 낄낄거리는 부자의 위장 크기가 얼마만 한지 궁금해질 지경이었다.

'과연 수인족인가.'

식사를 하면서 그들에게 듣는 이야기들은 흥미로웠다. 그중에 가장 재밌었던 건, 압실롯의 아내 란카가 인간이라는 사실이었다.

"정말 인간이라고?"

"엉. 아부지랑 결혼했으니께 평범한 인간은 아닌 것 같지만 어쨌든 인간 맞어. 아부지가 스토커처럼 쫓아다니믄서 청혼했다 허던디."

"맞다, 인마. 근디 뭐? 그기 워뗘서? 느이 어무이가 왕년에 얼마나 귀엽고 예뻤는지 알어? 지금은 더 귀엽지만. 크, 여편네 보고 싶네."

압실롯이 란카를 떠올리며 헤벌쭉 웃자 타로가 이아나에게 속닥거렸다.

"아부지가 완전 도둑놈이여. 사실 키워서 잡아먹은 거나 마찬가지거던. 어무이가 일곱 살 때 처음 만났다는디, 그때 울 아부지는 아흔 살이었다던가?"

"그땐 나두 젊고 잘생긴 청년이었당게. 흐흐."

인간이라면 남자 쪽이 미쳤다고 욕해도 모자란, 상식 밖의 나이 차다. 하지만 압실롯은 수명이 아주 긴 수인족이고, 100세를 훌쩍 넘긴 현재의 외양도 중년 남자에 불과한지라 인간의 상식에 끼워 맞출 수가 없었다.

'그래도 어린아이와 청년이라니…… 도둑놈은 맞나?'

이아나는 아직도 란카를 생각하는 듯 히죽거리며 기분 좋게 웃고 있는 압실롯을 보았다. 란카가 얼마나 좋았으면 그렇게까지 했을까?

"용병일 때려치우고 사막에 눌러앉은 게 어무이 때문이라는 말도 있으. 울 아부지, 옛날엔 중증 약쟁이에다 아무도 못 말리는 막장 깡패였다는디, 어무이랑 무르시 아재 만난 이후부턴 성격 죽였다 하드라고."

그 말에 이아나는 압실롯이 테오도르에서 깡패들을 처리하던 모습들을 떠올렸다. 과연, 그런 과거가 있었기에 깡패들을 상대하는 게 아주 능숙했던 것이다.

한 존재의 난폭한 삶을 사랑으로 송두리째 바꿔 버린 란카라는 사람이 궁금해지는 순간이었다.

식사를 마치고 방으로 돌아왔다. 오늘까지는 푹 쉬고, 내일은 아침부터 헤레이스를 찾아가서 상태를 보고 발을 움직이기로 했다. 벌써 두 달의 방학 중 절반 가까이 지났기에 일정이 그다지 여유롭지는 않았다.

지이이이잉.

이아나는 침대에 걸터앉은 채 다시 한 번 연락 아티팩트에 마나를 주입했다. 하지만 아르하드는 여전히 응답하지 않았다.

"이거 정말 고장 난 거 아닌가."

그녀는 미간을 좁힌 채 아티팩트를 꽉 쥐고 흔들었다. 한껏 흔든 후에 또 연락을 시도했지만 묵묵부답인 건 똑같았다.

일단 제대로 씻고 보자는 생각에 이아나는 옷을 챙겨 밖에 있는 욕실로 가려 했다. 그러나 곧장 발을 멈추었다.

이아나는 샤워기를 틀어 놓고 아주 천천히, 혹은 욕조에 물을 가득 받아서 느긋하게 씻는 걸 좋아하지만 여기서 그럴 수는 없었다. 즉 대충 씻어야 하는데, 그럴 필요 없이 정말로 개운하게 씻을 수 있는 방법이 생각났다.

이아나는 이니스를 불러냈다.

[이아나아아앗! 무사했구나! 다행이야아아! 엄청 걱정했어!]

이니스의 치댐을 받아 주면서 이아나가 가만히 생각했다.

'나중에 압실롯 님께 정령왕을 보여 드리는 것도 괜찮겠어.'

압실롯은 정령왕에 대해서도 알고 있다. 정령왕을 소환하는 데 백 명의 제물이 필요하다는 말은 아주 인상 깊어서 아직도 기억하고 있었다. 정령왕을 압실롯과 대면시키면, 그들이 나누는 대화에서 새로운 정보를 얻을 수 있을지도 모른다.

압실롯에 대해 이것저것 생각하던 이아나는 감탄했다.

'정말 대단한 분이야.'

정령왕과 드래곤, 바하무트와 블랙폭시의 관계에서 더 나아가 특별한 무언가를 더 알고 있을 듯한 아주 특이한 사람. 이제는 그에게 신성시대의 이야기를 공유해도 될 것 같다는 믿음까지 생겨나고 있었다. 무슨 얘기를 하더라도 이미 죄다 알고 있어서 말이 통할 것 같은 그는, 정령왕만큼이나 중요한 사람이었다.

이아나의 뺨에 비비적거리고 있던 이니스는 그녀가 씻겨 달라고 부탁하자 기뻐하며 날뛰어 댔다. 자기는 씻기는 거에 자신이 있다면서, 씻고 싶을 때마다 전용 샤워기로 소환해 달라는 말과 함께 이아나의 머리 위에서 깨끗한 물이 되어 쏟아져 내렸다.

역시나 이번에도 피로와 이물감이 한 번에 날아갔다. 중독될 것 같은 청량감이라 전용 샤워기라는 농담 같은 말도 진지하게 생각해 봄 직했다.

[드래곤?]

이아나가 드래곤에 대해 묻자, 이니스는 참방하고 세차게 꼬리를 흔들었다. 귀여운 모습이었지만, 하는 말은 그리 귀엽지 않았다.

[싫은 놈들이지. 악마를 빼닮은 녀석들이니까. 마나를 제 것처럼 제어하는 것도 그렇고.]

"악마를 닮아?"

이아나가 엄청난 흥미를 보이자 이니스가 기뻐하며 말했다.

[옹. 우린 신성시대 후반엔 악마가 방해를 해서 거의 소환된 적이 없지만, 그래도 그전엔 몇 번 악마를 본 적이 있거든.]

이니스는 제 형태를 뭉개더니 물로 한 형상을 만들어 냈다. 그것은 드래곤이었다.

[악마는 날개 달린 거대 도마뱀이었어! 로베르슈타인 때문에 그녀의 신체 형태, 음, 그러니까 인간의 모습으로 왔다 갔다 한 것 같긴 하지만……지금은 드래곤이라고 불리는 도마뱀의 형태가 진짜 녀석의 영혼에 걸맞은 모습이었지.]

이아나가 조심스레 말했다.

"그럼 드래곤이 악마와 어떤 관련이 있는 걸까?"

[없을걸? 드래곤은 그냥 라오스가 창조한 생물이니까. 그런데 우리도 잘 몰라. 우리는 물질계에 현신하지 않으면, 영안을 개방한 특별한 존재가 아닌 이상 다른 존재들과 교감하지 못하니까 세계에서 일어난 일을 알지 못

해. 그런데 라오스는 사회성이 꽝이라서 말야. 아무리 애걸복걸해도 신성시대나 제 이야기는 절대 안 해서 우린 포기한 상태야.]

"드래곤에게 물었어도 됐지 않아?"

[흥. 우린 그 녀석들과 안 친해! 무엇보다 드래곤들과 만난 건 라오스가 존재했던 마도시대 극초기뿐이야. 드래곤들의 앞에서 우릴 소환하는 간땡이 부은 존재들은 없고, 드래곤은 우리를 부르지 않으니까. 우린 그냥 드래곤을 라오스의 애완동물들이라고 생각하고 있어.]

라오스의 애완동물.

어디서 들어 본 적이 있는 말이다.

언제 들었더라?

이아나는 한참이나 생각하다 마침내 떠올려 냈다.

"……검은 신도?"

[응?]

"예전에 너희가 종말 이후 처음 소환되었을 때, 세계에는 라오스와 그의 애완동물밖에 없었다고 말했어."

[아, 맞아. 그거 롯소산맥의 드래곤, 칸데메이온이야. 인간의 형태로 라오스를 따라다녔지.]

이아나는 팔뚝에 우수수 돋아난 소름을 쓸어내렸다.

놀라운 일이다. 성서의 근본이 되는 기록들을 작성한 검은 신도가 혼돈의 드래곤 칸데메이온이었다니?

[첫 번째 애완동물 칸데메이온은 악마처럼 온통 까만 녀석이라서 엄청 싫었는데, 그다음에 창조된 녀석들은 알록달록해서 그나마 참을 만하더라. 그래도 싫은 건 똑같지만!]

"칸데메이온은 눈도 까매?"

이아나가 다짜고짜 물었다. 이니스는 이아나가 그런 의미 없는 질문을 하는 이유를 알 수 없었지만, 그녀의 반응에 보람을 느끼고 있었던 터라 성실하게 대답했다.

[당연하지. 머리부터 발끝까지 새까만 녀석이야. 눈도 까매.]

"황금색 눈이 아니야?"

[웩. 이아나, 끔찍한 소리를 하네. 그건 완전히 황금의 악마야!]

이니스가 웩웩거리며 거부감을 보였다. 이아나는 뜻밖의 말에 할 말을 잃고 입술을 뻐끔거렸다.

"……다른 드래곤이 있진 않아? 그러니까, 라오스가 추가로 창조했다든가."

[웅? 우리가 아는 드래곤은 롯소에 하나, 오지에 넷, 이렇게 다섯뿐이야. 근데 라오스가 그런 녀석을 창조하고 우리한테 말을 안 했다면 있을 수도 있겠다. 그나저나 그런 걸 왜 물어?]

"롯소산맥에서 검은 몸과 황금색의 눈을 가진 드래곤을 봤어. 그런데 그 드래곤이 날 도와줬어."

이아나가 시웨아와 헤어진 후 롯소산맥에서 겪은 일을 꼼꼼하게 말해 주자, 이니스가 캑하고 기침하며 물방울을 뱉어 냈다.

[진짜 만들었나 봐. 그것도 악마와 완전히 똑같이 생긴 앨! 라오스 그놈은 대체 무슨 생각이래?]

이니스가 흥분해서 왔다 갔다 하는 걸 보고 있던 이아나가 슬쩍 물었다.

"그 드래곤이 진짜 악마일 수도 있지 않을까?"

이아나는 나름내로 생각한 후에 말을 한 거였다. 악마가 죽은 건 아니니 방법은 몰라도 이 세상에 나타날 수도 있지 않을까,

라는 생각에 꺼낸 말이었다. 그런데 이니스가 세상에서 가장 재밌는 이야기를 들었다는 것처럼 펄떡펄떡거리며 웃었다.

[그럴 리가 없잖아! 악마는 죽었어!]

그러고 보니 정령들은 악마가 죽었다고 알고 있었다.

이니스, 악마는 죽지 않았어.

심장은 지하에 갇혔고, 영혼은 찢겨 세상에 흩어졌을 뿐.

정령왕의 확신을 정정해 주려던 이아나는 문득 든 생각에 말을 집어삼켰다.

[라오스는 전부 다 죽었다고 했어. 악마도 로베르슈타인과 함께 죽은 거라고. 악마의 기운만 세상에 아주 독하게 남았대.]

라오스는 정령왕들에게 거짓말을 했다.

[그리고 악마는 생명을 증오하면서도, 동시에 끝없이 탐하는 녀석이야. 만약 그놈이 살아 있었다면 이 세계는 벌써 멸망했을걸? 응, 절대 아니야.]

태고부터 존재했다는 정령왕들은, 종말과 악마에 대한 정보로부터 완전히 배제되어 있다.

신화적인 존재임에도, 그들은 악마의 영혼이 파편의 형태로 세상에 흩어져 있는 것도, 판데모니엄에 악마의 심장이 있는 것도 모르는 것 같았다. 이 세상에 퍼져 있는 마나는 그저 악마가 죽으면서 남긴 유산이라고만 생각하고 있었다.

소환되지 않으면 물질계에서 일어나는 일들을 알지 못한다는 점을 감안하더라도 어떻게 이렇게까지 모를 수 있을까?

이아나는 생각했다.

그건 라오스가 일부러 의도했기 때문이 아닐까?

이유는 알 수 없지만, 정령들은 몰라야 하는 게 아닐까?

그래서 이아나는 말을 삼켰다. 일단은 드래곤을 만나야 이 이상한 일에 대한 이유를 알 수 있을 터였다.

이니스가 알 것 같진 않지만, 이아나는 마지막으로 물었다.

"드래곤은 지금 뭘 하고 있는 걸까? 그들은 한곳에서 움직이지 않는다고 들었어."

이니스는 이아나의 질문에, 이삼천 년 전의 모든 기억을 끌어내며 답을 찾으려 했지만 결국 죽은 생선처럼 몸을 축 늘어뜨렸다.

[미안해……. 진짜 모르겠어. 사실 우리도 궁금해서 알아보려고 했던 적이 있는데, 드래곤 놈들도 우리를 배척해서…….]

"아냐, 됐어. 지금까지 말해 준 것만으로도 충분해."

이니스가 살그머니 이아나의 눈치를 살폈다.

[도움이 됐어?]

이아나가 강하게 고개를 끄덕이자 이니스가 팔팔하게 살아났다. 그녀에게 뽀뽀를 하고 난리도 아니었다. 그 후 이니스는 한참 동안 수다를 늘어놓다가 역소환되었다.

사각사각.

이아나는 가방에서 노트를 꺼내 침대에 누웠다. 오늘 들은 이야기들과 제 생각들을 정리했다.

마무리를 짓고 공책을 탁 덮는데 편지 한 장이 팔랑하고 떨어졌다. 아르하드가 압실롯에게 보내는 협조 요청 서류였다.

노트 사이에 넣어 두고 완전히 까먹고 있었다. 압실롯과 둘만 있을 기회가 생기면 줘야겠다고 생각하며, 이아나는 창문을 보았다. 완전히 밤이었다.

고개를 돌려 방에 오자마자 베개 옆에 둔 강아지 인형을 보았다. 인형은 아주 잠잠했다.

"……왜 이렇게 연락이 안 되는 거야."

인형을 노려보며 중얼거린 이아나는 낚아채듯 인형을 집었다. 마나를 마구 집어넣어 아르하드에게 닿기를 바랐다. 하지만 아르하드는 응답하지 않는다.

결국 늦은 밤까지 계속해서 연락을 시도하던 이아나는 풀리지 않은 여독에 지쳐 잠들었다.

날이 밝았다.

깨어나자마자 또 연락을 시도했다. 결과는 같았다.

이아나는 슬그머니 불안해지기 시작했다.

"너, 너어, 그 샌님이지……?"

소녀가 헐떡거리며 말했다.

소녀는 치명상을 입고 죽어 가고 있었다. 사키가 소녀를 살리기 위해 상처에 라이프를 붓고 따로 조치를 취했지만, 피를 대량으로 흘린 데다, 내장이 헤집어진 상처는 이미 소녀의 운명을 죽음으로 확정 지었다. 사키는 고통을 덜어 주기 위해 소녀에게 마취제를 놓아 주고 기도를 한 후, 다른 환자들에게 갔다.

상처에 부어진 라이프는 소녀에게 약간의 시간을 허용했다. 그리고 헤레이스는 창백한 낯으로 서서, 저를 추궁하는 소녀를 멀건 눈빛으로 보고 있었다. 그는 현재의 상황에 망연자실해 있었다. 이아나가 대마법사 사키 셀츠스조차 감당하지 못해 도망친 곳에 홀로 남겨졌다고 생각하자 머리가 텅 비어 버렸다.

마지막으로 본 이아나의 상태는 정상이 아니었고, 그녀의 발목은 괴물 같은 여자에게 붙잡혀 있었다. 그 상태로 백 명이 훌쩍 넘을 법한 숙련된 병사와 심장을 씹어 먹는 수인족들 사이에 갇혔다. 살아 나올 가능성은 아주 심각하게 낮았다.

'이아나 양이 죽는다고?'

헤레이스는 친인의 죽음을 상상조차 해 본 적이 없었다. 더구나 이아나의 죽음 따위는 생각해 본 적도 없는 게 당연했다.

이아나는 그의 정신적 지주였고 희망이었다.

그녀는 언제나 강했다. 평생 꺾을 수 없다고 생각한 츠레비스를 무자비하게 무릎 꿇렸으며 검술학부의 대단한 선배들을 제치고 검술제에서 우승했다.

그녀는 출생 배경을 이겨 내고 모두의 인정을 받았으며 누구에게도 지지 않았다. 그를 갖고 놀던 누님에게도, 모든 게 완벽한 아르하드에게도, 그녀를 비웃는 귀족들에게도, 왕국에서 가장 고귀한 왕자에게도, 그 누구에게도 꿀리지 않았다.

그러니 이아나는 헤레이스의 세계 안에서 가장 강한 사람이었다. 그리고 아주 중요한 사람이기도 했다.

그녀는 희망을 잃고 추락하던 헤레이스를 강인하게 잡아 올려 주었고, 그의 병에 대해서 함께 고민해 주었다. 수련이 너무 힘들어서 쓰러지고 싶을 때마다 옆에서 함께해 주었으며, 이번 수행에서도 그의 정신을 단련시켜 주고 이끌어 주었다.

이아나는 강하지 않은 적이 없었다. 헤레이스의 내면에서, 그녀는 절대 쓰러지지 않는 우상이었다. 언제나 멋있고, 아름답고, 당당하고, 믿음직스럽고, 감사한…… 그런 사람이었다.

하지만 사람은 죽는다.

시디얀을 통과하며 수도 없이 보았던 죽음처럼, 누구나 그렇게 덧없이 뭉그러지며 죽을 수 있었다.

그건 이아나도 마찬가지였다.

헤레이스는 이아나가 곧장 쓰러질 것처럼 힘들어하는 모습을 처음 보았다. 그녀는 그곳에서 약자였다.

그런데 혼자 남겨졌다.

이아나가 죽을지도 모른다는 생각이 들자, 헤레이스의 발아래 땅에 금이 갔다. 땅이 금방이라도 무너져 내릴 듯 이리저리 흔들거렸다. 땅에 딛고 있는 다리가 후들후들 떨렸다. 헤레이스는 그녀가 제 안에서 얼마나 중요한 위치에 있는지 절절히 깨닫고 말았다.

'안 돼요…….'

그녀가 제 삶에서 사라지는 것은, 저를 지탱하고 있는 지지대가 송두리째 없어지는 것과 다름없었다. 그런데도 저는 아무것도 하지 못한 채 이곳에 있었다. 여태 그녀에게 짐밖에 되지 않은데다, 그렇게 소중한 사람이 위험에 처해 있는데도 아무것도 할 수 없는 스스로가 너무나 한심스러워서 헤레이스는 죽어 버리고 싶었다.

심지어 위험을 무릅쓰고 구해 온 소녀는 죽어 가고 있었다.

"너, 며칠 전에 본 샌님 아니냐고! 맞지?"

헤레이스는 엄청난 무력감에 휩싸여 맥없이 대답했다.

"네······."

치명상을 입고 죽어 가는 소녀는 장기가 튀어나오지 않게 배를 부여잡고 악을 쓰며 말했다.

"그래, 야, 이 샌님 새꺄, 너지? 나 기절시키고 주머니에 금화 쑤셔 박은 인간!"

헤레이스가 흠칫하여 분노한 소녀를 보았다.

"난 있는 줄도 몰랐던 금화 때문에 포주 오빠한테 죽도록 맞았어. 머리채 잡혀서 노예 시장에 팔렸다가, 여기로 끌려왔다고, 이 빌어먹을 새끼야! 줄 거면 진즉에 깨어 있을 때 주든가, 왜 병 주고 약 주니, 어? 씨이이."

결국 소녀가 잡혀 온 건 그 무엇도 아닌 저 때문이었나 보다. 죄책감 때문에 어설프게 넣어 놓은 금화는 소녀를 죽음으로 이끌었다.

"그리고 날 살려 줄 거였거든 감옥에 갇혀 있을 때부터 챙겨 줬어야지! 어? 내가 눈썰미 하나는 완전 좋거든? 죽일 것 같아서 입 다물고 있었는데, 너랑 그 덩치 큰 남자 보고 단숨에 너인 거 알았거든!"

굳어 있는 헤레이스에게 소녀가 악을 썼다.

"책임지지 못할 거면 어설픈 행동 따윈 하지 마! 동정을 할 거면 제대로 동정하든가! 살리고 싶었거든 제대로 살리든가! 어설픈 게 제일 나빠. 희망은 줘 놓고 마무리를 못해서 다 망치는 능력 없는 새끼. 기회가 있으면서도 어영부영거리다가 다 놓쳐 버리는 멍청이! 제일 찌질해!"

소녀의 비난에 헤레이스는 눈물이 왈칵 났다.

"미, 미안해요. 미안해요."

그는 펑펑 울었다. 자괴감이 그를 잡아먹었다. 헤레이스는 정말로 이대로 죽어 버리고 싶었다.

소녀는 헤레이스를 빤히 노려보더니 포기한 듯 눈을 풀고 고개를 툭 떨궜다.

"사내새끼가 거시기가 작아서 그런가 되게 심약하네. 됐어. 이게 거지 같은 내 인생의 끝인가 보다. 전쟁고아부터 시작해서 약쟁이 창녀까지…… 죽인다, 진짜!"

소녀가 낄낄거리며 웃기 시작했다.

"약 못하니까 미칠 것 같긴 한데 또 제정신이라서 기분 좋네. 으헤헤. 아, 빨리 이 기분으로 죽고 싶은데 나 왜 이렇게 안 죽는 건데? 제기랄, 마지막으로 엄청 비싼 약 빨고 싶다. 이익, 약 못할 거 생각하니까 또 억울하네! 빌어먹을 시디안 윗대가리들. 무슨 짓을 하고 있는 건지 몰라도 싹 다 저주받아 뒈졌으면 좋겠다!"

소녀는 미친 듯이, 횡설수설 앞뒤가 안 맞는 말들을 지껄여 대다가 말했다.

"그래서 금화는 왜 준 건데? 나를 기절시킨 거에 대한 화대? 아니면 싸구려 동정?"

"미안해서……"

헤레이스가 덜덜 떨며 말했다.

"당신을 밀쳐 낸 게 미안해서……. 그래서 당신이 필요로 하던 돈이라도 드리려고……. 전 정말 이렇게 될 줄 몰랐어요. 정말로 미안해요."

헤레이스의 힘없는 사과에 소녀의 얼굴이 움찔했다.

"……뭐야? 그런 밀침 정도는 더럽다고 얼마든지 당해 봤거든? 뭐가 그렇게 미안하다고 금화까지 주고 난리야?"

"당신이 더러워서 밀친 게 아니었어요. 그냥, 당신처럼 어린 사람을 마약에 중독시킨 시디얀 자체가 싫어서, 범죄가 너무 쉽고 사람을 너무 쉽게 죽고 죽이는 시디얀이 너무 싫어서…… 그걸 죄 없는 어린 당신한테 화풀이해 버렸어요. 아니, 아니에요. 그냥 전부 다 미안해요. 제가 못난 탓이에요."

"……"

헤레이스가 울먹거리며 말하자, 소녀는 그의 진심을 느꼈다. 그는 정말로 미안해하고 있었고, 또 계속 지랄하기엔 미안할 정도로 착했다. 잠시 머뭇거리던 소녀가 빽 소리를 질렀다.

"하, 이 이 험한 세상 어떻게 살아가려고 이러세요? 세상 물정 모르는 도련님이세요? 호구세요? 오빠, 정신 좀 똑바로 차리고 살지?"

"미안해요."

"그놈의 미안하다는 소리도 그만 좀 해! 약에 찌들어선 막무가내로 덤빈 나도 문제니까!"

결국 소녀가 제 탓을 하는 지경에 이르렀다.

"미안해요……."

헤레이스가 한 번 더 사과를 하곤, 입을 다물고 눈물을 뚝뚝 흘렸다. 펑펑 울고 있는 헤레이스를 가만히 쳐다보던 소녀가 입술을 꾹 깨물었다. 그러더니 언뜻 웃었다.

"아, 오빠 인생 진짜 호구 같다! 그래, 어차피 죽는 거 기분이다. 나한테 용서받고 이때까지의 어설픔을 만회할 마지막 기회를 줄게. 가까이 와서 앉아 봐."

"......?"

헤레이스가 눈물 젖은 눈으로 소녀를 보며 근처에 쭈그려 앉자, 소녀가 말했다.

"오빠, 잘사는 것 같은데 만약 길을 떠돌아다니는 고아들을 만나면 외면하지 말아 줘. 먹을 것만 주면 나쁜 일이라도 뭐든지 하는 애들이거든. 그런 애들을 도와줘."

자세한 사정을 알지는 못하지만, 소녀의 이야기일 터였다. 헤레이스가 말없이 고개를 끄덕거렸다.

"그리고 내가 다음 생에는 꽤 괜찮은 삶을 살 수 있게 오빠가 라오스 신께 기도해 줘."

"......."

"나를 묻어 줄 거지? 그런데 내 위에는 무덤이 아닌 데이지 꽃이 피어 있었으면 좋겠어. 무덤은 무서워서 싫고, 데이지는 내가 제일 좋아하는 꽃이거든."

헤레이스가 계속 고개를 끄덕거리는데, 소녀가 이번엔 그의 검을 가리켰다.

"마지막으로 오빠 검으로 날 죽여 줘."

"......!"

소녀의 충격적인 말에 헤레이스의 몸이 흠칫 떨렸다.

"나, 자존심 하난 죽이거든? 가슴도 아니고 이렇게 내장 다 꺼내 놓은 상태로 계속 살고 있기 싫거든! 저 하얀 여자가 이상한 약을 내 몸에 넣어서, 빨리 안 죽고 죽어 가는 기분을 느끼고 있는 이 상황이 짜증 나."

소녀가 킬킬거리며 말을 이어 갔다.

"오빠가 죽이지 않아도 난 죽어. 그런데 내가 기회를 줬는데도 저버린다면, 오빠는 평생 나한테 미안해하게 될 거야. 평생 호구 멍청이처럼 살 거라고."

그러더니 벌컥 성을 낸다.

"아 빨리! 마취제 기운 돌 때 죽여 달란 말야! 마취가 점점 풀리는 것 같아! 난 아프기 싫어!"

"……."

"빨리!"

소녀의 재촉에, 헤레이스는 누군가에게 잡아끌리듯 검 위에 손을 얹었다. 그의 눈은 멍했다. 반면에 흐리멍덩했던 소녀의 눈빛은 맑아졌다.

검집에서 검이 뽑혔다. 피는 묻었으되 누군가의 생명을 끊은 적은 없던 검이 소녀의 심장을 향했다. 검이 파르르 떨렸다.

"살면서 나한테 그런 이유로 금화를 준 것도……."

검이 떨어지기 바로 직전, 소녀가 속삭였다.

"내가 위험할 때 구해 주려 한 것도, 미안해하고 울어 준 것도, 오빠가 처음이야."

푹!

헤레이스의 검이 곧장 심장을 관통했다. 소녀가 끅, 하고 피와 침이 섞인 액체를 한 번 뿜어내더니 축 늘어졌다. 충격으로 부들부들 떨고 있는 헤레이스에게 소녀는 씩 웃어 보였다.

"평소엔 호구……처럼 살아도 괜찮을 것 같아, 난 그런 오빠가 꽤 마음에 들거든. 하지만 뭔가를 하려고 할 땐 말야, 지금처럼 확실하게만 해."

"……."

"오빠처럼 착한 사람이 날 위해 기도해 주고 날 죽였으니 다음 생은 정말 괜찮을 것 같아. 내가 용서했으니까 이제 미안해하지 마. 계속 사과 들으니까 짜증 난단 말이야!"

"……."

"앞으론 정신 차리고 똑바로 살아! 이런 일, 두 번 다시 없게. 그럼 안녕…… 호구 오빠!"

그렇게 소녀는 죽었다. 미련 없이, 후련한 표정으로.

탱강.

헤레이스는 검을 뽑아냈다가, 힘이 풀려 바닥에 떨어뜨렸다. 소녀의 시체 옆에서 손바닥에 제 얼굴을 묻었다. 가슴이 꽉 틀어막혀서 숨이 잘 쉬어지질 않았다.

덧없는 죽음이었다.

너무나 쉬운 죽음.

그러나 무거운 죽음.

이름 모를 소녀가 주고 간 마지막 호의가 헤레이스의 마음에 파문을 일으켰다. 어수선한 가운데, 헤레이스는 시체의 옆에 앉아 한참이나 생각과 감정을 정리했다.

정리를 끝낸 후, 그는 깡마른 소녀의 시체를 안아 올렸다. 특이하게 생긴 나무 한 그루를 정해 그 아래에 소녀를 묻고, 나중에 이곳에 들러 데이지를 심어 줄 것을 약속했다. 소녀에게 종종 찾아오겠다는 작별 인사를 남기고 떠났다.

헤레이스는 압실롯과 함께 돌아온 타로를 따라 난투가 벌어지고 있는 곳으로 향했다. 거기서 처음으로 적의 목을 베었다.

"헤레이스?"

타로가 놀란 눈으로 보고 헤레이스 스스로도 많이 놀랐을 정도로, 아무렇지도 않았다.

헤레이스는 바닥을 뒹굴고 있는 적의 목을 보았다.

죽음이 지나치게 가벼웠다.

죽음 자체가 가볍단 말은 아니었다. 그는 여전히 죽음이 싫었다. 한 존재의 삶을 말살하는 그 무거운 행위가 싫었다.

그러나 죽음의 무게는 모두가 달랐고, 이아나의 죽음과 그 소녀의 죽음에 비하면, 적의 죽음은 그에게 솜털과도 같았다.

헤레이스는 제 소중한 사람들을 하나하나 떠올렸다. 그리고 그들의 생명을 노리고 있는 적들을 상상했다. 그의 상상 속 세계가 붉어졌다. 그 안에서 적들은 모조리 그의 검에 죽어 나갔다.

이아나의 죽음을 막기 위해서라면, 그의 친인들을 지키기 위해서라면, 그는 얼마든지 적을 죽일 수 있을 것 같았다.

처음으로 지키고 싶은 것이 생긴 순간, 우선순위는 명백해졌다. 적어도 그가 소중히 여기는 것들을 지키기 위해서라면, 그는 무자비해질 용의가 있었다.

그렇다. 적의 죽음은 생각보다, 무겁지 않았다.

"……그렇게 된 거예요."

이아나와 타로, 압실롯은 헤레이스가 입원한 의원에 와 있었다. 헤레이스의 상태는 많이 호전되어 당장 떠나도 될 정도였다. 이아나는 헤레이스에게 무슨 일이 있었냐고 물었고, 헤레이스는 제게 있었던 일들을 모두 털어놓았다.

"그 여자애에게, 정말 감사하고 있어요."

헤레이스가 말간 얼굴로 말을 이었다.

"그동안 적을 죽이지 못한 건 타로 형님과 이아나 양이 너무 강했기 때문인 것 같아요. 두 분이 위험한 상황에 처하는 건 상상도 안 될뿐더러 제가 위험해지면 두 분이 구해 줄 거라는 믿음도 있었기 때문에…… 적들이 그냥, 먹잇감처럼 보여서 죽일 각오를 하지 못했던 거였어요."

진지한 표정의 이아나에게 헤레이스는 웃어 보였다.

"그런데 이아나 양이 적들에게 위협받고 있다는 생각을 하니까, 적을 죽이는 게 그리 어렵진 않더라고요. 그냥 다 죽이고 싶다는 과격한 생각도 들어서 저도 제 자신한테 놀랐어요. 지금도 딱히 죄책감이 들진 않네요. 아팠던 건 이아나 양과 재회한 후에 긴장이 풀리고 피로가 몰려와서 그래요. 걱정 끼쳐 드려서 죄송해요."

조용하게 말을 이어 가는 헤레이스를 바라보던 압실롯이 씩 웃으며 말했다.

"꼬맹이는 지키는 사람이구먼."

"지키는 사람이요?"

"말혀 봐. 넌 너를 위협하지 않는 사람도 죽일 수 있겠어?"

헤레이스가 움찔했다.

"그건 좀 어려울 것 같기도."

"그런 거여. 평소엔 아무것도 못 죽이는 착한 사람이다가, 자기 사람이 위험해지는 순간 돌변하는 사람이 가끔 있으. 헤레이스 자네가 그런 타입인 것 같어."

얌전히 압실롯의 이야기를 듣고 있던 이아나가 한숨을 후 내쉬었다.

'그렇군. 이 녀석은 너무 착해서 타인을 지키는 상황이 와야 비로소 강해질 수 있는 거야.'

친인 중 누구도 위험한 사람이 없는데 헤레이스가 무력한 상대의 숨통을 끊어 놓을 수 있을 리가 없었다.

"그랬구나. 내 주변에는 그런 사람이 없었기 때문에 몰랐어. 무작정 죽이는 내 수행 방식이 잘못되었던 것 같다. 스트레스를 많이 받았겠구나. 미안하다."

"아, 아니에요."

압실롯의 말을 곱씹어 보던 헤레이스가 깜짝 놀라서 손을 휘저었다. 이아나는 헤레이스의 어깨를 툭툭 두들겼다.

"그리고 고생했어."

헤레이스가 이아나를 가만히 쳐다보더니 웃었다.

"이아나 양이 무사해서 정말 다행이에요. 저요. 찾았어요. 제가 검사가 되고 싶은 이유."

"뭔데?"

"약해서 스스로를 지킬 수 없는 사람과 제가 좋아하는 사람들을 지키기 위해 강해질 거예요. 그렇다고 막 사람을 죽이긴 싫으니까, 누구라도 제압할 수 있을 만큼이요."

마치 아이가 부모에게 칭찬해 달라고 보고를 하는 것 같다. 이아나도 헤레이스의 성장이 기꺼웠기에 표정이 온화해졌다. '지킬 때만' 실력을 발휘하는 한계가 있는 타입이지만, 꽤 멋진 구석이 있었다.

헤레이스가 주먹을 꾹 쥐었다.

"제 꿈이 또 화목한 가정을 가지는 거잖아요? 제 가족은 제가 지켜야 하니까, 노력할 거예요."

"옳소!"

"사나이다!"

압실롯과 타로가 엄지손가락을 올렸다. 헤레이스가 그들의 칭찬에 쑥스러워하다가 이아나를 보며 눈을 빛냈다.

"저 진짜 열심히 할게요."

"네 성장이 기쁘다. 넌 좋은 검사가 될 수 있을 거야."

이아나의 칭찬에 헤레이스의 얼굴이 더욱 밝아졌다.

"정말 그럴까요? 저, 이아나 양이 또 위험에 처하면 그땐 정말 도움이 되고 싶어요. 그만큼 강해질래요."

이번 일을 겪으면서, 시디얀을 통과하는 내내 그를 잠식했던 죄책감과 자괴감을 넘어서는 목표들이 그의 심장에 아로새겨졌다.

"그리고…… 아, 아니에요."

또, 이름 모를 소녀의 부탁은 헤레이스에게 큰 영향을 주었다. 그는 처음으로 검술 수련 말고 따로 하고 싶은 일이 생겼다. 거창한 건 아니지만 그 결심을 말하긴 부끄러워서, 돌아가면 남몰래 시작해 보기로 마음먹은 소소한 일이었다.

"난 그렇게 쉽게 당할 사람은 아니니까. 괜히 날 걱정할 필욘 없어."

"혹시 모르니까요!"

"그래그래."

이아나는 헤레이스의 성장이 흐뭇했다. 커 가는 제자를 보는 스승의 기분이 이러할까?

아무튼 헤레이스도 나았겠다, 토라카의 국경을 떠나 타로의 고향, 기로하이 사막으로 갈 때였다. 미리 챙겨 두었던 제 짐을 챙겨 든 헤레이스를 데리고 일행은 압실롯의 거처로 돌아왔다. 와서 짐을 싸기 시작했다.

이아나는 새로운 여정을 떠나기 전에 아르하드에게 또 연락을 했지만, 그는 여전히 답이 없다. 무응답이 익숙해짐과 동시에 걱정은 깊어졌다.

'아티팩트에 문제가 생겼기만을 바라야겠군.'

아르하드가 제 연락을 이렇게까지 안 받을 리 없었다. 받지 못할 사정이 있거나, 아티팩트가 고장이 났거나 둘 중 하나인데 이아나는 웬만하면 후자이길 바랐다. 아르하드가 제 연락을 받지 못할 사정이라면, 보통 큰일이 아닐 테니까.

지금은 아침이고, 늦잠을 자고 있다면 아직 자고 있을 수도 있다. 점심 이후에는 받기를 바라며, 이아나는 아티팩트를 호주머니에 넣었다. 아르하드가 늦게 자고 일찍 일어나는 사람이라는 사실은 애써 무시했다.

일층에서는 일행이 이아나를 기다리고 있었다. 이아나가 가방을 메고 계단을 내려오자 압실롯이 호쾌하게 외쳤다.

"좋아! 그럼 이제 기로하이로 가 볼까나!"

극서부의 왕국인 토라카는 신기하게도 대륙 중앙 쪽에 위치한 시디얀보다 사막지대가 훨씬 적고 풍요로운 대지가 많은 국가였다. 사막의 생명줄이라고 불리는 탄타샤강이 토라카의 중앙을 가로지르며 흐르고 있어, 토라카 국민들은 비교적 풍성한 물과 식량을 누릴 수 있었다. 거대한 오지, 기로하이 대사막에 진입하기 직전의 마지막 오아시스가 바로 토라카였다.

토라카의 국교는 라오스교인데다, 바로 옆에 위치한 광신도의 국가 진자이에 영향을 받은 듯 건물들은 거의 다 하얀색이었다. 간혹 세월의 흔적과 모래가 묻어 누런빛을 띠기도 했지만 대체로 백색 일색인 건물들은, 둥근 선을 가진 로안느의 건물과는 다르게 각지고 네모난 형태들로 강건한 기상을 자랑했다.

건물마다 달린 알록달록한 차양막은 그늘을 대지에 드리우고 있다. 따가운 햇살에 고통 받지 않기 위해서는 그늘이 필수였다.

가무잡잡한 구릿빛 피부를 가진 사람들이 거리를 어슬렁거렸다. 하얀색의 터번과 차도르, 히잡…… 로안느에서는 잘 볼 수 없는 서부 특유의 복식들이 주류를 이루고, 간간이 주변을 두리번거리고 있는 이방인만이 다른 복식을 하고 있어 이국적인 분위기가 물씬 풍겼다.

주된 이동 수단이 말이 아닌 낙타라서, 사방에 혹 두 개를 짊어진 낙타가 있는 것도 그 분위기에 한몫했다. 이아나의 일행도 체력을 아끼기 위해 낙타를 타고 있었다.

"헛!"

간혹, 압실롯을 본 어떤 사람들은 깜짝 놀라더니 고개를 살짝 숙여 인사를 했다. 압실롯은 고개를 끄덕이거나 손을 휘젓는 등의 행동으로 인사를 받아 주었다.

타로가 이아나와 헤레이스에게 속삭였다.

"있지. 여기 수인도 많어. 아부지헌테 인사하는 사람들, 거의 수인족이여."

"전부 인간처럼 보이는데요?"

"아부지랑 나만 봐도 인간 같잖여. 수인족은 특성상 나름 인간들이랑 잘 섞일 수 있으니께."

수인족의 변이 형태는 크게 세 단계, 인간형, 수인형, 금수형으로 나눈다. 그러나 단계는 기준일 뿐, 단계와 관계없이 변이 정도를 자유롭게 조절할 수 있어 인간 사이에 숨어들고 싶다면 얼마든지 그럴 수 있었다.

타로가 손을 내밀었다.

"나는 하프지만서도⋯⋯."

타로의 손등 위로 핏줄이 뿌드득 솟더니, 손가락이 접어진 형태로 굳어지고 손톱이 길어졌다. 그 상태로 부푼 근육이 돌덩이처럼 딱딱해져 마치 호랑이의 발을 보는 것 같았다.

"이 정도까진 가능허거든. 그러니까, 인간형이랑 수인형의 중간 정도까지?"

"우와아. 형님, 멋있어요. 호랑이라니!"

"허험."

헤레이스가 눈을 초롱초롱하게 빛내자 타로가 조금 쑥스러워하며 기침을 했다.

"살 받아들여 줘서 다행이여. 여태 숨긴 건 미안하게 됐지라. 이종족에 대한 일반인의 인식이 좀 남다르다 보니 쉽게 말할 수 없었구먼. 이번에 말하려고는 했응게, 용서혀."

"용서하고 말고 할 게 있나요."

"당신의 사정을 이해하고 있다."

"이래서 느이가 좋아. 아, 속 션허다! 이제 비밀은 없다고!"

타로는 그저 신기해하기만 하는 이아나와 헤레이스의 반응이 썩 마음에 든 눈치였다. 그는 여느 때보다 밝은 표정으로 친구들을 마주했다.

"으음. 그런데 이아나 양이랑 저만 먼저 알아서 나중에 에이지 형님이 섭섭해하는 거 아니에요? 안 그래도 이번 수행 같이 못해서 서운하신 것 같던데."

"사실……."

타로가 머리를 긁적였다.

"에이지헌티는 일찌감치 들켜 브렀어. 그눔이 정보 쪽 일 한다며? 내 사투리허고 말하는 방식 보고 일찌감치 눈치 깠다고 하드라고. 짜슥, 아는 건 엄청 많어 가지고."

"헉, 그랬어요?"

헤레이스가 손을 꿈지럭거리더니 어깨를 축 늘어뜨렸다.

"다들 대단하세요. 제가 여기 낄 주제가 되는지 모르겠어요."

"인마, 주제는 뭔 주제여? 다 똑같은 놈들인디."

뻑!

"으악!"

타로가 헤레이스의 뒤통수를 한심하다는 듯 쳤고 헤레이스는 너무 아파서 머리를 부여잡았다.

"이 자슥아!"

빠아아악!

그런 타로의 뒤통수를 압실롯이 후려쳤다. 타로가 컥, 하고 머리를 움켜쥐자 압실롯이 잔소리를 퍼부었다.

"그 힘으로 인간 잘못 치면 골로 가브러! 안 그래도 비실비실한 애헌티 뭔 짓이여?"

"끄으으으. 조절하고 친 건디……."

"저 꼬마는 난데없이 호랑이 앞발에 한 대 맞은 거잖여. 알겠냐? 보통 인간이랑 지낼 땐 자나 깨나 힘 조심!"

"알았어라. 아부지나 그 괴물 같은 힘 좀 조절하쇼. 아부지가 보통 수인족이여? 진짜로 머리 터질 뻔……."

타로가 투덜거리며 볼록해진 헤레이스의 뒤통수를 쓰다듬어 주었다. 호랑이 앞발이라는 말에 헤레이스는 살짝 섬뜩해졌다.

"근디 처자는 무슨 걱정이라도 있는가?"

압실롯은 이아나를 계속 흘끗대고 있던 중이었다.

"표정이 안 좋은디."

"아닙니다. 조금 더워서 그런 겁니다."

그렇게 말하는 이아나의 머릿속은 아르하드로 꽉 차 있었다.

벌써 한낮이다.

점심으로 얇은 밀가루 빵 위에 가늘게 썬 야채와 얇게 저민 양고기, 매운 소스를 곁들여 둥글게 싼 케밥을 먹은 지도 몇 시간이 지났다는 소리다.

어제 하늘에 황혼이 질 때부터 연락을 시도했고, 아침부터 지금까시 십 분에 한 번꼴로 아티팩트를 작동시키고 있었다. 그런데 연결될 기미가 전혀 안 보인다.

'진짜 무슨 일 있는 거 아냐?'

갈증이 느껴진다. 이아나는 심란한 표정으로 물통을 꺼내 물을 마셨다. 더위도 더위지만 아르하드에 대한 걱정으로 목이 탔다.

'중요한 일을 하고 있을 수도. 그럼 오히려 연락은 방해야.'

그래도 저녁 전에는 되겠거니, 애써 그리 생각하며 이아나는 관광에 집중했다.

해가 서쪽으로 떨어지고 낙타의 그림자는 길어졌다. 대지는 붉게 물들어 가고 하늘은 동쪽부터 서서히 어둠에 휩싸었다.

마침내 하루가 지났다.

위이잉…….

"……!"

몸에 전해진 마나의 유동에 흠칫 놀랐다. 기쁨도 잠시, 엷은 실망감이 이아나의 얼굴에 깔렸다. 하지만 이쪽도 아주 중요한 일이었기에, 그녀는 바로 실망감을 지우고 가방을 뒤적거렸다. 사키가 준 아티팩트가 진동하고 있었다.

[죄송합니다.]

연결되자마자 사키가 다급한 목소리로 사죄했다.

[아티팩트가 작동하지 않는 장소에 있었습니다. 안나 님, 지금 어떤 상황이신가요?]

"잘 빠져나와서 느긋하게 토라카를 여행 중입니다."

[아……. 다행입니다. 정말로 다행이에요!]

사키가 안도의 한숨을 내쉬었다.

"사키, 왜 연락을 받지 않았죠?"

[일단 안나 님과 연결이 끊긴 후, 저는 대신관님을 비롯해 다른 추기경

들과 함께 마법 방해 배리어가 쳐진 방에 들어가 있었어요. 그동안 제가 겪은 일들을 털어놓고 구조 협조를 요청하기 위해서요.]

이아나의 아티팩트 주변으로 헤레이스, 타로, 압실롯이 모여들어 그녀의 이야기를 관심 있게 듣기 시작했다.

[그 결과 모두가 분노하였고, 끔찍한 짓을 벌인 시디얀 왕실에 응징이 필요하다는 것에 모두가 동의했습니다. 하지만…… 마지막에 나타났던 검은 여자가 이사벨라 바하무트. 바하무트의 황녀라는 게 밝혀졌습니다.]

"헉!"

헤레이스와 타로가 놀라서 입을 막았다.

[라오스 신교를 배척하는 국가이자, 사상 최악 최강의 국가인 바하무트. 우리 신교는 그들을 혐오하고 있으며 언젠가는 성전으로 세상에서 지워야 할 주적으로 삼고 있습니다만, 아직 그들을 상대하긴 역부족이기에 이들이 시디얀 왕실과 연결되어 있다면 신중해질 필요가 있다고 판단했습니다.]

사키의 목소리가 차분하게 이어졌다.

[신전과는 별개로, 진자이의 국왕은 당연하게도 군대를 움직여 국경을 침범한 시디얀 군을 막았습니다. 우리 신전 측도 일단 목적을 속이고 그에 합세해 안나 님을 구하려 했고요. 그 결과 진자이와 시디얀 양측 모두 많은 피해를 입었는데…… 시디얀 측에서 항의가 들어왔어요. 반역자를 잡고 있는데 돕지는 못할망정 방해를 하느냐고. 허락도 받지 않고 국경을 침입해 놓고 적반하장으로 내뱉는 말에 시디얀을 싫어하던 진자이가 분노한 건 당연합니다.]

그 후의 이야기는 이랬다.

과격하고 감정적인 진자이 내부에서 이참에 시디얀을 지워 버리자는 이야기가 나오는 참에, 시디얀은 국경을 그들의 군대에게 개방하고 반역자를 잡는 데 협조하지 않는다면 전쟁을 불사하겠다는 입장을 공식적으로 밝혔다.

그 와중에 바하무트의 언급은 전혀 없었다.

신전은 사태를 파악했다. 시디얀과 바하무트의 밀월 관계를 아는 건 신전뿐이다. 그리고 시디얀과 바하무트는 그들의 관계가 외부에 드러나지 않기를 바라는 것으로 보인다. 신전 측에서 그 관계를 적나라하게 까발리지만 않으면 바하무트가 뒤에서 야금야금 도울망정 직접 행동은 개시하지 못할 것이라는 계산하에, 신전은 전쟁을 준비하는 진자이를 돕고 있다고 사키는 얘기했다.

[정확한 계획은 회의를 거쳐 봐야 나오겠지만 일단은 그렇습니다.]

이야기를 끝낸 후, 사키는 잠시 심호흡을 했다.

[안나 님께는 백 번 감사해도 모자라고, 천 번 사죄해도 모자랄 은혜를 입었습니다. 저희를 도와주시고 구해 주셔서 정말, 정말 감사드립니다.]

"결과적으론 무사히 빠져나왔으니 괜찮습니다. 그리고 제 신분은 반드시 비밀로 해 주시길 바랍니다."

[당연합니다. 제 목숨을 걸어서라도 그리하겠습니다. 비타도 안나 님의 신분 보호를 위해 엘프의 이름까지 걸겠다고 했으니, 심려 마세요. 그리고 따로 보상을 해 드리고 싶은데······.]

사키가 조심스럽게 말했다.

[마음 같아서는 제가 가지고 있는 모든 것을 드리고 싶습니다만, 혹시라도 제가 잘못되었을 때 안나 님과 연관되는 일이 있을까 봐 꺼려지는군요. 하지만 안나 님만 괜찮으시다면 드리도록 하겠습니다. 어떠신가요?]

"농담은······."

[농담이 아니라 진심입니다만······.]

이아나가 입을 다물었다. 사키 셀츠스가 이런 걸로 농담을 할 만한 사람이던가? 아니다.

그럼 진짜로 그녀가 가진 모든 것을 주겠다는 말인가?

상상만 해도 부담스러웠다.

"됐습니다. 당신의 도움이 필요할 때가 종종 있을 것 같으니 그 땐 도와주시면 감사하겠습니다.

[그건 당연합니다. 곤란한 일이 있으시거든 언제든 저를 찾아 주십시오. 물심양면으로 돕겠습니다.]

"그, 신전의 성물을 보는 일도 잘 부탁드립니다."

[기억하고 있습니다. 절차를 모두 밟아 놓고 연락드리겠어요. 그런데 혹시 친구분들도 옆에 계십니까?]

"함께 듣고 있습니다."

[아, 여러분. 경황이 없어 인사가 늦었습니다. 감사합니다. 저, 사키 셀츠스는 여러분의 도움을 절대 잊지 않을 것입니다. 제 도움이 필요한 일이 있거든 안나 님을 통해 언제든 말씀해 주세요.]

"전 한 게 없는데…….'"

"저두 딱히…….'"

헤레이스와 타로가 민망해하자 사키가 단호하게 말했다.

[아니요. 이번 일은 모두의 힘이 있었기에 가능했습니다. 그리고 저는 여러분과의 인연을 놓치고 싶지 않군요. 저는 살면서 많은 사람들의 인생을 봐 왔고, 사람의 역량을 어느 정도 짐작할 수 있습니다. 그리고 여러분은 언젠가 대업을 이룰 분들이라는 느낌을 받았습니다.]

사키가 푸근하게 말했다.

[다음에 빌 땐 이름을 들을 수 있었으면 좋겠네요. 아, 그리고 도와주러

오신 수인분께도 감사하다고 전해 주세요. 들어 보니 그분의 활약이 대단했다고 하더군요.]

사키는 수인 한 명이 이아나의 구출을 위해 전쟁에 끼어들었다는 건 알았지만 그 사람이 용병왕 압실롯이라는 사실까지는 알지 못했다.

[그럼 다음 만남을 고대하고 있겠습니다.]

사키와의 일은 이렇게 마무리되었다.

"시디얀과 진자이의 전쟁이라······."

압실롯이 사키의 이야기에 지대한 관심을 가졌다.

"재밌는 일이구먼. 전쟁이 일어나면 우리 애들도 가라 해야겠다. 나도 가끔 몰래 가서 작살을 내 놓고."

그렇게 압실롯의 참전이 잠정적으로 결정되었다. 시디얀에게는 불행 중의 불행이었다.

한 시간, 여섯 시간, 또다시 밤.

새로운 아침, 점심, 저녁.

거듭되는 침묵의 시간들.

토라카의 풍경은 아름다웠고, 사람들은 친절했으며, 음식은 맛있었지만, 이아나의 시름은 날이 갈수록 깊어져 갔다.

3일째다.

이제 이아나는 늘 한 손을 호주머니에 넣고 있었다. 손으로 인형을 꽉 쥔 채 마나를 운용하고 있는 게 습관이 되어 버렸다. 그리고 언제나 생각했다.

'받아라, 좀.'

이제는 망상까지 할 지경이었다. '혹시 나 때문에 바하무트 황실 놈들한테 된통 당하고 있는 게 아닌가.'라거나 비현실적이라 딱 잘라 버렸던 아르하드와 드래곤과의 연관성마저 떠올라선 '드래곤으로 변했다가 무리가 와서 심하게 다치거나 죽어 버린 게 아닌가.'와 같은 헛된 상상으로 두통이 왔다.

그렇게 답답한 심정인 채로 시간은 속절없이 흘러 기로하이 사막의 입구에 다 와 갈 때쯤이었다.

하늘에서 내려온 땅거미가 대지를 스멀스멀 덮을 무렵, 이아나가 낙타를 우뚝 멈춰 세웠다. 그녀가 갑자기 뒤처지자, 일행이 의아한 눈빛으로 보았다.

"왜 그려?"

그녀의 동공이 흔들렸다.

손에 쥐고 있던 아티팩트가 공명하고 있었다. 상대편이 마나를 마주 주입했다는 뜻이다. 인형을 쥐고 있던 손에 힘이 세게 들어갔다.

드디어.

"저, 먼저들 가고 계세요. 알아서 따라갈 테니 낙타도 데리고 가 주시겠습니까?"

"아, 그려. 기다리고 있던 연락이니께 어여 가서 받어. 숙소는 '달리는 멧돼지'라는 유명한 데니까 알아서 찾아오고!"

사흘 내내 이아나의 주머니에서 발생하는 마나의 유동을 느끼고 그녀가 누군가의 연락을 기다리고 있다는 걸 일찌감치 눈치채고 있던 압실롯이 기뻐해 주었다. 이아나의 낙타의 고삐를 쥔 압실롯이 타로, 헤레이스를 데리고 사라지자 이아나는 인적이 드문 건물의 뒤편으로 달려갔다.

"하아."

이아나는 벽에 기대며 주저앉았다. 다급하게 인형을 꺼내 꼭 움켜쥐었다.

숨이 탁 풀렸다. 몇 번이고 연락을 해도 연결이 되지 않던 아르하드에게 드디어 닿았다. 대체 무슨 일이 있는 건지, 몸은 이곳에 있는데 머리는 아르하드에게 가선 오만 가지 생각을 다 하고 있었던 터라, 이아나는 눈물 나게 반갑다는 게 무슨 느낌인지 정말 뼛속 깊이 이해할 수 있을 것 같았다. 너무 안심이 되어서 눈이 살짝 아릴 지경이었던 것이다.

걱정 때문에 하려고 했던 말들을 모조리 잊어버린 이아나가 숨을 고르고 있는데, 제 이름을 익숙한 목소리가 부른다.

[이아나.]

심장이 옥죄었다. 이아나는 입술을 꽉 깨물었다.

멍청이!

남을 그렇게 걱정시켜 놓고 이렇게 태연스레, 아무렇지도 않게 이름을 부르는 그 목소리가 얄미웠다.

이아나는 고개를 푹 숙였다. 겨우 3일간 연락이 되지 않았을 뿐이었다. 그런데도 답답해서 미칠 뻔했다. 제가 필요하지 않아 연락하지 않을 때 나름 빨리 지나가던 시간이, 아르하드에게 연락을 하고 싶은데 그러지 못하자 지나치게 느리게 갔다.

아르하드는 그녀가 부르면 언제나 바로바로 답했었다. 이아나가 그를 필요로 할 때, 그녀의 곁에 있지 않은 적이 없었다. 바쁘더라도 시간을 냈고 항상 반갑게 맞이해 주었다. 이번엔 그러지 않았기에 더 답답했던 모양이었다.

"……!"

이아나는 새삼스레 어떤 사실을 깨달았다.

아르하드는 언제나 그녀를 기다리고 있었다. 준비된 사람처럼, 그녀의 주변에 머물고 있었다. 그녀가 찾을 땐 언제든 답할 수 있도록.

심장이 울컥했다.

"아…….."

이아나는 머리를 헤집었다. 도무지 진정이 되질 않아서 무릎에 얼굴을 한 번 묻었다가 들었다가를 반복했다. 숨을 한참이나 거칠게 몰아쉬다가, 이아나는 간신히 목소리를 가다듬고 그를 불렀다.

"아르하드."

[그래.]

"왜 연락이 안 됐던 겁니까?"

이아나는 따지듯 물었다.

[음? 연락한 지 얼마나 됐는데?]

"3일이요."

아티팩트가 고장 난 것도 아닌데 아르하드와 연락이 안 된다는 건 말이 안 되는 일이었다. 그가 제게 지대한 호감을 가지고 있는 이상 제 연락을 고의로 받지 않는 건 절대 있을 수 없는 일이었다.

아르하드가 잠시 침묵하더니 몹시 미안한 목소리로 말했다.

[……아, 미안. 며칠 전부터 오늘까지 비밀리에 진행해야 했던 장기 업무

가 있어서 웬만한 물건은 다 떼어 놓고 갔었어. 그사이에 연락을 했었구나.]

"카마트로스의 일인가요?"

[그래. 자세한 건 나중에 돌아왔을 때 설명해 줄게. 연락을 받지 못해서 미안하다.]

아르하드의 설명은 납득할 만했다. 결국 드래곤이 아르하드가 아니라는 현실도 받아들였다. 하지만 납득과는 별개로 저와의 연락 아티팩트가 아르하드에게는 웬만한 물건 축에 속한다는 사실에, 이아나는 유치하게도 조금 실망했다.

[그런데 지금 무슨 일 있어? 왜 그렇게 연락을……]

이아나는 아무 말도 하지 않았다. 그러자 아르하드의 어조가 돌변했다.

[혹시 지금 위험한 상황인가?]

실망한 것도 실망한 거지만, 이때까지 걱정한 게 쓸데없는 시간 낭비였다는 사실에 조금 화가 났다. 그런 임무가 있었다면 미리 연락이 안 될 수도 있다고 말해 줄 수 있지 않았나?

이아나는 아르하드가 얄미웠다. 제가 걱정한 만큼 그도 쓸데없이 걱정해야 속이 시원할 것 같았다.

이런 애 같은 감정은 제게 어울리지 않는다. 하지만 아르하드는 언제나 제게서 새로운 감정들을 이끌어 내므로, 이아나는 외면하지 않고 그냥 자연스럽게 수용했다. 그래서 아무 말도 하지 않았다.

[이아나.]

"……"

사실 얄미운 건 처음뿐이었고, 솔직하게 말하자면 그가 걱정해 주는 게 좋았다. 오랜만에 듣는 목소리도 좋았다. 이아나가 살짝 풀린 표정으로 발치의 돌을 툭툭 걸어차고 있는데 아르하드가 낮게 깔린 목소리로 말했다.

[내가 갈까?]

"네?"

그 말에 이아나가 놀라 대답했다. 그러고 보니 감정에 취해 있을 때가 아니라 아르하드에게 무슨 일이 있었는지 설명해야 했다. 이아나가 퍼뜩 정신을 차리고 말했다.

"아닙니다. 사실 위험하긴 했는데……."

[너 사실대로 말해.]

지금은 안전합니다, 라고 이아나가 말을 끝내기도 전에 아르하드가 말을 잘랐다. 느닷없는 심문에 이아나가 바짝 얼어붙었다.

"뭘……요?"

[얼마 전에 바하무트 황실의 마법을 파훼한 사람, 너지?]

이아나는 꿀 먹은 벙어리가 되었다.

[발뺌해도 소용없어. 황실의 파편은 내게 모두 공유돼서 놈들이 시전했던 마법의 파훼 여파도 느낄 수 있으니까. 시디얀 쪽이던데…… 현재, 내가 알기로 시디얀 주변에 있는 존재 중 바하무트의 마법을 깰 능력이 있는 사람은 너밖에 없거든.]

"……."

[대체 뭘 어떻게 해야 바하무트의 마법까지 도달할 수 있지? 그리고 대체 무슨 마법을 깬 거야? ……하여튼, 내가 네게 연락하거나 갈 처지가 안 되어서 계속 로안느에 있긴 했어도, 시디얀에 심어 놓았던 정보원들한테 돌

아가는 사정을 전부 듣고는 있었다. 네가 나름 잘 도망치고 있다고 해서 믿고 내버려 뒀지만…… 너 설마 아직도 쫓기고 있어? 혹시 쫓고 있는 놈이 바하무트 황족이야?]

이 남자는 대체 어디서부터 어디까지 알고 있는 걸까.

[숨길 생각은 하지 마. 너, 파편의 공명 때문에 황실이 내 존재를 알아차릴까 봐 나 몰래 혼자 해결하려고 하면 진짜 혼난다.]

이아나의 얼굴이 민망함으로 붉어졌다.

'이미 그렇게 했는데…….'

[빨리 말해. 아니면 내 아티팩트와 연결되어 있는 네 아티팩트의 좌표를 계산해서 당장 텔레포트할 테니까.]

이 아티팩트, 그렇게 쓰일 수도 있었나?

하여튼 이대로 두면 아르하드가 정말로 여기에 올 것 같았다.

"아닙니다. 지금은 안전합니다. 이때까지 무슨 일이 있었는지 말씀드리겠습니다."

이아나는 드디어 말하려고 정리해 두었던 일들을 아르하드에게 모두 전했다. 자신의 목적만 빼고.

"지금은 압실롯 님과 만나서 그분께 보호받고 있습니다. 그러니까 진정하세요."

[……그래? 그럼 다행이고. 그런데 괜찮아?]

"제 몸이라면 무사합니다."

[그게 아니라…… 황녀가 너를 보고 이상한 행동을 하진 않았어?]

이아나의 입이 다물렸다. 아르하드는 뭔가를 알고 있는 걸까?

'…….'

이아나는 아는 척하고 싶지 않았다.

"글쎄요. 이상한 행동이라면 공격을 말하는 겁니까? 중요한 공장을 파괴해서 그런지 악착같이 쫓아오긴 하던데요. 왜요?"

[아니, 아무것도 아니야.]

아르하드도 모른 척했다.

[그나저나 네가 정의감만으로 정체불명의 공장을 파괴하는 데 한 손 거들었단 말이지?]

아르하드가 주제를 바꾸며 미심쩍은 듯 물어 오는 말에 이아나가 쭈뼛거렸다.

아니요. 사실은 검은 로브를 뒤집어쓴 당신이 건넨 약의 정체를 알고 싶었고, 파편 소유자에게 한 방 먹여 주고 싶었습니다. 신성시대의 비밀을 풀기 위해 성물을 볼 목적으로 도운 것도 있습니다.

무엇 하나 말할 게 없었다.

[괜찮아. 말 안 해도 된다.]

"……그게 무슨?"

캐물을 거라고 생각했는데 아르하드가 의외의 말을 했다.

[네가 숨기고 싶어 하는 사생활 몇 개 정도는 존중해 주겠다는 거야.]

사생활. 제 모든 것에 집착하는 아르하드와는 어울리지 않는 말이었다. 다행이긴 한데 왜 이럴까? 혹시 그도 뭔가를 숨기고 있어서, 찔려서 이러는 게 아닐까?

정말로 의심병이 도졌나 보다. 이아나는 생각을 접고 고개를 절레절레 저었다.

"감사합니다."

그나저나 대화 중에 아주 섭섭하게 느껴지는 부분이 있었다.

이아나는 돌멩이를 툭 걷어찼다.

그 서운함을 드러내지 않으려 했다. 하지만 그런 감정에 서툰 이아나는 도무지 참을 수가 없어서 툭 내뱉고 말았다.

"시디얀의 정보원에게 정보를 바로바로 받을 정도였다면, 그 사람과의 연락 아티팩트는 업무 중에도 가지고 있었다는 말이군요. 웬만한 건 다 두고 갔다고 하지 않으셨습니까? 그 부하 쪽과 연결되는 아티팩트는 가져가셨으면서 제 건 왜……."

유치한 심정이 툭 튀어나왔다.

'가져가지 않으셨죠? 서운하네요.'

이아나는 그 말을 겨우 삼켜 자존심을 지켰다.

[하아.]

아르하드가 의미 모를 한숨을 쉬더니 마나를 뚝 끊어 버렸다.

"……?"

뭐지? 끊은 건가? 왜?

이아나가 복잡한 심정으로 축 늘어진 강아지 인형을 노려보고 있는데, 분위기를 깨는 소리가 공간에 울려 퍼졌다.

멍! 멍! 멍!

"갑자기 웬 개 짖는 소리가."

주변에 개가 있다고 생각하고 주변을 둘러보았다. 하지만 개가 없어서 인형을 꾹 쥐어서 나는 소리인가 하고 순간 착각했다.

결론만 말하자면 아니었다. 아주 살짝 움켜쥐고 있는 강아지 인형에는 마나가 어려 있었고, 연락이 왔음을 알리는 마나의 파동과 함께 개 짖는 소리가 나고 있었다.

다시 아르하드와 연결한 이아나가 웃었다. 너무 어이없어서 화가 순식간에 풀려 버렸다.

"뭡니까?"

[네가 좋아할 것 같아서 넣은 기능인데 다음부턴 절대로 안 넣어. 이런 일에 휘말려서 도주 중이거나 은신 중인데 시끄럽게 굴까 봐 함부로 연락할 수 없으니까. 설마 여행을 하면서 이런 사고를 칠 줄이야……]

아르하드가 후회하는 목소리를 들으면서, 이아나는 강아지 인형을 물끄러미 쳐다보았다.

[시디얀에서는 도적을 잡으면서 사고를 치고 있다기에, 위험한 시디얀을 벗어나서 토라카로 진입했을 즈음에 연락해서 놀라게 해 주려고 했는데 망했어.]

이아나가 불쑥 말했다.

"귀엽네요."

[좋아해도 소용없어. 다시는 안 넣을 테니까.]

이아나가 미묘한 웃음을 지었다. 강아지만을 말한 건 아니지만, 정정해 주지는 않았다.

[마찬가지로 내 아티팩트는 고양이 형태인데, 야옹 하고 운다. 그런 아티팩트를 비밀 업무를 처리하는데 소지하고 있을 순 없잖아.]

"고양이요?"

이아나는 결국 소리 내어 웃고 말았다. 강아지와 고양이. 아르하드가 뭘 형상화해서 만든 건지 알 것 같았기 때문이다.

[아무튼 이번 아티팩트는 순전히 네 취향으로 만들어 본 건데 소리도 그렇고 굳이 손에 쥐어야 하는 것도 그렇고……]

아르하드의 말을 들으면서, 그의 목소리가 흘러나오는 검은 강아지의 머리를 손가락으로 가만히 쓰다듬어 보았다.

갑자기 아르하드가 커다랗고 압도적인 분위기를 가진 남자가 아닌 귀여운 강아지로 보이는 것 같았다.

[여러모로 단점을 많이 느껴서, 보완해서 새로 만들 생각이다. 혹시 원하는 형태가 있나?]

"취향은 됐고, 사용하기 편한 형태면 뭐라도 좋습니다."

이에 잠시 망설이던 아르하드가 말했다.

[……그럼 반지는 어때?]

"괜찮죠."

이아나는 별생각 없이 승낙했다. 반지라면 번거롭게 넣고 꺼내고 할 필요가 없고, 다른 장신구들처럼 거슬리지도 않을 것 같았다. 카마트로스의 반지를 꼈을 때도 별다른 불편함을 느끼지 못하고 싸울 수 있었으니 괜찮을 것 같았다. 또 평소에 세심한 부분까지 모두 신경써주는 아르하드니, 제가 말하지 않아도 알아서 잘 제작해줄 것이다.

[좋아. 무르기 없기다.]

아르하드의 말에서 뜬금없이 기쁨이 묻어났다. 이아나는 의아함을 느끼면서도 그럴 일 없다고 순순히 대답했다.

[로안느로 돌아오면 바로 줄게. 사실 지금의 아티팩트는 폐기할 생각이었는데…….]

"귀여운데."

이아나가 중얼거리자 아르하드가 어쩐지 흐뭇하게 들리는 어조로 말했다.

[뭐, 그래도 그 강아지가 마음에 든다면…… 기념으로 가지고 있어도 된다.]

"그래도 될까요? 감사합니다."

이아나는 순순히 감사 인사를 하곤 강아지 인형을 소중히 감싸 쥐었다. 모든 오해가 풀린 데다 아티팩트의 생각지도 못한 기능이 마음에 들어서…… 아니, 그보다는 언제나 저를 위하는 아르하드의 행동이 만족스러워서 그녀는 기분이 몹시 좋아졌다.

[아. 그런데 너, 3일 전부터 연락을 한 거면 쫓기고 있을 때는 나한테는 전혀 연락을 안 한 거지.]

"네. 당신에게도 별다른 수가 없을 거라고 생각했고, 바하무트 황실과 조금이라도 얽히는 건 막고 싶어서요."

[그러지 마.]

아르하드의 목소리에서는 우울한 느낌이 묻어났다.

[넌 날 생각해서 그렇게 한 거겠지만 위험한 상황에서 내게 아무 말도 하지 않는 건 정말로 싫다. 나도 내 상황을 생각하면서 움직일 테니, 네가 위험할 때 내가 어떻게든 도울 수 있게 해 줘. 내가 아무 것도 모르는 상황에서 네가 잘못되면, 내가 어떻게 미칠지 몰라.]

"……."

이아나는 조곤조곤하게 이어지는 아르하드의 말을 들으면서, 무릎에 뺨을 묻었다. 그의 얘기를 듣고 있자니, 제가 많이 잘못한 것 같았다.

역으로 생각해 봤다. 아르하드가 위험에 처해 있는데도 제게 아무것도 말하지 않는다면…….

정말 싫다. 너무나 화가 날 것 같았다.

그러다가 아르하드가 잘못된다면…….

그가 제 인생에서 사라져 버리는 상황을 상상한 이아나의 심장이 쿵 하고 떨어져 내렸다.

안 돼.

절대 안 돼.

"잘못했습니다."

분명 아르하드를 위한답시고 한 행위였다. 그러나 어찌 보면, 그의 생각과 마음은 무시한 이기적인 행위였다.

이 얼마나, 자기밖에 모르는…….

하지만 이아나는 이로써 한 가지 사실을 더 깨달았다. 제 행동이 이기적이라고 평가받는 이유는, 그가 그만큼 저를 무척이나 아껴 주기 때문이라는 것을. 아르하드가 저를 소모품이나 평범한 부하로 여겼다면 그저 잘 처리했다고 칭찬을 받았을 일이었다.

그렇다. 그는 저를 사랑하고 있는 것이다.

"……."

언젠가는 바라고 부러워했던, 그러나 언제부턴가 싫어지고 꺼림칙해지다가 완전히 저와 유리되어, 제게 대입할 수 없게 된, 정체를 알 수 없게 되어 버린, 그 감정.

그러나 그 낯설디낯선 감정이 명확하게 정의되어 저를 똑바로 향하고 있음을 자각하는 순간, 기묘한 희열과 야릇한 쾌감이 심장을 두드렸다.

이아나는 이런 아르하드가 무척 마음에 들었다. 그가 절대 변하지 않기를 바랐다. 아니, 이보다 더 아껴 주길 원했다.

무의식적으로 솔직하게 생각을 이어 가던 그녀는, 자기가 무슨 생각을 하고 있었는지 깨닫고 민망해졌다.

이아나의 뺨과 귀가 빨개졌다.

공간의 단절로 인해 그녀의 상태를 알지 못한 채 아르하드가 웃음기를 머금고 말했다.

[어쩐 일로 이렇게 쉽게 잘못했다고 말하지?]

"……그러니까 당신도 그러지 말라고요."

[흐음? 내 걱정을 해 주는 건가?]

아르하드가 묘한 웃음을 흘렸다. 이아나가 열이 오르는 얼굴을 문지르며 굳게 다짐했다.

"아무튼 이제부턴 위험할 때 당신에게 꼭 말하겠습니다."

[웬만하면 그런 상황 자체에 처하지 않길 바라지만.]

"그리고."

이아나는 사흘 내내 아르하드를 걱정하면서 단단히 결심한 게 있었다.

"하루에 한 번은 제게 꼭 연락을 해 주세요."

[……? 왜?]

"걱정을 하느냐고 물으셨죠? 네. 연락이 안 돼서 아주 미칠 뻔했습니다. 걱정했어요. 아주 많이. 3일 동안 연락이 안 되었을 뿐인데 답답하고 불안해서 미친다는 기분이 뭔지 알게 됐습니다. 그러니까 이제부턴 제게 하루에 한 번 연락을 해서 당신이 잘 지내고 말씀해주세요. 당신이 뭘 하고 있는지도 말씀해 주시고요."

[…….]

아르하드는 말이 없다. 좋아할 줄 알았는데, 그가 한참 동안이나 이렇다 할 반응을 보이지 않자 이아나는 자신감을 조금 잃었다.

"……귀찮으십니까? 그럼."

[너.]

일순 목소리에서 뻗어 나온 손에 입이 틀어막힌 것 같았다. 그의 목소리가 한층 낮아지며, 유쾌하던 분위기가 돌변했기 때문이다.

[이래 놓고 귀찮아하거나 무시하면 가만 안 둬.]

피부가 곤두섰다. 단순히 목소리가 한 톤 낮아지고 탁해졌을 뿐인데 전해지는 느낌이 전혀 달랐다. 오싹했다. 목소리에서 뚝뚝 떨어져 내린 질척한 뭔가가 피부를 더듬는 것만 같았다.

이아나는 제 제안을 되돌아보며 잠시 고민했지만 이내 고개를 저었다. 그녀는 아르하드의 연락이 절대 귀찮지 않았다. 귀찮기는커녕 기쁘기만 했다.

"안 그래요."

이아나의 조용한 말에 아르하드가 느른한 목소리로 답했다.

[나야 좋지. 무조건 그렇게 할게.]

아르하드는 무척 만족스러운 듯했다. 곁에 없음에도 그의 기뻐하는 표정이 눈앞에 선연해서 이아나는 저도 모르게 미소 짓고 말았다.

[시간을 정해서 연락하면 될까?]

"그게 좋겠습니다. 이제 위험한 일은 하지 않을 테니 아무 때나 하셔도 상관없지만요."

[글쎄. 넌 생각지도 못한 곳에서 사고를 잘 치고 다녀서.]

"안 그런다니까요."

전설적인 존재인 드래곤을 만나긴 할 거지만 가디언인 압실롯과 함께 있을 테니 안전하리라. 또 롯소산맥에서 만난 드래곤이 저를 도와준 것을 보아, 다른 드래곤도 적대하지는 않을 것이다.

　[알았어. 아, 아니면 네가 하루 여정이 끝나면 연락을 하는 게 어때? 내 생각엔 그게 나을 것 같은데.]

　"아니요. 먼저 해 주세요."

　이아나는 강아지 인형의 머리를 툭툭 건드리며 아르하드의 제안을 단칼에 거절했다.

　"아티팩트가 울리는 거, 꽤 귀엽거든요."

　당신이 연락을 해 오는 게 좋기도 하고. 연락이 올 때를 생각하며 하루를 보내는 게 꽤 즐거울 것 같기도 하고.

　[그래? 제작자로서 아주 흡족한 말을 해 줘서 고맙다. 그럼 네 말대로 할게. 시간은 여행을 방해하기는 싫으니 밤이 좋겠다.]

　서로에게 편한 시간대를 조율하여 정한 후에, 이아나는 먼저 오늘은 이만 연결을 끊자고 말했다. 아르하드가 못마땅한 어조로 핀잔을 주었다.

　[종일 기다렸다는 것치고는 냉정한데. 거짓말이었나?]

　"그건 사실이지만, 지금 피곤하시잖습니까."

　처음에는 너무 반가워서 눈치 채지 못했다. 하지만 초조함이 가라앉고 마음이 차분해지자 바로 알 수 있었다. 아르하드는 내색하지 않으려 했겠지만 느릿느릿하고 살짝 거친 그의 목소리에서는 피로감이 다 감춰지지 못하고 흐릿하게 묻어나고 있었다. 아르하드가 이렇게 티를 낼 정도면 정말로 피곤하다는 뜻이었다.

　"업무를 마치자마자 제 연락을 받으신 거지요?"

　오늘은 주야장천 아티팩트를 붙잡고 연결을 시도했다. 즉, 아르하드는 업무를 마치고 아티팩트를 두고 갔을 방에 돌아오자마자 연락을 받았다는 소리다.

며칠이나 되는 장기 업무를 마치고 돌아온 그를 계속 붙잡고 있는 건 예의가 아니었고, 또 그에게 폐를 끼치고 싶지도 않았다.

[맞긴 한데 그런 건 신경 쓰지 마. 넌 시도 때도 가리지 않고 연락을 해도 괜찮으니까.]

"제가 싫습니다만."

[난 지금 별로 피곤하지도 않은데?]

"거짓말하지 마세요."

[음, 그렇게 확신하다니. 맞아. 좀 피곤하긴 해. 그런데 그런 걸 목소리만으로 알아?]

"당신과 가깝게 지낸 지도 벌써 일 년이 넘었습니다. 이 정도는 당연한 겁니다."

[그래? 기분 좋은걸.]

아르하드의 목소리에서 기쁨이 묻어났다.

[내 기분을 그만큼 신경 쓰고 있다는 소리잖아. 만약 내가 네게 별로 중요한 사람이 아니었다면, 넌 내가 뭘 어찌하든 관심도 없었을 텐데.]

"제 인생을 통째로 바칠 사람이니 당연하죠. 당신은 저한테 가장 중요한 사람입니다. 당신이 제 인생에서 사라지면 정말 곤란하니까, 힘드시면 절 신경 쓸 생각은 하지 마시고 당신 몸이나 좀 챙기세요."

[······.]

사랑처럼 뭔지 모를 두루뭉술한 기분이 아닌, 이미 확신하는 생각과 감정에 한해서 이아나는 더없이 솔직했다. 민망해하지도 않았다. 여과되지 않은 그녀의 말에 아르하드는 또 말이 없었다.

"끊을까요?"

[아니.]

칼같이 끊을 기세라 아르하드가 바로 대답했다.

[난 별로 끊고 싶지 않아. 네가 날 걱정했다니, 내 목소리를 아주아주 많이 들려주고 싶어졌어. 원하는 만큼 들어.]

"전 이 정도로도 충분합니다. 그리고 당신이 제게 아주 관대하긴 하지만, 그걸 떠나서 저는 당신의 기사입니다."

아르하드 본인이 너무 강해서 그를 지킬 일도 없거니와, 본격적으로 바하무트 공략에 들어가지 않은 지금은 평소에 그를 보필하기는커녕 오히려 챙김을 받는 수준이라 그 관계가 무색하게 느껴졌지만, 절대 잊지 말아야 할 부분이었다.

"주군인 당신을 힘들게 하고 싶지 않아요."

[……흐옴. 그렇지.]

아르하드의 애매한 말에 이아나의 눈썹이 쓱 올라갔다.

[그리고 연인이기도 하고 말이지?]

아르하드가 불쑥 내뱉은 말에 난데없이 칼로 심장이 푹 쑤셔진 느낌이다. 이아나의 얼굴이 확 달아올랐다. 여행을 하면서 까맣게 잊고 있던 관계가 제대로 상기되었기 때문이다.

이아나는 이마를 붙잡았다. 아르하드가 저를 사랑하는 건 둘째 치고 그건 진짜 관계가 아니다. 아르하드도 그 점은 확실히 해 두었고, 이렇게 뻔뻔하게 말하는 걸 보면 놀리려는 게 분명하다.

될 대로 되라 식으로 이 거짓된 관계에 적응하기로 결심한 주제에, 시간이 좀 지났다고 또 이렇게 서툴게 반응하다니 스스로가 민망스럽고 어이없었다. 그가 제 얼굴을 보지 못해서 정말 다행이었다.

"……그건 상관없습니다. 애초에 진짜 관계가 아니잖아요."

[알아. 하지만 의외로 그쪽 역할도 충실하려는 건가 싶었지.]

그의 목소리가 은근해짐과 동시에 이아나의 미간이 점점 좁아졌다. 또 무슨 말을 하려고 이러는 걸까? 이아나의 심장이 초조함과 민망함이 범벅이 된 불안한 기분으로 뛰었다.

[솔직히 말해서 네가 한 말, 연인 관계인 사람들이 주고받는 말이라고 해도 별로 어색하지 않잖아.]

그런가?

잠시 고민해 본 이아나의 얼굴이 진지해졌다.

그런 것 같기도 했다. 제가 한 말은, '소중한' 상대라면 누구에게나 할 수 있는 말이니 연인 사이에도 통용될 수 있었다.

"저는…… 그런 생각을 전혀 하지 않았습니다."

[그럼 그렇지. 그런데 농담이니까 그렇게 정색하지 마.]

아르하드는 분명 농담 따 먹기로 꺼냈을 말 때문에 이아나는 안개가 잔뜩 끼어 있는 제 감정에 바람이 살짝 분 듯한 기분을 느꼈다. 그가 명료하게 유사성을 부여한 덕분에, 제가 아르하드를 향해 가진 감정과 사랑이라는 감정 사이에 작대기 두 개가 놓이면서 그 뒤에 물음표까지 붙었다.

사랑에 도달할 수도 있다고는 생각하고 있었지만, 이미 그럴 수도 있다는 가능성이 도출된 것이다.

하지만 그런 가능성이 제기되자 이질적인 기분을 느낌과 동시에 의문 하나가 생겨났다.

'사랑이라고?'

이렇게 따뜻하기만 한 게?

아주 가까이서 적나라하게 경험하고 느낀 사랑이라는 게 체르노에게 미치고 환장했던 르보니의 것인지라, 아르하드에게 품은 제 감정이 사랑이라기엔 열기가 심하게 부족하게 느껴졌다.

그렇다. 그런 열기를 최근에도 경험하지 않았던가.

"하지만 알고 싶지 않아? 파괴적이면서도 애틋한 그 감정을. 난 궁금해. 사랑이 사람을 어디까지 미치게 하는지."

배 위에서 아르하드가 제게 잠깐 드러내 보였던 그 광기 서린 열기. 이따금 감춰지지 않고 표출되던 그 농도 짙은 감정.

그런 진한 느낌의 감정이 아직은 제게 없는 것 같았다.

…….

……아닌가?

그의 옆에 제가 아닌 다른 누군가가 서는 것이 싫어서 거짓말을 해 버리고, 그가 저를 버리고 가 버리는 환상에 좌절해서 울어 버리고, 그와 연락이 되지 않아서 하루 종일 초조해했던 건?

부정할 수 없이 진한 감정이긴 했다. 하지만 뭐랄까, 그것 외에는 아직은 부족하게 느껴졌다.

그의 목소리를 듣는 게 좋았고, 이야기를 하는 게 즐거웠다. 그가 저를 소중히 해 주는 게 기뻤고, 넘치도록 사랑해 준다는 사실에 흡족했다. 그러니 그에게 짙은 호감을 품은 건 사실이다. 하지만 사랑이라는 단어를 여기에 갖다 붙이자니 뭔가 가볍다. 따뜻하긴 한데 뜨겁진 않달까.

'그럼 난 뭐가 더 필요하다고 느끼는 걸까?'

호감? 그를 더 좋아해야 한다는 건가? 하지만 여기서 더 그가 좋아질 수 있을까? 지금도 그를 아주 좋아하고 있는 것 같은데.

호감의 종착점, 호감과 사랑의 경계선이라는 건 대체 어디일까? 그곳에 도달하려면 대체 뭘 더 어찌해야…….

이아나는 답을 찾지 못하고 이리저리 뒤엉켜 버린 제 머릿속을 검으로 베어 버리고 싶어졌다. 아르하드와 연락이 되어 후련했던 것도 잠시, 더 심한 고민으로 머리가 아팠다.

"흰소리하지 마시고 빨리 주무세요."

이아나는 아르하드가 뭐라고 하기도 전에 아티팩트에 주입했던 마나를 뚝 끊어 버렸다.

이틀 뒤, 이아나의 일행은 압실롯의 근거지인 기로하이 사막에 들어섰다.

고민거리를 떠안긴 첫 연락의 다음 날에 아르하드와 주고받은 연락 내용은 별것 없었다. 아르하드는 어제 그런 식으로 정색을 하며 뚝 끊어 버리면 어찌하냐고 핀잔을 준 후, 푹 쉬어서 일어났을 때는 피로가 다 풀렸다는 말, 하지만 밀려 있던 다른 업무에 하루 종일 책상 앞에 앉아 있었다는 말들을 했다.

이아나는 오늘은 무엇을 먹었고, 어떤 유적을 보았고, 무엇을 느꼈는지 등을 이야기했다.

평범한 일상의 대화였지만 서로에게 아주 유익한 시간이었다. 아르하드는 업무 스트레스가 다 풀린다며 즐거워했고, 이아나는 현재 제 감정에 대한 고민과는 별개로, 아르하드에 대한 걱정을 털어내고 아주 말끔한 기분으로 기로하이 사막을 시야에 둘 수 있었다.

기로하이 사막. 사대 오지 중 서쪽에 위치한 연한 황토빛 모래가 끝없이 펼쳐진 사막이다. 그리고 이따금씩 모래가 뜸해지고 검은 재와 단단한 돌들만 깔려 있는 지형이 있는데, 그 중심에는 어김없이 산 하나가 높게 솟아올라 있었다.

그 산들은 모두 아주 활발하게 활동하는 활화산으로, 하늘에서 산꼭대기를 내려다보면 안쪽에서 부글거리며 들끓고 있는 붉은 용암을 볼 수 있었다.

태양이 높게 떠올라 뜨거운 볕을 내뿜는 하늘, 그 아래 열기로 바싹 마른 모래와 붉은 용암이 자리 잡은 대지. 사람들은 이곳을 기로하이 불사막이라고 부르기도 했다. 그리고 기로하이 사막은 이종족치고는 대외 활동을 많이 한다고 알려진 수인족의 성지다.

수인족은 인간형으로 변이하는 것이 가능하기 때문에 오지 밖에서 활동하는 게 엘프와 드워프에 비해 비교적 자유로웠다. 물론 그들의 기본형은 짐승과 인간이 반 섞인 수인형이고, 인간형을 유지하는 데는 집중력이 꽤나 필요한데다 육체적으로 피로감을 안겨 주는지라 제한 시간이 있었다. 그래서 외부 활동을 활발하게 하는 진짜 수인족은 손에 꼽았다. 밖에서 보이는 수인 대부분이 인간형이 기본인 하프이거나 초절정의 강자였다.

즉 수인족은 세계의 주류인 인간에게 배척당하지 않기 위해 사막 밖에서는 인간형을 하고 있다. 하지만 성지에서는 그럴 필요가 없었다.

낙타를 타고 사막 안쪽으로 들어갈수록 희한한 광경들이 펼쳐지기 시작했다.

"우와아……."

헤레이스는 놀람을 숨기지 못했다. 사막에 진입할 때만 해도 앞을 똑바로 바라보고 있던 그의 눈은 지금 어떤 두 특이한 존재에게 고정되어 떠날 줄을 모르고 있었다.

"압실롯 님!"

바위에 앉아 있던 두 남녀 중 귀여운 외모의 여성이 폴짝 뛰어올라 손을 흔들었다. 뺨과 이마 등에 붉은 물감과 같은 것으로 문양들이 잔뜩 그려져 있는 얼굴은 주목할 만했다. 하지만 그보다 더 시선이 가는 건 그녀의 신체적 특징이다. 머리 위로는 길쭉한 토끼 귀가 쫑긋거리고 있었고, 손은 토끼의 발과 같은 형태였으며 흰 털로 뒤덮여 있었다. 그녀가 해맑게 말했다.

"귀환하셨슈! 타로, 간만이여!"

그리고 사투리는 구수했다.

"세나, 여서 뭘 하고 있는 겨?"

"아, 몬스터 사냥 나왔지 말여. 타로 너도 간만인디 낄 텨?"

"야, 호들갑 떨지 말어. 3개월이 간만이냐?"

그 옆에 앉아 있던 남성이 새침하게 말했다. 그는 고양이 수인인 듯, 고양이 귀가 머리에 뾰족하게 튀어 올라 있었고 꼬리가 일자로 빳빳하게 서 있었다. 토끼 수인족이 뾰루퉁하게 말했다.

"이 자슥이 얘기 잘하고 있다가 왜 시비여? 반가워서 인사한 것두 잘못이냐?"

"흥."

투덕거리는 그들을 향해 타로가 소리 질렀다.

"인마, 질투하지 말어! 난 임자 있다."

"야! 말 똑바로 못혀! 나가 무슨 질투를 한다고 그려?"

"오호. 으흥."

"뭐, 뭐 그런 눈으루 봐?"

둘을 뒤로하고 계속 앞으로 가는데, 그들 외에도 다양한 수인족들이 압실롯과 타로에게 인사를 해 왔다.

"여어, 수장님! 안녕하셨슈! 여기서 다 보네유!"

낙타 바로 앞의 땅이 흔들거리더니 수인족 하나가 쑥 튀어나왔다. 두더지 느낌이 나는 수인족이었다. 압실롯이 물었다.

"그려. 여서 뭐 하고 있는 겨?"

"지질 조사 중. 이 주변에 광맥이 있다고 들어서 말이지라."

그 밖에도 사슴, 곰, 다람쥐, 소…… 한눈에 봐도 그 특성이 드러나는 다양한 수인족들이 인사를 하고 지나갔다. 이질적인 광경에 눈이 어지러울 정도였다.

"옆은 누구슈?"

"인간?"

"수장님이 인간을 데려왔네……."

그리고 수인족들은 이아나와 헤레이스에게 경계심과 호기심을 동시에 보였다. 대외적인 활동을 많이 한다지만, 그들도 인간이 아닌 이종족이다.

납치당해 애완용 혹은 성 노예로 팔리고, 그들만의 특성으로 디러운 일에 이용당하는 등, 과거에 호되게 당한 역사로 인해 수인족도 인간이라는 종 자체를 배척하는 풍조인 건 똑같았다. 오지에서 나오지 않고 평생을 살아가며 인간과는 전혀 인연을 맺지 않는 수인족들도 많았다.

그리고 기로하이는 수인족의 성지. 중앙 대륙에서는 수인족이 희귀하지만 이곳에서는 인간이 희귀하다.

안으로 들어가면 들어갈수록 희귀 동물을 보는 듯한 불편한 시선이 심해지는지라, 헤레이스는 점점 움츠러들어 낙타의 목에 얼굴을 처박았고. 일전에 드워프들의 마을에서 이 시선을 경험해 본 이아나는 낙타의 고삐를 쥔 채 담담하게 신기한 풍경을 눈에 담았다.

"여보오오!"

그때 멀리서 어딘가 들어 본 적 있는 목소리가 우렁차게 울려 퍼졌다. 모두가 시선을 목소리가 들려온 쪽에 두는데, 낙타 한 마리의 탑승자가 순식간에 사라졌다.

낙타의 주인, 압실롯이 활짝 웃으며 손을 흔들고 있는 그녀에게로 바람처럼 달려가고 있었다.

"여보오, 란카!"

헐레벌떡 뛰어간 압실롯이 란카를 와락 끌어안았다. 작은 체구의 란카는 압실롯에게 달랑 들려선 그의 목에 팔을 둘렀다.

단아하고 작은 란카와 사납고 커다란 압실롯의 외양 차 때문에 그들은 꼭 몬스터에게 납치당하는 소녀 같은 그림을 연출하고 있었다. 란카가 압실롯의 머리를 슥슥 쓰다듬었다.

"애들 데려올 때 무슨 일 없었나?"

"껄렁거리는 놈들이 좀 있었는디 다 쥐어 팼어."

전쟁터에서 시디얀 병사들을 찢어발기던 그의 신위가 란카를 걱정시키지 않으려고 깡패 몇 쥐어 팬 행동으로 탈바꿈되는 순간이었다.

"다친 디는 없구?"

"응응. 완전 멀쩡한디 딱 하나 힘들었당게. 우리 마누라 보고 싶어서 죽는 줄 알았지 뭐여."

"에이, 떨어진 지 얼마나 됐다구."

"임자를 하루라도 못 보면 입 안에 가시가 돋아브러. 근디 왜 위험허게 여그까지 나와 있어?"

"여보가 보고 싶어서?"

"크으. 이렇게 이쁘다니까."

지배자인 압실롯이 작은 여인의 손 아래에 온순한 짐승처럼 자리 잡은 채 그르렁거리는 걸 보고 있기가 민망스러웠다.

헤레이스는 헛기침을 했고, 이아나는 깨가 쏟아지는 그들의 애정 표현에 관심을 가지고 주시하다가 고개를 슥 돌렸다.

사랑을 하면 저리 되는가? 그러면 제 감정은 사랑이 아닌가보다. 또, 연인이 저런 적나라한 감정 표현을 하는 관계라면 저는 평생 연인과는 인연이 없을 터였다.

이아나와 헤레이스를 본 란카가 손을 흔들었다.

"타로! 어서 와라! 타로 친구들! 어서 와요!"

"어무이. 다녀왔슈."

"오랜만에 뵙습니다."

"안녕하세요."

느릿하게 압실롯과 란카가 있는 곳에 노착한 그늘이 낙타에서 내려 인사했다. 압실롯이 란카를 내려 주자 란카가 후다닥 뛰어와 헤레이스와 이아나의 손을 꼭 쥐었다.

"귀한 손님들이 왔구먼. 이 외진 곳에 무르시네 사람들 말고 다른 인간 친구들이 찾아올 줄이야! 그만큼 우리 남편과 타로가 아가씨와 도련님을 신뢰한다는 거겠지?"

란카가 타로를 흘기며 기쁜 목소리로 말했다.

"사실 저눔이 좀 띨띨혀서 보낼 때 많이 걱정했는디 말여. 아주 좋은 친구들을 사귀어 브렀어!"

타로가 툴툴거렸다.

"아, 지가 뭐가 글케 띨띨허다고?"

그리고 압실롯이 그런 타로의 머리를 쥐어박았다.

"인마, 호랑이헌티서 곰 같은 놈이 났으니 그렇지! 저번 겨울에도 배고프다고 맹독버섯 주워 먹고 배탈 났응게 임자가 걱정을 혀? 안 혀?"

"……."

"너 말여, 너 딱 잡고 살 야무진 여자 아니믄 장가 안 보내 준다! 그래, 그, 뭐냐. 전에 경매에서 너 사 갔던 보라색 머리의 예쁜 여자애! 그 여자애가 성깔은 있어 봬도 니눔 끌고 다니는 거 장난 아니던디 말여. 너두 좋아선 헤벌레하는기 머슴짓 다 하드만? 근디 이쯤 됐으면 이거, 됐겠지? 언제 소개시켜 줄 텨?"

압실롯이 새끼손가락을 흔들자 타로의 얼굴이 불에 달군 쇳덩이처럼 시뻘겋게 달아올랐다.

"아, 아녀라……. 아직도 쫓아다니는 중인디……."

"오메, 뭐여! 타로. 이 압실롯 자식이믄서 아직도 못 꼬셨냐!"

압실롯이 울화통이 터진다는 듯 주먹으로 가슴을 쿵쿵 쳤다.

란카가 압실롯의 등짝을 확 후려쳤다.

"그만혀요! 애 그렇게 놀리믄 좋나? 그리구 여보도 나 십 년 가까이 쫓아다녔으믄서 타로헌티 왜 그려!"

"아, 임자, 그 애길 거기서 하믄……."

이아나와 헤레이스는 멍하니 투닥거리는 세 사람을 구경하고 있었다. 언제 봐도 에너지와 긍정적인 기운이 넘쳐흐르는 가족이었다.

이아나도, 헤레이스도 이런 친근한 소란과는 인연이 없었기에 그 분위기에 섞이지 못하고 어정쩡하게 서 있을 수밖에 없었다.

"이제 마을루 가자! 임자, 위험하니까 다음부턴 나오지 말어. 응? 깜짝 놀랐잖여."

"응. 허지만 여보도 보고 싶구 타로 친구들이 온다니께 설레서. 근디 나한틴 여보가 준 아티팩트가 많으니까 괜찮지 않어?"

란카가 가슴팍을 뒤적거리더니 품에서 목걸이를 서너 개 꺼내 들었다.

"그래두 안 돼!"

투닥거리는 둘의 뒤에서 타로가 속삭였다.

"저거, 어어엄청 비싸고 대단한 아티팩트들이여. 예엣날에 아부지가 전쟁 나서 망한 왕국들에 보관돼 있던 아티팩트들을 싹 쓸어 와서 처박아 두던 시절이 있었는디, 거기서 최고로 좋은 것들만 울 어무니랑 무르시 아재헌티 선물했다는구먼."

란카가 깨질까 부서질까 소중하게 보듬는 압실롯의 뒤를 따라 걷은 지 얼마 되지 않아, 작고 큰 물줄기들이 보이기 시작하더니 깨끗한 물이 흐르는 커다란 강이 모습을 드러냈다.

그 강을 따라 계속 올라갔다. 그리고 그들은 8월 초, 여름방학이 반이 지나간 날, 마침내 기로하이 사막 곳곳에 존재하는 오아시스 중 가장 거대한 오아시스이자, 수인족들의 본거지인 '티타누스'에 도착했다.

수인족이라는 단어는 각 종족의 개성을 무시하는 포괄적인 단어다. 수인족 안에는 견인(犬人), 묘인(猫人), 호인(虎人) 등등 아주 많은 종족들이 있었고, 각 종족들은 띄엄띄엄 존재하는 다양한 환경의 오아시스마다 자신들만의 터전을 닦았다. 수인족은 인간과 구별 짓기 위한 단어일 뿐이었다.

그리고 수인족의 총본산, 티타누스. 티타누스는 떨어져서 살고 있는 종족들이 교류를 하기 위해 모이는 도시였다.

사막 한가운데에 있으면서도 물이 아주 풍부한 기이한 지형적 특성으로 아주 풍요로웠다. 중앙 대륙에 있는 왕국들의 웬만한 수도 못지않았다.

또 티타누스는 외부에 화염의 드래곤 테라노우딘의 배리어가 존재하는, 세상에서 최고로 안전한 드래곤의 도시였다.

수인족은 자신들의 터전에 위험이 닥치거나 오아시스가 메말라 살기 힘들어지면 티타누스에 머무르며 개척 준비를 단단히 한 후 새로운 땅을 찾아 떠났다. 그리고 드래곤의 용아병들이 수시로 들락거리고, 드래곤의 가디언이자 수인족 전체의 수장인 압실롯이 기거하는 도시이기도 했다.

티타누스에 드래곤의 배리어를 뚫고 인간이 들어가려면 각 종족 족장 모두의 '허가'가 필요했는데, 압실롯은 그런 절차가 필요 없었다.

초절정 강자이자 드래곤과 계약으로 이어진 가디언이니 누굴 데리고 드래곤의 배리어를 통과하는 것쯤은 아주 쉬운 일이었다.

그리고 수인족의 수장인 그의 결정이 수인족 전체의 결정이나 마찬가지였다. 그에게 주어진 엄청난 권한에 불만을 가지는 이들도 있을 법했으나, 절정의 무인으로 존경받는 데다 왕년에 한가락 했던 압실롯에게 시비를 걸 담력이 있는 이는 없었다. 무엇보다 드래곤의 인정을 받은 그는 수인족 전체의 신뢰를 한 몸에 받고 있었다.

압실롯이 모두를 데리고 배리어를 뚫으며 입구로 들어오자, 수인족들의 시선이 그들에게로 확 쏠렸다.

"수장님과 란카 부인이구먼!"

"타로도 왔시여!"

"학술원인가 뭔가 하는 아카데미가 쉬는 기간인 모양이여?"

압실롯과 그의 사랑을 한 몸에 받는 란카, 그리고 그들의 자식인 타로는 유명한 이들이었으나 익숙한 얼굴들이라 금방 시선이 떠났으나, 이아나와 헤레이스는 아니었다.

"인간이여? 수인족이여?"

"킁킁. 짐승의 냄시가 안 나는디? 그리고 이렇게 쳐다보는디도 인간형을 유지하고 있는 걸 봐! 인간이구먼!"

"무르시의 파엘라 상단 사람들이 아니랑게."

"오랜만에 나가시더니만 우째 인간들을 달고 오셨는가?"

"수장님이 무르시네 사람들이랑 용병단 사람들 말고 티타누스까지 인간을 데려온 건 진짜 오랜만인디."

각양각색 엄청난 개성들을 자랑하는 수인족들의 시선을 한 몸에 받으면서, 헤레이스는 눈을 둘 데를 찾지 못하고 부들거리다가 얼굴을 붉힌 채 고개를 푹 숙였다. 이아나는 그의 옆에서 담담하게 티타누스의 풍경을 둘러보았다.

가장 먼저 눈에 들어온 건, 거대 도시의 중심에 위치한 푸른 산이다. 사막을 지나면서 한 번도 보지 못했던 초록 일색의 산은 하늘을 뚫을 듯 높게 치솟아 있었다.

산의 주변에는 다섯 개의 바위탑이 늘어서 있었으며, 산에서 바위탑들 사이로 흘러나온 물줄기들이 모여 이룬 강은 입구를 통과하여 티타누스를 빠져나갔다.

산 주변까지 펼쳐지던 녹음은 티타누스의 외곽으로 갈수록 뜸해지고 중심부부터는 이때까지 지겹도록 봐 왔던 모래들이 자리 잡았다. 그리고 그 위에는 사막 지역 특유의 각진 저택들이 빼곡하게 지어져 있었다.

이아나는 티타누스의 이국적이면서도 기적적인 풍경을 구경했다. 인간들에게도 개방되어 있다면 살면서 한 번쯤은 와 봐야 할 관광지 중 하나로 반드시 뽑힐 법한 멋진 풍경이었다.

하지만 역시 가장 눈이 가는 건 수인족들이다. 풍경이야 중앙 대륙에도 멋진 곳이 많지만, 인간과 짐승이 반반 섞인 수인족들은 어디서 볼 수 있는 존재들이 아니니.

이아나는 옆을 흘끗 쳐다보았다. 헤레이스에게 호기심을 가진 묘인족이 고양이 귀를 쫑긋거리고 꼬리를 살랑거리면서 다가와 그를 콕콕 쑤시고 있었다. 헤레이스가 슬쩍 고개를 들자 묘인족 여자는 어머! 하고 화들짝 놀라더니 후다닥 도망가 버렸다. 하는 행동도 진짜 고양이 같았다.

"수인족이 외양만 짐승을 닮은 건 아니여."

타로는 옆에서 수인족들의 성격이나 생활방식이, 그 종족이 모태로 하는 짐승과 조금씩 닮았다고 말했다. 예를 들어 쥐 종족, 서인(鼠人)들은 보통 쥐처럼 땅굴을 파고 어두컴컴한 곳에서 생활한다는 것이다.

그런 수인족이 짐승과 다른 점이라면 역시 높은 지성과 고차원적인 사고를 할 수 있는 점일까.

수인족들의 시선은 이아나와 헤레이스에게서 떠날 줄을 몰랐다. 새로 보는 인간인데다, 수장인 압실롯이 데려왔다는 사실 때문에 관심을 가지고 지켜보는 것이었다.

'으아아아……'

그런 시선들 한가운데에서 미칠 것 같았던 헤레이스는 만약, 이렇게 흥미로운 구경거리처럼 주목받는 이가 있다면 자신만큼은 절대, 절대로 이런 눈으로 보지 않겠다고 다짐했다.

수인족들은 다들 개성이 끝내주게 넘쳐서 신기했고, 만약 이런 이들이 중앙 대륙에 있었다면 자신도 신기한 생물 쳐다보듯 구경하고 있었을 것이다. 그리고 이들은 지금 자신이 느끼는 기분과 똑같은 기분을 느낄 터였다.

"자, 자. 신경 끄고 하던 일들 하쇼! 여기 이 어린 생물들은 인간 맞고, 타로 놈 친구들이고, 내가 보증할 테니께 그렇게 날들 세우지 말고!"

압실롯이 크게 외치자, 수인족들의 시선이 우수수 떨어져 나갔다.

"이제 내 집으로 가자. 임자, 다른 애들은?"

"여보랑 타로가 온지 모를 텡게 다 지들 집에 있을걸? 난 누후가 말해 줘서 알았구. 하지만 이렇게 시끌벅적하니까 알아서 찾아오겠지?"

티타누스의 중심으로 향하는 압실롯의 뒤를 따르며, 이아나는 살짝 이질감을 느꼈다. 압실롯의 말 한마디에 인간에게서 눈을 떼다니, 수인족은 생각했던 것보다 훨씬 더 인간에게 개방적인 것 같았다. 드워프들은 자벨론 상단과 교류를 하면서도 아주 폐쇄적인 모습을 보였기 때문이다.

이아나는 앞장서서 낙타를 몰고 있는 압실롯의 뒷모습을 쳐다보았다.

'압실롯 님이 수인족에게 신뢰받고 있기 때문인가? 아니면…….'

이번에는 압실롯의 몸을 훑었다. 인간치고는 덩치가 아주 크지만, 영락없이 인간의 모습이었다.

'이렇게 본인들도 인간형으로 변이할 수도 있어서 그런가?'

이아나가 압실롯을 뚫어져라 쳐다보며 이것저것 생각하고 있는데, 타로가 이아나에게 접근하더니 음흉하게 말했다.

"울 아부지헌티 반했어? 왜 그렇게 끈적하게 쳐다보는 겨? 그럼 안 돼~ 아부지가 좀 멋지긴 헌디, 이아나 양헌티는 훨씬 더 잘생긴 아르하드 선배가 있잖여. 그리구 울 아부지헌티는 어무이밖에 없어서 이아나 양은 실연 예정이란……."

"헛소리하지 마. 의외로 수인족이 우리에게 거부감을 보이지 않아서 그 이유를 생각하고 있었던 거니까."

"아, 그거?"

타로 말로는 이삼 년 전까지만 해도 토라카에서 주로 활동하던 무르시가 상단 사람들을 데리고 티타누스의 교역소에 상주했다고 한다. 무르시가 없는 지금도, 그의 상단 지부 사람들은 주기적으로 티타누스에 찾아와 인간들의 물건을 가지고 수인족과 교류하고 있다고 했다. 그리하여 티타누스에 주로 머무는 수인들은 인간들에게 가지는 거부감이 덜했다.

타로는 입이 트였는지, 이아나가 궁금해하던 부분을 속 시원하게 긁어 주고는 무르시에 대해서도 이것저것 주절거렸다.

"무르시 아재가 우리 수인족의 은인이지 말여. 아재가 엄청 싼값에 물건을 보내 줘서, 우린 엄청 풍족하게 살 수 있는 거니께. 인간에 대한 편견도 아재 덕에 수그러들어서 외부 활동이 음청 늘었구."

"무르시 씨, 좋은 분이시지. 그런데 대체 어떻게 압실롯 님과 인연을 맺은 걸까? 그리고 수인족과 인연을 맺은 것도 신기하군."

"음. 어무이랑 아재는 울 아부지 만나기 전부터 친했다 혀. 그리고 아부지가 이 둘이 어릴 때 한꺼번에 만났다 허는디, 정확한 건 모르겄고 만난 후에도 오랫동안 중앙 대륙에서 머물다가 두 사람이 십 대 후반쯤 됐을 때부터 호랭이족 마을에 데려와서 살게 했다는구면. 궁금허면 당사자들헌티 들어 봐!"

앞에서 타로와 이아나의 대화를 듣고 있던 압실롯이 낙타의 속도를 줄여 장난스럽게 말했다.

"휴, 식겁했네. 진짜로 나헌티 반한 줄 알고, 시선으로 등이 뚫릴 것 같은데도 뭐라고 하지도 못하고 식은땀 흘리고 있었잖여."

"농담도……."

이아나가 실없이 웃자 타로가 진지하게 고개를 끄덕거렸다.

"허긴, 이아나 양 애인이 얼마나 미끈하게 잘생겼는디? 잘하기도 울 아부지 못지않아 보였단 말여. 그런 남잘 냅두고 저런 중년 아재헌티 빠질 리가……."

"시끄러워."

"에이, 부끄러워허긴."

압실롯의 품에 폭 안겨 있던 란카가 눈을 반짝거리면서 말했다.

"타로 놈 친구분, 그러니까 이아나 양이라고 부르면 돼?"

"편하게 부르십시오."

"그래, 이아나 양은 여보와 무르시의 관계가 궁금한가 봐?"

"압실롯 님과 무르시 씨는 나이차도 많이 날뿐더러, 무엇보다 종족이 다르지 않습니까? 연계점이 별로 보이지 않아서 의아해하던 참이었습니다."

"으음, 말 못해 줄 것도 없지만……."

압실롯이 민망하다는 듯 머리를 긁적거렸다.

"쪽팔리는 흑역사라서 말여. 남사스럽구먼. 에잇, 묻어 둬!"

"흐흐. 여보가 막장이긴 했지?"

이야기를 나누다 보니 목적지인 압실롯의 집에 도착했다. 티타누스에도 빈부격차는 있는지, 거리에 즐비했던 주택들은 사용된 자재나 층수, 크기 등 사양이 가지각색이었다.

그런데 수인족의 수장에 용병왕인 압실롯의 집은 튼튼해 보이긴 했지만 의외로 평범한 주택이었다.

압실롯이 문을 열고 들어가며 말했다.

"난 큰 집은 별루여. 우리 여보랑 애들이랑 알콩달콩 사는 게 좋거던. 그리구 우리 애들은 머리가 좀 컸다 하믄 독립 만세 하믄서 나가 가지고 큰 집이 절대 필요 없드라고. 임자, 타로 친구들 방은 다 치워 놨남?"

"준비 다 헌지가 언젠디? 여보가 마중 나간 후부터 매일매일 청소하믄서 목이 빠지도록 기다리고 있었단 말여."

압실롯과 란카, 타로를 따라 들어간 헤레이스가 신기한 눈으로 집 안을 훑었다. 호랑이 수인의 집. 헤레이스는 호랑이라는 상징성 때문에 특이한 부분을 기대하고 있었다.

예를 들면 잡아먹고 무두질한 남은 몬스터의 가죽이 바닥에 깔려 있다거나, 몬스터의 머리가 박제되어 섬뜩한 모습으로 벽에 걸려 있다거나.

하지만 뜻밖에도 로안느에서도 봤던 인간들의 평범한 집과 별반 다른 점이 없는 이 층 건물이었다.

"잠깐만 집 구경하믄서 기다리구 있으!"

란카와 압실롯이 부부의 침실로 보이는 방으로 들어가 있는 사이, 이아나와 헤레이스는 타로를 뒤에 달고 천천히 그의 집 구경을 했다.

창문 앞에 있는 탁자 위의 화병에는 화사한 꽃들이 꽂혀 있었고, 그 주변에는 작은 선인장들과 허브들이 자리 잡고 햇볕을 만끽하고 있었다.

개성 있는 서부의 장식품들은 집안 곳곳에 어울리게 배치되어 눈길을 사로잡았으며, 돌을 반듯하게 깎아 만든 큰 테이블 위에는 멋진 도자기 병과 컵들이 놓여 있어 가정적인 분위기가 났다.

벽에는 몬스터의 머리 대신 거대한 방패와 창이 하나씩 걸려 있었으며, 그 옆으로 타로의 가족 전체가 그려진 커다란 그림과 각자 따로따로 포즈를 취하고 있는 그림들이 액자에 끼워져 잔뜩 걸려 있었다. 학술제에서 만났을 때처럼, 타로의 대가족은 액자 안에서도 어김없이 북적거리면서 환하게 웃고 있었다.

가족 간에 격의가 없고, 함께 있어 행복해 보이는 가족의 모습은 이아나와 헤레이스에게는 멀기만 해서, 그들은 그 그림을 길게 바라보았다.

그러다 의아함을 느낀 헤레이스가 타로에게 물었다.

"다 독립하신 거면 다른 형제분들은 여기에 한 분도 안 계세요? 말씀하신 것처럼 다 따로 사시는 건가 봐요."

사진에는 사람이 이렇게 많은데 집에는 인기척이 없었다.

"엉. 다른 형님들은 다 독립허구 나랑 내 아래에 딱 한 놈 있으. 내 동생, 작년 학술제 때 봤지 않어? 그놈만 여기 살어. 열네 살 막둥이랑게. 지금 없나? 야, 막내! 쿤차!"

벌컥!

타로가 이층을 향해 고함을 지르자 이층의 문 네 개 중 하나가 요란스럽게 열렸다.

"형님 오셨쇼잉~"

나타난 아이, 쿤차는 나이 차 때문인지 타로만큼 크지는 않았지만 압실롯의 핏줄답게 커다란 덩치를 가지고 있었다. 이제 열여덟 살인 헤레이스와 비교해도 압도적으로 우람했다.

흰 천으로 이마를 둘러 묶어 주황색의 더벅머리를 대충 올린 쿤차가 이아나와 헤레이스를 보고 휘파람을 불었다.

"옷 좀 챙겨 입는다고 늦었구먼! 이엽!"

콰아아앙!

쿤차는 계단 제일 위에서 펄쩍 뛰더니 꿍음과 함께 바닥에 착지했다. 그러고도 멀쩡한 기색으로 머리를 꾸벅 숙였다.

"안녕하슈! 학술제 때 봤던 누님이랑 형님이지 말여요? 오신다는 말씀은 들었는디 진짜루 오셨네? 본 지 오래돼서 까묵었을 게 분명하니께 인사헙니다. 이 집 막내 쿤차라고 혀요!"

빡!

타로가 싱글벙글 웃으면서 붙임성 있게 말을 붙이는 쿤차의 뒤통수를 후려쳤다.

"악! 뭐여!"

"인마, 집 무너지겠다! 계단은 콧구멍으루 보는 겨?"

"아, 계단은 어무니 전용이잖여? 귀찮게스리 어떻게 하나하나 밟고 내려오나?"

"니가 아직 어려서 괜찮은디, 덩치 좀 커서두 이러믄 진짜 농담이 아니라 집 다 부서진다. 난중에 아부지헌티 뒤통수 맞고 찔찔 짜기 전에 고쳐라, 잉?"

"아부지랑 어무니도 그 말 허던디. 알겠구먼. 암튼, 형님, 누님! 반갑당께요! 티타누스까지 들어오는 인간 친구는 진짜 드물어서 지금 음청 신기헙니다. 천천히 구경하시믄서 편하게 지내시랑께요."

쿤차가 이아나와 헤레이스에게 반가움과 호감을 잔뜩 표현하고 있는데 압실롯과 란카가 나왔다.

"미안! 일정 얘기 좀 헌다고. 그래서 말인디, 다들 얼마나 머물다 갈 거여?"

"방학 때마다 그랬던 것처럼 개강까지 20일 남겨두고 출발할 생각이니께 10일에 가겄지? 근디 이아나 양은 따로 갈 거여. 원래 혼자 여행한다는 거 같이 온 거라서 갈 때는 갈라지기로 했거던!"

"그려? 이아나 양, 언제 출발할 겨? 우리 해야 할 일도 있잖여? 내일 아침부터 나갈 거긴 헌디 가서 어떻게 될지 모르니께 그리 여유롭지는 않을 것이여."

"엥, 아부지 같은 노땅이 이아나 양 데리구 뭐 허려구?"

"이 자슥이, 데이트헌다, 왜!"

"으엑……. 구라도 겁나게 구린 구라를 치시네."

쿤차가 투덜거렸다. 하지만 모두들 압실롯이 말하고 싶지 않아 대충 둘러댔다는 것을 눈치 챘기 때문에 더 캐묻지는 않았다. 이아나는 잠시 고민을 한 후 말했다.

"저는 15일까진 머물겠습니다. 일이 일찍 끝나면 그 전에 출발하고요."

"좋아. 그럼 자세한 얘긴 나중에 허고, 짐부터 방에 두고 내려오드라고. 처자는 이층 제일 왼쪽, 헤레이스 군 그 옆, 타로 넌니 방!"

방은 깨끗하게 정리되어 있었다. 이아나는 가방을 침대 옆에 둔 후 연둣빛 침구 위를 쓸었다. 세탁한 지 얼마 되지 않았는지 침구에서는 햇볕에 바싹 마른 건조한 냄새와 함께 좋은 이불 냄새가 났다. 먼지 묻은 몸으로 뒹굴기엔 죄책감이 들 정도였다.

침대 옆의 탁자 위에는 아래에서 봤던 것과 같은 꽃병이 있었는데 그 안에도 화사한 꽃이 잔뜩 꽂혀 있었다. 란카가 신경을 많이 쓴 티가 났다.

이 방뿐만이 아니라 집 전체에서 란카의 향기가 났다. 이 집에서 본 것 중 압실롯의 느낌이 나는 물건은 방패와 창뿐이었다.

그의 물건을 따로 모아놓은 곳이 있겠지만, 이 집에서는 인간이자 가냘픈 란카에 대한 압실롯의 배려가 물씬 느껴졌다.

다들 비슷하게 내려와서 일층에 다시 모이자, 압실롯이 타로의 어깨를 두드렸다.

"타로, 난 임자 도와서 저녁 준비하고 있을텡게 6시까지 애들 데리고 구경 다녀와라잉."

"오케이!"

압실롯은 이아나와 헤레이스에게 자신의 증표라며 호랑이가 그려진 패 하나씩을 주었다. 혹시라도 불미스러운 일이 있을 때 제 이름을 팔라는 말도 덧붙였다.

"엇, 나두 가믄 안 돼?"

신이 난 쿤차까지 따라붙어서 네 사람은 집을 나섰다.

교역의 오아시스라는 티타누스의 거리는 외양이 독특한 수인족들로 가득 찼다는 것만 제외하면 인간들의 시장과 다를 바 없었다.

중앙대륙에선 절대 볼 수 없는 수인족이지만, 여기서 질릴 정도로 보고 있다 보니 이아나와 헤레이스는 결국 무덤덤해지고 말았다.

"의외네요……. 전 이종족을 처음 봐서요. 계속 신기하기만 할 줄 알았는데 금방 익숙해져 버렸어요."

"사람은 적응의 생물이라고 하잖아. 그리고 이렇게 잔뜩 보고 있는데 익숙해지지 않으면 그것도 문제가 있는 거겠지."

"이렇게 보니 이종족은 그냥 인간과 같네요. 다른 건 생김새 정도?"

"그렇지. 몬스터도 아니고."

헤레이스가 미간을 살짝 찌푸리더니 이마에 맺힌 땀을 손등으로 훔쳐냈다.

"책에서는 이종족들이 인간들의 욕심을 피해서 오지에 자리를 잡았다고 했어요. 그 전에는 인간과 이종족들이 모두 섞여 살았다고 했고요. 그럼 그 당시에 이종족은 인간에게 익숙하다 못해 당연했을 존재들일 텐데…… 왜 그렇게 이종족들을 괴롭힌 걸까요?"

헤레이스의 말을 듣고 있던 타로가 어깨를 으쓱거렸다.

"말 그대로 이종족은 이종족, 아무리 인간과 비슷하다고 혀도 이종족은 인간과는 달러. 그리고 인간이 이종족을 괴롭힐 수 있었던 건 인간이 절대다수였기 때문이었으. 인간에 비하면 이종족의 수는 아주 적으니께. 쪽수는 진짜 감당 못혀."

"아……."

"하여튼 우리 선조들이 남겨 놓은 기록에서 인간은 상종도 못 할 것들이여. 물론 그때도 좋은 인간은 있었겠지만, 그걸 뛰어넘을 정도로 동족들이 전체적으로 당하는 일들이 엿 같았다는 거겄지. 괜히 중앙대륙을 피해서 여기에 왔겄냐."

"왜 화합하지 못한 걸까요? 서로 조금씩만 배려하면 모두가 행복하게 어울려 살 수 있었을 텐데."

타로가 피식 웃고는 헤레이스의 머리를 툭툭 두들겼다.

"여럿이 모여 있으면 강한 놈이 있고 약한 놈이 있지 말여. 자,

헤레이스. 약한 놈이 강한 놈헌티 없는 아주 귀한 물건을 갖구 있다구 쳐. 니가 강한 놈이라면 이 물건을 어떻게 얻어낼래?”

“대가를 지불하고 얻겠죠?”

“그건 니가 순딩이라서 그려. 강한 놈이 귀찮게 약한 놈헌티 설설 기면서 물건을 얻어낼 필요가 있겠냐? 그냥 강탈하는 게 편허지.”

“……”

“여기서, 맨 첨에 말했던 쪽수 땜시 강한 놈은 ‘인간’이고, 약한 놈은 ‘이종족’이구먼. 우리 종족은 성노예로도, 전투노예로도 인간들에게 지독하게 혹사당했다고 허네.”

헤레이스는 주변을 둘러보며 수인족을 시야에 담았다.

“전 절대 못 그럴 것 같아요.”

타로가 푸하하, 하고 웃음을 터뜨렸다. 헤레이스가 의아한 눈으로 쳐다보자 타로가 고개를 저었다.

“넌 이미 그러고 있는디?”

“네?”

“니가 그저께 사냥해 온 토끼도, 어제 먹은 돼지도 일종의 이종족이여. 사막을 건널 때 고삐를 채워서 타고 온 낙타도 이종족이구.”

“……”

헤레이스는 할 말을 잃고 입을 뻐끔거렸다. 그의 얼굴은 새빨개져 있었다.

“아아, 면박을 주려는 건 아니구. 당연하다는 거여. 강한 놈이 약한 놈을 잡아먹는 건. 이종족은 인간에 비해 약했을 뿐이라는 얘기를 하고 싶은 겨."

타로의 말은 세상이 돌아가는 이치를 담고 있었다.

약육강식. 이 세계가 사라지는 날까지 세상을 지배할 야만적인 섭리였다.

"니가 토끼나 돼지와는 다르게 우릴 불쌍허게 생각하는 건, 다른 종이긴 혀도 인간과 비슷한 생김새와 지성을 가지고 있기 때문이겠지."

타로가 축 처져 있는 헤레이스에게 헤드록을 걸더니 킬킬댔다.

"인마, 옛날부터 생각했던 건디, 넌 저쪽에서 귀족이라는 강한 놈이믄서 너무 착혀. 평민밖에 안 되는 나한테 하는 것 봐. 너 같은 놈이 많으면 이 세상 참 아름답것다."

"아, 아니에요."

"아니긴. 내가 까칠하게 굴었는디, 니 말도 맞어. 솔직히 저차원적인 사고를 하는 짐승이랑 우리는 사는 먹이사슬의 층이 달러. 짐승은 우리 밑층이구, 수인족과 인간은 같은 층에 있다는 거여. 짐승은 우리헌티 잡아먹히는 게 섭리인 거구, 우리는 우리끼리 치고받고 하믄서도 서로 배려만 하면 잘 섞여서 살 수도 있다는 말인디, 어렵겄지?"

어려울 것이다. 인간들의 욕망은 끝이 없고, 그것은 첸델프의 경우만 봐도 알 수 있다. 인간만 비난할 일은 아니다. 욕망은 누구에게나 존재하는 감정이다. 만약 이종족의 수가 인간보다 많았으면 어찌되었을까? 인간들이 그랬던 것처럼 이종족도 인간을 노예로 만들었을지 어찌 알겠는가?

이건 인간의 행동을 합리화하는 이기적일 가정일 수도 있다.

하지만 그녀는 인간이고, 이종족의 성향에 대해 다 알지 못하기에 그런 생각을 해보는 게 당연했다.

욕망이 만연하여 인간과 이종족들이 아예 격리된 이 세상에는, 화합하기 위해 어떤 가치가 필요한가?

"저거 봐, 그 인간들이여."

"특별한 인간들인가 본디?"

"그렇게 생각하고 봐서 그른가. 계속 보고 있으니께 뭔가 이상한 기분이 드는 것 같은디. 착각이겠지?"

결과적으로, 수인에 익숙해진 이아나와 헤레이스가 수인에게 보이는 관심보다는 오히려 수인 쪽에서 그들에게 보이는 관심이 훨씬 더 많았다. 수인족의 왕이나 다름없는 압실롯이 직접 데려온 특별한 인간이라고 소문이 나 있었기 때문이다.

"별 뜻 없이 신기혀서 그러는 거니께 신경 쓰지 멀구 시장이나 둘러보셔."

시선에 간신히 적응한 헤레이스는 타로의 도움을 받아 기념품을 잔뜩 사기 시작했다. 자고로 여행을 갔을 땐 그 지역의 특산품이나 장식품을 사서, 귀환 후 부러워하는 친한 지인들에게 뿌리는 게 도리인 법이다. 특히 에이지는 같이 가지 못해 섭섭해하는 티까지 냈으니 챙겨 주는 게 마땅했다.

수인족의 물건들은 인간의 것과는 다른 오묘한 느낌이 있어 기념품으로 정말 좋았다. 헤레이스는 장식품과 생필품, 먹거리 등을 구매해서 가져온 가방에 집어넣었다.

"야, 타로. 오랜만이다!"

이아나도 아르하드를 비롯하여 지인들에게 줄 물건들을 사려고 천천히 둘러보고 있는데 누군가 타로에게 말을 걸었다. 돌아보니 인간형을 하고 있는 덩치 큰 남자 한 명과 사자의 느낌이 나는 여자 수인 한 명이 자리 잡고 있었다.

"오랜만이여, 산사, 코니아! 이쪽은 내 인간 친구들이여. 좋은 애들이니께 나쁘게 굴지 말어."

"그려? 압실롯 님이 데려온 것도 그렇구, 너두 호구지만 눈이 아예 삔 건 아니니께 괜찮은 인간들 맞는 것 같어."

이번엔 타로가 큰 남자를 가리키며 말했다.

"이아나 양, 헤레이스. 이쪽은 내 오랜 고향 친구들이구먼. 이놈은 하프여. 곰 하프. 산사라고 혀. 그리고 이쪽은 사자 수인, 코니……."

"비켜 보랑께."

"억."

코니아가 시야를 가리는 타로를 옆으로 밀쳐 내며 앞으로 나섰다. 헤레이스와 이아나를 앞에 둔 그녀는 그들을 위에서 아래로 훑다가 헤레이스의 허리춤에 달린 검을 한 번, 이아나의 검을 또한 번 보았다. 이제 코니아의 시선은 이아나에게 고정되어 있었다.

"이봐, 인간 여자."

이아나는 코니아가 시비 걸듯 호전적으로 나오는 이유를 알 수 없어 탐색하듯 쳐다보다가 그녀의 등에 매달려 있는 검 한 자루를 발견했다.

"한판 붙어보지 않을텨?"

코니아를 막아선 건 타로였다. 타로가 그녀를 향해 눈을 부라렸다.

"야, 미쳣으? 왜 내 친구헌티 시빈디?"

"됐고, 비켜 보드라고, 이 괭이 자슥아."

"뭐여? 지는 괭이과 아닌 줄 아나?"

"잠깐."

이아나가 시야를 막고 있는 타로의 옆으로 나와 섰다.

"왜 저와 싸우고 싶다는 겁니까?"

코니아의 형형한 눈빛이 이아나에게 향했다. 투쟁심과 호승심이 타오르는 눈길을 마주하며, 이아나는 그녀에게서 강인한 전사의 느낌을 받았다.

그녀의 짧은 갈색 머리는 사자 갈기처럼 흐트러져 야성적인 느낌을 풍긴다. 까맣게 탄 피부 위로 빼곡하게 새겨진 사나운 문신들은 상대방을 압도할 정도다.

몸은 전체적으로 날렵하지만, 얇은 옷에 비치는 탄탄한 근육들은 오랜 시간 포식을 한 육식 짐승의 것이다.

스겅!

코니아가 등에서 검을 세차게 뽑아내더니 누가 손쓸 새도 없이 이아나를 향해 겨눴다.

"수인 여자와 인간 여자, 둘 중 누가 더 강한지 궁금하걸랑."

"아니, 이 미친 괭이 아줌마가! 왜 수인이랑 인간 사이에 경쟁 구도를 만들고 그런디야?"

타로가 반발하며 길길이 날뛰자 코니아의 관자놀이에 핏줄이 우득 섰다. 그녀가 타로의 정강이를 퍽 하고 걷어찼다.

타로가 끄악 하고 정강이를 부여잡고 풀쩍풀쩍 뛰어다니자 코니아가 꽥 소리를 질렀다.

"이 꼬꼬마 자슥이 누님헌티 자꾸 맞먹는 것두 모자라서 아줌마라고!"

"염병, 할망구라고 안 부른 걸 고맙게 생각혀야지. 으으으, 아퍼라. 암튼 내 친구헌티 시비 털지 말란 말이여!"

이아나는 그들의 대화를 들으며 코니아의 얼굴을 살폈다.

코니아의 액면가는 스물 후반. 그러나 타로의 말에 의하면 이쪽은 하프가 아닌 완벽한 수인이다. 압실롯이 청년의 얼굴일 때 아흔 살 정도라고 했으니, 이쪽도 그쯤 될 것이라 추측된다.

"단순히 그 이유뿐입니까?"

이아나가 전혀 동요하지 않은 차분한 목소리로 말하자 코니아가 두툼한 입술을 씰룩거렸다.

"……것도 그런디, 너, 강한 냄시가 난단 말여? 나가 듣기로, 인간 계집애들은 뭐만 허믄 꺅꺅거린다던디 널 보니 꼭 그런 것만은 아닌 것 같단 말이지?"

코니아가 검을 어깨 위에 걸쳤다.

"만약 니가 연약한 계집애였다믄 신경도 안 썼겠지. 허지만 그 손, 그 검."

이아나가 제 손을 한번 보고 허리춤에 매여 있는 검에 시선을 준 후, 다시 고개를 들어 코니아를 주시했다.

"굳은살이 잔뜩 밴 손이랑 너무 많이 만져서 헐어 버린 검집을 보니께 검 좀 쓰는 계집이라는 게 보인단 말여. 뭣보다."

코니아가 목을 이리저리 꺾자 우득거리는 소리가 났다. 하지만 목을 풀면서도 그녀의 시선은 이아나를 떠나지 않았다.

"내 온몸의 감각들이 니가 강하다고 비명을 지르고 있구먼."

목을 원위치시킨 코니아가 입꼬리를 끌어올렸다. 그녀의 입술 사이로 뻐드렁니처럼 돌출되어 있는 날 선 송곳니가 빛을 발했다.

"인간들은 어떤지 몰라도, 수인의 세계에선 강한 게 전부다. 종족과 관계없이 강함에 따라 어쩔 수 없이 먹이사슬의 위계가 나뉜단 말이여. 그리구 종족의 한계를 넘어서는 자는 존경받지. 그건 정말 있을 수 없는 일이니께. 뭔 말인지 알겄어?"

말을 하는 코니아의 목소리가 점차 그르렁거리는 짐승의 것처럼 변해 갔다.

"난 사자 수인, 수인족에서도 최상위고 나를 뛰어넘을 수 있는 수인은 거의 없다. 근디…… 넌 날카로운 이빨과 발톱두, 질긴 피부두 가지고 있지 않은 인간인 주제에 나와 같은 포식자루 보인다. 너와 우열을 가리고 싶으."

"코니아, 울 아부지가 이아나 양 건들믄 가만 안 둔댔거든?"

"누가 건든디? 걍 싸우자는 거잖여!"

"이 멍충이가? 그게 건드는 거지. 너 옛날부터 인간 싫다 그러드니 이번에 잘됐다 싶어서 이러는 거 아녀? 너 내 얼굴에 똥칠을 할 작정이 아니믄 내 인간 친구들 건들지 말어!"

타로가 자꾸 걸고넘어지자 코니아가 꽥 소리쳤다.

"아, 누가 싫대! 저 여자가 니 이거 아니면 닥치구 있어!"

코니아는 타로를 향해 새끼손가락을 들며 버럭 소리를 지른 후, 의아하게 쳐다보는 타로를 향해 쯧 하고 혀를 찼다. 그녀는 실짝 인상을 찌푸린 채 이아나를 다시 보았다.

"난 사막에서만 살았기 때문에 인간을 별로 본 적이 없으. 저

자슥 말대로 인간을 싫어하는 편이라 사막을 나갈 생각두 없었지. 근디 웃겨."

코니아의 낯빛이 묘했다.

"넌 내 영역을 침범한 적이 아닌, 무리에 들어온 새로운 동료 같어. 이상한 호감이 느껴진단 말여."

드워프와 같은 건가?

이아나는 제게 이상할 정도로 쉽게 호감을 보이던 드워프들을 떠올렸다. 딱히 뭘 하지도 않았는데도, 그들은 다른 인간과는 다르게 이아나에게서는 경계심이 아닌 호감이 느껴진다고 말했다.

'내 몸에서 이종족의 호감을 이끌어내는 페로몬이라도 나오는 것인가?'

답을 찾을 수 없는 수수께끼 같은 일에 이아나가 실없는 가정을 하고 있는데 코니아가 주먹을 움켜쥐며 앞으로 성큼 나섰다.

"암튼! 싸워 보고 싶다구! 실력만 보자는 거여."

"알겠습니다."

타로가 뭐라고 하기도 전에 이아나가 승낙했다. 티를 내지는 않았지만, 이아나도 코니아에게 호기심에 가까운 호승심을 느끼고 있었다.

중앙 대륙에서는 여성 무인이라고 하면 놀라움부터 보일 정도로 남성 무인의 수가 압도적이다. 과거에 전 세계가 전쟁 때문에 피를 흘리던 시대에는 여성 무인도 꽤 많았다고 하나, 전쟁이 대부분 끝나고 국경이 확정되면서 평화의 시대가 도래하자 여성 무인의 수는 점차 줄어들었다.

전쟁의 시대야 기하급수적으로 죽어 나가는 무인을 대신할 새로운 무인들을 끊임없이 필요로 하는 상황이었기에 남녀 차이가 그다지 부각되지 않았다. 하지만 평화 속에서는 남성과 여성의 사이에 존재하는 신체적 차이로 인한 실력의 격차가 적나라하게 드러났다.

또한 새가 지저귀는 평화로운 삶의 터에서, 여성은 안심하고 아이를 낳게 되면서 무기를 놓는 경우가 많았다. 그것은 여성만 이 할 수 있는 일이었다.

그리하여 중성적이었던 문화는 남과 여로 갈려 문화가 발달하기 시작했다. 남자는 바깥일을 하고, 여자는 안일을 하는 게 당연해졌다. 물론 남녀의 위치는 동등했다. 건국왕이 여왕이었던 로안느의 경우에는 더욱 그랬다.

결론은 이런 세계의 흐름 탓에 중앙 대륙에서는 여성 무인이라고 하면 놀라기부터 한다.

여성 무인이 없는 건 아니다. 세계를 뒤져 보면 웬만한 무인정도는 단번에 무릎 꿇릴 정도로 실력 좋은 여성 무인도 꽤 있었다. 남성 무인에 비하면 극소수라는 게 문제였다.

하지만 티타누스는 다르다.

일반인과 몸을 단련한 무인은 평소에 흘리고 다니는 기운부터가 다르다. 이아나는 직업병처럼, 티타누스를 돌아다니면서 저도 모르게 그 기운을 살폈고, 어떤 사실 하나를 어렴풋하게 느낄 수 있었다.

이아나가 무슨 일인가 싶어 구경하고 있던 주변의 수인들을 천천히 살폈다.

역시 반반이다. 무인인 남녀의 비율이.

여성 무인이 남성 무인만큼 많고, 여성이라고 해서 주변에서 흰 눈으로 보지 않는다는 뜻이다.

"어디서 싸웁니까?"

여성도 전사로 당연하게 받아들여지는 도시. 티타누스의 무력의 반을 담당하는 여성 무인의 힘이 궁금해졌다. 그리고 이아나가 보기에 코니아는 뭇 남성 못지않게 강했다.

오랜만에 만난 여성 무인이라 신기하기도 했고, 수인족의 싸움이 궁금하기도 했던 이아나는 코니아의 실력을 보기로 했다.

"어어…… 이아나 양, 구경 좀 더 하다가 밥 먹으러 가야 허는디. 또 티타누스는 싸움이 금지되어 있는디."

"밥 먹구 싸우믄 되지!"

타로는 내키지 않는 기색으로 말을 늘어뜨렸지만, 코니아는 반색하며 웃었다.

"그리고 타로 이 자슥은 까마귀 고기를 처묵었나. 티타누스에는 '그곳'이 있잖여? 밥을 언제 먹는디?"

"칫, 6시."

"그럼 8시에 보믄 되갔네. 이름, 이아나라구 혔지? 내가 알아서 신청해 놓을 텡게 이아나, 이따 봐! 산사, 가자!"

"어어."

곰 하프라던 산사는 코니아와 이아나의 대치에 일행과 제대로 인사 한번 나누지도 못하고 끌려갔다.

헤레이스와 함께 뒤쪽에서 상황을 지켜보다가, 코니아가 떠나가자 앞으로 나와 타로의 옆에 선 쿤차가 뒤통수에 깍지를 끼며 햐~ 하고 감탄성을 내뱉었다.

"인간 누님, 괜찮은 거여? 코니아 누님, 그 뭐냐, 사자족에서 족장 후계자 후보 중 하나 아녔어?"

"맞어. 아이고, 이아나 양."

타로가 땅이 꺼져라 한숨을 쉬었다.

"나가 이아나 양을 걱정하는 건 아니구, 하고 싶다니께 말리지 않겠지만서도 적당히 혀. 적당히. 안 그러믄 피곤해질 수 있응게."

"왜?"

"아무래두 이아나 양은 인간이구 코니아는 수인이니께 어느 쪽이 피를 보든 피곤한 일이 좀 생길 거여. 그리구 코니아는 쿤차가 말한 것처럼, 사자 족에서 위치가 좀 높아서 말여....... 사자 놈들 자존심이 장난 아니거던."

타로 말로는 호랑이 수인과 사자 수인은 사이가 그리 좋은 편이 아니라고 했다. 둘 다 자존심이 센 육식 맹수 종이고, 한번 싸우면 한 명이 죽기 전까지는 싸움을 끝내지 않는 경우가 많기 때문에 옛날에 종족 전쟁을 벌였다가 둘 다 망할 뻔한 적이 있다고 했다.

그래서 서로 시비는 걸어도 싸우지는 않는다는 말도 덧붙이며 코니아를 조심하라고 했다.

"일단 상황을 보고. 그런데 코니아가 말한 그곳이 뭐지? 신청은 또 뭐고."

"아, '파시오'라는 투기장에 대전 신청을 하는 겨."

수인족은 드워프처럼 단일 종족이 아니고 다양한 종족이다 보니 종족끼리 마찰을 빚는 경우도 많았다. 예를 들면 개와 고양이의 사이가 나쁘다는 보편적인 말처럼, 묘인족과 견인족은 만날 때마다 싸운다는 것이다.

그리고 인간과 짐승이 반 섞인 수인족, 그들은 인간들보다 훨씬 더 심하게 무를 숭상하며, 강자를 따르고 좋아하는 경향이 있다. 수인족들이 압실롯을 지지하는 것도, 절반 이상은 그가 강해서였다. 호전적인 수인족들에게 있어 싸움은 일상이었다.

하지만 티타누스는 화합과 교류를 위한 교역의 도시로, 도시 내부와 도시에서 반경 10킬로미터까지는 싸움이 금지되어 있었다. 단 한 곳, 파시오라는 거대한 투기장을 빼고는.

티타누스의 한쪽 구석에는 파시오라는 투기장이 존재하고, 수인족들은 낮밤 가리지 않고 거기서 싸운다고 했다. 누군가와 싸우고 싶으면 투기장에 가서 신청을 해서 싸우면 된다고 한다.

할 일이 없는 놈들은 투기장에 앉아 하루 종일 싸움 구경을 하며 낄낄거리며 도박을 하고, 몸이 근질거리는 놈들은 '선수' 등록을 한다고 했다. 그러면 접수자가 하루 내에 알아서 다른 선수를 찾아 대전을 붙여 준다고 했다.

"재밌는 장소군."

이아나는 8시가 기다려지기 시작했다.

그 후로도 계속 걸으면서 티타누스를 구경하고 있는데, 티타누스에서는 인간형으로 다니는 수인들도 꽤 많았다. 타로는 그들 대부분이 맹수 계열 수인이라고 했다.

"잡아먹진 않아도, 짐승에는 '먹이사슬'이 확실허니께 하위 수인들은 본능적으로 상위 수인을 무서워허거든."

그리고 주변에서는 계속 말을 붙여 왔다.

"얼레, 잘은 몰라두 좋은 인간 같은 느낌!"

"검사? 엄청 센 느낌인데 한판 붙어 보지 않을 텨?"

이아나와 헤레이스는 압실롯이 직접 데려온 인간이라고 이미 소문이 나 있었다. 코니아와 같은 제안을 해 오는 자들도 적지 않았다.

"이 친구는 이미 예약이 되어 있당게."

"뭣이여? 누구헌티?"

"궁금허믄 8시에 파시오로 오든가 말든가."

"크아! 꼭 가야겠네."

그렇게 말하지 않으면 끝까지 달라붙는 수인들이 많았기에 타로가 적당히 그들을 물리쳤다. 계속 중심부로 들어가다 보니 중앙에 있던 푸른 산이 입구에서 봤을 때보다 훨씬 가까워졌다. 타로가 산을 가리키며 말했다.

"저 산의 이름이 '티타누스'여. 서부 이종족들의 선조들이 산의 이름을 따서 도시의 이름을 붙였지."

"사막에 저런 산이 있다니, 아무리 봐도 신기하네요."

"기로하이 사막은 식물의 힘이 아주 약해서 식물이 잘 자라지 않는디, 티타누스에서는 생명이 흘러넘쳐. 그리고 저 탑들 있쟈?"

타로가 산 주위에 늘어선 다섯 석탑들을 쭈욱 가리켰다.

"저 탑들은 신성한 산, 티타누스를 보호하는 결계를 이루고 있는 구조물이라 허더라."

"결계?"

"저 산에 몬스디들이 음~청 환장헌다고 허던디? 근디 그건 옛날 애기고 지금은 완전히 보호받고 있어서 몬스터도 이곳을 까먹었을 거여."

타로는 마지막으로 한 곳에만 더 가자고 하면서 그들을 이끌었
다.

"엇, 타로!"

"오랜만이네!"

파엘라 상단의 인간 직원들이 있는 곳이었다. 우연히도 이아나
가 도착한 날은 그들이 티타누스에서 머무는 날이었던 것이다.

"학술원 생활은 잘하고 왔냐? 네 녀석이 그 빡세다는 커리큘럼
을 따라간다는 게 놀랍다."

"아, 대체 주변에선 날 어떻게 보고 있는 거여?"

"곰팅이지, 곰팅이."

상인들의 말투는 사투리를 심하게 쓰는 수인들과는 달리, 티타
누스에는 잠깐잠깐 들려서 그런지 음색의 높낮이만 미묘했다.

상인들과 친근하게 인사를 나눈 타로가 그들에게 이아나와 헤
레이스를 소개시켜 주었다.

"이쪽은 무르시 아재와 핀이 아주 아끼는 이아나 양. 아주 뛰어
난 검사여. 그리구 여기는 떠오르는 유망주 헤레이스!"

"아, 형님……."

헤레이스가 드래곤을 앞에 두고 칭찬받는 도마뱀이 된 듯한 민
망한 기분을 느끼며 고개를 푹 숙였다.

"왜? 난 진심인디. 암튼, 둘 다 학술원 검술학부 에이스들인데
다 로안느에서는 귀한 몸들이니께 아재들, 잘 보이드라고?"

상인들은 놀람을 감추지 못했다.

"학술원의 검술학부인 건 네가 거기 소속이니까 그렇다쳐도……

로안느의 귀족이라는 거냐? 콧대가 하늘로 치솟아서 구름을 뚫는 다는?"

타로가 어깨를 으쓱거렸다.

"이 친구들은 안 그래. 그랬음 내가 친해질 일두 없었으."

"좋은 분들이구나."

상인들 중 우두머리 격인 중년 남성이 앞으로 나서서 인사했다.

"안녕하십니까. 파엘라 상단 토라카 지부장 니유른이라고 합니다. 만약 티타누스 내에서 가지고 싶은 물건이 있으시거든 제게 말씀해 주십시오."

인사를 나눈 후, 수인들이 상단에 판매한 물건들을 구경했다. 대부분이 몬스터의 부산물들과 특이한 암석들이었고, 한쪽에는 한 뭉치의 종이들이 산더미처럼 쌓여 있었다.

"수인족에게는 별 필요 없는 고위 몬스터의 부산물들이 중앙대륙에서는 꽤 유통이 활발하거든요. 이 암석은 불의 땅이라 불리는 기로하이 사막에서만 나는 화염석입니다. 화염 마법의 궁극의 연구재료죠. 그리고 이건……."

니유른이 종이를 쥐고 흔들었다.

"계약서입니다. 수인족이 가진 것 중 가장 가치 있는 물건은 바로 무력입니다. 우리는 토라카의 용병지부와 긴밀하게 연결되어 있어서, 일하기를 원하는 수인족들을 그쪽에 소개시켜 주기도 합니다."

상단에서 구경을 하고 이야기를 하다 보니 압실롯이 돌아오라고 했던 6시가 다 되어서 작별인사를 했다. 니유른은 무르시와 핀의 안부를 물었고, 이아나는 잘 지낸다고 대답해 주었다.

"다행입니다. 수인족의 호감을 한 몸에 받는 것도 대단하시지만, 이미 기존 유통망이 고착화되어 있던 로안느까지 파고든 단주님의 능력과 담력은 존경할 만하지요."

"수인족은 무르시 씨가 인간인데도 좋아하는 겁니까?"

"물론이지요. 저희한테는 약간 어색함을 느끼는 듯도 합니다만, 무르시 씨에게는 다들 은인이라며 고마워하는 눈치입니다."

정말 대단한 사람이었구나. 무르시가 어떻게 수인족과 인연을 맺었고, 어떻게 상단의 토대를 닦았는지 궁금해진 이아나는 만약 무르시가 자서전을 낸다면 바로 구매해서 읽을 용의가 있었다.

그들과 헤어진 후 집으로 돌아오면서도 타로는 많은 수인족들의 인사를 받았다.

"수인족은 하프라고 차별을 하진 않는구나."

"음, 하프가 계속 없었던 것도 아니고. 일족의 피를 이은 데다 죄도 없는 갓난애한테까지 증오를 대물림할 수는 없다는 게 일족의 입장이구먼. 라오스 신은 아무것도 모르는 아이에게 죄를 덮어씌우지 말라 했응게."

수인족은 감정 조절이 꽤 잘되는 듯했다. 인간들은 그렇게 라오스 신을 찾아대면서도 감정 때문에 그가 남긴 말들을 무시하는 경우가 많은데 말이다. 잠시 로베르슈타인 저택을 떠올렸던 이아나는 고개를 저었다.

"다녀왔슈!"

압실롯과 란카는 식탁의 다리가 부들거릴 정도의 진수성찬을 가득 차려 놨다. 야채가 없는 건 아니었지만 고기에, 고기에, 또 고기인 고기의 축제였다. 조리 방식이나 고기의 종류가 모두 달라서 전부 다른 음식처럼 보일 뿐이었다.

타로의 우락부락한 형제들도 모두 모여 있었다. 작은 체구의 란카는 그들 사이에 묻혀 존재감이 희끗해질 정도였다. 모두 육형제였고, 위의 삼형제는 결혼을 했기에 아내를 데리고 왔으며 넷째는 곧 결혼할 예정이라는 연인을 데리고 왔다.

"아아, 학술제 때 봤던 아가씨랑 도련님!"

"여그까지 오고, 수고하셨쇼!"

낮에 봤던 저택이 맞나 싶었다. 타로의 형제들로 순식간에 북적거리게 되면서, 텅 비어서 약간의 허전함이 느껴지던 집에는 활기가 가득 들어차다. 압실롯이 의자에 앉으며 외쳤다.

"일단, 먹고 얘기하자!"

압실롯을 따라 식탁 앞에 앉은 그들은 말없이, 그러나 흡입하듯 요리들을 먹기 시작했다. 학술원에서 식사를 할 때면 이야기를 잘 하지 않고 먹는 데만 집중하던 타로의 습관이 어디서 생겨났는지 알 수 있었다.

이아나와 헤레이스도 서로를 한 번 쳐다보고는 천천히 식사를 하기 시작했다. 그들이 먹는 속도는 아주 느렸지만, 음식이 아주 많았기에 충분히 배를 채우고도 남았다.

"타로 인마, 나와라."

식사가 끝난 후, 타로의 형제들은 몸도 풀 겸 간만에 죽어 보자며 소매를 위로 걷어붙였다. 싸우자는 뜻이었다. 그들은 거기에 이아나와 헤레이스도 끼워 넣으려 했는데, 타로가 막아서며 낮에 코니아와 있었던 일을 설명했다.

"커헉. 코니아랑 이아나 양이 붙기로 했단 말여?"

"이건 꼭 봐야 헌다. 그 오만한 사자 여자가 지는 꼴을 봐야겠어."

"시간이 거의 다 됐잖여? 자리 잡으러 가야겠네!"

그때 압실롯이 나섰다.

"야, 니들 먼저 가 있으. 이아나 양은 내가 데려갈 티니께."

"알았슈!"

일제히 대답한 형제들이 제 반려자들을 챙기며 후다닥 뛰쳐나갔다. 타로와 쿤차도 헤레이스의 팔을 잡고, 바람처럼 집을 나섰다. 무얼 하든 박력이 넘치는 가족이었다.

순식간에 휑해진 집에 남아 있는 건 압실롯과 란카, 이아나뿐이었다.

"사자의 아이랑 붙기로 혔단 말이지?"

"네."

압실롯이 턱을 쓰다듬었다.

"코니아는 아주 강한 아이란 말이여. 수인족 전체를 찾아봐도 그 아이를 만만히 보는 놈이 없을 정도구. 허지만 처자랑 붙는다구 생각하믄…… 글쎄. 코니아가 처자를 이긴다는 생각은 할 수 없구먼. 적당히 혀. 일족의 자존심인 코니아를 이긴다는 건 사자의 코털을 뽑아 버리는 거나 마찬가지여."

"타로도 그렇게 말하더군요."

"아아. 사자 놈들은 지는 걸 끔찍허게 싫어혀서 말여. 만약 이아나 양이 이기믄 마구잡이로 도전을 해 올지도 몰러. 파시오는 그런 것두 가능한 곳이거든. 처자, 질 생각은 없지?"

"당연합니다."

"뭐, 사자 놈들의 도전 따위 처자가 안 받아 주믄 그만이지만 그럼 그놈들의 호감도가 바닥칠 것이여. 만약 그런 일이 생기믄 내가 상황을 대충 정리해 보긴 할 거지만 이아나 양, 처신 잘하드라고."

"따로 처신을 할 필요가 있겠습니까? 승부를 걸어오면 받아 줄 뿐입니다. 전 강자와의 싸움을 좋아해서, 이 상황이 몹시 흥미롭습니다. 또, 수인족과 싸워볼 기회가 얼마나 되겠습니까. 최선을 다 해 볼 생각입니다."

압실롯의 말을 들으면서, 코니아와의 싸움에 이아나의 기대감이 더 많이 쌓였다. 이아나는 강자와의 싸움을 즐겼다. 오죽하면 학술제 경매 때 취미가 싸우는 것이라고 했겠는가. 학술원에서는 아르하드가 있었기에 그 욕망을 제대로 채웠지만, 새로운 강자와의 싸움은 언제나 환영이다.

"전사로구만!"

압실롯이 엄지를 척 들어 올리더니 아, 하고 머리를 쥐어뜯었다.

"아, 나두 처자랑 한번 싸워 보고 싶은디! 으윽!"

란카가 그런 압실롯을 보며 피식피식 웃었다.

"우리 여보가 로안느에서 돌아올 띠부터 이아나 양이랑 싸워 보고 싶다구 노래를 부르지 뭐여."

"아직은 제가 부족할 것 같습니다."

아직은.

압실롯은 제가 회귀 전의 경지를 따라잡더라도 최선을 다해 상대해야 할 초절정 강자 중 한 명이었다. 그리고 이아나는 아직 회귀 전의 경지에 도달하지 못했다.

사실 그녀가 얻었던 깨달음들과 경지들은 영혼에 아로새겨져 있었기에 검술은 완성되어 있다고 봐도 무방하다. 부족한 건 신체였다. 몸만 따라 준다면 회귀 전의 경지에 이르는 건 순식간이지만, 신체가 다 성장하지 못하여 기억하고 있는 검술을 완벽하게 이끌어 내지 못하고 있었다.

아르하드를 만나 승부욕에 시너지 효과가 더해지면서 육체수련에 속도가 붙었고 얼마 전에는 결의 경지 초반에 들어서는 쾌거를 거둘 수 있었지만 아직 모자라다. 회귀 전을 따라잡는 건 성장기가 끝나야 가능할 성싶었다. 그리고 열아홉 살쯤 되면 여자는 성장이 끝난다. 이 때문일까? 제 몸 상태와 수련의 경지를 살핀 결과, 이아나는 적어도 다음 해 안에는 회귀 전 죽기 전보다 더 뛰어난 경지를 이루리라고 예상하고 있었다. 회귀 전보다 더 완벽한 몸을 만들고자 노력해 왔기 때문이다.

그때부터는 노력 여하에 따라 새로운 미지의 경지에 들어설 수도 있을 것이다.

"얼레, 아직은? 이런 건방진 말을 봤나. 크크. 과연 바하무트 계집의 손아귀에서 빠져나온 전사답다."

압실롯은 유쾌하게 웃더니 큼큼, 하고 헛기침을 했다.

"나중에 집에 돌아오믄 피곤해서 이야기를 나누기는 힘들 것 같아서 미리 말해 두었어. 아까 낮에 말했던 것처럼 테라 님, 아, 그러니까 화염의 드래곤을 내일 아침부터 바로 만나러 가려고 하는디, 괜찮겄어? 이런 일이 생길 줄은 몰랐단 말이지."

"물론입니다. 오늘 싸움이 끝난 직후에 바로 가도 좋습니다. 전 드래곤을 빨리 만나고 싶으니까요."

"으헉. 이 엄청난 자신감……. 아녀아녀. 내일 아침에 가자구. 급하게 만날 게 아니라, 오늘 밤에는 드래곤과 만나서 어떤 대화를 나눌지 천천히 생각을 혀 봐. 나야 테라 님께 처자를 보여 드리려는 단순한 목적 땜시 데려가는 거지만, 처자는 드래곤을 만나서 하고 싶은 일이 있는 거 아녀? 나중에 헤어졌을 띠 까먹었다고 후회하지 않게, 드래곤과 만나서 뭘 허고 싶은지 빼먹지 말구 다 정리혀."

매우 일리 있는 말이다. 이아나가 수긍하며 고개를 끄덕이다가 아르하드가 압실롯에게 보내는 협조 요청 공문이 퍼뜩 떠올랐다.

적당한 때를 봐서 건네주려고 차일피일 미루고 있었지만 계속 사건들이 정신없이 발생해서 차라리 생각났을 때 빨리 주는 게 나을 것 같았다.

그길로 방으로 빠르게 달려간 이아나가 가져온 봉투를 압실롯에게 내밀었다.

"제가 속한 조직의 보스가 압실롯 님께 보여 드리라고 한 문서입니다."

압실롯의 눈이 이채를 발했다.

"카마트로스의 보스? 오호, 줘 봐."

찌익.

압실롯은 받자마자 봉투를 찢어서 안에 있는 종이를 꺼내 윗부분을 읽은 직후 말했다.

"그러니까, 블랙폭시를 완전히 뿌리 뽑고 싶으니께 카마트로스에 협조해 달라는 거네."

"카마트로스의 존재 의의니까요."

이아나가 담담하게 대답하는데, 종이를 계속 읽어 내려간 압실롯이 허, 하고 헛웃음을 지었다.

"아니, 이 자슥? 이런 일들을 워떻게 이렇게 자세히 알고 있는 거여? 이 인간, 범상치 않구먼? 블랙폭시랑 드잡이질한다고 전 세계에 소문났을 때부터 알아봤다."

밀지의 자세한 내용은 알지 못하지만, 압실롯이 살짝 불쾌한 낯을 하면서도 한편으로는 감탄하고 또 나쁘지 않은 반응을 보였다. 긍정적인 대답이 기대가 되었다.

진지한 얼굴로 끝부분까지 읽어 내려가던 압실롯이 갑자기 풉, 하고 소리를 내더니 부들부들 떤다.

"크하하하하핫!"

그러더니 온 집안이 떠나가도록 미친 듯이 웃는다. 이아나와 란카가 영문을 몰라 그를 멍하니 쳐다보는데 압실롯이 이마를 탁 쳤다.

"캬, 진짜 골 때리네! 임자, 이거 내 방 금고에 갖다 놔 줘."

압실롯이 종이를 란카에게 건네자, 란카가 그것이 중요한 물건이라는 걸 알고 조심히 받아 들더니 방으로 가져갔다. 압실롯이 빙글빙글 웃으며 말했다.

"저기, 처자. 카마트로스의 보스는 대체 정체가 뭐여?"

"글쎄요."

인간이지만 아주 특별한 인간이랄까. 훗날 황제가 되어 대륙을 정복하는 패도적인 인물로, 그의 대단한 능력은 이아나조차 끝을 다 알 수 없었다. 그런데 아르하드가 무슨 말들을 적어 놨기에 압실롯이 이런 반응을 보이는 걸까?

"그쪽 보스."

압실롯이 빙글빙글 웃으며 말했다.

"처자의 애인 맞지?"

"……예?"

왜 갑자기 이야기가 이쪽으로 튀는지 모르겠다. 이아나는 순간적으로 부정하려다가, 표면적으로는 그 관계가 맞다는 걸 떠올리고 입을 다물었다. 그러다가 압실롯이 말한 보스가 학술원의 아르하드를 지칭하지 않는다는 사실을 깨닫고 다급히 부정하려다가 압실롯의 말에 말문이 막히고 말았다.

"타로 말로는 어마어마하게 잘생긴 남자가 처자를 무지막지하게 사랑한다던디……. 그쪽 맞지?"

이아나는 과격한 묘사에 황망함을 느끼고 할 말을 잃었다가 아르하드의 정체까지 들키는 연계공격까지 당하고 명치를 얻어맞은 기분이 되었다.

"아닙니다."

부정했지만, 압실롯은 재밌다는 듯 웃을 뿐이었다.

"빼기는. 이런 놈이, 다른 놈을 제 여자 옆에 둘 리가 없걸랑. 비밀로 해 줄 텡께 걱정 말어. 그보다 편지를 읽는 내내 당장 가서 죽여야겠다고 생각했는디, 이아나 양 애인이라니께 어쩔 수 없구먼. 믿음두 가구. 그쪽 보스헌티는 승낙한다구 전하믄 돼."

……나쁘지 않은 표정이라고 생각했는데 속으로 가서 죽여야겠다고 생각하고 있었단 말인가.

이아나의 관심이 란카가 들고 간 종이에 확 쏠렸다.

"종이에 무슨 내용이 적혀 있었기에 그러시는 겁니까? 저에 대한 내용도 있습니까?"

"음, 대부분이 내 쪽에서 별로 말하고 싶지 않은 내용이라 말하기 어렵구, 처자에 대해서 적혀 있는 건 마지막 한 문장뿐인디…… 그걸 읽고 나니께 날 협박하는 줄 알았던 문장들 하나하나가 단순하게 처자를 건들믄 다 죽여 브리겠다……라는 것처럼 느껴지더구먼."

편지에 대체 뭐라고 적혀 있었는데? 이아나의 얼굴이 울긋불긋해지며 당혹한 빛이 여실히 드러나자 압실롯이 킬킬거리며 웃었다.

"어쩌다 이런 무시무시한 놈헌티 걸렸대?"

무슨 말을 적어 놨기에 압실롯이 무시무시하다는 말까지 하는 걸까? 말하기 싫은 부분이라는데 캐물을 수는 없었다.

"마지막 줄 내용만 가르쳐 주시면 안 되겠습니까?"

"이런 건 보안이 원칙이라서……. 그쪽 보스가 비밀 엄수를 강요하기도 혔고."

압실롯에게 정체가 발각될 빌미를 제공한 그 말이 무엇인지 이아나는 속이 답답할 정도로 궁금했다. 대체 그 편지 안에 무슨 내용이 쓰여 있었던 걸까? 단순히 협조를 요청하는 편지가 아니었던 건가? 아르하드는 대체 무슨 생각으로 압실롯이 저렇게 반응할 만한 내용을 담은 걸까?

실수한 걸까, 의도한 걸까? 이아나가 머리를 굴리고 있는데 압실롯이 껄껄 웃으면서 말했다.

"직접 묻지 그래? 애인이랑 직통으로 연결되는 비이싼 연락 아티팩트 냅두고 왜 애인헌티 협박당한 힘없는 아재헌티 그러는 거여!"

"하지만 비밀 엄수……."

"엄수는 개뿔. 애인이 처자를 찌이인하게 사랑한다고 했응게 몇 번 찌르면 고대로 털어놓을 거구먼. 남자는 사랑하는 여자 앞에선 호구가 되는 생물이니께. 흐흐."

이아나는 대꾸를 포기했다. 하지만 한편으로는 압실롯의 말에 수긍하고 있는 자신을 발견하고 이마를 짚었다. 정말 '사랑' 때문인지는 몰라도 아르하드는 제가 원한다면 뭐든 해 줄 터였다. 압실롯의 말대로 고민할 필요가 없다는 소리다.

그래, 물어보자.

"근디 8시가 다 돼서 파시오로 가야 혀."

이아나는 창문 너머로 깜깜해진 밖을 쳐다보곤 고개를 끄덕였다. 의문은 아르하드가 연락할 늦은 밤까지 미뤄 두기로 하고, 이아나는 곧 벌어질 코니아와의 싸움을 생각하며 압실롯을 따라 집을 나섰다.

파시오는 거대한 원형 투기장이었다. 관객들이 경기를 가장 잘 볼 수 있는 '원형'이라는 점에선 중앙대륙의 보통 경기장과 다를 바 없었다. 하지만 파시오는 인공적으로 형성된 게 아니라, 온갖 크기의 암석과 야트막한 바위산들에 둘러싸여 자연적으로 형성된 투기장이라는 점이 특징이었다.

468 ADONIS
아도니스

소문을 듣고 온 수인들은 바위산의 이곳저곳에 앉아 있었다. 압실롯이 데려온 인간, 그리고 티타누스에서도 강력한 무력을 자랑하는 사자 수인. 이 특이한 조합 때문에 지금 모인 관객의 수가 평소 파시오를 구경하는 관객 수의 몇 배는 되었다.

한쪽에는 티타누스에 머무르고 있던 사자 수인들이 모두 몰려와 오만한 표정으로 자리를 잡고 앉아 있었다.

"당연히 코니아가 이기겠지."

그들은 코니아의 승리를 믿어 의심치 않았다. 그녀는 사자족 족장의 후계 후보였다. 아직은 어린 축에 속하고 또 그녀보다 강한 수인이 없는 것도 아니지만, 한번 포착한 먹잇감은 절대 놓치지 않는 끈질긴 성격과 단호한 결정력, 그리고 강한 리더십과 행동력으로 몬스터 무리 사냥에서 언제나 압도적인 성적을 자랑하며 사자족의 많은 지지를 받고 있었다.

그리고 사자 수인 중에서야 그녀의 무력이 중상위급에 속하지만, 다른 수인들을 모두 통틀어서 비교했을 때 그녀에게 함부로 덤빌 수 있는 이는 극히 드물었다. 사자들의 자신감은 허튼 게 아니었다.

"처자가 이길 수 있는 거여?"

"학술제 때 보니께 훌륭허던디. 허지만 실전이 엄청나게 부족하지 않어? 인간의 나이로 열일곱…… 으헉, 아가다. 아가. 코니아 쟤 백 년 가까이 사냥만 허던 애인디 물어뜯기는 거 아녀?"

"괭이가 호랭이 발바닥만 보고 싸움 거는 소리 허고 있네. 내가 여그까지 오면서 봤는디 장난 아녀. 보면 알어."

"저 인간 처자가 월매나 대단한진 몰러두 수장님이 데리고 왔응게 볼만하긋네!"

다른 한쪽에서는 압실롯과 그의 가족들, 그리고 티타누스에 살고 있던 다른 호랑이 수인들이 시시덕대며 이아나의 승리를 점치고 있었다. 그들이 거슬렸던 사자들이 째릿, 하고 노려봤지만 꿀릴 게 없는 호랑이들은 "뭘 꼬나봐?" 하고 얼굴을 씰룩거릴 뿐이었다.

사자와 호랑이의 기 싸움은 일상이었기 때문에, 수인들은 그들에게 신경 끄고 경기장의 중심을 주시했다.

코니아는 팔짱을 낀 채 인간, 이아나를 사냥감 취급하듯 오만하게 쳐다보고 있었고, 이아나는 예의 무표정한 얼굴로 코니아를 마주 보며 심판을 맡은 이의 설명을 듣고 있었다.

"역시 이상하단 말여."

한 명이 중얼거렸고, 주변 이들은 수긍했다.

저 인간 좀 이상하다, 수인들이 이아나를 처음 봤을 때부터 공통적으로 느낀 점이었다. 처음 티타누스에 들어선 이아나를 멀리서 잠시 지켜봤을 때는 몰랐지만, 지금 집중해서 보고 있자니 오묘하다.

저 인간은 꺼림칙하지도, 싫지도 않다.

외부 생활을 자주 해서 인간에게 익숙해질 만큼 익숙해진 수인들은 호감상이겠거니 하고 그러려니 했지만, 비교적 인간을 싫어하며 배척하던 수인들은 이상한 기분을 느끼고 있었다.

비교 대상이 있으니 더 잘 느껴졌다. 그녀와 함께 온 인간 소년이나 무르시의 상단 사람들에게는 딱히 접근하고 싶지 않았지만 그녀에게는 뭔가 말이라도 한마디 붙여 보고 싶었다.

그래서 자신들을 홀려 노예로 잡아갈 인간 마녀라고 의심하는 수인들까지 생겨날 지경이었다.

구경하는 수인들이 웅성대든 말든, 경기장 위에 선 이아나와 코니아는 서로를 주시하며 각자의 검 위에 손을 얹고 있었다.

"진심으로 혀라. 안 그러믄 죽여 부릴랑게."

코니아가 으르렁거리자 이아나가 고개를 까딱했다.

"내가 진심으로 하면 죽는 쪽은 그쪽일 텐데."

"이십 년도 안 산 아가가 말은 잘하는구먼."

"재능만 받쳐 준다면 나이는 중요하지 않다."

그 말은 자기 재능이 그만큼 뛰어나다는 소리? 코니아가 오만한 인간이라며 웃었다. 하지만 건방지다는 말과 함께 마음에 든다는 말도 덧붙이며 검을 빼 들었다.

"서쪽! 서부의 기로하이를 주름잡는 사자 일족 무인, 코니아 라이언! 동쪽! 동부의 중앙대륙에서 관광차 찾아온 인간 무인, 이아나!"

8시 정각이 되자, 코니아와 이아나에게 상대방을 다치게는 하더라도 죽이면 안 된다는 규칙을 구구절절 설명하던 심판이 큰 소리로 외쳤다. 심판은 코끼리 수인이라 그런지 덩치가 매우 컸고 목소리도 컸다. 여차하면 싸움에 끼어들어 중재할 수 있을 만큼 무력이 강한 수인이 돌아가면서 파시오의 심판을 맡기 때문에, 그는 티타누스에서도 손에 꼽히는 강자라고 할 수 있었다.

이아나는 시합 시작 전의 짧은 시간 동안 여러 가지 경우를 가늠했다.

파시오에서는 시합을 세 번 한다고 했다. 첫 번째는 기운의 개

입이 없는 신체의 결투, 두 번째는 마나나 신력을 이용한 정신의 결투, 마지막은 신체와 기운 모두를 사용하여 제 모든 것을 발휘하는 진짜 결투였다.

이 세 결투는 상대방이 졌다고 하거나 정신을 잃을 때까지 지속된다. 뒤끝이 없도록 스스로 패배를 인정하게 하는 규칙이었다.

이아나는 잠시 고민했다.

검술의 경지를 어느 정도 발휘할 것인가. 일단 상대는 적이 아니니 적당히 하고 코니아의 실력을 보는 것에 중점을 둘 것인가. 하지만 고민은 짧았고 답은 하나밖에 없었다.

"시작!"

콰아아앙!

시작이라는 말을 듣자마자 코니아가 땅을 강하게 박찼다. 짓밟은 땅에서 돌 부스러기가 튀어나올 정도로 강한 도약으로, 코니아는 눈 깜빡할 사이에 이아나에게 가까워졌다.

코니아는 제 속도에 반응하지 못한 듯 아직 검도 뽑지 못한 이아나를 보며 이를 드러내며 웃었다.

'인간 계집, 이대로 꺾어 주마!'

이아나에게서 호감과 강함을 느끼는 것과는 별개로, 코니아는 수인이 인간보다 월등하게 뛰어나다고 생각하고 있었다. 그녀는 사자. 거의 모든 동물 종을 압살하는 힘을 가지고 있어 지는 일이 드물었고, 인간 또한 먹이사슬에서 사자보다 낮은 위치에 있는 먹잇감에 불과하다고 여겼다.

수인족이 인간에게 밀려서 서부 사막에 갇혔던 역사를 안고 있다지만, 개개인으로 싸우면 지지 않는다는 자신감을 가지고 있는 코니아는 수인들 앞에서 눈앞에 있는 인간 계집을 제대로 짓눌러 버릴 작정이었다.

오싹.

코니아가 오한을 느낀 건, 그녀의 검의 범위와 이아나의 검의 범위가 접했을 때였다.

"하압!"

코니아는 온몸에 우수수 돋는 소름을 무시했다. 팔뚝에 힘줄이 세게 돋았다. 검을 위에서 아래로 휘둘렀다. 어마어마한 힘을 실은 검은 바람을 휘감으며 이아나의 위로 떨어졌다.

그때 검집에서 쏜살처럼 빠르게 빠져나온 이아나의 검이 코니아의 검의 한 부분을 유령처럼 밀듯이 쳐올렸다.

쩌저저저적!

코니아의 눈이 커졌다. 그녀의 눈동자에 빠르게 금이 가는 검이 들어왔다.

'……!'

무너지는 산처럼, 형편없이 산산조각 나서 후두둑 떨어지는 파편들 너머로 한 발자국 내딛는 이아나가 보였다. 상황을 이해할 수가 없어 잠시 주춤했던 코니아가 빠르게 이아나와의 간격에서 물러나며 수인화를 했다.

'드워프가 제작한 검이…….'

수인족 중에는 드워프와 교류하는 이들도 꽤 있었는데, 그중 하나가 그녀의 아버지였다. 코니아가 어려서부터 검에 관심을 많이 보이자, 그는 드워프를 통해 그녀에게 좋은 검들을 많이 얻어다 주었다. 그리고 이번 검은 코니아가 수십 년 전부터 즐겨 쓰던 명검 중의 명검이었다.

검술을 펼칠 새도 없이 검자루만 남은 검에 아연함을 느끼고 있을 시간도 없었다.

쐐애애액!

코니아는 완전히 짐승의 것이 된 손의 손톱을 세워 쐐도한 이아나의 검을 막아 세우려 했다. 하지만 시도는 코니아의 손톱이 날에 베인 종잇장처럼 잘려 나가면서 무산되었다.

"후……!"

코니아의 눈이 사자의 것처럼 돌변했다. 검이 목까지 도달하기 직전, 인간은 펼칠 수 없는 짐승만의 기묘한 움직임으로 빠져나간 코니아가 곧장 이아나에게 엄습했다.

인간 대 인간의 싸움에만 익숙해진 사람이라면 피할 수 없는 치명적인 공격이었다. 그러나 코니아는 곧장 엄청난 고통과 함께 별을 보고 말았다.

퍼어어어어억!

코니아가 신경을 쓰고 있던 이아나의 오른손이 아닌 다리가 길게 뻗어져 그녀의 명치를 세게 걷어찬 것이다.

퍼어억!

숨이 막힌 코니아가 컥, 하고 숨을 뱉는 사이 늘어져 있던 이아나의 왼손이 그녀의 얼굴을 후려갈겼다. 손마디들을 야무지게 세우며 쥐어진 주먹은 코니아의 코뼈를 그대로 뭉갰고, 그녀의 코에서는 코피가 쏟아져 나왔다.

"으악!"

벌러덩 뒤로 넘어가는 코니아의 몸을 따라가 그녀의 가슴 사이를 세게 후려 밟은 이아나가 검을 바로잡았다.

콰아아아아아앙!

이아나는 말뚝을 박듯 검을 코니아의 어깨에 내리찍었고 검은 그녀의 어깻죽지를 관통해 바닥까지 깊숙이 틀어박혔다.

"캬아악! 이 @%@#*%@#@#!"

그 고통에 코니아가 비명과 함께 뭔지 모를 욕설을 세차게 내뱉어 댔다. 몬스터에게 물어뜯기고 또 물어뜯겨 너덜해진 몸이지만 날카로운 날이 안을 헤집는 고통은 익숙하지 않고 끔찍하기만 했다.

"졌다고 하겠나?"

이아나의 질문에 코니아가 완전히 짐승으로 변이하며 한마디 내뱉었다.

"지랄!"

그래도 인간과 비슷했던 신체구조는 그녀가 사자가 되면서 완전히 달라지기 시작했다. 근육은 아주 두꺼워지고 팔은 다리와 다를 바 없이 단단해졌다.

"기회는 이번이 마지막이다. 졌다고 해."

이아나는 검이 밀려나오는 것을 느끼며 한마디를 더했다. 하지만 어깨가 꿰뚫린 고통과 인간에게 형편없이 당했다는 분노에 휩싸여 있었던 데다가 짐승이 되며 자신감을 되찾은 코니아는 그 말을 듣지 않았다.

"크아아아앙!"

검이 땅에서 뽑혀 나옴과 동시에 거대한 암사자가 발톱을 세운 채 이아나를 밀치며 달려들었다. 이아나가 베었던 발톱은 어느새 새롭게 자라나 이아나의 어깨를 할퀴었고, 맹수의 힘은 그녀의 몸을 뒤로 밀쳤다.

이아나는 뒤로 발을 조금 물리며 그 힘을 대부분 흘렸다. 그리고 코니아의 어깨에 여전히 꽂혀 있던 검을 잡아 비틀었다.

"크앙!"

고통을 느낀 코니아가 움찔하며 비명을 질렀고, 이아나는 그 사이를 봐주지 않았다. 그녀의 다리와 팔뚝에 힘줄이 세게 돋아났다.

사자의 강철 같은 어깨뼈 안쪽에 박힌 검은 뼈에 드득, 하고 걸려 빠져나오지 않았고, 이아나가 검을 있는 힘껏 휘두르자 코니아의 몸은 꼬챙이에 꿰뚫린 닭처럼 회전했다. 그리고 회전력으로 코니아의 몸이 튕겨나가며 검과 분리되자마자, 이아나가 벼락처럼 달려들어 허공에 뜬 그녀의 배를 밟고 체중으로 짓눌렀다.

쿠당탕탕!

"커헉!"

그대로 아래로 처박히는 코니아의 다른 쪽 어깨에 검이 쑤셔 박히는 건 순식간이었다. 정신을 못 차리는 코니아의 배 위에 올라탄 이아나가 잡고 있던 검자루에 힘을 주었다.

드득, 드드드득.

근육을 완전히 찢어 놓으며 검자루만 빼꼼 나올 정도로 끝까지 땅에 박아 넣은 후, 이아나는 바닥에서 빠져나오려고 발버둥 치던 코니아의 얼굴을 주먹으로 패기 시작했다.

퍽! 퍽!

[자, 잠깐! 컥!]

이아나는 날카로운 이가 나 있는 입을 피해 오만한 콧대만 후려쳤다. 정말 사정을 봐주지 않는 구타였다.

이아나는 처음부터 전력을 다했다. 그녀는 언제 어디서든 누구에게나 최선을 다하겠다고 오래전에 다짐했었고, 이번에도 예외는 아니었다. 그래서 검술에 자신 있다고 했던 코니아의 검을 박살내고, 사자의 힘을 드러내며 수인화한 그녀의 어깨까지 꿰뚫었다.

그래도 대련이기에 그만둘 기회를 주었건만 코니아는 포기하지 않았다. 그녀의 자존심이 웬만해선 꺾이지 않는다는 소리다.

끈질긴 건 마음에 든다. 물론, 적이 아닐 때 한정이다.

죽일 수 있는 전투였다면 그냥 검으로 죽여 버리겠지만, 대련에서 검술로만 자존심 센 무인의 콧대를 꺾어 놓는 건 아주 성가시고 귀찮은 일이다. 급소를 후려쳐 기절을 시키고 승리를 거둘 수도 있지만 깨어났을 때 자기 실력을 다 보이지 못했다며 건방지게 굴 수도 있는 여지는 주고 싶지 않았다.

퍽! 퍽! 퍽!

[캬악!]

그래서 이아나가 선택한 것은 폭력이었다.

코니아의 자존심으로 봤을 때, 그녀가 완전한 힘을 낼 수 있는 짐승형일 때 기를 죽여 놔야 했다. 수인형을 유지하고 있을 때 기회를 줬지만, 코니아는 거절했다.

패고 있던 코니아의 얼굴이 뭉개질 대로 뭉개지고, 주먹까지 아파 오자 이아나는 몸을 일으켰다. 이번엔 검집을 잡고 코니아의 몸 군데군데를 패기 시작했다.

퍽! 퍽! 퍽!

[캬아아악!]

수인들이 숨죽인 파시오에서는 코니아의 비명과 구타 소리만 슬프게 울려 퍼졌다.

처음에는, 코니아도 반항하며 구타에서 벗어나 보려고 했다. 그녀를 구타하는 이아나에 대한 분노보다는 통각과 이성이 앞서, 이 고통에서 빨리 빠져나와 승세를 역전시켜야 한다는 생각뿐이었다.

'염병, 이렇게 하면…… 컥!'

몸을 이리저리 비틀며 이아나의 틈을 노렸으나 끈적거리는 접착제가 온몸에 흩뿌려진 것처럼 도무지 벗어날 수가 없었다. 그 지긋지긋한 상태에 처해 있는 것만으로도 짜증이 치솟는데 고통만 계속 가해지자, 코니아는 결국 승부조차 잊고 살의를 느꼈다.

'이년, 틈만 보여 봐라. 죽여 부린다!'

하지만 틈은 보이지 않고, 뼛속까지 저린 구타는 계속되고…….

구타의 충격으로 짐승형을 유지하지 못하고 수인형으로 돌아왔을 때쯤, 코니아는 반죽음 상태였다.

'제발 그만…….'

치솟았던 분노가 끝나지 않는 고통에 희석되고 공포와 체념만이 남았다. 이 고통을 어떻게 해야 멈출 수 있을까? 빌어야 하나? 그리 생각하던 코니아가 구타의 이유를 벼락처럼 떠올리고 황급히 외쳤다.

"하, 항복. 항복! 커헉!"

코니아의 말을 듣고 이아나가 구타를 멈추었다. 나비를 박제하듯 코니아를 바닥에서 벗어나지 못하게 만든 일등공신을 어깨에서 뽑아냈다. 피가 묻은 검을 검집에 넣어 허리춤에 매는 그녀의 침착한 모습에 구경하고 있던 수인들이 부르르 떨었다.

"저런 독한……."

"역시 인간이란 말인가……."

"한 방에 보내 버려도 될 것을……."

이아나의 구타가 구경꾼들에게도 얼마나 잔혹해 보였던지, 그녀의 편인 타로네 가족들까지 혀를 내두르고 있을 정도였다. 압실 롯은 제가 충고했음에도 막장에 가깝게 코니아를 패 버린 이아나를 유심히 관찰하고 있었다.

사자족의 낯빛은 당연히 좋지 않았다.

"코니아가 저렇게 당하는 건 오랜만에 보는구먼."

"인정할 건 인정허지. 아주 강한 전사다."

"인간이 코니아를 죽이는 건 아니겠지?"

"수장이 신분을 보장하며 데리고 들어온 인간이다. 티타누스에서 수인을 죽이는 빡대가리일 린 없지."

"아니, 근디 웃기네? 아무리 수장이 데려온 인간이라지만, 인간이 티타누스에서 수인을 저렇게 팬단 말여? 수장을 믿고 나대는 건가?"

"코니아 콧대가 뭉개진 걸 보니께 웃기면서도 은근 빡치는구먼. 끝나자마자 다구리 놓을까?"

"다들 입 다물그라."

사자 수인들의 제일 앞에서 1차전을 보고 있던 덩치 큰 수인이 말했다. 그의 말 한마디에 다들 합죽이가 된 것처럼 입을 다물었다. 그는 파시오의 중앙을 노려보며 말을 이었다.

"여긴 파시오고, 저런 싸움은 이전에도 몇 번 있었다. 저 인간이 수장을 믿고 나대는 건지는 몰라도, 수인들이 한가득인 티타누스에서 코니아를 팬 인간의 담력은 인정해 줄 만허다. 다만, 만에 하나라도 코니아가 죽는다면 사자족 모두가 저 인간을 대륙 끝까지 쫓아가 죽인다."

구경꾼들이 웅성거리든 말든, 이아나는 바닥에 널브러져 숨만 간신히 몰아쉬고 있는 코니아를 묘한 눈빛으로 볼 뿐이었다.

기절을 안 한 게 용하다. 정신력 하나는 정말 대단했다.

이아나가 가까이에 오자 코니아는 또 맞는 줄 알고 저도 모르게 움찔했지만 더 이상의 구타는 없었다. 이아나는 팔을 움직일 수 없는 코니아가 몸을 일으키는 것을 도와주며 말했다.

"계속할 건가?"

코니아는 주눅이 들었지만 쉰 목소리로 쥐어짜듯 말했다.

"다, 당연허지! 2차전에선 안 져!"

한 시합이 끝나면 약간의 쉬는 시간이 주어진다. 코니아가 비틀거리며 제 자리인 서쪽으로 가자 사자족 쪽에서 몇 명이 뛰쳐나와 그녀의 어깨에 약을 붓고 붕대를 감는 등 응급처치를 해 주었다.

이아나도 경기장의 동쪽으로 갔다. 그리고 우두커니 선 채 생각에 잠겼다. 2차전은 기운으로만 진행된다. 심판은 마나든 신력이든 상관없다고 설명했다.

이아나는 거기서 이질감을 느꼈다.

인간들은 대다수가 신력에 대해 알지 못한다. 그저 생명을 설명하기 위해 종교적으로 정의하고 있을 뿐이다. 그런데 수인족

사이에서는 신력이 그리 대단한 비밀이 아닌 모양이었다.

'알고 있는 걸 넘어서 사용까지 자유자재인 건가?'

수인족뿐만 아니다. 엘프와 드워프도 숨 쉬듯 자연스럽게 신력을 쓰고 있었다. 엘프의 피를 반만 물려받은 핀도 신력으로 정령을 불러낼 수 있었다.

이때까지는 그다지 의식하지 않았지만 갑자기 궁금해졌다.

'무슨 차이지?'

전에 지젤에게 듣기로, 인간은 신력의 양이 아주 적은데다, 그조차도 심장에 너무 꽉 잡혀 있어서 사용하기가 쉽지 않다고 했다.

'정말 수명의 차이일 뿐인가?'

심판이 2차전을 시작한다는 말을 듣고 이아나는 정신을 차렸다. 앞을 보자 상태가 나빠 보이는 코니아가 그녀를 노려보고 있었다.

이아나는 고민했다. 수인족들에게 붉은 마나나 신력을 보여도 괜찮은가······.

여행을 끝마치고 돌아가면 카마트로스의 주인 행세를 할 때가 많을 예정이다. 카마트로스와 블랙폭시의 싸움······ 아니, 아르하드와 바하무트의 싸움은 올해 초, 그룬데왈스 기사단과 마르가리타가 로안느에 왔을 때부터 본격적으로 시작되었다. 그리고 이번 여행은 아르하드의 킹스로드에 완전히 동참하기 직전에 주어진 마지막 휴식일 뿐이었다.

'이아나'는 지금처럼 특수한 상황이 아니면 안전한 학술원에서 수련이나 하는 귀족 여학생일 뿐이라서, 얌전히만 지내면 신력을 사용하면서까지 누군가와 전력으로 싸울 일이 없다.

하지만 '안'일 때는 다르다. 적을 무너뜨리면 무너뜨릴수록 점점 더 강한 적이 찾아올 것이고, 최종적으로는 이번에 마주쳤던 이사벨라와 위프헤이머 같은 괴물들을 상대해야만 한다.

회귀 전에 아르하드가 그들을 어떻게 죽였는지는 모르겠지만, 분명 쉽진 않았을 것이다. 이번엔 그를 도와 그들을 상대할 예정이기에, 이아나는 카마트로스의 가면을 벗기 전까진 얌전히 살아야 했다.

결론은 '이아나'일 땐 정체가 드러나는 걸 막기 위해 붉은 마나나 신력을 쓰지 말아야 한다는 건데…….

지금은 위급 상황도 아니고.

이아나는 코니아의 날 선 시선을 마주했다. 코니아가 이를 악무는 게 보인다.

코니아는 완전히 짓눌렸다. 무자비한 폭력에 당하면서 정신적으로 심한 타격을 입은 그녀가 노려보는 시선에서, 이아나는 익숙한 두려움을 엿보았다. 신력을 끌어내지 않더라도, 승부는 이미나 있었다.

"2차전 시작!"

코니아가 기세를 확 끌어올렸다.

그녀의 몸에서 황토빛 기운, 신력이 터져 나왔다. 황토빛의 신력은 마른풀이 서걱거리는 듯한 느낌과 함께 불길한 기운을 풍겼다. 억새밭에 숨은 맹수에게 노려지는 듯한 섬뜩한 감각이, 집중적으로 노려지는 이아나뿐만 아니라 구경하고 있던 수인들에게도 엄습했다.

모두의 심장이 뛰었다. 코니아는 사냥의 달인이다. 저 기세로 얼마나 많은 몬스터들을 물어뜯었던가.

신력은 아무나 다룰 수 있는 게 아니다. 정령을 부르고자 할 때는 자동으로 흘러나오지만, 그것을 스스로의 의지로 제어할 수 있는 이는 손에 꼽았다. 그리고 코니아는 그 소수 중 하나였다. 1차전 때야 코니아가 보고 있기 힘들 정도로 심하게 당했지만 그녀는 역시 맹수 중의 맹수인 것이다.

하지만 1차전 때 이아나가 보여 줬던 잔혹한 실력을 떠올린 수인들은 긴장하면서 이아나를 보았다. 저 인간, 또 뭔가 경악할 만한 것을 꺼낼지도 모른다고 생각하며.

그리고 이아나는 담담하게 말했다.

"기권한다."

"엉?"

"엥?"

이아나의 실력을 기다리고 있던 구경꾼들이, 그녀의 말을 이해하지 못하고 멍청한 표정을 지었다. 그것은 경기장 위의 코니아와 심판도 마찬가지였다.

이아나는 다시 한 번 선명한 목소리로 말했다.

"2차전은 기권한다고."

"뭔 개 풀 뜯어먹는 소리여!"

코니아가 신력을 갈무리하며 으르렁댔다. 이아나는 코니아의 반발을 무덤덤한 말로 받아쳤다.

"난 마나든, 신력이든, 이능은 아무 때나 쓰지 않아. 지금은 죽일 적이 있는 것도 아니니, '아무 때나'에 속하지."

"이게 지금 1차전에서 날 팼다고 무시하는 거여? 아니믄 질 것 같응게 미리 빼는 거 아녀? 자존심 지키려구 말만 번드르르하게 하고 빼는 거 아니더냐고. 아니, 실력이 모자라서 그러는 거믄 솔직허게 졌다고 허믄 되지 그게 무슨 허세여? 으, 전사가 아니라 속 빈 강정이었구먼! 염병, 쪽팔리게 저런 놈헌티 처맞았다니 ······."

코니아는 주눅이 들었던 게 언제였냐는 듯 분개하며 땅을 걷어찼다. 구경꾼들 대다수는 코니아처럼 생각하고 이아나를 질타했다. 하지만 다르게 받아들인 이들도 있었다.

"아, 인간이라서 그런가."

"허긴 인간은 엄청 쪼끔 사니께 신력두 얼마 없을 거구먼. 코니아에 비하믄 태양 아래 반딧불 아니겄어?"

"그 전에 신력을 쓸 수 있긴 한 거여? 우리 쪽두 신력 쓰는 수인이 별로 없지만 인간 쪽은 사막에서 모래 찾기라믄서?"

"저 인간 말 뉘앙스로 봐선 쓸 수 있어도 안 쓴다는 거 아녀? 수장님이 데려왔을 정도믄 쓸 수 있을 거 같은디."

"저 인간 말도 맞어. 신력은 함부로 쓰는 게 아니지."

수인들은 쑥덕거리면서 경기장을 주시했다. 코끼리 수인이 씨근덕거리는 코니아와 멀쩡한 낯의 이아나를 불러들여 중재하고 있었다. 이아나는 계속해서 불만을 표하는 코니아에게 딱 잘라서 말했다.

"믿고 안 믿고는 당신 문제지만, 시끄러우니까 닥치고 속으로 구시렁거려."

코니아가 할 말을 잃고 입을 다물었다. 그녀가 조용해지자, 이아나가 심판에게 말했다.

"심판, 2차전은 기권입니다."

심판을 맡은 코끼리 수인이 고개를 끄덕이며 말했다.

"그럼 3차전도 포기하는 거겠지유?"

이아나가 코니아를 보았다.

"3차전, 계속할 건가?"

"나한테 물은 거여? 다친 어깨도 신력만 있으면 아무 상관 없거던? 그리고 심판님은 너헌티 물은 거거던?"

꽤 오랫동안 버럭대면서 다시 기가 산 코니아가 어이없다는 듯 말하며 팔을 앞으로 내밀었다.

이아나가 코니아의 양쪽 어깨를 훑었다. 신력의 힘일까? 그녀의 어깨는 벌써 많이 아물어 있었다. 이아나가 고개를 끄덕거렸다.

"후회하지 마라."

"뭐여? 너나 하지 마!"

"계속하죠."

코끼리 수인이 어리둥절해하며 큰 귀를 펄럭거렸다. 이 인간이 대체 무슨 생각이지? 2차전을 포기했으면 3차전도 포기하는 게 당연한 것 아닌가? 심판뿐만 아니라 모두가 그리 생각하고 있는데, 이아나가 허리춤에 매었던 피 묻은 검집을 슥 풀어냈다.

"3차전은 내 몸과 검 한 자루만으로도 충분합니다."

이아나는 지는 것도, 기권하는 것도 좋아하지 않는다. 하지만 그것은 검에 한정된 자존심이었다.

'져서는 안 된다'는 절박함에 가까웠던 자존심은 인생을 잡아먹었고 아르하드에 의해 철저하게 무너져 내렸다. 하지만 새로 태어나 그와 무승부를 내고, 검 말고도 아르하드라는 의지할 구석이 생기자, 자존심은 '지지 않는다'는 자긍심으로 거듭났다.

이아나의 얼굴일 때는 검술만으로도 충분하다. 1년 전이면 어려웠겠지만 이제는 결의 경지에 도달했으니 웬만한 놈들은 검술만으로도 요리할 수 있었다. 게다가 마법과 검기를 파훼할 수 있는 능력도 생겼으니…….

하지만 신력은 온전히 소유자의 의지에만 따르는 힘이니 파훼가 불가능하다. 베어 본 적도 없었다.

'그러니 넌 내 수련 상대가 되어 줘야겠다.'

한 번도 베어 본 적 없는 힘. 하지만 베어야만 했다.

이번에 바하무트 놈들을 상대하면서 깨달았다. 그녀의 검은 지금보다 훨씬 더 강해져야 했다. 모든 것을 벨 수 있을 때까지.

그리고 방금 전 코니아의 신력을 보고 알았다. 벨 수 있다. 결이 존재하는 이상, 신력도 다른 사물과 다를 바 없었다.

이아나가 검집으로 제 어깨를 툭툭 두드리면서 말했다.

"덤벼."

1차전과 2차전에선 코니아가 포기할 기회를 줬을 뿐이다. 제가 믿고 있는 힘까지 베여 나가기 전에.

"이게 진짜!"

분노한 코니아가 온몸에 신력을 두르고 뛰쳐나갔다. 신력으로 강화까지 한 몸이, 1차전과는 비교도 안 되는 속도로 돌진해 왔다.

찰나의 시간, 이아나의 동체시력은 그녀의 모든 것을 놓치지 않았다. 코니아가 이아나의 범위에 도달한 순간, 완전히 맹수화한 손에서 돋아난 발톱이 이아나의 목부터 허리까지 후려갈기려는 순간…… 이아나의 검집이 위에서 아래로 휘둘러졌다.

후와아아악!

신력이 상처가 난 것처럼 갈라지고 코니아의 맨몸이 드러났다.

그리고 그 몸에 검집이 닿지 않았음에도, 움푹 베인 공간으로 신력이 밀려들면서 코니아의 신력 흐름이 꼬임과 동시에 어마어 마한 풍압이 발생했다.

쐐애애액— 쿠당탕탕탕!

코니아는 그대로 경기장에서도 멀리 있는 바위산 근처까지 날 아가 바닥을 굴렀다.

"쿨럭! 컥!"

그러고도 용케 기절하지 않고 피를 토해 냈다.

"코니아!"

"인마, 죽으면 안 돼!"

넋을 놓고 앉아 있던 사자족들이 화들짝 놀라 달려갔다.

"……."

"……."

파시오에는 1차전에서 코니아가 맞고 있을 때처럼 침묵이 감돌 았고, 이 사태의 주범인 이아나는 먼지구름이 뭉게뭉게 일고 있 는 곳을 구경하듯 쳐다보았다.

시간이 조금 지나, 코니아가 사자 수인들의 부축을 받고 경기 장으로 돌아오는 모습이 보이자 수인들이 침묵을 깨고 수군거리 기 시작했다.

"방금 그거, 뭐였는가?"

"그냥 검을 휘둘렀는데 코니아가 날아가 브렀어."

"맨검이 아니라 마나라도 둘러져 있었던 거 아녀?"

"에이, 마나로 신력을 상대헌다구? 어떻게 그려?"

보통 주변에 신력이 있으면, 마나는 신력에 정신이 팔려 누구의 통제도 듣지 않는다. 그렇기에 보통 신력을 상대할 수 있는 건 그 전에 누군가의 영혼의 색에 물들어 있던 마나나 똑같은 신력밖에 없다는 점을, 수인족은 알고 있었다.

"훌륭한 전사다."

"몇 년 살지도 않은 인간이 어떻게 저런 경지에……."

"저게 재능만으로 가능한 일이여?"

"몇백 년 동안 검만 잡은 놈 같구면."

수인 중 실력이 뛰어난 몇은 이아나의 경지를 알아보고 낯이 상기되었다. 단 한 수였지만, 1차전에서의 화려한 구타와는 비교도 되지 않을 정도로 뛰어난 경지가 녹아들어 있는 그 일격이 그들을 감동시켰다. 그 한 수에 깨달음을 얻어 생각에 잠겨 있는 이들도 있었다.

"……."

티타누스에 있는 사자들 중 우두머리 격으로, 사자족에서는 장로를 맡고 있는 거대한 사내 후탄도 이아나에게서 눈을 떼어 놓지 못했다.

"내가 완전히 졌다."

경기장에 제 발로 비틀거리며 선 코니아가 제일 먼저 한 말이었다. 만신창이가 된 코니아에게서는 더 이상 구타에 대한 분노나 이기고 말겠다는 호승심이 보이지 않았다. 그녀는 결국 완벽하게 졌음을 인정했으며, 승복하고 난 후에는 어떻게 손 한번 못 써 볼 정도로 실력의 격차를 보인 이아나의 무력에 순수하게 감탄했다.

코니아가 덜덜 떨면서 엄지를 척 올렸다.

"날 이런 꼴로 만들다니…… 멋진 전사다."

그리 말하곤 꼴까닥 기절해 버리는데, 코니아가 맞는 걸 보면서 짜증이 나 있던 사자 수인들은 맞은 당사자가 시원하게 털어 버리고 이 상황에서 퇴장해 버리자 뭐라 하지도 못하고 복잡한 기분으로 서 있을 수밖에 없었다. 이아나의 무력이 대단하다고 생각하면서도, 자존심과 반발심이 얽혀 들어 대다수는 낯빛이 좋지 않았다.

그때 그들을 가만히 보고 있던 이아나가 검집으로 바닥을 탁탁 쳤다. 그러자 사자 수인들뿐만 아니라 모두의 시선이 그녀에게 쏠렸다. 이아나에 대한 감탄만 품은 채 자리를 털고 일어나던 수인들도 그녀를 보았다. 승부가 났으니 뭔가 멋진 말로 파시오의 전투를 끝내려나 싶었다.

이아나가 대수롭지 않게 말했다.

"혹시라도 저와 싸워 보고 싶은 분이 있으면 나오십시오."

말 한마디의 파장은 컸다. "뭐?"라고 저도 모르게 멍청하게 반문한 수인들이 시간이 흘러 그녀의 말을 이해하면서 파시오에 소란이 일었다. 그중 이아나의 말을 듣자마자 눈에 띄게 움찔한 몇은 이아나의 뒷말을 기다렸다.

"파시오에서는 승자에게 도전할 수도 있다지요? 아마 이 중에 저와 싸워 보고 싶다거나, 여러 가지 이유로 별로 좋지 않은 감정을 품고 있는 분들이 있을 거라고 생각합니다."

이아나가 말을 계속 이었다.

"수인족은 무를 숭상하며, 강자를 존중한다고 들었습니다. 감정적인 문제는 싸움으로 푼다고도 하더군요. 저는 여러분의 방식이 마음에 들고, 또 이를 존중하겠습니다."

그녀의 말을 들으면서 수인들의 표정이 묘해지고 있는데 뒤이어 나온 이아나의 말이 그 정점을 찍었다.

"저는 인간이지만, 여러분과 다를 바 없는 무인이기도 합니다. 제 무력으로 저라는 인간에 대한 여러분의 호기심과 반감을 풀겠습니다. 불만이 있다면 싸움으로 전부 털어 내십시오. 기회는 오늘뿐입니다."

사자족들이 자존심이 상해 덤빌지도 모른다는 타로와 압실롯의 말을 들었을 때부터 생각하고 있던 전투였다.

기왕 싸워야 한다면 화끈하게, 모두를 승복시킬 때까지 싸운다.

"그러니까 요약하자면."

이아나는 가장 따가운 시선을 보내고 있는 남자를 보았다. 사자족 중 가장 덩치가 큰 사내였다. 이아나의 검집이 그를 향해 겨눠졌다.

"덤벼."

축제의 시발점이 될 희생자가 선택되었다. 이아나가 가리킨 이를 본 수인들이 오오, 하고 소리를 지르며 박수를 쳤다.

"간이 부은 인간인디!"

"엄청난 담력이잖여!"

구경꾼들의 흥분도는 점점 높아져 갔다. 이아나가 그들을 잠정적 도전 상대로 놓음으로써 이 싸움의 당사자가 된 모두의 몸이 달았다. 수인족의 본성인 호승심에 불씨가 던져져 활활 타오르는 꼴이었다.

"싸워라! 싸워라!"

"후탄 님, 본때를 보여주슈!"

"아니면 빨리 지든가! 캬하하!"

사내, 후탄은 이를 드러내며 으르렁거렸다.

"멋진 기세구먼!"

그의 몸에서 전의가 폭사되어 이아나에게 쏟아졌다. 짙은 갈색의 신력이 이글거리면서 후탄의 몸을 휘감았다.

"난 사자족의 후탄이다!"

사자 갈기처럼 야만스러운 머리카락이 흉흉하게 일렁이며 그의 기세를 드높였다.

"인간, 난 이미 널 인정했지만 이 싸움, 거절하지 않겠다!"

후탄의 몸이 부풀었다. 원래 크던 몸이 단단해진 근육 덕분에 더 우람해지면서 이아나의 서너 배는 될 정도로 덩치가 커졌다.

콰아아앙!

후탄이 팔을 벌리고 이아나에게 달려들었다. 그 짧은 시간, 이아나는 후탄에게서 시선을 떼어 내지 않았다. 그녀는 후탄이 코니아보다 더 대단한 실력자임을 직감했다.

무인들의 결은 강할수록 종잡을 수 없어진다. 이리 움직이고 저리 옮겨 가고 생겨나거나 없어지거나, 쉴 새 없이 변화하는 결은 강자일수록 더 잡기 어려워진다. 간혹 그의 모든 게 결로 노출될 때도 있고, 반대로 결이 아예 없을 때도 있다.

엄청난 놈들은 일부러 결을 내보이는 등 자유자재로 조절하며 전투를 제 입맛대로 이끄는데, 아르하드가 바로 그런 놈이었다.

그리고 아르하드의 정도까지는 아니지만 후탄의 결은 심하게 변화하고 있었다.

"후우우우……."

이아나는 숨을 크게 들이마셨다. 아까 코니아를 베었을 때, 검에서 전해지는 반발력이 무시무시할 정도였다.

깔끔하게 베었다고 생각하였지만 팔이 찌르르 하며 저려 왔다. 신력이 대단한 힘이라는 이유도 있지만, 전적으로 결을 깨끗하게 베지 못한 탓이다.

그러니 더욱 수련에 정진해야 한다.

더 강하게, 더 강하게, 검의 끝을 볼 때까지…….

"하아아앗!"

후탄은 이아나의 베기를 막기 위해 두 팔로 가드를 한 채 몸으로 박치기를 할 작정으로 달려들었다. 신력으로 단단한 방어막까지 만든지라 그는 자신만만했다. 그러나 이아나의 베기 공격은 그에게 닿지 않았다.

찌르기였다.

이아나는 후탄의 공격을 피하지 않고 당당하게 정면에서 마주했다. 이아나의 검집이 화살처럼 바람을 휘감으며 후탄의 팔 한 곳을 세게 찔렀고, 별것 아니라고 생각했던 공격에 후탄의 신력이 이리저리 뒤흔들렸다.

이에 후탄은 당황했고, 뒤이어 팔에서부터 몸으로 이어지는 끔찍한 고통에 경악했다.

"크악!"

마치 반으로 쪼개지는 사과가 된 것 같았다. 온몸이 쩍쩍 갈라지는 아픔에 정신이 나갈 것 같았지만 후탄은 불굴의 의지로 정신을 다잡고 주먹을 휘둘렀다. 그런데 이아나가 앞에 없어 그 주먹은 허공을 가르고 말았다.

후탄과 이아나의 충돌은 팔과 검집의 끝으로 이미 발생했고, 이아나는 스스로 뒤로 튕겨나가며 그 충격을 모조리 흘려 냈다.

카가가각!

몸을 빙글 회전시킨 이아나가 바닥에 검집을 내리꽂으며 착지한 후, 후탄의 주먹이 허공을 가르느라 상체를 노출시킨 틈을 타 엄청난 속도로 쇄도했다.

퍼어어어억!

후탄의 벌어진 팔 사이로 신력의 맹점이 생겨났고, 그곳을 파고든 검집이 그의 명치를 찔렀다. 신력이 완전히 뒤흔들리고 후탄이 컥 하고 신물을 토해 내며 무릎을 꿇었다. 정면에서 암기에 당한 격이었다.

퍽! 퍼억!

그 후로는 코니아와 같았다. 검집으로 온몸을 두들겨 팼다.

과연 후탄은 코니아보다 더 끈질겼고, 더 강했다. 몇 번은 이아나에게서 빠져나와 전세를 역전시켜 보려는 시도를 한 것이다. 하지만 그 노력은 시간을 이기지 못했다. 완전히 지쳐버린 후탄은 항복하고 말았다.

"다음!"

"사자족의 마토스구먼! 코니아와 장로의 원수를 갚겠다!"

이겼다.

"다음!"

"나는 표범족의 칸자스다! 인간 여자, 죽여불랑게!"

또 이겼다.

"다음!"

"코뿔소족의 우루노라고 헌다!"

계속 이겼다.

"다음!"

다음! 다음! 다음……!

티타누스에서 이름을 꽤 날리던 전사들이 수없이 도전을 해 왔고, 이아나는 압도적으로 승리를 거두며 전사들을 하나 둘 굴복시켰다. 그리고 그녀의 승리가 쌓이면 쌓일수록, 파시오의 관객들이 보이던 미지근하고 미묘한 감정은 뜨거워지고 선명해졌다.

"다음!"

선혈이 흩뿌려진 경기장 위에서 이아나가 하도 외쳐서 살짝 거칠어진 목소리로 말했다.

이아나의 몸은 땀으로 흠뻑 젖어 있었다. 결을 보고 정확하게 베고 찌르는 기술은 엄청난 집중력을 필요로 하고 또 상당한 정신력을 소모하게 한다. 게다가 너무 많아서 세지는 못했지만 수십 명을 상대했는데 지치는 게 당연했다.

하지만 그 눈은 처음과 다를 바 없이 총기를 머금고 있었으며, 싸움이 거듭될 때마다 광기에 가까운 전의가 더해지고 또 더해져 무서운 빛을 뿜어내고 있었다.

"다음!"

끊임없이 줄줄이 나오던 상대가 아무리 외쳐도 나오지 않았다. 이아나는 주변을 둘러보았다. 파시오를 구경하는 수인의 수가 처음과는 비교가 되지 않을 정도로 많아져 있었다. 그리고 저를 보고 있는 수인들의 변화도 확실하게 느껴졌다.

"다음, 나오십시오."

그럼에도 더 나오는 수인이 없자, 이아나는 검을 다시 허리에 매었다.

"끝입니까?"

그러자 수인들이 와아아, 하고 웃고 박수를 치고 고함을 질러 댔다.

"인정헐 수밖에 없구먼! 살믄서 이런 인간을 다 보네!"

"인간 중에도 멋진 놈들이 좀 있었으!"

인간과 수인의 종족차를 떠나, 인정할 수밖에 없는 강자에 대한 호감과 경외였다.

마녀는 개뿔, 수인의 방식을 인정하고 화끈하게 싸울 줄 아는 진정한 전사였다. 그들의 몸에 흐르는 전사의 피가 저 인간에게 반응한 게 분명했다. 저런 이에게 호감을 느끼는 건 당연하지 않은가?

무를 숭상하는 수인족이기에, 이아나가 보인 경지가 얼마나 대단한 것인지 알았다. 그녀에게 호감이 물밀듯이 쏟아져 들어왔다.

"인간, 시간 나믄 또 붙어 줘!"

"덕분에 정말 재밌었다!"

"멋진 여자다!"

"젠장, 결혼하자!"

뭔가 이상한 말도 섞여 들려왔지만 대충 걸러 들은 이아나가 호랑이족 수인들이 모여 있는 곳을 보았다. 처음부터 이아나에게 호감을 보였던 그들은 지금 호감도가 정점을 찍고 있는 듯했다.

"흑, 흑…… 이아나 양, 어엉, 이아나 양 너무 멋있어……. 평생 따를게요…….'"

그리고 헤레이스는 이상한 소리를 해 대며 울고 있었다.

"크하하하하!"

압실롯이 자리에서 일어나면서 쩌렁쩌렁하게 웃음을 터뜨렸다.

"야, 인마들아! 뒤풀이 한판 허자! 이렇게 멋진 싸움을 보여 준 인간 전사를 홀대할 거냐? 창고에 있던 술 다 꺼내 와! 쟁여 놨던 고기도 죄다 가져와브러! 내가 쏜다, 자식들아!"

수인들이 와아아아, 하고 환호하다가 의문을 표했다.

"웬일로 얌전허게 계시대?"

"수장님도 한판 뜨시지!"

압실롯이 씩 웃으면서 말했다.

"난 이 전사가 좀 더 크면 한판 뜰 텡게 그때 구경들 허라! 게다가 쪽팔리게 다 지친 인간이랑 붙으면 이겨두 모양새가 나겠어?"

"수장이 그렇게 말하믄 싸우고 진 우리가 뭐가 되나?"

몇몇이 불만을 표했지만 압실롯은 무시했다.

"에잇, 인간 전사! 이아나라고 혔나? 나중에 우리 수장님 콧대 좀 꺾어 주슈!"

"아, 됐고. 배고프니께 먹을 거나 싸게싸게 가져오드라고!"

너 나 할 거 없이 수인들이 달려 나갔다. 그중에는 가족이나 친구들을 데리고 돌아온 수인들이 많았다. 파시오 근처에 있던 공용 창고로 우르르 달려간 나머지 수인들은 술과 음식들을 산더미처럼 가져와 파시오에 펼쳐 놓았다.

몇몇이 불의 정령들을 불러냈다.

화르르르륵!

[안녕, 안녕!]

[우와, 구울 게 잔뜩이다! 축제야?]

개중에는 말을 할 정도로 지성을 갖춘 불의 정령도 있었다. 소환된 불의 정령들은 불로 태울 가치가 있어 보이는 날고기에 관심을 두다가, 이내 하나같이 한쪽을 보았다. 이아나가 있는 쪽이었다. 이아나가 흠칫했다.

[힝…….]

전에 이니스에게 부르지 않으면 나오지 말라고 말해 둔 탓일까? 불의 정령들은 다가오지 않았다.

뭔가 애처로운 느낌이 들었지만 이아나는 애써 외면했다. 신력을 보이지 않으려고 그 난리를 쳤는데 정령왕이 나오면 말짱 도루묵이었다.

"야, 정령들도 저 인간을 좋아하는 것 같지 않아?"

수인들은 정령들의 낌새를 눈치 채고 감탄했다. 선한 존재를 좋아하는 정령들임을 알고 있기에, 이아나에 대한 호감도는 더 높아졌다.

"먹자!"

나무토막들을 얽어서 바비큐를 할 준비까지 모두 마친 수인들이 압실롯의 외침에 오! 하고 손을 들었다.

"캬, 대단혀."

"나보다 더 센 놈들이 막 날라댕겨서 도전할 엄두도 못 냈당께."

화제의 중심은 당연히 이아나였고, 인간에 대한 경계심이 사라진 수인들은 이아나와 헤레이스에게 접근해서 말을 걸었다. 그중에는 이아나와 진지하게 무에 대한 토론을 나누고자 하는 자들이 많았다.

처음에는 이아나에게 관심이 쏠려 있었지만 점차 헤레이스에게도 그 관심이 분산되었다. 헤레이스와 대화를 나누면서 그의 선량하고 친화적인 성격을 알게 되고, 타로의 설명으로 그 또한 검술로 한솜씨 한다는 것을 알게 되었기 때문이다.

"이아나! 내가 더 강해지면 한판 더 붙드라고! 한 오십 년 뒤에 일루 다시 와!"

얼큰하게 취한 붕대투성이의 코니아가 잔을 들어 올렸다. 이아나는 뒤끝 없으면서도 여전히 전투적인 코니아의 성격이 마음에 들었다. 검술이라는 같은 관심사가 있기에 말도 잘 통했다.

수인들은 이아나에게 계속해서 술을 권했고, 이아나는 절대 마다하지 않았다. 그래서 그들은 이아나에게서 마음에 드는 점을 하나 더 발견했다.

"이 인간 술도 음청 잘 마시네!"

한동안 부어라 마셔라 하던 이아나가 고개를 들어 하늘에 떠 있는 달의 위치를 보고는 이만 가 보겠다며 자리를 털고 일어났다.

"어? 주인공이 시방 어디 가는 거여?"

"주글 때까지 마셔야지이이! 어디 가아아아!"

술에 취한 목소리들이 이아나를 붙잡았지만, 그녀는 피곤하기도 하고 할 일도 있어 가 보겠다고 대충 잘랐다.

"역시 우리 여보랑 아들내미는 보는 눈이 있당께. 오늘 증말 고생 많았어. 가서 푹 쉬드라고."

"부인, 왜 보내유! 아직 할 얘기가 산더민디!"

란카에게서 집 열쇠를 받고 얌전히 떠나려는데, 초를 친 건 압실롯이었다.

"아, 이 눈치 없는 놈들아! 애인이랑 연락하러 가는 거니께 놔줘!"

"뭣이! 애인이 있었어!"

"청혼하려구 혔는데!"

주정뱅이들의 술주정을 뒤로하고 압실롯의 집으로 돌아온 이아나는 대충 씻은 후에 침대에 풀썩 누웠다.

원래 자정이 연락을 하는 시간이었는데 생각보다 집으로 돌아오는 길이 멀었고, 또 씻고 오다 보니 늦어졌다.

베개 옆에 두었던 강아지 인형은 이미 왈왈 짖고 있었다. 이아나는 풀린 눈으로 인형을 쳐다보았다.

[걱정했잖아!]

이아나가 연결을 하자마자 약간 화가 난 목소리가 버럭 들려왔다. 멍한 기분으로 연결했던 이아나는 눈을 질끈 감았다가 부스스한 목소리로 말했다.

"죄송합니다."

[……목소리가 왜 그래? 술 마셨어?]

아르하드는 목소리만 듣고도 그녀의 상태를 귀신같이 알아챘다. 술에 강한 이아나지만, 수인들이 꺼내 온 술은 그녀조차 몸을 제대로 가누지 못하게 할 정도로 독했다. 주는 대로 마셨음에도 허리를 바로 펴고 있는 이아나에게 수인들이 괜히 감탄한 게 아니었다.

다른 이들과 함께 있을 때는 초인적인 정신력으로 이성을 챙겼지만, 지금은 혼자서 침대에 누워 있는 데다 아르하드의 편안한 목소리까지 들려오는 바람에 이아나는 긴장감을 모두 풀어 놓고 말았다.

"네에."

평소의 이아나에게선 절대 들을 수 없는, 말꼬리를 늘인 나른한 대답에 아르하드는 아무 말이 없었다. 이아나는 잘 안 들리는 건가 싶어 손에 쥔 강아지 인형을 귀에 가져갔다.

[지금 어딘데?]

그러자마자 아르하드의 목소리가 귀를 꿰뚫듯 낮게 들려왔다.

이아나의 눈이 움찔 떨렸다. 어쩐지 그가 귀에다 입술을 갖다 대고 말한 것만 같았다. 정체를 알 수 없는 이상한 기분이 이아나를 스멀스멀 잠식했다.

"……압실롯 님의 저택입니다."

멀쩡했다면 바로 거부감을 느끼고 쳐 냈을 기묘한 긴장감이, 술에 취해 얼굴에 열이 홧홧하게 오른 지금은 나쁘게 느껴지지 않았다. 뭔가 오싹거리면서 몸에 힘이 쭉 빠지는 것이 의외로 살짝 기분 좋기까지 했다.

[아직도 술 마시는 거야? 옆에 누구 있어? 너 지금 얼마나 취한 건데?]

게다가 처음의 화는 어디로 간 건지, 걱정만 잔뜩 깃든 질문이 와르르 쏟아졌다. 이아나는 저를 챙겨 주는 그런 질문들이 좋았다. 그의 마음이 귀를 타고 흘러 들어와 심장을 쿡쿡 쑤셔 댔다. 이아나는 입술을 달싹거려 중얼거렸다.

"좋네요……."

이아나가 질문에 대답하지는 않고 취한 목소리로 중얼거리자 아르하드가 살짝 꼬인 목소리로 말했다.

[술이? 아니면 옆에 있는 놈들이?]

술? 술이야 좋은 게 당연하다. 그리고 지금 옆에 있는 놈이라면, 목소리뿐이라지만 아르하드 한 명밖에 없는데.

"둘 다요."

[……]

"전부 마음에 듭니다. 그래서 기분이 좋네요."

[너 똑바로 말 안 하면 텔레포트한다.]

화난 듯한 아르하드의 목소리에 이아나는 그저 푸스스 웃고 말았다. 아르하드가 보고 있는 것도 아니고, 목소리만 오고 갈 뿐이기에 이아나는 그냥 강아지 인형을 계속 귀에 대고 있기로 했다.

[이아나.]

"왜요, 아르하드?"

웃음기가 어린 목소리에 건너편에서는 순간 말문이 막혔다.

[너 진짜…… 이럴 때 그런 식으로 부르지 마. 아무튼 옆에 누구 있어?]

"당신뿐인데요."

[무슨 소리야.]

"다른 사람들은 아직도 마시고 있고, 저는 혼자 집에 왔습니다. 당신과 연락을 하려고요. 지금 술에 취한 제 옆에는 당신뿐이고…… 그래서 좋다고 한 건데…… 싫습니까? 제가 당신이 좋다고 했는데……."

술에 이성이 녹아 버린 이아나의 말은 필터를 거치지 않고 퍼부어졌다. 게다가 처음엔 아르하드가 오해하고 있다는 걸 인식하고 놀리려던 의도였는데 술 때문에 감정도 고장 나 버렸는지, 아르하드가 저를 싫어한다는 상상을 해 버린 이아나는 기분이 울적해졌다.

"왜요? 제가 뭘 해도 좋아해 주세요. 절 싫어하지 마세요."

이아나는 저도 모르게 마르가리타의 환상 속에서 떠나는 아르하드를 붙잡을 때처럼 말해 버렸다.

[……싫을 리가 없잖아.]

그에 응답하듯 전해지는 목소리는 어쩐지 어딘가 꾹 눌린 듯한 느낌이었다. 그 익숙한 느낌은 아르하드가 어떠한 '감정'을 억누를 때만 생겨남을 알고 있고, 또 이제는 그 감정이 극에 달한 '호감'이라는 것을 알고 있기에 기분이 풀린 이아나는 살짝 웃을 수 있었다.

"역시 그렇지요? 당신은 절 너무 좋아하니까."

[지금 네가 내 앞에 없어서 다행이다.]

"왜요?"

[글쎄.]

그리 말을 끊은 아르하드가 잠시 말이 없더니, 이내 감정을 가다듬은 듯한 목소리로 말했다.

[아무튼 술자리 때문에 연락이 어려울 것 같았으면 미리 말해 줬어야지.]

"술 때문에 당신 연락을 못 받을 거라곤 전혀 생각하지 않았습니다. 제가 먼저 당신에게 매일 해 달라고 하기도 했고, 또 저도 기다리고 있었으니까요. 무슨 일이 있어도 당신 연락은 받습니다."

무슨 말만 하면 폭탄이 터진다. 아티팩트 너머 연속으로 대형 폭탄들을 얻어맞던 아르하드가 억눌린 목소리로 말했다.

[너 진짜 많이 취했구나.]

"조금 많이? 주는 대로 마셔서요."

[……오늘은 이만 끊을까.]

"싫습니다. 멀쩡하니까 계속해요."

맞은편에서 아르하드가 한숨을 내쉬었다.

[그래? 난 널 생각해서 끊으려 한 건데…….]

그러더니 돌연 낮아진 목소리로 말한다.

[그럼 좋아. 너 누구랑 마셨어.]

"타로네, 아, 들으면 놀라실 겁니다. 타로, 호랑이 수인 하프였습니다. 압실롯 님은 호랑이 수인이셨고요. 저, 지금 수인족 도시에 와 있습니다. 다른 수인들도 아주 많이 봤어요."

[그랬구나. 그래서 누구랑 마셨는데? 누가 너한테 이렇게 술을 먹였냐고. 타로? 압실롯? 아니면 다른 놈? 누구 앞에서 또 이렇게 행동했어.]

그는 압실롯과 타로가 수인이라는 사실엔 전혀 감흥이 없는 듯했다. 수인족의 도시에도 별 관심이 없는 듯 그저 술을 함께 마신 사람만 무섭게 캐묻는다.

드워프에게도 별 관심이 없었으니 수인족에게도 그럴 수 있다는 생각은 들었다. 하지만 신비로운 이종족은 내팽개치고 그녀와 함께 술을 마신 사람에게만 관심을 보이는 그의 행동에 얼떨떨했다.

이아나가 더듬거리며 말했다.

"그냥 도시 사람들과 마셨습니다. 압실롯 님이 뒤풀이를 해 줘서."

[뜬금없이 뒤풀이를 왜 해 주는데?]

결국 이아나는 코니아가 싸움을 걸었던 일부터 다른 수인들의 도전을 받고 그 모든 싸움에서 이겨서 끝내 모두의 인정을 받은 일까지 죄다 얘기해 주었다.

아르하드에게 몸 좀 아끼라며 잔소리를 한바탕 듣긴 했지만, 그래도 이것저것 말하면서 뿌듯함을 느낀 이아나가 말을 끝내면서 덧붙였다.

"당신 말고 다른 사람에게는 지지 않을 거예요."

[흐음…….]

그 부분이 마음에 들었는지, 아르하드의 목소리에서 살짝 흡족함이 묻어났다.

[그래야지. 누구에게도 지면 안 된다. 졌다가 네가 나는 뒤로하고 그 사람만 죽어라 쫓아다니면 어떡해?]

"저는 그런 어린애가 아닌데요. 아무튼 수인족은 전투의 종족이고 무력을 숭상한다는데, 그 말이 정말인 것 같아요. 남성 말고 여성 전사들도 많고, 호승심도 아주 강하고…… 싸움이 끝나고 저에게 청혼을 하는 수인들도 많았습니다."

[……뭐?]

아르하드의 목소리가 확 낮아졌지만 이아나는 기분 좋게 말을 이어 갔다.

"분위기에 취한 농담이었겠지만, 그만큼 무력을 중시한다는 거겠지요."

[정말 농담이라고 생각해?]

"농담이 아니면 뭡니까?"

[수인 중엔 단순무식한 놈들이 많아서. 그거 반 이상은 진심일걸. 가서 죽여 놔야 하나.]

아르하드가 진지하게 말하고 나서야 이아나는 이전의 대화가 떠올랐다. 결혼식을 하기도 전에 남편 될 이를 죽여 버리겠다는 그의 과격한 말이 여기에도 적용되는 건가 싶었다.

과연…… '사랑'이라는 건가?

이아나가 아르하드의 비정상적인 반응들을 납득하고 고개를 끄덕거렸다. 아르하드가 저를 사랑할지도 모른다는 가정을 이제는 완전히 기정사실로 받아들여선, 이아나는 그에 날이 갈수록 익숙해지고 있었다.

"제가 자리를 뜰 때 수인들이 가지 말라고 붙잡았는데, 압실롯 님이 애인이랑 통화하러 가는 거니 방해하지 말라고 소리 질렀으니까 그럴 필요 없습니다."

아티팩트 너머 잔뜩 곤두서 있던 아르하드가 푸핫, 하고 웃음을 터뜨린다.

"전 이제 포기했습니다. 나중에 알아서 수습해 주세요."

[그래, 그래.]

"그런데 압실롯 님께 보낸 편지에 뭐라고 쓰셨습니까?"

이쯤 되자 이아나는 정신이 들기 시작했다.

[읽고 뭐래?]

"알겠다고 전하라던데요. 아니, 그게 문제가 아니라 뭐라고 적으신 거냐고요. 압실롯 님이 읽으면서 당신을 당장 죽이러 갈까 하다가 마지막 부분을 읽고 제 애인이냐면서 웃으시곤 승낙하겠다고 하시더군요."

[흐음.]

"흐음, 이라고 하실 때가 아닙니다. 제 말이 무슨 뜻인지 모르시겠습니까? 압실롯 님이 카마트로스의 주인과 저의 애인이 동일 인물이라는 걸 알았습니다. 그분은 제 애인이 학술원의 당신이라는 걸 알고 있으니 당신 정체를 들켰다는 소립니다."

이아나가 아무렇지도 않게 애인이라는 말을 내뱉는 걸 기분 좋게 듣고 있던 아르하드가 대답했다.

[역시 용병왕. 눈치가 꽤 빠르군. 뭐, 상관없다. 내가 앞부분에서 긁어 놓은 것들도 있고, 그 남자의 성격으로 봐서 절대 그 사실을 누설하지 않을 테니까.]

아르하드의 말을 듣고, 이아나는 그가 이 사태를 별로 개의치 않는다는 것을 깨달았다. 아르하드가 이렇게 나오자 이아나는 살짝 불안했던 마음이 가시는 걸 느꼈다.

"편지의 내용을 말해 주세요."

[궁금해?]

"압실롯 님의 비밀은 그분이 말하고 싶지 않아 하셨으니까 됐고, 마지막 문장이 궁금합니다. 대체 뭐라고 직어 놓으셨기에 그런 반응을 보이신 건지."

[그냥 잘 부탁한다고 했어.]

"잘 부탁한다는 말만 적어 놓진 않으셨을 텐데요?"

[진짜야. 아주 소중한 부하니까…… 그쪽에 머무는 동안 잘 지켜 달라고만 했어. 그리고.]

아르하드가 뜸을 들이자 이아나가 귀를 기울였다.

[네게 무슨 문제가 생기면 위에 언급했던 그의 약점들을 죄다 파괴하겠다고 했을 뿐이지.]

"끄응."

이아나는 숙취 때문에 머리가 깨질 것 같았지만 일어나자마자 란카가 건네준 약 한 병을 마시고 술기운을 떨쳤다. 명상을 하며 나쁜 기운을 배출하고 깨끗한 공기를 마시며 운동을 좀 한 후에는 나름 상태가 괜찮아졌다.

그 후 압실롯과 이아나는 아주 이른 아침부터 집을 나섰다. 하루 종일 시장처럼 시끄러웠던 티타누스도, 해도 뜨지 않은 새벽이라 그런지 고요했다.

드래곤을 만나러 가는 길, 이아나는 가슴이 두근거렸다. 무엇을 물어볼지는 명상을 하면서 모두 정리했다. 드래곤이 모두 답해 줄지는 모르겠지만…….

"끄으응."

압실롯이 기지개를 켜면서 이아나를 돌아보았다.

"처자, 내가 수인형으로 돌아가믄 불편하겠어?"

"상관없습니다."

어색했던 수인들의 모습은 어제 이후로 완전히 익숙해졌다. 인간형으로만 봐 왔던 압실롯이 수인형을 한다면 조금 놀랍고 잠시 어색할 수는 있겠지만 그뿐이다.

뿌득, 뿌드드득.

이아나가 승낙하자마자 압실롯의 몸이 변형되기 시작했다. 그의 몸집은 더 커졌고, 팔과 다리는 더 두꺼워졌다. 머리는 인간과 호랑이가 반씩 섞인 듯 짐승의 느낌이 물씬 났으며, 손과 발 또한 호랑이의 것이 되었다.

휘리릭!

압실롯의 허리춤에서 나온 꼬리가 허리를 휘감았다. 완전히 수인화한 압실롯이 씨익 웃었다.

"아~ 편허. 나야 인간형으로 있어도 상관없긴 헌데, 이쪽이 편한 건 사실이거든."

그길로 압실롯과 이아나는 티타누스를 나왔다. 나온 지 얼마 되지 않아 몬스터 다섯 마리를 만났다. 사막 지역에 서식하는 거대 늑대형 몬스터들로, 눈에서는 푸른 불이 번뜩거리고 있었다. 늑대들이 몸을 살짝 눕히며, 달려들기 직전의 짐승들처럼 그르렁댔다.

"크르르르르르."

몬스터들의 눈은 이아나에게 집중되어 있었다. 이아나는 가만히 검자루 위에 손을 올렸다.

"얼씨구. 이것들이 며칠 없었다고 내 일굴을 까먹었나?"

압실롯이 기가 차다는 듯 허, 하고 웃었다.

"이아나 양이 음청 맛있어 보이는 모양이여. 이것들이 옆의 호랑이도 못 알아보고."

"저를 노리고 있으니 직접 처리하겠습니다."

"안 돼. 처자는 손님. 그쪽 보스가 부탁한 것두 있으니께 걍 얌전히 있드라고. 사실 어제 수인들과의 싸움도 별루 내키진 않았으."

이아나는 아르하드와의 연락을 떠올렸다. 압실롯의 편지 내용에 대한 이야기 이후 시답잖은 잡담을 하다가 그녀가 잠들어 버려서 연락이 끊겼는데, 그래도 이아나는 대화 내용을 모두 기억하고 있었다.

'어제 압실롯 님이 나와 끝까지 싸우지 않은 건 아르하드의 협박 때문일지도. 윽…….'

내용을 떠올리면서 어제의 추태까지 생각해 낸 이아나가 살짝 민망해져서 얼굴을 붉히고 있는데, 압실롯이 주먹을 꽉 움켜쥐는가 싶더니, 유성처럼 앞으로 쏘아져 나갔다.

꽈아아아아아아앙!

"키이이이익!"

수인으로 되돌아간 압실롯의 힘은 대포에서 쏘아진 포탄과도 같았다. 압실롯의 주먹에 얼굴을 강타당한 몬스터는 엄청난 속도로 뒤로 날아가 모래에 처박혔다.

"케엑."

몬스터들은 이제야 압실롯을 알아본 듯 겁에 잔뜩 질렸다. 그런데 저 멀리서 압실롯에게 맞은 몬스터가 비틀거리며 일어나고 있다. 얼굴은 완전히 함몰되어 으깨져 있었는데, 뜻밖에도 죽지는 않았다. 압실롯이 손을 뿌득거리더니 포효했다.

"안 터지게 조절했다. 꺼져, 인마!"

몬스터들이 깨갱하며 도망가 버렸다. 흉포하기로 유명한 오지 몬스터치고는 무척이나 민망한 모습이었다.

"저런 놈들 상대할 시간 없응게 후딱 가자고."

압실롯이 이아나를 재촉하며 몬스터 때문에 잠시 멈췄던 걸음을 다시 옮겼다.

"이 속도로 가믄 밤에 도착할 틴디, 뭘까?"

빨리 드래곤을 만나보고 싶었던 이아나가 동의했고, 그들은 달리기 시작했다. 압실롯은 가까이 있으면 살짝 숨이 막힐 듯한 분위기를 뿜어내기 시작했다.

'몬스터 같아.'

몬스터 때문에 또 방해를 받기 싫었던 압실롯은 압도적인 존재감을 뿌리고 다녔고, 이아나는 그에게서 롯소산맥에서 맞닥뜨렸던 최상급 몬스터와 비슷한 느낌을 받았다.

그녀가 받은 느낌을 주위의 다른 몬스터들도 받고 있었다. 수십 년간 사막의 패자로 살아온 압실롯은 몬스터들에게 거대 몬스터의 일종으로 인식된 지 오래였다. 더구나 그가 드래곤의 가디언이 되어 용의 냄새를 풍기기 시작한 이후로는 그에게 감히 덤빌 몬스터가 없었다. 그리하여 그들은 누구의 방해도 받지 않고 긴 시간 사막을 횡단할 수 있었다. 이아나가 이변을 느끼기 시작한 건 오후가 되어 태양이 하늘 꼭대기에 올라섰을 때부터였다.

'덥다.'

사막에서 오랜 시간 걸어서 더위를 먹은 건 아니었다. 결의 경지에 오른 이아나는 제 상태를 정확하게 파악할 수 있었으며 주변의 환경 변화에도 아주 민감했기에, 이 더위가 외부에서 기인했다는 것을 알아챘다. 그리고 그 외부 요인은 태양이 쨍하니 퍼붓는 햇볕 때문이 아니라 대지 전체에서 뿜어져 나오는 열기라는 것도 알았다.

갈수록 온도가 높아진다고는 생각하고 있었는데, 온도가 어느 순간부터 정점에 달했다.

'기가 막힐 정도인데.'

온도가 정상치를 벗어났을 때부터 체온을 적당히 조절하고 있었지만 거기에도 한계가 있다. 이아나는 얼굴을 타고 흐르는 땀을 닦아 내며 앞을 보았다. 아지랑이가 모래에서 잔뜩 피어올라 공간 전체를 일그러뜨리고 있었는데, 마치 고위급 마법사의 환각 마법 속으로 들어온 것 같은 기분이 들었다.

"덥지?"

"많이……."

"조금만 참어. 테라 님의 레어로 들어가는 구역이라 그려. 안쪽에선 테라 님이 알아서 열기를 막아 주실 것이구먼."

이아나는 그사이 아르하드가 선물해 준 물 생성 아티팩트를 몇 번이나 꺼냈다. 그동안은 쓸 일이 없어 아꼈지만, 이번엔 혹시나 필요하지 않을까 해서 가져왔던 아티팩트가 여기서 빛을 발했다.

만약 일반적인 물을 물통에 담아 왔다면 열기에 끓어 버렸을 테지만, 이니스의 힘이 담겨 있는 아티팩트는 이아나가 원할 때마다 차가운 물을 생성해 냈다. 목이 마를 땐 마시고 더울 때는 세수를 하는 등 마음껏 차가운 물을 사용하면서, 이아나는 더위를 이겨 냈다.

그리고 마침내 도착했다.

"여기는 드래곤 레어. 화염의 드래곤 테라노우딘이 자리 잡은 세상의 '정점'이여."

발밑의 대지에서는 연기가 뿜어져 나오고 바로 옆으로는 시뻘건 용암이 흐른다.

앞으로 나 있는 길을 제외하고는 전부 화염이 일렁거리고 있어서, 누군가가 대지 전체에 기름을 뿌리고 불이라도 지른 것 같았다.

이아나가 콜록거리면서 물었다.

"어째서 세상의 정점입니까?"

"음."

압실롯이 품에서 평범한 구슬 하나를 꺼내 들었다.

"우리가 발을 딛고 있는 대지는 구형이지?"

"네."

오지 때문에 다 개척을 하지는 못하지만, 사람들은 여러 천문학적 현상으로 이 세상이 둥글다는 것을 알고 있었다.

"이 구슬을 대지라고 하믄."

구슬의 정수리를 콕 찔렀다.

"여기가 롯소산맥의 칸데메이온 님이 계신 곳."

그 다음에는 구슬이 반이 되는 둘레에서 네 곳을 콕콕 찔렀다.

"그리고 여기가 각 오지를 담당하는 드래곤이 머무는 곳. 마지막으로."

압실롯이 롯소산맥이라고 찍은 곳의 정반대 편을 찔렀다.

"여기까지. 드래곤들은 이 여섯 곳을 세상의 정점이라고 부른다."

이아나는 압실롯이 마지막으로 가리킨 곳을 주시했다. 인간이 아는 세상은 세상의 반도 되지 않았다. 그렇다면 저 미지의 땅에는 과연 무엇이 존재할 것인가?

"여기는 뭡니까?"

"나두 몰러. 나두 궁금혀서 물은 적 있는디 안 가르쳐 주시더라고."

이종족들도 모르는 영역. 이아나는 호기심이 생겼다.

"그렇군요. 그런데 드래곤은 어디에?"

[이곳에.]

이아나가 갑자기 들려온 목소리에 흠칫했다. 드래곤의 목소리는 평범한 소리처럼 공기를 진동시키며 전해져 오지 않았다. 정령의 것처럼 의지로서 그대로 부딪쳐 왔다.

롯소산맥에서 드래곤의 말을 한 번 들어 봤지만 그때는 상황이 상황이라서 이상함을 느끼지 못했다. 하지만 바로 지금, 똑바로 들려온 드래곤의 목소리는 아주 생소하고 기묘했다.

정령의 것과 비슷했지만, 정령의 목소리는 육체가 아닌 영혼만을 울려 함께 공명하는 느낌이 들었다면, 드래곤의 목소리는 육체까지 통째로 울려 그 존재감에 휩쓸리는 느낌이었다.

이아나는 두리번거리다가 압실롯이 그녀의 뒤로 고개를 숙이는 것을 보고 뒤로 홱 돌았다. 그리고 화염으로 붉게 타오르는 거대한 두 눈과 마주쳤다.

화염의 드래곤, 테라노우딘.

"……."

이아나는 저도 모르게 침을 삼켰다.

화르르르르륵…….

온몸이 불타오르는 그것은 작열하는 태양과도 같았다.

불의 정령왕 카고마인처럼 온몸에 불을 두른, 산보다 거대한 존재가 저를 빤히 응시하고 있자 이아나는 위압감을 느끼고 순간 뒤로 물러날 뻔했다. 하지만 다리에 힘을 주고 버텼다. 드래곤의 시선을 피하지 않고 마주 관찰했다.

이아나는 드래곤과 대화를 하러 왔다. 신화적인 존재라는 사실에 긴장감이 들었지만, 드래곤에게 상대할 가치도 없는 하찮은 인간이라는 평가를 받아서는 안 되었다.

후와아아악!

그때 주변에서 활활 타오르던 화염 중 일부가 줄을 지으며 공중으로 떠올랐다. 이아나는 그 장관에 시선을 빼앗겼다가 이내 화염의 정체를 알아채고 흠칫했다. 단순한 화염인 줄 알았는데 사실 테라노우딘의 꼬리였던 것이다.

후와아아아아악!

그가 꼬리를 휘두름과 동시에 주변의 화염이 일시에 꺼졌다. 그러자 찜통 같던 더위도 한 번에 가셨다. 급격한 온도 변화에 오한이 돌아 부르르 떨면서도, 이아나는 화염을 없애고 제 몸을 온전히 드러낸 드래곤을 천천히 관찰했다.

언젠가 책에서 본 것처럼, 오래전 첸델프의 조각상에서 봤던 모습처럼 압도적이다. 롯소산맥에서 봤던 바실리스크와 같은 뱀의 일종이라지만, 그와는 비교 자체가 불가능했다.

몸의 선은 유려하면서도 강인했고, 붉고 번들거리는 비늘은 아주 매끄러우면서도 단단해 보인다. 날개는 접혀 있지만 창공의 전체를 덮을 듯 거대했다.

쿠구구구구······.

엎드려 있던 드래곤, 테라노우딘이 몸을 일으켜 이아나를 내려다보았다. 붉게 타오르는 눈으로 그와 같은 눈을 한 이아나를 찬찬히 들여다보던 그가 말했다.

[반갑다.]

뜻밖의 인사에 순간 당황했지만, 이아나도 고개를 숙여 인사를 했다. 압실롯이 드래곤의 색다른 반응에 놀란 것도 잠시, 흥미를 보이며 이아나를 소개하려 할 때였다.

[압실롯, 자리를 비워라.]

"예에에?"

드래곤이 축객령을 내렸다. 압실롯이 싫다는 표정을 지었다.

"왜유? 이 처자는 제 중요한 손님이께, 저 보내고 죽인다거나 하면 절대 안 된당께요."

[그럴 일 없으니 레어에서 나가 있어.]

드래곤이 귀찮다는 듯 꼬리를 탁 치자 천지가 울렸다. 압실롯이 불만스러운 표정으로 고개를 숙였다. 긴장하기 시작하는 이아나에게 미묘한 시선을 던지고는 자리를 떴다.

레어에는 테라노우딘과 이아나만이 남았다.

믿고 있던 압실롯이 나가 버리고 드래곤과 단둘이서 남게 되자 이아나는 긴장감으로 입이 얼어 버렸다. 이아나가 심호흡을 하며 정신을 가다듬는 사이 드래곤이 말을 꺼냈다.

[마침내 그날이 오고 말았는가. 우리 중 나에게 먼저 올 줄이야.]

드래곤은 이상한 말을 하고 있었다. 긴장감을 일시에 날려 버리는 의미 모를 말에 이아나가 반문했다.

"그날이라면……?"

[그대는 로베르슈타인 일족의 '안'이겠지?]

이아나가 멈칫했다.

드래곤은 신화적인 존재이니, 제가 로베르슈타인과 관련이 있다는 걸 정령처럼 알아챌 수도 있다는 상상을 해 보긴 했다. 드래곤이 로베르슈타인 일족이라는 말을 꺼냈으니 상상은 현실이 되었다.

하지만 '안'은 뭘까?

'안'은 현재 카마트로스 안에서 불리는 제 조직명이다. 저를 칭하는 게 맞긴 하나…… 드래곤이 알고 있을 이름은 아니기에 뜬금없었다.

이아나는 드래곤의 말을 정정해 주었다.

"제 이름은 이아나입니다. 안은 제가 속한 단체에서 불리는 이름입니다만."

[아아. 그리된 거로군.]

테라노우딘이 내뱉는 감탄의 의미를 알지 못해 이아나는 어색한 표정을 지었다.

[어찌되었든 그대를 칭하는 이름이 맞겠지?]

"예……. 어떻게 아시는지요."

[마지막 예언 속의 이름이기 때문이다.]

마지막 예언? 갈수록 알쏭달쏭해지는 드래곤의 말에 이아나의 머리가 팽팽 돌아가고 있는데 테라노우딘이 말했다.

[그대가 나를 찾아온 이유부터 듣도록 하지. 내게 하고 싶은 말이 있나?]

그 말에, 아침부터 생각하고 또 생각했던 내용들이 머릿속에서 목록으로 좌르륵 정리되었다.

신성시대에서 로베르슈타인과 악마의 관계는 무엇이었나.

신성시대의 종말에는 무슨 일이 있었는가.

라오스는 종말에서 어떻게 살아남았고, 지금은 무슨 상태인가.

악마는 어떤 상태이기에 세계에 그의 영혼의 파편들이 떠돌고 심장은 판데모니엄이라는 곳에 존재하는가.

로베르슈타인은 어떻게 저로 재탄생할 수 있었는가.

그리고 가장 중요한 것.

회귀는 왜, 어떻게…….

이아나는 질문을 좌르륵 쏟아 냈고, 테라노우딘은 가만히 듣고 있다가 질문이 끝나자 그르릉거리며 웃었다.

[궁금한 게 많군. 하지만 내가 이곳에서 해결해 줄 수 있는 의문은 두 가지뿐이구나.]

이아나는 실망하지 않았다. 그중에서 두 가지만 건져도 성공한 것이다. 이아나는 설레는 마음으로 이어질 드래곤의 말을 기다렸다. 드래곤은 잠시 생각을 정리하는가 싶더니 천천히 말을 하기 시작했다.

[첫 번째와 두 번째 질문은 내가 신성시대를 살지 않았기에 답할 수 없다. 세 번째 질문 또한 마찬가지이며, 라오스의 생존에 대해서는 말할 권한이 없다. 마지막 질문은 이해할 수 없는 영역이기에 답하지 못한다. 내가

더 궁금해졌다. 어떻게 시간이라는 섭리를 뒤엎고 회귀라는 현상이 발생하였는지…….]

화악!

테라노우딘이 날개를 펼쳤다. 거대한 날개는 태양을 가리고 이아나의 위에 그늘을 드리웠다.

[그 의문들을 해결하려면 칸데메이온을 찾아가라. 나를 포함한 네 드래곤은 마도시대에 태어났지만 그는 신성시대 말에도 존재했다고 하니 알고 있을 거라고 생각한다.]

이아나는 의문을 해결할 수 있는 방법을 얻었다는 것만으로도 만족했다. 이아나가 고개를 끄덕거리고 있는데 테라노우딘이 날개를 이아나의 앞에 내렸다.

[네 번째와 다섯 번째 질문은 지금부터 내가 그대에게 보여 줘야 할 것과 관련이 있구나. 어쩌면 앞의 세 질문에 대한 대답 또한 이번에 그대 스스로 얻을 수 있을지도 모르지.]

예언이라는 말부터 시작해서 정신이 없었지만, 이아나는 드래곤이 전하는 지식을 머리에 구겨 넣으며 열심히 경청했다.

[오지를 넘어서서, 세상의 끝에 무엇이 있을 것 같나?]

이곳에 오기 전까지는 생각도 해 본 적 없는 주제다. 모험가들은 오지를 벗어나지 못했다. 오지의 심층부까지 도달하지도 못했다. 오지를 넘어선 곳은 말 그대로 인간의 발이 닿지 못한 미지의 땅 그 자체였다.

압실롯이 가리켰던 여섯 번째 정점. 세상의 중심이라 불리는 롯소산맥의 중앙과 정반대편에 있는 세상의 끝. 그곳에는 과연 무엇이 있을 것인가?

[직접 보여 주지.]

드래곤이 이아나의 앞에 내려놓았던 날개를 한 번 펄럭거렸다.

[타라.]

이아나의 몸이 얼어붙었다.

세상에.

[타라니까.]

지금 정말 타라고 말하는 건가.

드래곤의 위에 타는 날이 오다니…….

이아나는 얼떨떨한 기분으로 테라노우딘의 날개에 발을 올렸다. 발밑에 닿는 날개의 느낌은 따뜻하고 말랑한 생물체가 아닌 차갑고 단단한 금속에 가까웠다.

이아나가 어정쩡하게 올라와서 서 있자 드래곤이 말을 덧붙였다.

[목까지 올라와서 내 목을 붙잡아라.]

이아나는 조심스레 한쪽 발을 내밀었다. 처음에는 그래도 생물체라는 생각에 천천히 한 발 한 발 올라갔으나, 드래곤의 몸은 무생물의 것에 가까웠으며 무척이나 강인했다. 몸이 산 하나보다 더 컸기에, 이렇게 올라가면 끝이 없을 터.

이아나는 조금 익숙해지자 빠르게 달려서 드래곤의 목까지 올라갔다. 올라타고도 비늘 두세 개를 부여잡는 게 다였다.

[그럼 가도록 하지.]

드래곤이 두 날개를 펼쳤다. 날개가 위에서 아래로 펄럭인다. 거대한 날개는 바람을 만들어 내며 드래곤의 몸을 띄웠다.

[출발 전에 줄 것이 있다.]

이아나의 앞에서 작게 공간이 열리더니 천 한 장이 떨어져 내렸다.

[호흡을 위한 신술 아티팩트다. 결계를 넘기 전에는 쓰지 말고 넘은 후부터 써라.]

이아나는 드래곤이 무슨 이유로 이것을 주는지 아직 알지 못했지만, 일단 천을 손에 매며 조심스레 고개를 끄덕거렸다.

[꽉 붙들어라.]

그의 말에 이아나가 비늘을 쥔 손에 힘을 주는 순간, 그녀의 몸 위로 어마어마한 풍압이 발생했다.

콰아아아아아아!

그 직후 엄청난 속도로 하늘 위로 치솟는 드래곤의 위에서 이아나가 눈을 질끈 감았다. 얼마나 빠른지 영혼은 땅에 내버려 두고 몸만 뜬다는 느낌이 들 정도였다.

지상의 모든 것이 모형처럼 작아졌을 무렵 테라노우딘이 정지했고, 이아나는 순간적으로 어지러움을 느꼈다.

하늘에 떠 있는 건 이걸로 두 번째. 데뷔식 때 난데없이 하늘에서 낙하할 때는 아르하드가 마법을 걸어 줘서 호흡도 괜찮았고 몸에도 타격이 없었다. 하지만 지금은 풍압을 그대로 받아서 그런지 머리가 아프고 숨도 막혔다.

[그냥 하늘을 나는 거였다면 마법을 걸어 줬겠지만, 결계를 넘어선 이후부터는 마법이 불가능하니 익숙해져라. 그곳까지 가려면 꽤 오래 비행해야 한다.]

얼떨결에 올라탔지만, 생각해 보면 테라노우딘의 레어에서 지금 갈 곳까지의 거리는 롯소산맥 중앙에서 이곳까지 도보한 거리와 비슷할 것이다. 로안느에서 티타누스까지 한 달 좀 넘게 걸렸으니 그와 비슷한 시간이 필요하다는 소리다.

"얼마나 가야 하는 겁니까?"

[쉬지 않고 약 사흘. 결계를 넘어선 이후부터는 뭘 따로 할 수 없으니 내 목에만 붙어 있어라.]

"……."

드래곤은 제가 하루에 세 끼는 먹고, 그사이 화장실도 몇 번은 가야 하고, 여덟 시간은 자야 하는 '인간'이라고 생각하지 못하는 모양이었다. 게다가 한 달 거리를 3일 만에 주파……. 못할 것도 없지만……. 아르하드에게는 말도 못 했고…….

마음의 준비도 못한 채로 갑작스레 이렇게 되니 이아나는 심란했다. 하지만 이내 마음을 독하게 다잡았다. 극한의 수련이라고 생각하면 될 것이다. 신성시대의 비밀을 두 가지씩이나 풀 수 있는데 무엇을 마다하랴?

"잠시만 시간을 주십시오."

[이곳에서?]

이아나는 메고 있던 가방에서 강아지 인형을 꺼냈다. 아티팩트에 마나를 불어넣자, 아르하드는 금방 받았다.

[뭐야? 왜 지금?]

"저, 일주일 정도는 연락이 어려울 것 같습니다."

[……왜?]

아르하드의 목소리가 낮아지자 이아나는 입술을 깨물었다.

"중요한 깨달음을 얻었는데…… 저만의 시간이 필요합니다."

이아나는 이렇게 둘러대는 게 싫었다.

차라리 사실대로 말할까?

아니, 아니다. 결심했던 바가 있지 않은가.

아르하드는 그녀가 신성시대의 지식을 얻어, 이를 통해 그들의 관계를 부정적으로 생각할 가능성을 차단하고 싶어 했다. 하지만 이아나는 설령 그 지식을 얻더라도 그는 변하지 않을 테고, 제 마음도 변하지 않을 거라는 사실을 아르하드에게 완벽하게 증명하고 싶었다.

건너편에서 한숨을 쉬는 소리가 들렸다. 그리고 아무 말도 하지 않는다. 이아나는 아르하드가 화가 났나 싶어 살짝 초조해졌다. 곧 아르하드가 모든 걸 털어 낸 목소리로 말했다.

[난 또, 어제 네가 한 말 때문에 부끄러워서 그런다고.]

짓궂은 농담이었지만 살짝 기운이 빠져 있었다. 실망감을 감추려는 기색이 역력했다. 이아나는 그에게 미안해졌다.

"그건 절대 아닙니다."

[아무튼 이건 네가 약속을 어긴 거다.]

"네……."

[그러니까 끝난 후에는 못 한 날짜만큼 하루에 두 번 연락해. 이건 벌칙이야.]

이아나는 눈을 크게 떴다가 저도 모르게 웃고 말았다.

"네."

[그럼, 얻는 게 있길 바란다. 끝나면 네가 먼저 연락해.]

"감사합니다."

그렇게 아르하드와의 연락은 끊겼다.

['로'인가?]

이아나는 가방에 인형을 다시 넣으려다가 테라노우딘의 말을 듣고 하마터면 떨어뜨릴 뻔했다.

"그 이름은 또 어떻게……?"

테라노우딘이 그르렁거리며 말했다.

[그 또한 예언의 이름이기 때문이지. 아무튼 끝났으면 출발한다.]

"예."

심란한 마음을 감추고 가방을 갈무리한 이아나가 굳은 얼굴로 앞을 노려보았다. 나중에 예언에 대해 반드시 물어보겠다고 다짐하며.

파아아아아앙!

드래곤의 신형이 그 자리에서 사라졌다.

'으으윽……'

이아나는 벌써부터 죽을 맛이었다. 롯소산맥에서 만났던 드래곤이 순식간에 점으로 화하는 것을 보고 드래곤의 비행 속도가 경이로울 정도로 빠르다는 건 알았지만, 직접 경험해 보니 이건 너무 심했다.

드래곤의 머리가 바람을 어느 정도 막아 주고 있다지만 얼굴에 세차게 부딪쳐 오는 공기들은 아주 아팠다. 고개를 들면 머리가 그대로 풍압에 떨어져 나갈 것 같았다.

'이대로 3일은 못 버텨.'

뭔가 대책을 강구해야 했다. 속도는 제가 어찌할 수 없지만 몸뚱이를 사정없이 공격하는 바람만큼은 어떻게든 처리해야 했다.

살기 위해 미친 듯이 머리를 굴리던 이아나는 언제나처럼 검에 생각이 닿았다.

'벤다.'

바람은 작은 공기들이 만들어 내는 흐름으로, 결이 가닥가닥 무수히 많은 자연의 힘이다. 베어 내는 것은 문제도 아니었다.

결심하자마자 이아나는 비늘을 붙잡은 양손 중 한 손을 풀어내 밑으로 가져갔다. 안간힘을 써서 허리춤의 검을 뽑아냈다. 검을 얼굴 앞에 눕힌 후 실눈을 뜨고 앞을 주시했다.

어느 순간, 눈을 빛낸 이아나가 검을 사선으로 살짝 세웠다.

푸화아아아아악!

바람이 그대로 갈라져 이아나의 앞에서 베여 나갔다. 처음이 어려웠지 한번 베어 바람 속에 길이 드러난 후에는 쉬웠다.

이아나는 검을 살짝살짝 움직이면서 그 길을 계속해서 만들어 나갔다. 바람은 그녀를 치지 못하고 양옆으로 쏟아져 지나가기만 했다.

[호오.]

테라노우딘이 제 목 위에서 벌어지는 일을 깨닫고 감탄을 흘렸다.

[과연, 우리가 긴 세월 기다려 온 자답구나.]

극한의 정신력으로 바람을 베어 내면서 버티고 있던 이아나는 그 말을 듣고 마음이 살짝 흐트러졌다.

로베르슈타인 일족의 안. 마지막 예언. 저를 기다려 왔다는 드래곤……. 대체 제게 무슨 일이 벌어지고 있는 걸까?

[곧 결계를 통과한다.]

바람을 베는 데 익숙해져 여유를 찾은 것도 잠시, 드래곤의 말에 이아나는 앞을 주시했다.

드래곤이 말한 결계는 육안으로 보이지 않았다. 앞에는 이때까지 봐 왔던 것처럼, 끝없이 사막이 펼쳐져 있을 뿐이었다.

기이이잉…….

하지만 어느 한 지점에 도달하는 순간, 이아나는 그녀의 세상이 정지한 듯한 기분을 느꼈다. 모든 생체 흐름이 정지하고 빠른 속도로 비행하던 드래곤의 몸조차 정지했다.

가슴 안쪽에서 두근두근 뛰어대던 심장조차 멈춰 버려서, 시간이라는 개념이 통째로 사라진 듯한 소름 끼치는 감각이 찾아왔다. 그녀의 영혼만이 의식을 이어가, 토할 것 같은 이질감을 만들어냈다. 그리고 그 지점을 통과하는 순간, 세상이 완전히 변했다.

"이게 무슨……."

이아나는 눈앞의 광경에 입을 다물지 못했다.

그곳에는 발을 디딜 대지가 존재하지 않았다. 그저 순수한 화염만이 끝없이 펼쳐져 있었다.

테라노우딘의 레어에서 봤던 화염은 아무것도 아니었다. 이쪽을 봐도 불, 저쪽을 봐도 불, 오로지 불뿐인 이 기막힌 광경에 이아나는 꿈이라도 꾸고 있나 싶었다.

이아나는 호흡이 아주 어려워지자 손에 매고 있던 천을 풀어내 바로 코와 입에 둘러 묶었다. 그러자 호흡이 편해졌다.

[기로하이 사막의 뒤에는 불의 영역이 존재한다. 마찬가지로 히마라페 빙원 뒤에는 물의 영역이, 샤우부 대삼림 뒤에는 바람의 영역이, 카란켈 바위 산맥의 뒤에는 흙의 영역이 있다.]

"이게…… 뭡니까? 왜 이런 곳이 존재합니까?"

[그건 세상의 끝에 가 보면 알 것이다. 그리고 가면서 밑의 화염을 잘 살펴봐라.]

그 말만 하고 테라노우딘은 다시 비행에 집중하기 시작했다. 이아나는 결계를 넘은 이후에는 따로 무엇인가를 할 수 없다는 말을 바로 이해했다. 내려설 곳이 전혀 없었다.

이아나는 테라노우딘이 말한 대로 벌겋고 퍼런 화염들을 살피기 시작했다. 그가 그리 말한 이유가 있을 터였다.

처음에는 별다른 점이 보이지 않았다. 하지만 계속 관찰하고 있길 몇 시간, 화염의 기묘한 흐름을 깨달았다. 테라노우딘의 속도와 비슷한 속도, 아니 그보다 빠른 속도로 화염이 이동하고 있었다. 방향은 그들이 향하고 있는 곳과 같았다.

"화염이 움직이고 있습니다."

[깨달았나? 불뿐만이 아니다. 네 방향에서 물, 바람, 흙도 이동해서 세상의 정점으로 향한다. 그리고 잘 살펴보면 화염이 사라지면서 구멍이 생겨나는 것도 볼 수 있을 것이다.]

그 말대로다. 이따금씩 불이 뭉텅이로 확 꺼지면서 꺼먼 공간이 생겼고 뒤쪽에서 빠르게 밀려온 화염이 그곳을 다시 채우고 있었다.

"대체 무슨 현상이지요?"

[가서 직접 본 후에 말해 주는 게 좋겠군. 지금부터는 말을 하지 않겠다. 결계를 유지하면서 이곳을 비행하는 것만으로도 힘들어서.]

그 이후로 드래곤은 입을 닫았다. 이아나는 드래곤이 말이 없자 주변을 다시 시야에 담기 시작했다.

발밑은 끝이 보이지 않는 화염.

그러면 하늘은…….

무심결에 하늘을 올려다본 이아나가 열기 때문에 온몸이 녹아 내릴 것 같은 상황에서도 오한이 돈 나머지 몸을 떨었다.

아무것도 없었다.

구름도, 별도, 달도, 태양도 없이 그저 까맣기만 했다.

[거의 다 왔다.]

시간을 알 수 없는 상황이라, 그저 막막하게 드래곤의 목 위에서 버틸 수밖에 없었던 이아나가 오랜만에 들려온 드래곤의 말에 반가움을 감추지 못했다.

세상과 동떨어진 채 사흘 밤낮을 잠도 못 자고 드래곤의 등에 매달려서 비행하다 보니 이게 현실인지, 꿈을 꾸고 있는 건지 헷갈렸다. 심지어는 제가 살아 있는 건지 죽은 건지조차 헷갈릴 정도였다. 그런데 그 한마디에 현실감이 되돌아왔다. 드래곤이 그 말을 하고 얼마 지나지 않아, 불이 아닌 다른 것이 보이기 시작했다. 화염의 영역이 좁아지면서, 양옆으로 물과 흙이 보이기 시작한 것이다.

이아나는 눈을 가늘게 뜬 채 앞의 광경을 눈에 담았다. 화염의 영역은 점점 더 좁아지고 동시에 물과 흙은 점점 더 가까워졌다.

정점에 도달하기까지 얼마 남지 않았다는 소리다.

[나를 포함한 드래곤들은 반구의 경계에서 결계를 형성하고, 또 유지하고 있다.]

그쯤 테라노우딘이 말했다. 이아나는 그 기회를 놓치지 않고 거칠어진 목소리로 물었다.

"무엇을 위해 결계를 유지합니까?"

[세계를 유지하기 위해서다.]

그의 말이 품은 속뜻에 살짝 소름이 돋는다.

"결계가 없으면 어떻게 되지요?"

[모든 게 태초로 되돌아가겠지. 도착했다. 내가 무슨 말을 했는지는 저곳을 보면 이해할 거다.]

저곳, 이아나는 드래곤이 지칭한 곳을 보고 손에 힘이 들어갔다. 마침내 롯소산맥의 맞은편에 도착한 것이다.

그런데 그곳에서는 상당히 이상한 광경이 펼쳐지고 있었다.

세상의 정점은, 아주 커다란 구멍이었다.

쿠구구구구구구구……

그리고 불, 물, 흙, 공기가 텅 비어 있는 검은 공간으로 빨려 들어가고 있었다.

[이곳은 판데모니엄의 입구다. 모든 것을 집어삼키는.]

테라노우딘은 그곳에서 멀찍이 떨어진 곳에서 빙글빙글 돌며 비행하다가 상승했다. 이아나는 이때까지 질리도록 보아 왔던 하늘, 아니 아무것도 없는 공동(空洞) 속으로 들어가는 것에 섬뜩한 거부감을 느꼈지만 참고 아래만 보았다. 위에서 보니 네 가지 자연의 힘이 빨려 들어가는 게 더 잘 보였다.

저곳에서는 기이한 인력이 느껴진다.

보고 있는 저조차도 빨려 들어갈 듯하여 이아나는 비늘을 쥔 손에 힘을 더 주었다.

[판데모니엄은 신들의 발원지. 하지만 더 정확히 말하자면 세계의 발원지다. 세계는 판데모니엄의 정중앙, '정지한 점'에서 시작하여 존재의 '의지'로 팽창하기 시작했다.]

테라노우딘은 천천히 말을 이어 갔다.

[하지만 세상에는 '천칭'이라는 절대적인 섭리가 존재하지. 천칭의 섭리에 의해 세상의 모든 것이 균형을 이루고 있으며, 따라서 세상에 무엇 하나가 존재하면 그것과 동일한 가치를 가지는 반대의 것이 반드시 존재한다. 원인이 있으면 결과가 있고, 탄생이 있으면 소멸이 있다. 영혼이 있으면 물체가 있고, 세계의 팽창이 있으면 세계의 수축이 있다는 얘기다. 그래서 저곳.]

테라노우딘의 앞발이 세상의 정점, 판데모니엄의 입구를 가리켰다.

[판데모니엄의 중앙에 있는 '정지한 점'에서는 엄청난 인력이 작용한다. 시공간에서 점으로 되돌아가려는 수축의 힘이다.]

어렵지만 새겨듣던 이아나가 되물었다.

"그러면…… 세상은 어떻게 유지되고 있는 거지요? 결계?"

[원래는, 아까 말했듯 이 세상을 살아가는 모든 존재의, 스스로를 유지하고자 하는 '의지'가 세계를 팽창시키며 수축의 힘과 균형을 맞춘다. 그것이 세계의 천칭이 인정한 균형이었다. 하지만…….]

테라노우딘이 서서히 하강을 하기 시작했다.

['어떤 원인'으로 인해 그 균형이 깨져 판데모니엄으로 빨려 들어가는 힘이 너무 우세해졌다. 그 원인이 존재하는 한 붕괴는 계속되겠지. 우리의 결계는 그 붕괴를 막기 위한 것이다.]

그리고 하강을 하면 할수록, 이아나의 몸에 이상현상이 발생하기 시작했다.

쿵······. 쿵······.

이아나의 심장이 거칠게 뛰기 시작했다. 그 현상은 시간이 지날수록 점점 더 심해져 폭발할 듯이 박동하는 수준에 이르렀다. 이아나는 헐떡거리면서 옷깃을 부여잡았다.

'뭐야······ 욱.'

카란켈 바위산맥, 드워프들의 공동묘지에 박혀 있던 검의 파편을 봤을 때와 같이 심장이 공명하고 있었다. 아니, 그보다 더 심했다. 이아나는 땀을 줄줄 흘리며 어둠으로 가득 차 있는 판데모니엄의 깊은 곳을 노려보았다.

드래곤이 말했다.

[그 원인은 심판의 여신, 로베르슈타인의 검에 꿰뚫려 '정지한 점'에 처박힌 '악마의 심장'이다.]

판데모니엄.

악마의 심장.

심장은 로베르슈타인의 검에 꿰뚫려 있다.

드래곤의 말을 듣는 순간 이아나의 머리를 치고 지나간 것은, 카란켈 바위산맥에서 보았던 '기억'이었다.

"사랑해."

"······하지만 난 너무 지쳤어."

"약속을 어겨서 미안해."

제 것이면서도 제 것이 아니었던 그 말들.

그 말들을 지껄이며 검으로 후벼 판, 누군가의 심장.

후둑후둑 떨어지는 눈물은 아래에 깔린 그 누군가에게 닿았고, 그는 경악에 차 말했다.

"어째서……."

쩌적.

어딘가에 금이 간다.

쨍강, 쨍강!

유리공이 딱딱한 바닥과 부딪쳐 깨지기 시작하듯 존재 자체가 박살나기 시작한다. 황금빛과 붉은빛이 뒤섞인 바람이 불어닥친다.

지끈.

이아나는 심장과 더불어 머리까지 심하게 아파 와서 이마를 감싸 쥐었다. 하지만 피하지 않았다. 그녀는 판데모니엄의 심연에서 눈을 떼지 않고, 계속해서 노려보았다.

그러자 눈앞에 흐릿한 안개가 끼기 시작하더니 금방 자욱해져 버렸다. 그 순간이 다시 환상처럼 찾아와 이아나의 눈앞에 펼쳐졌다. 환상은 이번엔 이아나에게 새로운 감각과 기이한 지식을 선사했다.

'로베르슈타인'은 검을 움켜쥐고 있다.

죽어 가면서.

파창—

똑같은 장면이 되풀이되는 이 순간 알았다.

갈기갈기 찢어지는 황금빛은 악마의 영혼이었으며, 손안에서 깨져 나간 것은 쥐고 있던 검이었다.

콰아아아앙!

한 시대 전체를 잡아먹은 존재, 악마의 강제적 파괴는 세계를 부술 정도로 어마어마한 폭발력을 낳았다. 산산조각 나서 흩어지는 악마의 영혼처럼, 검에서도 부서진 파편들이 떨어져 나와 굉음과 함께 이리저리 날아갔다.

기긱, 기긱.

악마의 심장에 꽂힌 검은 간신히 형태만 유지하고 있었다.

쩌적.

동시에 로베르슈타인의 심장에는 심하게 금이 가기 시작했다. 휘몰아치기 시작한 붉은 바람은 그녀의 심장에 남아 있던 신력이었다. 죽어가는 로베르슈타인의 눈에서 눈물이 떨어져 내렸다.

'나도 당신을 죽이고 싶지 않았어. 이렇게 끝을 내고 싶지 않았어. 지금의 내가 당신과 함께 살아가고 싶었어…….'

그녀는 마음을 다잡고 생각했다.

'하지만 종말은 새로운 미래를 열기 위해서다.'

그녀의 시선이 악마의 흔적으로 향했다. 영혼이 파괴당하며 신체까지 흩어져 버리고, 저 홀로 남은 악마의 커다란 심장은 발악하듯 펄떡펄떡 뛰고 있었다. 하지만 심장은 곧 멈출 것이고, 그녀 또한 불멸에서 벗어나 함께 눈을 감을 것이다. 그녀는 검에 꿰뚫린 심장을 소중히 감싸 안으며 눈을 감았다.

'온통 멍들어 버린 당신을 위해서기도 해.'

사랑하는 나의 소년. 나의 남자. 나의 악마…….

그녀의 가슴속에는 사랑이 가득했다.

'나는 당신의 타락을 방치할 수밖에 없던 나 자신에게 지쳤어.'

그녀의 남자는 타락해 버렸다. 모든 생명을 증오하되 그녀만을 사랑하는 그가 존재하는 세상에서는 생명의 미래가 보이지 않았다.

'그래서 당신을 죽이고 새 아침을 열기로 했어.'

지금의 삶이 끝나더라도, 우리의 인연은 절대로 끊어지지 않을 테니까. 우리의 영혼은 정지의 차원에서 잠든 채로 '윤회'하며, 언젠가 다시 생명이 넘쳐 나는 세상에 태어나 이어질 테니까…….

"하아."

그녀는 검에 꿰뚫린 악마의 심장을 품에 안은 채 뒤에 있는 말라비틀어진 나무에 기댔다. 흐릿한 눈으로 앞을 보며 끝을 기다렸다.

지상은 붕괴하고 있었다. 그녀는 무너지는 세계를 감상하며 몸을 기대고 있던 친구에게 말했다.

'페임드라, 난 새로운 세계가 열린다는 너의 예언을 믿는다.'

그리고 눈을 감았다.

'르보니, 나의 충직한 추종자. 그 아이를 잘 부탁한다.'

그때였다.

"안 돼요……!"

멀리서 달려오는 하얀빛이 있었다. 자그마한 검은 도마뱀을 안은 채 눈물을 흩뿌리는 작은 소년이 뭐라고 외쳐 대고 있었다. 소년은 흔들리는 대지 위로 몇 번이나 넘어지다가도 다시 일어서며 그녀에게로 손을 뻗었다. 소년의 얼굴은 눈물로 엉망이었다.

"나도 죽을래요! 나만 버려두고 가지 마요!"

그녀가 신성시대를 끝낼 수 있었던 이유.

'얌전히 봉인되어 있지, 왜 왔니?'

죽어 가면서 자아가 약해졌고, 그래서 봉인이 일찌감치 깨진 걸까? 소년을 보는 순간, 죽어 가던 그녀는 모든 것을 끝내려 했음에도 끝끝내 남아 버린, 외면하고만 있던 미련 때문에 울고 말았다.

'이래서 너를 생각하고 싶지 않았는데.'

그녀가 소년을 보며 눈물을 쏟아 내고, 소년이 그녀에게 뭐라고 말하려던 순간.

"......헉!"

이아나는 머리에 깨질 듯한 고통을 느끼며 소스라치듯 환상에서 깨어났다.

"하아, 하아."

이아나는 땀으로 흠뻑 젖은 얼굴을 정신없이 손등으로 닦아 냈다. 하지만 땀만 있는 게 아니었다. 땀과 함께 쏟아져 내린 눈물까지 죄다 뒤섞여 있었다.

기분 나쁜 일이다.

중간쯤부턴 완전히 로베르슈타인, 그녀 자체가 되어서 환상을 보았다. 제가 이아나라는 사실조차 잊고, 로베르슈타인의 기억과 생각, 감정에 파묻혀 버렸다.

덕분에 한 번에 정리하기 어려울 정도로 많은 고급 정보를 얻었지만, 껄끄럽게도 심장 한편에 로베르슈타인의 감정이 흔적을 남기고 말았다.

"……."

이아나는 정신을 차리려고 고개를 팩팩 젓고 손에 닿은 드래곤의 거칠한 비늘을 꽉 움켜쥐었다. 이아나의 변화를 느꼈는지, 드래곤이 물었다.

[무엇을 보기라도 했나?]

드래곤은 방금 제게 무슨 일이 일어났는지 알고 있나 보다. 이아나는 끝이 보이지 않는 어둠 속으로 쏟아져 들어가는 자연물들을 노려보았다.

"종말 때의 로베르슈타인의 기억을 보았습니다."

[호오.]

숨길 필요를 느끼지 못했으므로 이아나는 테라노우딘에게 제가 본 모든 것을 말해 주었다.

"제가 어떻게 그 신의 기억을 볼 수 있는 겁니까?"

이아나는 카란켈에서 처음 환상을 보았을 때를 떠올렸다.

검의 조각.

이아나는 이제 그것의 정체를 완전히 알 수 있었다. 악마의 심장을 찌를 때 부서졌던 검의 잔해 중, 가장 거대한 조각이 남쪽의 그곳까지 날아가 처박혀 있었던 것이다.

무슨 원리인지는 모르겠지만 저번에 검의 조각을 보고 환상을 봤으니, 이번에도 저 심연 속에서 악마의 심장에 박혀 있을 검 때문에 환상을 본 것일지도 모른다. 그래서 물었다.

"검 때문입니까?"

[검과는 관계없다. 그대가 본 기억은 우연히 발생한 걸핳기다.]

드래곤의 말은 의외였다.

[완전한 기억이 아니라, 관련되어 있는 사물을 봤을 때 어렴풋하게 떠오른 기억을 본 것에 불과해. 닫혀 있던 문이 살짝 열릴 때 그 안에 있는 것을 훔쳐보는 것처럼.]

이와 비슷한 말을 어디선가 들어 본 적이 있는 것 같았다.

[왜냐하면 그대는 로베르슈타인이었던 영혼의 환생자이지만, 그녀의 심장까지는 가지지 못했기 때문이지. 그대의 영혼에 쌓여 있는 로베르슈타인의 기억은 로베르슈타인의 심장과 가까운 곳에 있어야 완전히 떠오를 것이다.]

인상을 찌푸린 채 곰곰이 생각하던 이아나는 결국 드래곤이 설명하는 것이, 예전에 아르하드와 하인리히가 설명한 적 있던 전생(轉生)임을 생각해 낼 수 있었다.

"그럼 로베르슈타인은 어떤 상태라는 겁니까?"

[음. 그대의 이야기 중 마지막의 하얀 소년이 라오스일 텐데······.]

예상하고 있던 바였다. 새하얗던 소년은 신전에서 그리 강조하고 강조하던 신의 모습과 똑 닮아 있었다. 이아나는 절망적으로 울고 있던 소년을 떠올리자마자 이유도 모른 채 다시 눈물이 날 것 같아 입술을 깨물었다.

[종말에, 라오스는 로베르슈타인의 영혼과 심장을 분리하였고, 붕괴하는 심장은 봉인했다고 한다. 그녀의 죽음을 바라지 않았기에.]

"봉인 말입니까."

[그렇다. 혹시 악마의 영혼의 파편에 대해 알고 있나?]

이아나가 긍정하자 테라노우딘이 말을 이어 갔다.

[심장을 봉인하자, 로베르슈타인의 영혼은 자아를 상실하고 그저 존재만 하게 되었다. 그래서 그 영혼에 새 심장과 몸을 부여하는 건 불가능했지. 하지만 악마의 파편이 그러하듯 영혼은 타인의 몸에서 살아갈 수도 있다. 그래서 라오스는 자아가 아주 희미한 영혼으로 새 몸을 창조하고 로베르슈타인의 영혼을 그 피 안에 흐르도록 하였다. 그녀의 빛이 허약한 영혼을 짓누르고 조금이라도 드러나기를 바라면서.]

하지만 결과는 우스웠다고 한다.

[허약한 영혼이 자아를 완전히 상실한 로베르슈타인을 이기는 결과가 발생했다. 영혼이 제 몸에 있는 붉은 이물질, 로베르슈타인의 영혼에 반발해 푸른빛을 띠고, 남성의 몸이 되는 등 정반대의 성향을 가지게 된 것이다. 라오스가 몇 번을 시도해도 결과는 같았고 결국 로베르슈타인 일족은 그렇게 시작되었다.]

"……."

전생에는 로베르슈타인 가문에 관심이 전혀 없었다. 시조에 대한 이야기도 그냥 이름만 보고 넘겼는데, 갑자기 신경 쓰이기 시작했다. 나중에 한번 알아봐야 할 것 같았다.

[그 후로 오랜 세월이 흘러 인간의 시간으로 치면 22년 전, 어찌된 일인지 라오스의 봉인이 풀리고 로베르슈타인의 영혼을 가진 그대가 태어났다. 그대의 심장은 그대 영혼의 두 번째 심장이다. 로베르슈타인의 심장이 첫 번째고.]

완전히 확실해졌다. 예상했던 대로, 자신은 테라노우딘이 말한 과정을 거쳐 전생을 한 것이다.

"그럼 로베르슈타인의 심장은 현재 어디에, 아니 어떻게 된 겁니까? 봉인이 풀렸다면서요."

[원래대로라면 완전히 파괴되어 소멸했었어야 옳다. 왜냐하면 라오스의 봉인은 그녀의 심장이 파괴되기 직전에 이뤄졌거든.]

테라노우딘이 날개를 저어 판데모니엄의 입구 쪽으로 낙하하면서 단호하게 말했다.

[하지만 봉인이 풀리고 자아를 되찾은 로베르슈타인의 영혼이 심장의 보호와 신력의 누출을 막기 위해 무의식적으로 심장을 봉인한 듯하다. 이것이 내가 그대를 이곳에 데려온 이유와 상통한다.]

판데모니엄의 입구 바로 앞까지 내려온 테라노우딘이 말했다.

[저 안으로 들어가겠다.]

"들어가도 되는 겁니까?"

[우리의 결계가 균형을 얼추 맞추고 있으니까 괜찮다. 그러나 들어가면 타락하지 않도록 조심해라. 그럼 간다.]

그리 말한 테라노우딘이 날갯짓을 한 번 멈춘다 싶더니, 판데모니엄의 입구 안으로 쏜살처럼 강하하기 시작했다. 그의 몸에 어마어마한 인력까지 작용하는 바람에 그 속도가 지금까지와 비할 바가 아니었다. 마치 빛이라도 된 것 같았다.

콰콰콰콰콰.

빨려 들어온 자연물들과 함께 떨어져 내리면서, 이아나는 테라노우딘의 목에 붙어 있는 것에만 집중했다.

얼마나 떨어져 내렸을까, 꽤 오랜 시간이 지난 후에 테라노우딘이 속도를 늦추었다.

"음......."

마침내 도착한 세계의 핵은 중력이 작용하지 않는 거대한 공동이었다. 빨려 들어온 자연물들은 갑자기 오간 데 없이 사라졌고 핵은 텅 비어 있었다. 이아나는 드래곤의 몸과 떨어지지 않기 위해 비늘을 꽉 움켜쥐었다.

그녀는 타락하지 말라던 드래곤의 말이 무슨 뜻인지 이해할 수 있었다. 기분이 오락가락했다. 이유도 없이 우울해졌다가, 화가 났다가, 좌절했다가, 짜증이 났다가, 살의를 느꼈다. 접촉하기만 해도 기분을 변화시키는 검은 기운들이 공간 전체에 자욱했다.

[중앙을 봐라.]

감정을 제어하고 있던 이아나가 테라노우딘의 말을 듣고 중앙에 있는 것에 시선을 두었다. 그리고 그것에 송두리째 마음이 빼앗겨 버렸다.

쿵....... 쿵.......

거대한 심장이 공간 전체를 울리며 박동하고 있었다.

악마의 심장, 심장을 꿰뚫고 있는 허름한 검. 그녀가 봤던 그대로의 모습으로 이곳에 있었다.

[우리 드래곤들의 최종적인 목표는 세계 전체에서 생명을 빨아들이면서, 세계의 수축력에 힘을 더하는 이 심장을 이곳에서 제거하는 것이다.]

드래곤의 말은 이러했다. 악마의 심장이 위치한 '정지한 점'은 시간이 정지한 점이고, 그 점에서 세계와 일치하는 시간을 가지려면 엄청난 양의 신력이 필요하다는 것이었다.

안 그래도 신력을 탐하는 악마의 심장인데 이런 상황까지 더해졌다. 심장은 전 세계에서 신력을 빨아들이는 힘을 작용하며 천칭에서 세계의 붕괴 쪽에 무게를 더하고 있었다.

뿐만 아니라 거대한 심장의 박동은 '판데모니엄의 균열'을 만들어 냈다. 그것을 통해 지상 위의 신력을 흡수하고 악한 기운들을 뿜어내며 세상에 좋지 않은 영향을 미친다는 게 드래곤의 말뜻이었다.

"그런데 이게 왜 여기에 있습니까?"

[종말에 세계가 붕괴하면서 이곳으로 빨려 들어와 박혀 버렸다고 한다. 손쓸 새도 없었다지.]

이아나는 심장을 살폈다. 그냥 옮기거나, 찔러서 아예 없애면 되지 않나?

"이때까지 제거를 하지 못한 이유라도 있습니까?"

[할 수가 없었다. 로베르슈타인의 검이 박혀 심장 또한 봉인에 의해 보호받기 시작했기 때문이다.]

라오스가 로베르슈타인의 심장을 봉인하면서 그녀의 힘이 깃든 것은 뭐든 동결되었다. 로베르슈타인의 힘이 모조리 쏟아져 들어간 검도 마찬가지였다.

그러나 그녀의 신력에 관통당해 봉인에 간접적으로 영향을 받은 악마의 심장은 반만 동결되었다. 죽지도 살지도 못한 채 고통받으며 이 컴컴한 지하에서 아주 긴 시간을 강제로 보내게 되었다.

라오스가 봉인을 풀면 다 해결되는 문제였다. 그러면 악마와 로베르슈타인 둘 모두에게 안식을 줄 수 있고, 세계는 안정될 것이었다.

하지만 그는 그러지 않았다.

예언의 날이 오기 전까지는 기다려야 한다고 드래곤들에게 말했던 것이다.

[그리고 마침내 그대가 나타났다. 하지만 이제 라오스의 봉인이 아닌 로베르슈타인의 봉인이 생성되었다. 이제 그대가 아니면 누구도 봉인을 풀지 못하고, 저 검을 뽑지 못해.]

테라노우딘이 날개를 저어서 다시 위로 올라가기 시작했다. 이아나는 멀어지는 심장을 내려다보며 중얼거렸다.

"제가 저 검을 뽑게 하려고 이곳에 데려오신 게 아니었습니까?"

[그랬지만, 완전하지 못하기 때문에 불가능하다.]

"무슨 말씀이신지."

[그대의 심장은 로베르슈타인의 것이 아니다.]

"그렇습니다."

[그렇기에 완전하지 않다는 것이다. '로베르슈타인'이 아니니 완전하지 않을뿐더러, 내가 봤을 때 그대는 로베르슈타인을 넘어서지 못했다.]

테라노우딘은 딱 잘라서 말했다. 무력도 무력이거니와, 정신력도 로베르슈타인에 미치지 못한다고 덧붙였다.

이아나는 순순히 인정했다. 방금 전만 해도 로베르슈타인의 기억에 잡아먹혔던 것이다.

[하지만 언젠가는 그대가 이 세계를 위해서 저 검을 뽑아야 한다.]

테라노우딘이 담담한 어조로 말을 끝맺었다.

[그러니 강해지고 또 강해져라. 강해져서 그대의 전생까지 넘어서라.]

이아나는 올라가던 도중 물었다.

"그럼 제 심장에 있는 막은."

[로베르슈타인의 봉인이겠지.]

이제야 의문이 해결되었다. 로베르슈타인이 자체적으로 심장을 봉인했기에 보이지 않는 막 같은 것이 느껴졌던 것이었다. 그런데 궁금한 점이 몇 개 더 있었다.

"22년 전이면 제가 태어나기 전입니다. 로베르슈타인의 영혼이 무의식중에 자기 심장을 봉인한 것과 5년 후에 태어난 저의 심장은 무슨 상관이 있습니까? 영혼 때문에 연결되는 겁니까?"

이아나가 심장을 짚었다.

"그리고 저의 심장에는 끝이 보이지 않는 신력이 담겨 있다고 했습니다. 그건 왜 그렇습니까? 막이 봉인이라면, 미세하게 존재하는 틈은 왜 생겨난 겁니까? 제가 신력을 쓰면 쓸수록 틈이 점점 크게 벌어지는데 그건 또 왜?"

[그대의 질문들은 하나의 답으로 설명된다.]

이아나의 숨찬 질문에 드래곤은 느긋하게 답했다.

[두 개의 심장. 아주 희귀한 경우지만 간혹 발생하는 일이다. 기본적으로 두 심장은 별개의 개체지만, 접촉 시에는 둘이되 하나가 되면서 공유될 수 있다. 그 안에 담긴 힘까지 나눠 쓸 수도 있다지.]

드래곤의 대답을 이아나는 머리에 구겨 넣듯 암기했다.

[내 생각엔 봉인된 로베르슈타인의 심장과 그대가 접촉한 적이 있어 두 심장이 공유되었을 것이다. 그 때문에 봉인이 아주 불완전하게나마 풀리면서 봉인에 틈이 생겼고, 로베르슈타인의 심장은 다시 시간의 흐름을 타며 신력을 만들어 내기 시작했을 터. 그대는 그 신력을 끌어다 쓸 수 있었던 것이다. 그리고 그대의 신력 제어가 능숙해질수록 봉인이 풀리면서 막의 틈이 벌어지는 것 같군.]

이런 사정으로 제 심장에 신력이 그렇게 많았나 보다. 끝도 없이 생성되는 신력에 이아나도 의문을 가지고 있었는데, 이제 완전히 해결되어 버리자 속이 시원해졌다. 하지만.

"저는 심장 같은 것과 접촉한 적이 없습니다만⋯⋯. 심장이 어디에 봉인되어 있는 겁니까?"

[라오스의 성물.]

생각지도 못한 말에 이아나가 흠칫했다. 드래곤이 말하는 것이, 로안느 대신전이나 진자이 대신전에 있는 라오스의 성물을 말하는 게 맞는가?

이아나가 묻자, 드래곤은 수백 년간 신력이 깃들어 있음으로써 라오스의 신자들에게 추앙받는 물건이라면 맞다고 대답했다.

"저는 성물을 본 적이 없습니다."

[로베르슈타인의 심장은 말라비틀어진 나무, '페임드라'에 봉인되었다.]

페임드라.

환상 속에서 '친구'라고 칭했던 나무.

[그리고 나무의 줄기는 베여서 네 개의 라오스의 성물로 만들어졌지.]

나무⋯⋯.

환상을 본 후부터, 자꾸만 그곳을 알고 있는 듯한 기시감이 들었다. 지금 드래곤의 말을 들으면서 선명하게 떠오르는 장소가 있었다.

[하지만 세상의 누구도 알지 못하는 다섯 번째 성물이, 로베르슈타인 일족의 땅에 한 개 더 존재한다.]

말하지 않아도 그것이 뭔지 알 것 같다.

이아나는 저 말고는 찾는 이가 없던 저택 뒷산의 휴식처를 떠올렸다. 바람이 산들산들 불어오는 숲, 그 한가운데에서 시간이 흘러 흘러 수십 년이 지나도 썩지 않고 항상 같은 모습으로 있는.

[페임드라의 밑동이다.]

역시.

등잔 밑이 어둡다더니, 성서가 말하는 페임드라가 바로 옆에 있었을 줄이야.

[종말과 로베르슈타인에 대해 알고 싶나? 그렇다면 로베르슈타인보다 강해져라. 강해져서 세계에 흩어진 페임드라의 조각들을 찾아서 모아라. 로베르슈타인의 봉인을 풀고 기억과 힘을 집어삼켜라. 그리하면, 로베르슈타인의 모든 것이 그대의 것이 될 것이다.]

그 후 판데모니엄을 빠져나와 다시 기로하이 사막으로 귀환하면서, 이아나는 주변을 둘러보았다. 흙, 물, 불, 바람이 판데모니엄으로 빨려 들어가는 광경은 며칠을 봐도 경이로웠다.

"결계는 무엇이고, 저것들은 뭡니까?"

[결계는 생명체의 접근을 막고, 우리 드래곤의 존재 의지가 담겨 세상의 붕괴를 막는다. 우리가 결계 근처에서 수천 년간 벗어나지 못하는 이유가 바로 그것 때문이다. 하지만 우리의 의지만으로는 부족해서, 자연물들을 마나로 생성해서 구멍으로 밀어 넣는다. 이 어마어마한 양의 자연물들이 존재감을 발하며 세상을 구형으로 유지하고 부족한 존재의 의지를 채우고 있는 셈이다. 이따금씩 밑으로 꺼지는 건 수축력을 이기지 못하고 안으로 빨려 들어가기 때문이다.]

"하지만 막상 판데모니엄의 안쪽에는 아무것도 없었는데요. 빨려 들어간 것은 어디로 갑니까?"

[정지한 점, 그 무한의 공간으로 빨려 들어가 악마의 지배력에 의해 다시 마나로 흩어진다.]

과연.

마나로 저 어마어마한 자연을 생성한다기에, 이 세상의 마나가 고갈되지 않는 현실이 의아했지만 다시 마나로 환원된다고 하니 이해가 갔다.

[정령들은 악마를 아주 싫어하고, 또 마나로 그들의 권능을 흉내 내는 것을 혐오하기 때문에 비밀로 하고 있는 중이다. 정령을 부를 줄 안다면 그들에게 따로 말하지는 말아 줬으면 좋겠군.]

그래서 정령이 악마에 대해 무지했던 건가 보다.

"그럼 드래곤의 가디언은 결계에 무슨 역할을 하는 겁니까? 압실롯 님이 당신과 계약한 가디언이라고 하던데요."

[우리와 함께 결계에 평생 존재의 의지를 더해 주는 대신, 천칭의 섭리에 따라 그에 상응하는 대가를 우리가 지불한다. 웬만한 건 전부 가능하지.]

이아나는 이참에 처음부터 계속 궁금하게 생각했던 것까지 물었다.

"예언은 무엇인지 여쭈어도 되겠습니까."

[말할 권한이 없다.]

"예언은 누가 했습니까?"

[마찬가지로 말할 권한이 없다.]

드래곤은 예언에 관해선 일절 대답하지 않았지만, 이아나는 첫 번째 질문은 몰라도 두 번째 질문의 답은 알고 있었다. 확신하고

자 물었던 것뿐이었다.

문득 이아나는 롯소산맥에서 만났던 드래곤을 떠올렸다.

"칸데메이온 님의 눈은 무슨 색입니까?"

[흑색이다.]

"황금색이 아닌가요?"

[그건 악마의 색이다만.]

"……악마요."

정령의 답과 같았다.

[악마의 영혼은 처음엔 먼지처럼 아주 까맸다고 하지. 하지만 어두컴컴한 지하로 들어오던 유일한 황금빛은 그가 황금빛밖에 모르게 했고, 마침내 태양을 마주 보는 순간 그의 영혼은 그가 추종하는 아주 강렬한 황금색으로 변했다고 한다.]

"그럼, 그런 색을 가진 드래곤도 존재합니까?"

[내가 아는 한 없다. 한 존재에게 존재하는 색은, 영혼의 색이 어렴풋하게 드러난다. 나의 비늘이 붉은색이고, 너의 눈동자가 붉은색이듯……. 이것에 마나를 덧씌우면 색이 바뀌지만 눈속임일 뿐이지. 하지만 우리가 그럴 이유가 없다.]

"……."

[내가 오지에 틀어박힌 지 수천 년, 다른 드래곤과의 교류가 끊겨서 바깥세상의 일은 잘 알지 못한다. 만약 그런 드래곤이 존재한다면, 그사이 라오스가 어떤 이유로 악마를 빼닮은 그 드래곤을 창조했을 수도 있겠군.]

이아나는 테라노우딘의 말을 들으면서, 그의 거칠한 비늘에 얼굴을 묻었다. 그녀가 말이 없자 테라노우딘이 물었다.

[더 궁금한 게 없나 보지?]

"지금은요."

의문은 파내고 또 파내도 끝이 없어 애깃거리가 없을 리가 없지만, 이아나는 지금 그럴 정신이 없었다. 대화의 주제가 이리저리 튀어 대는 것도 그 탓이었다.

[그럼 비행에 집중하겠다.]

테라노우딘이 속력을 높이고, 그들 사이에 대화는 사라졌다. 이아나는 얼굴을 숙인 채 생각했다.

'……이제 다 됐고, 일단 잠 좀 자고 싶다.'

테라노우딘에게 계속해서 말을 붙인 건, 정보를 얻기 위해서기도 하지만 졸음을 쫓아내기 위해서기도 했다.

지금 이곳에 온 지 며칠이 지났는지는 몰라도 적어도 사흘은 못 잤다. 판데모니엄에 대한 놀라움으로 버텼지만, 이제 귀환하는 길이라 긴장감이 풀려서 눈만 감아도 자 버릴 것 같았다.

며칠 후, 테라노우딘과 이아나는 다시 결계를 넘어 레어에 도착했다. 테라노우딘이 날개를 접고 내려앉자마자 압실롯이 성난 낯으로 레어 안으로 뛰어 들어왔다.

"테라 님! 아, 진짜 너무하시는구먼! 무슨 일주일 넘게 집 비울 꺼믄서 그냥 나가 있으라고만 혀요!"

[시끄럽다. 겨우 일주일로 웬 소란이냐.]

"환장해부리겠네. 드래곤이라는 족속들은 하나같이 왜 이려? 늙어빠져서 진짜 시간감각이 없나 부다!"

압실롯이 울화통이 터져서 가슴을 쿵쿵 치는데 테라노우딘의 목에서 이아나가 비틀거리며 내려왔다.

압실롯이 이아나의 몰골을 보고 깜짝 놀라서 달려와 그녀를 부축했다.

"처자, 뭔 일이여? 왜 이런 꼴이여?"

"잠……."

그 말만 끝내고 이아나는 까무룩 기절해 버렸다.

다시 깨어났을 때는 이틀이 지나 있었다.

"끙."

이아나는 신음을 흘리며 일어나서 주변을 둘러보았다. 낯선 방이었다. 방은 작으면서도 꽤나 휘황찬란했는데, 이아나는 제가 누워 있던 침대 모퉁이에 달린 조각의 예술성에 한 번 놀랐으며, 저를 덮고 있던 천의 고급스러움에 두 번 놀랐다.

테라노우딘의 레어에 돌아오자마자 기억이 끊겼기에 여전히 사막에 있을 텐데도, 지겨운 열기가 느껴지기는커녕 기분 좋은 서늘함까지 감돌고 있었다.

이아나는 얼떨떨한 기분으로 문을 열고 나왔다.

"앗, 드디어 깼구먼? 지루해 죽는 줄 알았네."

마침 이아나의 상태를 살피러 왔다가 그녀와 복도에서 마주친 압실롯이 반갑게 말했다. 이아나는 그를 보자마자 물었다.

"여기는 어디입니까?"

"여기? 테라노우딘 님이 인간으로 폴리모프했을 때 쓰는 레어 근처의 저택."

"깼나?"

이아나는 목소리가 들려온 쪽으로 고개를 돌렸다가, 붉은 머리

칼의 사내를 발견하고 흠칫 놀라 뒷걸음질을 쳤다.

인간의 모습이지만 알았다.

이 압도적이면서 익숙한 기세, 드래곤 테라노우딘이었다.

무척 아름다운 외모에 남성형의 모습을 한 그는 긴 붉은 머리카락을 한 갈래로 묶어 늘어뜨리고, 편한 옷을 입은 상태였다. 드래곤의 모습일 때의 위압감과는 다른, 고고한 기품이 물씬 느껴졌다.

"역시 드래곤이…… 인간으로 변할 수도 있군요."

진정한 정체가 칸데메이온이었던 검은 신도도 인간이라고 알려져 있으니 예상은 했지만, 이렇게 실제로 보고 있으니 충격적이다.

"신체 변환 정도야 자유로우니 인간형 말고도 어떤 모습으로도 변할 수 있다. 몸은 괜찮은가 보군."

이아나는 그녀의 몸을 이곳저곳 훑다가 이내 눈동자를 빤히 들여다보는 테라노우딘의 시선을 피하지 않았다.

"겨우 일주일을 자지 못했다고 이렇게 골골대다니. 역시 인간은 너무나 약하다."

테라노우딘이 입을 열었다.

"그런데도 이 세계를 주름잡는 주된 지적생물이자, 세계를 구원하는 열쇠라."

"……"

"그들이 숨기지 않고 드러내는 욕망과 감정에 세계가 죽음으로 앓고 있음에도, 그것이 또한 세계의 순리를 따르는 것이라니. 아이러니하군."

테라노우딘은 혼잣말을 중얼거리고는 입을 다물었다.

그 후 침묵으로 일관하며 서로를 관찰하는 둘을 번갈아 보던 압실롯이 박수를 치며 분위기를 깼다.

"캬, 둘 다 벌게서 그런지 남매 같구먼."

침묵이 흩어지자 이아나는 퍼뜩 정신을 차렸다.

"압실롯 님, 지금 며칠입니까?"

"으음. 10일은 가뿐하게 넘었구먼. 기간 안에 학술원에 돌아가려면 간당간당하겠어."

이아나의 마음이 급해졌다. 짐을 챙겨서 당장 출발해야 했다. 테라노우딘이 물었다.

"가야 할 곳이 있나?"

"바쁜 처자랍께요. 테라 님이 너무 오래 붙잡고 있었구먼."

"찰나의 순간을 오래라고 표현하는 너희의 시간을 이해하기 어렵구나."

테라노우딘이 미간을 살짝 좁히더니 허공에서 공간을 열었다. 호흡을 돕는 천을 줬을 때처럼, 이아나의 앞에 팔찌 하나가 툭 떨어져 내렸다.

"이것으로 연락해도 좋다. 그대가 살아 있는 동안에는 수면기에 들지 않을 테니, 만약 궁금한 게 생기거나 도움이 필요하다면 언제든 말해라."

이아나는 손안에 떨어져 내린 팔찌를 조심스레 품에 넣었다.

"오메, 테라 님이랑 직통으로 연결되는 아티팩트라니."

압실롯이 입을 쩍 벌렸다.

"마성의 처자구먼. 드래곤까지 홀리다니, 이거 대단한 분을 몰라뺐어!"

"이 시끄러운 놈."

퍽!

테라노우딘이 압실롯을 걷어찼고, 그 무시무시한 힘에 압실롯은 그답지 않은 모습으로 날아가 엎어졌다.

"너만 오면 머리가 아플 정도다."

무심하기만 하던 테라노우딘의 눈동자에는 한심한 것을 보는 듯한 눈빛이 떠올라 있었다. 허리를 부여잡고 일어난 압실롯이 버럭 외쳤다.

"아, 처자 앞에선 전 안중에도 없다 이거슈!"

"오늘만 맞은 것처럼 연기하지 마라."

이아나는 옥신각신하는 둘을 보면서, 꽤 친하다는 느낌을 받았다. 그 느낌이, 참 이질적이었다.

테라노우딘이 다시 이아나를 보고 말했다.

"원한다면 텔레포트를 시전해 줄 수도 있다."

"개뿔, 수천 년 동안 여기 처박혀 계시던 분이 어디에 뭐가 있는지 알고 그렇게 자신만만하게 시전하신다는 건지 모르겠네. 이아나 양, 어여 가자."

저렇게 편하게 말하는데도 드래곤이 가만히 있는 게 신기하다. 그녀가 알고 있던 드래곤은 자연재해 그 자체였다. 칸데메이온만 해도 제게 접근하는 존재들을 드래곤 브레스로 모조리 죽였다는 전설이 있지 않은가. 하지만 드래곤은 감정적으로 무딘 듯했지만 의외로 친근한 모습이었다.

오랜 세월 앞에선 그 대단한 드래곤도 친분에 무너지고 마는 건지, 아니면 드래곤도 긴 세월을 사는 것 말곤 여타 생물과 다를 바 없는 건지…….

테라노우딘의 인간용 주택의 대문을 나서자마자 다시 폭염이 시작되었다.

"가거라."

쩌적, 쩌적.

인간의 모습을 하고 있던 테라노우딘의 형태가 변하고 있었다. 몸집이 계속해서 커지고, 붉은 비늘이 피부를 뒤덮었다. 꼬리와 날개가 돋아나고, 입에서는 날카로운 이들이 돋아났다. 순식간에 다시 드래곤의 위용을 갖춘 테라노우딘이 날개를 저어 위로 떠올랐다.

[다음에 다시 만났을 때는, 더 강해진 그대를 볼 수 있기를 기대하겠다.]

그가 완전히 떠나기 전, 이아나는 테라노우딘에게 지나가듯 물었다.

"테라노우딘 님, 라오스 신은 살아 있는 거지요?"

[말할 권한이 없다.]

테라노우딘은 같은 말만 앵무새처럼 반복하고 날아가 버렸다. 드래곤의 뒷모습을 보고 있던 이아나가 고개를 떨어뜨리고 의아한 표정으로 저를 보고 있는 압실롯에게 말했다.

"가죠."

"라오스 신이 살아 있다니, 뭔 말이여? 신이 사라진 지도 수천 년이 다 되어 가는디……."

"살아 있다면 좋을 것 같아서 그냥 물어봤습니다."

"이아나 양, 꽤 신실한 라오스 신자였나 보구먼."

이아나는 그저 웃고 말았다.

드래곤은 대답해 주지 않았지만 이아나는 라오스의 생존을 거의 확신하고 있었다.

드래곤의 말에 의하면 라오스의 봉인은 22년 전까지 지속되었다. 봉인은 시전자가 죽으면 풀린다. 즉 22년 전까지만 해도 라오스는 살아 있었다.

그러니 어쩌면 지금도 모습만 감췄을 뿐이지 살아 있을지도 모른다.

"나만 버려두고 가지 마요!"

이아나의 눈앞에, 안 된다며, 가지 말라며, 눈물을 펑펑 쏟아 내던 라오스가 어른거렸다.

티타누스로 귀환하는 길에, 압실롯이 호기심을 참지 못하고 물었다.

"테라 님과는 무슨 일을 하고 온 거여? 이거, 물어도 되는 건가? 난 테라 님이 특정한 존재한테 그렇게 반응하시는 거 처음 봤거던."

궁금해할 만도 했다.

"음, 뭐…… 결계를 넘어서 세계의 비밀을 보고 왔습니다."

그 비밀들이 너무나 대단하고 복잡해서 이아나조차도 들은 내용이 잘 정리되지 않았다. 학술원에 귀환하기까지 약 보름. 이아나는 그동안 모두 정리하여 제 지식으로 만들기로 마음먹었다.

"그건 묻기가 좀 그렇구면. 테라 님이 절대 애기 안 해 주는 부분이라스."

"드래곤의 가디언에 대한 애기도 짧게 들었고요."

"그려?"

"압실롯 님이 평생 결계에 힘을 보태는 대가로 무엇을 받으셨는지 궁금합니다."

드래곤이 줄 수 있는 대가가 어느 선까지 가능한 건지도 궁금했고, 또 압실롯이 용병왕의 미래를 저버리면서까지 이루고 싶었던 소원도 궁금했다.

"하지만 이건 개인적인 질문이니까 불편하시면 답하지 않으셔도 됩니다."

"……."

압실롯은 얼굴을 긁더니 말문을 열었다.

"말 못 할 것까진 없지. 일단 내가 용병이 된 건 세상에 불만이 아주 많았고, 인간을 심각하게 증오했기 때문이여."

이아나가 압실롯을 올려다보았다. 그의 얼굴은 오래된 이야기를 풀어내듯 담담하기만 했다.

"왜 인간은 비옥한 토양 위에서 모든 풍요를 누리며 행복하게 살아가는디, 우리 수인족은 오아시스가 아니면 몬스터밖에 없는 척박한 곳에서 살아야 하는가? 그 현실이 미치도록 싫었던 나는 중증 양아치로 살다가, 수인족 중 불같은 놈들만 이끌고 전쟁이 일어나는 곳마다 용병으로 찾아가 인간들을 모조리 갈아 마셔 브렀어. 발톱으로 찢어발기는 게 월매나 재밌고, 또 쌓여 가는 재화로 누리는 부귀영화가 얼마나 달콤허던지…….”

압실롯이 스스로가 한심하다는 듯 웃었다.

“그때는 색안경을 꼈기 때문인가? 인간은 모두 탐욕스럽고 추악하게만 보였구먼. 그런디 란카와 무르시는 그런 나를 편견에서 벗어나게 해 줬으.”

란카와 무르시의 얘기가 나오자, 이아나는 호기심을 가지고 귀를 기울였다.

“한번은 인간에게 뒤통수를 맞고 사망 직전까지 갔던 적이 있었단 말여. 아, 이 압실롯이 이렇게 허무하게 죽는구나…… 허는디 그땐 거지 꼬맹이에 불과했던 란카와 무르시가 날 구해 줬으. 아주 순진한 눈망울들이었지. 처음에는 은인이라고 해도 인간 꼬마라서 아주 싫었다? 근디 꼼짝도 못하는 상태에서 꼬마들이 보여 주는 순수한 행동들에 나는 인간에도 여러 가지 유형이 있고, 아이들은 수인들과 다를 바 없이 순수하다는 걸 알게 됐구먼.”

압실롯은 즐겁다는 듯 웃었다. 압실롯, 란카, 무르시만이 공유하는 추억을 알지 못했지만, 이아나는 압실롯에게는 그 시간들이 아주 좋은 기억으로 남아 있다는 걸 그의 표정만 봐도 알 수 있었다.

“간호인을 지망하고 있던 란카는 거의 모든 간호를 도맡아 했구, 무르시 이 자식은 못 먹어서 빼빼 마른 게 힘쓰거나 궂은일은 지가 다 혔어. 지도 사내자식이라나. 계집애였던 란카헌티 누워서 꼼짝도 못하는 내 배변처리를 맡길 수는 없잖여? 기특하기도 하고 미안하기도 하고.”

압실롯은 킬킬대다가 이번에는 어두운 표정을 지었다.

"내가 적을 너무 많이 만들고 다녀서, 몸은 다 낫지 않았는디 나를 죽이려는 놈들은 너무 많아브렀어. 꼬마들이 머무는 고아원에서 몸을 잠시 추스르고 있었는디, 나 때문에 걔들이 납치당한 적이 있었구먼. 그때 진짜로 야마가 도는 게 뭔지 알아 브렀어. 눈이 뒤집혀선 가서 죄다 찢어발겼는디 그걸 보고 있던 애들이 겁을 잔뜩 먹어선, 울면서 달달 떨더라구. 난 그때 처음으로 사람을 죽이면서 내가 잘못했다는 생각을 했구먼."

압실롯은 둘에게 쩔쩔대며 사과했고, 이후에는 인간에 대한 편견을 벗게 되면서 인간들과도 곧잘 어울렸다.

그는 다 나은 후에도 란카와 무르시와 함께 지냈으며, 그들에게 피 냄새를 맡게 하기 싫어 살인을 자제하게 되었다. 비교적 온건하면서도 높은 보수로 책정되어 있는 어려운 의뢰를 도맡아 성공적으로 척척 해내면서 '용병왕'이라는 호칭도 얻었다.

압실롯은 그 돈으로 란카와 무르시처럼 어려운 처지에 놓인 아이들을 후원해 주었고, 살인귀로 유명했던 압실롯의 악명은 점차 수그러들었다.

압실롯이 가져다주던 몬스터의 부산물들로 작게 장사를 시작했던 무르시는 넘쳐 나는 상재로 순식간에 돈을 수 배, 수십 배로 불려 나갔다. 그가 소개해 준 병원에서 진심으로 환자를 돌보며 일하던 선량한 란카는 누구에게나 사랑받는 소녀가 되었다.

"그리고 흠흠, 임자가 꽃구경하자고 꽃밭에 데려가선, 내 머리 위에 작은 손으로 화관을 만들어서 씌워 주면서 활짝 웃는디…… 사랑에 혹 빠져 브렀지 머."

"……꼬마인데도요?"

"사랑에 나이는 상관없거든! 그, 그리고 성인이 될 때까지 안 건드렸거든! 사실 어렸을 땐 그냥 귀엽다 귀엽다 한 거여. 아가씨 태가 나고 온갖 남자들헌티 질투가 나기 시작하니께 아, 내가 이 여자를 사랑한 거였구나, 한 거지."

질투. 이아나가 그 단어를 중얼거렸다.

질투도 사랑을 자각하는 조건 중 하나인가?

"그 후에 좋다고 쫓아다녀서 결혼에 성공했지! 사실 란카도 나헌티 마음이 있었던 거여. 음하하."

그 후로도 압실롯이 계속해서 란카, 무르시와 함께한 좋은 추억들을 떠들어 대자 이아나도 함께 살짝 웃었다. 누군가가 행복해하는 모습은 보는 사람의 기분도 좋게 하는 효과가 있었다.

압실롯이 말하는 사랑은 너무나 평화로웠다. 이아나는 그의 이야기를 듣고 나서야, 사랑이 질척거리고 뜨겁기만 한 게 아니라 부드럽고 따뜻한 면도 있다는 걸 깨달을 수 있었다. 함께하는 소소한 일상에서의 행복감도, 사랑일 수 있었다.

주절주절 말을 하던 압실롯이 얼굴을 붉히며 큼, 하고 헛기침을 했다.

"내가 너무 흥분했구먼. 아무튼 내가 이런 이야기 한 이유는 내 과거가 테라 님과 한 계약과 관련되어 있기 때문이여."

그의 다음 말을 기다리고 있던 이아나에게, 압실롯이 아무렇지도 않게 말했다.

"나는 백 년을 훨씬 넘어서까지 사는 수인족이구, 임자는 아주 평범하고 약혀서 백 년 전에 죽어 버리는 인간. 난 말여, 임자가 죽으면 더 살기 싫어. 난 임자 없으면 못 살어. 그래서 죽는 순간까지 드래곤의 가디언으로 살아가는 대신, 임자와 함께 건강하게 늙어 가믄서 한날한시에 죽게 해 달라구 혔어."

이아나는 생각지도 못한 소원에 눈을 크게 뜨고 그를 보았다. 압실롯은 담담하게 말을 이어 갔다.

"내 신력을 넘겨주는 방법도 생각해 봤지만, 불가능했구먼. 란카가 내 신력을 견뎌 내기엔 너무 약하기도 했고, 뭣보다 인간의 심장은 오래 살지 못하게 설계되어 있응게."

이아나가 묘한 표정을 짓고 잇는 걸 흘끗 본 압실롯이 손을 내질렀다.

"나두 호구는 아녀! 당연히 오래오래 같이 살고 싶으니께 란카의 수명을 나한티 맞춰 달라구 혔지. 아니믄 드래곤에게 부탁허는 의미가 없지!"

"……어떻게 그럴 수 있습니까?"

"엉?"

"어떻게 사랑 때문에, 당신의 인생을 내버리기까지 할 수 있는 겁니까? 아내분을 얼마나 사랑하기에……."

압실롯은 턱을 긁적거렸다.

"내 모든 것을 그녀를 위해 불태워도 좋을 정도로? 부귀, 영화, 권력 죄다 누려 보니께, 결국 나한테 진짜 행복을 주는 건 내 곁에 있는 사랑하는 사람과 가족들이더구먼."

압실롯이 웃으면서 이아나의 어깨를 퍽퍽 쳤다.

"뭐, 나는 란카가 너무너무 좋아서 그렇게 혔는디 사람 생각은 다 다르니께 한심해 보일 수도 있겄어!"

잠시 침묵했던 이아나가 말했다.

"한심하게 생각하지 않았습니다."

"그럼 다행이구! 근디 란카헌테는 비밀이여. 내가 오래 살게 해 줬다는 것만 알지, 다른 건 아무것두 몰러. 내가 좋아서 여기 사는 건 줄로만 알고 있으니께, 쉿."

이아나는 행복해 보이는 압실롯을 물끄러미 올려보다가 고개를 천천히 끄덕거렸다.

"여보!"

얼마 지나지 않아 티타누스에 도착했다. 티타누스의 입구에서는 란카가 또다시 압실롯을 마중 나와 있었다. 그녀가 환하게 웃으며 손을 흔들고 있었다.

"어서 오시랑께요!"

"에이, 밖으로 나오지 말라니까!"

압실롯은 후다닥 달려가기 시작했지만, 이아나는 천천히 걸어 그들의 모습을 눈에 담았다. 란카를 안아 올리며 헤벌쭉 웃는 압실롯의 행동 하나하나에 그녀에 대한 애정이 가득 차 있었다.

그리고 란카는 그의 애정에 어색함이나 거부감을 전혀 보이지 않았다. 오랜 시간 압실롯의 사랑을 받아 왔던 그녀는 애틋한 감정으로 그를 마주하며 압실롯의 뺨에 키스하고 있었다.

이아나는 멈춰 서서 그들을 물끄러미 쳐다보았다. 그녀는 또다시 생각한다. 사랑은 대체 무엇인가, 하고.

그리고 그녀는 도무지 이미지가 잡히질 않던 그 벅찬 감정을, 이제 어렴풋이 알 것 같았다.

왜냐하면…… 여행을 하면서 사랑에 대해 생각할 만큼 생각했고, 또 환상에서 그 사랑을 살짝 맛보았기 때문이다.

"처자, 어서 와서 짐 챙겨야지!"

이아나는 다시 발걸음을 떼며 판데모니엄에서 보았던 환상을 떠올렸다.

로베르슈타인은 악마를 사랑했다.

악마를 혐오한다고 생각했던 로베르슈타인은 정말 뜻밖에도 악마를 향한 깊고 깊은, 짙고 짙은 애정을 가슴에 품고 있었다.

그녀의 사랑은 지나치게 정열적이었고, 또 그 사랑을 위해서 로베르슈타인은 못할 것이 없었다. 지금은 환상의 여파가 거의 다 사라져 그녀의 감정을 관람객이 된 것처럼 객관적으로 바라볼 수 있지만, 그 순간의 그 감정은 이아나에게, 그녀가 사랑에 필요하다고 생각했던 '뜨거움'의 느낌을 가르쳐 주었다.

사랑은 따뜻하면서도 지나치게 뜨겁다.

이아나는 압실롯을 이해했다.

"학술원에 기한 내에 못 돌아가면 큰일 나는 거 아닌가? 이거, 테라 님이 너무 붙잡고 계셔서……."

타로와 헤레이스는 이미 며칠 전에 짐을 챙겨 떠난 후였다. 짐을 싸서 챙겨 나오는 이아나에게 압실롯이 걱정스럽다는 듯 말했다.

"돌아갈 수 있습니다. 바람의 정령을 부르면 되니까요."

이아나는 처음부터 시웨아를 생각하고 있었다.

애초에 귀환할 때는 정령을 불러 이야기를 나눌 계획이 있었는데, 시웨아는 저를 아주 빠른 속도로 학술원에 데려다주면서 또 신성시대의 이야기도 해 줄 수 있는 정령왕이었다.

"음. 바람의 정령, 좋지. 근디 여그는 바람의 땅과 반대편에 있는 불의 땅이라서 바람의 정령이 힘을 쓰기 좀 힘들 것일 텐디. 걸어가긴 또 많이 덥구, 몬스터두 많구."

압실롯은 걱정을 늘어놓다가 말했다.

"그러지 말구, 사막을 나가기 전까지만 내가 아는 놈의 도움을 받는 게 워때?"

"모르는 분이면 조금 그런데요."

"글쎄. 처자의 일과도 관련 있구먼."

그리 말한 압실롯이 호루라기를 하나 꺼내 들더니 삑, 하고 불었다. 그러자 얼마 지나지 않아 땅에 검게 그림자가 졌다.

이아나는 하늘을 보고 눈을 크게 떴다. 하늘에서는 태양을 가리고 팔 대신 날개를 퍼덕거리고 있는 독수리 인간이 있었다.

"조인족……"

수인족과 비슷한 이종족으로 조인(鳥人)족이라는 종족이 있다. 그들도 변이 형태를 마음대로 조절할 수 있고 수명이 길다는 점에서는 수인족과 같았다.

하지만 그들은 과거에 인간들이 자행한 새 사냥으로 씨가 거의 말랐다고 들었다.

"수장님, 웬일로 날 부른거? 어라, 파시오에서 봤던 이아나 처자네?"

압실롯이 이아나의 귀에 대고 빠르게 속닥거렸다.

"처자 조직 간부 중에, 조인족이 있구면."

이아나는 그 말에 바로 '시저'를 떠올렸다. 그의 가면에는 새 문양이 그려져 있었으며, 그는 정령도 불러낼 수 있었다.

'그렇군. 조인족이었구나.'

"그놈은 나도 아는 녀석이여. 조인족의 전대 족장이었는디, 되게 우직해서 인기 많았었으. 바하무트 놈들헌티 가족을 전부 잃구 혀까지 뽑힌 후에는 복수를 한답시고 뛰쳐나가서 행방불명 처리됐지만, 나한테는 간간이 소식을 전하는구면. 내가 카마트로스를 알고 있었던 것도 그래서여."

이아나의 귀에서 입을 뗀 압실롯이 조인에게 말했다.

"인마! 이 처자, 너희 전대 족장 지인분이고, 그분 무사허다고 소식까지 전해 줬으니께 사막 밖까지 잘 모셔 드려!"

그러자 미묘한 호감을 띠던 조인의 눈빛이 완전히 호의적으로 돌변했다.

"어, 정말?"

"그렇다고 뭐 캐물을 생각은 하지도 말어. 대신 뭐 전해 줄 거 있음 건네주든가. 이아나 처자, 괜찮겠지?"

"가능합니다."

"헉, 그럼 잠시만!"

독수리 조인은 어디론가 황급히 날아갔다가, 얼마 지나지 않아 다시 돌아왔다.

"인간 처자, 타!"

독수리 조인은 완전히 거대한 독수리로 변하더니, 이아나의 앞에 등을 내밀었다. 이아나는 얼떨떨한 기분으로 올라탔다. 호랑이에, 독수리에, 드래곤에……. 이번 여행에서는 별 희한한 것을 다 타 보는 것 같았다.

"이아나, 또 와!"

"잘 가!"

"다음에 또 놀러 오드라고!"

압실롯과 란카, 그리고 이아나가 떠난다는 소식을 듣고 나온 수인들의 열렬한 배웅을 받으면서, 이아나도 티타누스를 떠났다. 독수리 조인이 기분 좋게 말했다.

[처자, 우리 전대 족장이랑 무슨 관계인지는 몰라두 잘 부탁헙니다. 그분이 마음이 좀 여려서.]

"강하셔서 다른 사람들에게 많이 의지가 되는 분입니다."

독수리 조인이 기분 좋게 웃었다. 그는 장애물 하나 없이 아주 빠른 속도로 날았고, 몇 시간쯤 지났을 때 그녀를 지상에 내려 주었다.

"여기서부터는 걸어가셔야 하겠구먼요. 이 앞부터는 인간들이 많아서……."

"감사합니다."

"그리구."

조인은 품을 뒤적거리더니 편지 한 장을 건네었다.

"이 편지를 족장님께 전해 주시면 감사하겠슈."

이아나는 조인의 편지를 조심스레 받아 들어 가방에 넣었다. 조인이 감사하다고 꾸벅거리더니 하늘로 날아올랐다.

"그럼, 기회가 되면 또 보장께요!"

조인이 완전히 사라질 때까지 하늘을 보던 이아나가 가방을 뒤적거렸다. 강아지 아티팩트를 약간 죄스러운 기분으로 꺼내 든 이아나가 끙, 하고 앓았다.

정신이 없어서 드래곤의 레어를 떠난 이후에도 아르하드에게 연락할 생각을 하지 못했다.

'일주일은 무슨, 열흘은 넘게 지났어. 화났겠지?'

연락을 시도하자마자 눈 한번 깜빡할 시간도 없이 연결되었다.

[끝났어?]

그의 목소리는 반가움에 흥건히 젖어 기쁨이 물씬 묻어나고 있었다. 분노는 일절 느껴지지 않았다. 그게 이상했던 이아나는 반대로 그가 정말 심각하게 화가 났다고 받아들였다.

"죄송합니다."

[뭐가?]

"일주일 정도 걸릴 거라고 말씀드렸는데 며칠 만에 연락드리는 건지…… 화나셨지요?"

[아니? 일주일이라기에, 기대하기 싫어서 처음부터 이주를 생각하고 있었는데 그보다 빨리 연락해 줘서 기쁘다.]

이아나는 착각에서 벗어났다. 아르하드의 말은 진심이었다.

"……"

그의 말을 듣고 있는데 어쩌나 양심이 찔리는지. 제가 일주일을 말했음에도 아르하드가 이주일로 받아들인 건 약속을 어겨 그에게 실망감을 준 전적들이 있기 때문이리라.

"이번엔 정말 어쩔 수 없었습니다."

이아나는 변명을 하듯 말했다. 정말이다. 잠시 대화만 나눌 줄 알았지 드래곤이 그곳으로 데려갈 거라고는 생각도 못했다. 그녀는 아르하드와의 연락 두절 이후, 정말로 그의 연락을 놓치고 싶지 않았었다.

[괜찮다니까. 그래서 깨달음은 많이 얻었나?]

"네. 아주 많이요."

아주 순도가 높아서 단숨에 삼키지 못하고 천천히 씹어 삼켜야 할 귀한 정보들을 얻었다.

이아나는 이번에 얻은 지식들을 아르하드에게 전해도 되지 않을까, 잠시 고민했다. 하지만 곧 고개를 저었다. 아직 밝혀지지 않은 수수께끼들이 너무나 많다.

로베르슈타인의 심정이 어떠했든 그녀가 악마의 심장에 검을 꽂아 넣은 건 사실이고, 악마는 그녀를 어떻게 생각하고 있을지 모른다.

케이거스, 위프헤이머, 이사벨라.

악마의 파편 수혜자들은 하나같이 제게 집착하고 있었다. 즉, 집착은 악마가 로베르슈타인에게 품은 감정에서 기인했다고 할 수 있다.

그 집착이 저를 죽인 자에 대한 증오인지, 로베르슈타인과 같은 사랑인지 알 수 없다. 알지 못하기에, 어떻게든 로베르슈타인의 기억을 되찾아 그녀와 악마의 관계를 알아야만 했다.

악마의 감정이 만약 증오라면 지식을 제 속에 파묻어야 했다.

그러나 호의적인 쪽이라도, 이아나는 어쩐지 싫었다.

'아르하드는······.'

계속 외면하려고 했지만 자꾸만 생각난다.

아르하드의 사랑은 순수하게 저만을 향하는 걸까, 아니면 악마의 파편 때문에 이미 존재하던 걸까.

아르하드는 언제나 그녀를 직시하고 있었고, 그와 함께한 시간들은 그의 사랑이 그녀만을 향하고 있다고 외치고 있었다. 그러나 지금 그녀를 의심케 하는 것은.

"……지금 내 품에 있는 너는 환상이 아닌가……?"

라오스 신전에서 만났던 그가 뒤에서 끌어안으면서 했던 말.

그 말이 정말로 제게 한 말일까?

알고 싶지만, 알고 싶지 않은 기분이다. 이아나는 가슴이 욱신거려서 입술을 깨물었다.

[잘됐다. 나와 연락도 못 할 정도로 열중했는데 당연히 그래야지.]

"당신이 그렇게 생각해 줘서 다행입니다."

[왜 그렇게 힘이 없어? 나는 괜찮다니까?]

"아르하드."

이아나가 대뜸 진지하게 말을 붙여 오자 건너편에서는 긴장하여 헛숨을 들이켰다.

[……왜?]

"절 만나기 전에 사랑했거나, 아니면 교제했던 여자가 있습니까?"

[…….]

"있죠?"

뜬금없는 말을 퍼붓는 이아나 때문에 아르하드는 순간 할 말을 잃었다. 하지만 곧 단호하게 대답했다.

[한 명도 없다. 내가 전에 국왕탄신일 때 말했잖아. 여자에 별로 관심이 없다고.]

"그건 저를 만난 후부터고요. 그 전에는요?"

[없어. 진심이다. 진짜로 없어.]

이아나가 이런 말들을 하는 의도를 알지 못한 아르하드가 일단은 적극적으로 부정하고 나섰다. 덕분에 어지럽던 이아나의 마음이 조금은 풀렸다.

아르하드가 지금 사실만 말하고 있다고 가정했을 때, 지금 내 품에 있는 너는 환상이 아닌가, 이 말은 대상이 로베르슈타인이라고 칭하기엔 이상한 점이 조금 있다.

'로베르슈타인이 아니면 뭐야?'

곰곰이 생각하던 이아나가 또 물었다.

"그럼 남자는요?"

[남자는 무슨 남자야?]

아르하드는 황당해했다. 이아나도 모든 변수를 살피느라 던진 제 질문이 아주 황당했음을 인정했다.

"……"

어쨌든 그 말의 청자는 로베르슈타인이 아닐 확률이 꽤 있었다. 그래 봤자 아르하드의 비정상적인 집착이 악마에서 기인했을 거라는 의혹은 다 해명되지 못했지만.

이아나는 그 의혹을 가슴 깊숙한 곳에 애써 처박아 두었다.

[그런데 갑자기 그런 걸 왜 물어봐?]

"당신이 너무 능숙하게 굴어서요."

대충 둘러댄 말이지만, 그가 '연인'이라는 관계에서 경험자처럼 능글맞다는 건 평소에도 생각하고 있던 바였다.

[내가 연애 쪽으로도 능력이 좋은가 보지. 그리고 말했잖아. 연애는 그냥 좋아하는 사람과 함께 시간을 보내는 것에 불과하다고.]

"그랬죠."

이아나도 이제는 그 말을 이해하고 있었다. 압실롯과 란카를 보면서 완전히 납득했다.

[난 너한테 평소와 똑같이 행동하고 있다. 네가 다르게 받아들이고 있을 뿐이지.]

글쎄? 정말 평소와 같나?

늘 감정을 감추다가 연인이라는 관계를 뒤집어쓴 후부터는 사랑이라는 감정을 연기인 척 내비치기 시작한 주제에.

"……!"

이아나는 그의 감정을 스스럼없이 받아들이게 된 자신을 깨닫고 흠칫 놀라면서도, 사랑에 대한 거부감과 편견을 벗어던진 스스로에게 정체 모를 뿌듯함을 느꼈다. 역시 여행하길 잘했다 싶었다.

[그런데 언제쯤 돌아와?]

"막 기로하이 사막을 벗어났습니다."

[너무 늦는 거 아닌가? 텔레포트로 데리러 갈까?]

"안 됩니다. 혹시라도 근처에 이사벨라 같은 파편 수혜자가 있으면 어떡합니까."

[그건 그렇군.]

"개강 전에는 반드시 돌아갑니다. 조신하게 기다리고 계세요. 도착하자마자 찾아갈 테니까."

아티팩트 너머로 즐거운 웃음소리가 울려 퍼졌다.

[알았다. 그런데 기억하고 있지? 하루에 연락 두 번.]

집착이 느껴지는 아르하드의 말에, 이아나는 웃고 말았다.

"네."

[근데 한 번은 네가 해. 나도 네가 말한 아티팩트의 귀여움을 느껴 보고 싶으니까.]

그 후로 이런저런 얘기를 더 나누다가 연결을 끊었다. 이아나는 시웨아를 불러냈다. 서부의 열기를 몰아내며 소환된 시웨아가 포로롱 날아 이아나의 어깨 위에 앉았다.

[흐응. 역시.]

"왜?"

[한 번 불렀을 때 나의 대단함을 안 거지? 흐응, 그러게 진작 부를 것이지.]

시웨아가 새침하게 깃털을 고르는 모습을 보고 있던 이아나는 귀여워서 웃고 말았다. 손가락을 들어 시웨아의 머리를 슥슥 쓰다듬어 주었다.

[흥.]

시웨아는 흥흥거리면서도 얌전히 이아나의 손길을 받았다. 포롱거리는 것이 기분이 좋은 듯했다. 이아나가 손가락을 떼어 내려 하자 저도 모르게 머리를 손가락에 붙이며 목을 늘이던 시웨아가 제 추태를 깨닫고 핫, 하며 고개를 팩 돌렸다.

[다혈질이 네가 바로 옆에 있는데도 안 불러 줬다고 침울해하던데 신경쓸 필욘 없어. 난 이렇게 불러 줬으니까.]

다혈질이라면 카고마인이다. 아무래도 파시오의 뒤풀이에서 저를 부르지 않아 서운했던 모양이다.

제 심장의 신력에 끝이 없다는 사실을 안 데다, 신력 제어에 익숙해지기 위해 신력을 숨 쉬듯 쓸 계획을 세웠으므로 이아나는 귀환해서 시간이 나면 카고마인을 부르기로 했다.

[그래서. 나는 뭘 하면 돼?]

이아나는 나침반을 꺼내 들었다.

"나를 내가 원하는 곳까지 데려다줬으면 해."

[그런 건 내 전문이지.]

시웨아가 날개를 퍼덕거리자 이아나의 몸이 허공으로 떠올랐다. 천천히 상승하기 시작해서 마지막엔 아주 높은 하늘까지 도달했음에도 시웨아가 조절하고 있는지 지상에 있을 때처럼 숨쉬기가 편했다. 테라노우딘의 목에 탔을 때와는 비교도 되지 않는 편안함이었다.

나침반을 보던 이아나가 손가락으로 방향을 가리켰다.

"저쪽으로 일직선으로 가 줘. 최고 속도로."

[응!]

시웨아가 기쁜 목소리로 대답했다. 그리고 이아나의 몸이 태풍과 같은 속도로 날아가기 시작했다.

드래곤의 목 위에 있으면서 엄청나게 고생을 해서 그런가, 마치 안락한 마차를 탄 것 같은 느낌이었다.

이아나는 편안한 기분으로 시웨아를 불렀다.

"혹시 내게 신성시대의 이야기를 해 줄 수 있어?"

[그거 엄청 옛날에 느림보한테 부탁했던 거지?]

"들을 시간이 잘 없었어. 하지만 지금 너한테 들어 보려고."

[좋아. 궁금한 게 있으면 물어봐. 아는 거라면 전부 대답해 줄게.]

"'페임드라'가 무슨 나무야?"

예언까지 할 정도면 보통 나무는 아닐 것이다.

[세계수야. 최초의 나무로, 모든 식물의 부모이기도 해. 그리고 신들의 탄생의 최대 공헌자란다.]

정령들과 세계수는 힘을 합쳐 판데모니엄을 덮는 구형의 세계를 만들었다. 그리고 정령과 자연밖에 없던 아름다운 세계 위로, 세계수의 뿌리가 판데모니엄의 인력에 붙잡혀 있던 영혼들을 끌어올렸다. 정령들은 각 영혼이 품고 있던 신력을 이용해 신체를 만들어 주었고, 신들의 탄생은 그렇게 이루어졌다.

"페임드라, 지금은 죽었지?"

당연히 죽지 않았겠는가. 종말에 말라비틀어진 상태였던 데다가 베여서 밑동밖에 남지 않았는데.

[살아 있는데?]

"……?"

이아나는 눈을 깜빡거렸다.

[바람밖에 없었던 황량한 동쪽에 울창한 숲이 형성된 건 페임드라의 존재 때문이야. 다 말라비틀어진 페임드라의 나뭇가지들을 라오스가 동쪽에 가져와서 심었는데, 지금 엘프들이 관리하면서 조금씩 자라고 있는 중이야.]

동쪽으로 가야 할 이유가 하나 더 생겼다. 하이엘프 비타의 부탁을 들어줄 겸, 페임드라도 직접 봐야만 했다.

"그런데 나무가 말도 할 줄 알아?"

[생각은 할 줄 아는데 대화는 우리하고만 할 수 있어. 페임드라도 혼돈

의 조각을 가지고 있지 않은 정령계의 존재거든. 왜? 페임드라에 관심 있어? 로베르슈타인이 페임드라랑 많이 친했는데, 만약 그녀에 대한 정보를 얻고 싶거든 페임드라를 만나 보는 게 좋을 거야. 그 애도 좋아할걸.]

이아나가 고개를 끄덕였다.

'시간을 내서 가 봐야겠군. 아르하드가 터를 잡은 우드럽 왕국이 샤우부 대삼림 쪽에 있으니 거기서 일을 도모할 때 잠깐 다녀와도 괜찮겠고.'

[또 묻고 싶은 거 있음 얼른 말해.]

"정령들이 알고 있는 로베르슈타인에 대해 가르쳐 줘. 그녀에 대해 알고 싶어."

그 말에 시웨아는 신이 났다.

[공정하고, 순수하고, 강인하고, 착하고, 예쁘고, 아름답고…….]

시웨아는 제 아이의 자랑을 하는 부모처럼 신명나게 그녀에 대해 늘어놓았고 이아나는 더 들을 필요가 없을 것 같아 손을 저었다.

정령이 콩깍지가 씐 게 아닌 이상, 아주 완벽한 여자였다는 소리다.

"그런 거 말고, 너희가 로베르슈타인과 뭘 하면서 지냈는지 말해 봐."

[별거 안 했어. 신들은 다른 신을 공격할 때나 자연의 힘이 필요할 때 우릴 불렀지만 붉은 신은 아무것도 안 시키고 그냥 대화만 하거나 우리끼리 노는 걸 지켜보기만 했어.]

"친한 신이 없었던 건가?"

[너무 강해서 다른 신들에게 꺼려지는 외로운 신이었거든.]

얼마나 강했으면 신들이 꺼리기까지 할까?

"어떤 식으로 강했는데?"

[검술은 말할 것도 없고, 첫 번째로 세상에 태어난 신이라는 책임감 때문인지, 권능이 정말로 사기였어. 심판 권능 때문에 조율자라는 이름까지 붙었던 거야.]

이아나가 주먹을 불끈 쥐었다.

"그 권능…… 뭔지 알고 있어?"

[응. 로베르슈타인한테 들은 적 있어. '심판'이란, 세계의 천칭을 사용해서 세상에 존재하는 모든 가치의 무게를 비교할 수 있는 위대한 권능이야.]

천칭. 세계의 섭리를 사용한다고?

[로베르슈타인은 그 권능을 강한 악신을 벌주는 데 사용했어. 세계를 어지럽힌 악신을 세상 어딘가에 존재할 천칭에 매달아서 영혼의 무게를 재는 거야. 반대편에는 '살아 있을 가치'를 두고.]

시웨아가 부르르 떨었다.

[천칭은 절대적이고, 반드시 균형을 추구해. 로베르슈타인이 원하는 가치들을 올려놨을 때 무게가 한쪽으로 기울면, 기운 쪽에서 초과한 무게의 반만큼의 가치가 사라져 버려.]

만약 영혼에 쌓인 업보의 무게가 지나치게 무겁고, 세계의 균형에 나쁜 영향을 주어 살아 있을 가치가 깃털 같다면, 그 존재는 그 자리에서 끔찍한 고통을 받으면서 업보와 함께 소멸될 정도라고, 시웨아는 덧붙였다.

[로베르슈타인은 신들 중에서 가장 강인했기에 누구도 그녀의 권능을 거부할 수 없었어. 그래서 모두가 그녀를 경외하면서도 두려워했어. 악신들에게 있어선, 절대적인 천칭에 묶여 자기의 죄가 아주 공정하게 심판당하는

게 공포 그 자체였기 때문이야. 선신들은 죄를 짓지 않았음에도 그녀의 절대적인 권능을 두려워했지. 로베르슈타인이 타락해서 세계를 엉망진창으로 만들어도 그녀를 막을 수 있는 신이 없었으니까. 개인의 의지로 사용되는 천칭은 공포였어.]

신기하면서도 무서운 권능이다. 이아나는 그 로베르슈타인이 제 전생이라는 사실을 상기했다.

「누구를 심판할 텐가?」

신력을 제어할 때마다 속살거리던 기묘한 욕망들. 처음에 그 속삭임에 잡아먹힐 뻔했을 때, 심장이 터져 버리는 줄 알았었다.

"나도 쓸 수 있을까?"

[글쎄……? 세계의 섭리를 이용하는 건 정말 기적 같은 일이야. 로베르슈타인도 권능을 아주 가끔만 사용했고, 대부분은 자기 가치관에 따라 검으로 해결을 봤어. 얼마나 많은 신력을 필요로 하는 건진 몰라도 함부로 사용할 권능은 아니었을 거야. 진실은 로베르슈타인만이 알고 있겠지만.]

심판의 권능에 대한 지식을 머릿속으로 정리한 이아나가 또다시 물었다.

"혹시 로베르슈타인과 악마의 관계를 알고 있어?"

[아, 음. 붉은 신이 그 도마뱀 녀석을 엄청 아꼈었지. 신력을 만들어 낼 수 없어서 판데모니엄에 처박혀 있던 걔를 페임드라가 로베르슈타인한테 소개시켜 줬는데, 아마 동정심에 키우기 시작했을 거야.]

시웨아가 잠시 말이 없더니 깃털을 골랐다.

[그런데 우리랑 개랑 사이가 엄청 안 좋으니까 악마가 있을 때는 우리를

부르지 않아서 둘이 정확히 무슨 관계였는지는 잘 모르겠네. 우린 악한 냄새가 폴폴 나는 그놈을 싫어했고, 그놈도 우릴 싫어했거든. 그런데 그놈이 로베르슈타인에게는 캣닢 먹은 고양이처럼 엄청 살랑거려서, 로베르슈타인이 꽤 마음에 들어 하는 것 같았어. 그 녀석한테 검술도 가르쳐 주고, 신력도 나눠 주고, 세상도 구경시켜 주고…… 완전히 자기 애처럼 키웠다니까?]

시웨아가 늘어놓는 이야기를 듣고, 이아나는 이제껏 생각하기도, 입 밖으로 내기도 싫었던 이름을 입술 위에 올렸다.

"그럼 르보니는?"

[어어어어엄청난 추종자지. 로베르슈타인밖에 모르는 여신이었어. 로베르슈타인이 죽으라고 하면 진짜로 자기 심장에 검을 찔러서 죽을 애였다니까. 로베르슈타인도 자기한테 맹목적인 애정을 보이는 그 애를 신뢰하는 것처럼 보였어.]

"……."

이아나는 입을 다물고 르보니를 죽였던 날, 그녀가 절규하듯 내뱉던 정신 나간 말들을 떠올렸다.

"아아! 저는 당신이 너무나 그리웠어요!"

"위대하신 나의 주인님! 나의 신이시여……!"

"왜 저만 봉인해 두고 떠나셨어요? 잘 부탁한다는 말씀은 뭐였어요? 로 님, 저는 당신의 곁에 있기만 해도 좋았는데, 죽더라도 당신의 곁에서 죽었다면 괜찮았을 텐데, 어째서 저를 살려 두셨어요?"

"외로워, 외로워서 죽어 버릴 것 같았어. 나 혼자 남았다는 사실에 너무너무 외로워서 죽고 싶었어! 하지만 당신의 기운을 품고 있었기에 억지로 살았어!"

르보니에게 모든 신력을 건네고 봉인하면서, 로베르슈타인이 하고자 했던 부탁이 뭘까?

이아나는 이번엔 환상 속에서 제 것처럼 느꼈던 로베르슈타인의 생각 중 하나를 끄집어냈다.

'르보니, 나의 충직한 추종자. 그 아이를 잘 부탁한다.'

그 아이.

당연하게도, 이아나는 자기 혼자 두고 가지 말라며 엉엉 울던 하얀 소년을 떠올렸다.

퍼즐이 하나둘 맞춰지기 시작한다.

로베르슈타인이 르보니에게 제 모든 생명을 주고 봉인한 이유는, 제가 죽은 후 소년, 라오스를 보살펴 주길 바랐기 때문이다.

그러나 라오스의 봉인으로 인해 로베르슈타인의 모든 것이 동결되며 르보니를 봉인한 로베르슈타인의 힘도 풀리지 않았다. 그 탓에 르보니는 그 후로 수천 년이 지난 이 시대에 깨어났고, 지금의 상황에 이른 것이리라. 로베르슈타인의 계획이 틀어진 것이다.

"시웨아."

[응?]

"로베르슈타인과 라오스는 무슨 관계지?"

[우린 로베르슈타인이, 악마를 데려다 키운 것처럼 라오스도 불쌍해서 키운 걸로 알고 있어. 어느 날 갑자기 데려와선 소개시켜 주더라고.]

그럼 부모와 같은 심정으로 키웠던 건가?

모든 진실을 알게 되자 르보니에게 측은한 마음이 들었다. 본의 아니게 잘못을 한 기분이랄까.

하지만 르보니는 이미 죽었다. 그녀에게 해 줄 수 있는 건 없었다. 또 제가 저지른 짓도 아닌데 미안함을 느끼는 건 어불성설이다.

르보니에 대한 생각을 털어 내고, 시웨아에게 이번엔 신성시대의 창조에 대한 이야기를 해 달라고 부탁했다. 신이 난 시웨아는 귀환 길 내내 세계의 창조부터 시작에서 모든 이야기를 천천히 풀어가기 시작했다.

세계의 창조, 페임드라, 신들의 전쟁, 영생을 위해 탄생의 의무를 저버린 신들. 자신들의 선(善)을 위해 판데모니엄으로 악(惡)을 버린 신들, 그리고 고립된 채 외로워서 그 모든 악을 집어삼켜 소화해 버린 악마…….

시웨아가 해 주는 이야기 중에는 흥미롭지 않은 것이 없었다. 덕분에 드래곤에게 들었던 것 외에도 아주 많은 것들을 알았다.

이아나는 그 지식들을 천천히 정리하면서 모두 제 것으로 만들어 갔다.

시웨아를 타고 하늘을 비행하다가 배가 고프면 에이지가 준 책자에 나와 있는 맛집에 가서 식사를 하고, 유명한 유적이 근처에 있으면 찾아가 천천히 구경하기도 했다. 타국의 문화도 맛보고, 즐겁게 웃으며 살아가는 사람들의 다양한 삶도 엿보았다.

시원한 바람 속에서 느긋하게 구름과 태양을 만끽하며 날고 있자니 복잡했던 속도 모두 풀렸다.

아래를 내려다보면 평소에 크다고 생각했던 모든 존재들이 한

없이 작아져서 옹기종기 모여 있다. 그것을 볼 때면 이 세상은 정말 크면서도 작아서, 저 속에 존재하는 제 고민은 아무것도 아니라는 생각이 들어 버린다.

아르하드와의 연락은 빼먹지 않았다. 그와의 대화는 날이 갈수록 편해졌고, 그의 목소리를 하루에 두 번 듣는 게 당연해졌다.

강아지만 보고 대화를 했더니, 이따금씩 그의 얼굴을 까먹고 강아지 자체가 아르하드로 느껴질 때도 있었다. 그럴 때마다 이아나는 아르하드의 얼굴을 까먹기 전에 빨리 봐야겠다는 생각이 들었다. 또, 목소리만 듣는 것도 나쁘지 않지만 목소리만으로는 그의 모든 감정이 제게 전해지지 않았기 때문에 불편했다.

그리고 마침내 테오도르 근처에 도착했다.

여행을 아주 알차게 즐겼음에도 개강 삼 일 전에 도착할 수 있었다. 인적이 드문 곳을 찾은 이아나가 시웨아에게 말했다.

"여기서 내려 줘. 여기서부턴 걸어가려고 해."

[여행은 이제 끝이야?]

"응. 덕분에 정말 잘 왔어. 고마워, 시웨아."

[내가 더 고맙지! 너무너무 즐거웠어!]

시웨아는 내숭조차 잊고 흥분해서 뽀롱거리고 있었다.

[다음에 또 불러 줘!]

시웨아가 돌아가고, 이아나는 테오도르를 향해 걸어가기 시작했다. 이번 여행에서 많은 지식들을 얻었다. 이 지식들은 앞으로 자아를 찾고자 하는 제게 많은 도움이 될 터였다. 이번 여행은 정말 가길 잘했다는 생각이 들었다.

그런데 시간이 많이 지나다 보니, 한 가지 걱정은 생겼다.

아르하드가 저를 정말로 사랑하는 걸까?

착각한 게 아닐까?

착각이면 어서 정정해야 할 텐데.

그와 직접 대면하고 있을 때는 확실하다고 인지했던 그 감정이 두 달 동안 희미해져 있었다.

그가 어떤 눈으로 저를 바라봤더라? 기억이 잘 나지 않는다.

'아무튼, 빨리 봐야겠어.'

이아나는 학술원에 도착하자마자 아르하드를 찾아갈 생각으로 테오도르의 성문을 향해 빠른 속도로 걸어갔다.

"히이익. 저 사람 봐."

"세상에. 저렇게 잘생긴 사람이 테오도르에 있었어?"

이아나가 멈칫, 걸음을 멈춰 세웠다. 한쪽에 시선을 고정시킨 다수의 사람들이 쑥덕거리는 익숙한 내용도 내용이지만, 그녀 또한 발견해 버렸기 때문이다.

그도 그녀를 발견하고 기대고 있던 성벽에서 몸을 떼었다. 그가 멈춰 서 있는 이아나에게 성큼성큼 다가와 그녀를 내려다보았다. 그의 얼굴에는 상기된 미소가 그려져 있었다.

"마중 나왔다."

그, 아르하드의 다정한 목소리를 아티팩트를 통해서가 아닌 직접 듣는 순간 심장이 뛰었다.

그의 상냥한 얼굴을 눈에 각인하는 순간 그녀는 깨달았다.

아, 기억이 나지 않아서 빨리 봐야겠다는 핑계를 대고 있었지만, 나는 이 남자를 보고 싶었던 거구나.

이아나는 아르하드의 몸과 얼굴을 찬찬히 살피며 픽 웃었다.

강아지는 무슨. 이렇게 커다랗고 잘생긴 남자인데.

"아티팩트를 통한 대화도 나쁘진 않았지만, 역시 얼굴 보면서 얘기하는 게 더 좋네."

아르하드가 숨기지 못한 호감을 여실히 드러내며 그녀의 왼손을 쥐었다.

"너, 이제 큰일 났다."

"……왜요?"

이아나가 묻자, 아르하드는 그녀가 뭐라고 하기도 전에 반지 하나를 약지에 끼워 버렸다.

"이제는 절대 휴가를 주지 않을 테니까. 그래도 월급은 넉넉하게 챙겨 줄 테니 불만 가지지는 마."

이아나는 제 손에 끼워진 반지를 보았다.

"전에 말했던 아티팩트다. 온갖 기능을 다 넣어서 아주 유용할 거다. 나중에 목록을 적어 줄 테니 읽어 봐."

반지는 심플하면서도 아름답게 세공되어 있었다. 액세서리에 관심이 없는 그녀조차도 멋지다는 생각이 들 정도였다. 주먹을 쥐었다 폈다 하는데 거슬리지도 않았다. 그런데.

"왜 굳이 왼손 약지입니까?"

"넌 오른손을 자주 사용하니까 왼손이고, 약지인 건 지금의 우리 관계에 충실하려고 그러는 거다. 이것 봐."

아르하드가 제 왼손을 내밀었다. 그의 왼손에도 똑같은 반지가 끼워져 있었다.

이아나는 어쩔 수 없다는 듯 웃고 말았다. 이아나가 딱히 거부하는 기색을 보이지 않자, 기쁨을 느낀 아르하드도 덩달아 웃으려 했다. 그런데 이아나가 갑자기 정색을 하고 말한다.

"당신은 저를 보고 있습니까?"

"……?"

아르하드는 입꼬리에 달려 있던 웃음을 지웠다. 이아나가 갑자기 그런 말을 하는 의도를 알지 못했다. 이아나는 그의 눈동자를 꿰뚫듯 쳐다보았다.

"진짜, 저를 보고 있는 건가요?"

로베르슈타인이 아니라?

이아나는 이때까지 느껴 본 적이 없던 검은 불씨를 느꼈다. 겨우 박아 두었던 의문은 질문을 던지자마자 독이 되어 숨통을 조였다.

이 남자가 로베르슈타인과 같은 다른 이유 때문이 아니라, 단순히 이아나라는 사람만을 보고 좋아해 주길 바랐다.

당신은 누구도 아닌 나를 봐야지.

내 검을, 나를 좋아해야지.

이것은, 질투인가?

"……"

아르하드는 반지를 끼워 주며, 장난스럽게 농담을 던진 게 언제였냐는 듯 눈빛을 무겁게 가라앉혔다.

"……언제나."

그의 감정은 깊고 깊은 판데모니엄을 가득 채울 수 있다는 느낌을 받을 정도로 농밀했으며 또 빼곡했다. 이아나는 저도 모르게 숨이 찼다.

"이아나, 너를 보고 있어."

그가 보이는 감정의 기저에는, 이전에는 깨닫지 못했던 꾸역꾸역 치미는 뜨거움이 존재했다.

그리고 이아나는, 어떤 강한 충동을 느꼈다.

아르하드가 눈을 감았다. 잠시 감고 있다가 다시 떴을 때는 평상시의 다정한 모습으로 돌아와 있었다.

"왜 그런 것을 물어?"

이아나가 손을 까딱했다.

"잠깐, 귀 좀."

아르하드는 이아나가 아까부터 왜 이러는지 알지 못해 불안해졌다. 살짝 굳은 표정으로 허리를 숙여 이아나의 얼굴 앞으로 귀를 가져갔다. 이아나는 그런 아르하드를 물끄러미 쳐다보다가, 그의 머리카락을 홱 잡아당겼다.

쪽.

볼에 잠깐 닿고 간 낯선 감촉에, 아르하드가 얼어붙었다.

"……."

잠시 동안 침묵이 흘렀다. 이 상황을 이해하지 못한 아르하드의 눈이 데구루루 굴러서 이아나를 향했다.

이아나는 평상시처럼 단정한 얼굴을 하고 있었다. 이아나가 잡아챘던 머리를 천천히 풀어 주자, 아르하드가 물었다.

"……뭐야?"

"당신이 저를 배웅할 때, 제 이마에 입을 맞췄으니까요. 저는 지고는 못 삽니다. 누군가에게 휘둘리는 것도 싫습니다. 사실 아직은 뭐가 뭔지 잘 모르겠지만. 그래도 이제부터는 외면하지 않고 마음이 가는 대로 해 보려고요."

아르하드의 흔들리던 시선이 이아나의 얼굴에서 아주 낯선 붉음을 발견하고 그에 고정되고 말았다.

평소와 같다고 생각했던 그녀의 뺨이 살짝 붉어져 있었다.

"다녀왔습니다."

이아나가 살짝 웃었다.

"보고 싶었어요."

-드래곤 편 終

-7권에 계속